기 드 모파상

09 세계문학 단편선

기 드 모파상

최정수 옮김

H
현대문학

차례

비곗덩어리
Boule de suif

며칠을 연이어 패주하는 군대의 병사들이 도시를 가로질러 지나갔다. 그들은 이미 군대가 아니라 흩어져 버린 무리에 불과했다. 얼굴에 길고 더러운 수염이 났으며, 몸에는 누더기가 된 군복을 걸치고 있었다. 그들은 군기軍旗도 대열도 없이 힘없는 걸음걸이로 나아갔다. 모두 지치고 기운이 빠져서, 어떤 생각이나 결심을 할 수 없는 상태로 그저 습관적으로 걷고 있었다. 걸음을 멈추기라도 하면 금방이라도 피로로 쓰러질 것 같았다. 특히 소집병들이 눈에 띄었다. 총의 무게 때문에 허리가 굽은 그들은 평화를 사랑하는 조용한 연금 생활자들이었다. 쉽게 공포에 사로잡히지만 순식간에 열광하며, 하시라도 공격하고 도망칠 준비가 되어 있는 민첩한 어린 유격대원들도 있었다. 그들 중에는 큰 전투에서 전멸한 사단의 패잔병인, 붉은 반바지를 입은 병사들도 있었다. 이 다양한 보병들과 함께 줄지어 가는 침울한 표정의 포병들도 보였다. 한결 가볍게 걸어가는 최전선의 보병대를 겨우 따라가는, 발걸음이 무거운 용기병龍騎兵의 번쩍거리는 군모도 이따금씩 보였다.

'패전의 복수자', '무덤의 시민', '죽음을 함께하는 자' 같은 영웅적인 이름이 붙은 의용군들도 산적 같은 모습으로 지나갔다.

그들의 대장들은 우연한 기회에 군인이 된 뒤 재산이나 콧수염 길이 때문에 장교에 임명된 사람들로, 원래는 포목상이나 곡물상, 기름 장수나 비누 장수들이었다. 그들은 무기와 견장과 계급줄에 뒤덮여 쩌렁쩌렁 울리는 목소리로 이야기하고 작전을 논했으며, 죽어 가는 프랑스를 오직 자기들의 어깨로 떠받치고 있다고 허세를 부리며 주장했다. 하지만 그들은 때때로 자기 휘하의 병사들을 두려워했으며, 지나친 만용을 부리고 약탈과 방탕을 일삼는 고약한 자들이었다.

프로이센군이 루앙으로 들어올 거라고들 했다.

국민병은 두 달 전부터 인접한 숲 속에서 매우 신중하게 정찰을 하다가 가끔 자기편 초병들에게 총을 쏘기도 했고, 작은 토끼 한 마리가 가시덤불 밑에서 움직이기만 해도 전투태세를 취하기도 했지만, 이제는 각자 집으로 돌아갔다. 그들의 무기, 군복 등 최근 사방 3리외 안의 국도변을 무시무시하게 만들던 모든 살인 도구들이 돌연 자취를 감추었다.

프랑스 최후의 병사들은 마침내 생스베르와 부르아샤르를 거쳐 퐁 오드메르로 가기 위해 센 강을 건넜다. 절망에 빠진 장군은 그 잡다한 오합지졸을 이끌고 아무것도 시도해 볼 수가 없었다. 장군 자신 역시 늘 승리에 익숙해 있다가 대패를 하자, 전설적인 용맹함을 갖춘 인물임에도 불구하고 마음이 참담해져 맨 뒤에서 두 부관의 부축을 받으며 넋을 잃은 채 힘없이 걷고 있었다.

깊은 정적이, 공포에 사로잡힌 침묵의 기다림이 도시 위를 감돌았다. 장사를 하느라 무력해진, 배가 나온 부르주아들은 그들이 가진 고기 굽는 꼬챙이나 큰 부엌칼을 무기로 취급당하지나 않을까 염려하며 불안한 마음으로 정복자들을 기다리고 있었다.

삶이 멈추어 버린 것 같았다. 상점들은 닫혔고, 거리는 조용했다. 이따금 주민 한 명이 그런 침묵에 겁을 먹고 담벼락을 따라 급히 달려갔다.

불안스럽게 기다리다 보니 사람들은 오히려 적이 빨리 오기를 기다리는 심정이었다.

프랑스군이 지나간 다음 날 오후, 어디서 나왔는지 모를 프로이센 창기병 몇 명이 신속하게 도시를 가로질렀다. 그리고 잠시 후 거무스레한 무리 하나가 생트카트린 쪽에서 내려왔고, 그러는 동안 다른 침략자 두 무리가 다르네탈과 부아기욤을 통해 모습을 드러냈다. 이 세 전위대는 같은 시각 시청 앞 광장에서 합류했다. 그리고 독일군이 부근의 모든 도로를 따라 전열을 펼치며 딱딱하고 박자를 맞춘 걸음걸이로 보도를 울리며 도착했다.

목구멍에서 나오는 미지의 목소리로 외치는 구령들이 죽은 듯 인기척 없는 집들을 따라 올라왔다. 닫힌 덧문 뒤에서는 많은 눈들이 '전쟁의 권리'에 의해 이 도시와 재산과 생명의 주인이 된 승리자들의 동정을 살피고 있었다. 주민들은 어두운 방 안에서 온갖 지혜와 힘이 도움이 되지 않는 천재지변이나 살인적인 대혼란이 가져다주는 엄청난 공포에 사로잡혀 있었다. 이와 같은 느낌은 기존의 질서가 뒤집히거나, 더 이상 안전이 보장되지 않거나, 인간의 법이나 자연의 법칙이 보호해 주던 모든 것이 무의식적이고 잔혹한 폭력에 좌우될 때 나타난다. 쓰러져 가는 집들 밑으로 모든 사람들을 깔아뭉개는 지진, 소들을 죽게 하고 지붕에서 들보를 뽑아내며 물에 빠진 농부들을 휩쓸어 가는 홍수, 혹은 저항하는 자들을 학살하고 나머지 사람들을 포로로 끌고 가며 검의 이름으로 약탈하고 대포 소리에 신에게 감사드리는 영광스러운 군대, 이것들은 재앙만큼이나 끔찍한 것으로, 영원한 정의에 대한 신념과 우리가 하늘의 가호로서 배운 모든 신뢰와 인간의 이성을 의심스럽게 만든다.

작은 분견대들이 집들의 문을 두드린 뒤 집 안으로 사라졌다. 침략 후의 점령이었다. 패자들에게는 이제 정복자들에게 상냥한 태도를 보여야 할 의무가 생겼다.

잠시 시간이 흐르자, 최초의 공포가 사라지자, 고요함이 다시 내려앉았다. 많은 가정의 식탁에서 프로이센 장교가 식사를 했다. 그들 중에 때로는 교양 있는 사람도 있어서 예의상 프랑스를 불쌍히 여기고 이런 전쟁에 참여하는 것에 대한 반감을 말하기도 했다. 사람들은 그런 말을 해주는 것에 고마워했다. 게다가 조만간 그의 보호가 필요할지도 몰랐다. 그의 비위를 건드리지 않고 잘 배려하면, 어쩌면 식사를 제공할 사람을 덜 배정받을지도 몰랐다. 그리고 자신의 운명을 전적으로 좌우할 사람에게 무엇 때문에 상처를 입히겠는가? 그렇게 행동하는 것은 용감하기보다는 무모한 일일 것이다. 한때 그들의 도시가 이름을 떨치며 영웅적인 방어를 하던 시절이 있었지만, 이제 루앙의 부르주아들은 더 이상 무모하지 않았다. 마침내 그들은 프랑스인다운 세련됨에서 그럴듯한 구실을 끌어냈다. 이국의 병사들과 친숙한 모습을 공개적으로 보이지 않는 이상, 집 안에서 예의 바르게 대하는 것은 괜찮다고 생각하게 된 것이다. 바깥에서는 병사들을 알은체하지 않았지만 집 안에서는 기꺼이 이야기를 나누었다. 독일 군인들은 매일 저녁 난로에 몸을 녹이면서 더 오래 머물렀다.

도시는 차츰 평소의 모습을 되찾아 갔다. 프랑스인들은 여전히 외출을 삼갔고, 거리에는 프로이센 병사들이 득실거렸다. 게다가 커다란 살인 도구를 거만한 태도로 보도 위로 끌고 다니는 파란 제복의 경기병 장교들도 지난해에 같은 카페에서 술을 마시던 프랑스 장교들보다 일반 시민에게 더 큰 경멸심을 보이는 것 같지 않았다.

하지만 그들의 태도에는 뭔가가 있었다. 미묘하고도 알 수 없는 그 무엇, 견디기 힘든 낯선 분위기가 어떤 냄새처럼, 침략의 냄새처럼 도시 안을 감돌았다. 그 냄새가 집들과 공공장소들을 가득 채웠고, 음식의 맛을 변하게 했으며, 아주 먼, 야만적이고 위험한 부족의 나라를 여행하는 듯한 인상을 주었다.

정복자들은 돈을, 많은 돈을 요구했다. 주민들은 그때마다 돈을 주어야 했다. 하기야 그들은 부자였다. 그러나 노르망디 상인들은 부유할수록 자기 재산이 조금이라도 다른 사람 손에 넘어가면 큰 상실의 고통을 느꼈다.

도시에서 2, 3리외쯤 강물을 따라 크루아세, 디에프달, 혹은 비에사르를 향해 내려가면, 뱃사람과 어부들이 강바닥에서 독일군의 시체를 건져 내는 모습을 종종 볼 수 있었다. 칼에 찔리거나 발길에 차여 죽은, 돌에 머리가 으깨어지거나 높은 다리에서 떠밀려 물에 빠져 죽은 시체들로, 군복 차림에 물로 퉁퉁 불어 있었다. 강바닥의 진흙이 그 칙칙하고 야만적이고 합법적인 복수를, 알려지지 않은 영웅주의를, 대낮의 전투보다 더 위험하고 영광의 울림도 없는 침묵의 공격을 깊이 파묻어 버렸다.

이방인에 대한 증오가 사상을 위해 죽을 준비가 되어 있는 몇몇 대담한 자들을 무장하게 한 것이다.

침략자들이 엄격한 규율로 도시를 제압하기는 했지만, 개선 행진을 하는 동안 저질렀던 유명한 잔학 행위는 이제 전혀 저지르지 않았기 때문에 주민들은 점차 대담해졌다. 장사를 하고 싶은 욕구가 그 고장 상인들의 마음속에 다시 일어났다. 프랑스군이 점령하고 있는 르아브르 항구에 큰 이해관계를 가진 사람들 몇 명은, 육로로 디에프까지 간 다음 거기서 배를 타고 그 항구에 가보기로 했다.

그들은 사귀어 놓은 독일 장교들의 영향력을 이용해 총사령관으로부터 출발 허가를 얻어 냈다.

말 네 마리가 끄는 커다란 승합마차 한 대가 그 여행을 위해 준비되었고, 손님 열 명이 마차 회사 기록부에 이름을 등록했다. 그들은 몰려드는 사람들을 피해 화요일 새벽 날이 밝기 전에 출발하기로 했다.

며칠 전부터 기온이 영하로 떨어져 땅이 얼어붙더니, 월요일 3시경에는 북쪽에서 눈을 품은 커다란 먹구름이 몰려오는 바람에 저녁 내내 그리고 밤새도록 눈이 펑펑 내렸다.

새벽 4시 반, 여행자들은 마차를 타기로 되어 있는 노르망디 호텔 마당에 모였다.

그들은 아직 잠에서 깨어나지 못한 채 덮개를 쓰고 추위에 떨고 있었다. 어두워서 서로의 얼굴은 잘 보이지 않았다. 두꺼운 겨울옷을 여러 겹 껴입었기 때문에 모두들 긴 수단*을 입은 뚱뚱한 사제처럼 보였다. 그러다가 두 남자가 서로 알아보았고, 또 다른 남자가 그들에게 다가왔다. 그들은 이야기를 나누었다. "나는 아내를 데리고 갑니다." 한 남자가 말했다. "나도 그렇습니다." "나 역시 마찬가지예요." 첫 번째 남자가 덧붙였다. "우린 루앙으로 돌아오지 않을 겁니다. 프로이센군이 르아브르

* 성직자가 제의 밑에 받쳐 입거나 평상복으로 입는, 발목까지 오는 긴 옷.

12

에 접근하면 영국으로 갈 거예요." 유사한 기질을 가진 사람들이라서 모두 같은 계획을 갖고 있었다.

하지만 마차에 말이 매여 있지 않았다. 마구간 하인 하나가 조그만 등불을 들고 이따금 어두운 문에서 나왔다가 즉시 다른 문 안으로 모습을 감추었다. 말들이 발로 땅을 찼지만, 퇴비 더미 때문에 거의 소리가 나지 않았다. 말들에게 이야기하고 욕설을 퍼붓는 소리가 건물 깊숙한 곳으로부터 들려왔다. 가벼운 방울 소리로 짐작하건대 마구를 다루고 있다는 것을 알 수 있었다. 그 소리는 짐승의 움직임에 박자를 맞추어 연속적으로 뚜렷하게, 가볍게 흔들리며 들려왔다. 그리고 이따금 멈추었다가, 편자를 박은 발굽으로 둔탁하게 땅을 차는 소리와 함께 다시 들려왔다.

불현듯 문이 닫혔다. 모든 소리가 그쳤다. 부르주아들은 몸이 얼어붙은 듯 입을 꼭 다물고 있었다. 꼼짝도 하지 않고 몸을 꼿꼿이 하고 있었다.

하얀 눈송이들이 끊임없이 땅으로 떨어지면서 쉼 없이 반짝거렸다. 그 눈송이들은 모든 형태들을 지웠고, 사물을 얼음 이끼로 칠했다. 겨울 속에 파묻힌 고요한 도시의 거대한 침묵 속에서는 눈이 말로 표현할 수 없는 모습으로 나부끼며 어렴풋하게 사르락거리는 소리밖에 들리지 않았다. 아니, 그것은 소리라기보다는 오히려 느낌이었고, 공간을 가득 채우고 세상을 뒤덮는 가벼운 분자들의 뒤섞임 같은 것이었다.

등불을 든 남자가 다시 나타나 선뜻 나오려 하지 않는 침울한 말의 고삐를 잡아당겼다. 그는 수레의 채 옆에 말을 두고 수레 끄는 줄을 비끄러맨 뒤, 마구들을 확인하기 위해 한참 동안 주위를 맴돌았다. 다른 손에 등불을 들고 있어서 한쪽 손밖에는 쓸 수가 없었기 때문이다. 두 번째로 말을 데리러 가려던 그는 벌써 눈으로 하얗게 되어 꼼짝 않고 있는 여행객들을 발견하고는 이렇게 말했다. "왜 마차에 타지 않으십니까? 그러면 적어도 눈은 피할 수 있을 텐데요."

그 생각을 하지 못하고 있던 그들은 서둘러 마차에 올라타려 했다. 아까 그 세 남자는 아내들을 안쪽에 자리 잡게 하고 뒤따라 마차에 올랐다. 그런 다음 얼굴을 가린 불분명한 모습의 다른 사람들이 말 한마디 나누지 않고 차례로 자리에 앉았다.

마차 바닥이 짚으로 덮여 있어서 거기에 발을 묻었다. 안쪽에 앉은 여자들은 가공 석탄과 구리로 된 작은 발난로를 가지고 와서 거기에 불을 붙였다. 그리고 얼마 동안 낮은 목소리로 발난로의 이점에 대해 말했고, 오래전부터 이미 알고 있던 것들도 되풀이해 이야기했다.

마침내 승합마차에 말 네 마리가 아닌 여섯 마리가 매어졌다. 마차를 끄는 것이 더 힘들어졌기 때문이다. 밖에서 묻는 소리가 들렸다. "모두 타셨습니까?" 그러자 안에서 누군가가 대답했다. "그래요." 그들은 출발했다.

마차는 천천히, 종종걸음으로 나아갔다. 바퀴들이 눈 속에 파묻혔다. 차체 전체가 신음하듯 삐걱거리는 소리를 냈다. 말들은 미끄러지고, 헐떡거리고, 콧김을 내뿜었다. 마부의 커다란 채찍이 끊임없이 철썩거리는 소리를 내고 사방으로 날아다녔으며, 가느다란 뱀처럼 얽혔다가 다시 풀렸다. 그리고 투실투실한 말 엉덩이를 갑자기 후려쳤다. 그러면 말은 더 세차게 힘을 내려고 긴장했다.

날이 감지할 수 없을 만큼 조금씩 밝아 왔다. 루앙 토박이인 한 여행자가 '솜비'와 비교했던 가벼운 눈송이는 이제 내리지 않았다. 희미한 햇빛이 어둡고 무겁게 드리운 커다란 구름을 뚫고 들어와 하얀 들판을 더욱 눈부시게 만들었다. 때때로 들판에는 흰 서리를 입은 키 큰 나무들이 줄지어 나타나기도 하고, 때로는 눈 두건을 쓴 초가집이 보이기도 했다.

마차 안의 사람들은 그 음울한 새벽빛 속에서 서로의 얼굴들을 신기하게 바라보았다.

가장 안쪽 제일 좋은 자리에는 그랑 퐁 가街의 포도주 도매상인 루아조 부부가 마주 앉아 졸고 있었다.

루아조는 옛날에 그 가게의 점원이었는데, 파산한 주인으로부터 가게를 인수해 재산을 모았다. 그는 시골의 영세 소매상들에게 질이 무척 나쁜 포도주를 헐값으로 팔았기 때문에 지인과 친구들 사이에서 교활한 사기꾼, 쾌활하지만 술책을 잘 부리는 전형적인 노르망디인으로 통했다.

그가 사기꾼이라는 소문이 기정사실화되어 있던 나머지, 신랄하고 섬세한 재치를 갖춘 우화 및 샹송 작가이고 그 지방에서는 꽤나 명성이 있는 투르넬 씨가 어느 날 저녁 도지사 관저 모임에서 부인들이 조금 졸고 있는 것을 보고 '루아조 볼'*이라는 게임을 하자고 제안했다. 그런데 그 말이 도지사 관저 모임을 넘어 그 도시의 다른 살롱들에 퍼져 나가는 바람에 그 고장 사람들은 한 달 동안이나 웃었다.

그 외에도 루아조는 타고난 익살스러운 성격과 좋은 말이건 나쁜 말이건 농담을 잘하기로 유명했다. 그래서 누구든 그에 대해 이야기하려면 즉각 이런 말을 덧붙이지 않을 수 없었다. "그 루아조라는 사람은 참 별난 친구야."

그는 키가 몹시 작고 배가 풍선처럼 튀어나왔으며, 붉은 얼굴 양쪽에

---

*Loiseau vole, '새가 날아간다'와 '루아조가 훔친다'는 이중적인 뜻이 있다.

는 희끗희끗한 구레나룻이 있었다.

반면 그의 아내는 키가 크고 뚱뚱하고 대담했으며 큰 목소리와 빠른 판단력을 갖고 있어서, 남편이 즐겁고 활기차게 일하는 가게 안에서 질서 있고 수리數理에 맞게 일을 처리했다.

그들 옆에는 좀 더 위엄 있고 상류계급에 속하는 카레 라마동 씨가 있었다. 그는 상당히 유력한 인물이었다. 방적 공장 세 개를 갖고 있어서 면직 업계에서 덕망이 있었으며, 레지옹 도뇌르 훈장 수훈자인 데다 도의회 의원이기도 했다. 제정 시대 내내 호의적인 평가를 받은 야당의 당수를 지내기도 했다. 그 자신의 표현에 따르면, 자신이 정정당당하게 싸운 이유는 자신의 주장을 좀 더 가치 있게 평가받기 위해서라고 했다. 남편보다 훨씬 젊은 카레 라마동 부인은 주둔군으로 루앙에 파견되어 온 명문가 출신의 장교들에게는 위안이 되는 존재였다.

남편과 마주 보고 앉은 그녀는 매우 작고, 귀엽고, 예뻤다. 그녀는 모피 속에 몸을 웅크린 채 마차의 초라한 내부를 유감스럽다는 눈빛으로 바라보고 있었다.

그 옆에 있는 위베르 드 브레빌 백작 부부는 노르망디에서 가장 유서 깊고 고귀한 이름을 지닌 사람들이었다. 백작은 풍채가 좋은 노신사로, 차림새에 기교를 부려 앙리 4세와 닮았다는 것을 강조하려고 애썼다. 그 가문에 전해 내려오는 영광스러운 전설에 의하면, 앙리 4세가 브레빌 가문의 어떤 부인을 임신시켰고, 그 일로 인해 그녀의 남편은 백작이 되고 지방 지사가 되었다는 것이다.

위베르 백작은 카레 라마동 씨처럼 도의회 의원이며 오를레앙 당을 대표했다. 그가 낭트의 보잘것없는 선주船主의 딸과 결혼하게 된 이야기는 언제나 수수께끼로 남아 있었다. 그러나 백작 부인은 인품이 훌륭했고 누구보다도 손님을 잘 대접했으며, 루이 필리프의 아들 중 하나로부터 사랑받았다는 소문까지 있었기 때문에 귀족들은 모두 그녀를 환대했다. 덕분에 그녀의 살롱은 그 고장에서 제일가는 살롱으로 꼽혔다. 옛날의 세련된 행동이 그대로 보존되어 있는 유일한 곳으로, 그곳에 출입하기란 쉬운 일이 아니었다.

브레빌의 재산은 모두 부동산으로, 사람들 말에 따르면 연수입이 50만 리브르에 달한다고 했다.

이 여섯 사람이 마차 안쪽에 자리 잡고 있었다. 이들은 연금을 받는 평온하고 유능한 권력 계층에 속했고, 종교심과 도덕심을 지닌 권위 있는 교양인들이었다.

이상한 우연이지만 여자들은 모두 같은 쪽에 앉아 있었다. 백작 부인 곁에는 주기도문과 아베마리아를 중얼거리며 긴 묵주신공을 바치는 수녀 두 명이 앉아 있었다. 그중 한 수녀는 천연두 때문에 얼굴이 얽어 얼굴 한가운데에 산탄을 맞은 것처럼 보이는 늙은 수녀였다. 나머지 한 수녀는 몸이 허약해 보였고, 순교자와 종교적 몽상가를 만드는 열렬한 신앙에 시달리느라 폐결핵이라도 걸린 듯 예쁘면서도 병적인 얼굴을 하고 있었다.

두 수녀 맞은편에서는 남자 한 명과 여자 한 명이 모든 승객의 시선을 끌고 있었다.

남자는 잘 알려진 공화주의자 코르뉘데로, 저명인사들에게 두려움을 안겨 주는 존재였다. 그는 20년 전부터 모든 민주 카페의 맥주잔 속에 적갈색 수염을 적셔 왔으며 옛날에 과자 공장을 했던 아버지로부터 물려받은 엄청난 재산을 동지와 친구들과 함께 마셔 없애 버렸다. 그런 다음에는 그토록 혁명적인 소비에 뒤이어 당연히 얻을 만한 자리를 얻기 위해 공화제가 도래하기를 초조하게 기다렸다. 9월 4일*에 그는, 아마도 누군가의 장난 때문이었겠지만, 자기가 도지사에 임명된 것으로 착각했다. 그가 부임하려고 하자, 아무도 없는 관청을 지키던 청년들이 그를 인정하지 않았고, 그래서 그는 부득이하게 물러 나올 수밖에 없었다. 그는 호인인 데다 악의가 없고 남 도와주기를 좋아하는 사람이어서, 방어 시설을 조직할 때 비할 데 없이 열성적으로 활동했다. 들판에 구덩이를 파게 했고, 근처 숲의 어린 나무들을 모두 베어 눕혀 놓았으며, 모든 도로에 함정을 설치해 놓고 적이 가까이 오자 만족하며 재빨리 도시로 후퇴했다. 지금 그는 새로운 방어진지를 필요로 할 르아브르로 가는 것이 보람 있는 일이라 생각하고 있었다.

여자는 매춘부로, '비곗덩어리'라는 별명에 어울리게 나이에 비해 일찍 몸이 뚱뚱해져 있었다. 몸집이 작고, 모든 것이 동글동글했으며, 살진 손가락은 무척 통통해서 짤막한 소시지들을 묵주처럼 꿰어 놓은 듯했다. 하지만 윤기가 흐르는 팽팽하고 탄력 넘치는 피부와 옷 위로 불룩 솟아난 커다란 젖가슴 때문에 남자들의 마음을 끌었고 인기가 있었다. 그녀의 싱싱한 모습은 보기에 즐거웠다. 얼굴이 빨간 사과 같았고, 막 피어난 모란꽃 봉오리 같았다. 멋지고 매혹적인 검은 눈은 그늘을 드리우는 짙고 긴 속눈썹에 감싸여 있었고, 아래쪽에는 반짝이는 하얀 치아가 보이는 조그맣고 매력적인 입술이 입맞춤을 기다리듯 젖어 있었다.

사람들 말에 따르면 그녀에게는 이 밖에도 자잘한 장점들이 많았다.

그녀가 누구인지 알게 되자, 정숙한 여자들 사이에는 속삭이는 소리가 퍼져 나갔다. 그 여자들이 '매춘부'니 '공공의 수치'니 하는 말을 큰

---

*1870년 프랑스 제3공화정이 수립된 날.

소리로 쑥덕거리자, 그녀는 고개를 쳐들었다. 그러고는 너무도 도전적이고 대담한 눈길로 주변에 있는 사람들을 훑어보았으므로, 이내 깊은 침묵이 이어졌고, 루아조를 제외한 모든 사람들이 눈을 내리깔았다. 루아조만 즐거운 표정으로 그녀를 살피고 있었다.

그러나 얼마 지나지 않아 세 부인 사이에 다시 대화가 시작되었다. 이 매춘부의 존재가 갑자기 그녀들을 친구로 만들고 거의 친밀감까지 느끼게 만든 것이다. 그녀들은 이 파렴치한 창녀 앞에서 합법적인 아내들로서 위엄 있게 행동해야만 했다. 합법적인 사랑은 자유로운 사랑에 대해 언제나 경멸의 눈길을 보내니까.

세 남자 역시 코르뉘데를 보고는 보수당원의 본능으로 서로 가까워져서, 가난한 사람들을 무시하는 듯한 어조로 돈에 대한 이야기를 하기 시작했다. 위베르 백작은 프로이센 사람들이 자신에게 끼친 손해, 도난당한 가축과 잃어버린 수확으로 인한 손실에 대해 말했다. 그러나 많은 재산을 가진 대영주로서 확신을 가지고, 그 피해는 1년 치의 타격에 지나지 않는다고 말했다. 방적 사업에서 무척 시련을 겪은 카레 라마동 씨는 매사에 신중히 행동하여 목마를 때 먹는 배처럼 영국에 60만 프랑을 조심스럽게 송금해 놓았다. 루아조로 말하면, 지하 창고에 남아 있던 보통 포도주를 모두 프랑스군 병참부에 팔게 되어서 국가로부터 엄청난 돈을 지불받아야 하는데, 그 돈을 르아브르에서 받을 작정이었다.

세 남자는 우정 어린 시선을 재빨리 주고받았다. 그들은 사회적 지위가 다름에도 불구하고 돈으로 인해 형제와 같은 공감대를 느꼈다. 가진 자들, 반바지 주머니에 손을 넣고 금화 쩔렁거리는 소리를 내는 자들의 위대한 동지 의식을 느꼈다.

마차가 어찌나 느리게 달리는지 아침 10시가 되었는데도 4리외밖에 가지 못했다. 남자들은 세 번이나 마차에서 내려 언덕길을 걸어 올라갔다. 마차에 탄 사람들은 점점 불안해지기 시작했다. 토트에서 점심을 먹기로 했는데, 이래서는 밤이 되기 전에 그곳에 도착할 수 없었기 때문이다. 각자 길가에 음식점이라도 있는지 살펴보는데, 하필이면 그때 마차가 눈구덩이 속에 빠져 버리는 바람에 끌어내는 데 두 시간이나 걸렸다.

시장기가 심해지고, 마음이 산란해졌다. 하지만 싸구려 음식점도 술집도 보이지 않았다. 프로이센군이 다가오고 굶주린 프랑스 군대들이 지나가는 바람에 장사꾼들이 모두 겁을 집어먹은 것이다.

남자들이 먹을 것을 찾아 길가에 있는 농가로 달려갔지만 빵 한 조각 구하지 못했다. 먹을 것이 없어 찾아내는 족족 강제로 빼앗아 가는 병사들에게 약탈당할까 두려워, 농부들이 남은 식료품들을 숨겨 놓았기 때문이다.

오후 1시쯤 되자 루아조가 배 속이 뻥 뚫린 것 같다고 말했다. 모두들 오래전부터 그와 똑같은 고통을 느끼고 있었다. 뭔가 먹고 싶다는 격렬한 욕구가 점점 더해 감에 따라 대화마저 뚝 끊겨 버렸다.

이따금 누가 하품을 하면 다른 사람들도 얼른 따라 했다. 저마다의 성격, 예절, 사회적 지위에 따라 시끄러운 소리를 내며 입을 벌리기도 하고, 벌어진 입에 손을 얌전히 갖다 대기도 했다.

비곗덩어리는 치마 밑에서 뭔가를 찾기라도 하듯 여러 번 되풀이해 몸을 숙였다가, 잠시 망설이며 옆 사람들을 쳐다본 후 조용히 다시 몸을 일으키곤 했다. 사람들의 얼굴은 창백해지고 경련이 일었다. 루아조는 햄 한 개에 1천 프랑을 지불하겠다고 단언했다. 그의 아내가 항의하려는 몸짓을 했지만 이내 잠잠해졌다. 그녀는 돈을 낭비한다는 말만 들어도 속상해했고, 그런 주제에 관한 농담도 이해하지 못했다. "사실은 나도 기분이 좋지 않군." 백작이 말했다. "어째서 음식을 가져올 생각을 하지 못했을까?" 각자 똑같은 자책을 했다.

코르뉘데는 럼주가 가득 든 수통을 가지고 있었다. 그가 그것을 내밀었다. 하지만 사람들은 냉정한 태도로 거절했다. 루아조만 두어 모금 마시고 수통을 돌려주면서 고맙다고 말했다. "그나마 좋군요. 몸이 더워지고 시장기를 잊게 해줘요." 술기운이 돌자 기분이 좋아진 루아조는 노래에 나오는 작은 배에서처럼 하자고 제안했다. 여행객 중 가장 살찐 사람을 잡아먹자는 것이었다. 비곗덩어리에 대한 이 간접적인 암시에 교양 있는 사람들은 기분이 상했다. 모두들 아무런 대꾸도 하지 않았다. 코르뉘데만이 미소를 지었다. 두 수녀는 묵주신공 중얼거리는 것을 그만두고 헐렁한 소매 속에 두 손을 찌른 채 그가 그녀들에게 가한 고통을 하늘에 바치려는 듯 고집스러운 태도로 눈을 감고 꼼짝도 하지 않았다.

마침내 3시경, 마을 하나 보이지 않는 끝없는 벌판 한가운데에 이르렀을 때, 비곗덩어리는 재빨리 몸을 굽혀 의자 밑에서 흰 수건에 덮인 커다란 바구니를 꺼냈다.

그녀는 우선 거기서 조그만 도자기 접시 하나와 은으로 된 가느다란 잔 하나를 꺼냈다. 그런 다음 칼집을 내서 통째로 젤리에 절인 커다란 통닭 두 마리가 담긴 단지를 꺼냈다. 바구니 속에는 종이로 싼 다른 맛있는 음식들도 보였다. 파이, 과일, 사탕과자 등 사흘 동안 여행하면서 여인숙의 음식을 먹지 않으려고 준비해 온 음식들이었다. 네 개의 술병 주둥이가 음식 꾸러미 사이로 삐져나와 있었다. 그녀는 닭 날개 하나를 들고 노르망디에서 '레장스'라고 부르는 작은 빵 하나와 함께 맛있게 먹기 시작했다.

모든 시선이 그녀를 향했다. 곧 음식 냄새가 퍼져 나가 사람들은 콧구멍을 벌름거렸고, 귀 밑의 턱이 아프게 수축되면서 입에 군침이 고였다. 특히 이 매춘부에 대한 부인들의 경멸감은 참을 수 없을 지경이 되어 그녀를 죽여 버리든가 그녀와 술잔, 바구니, 음식을 마차 밖 눈 속으로 던져 버리고 싶을 정도였다.

루아조가 닭이 들어 있는 단지를 뚫어져라 바라보다가 말했다. "세상에, 부인은 우리보다 준비성이 있으셨군요. 모든 일에 항상 생각이 깊은 사람들이 있지요." 그녀가 그를 향해 머리를 들고 말했다. "좀 드시겠어요, 선생님? 아침부터 아무것도 먹지 못하는 건 힘든 일이죠." 그러자 그가 대꾸했다. "이런, 솔직히 말해 사양하지 않겠습니다. 이젠 그럴 수가 없어요. 전시에는 전시대로, 라는 말도 있잖아요. 안 그렇습니까, 부인?" 그러고는 주위에 한 번 시선을 던진 뒤 이렇게 덧붙였다. "지금 같은 때에 은혜를 베풀어 주는 사람을 만난다는 것은 매우 고마운 일이지요." 그는 바지를 더럽히지 않기 위해 가지고 있던 신문을 무릎에 펴놓고, 주머니에 늘 가지고 다니는 칼로 젤리 때문에 번들거리는 닭다리를 잘라 입으로 가져가서는 만족스럽게 씹어 댔다. 마차 안에서는 괴로워하는 큰 한숨 소리가 났다.

그러자 비곗덩어리는 겸손하고도 상냥한 목소리로 수녀들에게 자신의 식사를 함께 나누자고 권했다. 두 수녀는 즉시 이 제안을 받아들여 감사의 말을 중얼거린 뒤, 눈도 들지 않고 허겁지겁 먹어 대기 시작했다. 코르뉘데 역시 그녀의 제안을 거절하지 않았다. 무릎 위에 신문을 펼쳐 수녀들과 함께 일종의 식탁 같은 것을 꾸몄다.

입들이 끊임없이 벌어지고 닫히면서 급히 음식을 집어넣고, 씹어 대고, 가차 없이 삼켰다. 자기 자리에서 줄기차게 먹어 대던 루아조가 낮은 소리로 아내에게 먹으라고 권했다. 아내는 한참 동안 사양했지만, 배

속에 경련이 일어나자 자제력을 잃은 듯했다. 그러자 루아조는 어조를 부드럽게 해서 그들의 '매력적인 여행 동료'를 향해 루아조 부인에게 한 조각 줘도 괜찮겠느냐고 물었다. 그러자 비곗덩어리는 "그럼요"라고 대답한 뒤 친절한 미소를 지으며 단지를 내밀었다.

비곗덩어리가 첫 번째 보르도 포도주 병 마개를 뽑았을 때 난처한 일이 일어났다. 잔이 하나뿐이었던 것이다. 그녀는 자신이 먼저 포도주 한 모금을 마시고는 잘 닦은 후에 그 잔을 돌렸다. 여자에게 친절하게 굴려는 의도 때문이었겠지만, 코르뉘데만이 그녀의 입술이 닿아 아직 축축한 자리에 자기 입술을 갖다 댔다.

한편 브레빌 백작 부부는 음식을 먹는 사람들에 둘러싸여 그 냄새에 질식할 듯했으며, 카레 라마동 부부와 함께 탄탈로스*의 지독한 고통에 시달리고 있었다. 공장주의 젊은 부인이 갑자기 한숨을 내쉬는 바람에 모두들 고개를 돌렸다. 그녀의 안색이 바깥의 눈처럼 창백했다. 이윽고 눈이 감기고 고개가 숙여졌다. 의식을 잃은 것이다. 그녀의 남편은 깜짝 놀라 사람들에게 도움을 간청했다. 모두들 정신이 없었지만, 나이 든 수녀가 환자의 머리를 받치고 비곗덩어리의 잔을 그녀의 입술 사이에 비스듬히 갖다 대 포도주 몇 방울을 삼키게 했다. 예쁜 부인은 몸을 움직이더니 눈을 뜨고 미소를 지었다. 그러고는 죽어 가는 목소리로 이제는 기분이 훨씬 좋아졌다고 말했다. 하지만 수녀는 같은 일이 되풀이되지 않도록 보르도 포도주를 한 잔 가득 억지로 마시게 했다. 그런 다음 이렇게 덧붙였다. "배가 고파서 그런 거예요. 다른 일 때문이 아니에요."

그러자 비곗덩어리는 얼굴이 붉어져서 난처해하면서, 굶고 있는 나머

---

*그리스 신화에 나오는 제우스의 아들이자 부유한 왕. 신들의 음식을 훔쳐 인간에게 주었기 때문에 지옥에 떨어져 영원한 굶주림과 갈증에 시달리는 형벌을 받았다.

지 네 명의 여행객을 바라보면서 중얼거렸다. "어쩌죠. 저 신사분들과 부인들에게도 대접해 드리면 좋겠지만……" 그녀는 실례가 될까 두려워 입을 다물었다. 그러자 루아조가 대꾸했다. "그렇고말고요. 이런 상황에서는 모두가 형제고 서로 도와야 합니다. 자, 부인들, 예의 차리지 말고 받아들이세요. 무슨 상관입니까! 오늘 밤을 보낼 집 한 채나 찾게 될는지 알 수 없는데요. 이렇게 가다가는 내일 정오 안에 토트에 도착하는 건 불가능할 겁니다." 그러나 사람들은 망설이기만 할 뿐, 아무도 '그럽시다'라고 말해 책임을 떠안으려 하지 않았다. 결국 백작이 문제를 해결했다. 그는 겁을 먹은 뚱뚱한 매춘부 쪽을 바라보더니, 거드름 피우는 귀족의 태도로 말했다. "감사한 마음으로 받겠소, 부인."

첫걸음을 내디디기가 힘들었을 뿐이다. 일단 주사위가 넘어가자, 아무도 체면을 차리지 않았다. 얼마 지나지 않아 바구니가 비어 버렸다. 그러나 거위 간 파이, 종달새 파이, 훈제한 소 혀 한 덩어리, 크라산 배, 퐁레베크산 치즈 한 덩어리, 과자, 식초에 담근 오이와 양파 한 병이 아직 바구니에 들어 있었다. 비곗덩어리도 다른 모든 여자들처럼 생야채를 좋아했던 것이다.

그 여자의 음식을 얻어먹으면서 말을 건네지 않을 수는 없었다. 처음에 사람들은 조심성 있게 이야기를 건넸지만, 그녀가 꽤나 행실이 올바른 여자라는 것을 알게 되자 경계심을 풀고 격의 없이 대했다. 처세술이 뛰어난 브레빌 부인과 카레 라마동 부인은 품위 있고 상냥한 태도로 그녀를 대했다. 특히 백작 부인은 어떤 교제에서도 자신의 명예를 손상시키지 않는 고상한 부인들이 취하는 상냥하고 겸손한 태도를 보여 주었고 호감 가게 행동했다. 하지만 성격이 여장부 같고 건장한 루아조 부인은 여전히 무뚝뚝했다. 말은 적게 하고 먹기는 많이 먹었다.

자연스럽게 전쟁 이야기가 화제에 올랐다. 프로이센군의 지독한 행동과 프랑스군의 용감한 활약에 대해 이야기했다. 도망치는 이 모든 사람들은 모두 다른 사람들의 용기에 경의를 표했다. 이윽고 각자의 개인적인 이야기가 시작되었다. 비곗덩어리는 정말 감동한 얼굴로, 이따금 창녀들이 그들의 타고난 격정을 표현하기 위해 취하는 열정적인 말투로, 자기가 어떻게 루앙을 떠나게 되었는가를 이야기했다. "처음에는 남아 있어도 된다고 생각했어요. 집에 저장해 둔 음식도 많았고, 어딘지도 모를 곳을 정처 없이 떠도는 것보다는 병사 몇 사람을 먹이는 게 낫겠다고 생각했어요. 하지만 프로이센군을 보니 도저히 그럴 수가 없더군요! 그들 때문에 분노의 피가 마구 들끓었어요. 하루 종일 수치심에 눈물을 흘렸지요. 오! 내가 남자였다면 그놈들을 그냥! 나는 뾰족한 철모를 쓴 그 돼지 같은 놈들을 창가에서 바라보았지요. 놈들의 등에 접시를 던지지 못하도록 하녀가 제 두 손을 붙들었어요. 이윽고 그들이 내 집에 묵으려고 왔어요. 나는 맨 먼저 들어오는 놈에게 달려들어 멱살을 잡았어요. 그놈들이라고 목 졸라 죽이는 것이 다른 사람들보다 더 어려울 것도 없잖아요! 누군가 내 머리채를 잡아당기지 않았다면 그놈을 해치웠을 거예요. 그 일이 일어난 뒤 나는 몸을 숨겨야만 했어요. 그러다가 마침내 기회가 생겨 이렇게 떠나게 된 거죠."

　사람들은 그녀를 무척 칭찬했다. 그녀는 그런 용감한 행동을 하지 못한 동행들 속에서 갑자기 위대해졌다. 코르뉘데는 그 이야기를 들으면서 사도使徒처럼 동의와 호의 어린 미소를 지었다. 하느님을 찬양하는 독실한 신자의 이야기를 듣는 사제 같기도 했다. 수염을 길게 기른 민주주의자들은 수단 걸친 사람들이 종교를 독점하듯 애국심을 자기들만의 전유물로 생각했기 때문이다. 자기 차례가 되자 그는 매일 벽에 붙는 성명

서에서 배운 과장된 말투, 멋 부리는 어조로 이야기를 시작했다. 그리고 '바뎅게의 방탕아'*를 당당하게 비난하는 웅변 한 토막으로 끝맺었다.

그러자 비곗덩어리가 즉시 화를 냈다. 그녀는 보나파르트 파였기 때문이다. 얼굴이 버찌보다 더 붉어지더니, 분개해서 말을 더듬기까지 했다. "당신들이 그분 자리에 있으면 어떨지 보고 싶군요. 정말 말도 안 돼요, 그럼요! 바로 당신들이 그분을 배반했잖아요! 당신들 같은 불한당이 나라를 통치한다면, 프랑스에 남아 있을 사람은 아무도 없을 거예요!" 코르뉘데는 태연한 기색으로 무시하는 듯한 오만한 미소를 지었다. 자칫하면 거친 말이 나올 것 같았기 때문에 백작이 개입했다. 그는 진지한 의견은 모두 존중해야 한다고 위엄 있는 태도로 단언해서 흥분한 창녀를 간신히 진정시켰다. 한편 백작 부인과 공장주의 아내는 상류사회 사람들이 공화제에 대해 품는 불합리한 증오심과 여자들이 위엄 있고 전제적인 정부에 품는 본능적인 애정을 모두 지니고 있었기에, 자기들과 너무도 유사한 감정을 지닌 이 품위 있는 매춘부에게 자기도 모르게 호감을 느꼈다.

바구니는 비어 있었다. 바구니가 더 크지 않은 것을 아쉬워하며 열 사람이 손쉽게 비워 버린 것이다. 대화는 얼마 동안 계속되었지만 음식을 다 먹은 뒤에는 그것마저도 시들해졌다.

해가 지고, 어둠이 차츰 깊어 갔다. 음식을 소화시키는 동안 추위가 더욱 심하게 느껴져서, 비곗덩어리는 통통하게 살이 쪘음에도 불구하고 몸을 오들오들 떨었다. 그러자 브레빌 부인이 아침부터 석탄을 여러 번 넣은 자신의 발난로를 그녀에게 권했다. 그녀는 즉시 받아들였다. 발이

---

*나폴레옹 3세의 별명.

26

얼어붙는 느낌이 들었기 때문이다. 카레 라마동 부인과 루아조 부인은 자기들 것을 수녀들에게 내주었다.

마부가 벌써 램프를 켰다. 램프들은 말들의 땀에 젖은 엉덩이 위로 피어오르는 수증기와 움직이는 불빛 속에 펼쳐진 듯한 길 양편의 눈을 선명하게 비추었다.

마침내 마차 안은 아무것도 식별할 수 없을 정도로 캄캄해졌다. 갑자기 비곗덩어리와 코르뉘데 사이에 어떤 움직임이 일어났다. 어둠 속을 유심히 살펴보던 루아조는 수염을 기른 그 남자가 소리 없이 가해진 타격에 얻어맞기라도 한 것처럼 옆으로 비켜 앉는 것을 보았다고 믿었다.

작은 불빛들이 앞쪽 길 위에 점점이 나타났다. 토트였다. 열한 시간을 달려온 것이다. 말에게 귀리를 먹이고 한숨을 돌리게 하려고 네 번 쉰 두 시간까지 합하면 열세 시간이었다. 그들은 마을로 들어가 코메르스 호텔 앞에 멈추었다.

마차 문이 열렸다! 귀에 익숙한 소음에 여행객들은 소스라쳤다. 땅바닥에 칼집이 부딪히는 소리였다. 곧바로 독일인이 뭐라고 소리를 질렀다.

마차는 꼼짝 않고 있었지만 내리려는 사람이 아무도 없었다. 마차 밖으로 나가면 학살당할 거라고 생각하는 것처럼. 이윽고 마부가 손에 램프를 들고 나타났다. 그 불빛이 마차 안을 왈칵 비추자 당황하고 있는 두 줄의 얼굴들이 드러났다. 입들이 벌어지고, 눈들은 놀라움과 갑작스러운 공포 때문에 크게 뜨여 있었다.

마부 옆에 독일군 장교 한 명이 불빛을 받으며 서 있었다. 몸이 지나치게 호리호리하고 키가 큰 금발 청년이 아가씨들이 입는 코르셋처럼 꼭 끼는 군복 차림으로 밀랍을 먹인 납작한 모자를 비스듬히 쓰고 있는 품이 영국의 호텔 보이처럼 보이기도 했다. 어울리지 않는 길고 곧은 콧수염은 양쪽으로 한없이 뻗어 나가다가 너무 가늘어서 끄트머리가 보이지 않을 정도인 단 한 올의 노란 털로 끝이 났는데, 그것이 입가를 짓누르고 뺨을 잡아당기면서 입술에 주름 하나를 새기는 듯했다.

그는 딱딱한 어조의 알자스 지방 프랑스어로 여행자들에게 내리기를 권했다. "내리시지요, 신사 숙녀 여러분."

두 수녀가 온갖 종류의 순종에 익숙한 성녀들의 온순함으로 가장 먼저 그 말에 따랐다. 그다음에 백작 부부가 내렸고, 공장주와 그의 아내가 뒤를 따랐다. 그런 다음 루아조가 덩치 큰 아내를 앞으로 떠밀면서 나왔다. 땅에 발을 디디며 루아조는 장교에게 "안녕하십니까?"라고 말했다. 예의라기보다는 신중함에서 나온 말이었다. 장교는 절대 권력을 가진 사람처럼 대답 없이 거만한 표정으로 그를 바라보았다.

비곗덩어리와 코르뉘데는 마차 문 가까이에 있었지만, 적 앞에서 진지하고 고상한 모습을 유지하며 맨 나중에 내렸다. 뚱뚱한 매춘부는 감정을 억누르며 침착해지려고 애썼고, 민주주의자는 조금 떨리는 손으로 긴 갈색 수염을 만지작거렸다. 이런 상황에서는 누구나 조금은 자기 나라를 대표한다고 느끼기 때문에 품위를 지키고 싶었던 것이다. 그녀는 동행들의 무기력한 태도에 분개해서 옆에 있는 정숙한 여자들보다 더 오만하게 보이려고 애썼고, 코르뉘데는 매사에 모범이 되어야 한다고 느끼면서, 길을 나설 때부터 시작된 저항의 사명을 모든 태도 속에 계속 드러냈다.

그들은 여인숙의 넓은 부엌으로 들어갔고, 독일군 장교는 개개인의 이름과 특기 사항, 직업이 기재되고 총사령관이 서명한 여행 허가증을 제시하라고 했다. 그런 다음 기재된 사항과 본인을 면밀히 비교해 가며 모든 사람을 오랫동안 조사했다.

잠시 후 그가 "좋소"라고 퉁명스럽게 말하고는 모습을 감추었다.

그제야 사람들은 한숨을 내쉬었다. 여전히 배가 고팠으므로, 저녁을 주문했다. 준비하는 데 반 시간이 걸린다고 했다. 하녀 두 명이 저녁을 차리는 동안, 그들은 방을 보러 갔다. 방들은 모두 긴 복도 안쪽에 있었으며, 복도 맨 끝에는 뜻을 알 만한 번호가 표시된 유리문이 있었다.

마침내 식탁에 앉으려는데, 여인숙 주인이 나타났다. 예전에 말 장수를 했으며 천식을 앓는 뚱뚱한 남자였다. 그는 줄곧 씩씩거리며 쉰 목소리를 냈으며, 목구멍 속에서 가래 끓는 소리가 났다. 그의 아버지는 폴랑비라는 성姓을 그에게 물려주었다.

그가 물었다.

"엘리자베트 루세 양이 누구시죠?"

비곗덩어리가 소스라쳐 돌아보았다.

"저예요."

"아가씨, 프로이센 장교가 아가씨에게 즉시 할 이야기가 있답니다."

"나한테요?"

"네, 당신이 엘리자베트 루세 양이 맞다면요."

그녀는 동요해서 잠시 생각에 잠기더니, 선언하듯 단호하게 말했다.

"그럴 수도 있지만 난 가지 않겠어요."

그녀 주위에서 술렁거림이 일었다. 저마다 그 호출의 이유를 찾으며 의견을 말했다. 백작이 다가와서 그녀에게 말했다.

"그런 생각은 옳지 않아요, 부인. 당신의 거절은 당신뿐만 아니라 당신의 동행인 우리 모두에게도 상당한 어려움을 가져다줄 수 있으니까요. 강한 자들에게 저항해서는 절대 안 됩니다. 십중팔구 이 호출에는 어떤 위험도 없을 겁니다. 모르긴 해도 절차상 누락된 것이라도 있겠지요."

그러자 모두들 백작에게 가세해 그녀를 달래고, 재촉하고, 설교를 늘어놓아서 마침내 설득시키고야 말았다. 모두 그녀의 개인적 감정으로 인해 생길지도 모를 말썽을 몹시 두려워했기 때문이다. 마침내 그녀가 말했다.

"나는 여러분을 위해서 가는 거예요!"

백작 부인이 그녀의 손을 잡고 말했다.

"우리도 당신에게 고마워하고 있어요."

그녀가 나갔다. 그들은 함께 식사를 하기 위해 그녀를 기다렸다. 저마다 그 과격하고 성마른 매춘부 대신 불려 가지 않은 것을 가슴 아파하면서, 자기가 불려 갈 경우에 대비해 진부한 말들을 마음속으로 준비하고 있었다.

10분 뒤, 그녀가 몹시 화가 나서 붉어진 얼굴로 질식할 듯 씩씩거리며 다시 나타났다. 그녀는 더듬거렸다.

"오, 불량배 같은 놈! 악당!"

모두들 무슨 일인지 빨리 알고 싶어 했지만, 그녀는 아무 말도 하지 않았다. 백작이 계속 묻자 그녀는 위엄이 넘치는 태도로 대답했다. "아니에요. 이건 여러분과는 상관없는 일이에요. 나는 이야기할 수 없어요."

그래서 그들은 양배추 냄새가 풍기는 깊숙한 수프 그릇 주위에 모여 앉았다. 불안한 징후가 있었음에도 불구하고 저녁 식사는 즐거웠다. 사과술이 맛있었다. 루아조 부부와 수녀들은 돈을 아끼느라 사과술을 마셨고, 다른 사람들은 포도주를 주문했다. 코르뉘데는 맥주를 요청했다. 그는 병마개를 딴 뒤 거품이 일도록 잔에 따르고, 잔을 기울이며 들여다보고, 빛깔을 잘 감상하기 위해 자기 눈과 램프 불빛 사이로 잔을 들어 올리는 등 독특한 행동을 했다. 맥주를 마실 때는, 그가 좋아하는 맥주 빛깔의 수염이 부드럽게 떨리는 것 같았다. 그는 틈틈이 곁눈질을 하면서도 맥주잔을 계속 응시했다. 오직 술을 마시기 위해 태어난 사람처럼 그 유일한 임무를 수행하는 것 같았다. 그의 삶을 온통 차지한 두 개의 커다란 열정, 즉 연한 빛깔의 맥주와 혁명이 그의 마음속에 친근하게 자리하고 있는 듯했다. 확실히 그는 혁명을 생각하지 않으면서 맥주 맛을 음미할 수 없었다.

폴랑비 부부는 식탁 맨 끝에서 저녁을 먹고 있었다. 남자는 고장 난 기관차처럼 헐떡거리며 식사하느라 말을 하기에는 숨이 달렸지만, 여자는 도무지 입을 다물려 하지 않았다. 그녀는 프로이센군이 도착했을 때 자신이 받은 모든 인상, 그들이 한 짓, 그들이 한 말을 이야기했다. 그녀는 그들을 증오했다. 우선은 그들 때문에 돈이 나갔고, 둘째로는 두 아들이 징집되었기 때문이다. 그녀는 상류사회의 부인과 수다 떠는 것이 즐거워서 특히 백작 부인에게 말을 걸었다.

그녀는 목소리를 낮추어 미묘한 이야기를 했다. 이따금 그녀의 남편이 "입 다물고 있는 게 나을걸, 폴랑비 부인" 하고 그녀의 말을 막았다. 그러나 그녀는 전혀 개의치 않고 계속 말했다.

"그래요, 부인. 그자들은 감자와 돼지고기만 먹어요. 돼지고기와 감자만요. 그리고 그들이 깨끗할 거라고 생각하시면 안 돼요. 천만에요! 이런 말씀 드리기는 뭣하지만, 그자들은 아무 데나 대소변을 본다니까요. 지저분하기가 이루 말할 수 없어요. 며칠 동안 몇 시간이고 훈련받을 때 보면 저쪽 들판에서 모두들 앞으로 갔다 뒤로 갔다, 이쪽으로 돌고 저쪽으로 도는데, 차라리 땅이나 갈든가 자기네 나라에 돌아가서 길이나 닦으면 좋겠다는 생각이 든다니까요! 정말이지 부인, 그 군대는 아무에게도 이로울 게 없어요! 학살하는 법이나 배우는 그런 군대를 가난한 사람들이 먹여 살려야 하다니! 그래요, 저는 배우지 못한 할망구지만, 아침부터 저녁까지 제자리걸음을 하느라 녹초가 된 그자들을 보면 이런 생각이 든답니다. '유익을 끼치기 위해 많은 발견을 하는 사람들이 있는 반면, 한편으로는 사람들에게 재앙을 끼치기 위해 저렇게 고생하는 사람들도 있구나!' 정말이지 사람을 죽인다는 것은 프로이센인이든 영국인이든 폴란드인이든 프랑스인이든 간에 가증스러운 짓 아닐까요? 자기에게 잘못한 자에게 복수하면 유죄를 선고받으니 악이 되고, 사냥하듯 총으로 우리 아이들을 몰살하면 가장 많이 죽인 자에게 훈장을 주니까 선이 되나요? 정말이지 난 절대로 이해할 수 없다니까요!"

코르뉘데가 목소리를 높였다.

"전쟁이란 평화로운 이웃 나라를 공격할 때는 야만적인 행위지만, 조국을 수호할 때는 성스러운 의무가 되는 겁니다."

늙은 여자는 고개를 떨어뜨렸다.

"그래요, 자신을 방어하는 건 다른 문제지요. 그러면 자기들의 즐거움을 위해 그런 짓을 하는 왕들을 모두 죽이는 게 어떨까요?"

코르뉘데의 눈이 흥분으로 붉어졌다.

"브라보, 여성 동지!" 그가 말했다.

카레 라마동은 깊은 생각에 잠겼다. 그는 이름 높은 장군들을 열렬히 숭배하는 사람이었지만, 이 시골 아낙네의 양식良識을 접하고 보니, 무위도식으로 파산을 초래하는 그 많은 일손을, 비생산적으로 유지되는 그 많은 힘을, 완수하는 데 몇 세기가 걸리는 대대적인 산업 활동에 이용한다면 국가에 얼마나 큰 풍요로움을 가져올 것인가 하는 생각이 들었다.

루아조는 자기 자리를 떠나 여인숙 주인과 낮은 소리로 이야기를 나누고 있었다. 뚱뚱한 주인은 웃다가 쿨럭거리며 가래를 뱉었다. 그의 불룩한 배가 옆에 있는 사람의 농담 때문에 쉴 새 없이 아래위로 오르락내리락했다. 그는 프로이센군이 철수하면 쓸 보르도 포도주 여섯 통을 루아조에게서 사기로 약속했다.

모두들 피로에 녹초가 되었기 때문에 저녁 식사를 마치자마자 잠자리에 들었다.

여러 가지를 관찰한 루아조는 아내를 잠자리에 들게 한 뒤 열쇠 구멍에 눈을 갖다 댔다 귀를 갖다 댔다 하면서 자신이 '복도의 수수께끼'라고 이름 붙인 것에 대해 알아내려고 애썼다.

한 시간쯤 지나자, 뭔가 가볍게 스치는 소리가 들려서 그는 얼른 열쇠 구멍으로 밖을 내다보았다. 흰 레이스를 두른 파란 캐시미어 잠옷을 입어 더 뚱뚱해 보이는 비곗덩어리가 보였다. 그녀는 손에 촛대를 든 채 복도 맨 끝에 있는, 번호가 적힌 문 쪽으로 가고 있었다. 옆에 있는 문이 반쯤 열리더니, 몇 분 뒤 그녀가 다시 돌아오자 멜빵을 한 코르뉘데가 그녀 뒤를 따랐다. 그들은 나지막한 소리로 이야기를 하다가 걸음을 멈추었다. 비곗덩어리는 자기 방 입구를 힘닿는 대로 막고 있는 듯했다. 불행하게도 무슨 이야기인지 들리지 않았지만, 마지막에 그들이 언성을 높이는 바람에 몇 마디 주워들을 수 있었다. 코르뉘데가 그녀에게 뭔가 조르는 것 같았다. 코르뉘데는 이렇게 말했다.

"이봐, 당신 바보로군. 그게 당신과 무슨 상관이 있다는 거요?"

그러자 그녀는 분개한 듯 대답했다.

"안 돼요. 그런 짓을 하면 안 되는 때가 있다고요. 게다가 여기서 그런 짓을 한다면 수치스러운 일이 될 거예요."

하지만 코르뉘데는 납득하지 못하는 것 같았다. 그가 이유를 물었다.

그러자 그녀가 발끈 화를 내며 다시 목소리를 높였다.

"왜냐고요? 왜 그런지 모르세요? 프로이센군이 이 집 안에, 옆방에 있을지도 모르잖아요."

코르뉘데는 입을 다물었다. 적이 가까운 곳에서는 절대 애무를 받지 않으려는 애국심 강한 창녀의 신중한 마음이 꺼져 가는 그의 존엄성을 일깨웠던지, 포옹만 한 뒤 살그머니 자기 방으로 돌아갔다.

몹시 흥분한 루아조는 열쇠 구멍에서 눈을 떼고는 자기 방에서 껑충껑충 뛰었다. 마드라스산 무명으로 만든 잠옷을 걸친 그는, 아내의 볼품없고 뚱뚱한 몸뚱이가 누워 있는 침대의 이불을 들추고는 "여보, 나를 사랑하오?"라고 중얼거리며 키스를 해서 그녀를 깨웠다.

온 집 안이 조용해졌다. 하지만 이내 어디선가, 지하실 쪽인지 다락방 쪽인지 알 수 없는 방향에서 규칙적으로 코를 고는 소리가 크고 단조롭게 들려왔다. 압력을 받은 물주전자가 들썩이는 것 같은 둔하고 오래 끄는 소리, 폴랑비 씨가 자는 소리였다.

다음 날 아침 8시에 모두들 식당에 모였다. 그 시간이 출발 시간이었기 때문이다. 그러나 마차는 덮개에 온통 눈이 쌓인 채 말도 마부도 없이 마당 한가운데에 덩그러니 서 있었다. 마구간으로, 사료 창고로, 차고로 마부를 찾아보았지만 허사였다. 남자들은 마을을 돌아다녀 보기로 하고 모두 밖으로 나갔다. 그러다가 광장에 이르렀는데, 거기에는 교회가 있고 양쪽에 프로이센 병사들이 보이는 나지막한 집들이 있었다. 맨 처음 눈에 들어온 병사는 감자 껍질을 벗기고 있었다. 수염이 텁수룩한 또 다른 병사는 우는 아기를 무릎 위에 안고 흔들면서 달래고 있었다. 남편이 '전투 부대'에 징집된 뚱뚱한 시골 아낙네들은 유순한 정복자들에게 손짓 발짓으로 할 일을 지시했다. 장작을 패거나 빵을 수프에 적시거나 커피를 가는 일이었다. 팔다리를 쓰지 못하는 집주인 노파의 속옷을 빨아 주는 사람까지 있었다.

놀란 백작은 주교관에서 나오는 교회지기에게 물었다. 그러자 교회지기 노인은 이렇게 대답했다. "오! 저 사람들은 나쁜 사람들이 아닙니다. 프로이센 사람들이 아니래요. 어디인지는 잘 모르지만 더 먼 곳에서 왔다고 했습니다. 필경 고향에 처자식을 두고 왔겠지요. 그러니 전쟁이 즐거울 리 있겠습니까. 그쪽에서도 남자들을 보내 놓고 울고 있을 거예요. 우리와 마찬가지로 그들도 전쟁 때문에 큰 고통을 겪었을 거예요. 여기는 지금으로서는 그렇게 불행하지 않아요. 저 사람들이 나쁘게 굴지도 않고, 자기 집에 있는 것처럼 일도 해주니까요. 불행한 사람들끼리 서로 도와야지요…… 전쟁을 벌이는 건 언제나 높은 자리에 있는 양반들이니까요."

코르뉘데는 정복자와 피정복민 사이의 화기애애한 분위기에 분개한 나머지 여인숙에 틀어박혀 있는 것이 낫겠다고 생각하고 돌아가 버렸다. 루아조가 우스갯소리를 했다. "저 사람들 다시 식민을 하고 있군요." 그러자 카레 라마동 씨가 신중하게 말했다. "사죄를 하는 거지요." 하지만 마부를 찾아내지는 못했다. 마침내 마을 술집에서 장교의 당번병과 사이좋게 식탁에 앉아 있는 마부를 찾아냈다. 백작이 꾸짖듯이 물었다.

"자네 8시에 말을 매라는 지시를 받지 않았나?"

"그랬습죠. 하지만 그 후에 다른 지시를 받았습니다."

"어떤 지시인가?"

"절대 마차에 말을 매지 말라고요."

"누가 그 지시를 내렸지?"

"프로이센 장교입지요."

"이유가 뭐지?"

"저는 아무것도 모릅니다. 가서 물어보세요. 저는 말을 매지 말라고 해서 매지 않는 것뿐이니까요."

"장교가 직접 자네에게 말했나?"

"아닙니다. 여인숙 주인이 전했어요."

"그게 언제인가?"

"어젯밤 잠자리에 들려고 할 때였지요."

세 남자는 몹시 불안한 마음으로 여인숙에 돌아왔다.

폴랑비 씨에게 물으려 했지만, 주인은 천식 때문에 오전 10시 이전에는 절대로 일어나지 않는다고 하녀가 말했다. 불이라도 나면 모를까 10시 이전에는 절대로 깨우지 말라고 했다는 것이다.

장교를 만나 보고 싶었지만, 그것은 같은 여인숙에 묵고 있다 해도 불가능한 일이었다. 민간인과 관련된 일은 오직 폴랑비 씨만 그에게 말할 수 있었다. 그러니 기다릴 수밖에 없었다. 여자들은 다시 방으로 올라가 자질구레한 일들을 하며 시간을 보냈다.

코르뉘데는 불꽃이 크게 타오르는 부엌의 높은 벽난로 밑에 자리 잡았다. 카페의 작은 탁자와 맥주병을 그곳으로 가져오게 하고 파이프를 꺼냈다. 민주주의자들은 그에게 경의를 표하는 것만큼이나 그 파이프에도 경의를 표했다. 마치 파이프가 코르뉘데에게 봉사함으로써 조국에 봉사하기라도 하는 것처럼. 그것은 손때가 묻은 훌륭한 해포석 파이프로, 주인의 치아처럼 거무스레했지만 향기가 좋았다. 구부러지고 윤기가 나는 그것은 주인의 손길에 익숙해져 그의 일부가 되어 있었다. 그는 때로는 벽난로 불꽃에, 때로는 맥주잔 속 거품에 눈을 고정한 채 꼼짝 않고 있었다. 술을 마실 때마다 만족스러운 표정으로 기름 바른 긴 머리카락에 길고 야윈 손가락을 가져갔고, 거품이 묻은 턱수염을 혀로 핥았다.

루아조는 뻣뻣해진 다리를 푼다는 구실로 마을의 주류 소매상들에게 포도주를 팔러 갔고, 백작과 공장주는 정치 이야기를 하기 시작했다. 그들은 프랑스의 미래를 예측했다. 한 사람은 오를레앙 파를 믿고 있었고, 다른 한 사람은 미지의 구세주, 모든 상황이 절망에 처했을 때 나타나는 영웅의 존재를 믿고 있었다. 뒤 게클랭*이나 잔 다르크 같은 사람일까? 아니면 또 다른 나폴레옹 1세 같은 사람일까? 아! 황태자가 어리지만 않다면! 코르뉘데는 이런 이야기를 들으면서 운명을 알고 있는 사람처럼 엷은 미소를 지었다. 그의 파이프 때문에 부엌이 담배 냄새로 가득 찼다.

10시가 울리자 폴랑비 씨가 나타났다. 그들은 그에게 질문을 퍼부었다. 그러나 그는 똑같은 말만 두 번 세 번 되풀이할 뿐이었다. "장교가 나에게 이렇게 말하더군요. '폴랑비 씨, 내일 이 여행자들의 마차에 말을 매지 못하게 하시오. 그들은 내 명령 없이는 떠나지 못하오, 알았소?' 라고요."

그래서 그들은 장교를 만나 보기로 했다. 백작이 그에게 자기 명함을 보냈는데, 거기에는 카레 라마동의 이름과 모든 직함도 추가로 적혀 있었다. 카레 라마동이 직접 써 넣은 것이었다. 프로이센 장교는 점심을 먹은 뒤 1시경에 두 사람과 면담을 하겠다는 회답을 보내왔다.

부인들이 다시 나타났다. 그녀들은 불안하긴 했지만 조금 식사를 했다. 비곗덩어리는 몸이 불편해 보였고 몹시 안절부절못하는 것 같았다.

커피를 다 마시자 당번병이 두 신사를 부르러 왔다.

*Bertrand du Guesclin(1320~1380). 프랑스의 군인. 현명한 전략가로, 백년전쟁 전반기에 프랑스군을 이끈 영웅이다.

루아조가 그 두 사람과 합류했다. 거동에 한층 위엄을 더하기 위해 코르뉘데를 데려가려 했지만 코르뉘데는 독일인들과 어떤 관계도 맺고 싶지 않다고 거만하게 말했다. 그런 다음 맥주를 한 병 더 주문하고는 벽난로 옆 자기 자리로 돌아갔다.

세 남자는 2층으로 올라갔고 여인숙에서 가장 좋은 방으로 안내되었다. 장교는 안락의자에 길게 누운 채 벽난로 위에 발을 올려놓고 긴 사기 파이프로 담배를 피우다가 그들을 맞이했다. 그는 화려한 실내복을 몸에 걸치고 있었다. 저속한 취미를 가진 어떤 부자가 떠난 빈집에서 훔친 것이 틀림없었다. 그는 일어서지 않았고, 그들에게 인사하지 않았고, 쳐다보지도 않았다. 전쟁에서 이긴 군인에게서 으레 볼 수 있는 무례한 행동의 표본을 보여 주었다.

잠시 후 드디어 그가 물었다.

"무슨 일이오?"

백작이 말했다. "우리는 출발하고 싶습니다."

"안 되오."

"안 되는 이유를 물어도 되겠습니까?"

"내가 원하지 않기 때문이오."

"총사령관께서 디에프까지 갈 수 있는 여행 허가증을 우리에게 발급했다는 사실에 유의해 주셨으면 합니다. 그리고 우리는 이런 가혹한 조치를 받을 만한 일을 아무것도 하지 않았다고 생각합니다."

"내가 원하지 않소…… 그게 다요…… 이제 그만 내려들 가시오."

세 남자는 허리를 굽혀 인사하고 물러날 수밖에 없었다.

오후 시간은 형편없었다. 독일인 장교의 변덕을 도무지 이해할 수 없었다. 온갖 해괴한 생각들이 그들의 머리를 어지럽혔다. 그들은 부엌에 모여 끝없이 의견을 교환했다. 인질로 붙잡아 두려는 것인지 모른다는 생각이 들기도 했다. 하지만 무슨 목적으로? 아니면 포로로 데려가려는 것일까? 그것도 아니면 막대한 몸값을 요구하려는 걸까? 이런 생각이 들자 공포가 몰려와 미칠 지경이 되었다. 돈이 가장 많은 사람이 가장 두려워했다. 목숨을 부지하기 위해 그 무례한 군인의 손에 금화가 가득 든 자루를 억지로 쏟아붓는 자신들의 모습이 보이는 듯했다. 그들은 재산을 숨기고 가장 가난한 사람으로 간주받기 위해 둘러댈 그럴듯한 거짓말을 찾아내느라 머리를 짜냈다. 루아조는 금시계 줄을 풀어 주머니 속에 감추었다. 저녁이 되자 두려움이 더해 갔다. 램프가 켜졌다. 식사를 하려면 아직 두 시간이 남아 있어서, 루아조 부인이 트럼프 놀이를 하자고 제안했다. 기분 전환이 될 터였고 모두 찬성했다. 코르뉘데까지도 예의상 파이프를 끄고 한몫 끼었다.

백작이 카드를 섞어서 돌렸다. 비곗덩어리가 단번에 으뜸 패를 내놓았다. 게임에 대한 흥미가 머릿속에서 떠나지 않던 공포를 가라앉혀 주었다. 그러나 코르뉘데는 루아조 부부가 한통속이 되어 속임수를 쓰고 있음을 알아차렸다.

식탁에 앉으려고 하는데 폴랑비 씨가 다시 나타났다. 그는 쉰 목소리로 이렇게 말했다. "프로이센 장교가 아직도 생각이 바뀌지 않았느냐고 엘리자베트 루세 양에게 물어보라고 합니다."

비곗덩어리는 얼굴이 창백해져서 가만히 서 있었다. 그러다가 돌연 얼굴이 새빨개지더니, 너무 화가 나고 숨이 막혀 입도 떼지 못하는 듯했다. 마침내 그녀가 입을 열었다. "그 비열한 인간에게, 그 더러운 인간에게, 그 프로이센 놈에게 말하세요. 나는 절대 그러기 싫다고요. 잘 들으세요. 절대로, 절대로, 절대로 싫어요."

뚱뚱한 여인숙 주인이 밖으로 나갔다. 이윽고 비곗덩어리는 사람들에게 둘러싸여 간밤에 무슨 일이 있었는지 질문과 독촉을 받았다. 처음에 그녀는 대답하지 않으려 했지만 마침내 분노에 못 이겨 울부짖었다. "그 작자가 뭘 원했느냐고요? ……그놈이 무엇을 바라느냐고요? ……나와 자고 싶대요!" 이 노골적인 말에 아무도 불쾌해하지 않았다. 그 정도로 분노가 격렬했던 것이다. 코르뉘데는 맥주잔을 난폭하게 식탁 위에 내려놓다가 깨뜨렸다. 그 비열하고 난폭한 군인에 대한 비난의 아우성이, 분노의 숨결이 일어났다. 그녀에게 강요된 희생의 일부분을 자기들이 강요 당하기라도 한 것처럼 모두들 저항을 위해 힘을 모았다. 백작은 그자들이 옛 야만인들과 똑같은 방식으로 행동한다고 불쾌한 어조로 내뱉었다. 부인들은 비곗덩어리에게 격렬하고도 다정하게 동정을 표했다. 식사 때만 모습을 드러내는 수녀들은 머리를 숙인 채 아무 말도 하지 않았다.

최초의 분노가 진정되자 저녁 식사를 했다. 하지만 이야기는 거의 하지 않고 모두 생각에 잠겨 있었다.

부인들은 일찌감치 방으로 물러갔고, 남자들은 담배를 피우면서 트럼프 판을 만들고 폴랑비 씨를 초대했다. 장교의 뜻을 꺾을 수 있는 방법을 그에게 교묘하게 물어볼 생각이었다. 그러나 그는 자기 카드만 생각할 뿐 아무 말도 듣지 않고 아무 대답도 하지 않았다. "게임이나 합시다, 여러분. 게임이나"라는 말만 계속 되풀이했다. 그는 카드놀이에 정신이 팔려 침 뱉는 것도 잊고 있었다. 그래서 가슴에서 오르간 소리가 났다. 쉬익쉬익 소리가 나는 그의 폐는 낮고 깊은 음표부터 울리고 애쓰는 어린 수탉의 날카로운 소리까지 모든 음계를 다 내었다.

잠이 쏟아져서 못 견딜 지경이 된 부인이 그를 부르러 왔을 때도 위층으로 올라가기를 거부할 정도였다. 그러자 그녀는 혼자 올라갔다. 그녀는 항상 해와 함께 일어나는 '아침형' 인간인 반면, 그녀의 남편은 언제나 친구들과 함께 밤을 지새울 용의가 있는 '저녁형' 인간이었기 때문이다. 그가 아내에게 외쳤다. "에그 밀크*나 불 앞에 놓아두구려." 그러고는 다시 게임을 시작했다. 그에게서 아무것도 알아낼 수 없다는 것을 깨달은 사람들은 이제 잘 시간이라고 말하고는 각자 자기 방으로 돌아갔다.

이튿날 그들은 불확실한 희망과 떠나고 싶은 큰 욕망, 이 끔찍한 여인숙에서 하루를 더 보내야 할지도 모른다는 두려움을 느끼며 꽤 일찍 일어났다.

맙소사! 말들은 여전히 마구간에 있었고, 마부는 보이지 않았다. 그들은 하릴없이 마차 주위를 맴돌았다.

아침 식사는 퍽이나 침울했다. 비곗덩어리에 대해서는 일종의 냉담한 분위기가 생겨나고 있었다. 하룻밤 자고 나면 좋은 생각이 떠오른다지만, 그들의 판단은 조금 변할 수밖에 없었기 때문이다. 다시 말해 잠에서 깨어난 지금 그들은 일행에게 놀랄 만큼 좋은 일을 해주기 위해 프로이센 남자를 몰래 찾아가지 않은 그 매춘부를 원망하는 마음까지 갖게 된 것이다. 그보다 더 간단한 일이 어디 있겠는가? 게다가 그걸 누가 알겠는가? 그녀는 일행의 난처한 입장을 딱하게 여겨 할 수 없이 찾아왔노라고 장교에게 말해 체면을 차릴 수도 있었다. 그녀에게는 그런 일이 그다지 중요한 일도 아니지 않은가!

그러나 아직은 아무도 이런 생각을 입 밖에 내어 말하지 않았다.

오후가 되자 지루해서 견딜 수 없었고, 백작이 마을 근처를 산책하자

---

*뜨거운 우유에 달걀노른자를 푼 음료.

고 제안했다. 저마다 공들여 몸을 감쌌다. 불 옆에 있는 것이 낫겠다고 말하는 코르뉘데와 교회나 사제관에서 하루를 보내는 수녀들을 제외하고 몇 안 되는 일행이 길을 나섰다.

나날이 심해지는 추위가 코와 귀를 혹독하게 찔렀다. 발이 시려서 한 걸음 한 걸음 걷는 것이 고통이었다. 하얀 눈에 덮인 끝없는 들판이 나타나자 무시무시하고 음산해 보여서, 그들은 얼어붙은 마음과 조여드는 가슴으로 이내 돌아서고 말았다.

네 여자는 앞에서 걸어갔고, 세 남자는 조금 뒤에서 따라갔다.

상황을 이해하고 있는 루아조가 갑자기 '저 고약한 여자'가 언제까지 우리를 이런 곳에 머무르게 할 셈인지 모르겠다고 말했다. 그러자 언제나 정중한 백작이 한 여자에게 괴로운 희생을 강요할 수는 없으며, 그녀 자신이 스스로 가지 않으면 안 된다고 말했다. 카레 라마동 씨는 만일 프랑스군이 그들의 우려대로 디에프를 거쳐 공격을 하고 있다면 토트에서 충돌이 벌어질 수밖에 없다는 사실을 주지시켰다. 심사숙고에서 나온 이 말이 다른 두 남자를 걱정스럽게 만들었다. "걸어서 달아나는 게 어떨까요?" 루아조가 말했다. 그러자 백작이 어깨를 으쓱했다. "이 눈 속에서 여자들을 데리고 그럴 생각을 하다니 가당키나 합니까? 그리고 곧 추격을 당해 10분도 못 되어 잡힐 겁니다. 포로가 되어 무슨 험악한 꼴을 당할지 모르지요." 그건 사실이었다. 모두들 입을 다물었다.

부인들은 몸치장에 대한 이야기를 했지만, 압박감이 그들을 서먹서먹하게 갈라놓는 것 같았다.

갑자기 길 끄트머리에 장교가 모습을 드러냈다. 지평선 끝의 눈 위에 군복에 감싸인 훤칠하고 허리가 잘록한 옆모습이 나타났다. 그는 무릎을 벌린 채, 정성스럽게 윤을 낸 장화를 더럽히지 않으려고 애쓰는 군인들 특유한 몸짓으로 걸어오고 있었다.

그는 부인들 곁을 지나가면서 고개 숙여 인사했다. 루아조가 모자를 벗는 시늉을 해 보였지만, 그는 이제 위엄 따위는 눈에 띄지 않는 그 남자들을 멸시하는 표정으로 바라보았다.

비곗덩어리는 귀까지 빨개졌고, 결혼한 세 여자는 그 군인이 그리도 무례하게 대했던 창녀와 함께 있는 모습을 보이게 된 것에 극심한 굴욕감을 느꼈다.

그들은 그에 대해서, 그의 외모, 그의 얼굴에 대해서 이야기했다. 많은 장교들을 알고 있고 전문적인 안목으로 그들을 판단하는 카레 라마동 부인은 그 장교가 꽤 괜찮다고 말했다. 그가 프랑스인이 아닌 것을 애석해하기까지 했다. 그 경기병 장교는 모든 여자들이 반할 강하고 멋진 남자일지 모른다는 것이었다.

일단 돌아왔지만 무엇을 할지 알 수 없었다. 별것 아닌 일에도 가시 돋친 말들이 오갔다. 저녁 식사는 조용한 가운데 짧게 끝났다. 각자 잠자리에 들기 위해 방으로 올라갔다. 시간을 죽이기 위해 잠을 자기를 바랐다.

다음 날 사람들은 피로에 지친 얼굴과 짜증스러운 마음으로 내려왔다. 여자들은 비곗덩어리에게는 거의 말도 걸지 않았다.

종소리가 울렸다. 세례식을 위한 종소리였다. 뚱뚱한 창녀에게는 이브토의 농부 집에 맡겨 놓은 아이가 하나 있었다. 그녀는 그 아이를 1년에 한 번도 만나지 않았고, 각별하게 생각해 본 적도 없었다. 그런데 지금 세례를 받으려고 하는 아이를 생각하자 자기 아이에 대한 급작스럽고도 격렬한 애정이 마음속에 일어났다. 그녀는 그 세례식에 참석하고 싶어서 견딜 수 없는 심정이 되었다.

그녀가 떠나자 사람들은 즉시 서로를 바라보며 의자를 가까이 끌어당겼다. 이제는 뭔가 결정을 내려야 한다고 생각했기 때문이다. 루아조에게 좋은 생각이 있었다. 비곗덩어리만 남겨 놓고 다른 사람들은 떠나게 해달라고 장교에게 부탁해 보자는 의견이었다.

이번에도 폴랑비 씨가 심부름을 맡았지만 그는 곧 내려왔다. 인간의 본성을 잘 아는 독일인 장교가 곧장 그를 쫓아 버린 것이다. 장교는 자기 욕망이 충족되지 않는 한 사람들을 모두 붙잡아 둘 생각인 듯했다.

그러자 루아조 부인의 상스러운 기질이 폭발해 버렸다. "우리가 여기서 늙어 죽을 수는 없어요. 저 매춘부는 모든 남자들과 그 짓을 하는 게 직업인데 이 사람은 좋고 저 사람은 싫다고 주장할 권리가 없다고 생각해요. 루앙에서는 찾아오는 남자는 모두, 마부까지도 받아들였대요. 정말 놀랄 일 아니에요! 네, 부인. 군청의 마부 말이에요! 나는 그 사람을 잘 알아요. 우리 집에서 술을 사거든요. 어쨌든 지금은 이 곤경에서 벗어나는 것이 문제인데 저 답답한 여자는 얌전이나 빼고 있으니! ……그리고 나는 그 장교가 퍽 점잖다고 생각해요. 아마도 그 사람은 오래전부터 여자를 가까이하지 못했을 거예요. 어쩌면 여기 있는 우리 세 여자가 더 마음에 들었을지도 모르죠. 하지만 그 사람은 모든 남자에게 몸을 맡기는 저 여자로 만족하기로 생각한 거예요. 유부녀를 존중하는 사람인 거죠. 생각해 보세요. 그는 지배자예요. '내가 원한다'고 말하면 그만이지요. 마음만 먹으면 자기 병사들과 함께 강제로 우리를 겁탈할 수도 있는 거라고요."

다른 두 여자가 흠칫 몸을 떨었다. 카레 라마동 부인의 아름다운 눈에 번쩍 빛이 일었다. 마치 그 장교에게 강제로 겁탈당한 듯한 느낌이 들

있었는지 그녀의 얼굴이 조금 파리해졌다.

따로 의견을 나누던 남자들이 다가왔다. 격노한 루아조는 '저 파렴치한 여자'의 손발을 묶어 적에게 넘겨주자고 했다. 그러나 3대에 걸쳐서 대사를 지낸 집안 출신으로 외교관 기질을 타고난 백작이 수완을 발휘했다. "그 여자가 스스로 결심하게 해야지요." 그가 말했다.

그래서 그들은 음모를 꾸몄다.

여자들은 좁혀 앉아 목소리를 낮추었다. 저마다 자기 의견을 말했다. 나머지 시간 동안 음모는 예의 바른 분위기에서 진행되었다. 특히 부인들은 세련된 어법과 매혹적이면서도 미묘한 표현을 찾아내 가장 외설스러운 이야기를 했다. 제삼자가 들어도 아무것도 이해할 수 없을 만큼 말에 신중을 기했다. 그러나 모든 사교계 부인들이 걸친 정숙이라는 얇은 베일은 그녀들의 표면만 덮고 있었기에, 그녀들은 이 뜻밖의 외설스러운 일에 마음이 들떠서 활짝 웃으며 즐거워했다. 식도락을 즐기는 요리사가 다른 사람의 저녁 식사를 준비할 때 느끼는 본능으로 사랑을 주물럭거렸다.

분위기가 다시 즐거워졌다. 그래서 마지막에 가서는 이야기를 하는 것이 재미있게 느껴졌다. 백작이 조금 음탕한 농담을 했지만 이야기를 너무 잘했기 때문에 여자들은 미소를 지었다. 자기 차례가 되자 루아조가 더 노골적인 발언을 했지만 아무도 불쾌해하지 않았다. 그의 아내가 '저 매춘부는 모든 남자들과 그 짓을 하는 게 직업인데 이 사람은 좋고 저 사람은 싫다고 주장할 권리가 없다고 생각해요'라고 노골적으로 표현한 게 모든 사람의 머릿속을 지배하고 있었던 것이다. 예쁘장한 카레 라마동 부인은 만약 자기가 비곗덩어리라면 다른 남자들보다는 차라리 그 장교를 선택하겠다는 생각까지 하는 것 같았다.

요새를 포위하듯 모두들 오랫동안 포위 공격을 준비했다. 각자가 맡을 역할, 뒷받침할 논거, 실행할 술책 등을 정했다. 그 살아 있는 성채가 적을 품에 받아들이도록 설득하기 위해 공격을 계획하고 사용할 전략을 결정했다.

하지만 코르뉘데는 혼자 따로 떨어져서 이 일에 전혀 관심을 갖지 않았다.

모두들 너무 골똘히 정신을 집중하고 있었기에 비곗덩어리가 들어오는 소리를 듣지 못했다. 백작이 작게 "쉿!" 하는 소리를 냈고, 그 소리에 모두들 눈을 들었다. 그녀가 와 있었다. 그들은 갑자기 입을 다물었다. 처음에는 조금 당황스러워서 그녀에게 말을 걸지 못했다. 사교계의 위선적인 행동에 다른 사람들보다 잘 길들여져 있는 백작 부인이 그녀에게 물었다. "세례식은 재미있었나요?"

아직 감동에 젖어 있는 그 뚱뚱한 매춘부는 세례식에 왔던 사람들의 얼굴과 태도, 그리고 교회의 모습까지 모든 것을 이야기했다. 그녀는 덧붙였다. "이따금씩 기도를 드리는 건 아주 좋은 일이에요."

부인들은 비곗덩어리가 자기들이 할 충고에 더 큰 신뢰와 순종의 마음을 갖도록, 점심 식사 전까지는 그녀를 상냥하게 대해 주었다.

식탁에 앉자마자 공략이 시작되었다. 처음에는 옛 이야기들을 인용한 자기희생에 대한 막연한 대화가 오갔다. 유디트와 홀로페르네스 이야기,* 루크레티아와 섹스투스 이야기,** 그리고 적장들을 모조리 자기

* 외경인 「유디트서」에 나오는 이야기로, 유대인 과부 유디트가 아시리아 적장 홀로페르네스를 유혹하고 목을 벤 이야기.
** 로마 군주제의 마지막 왕 타르퀴니우스의 아들 섹스투스가 사촌 콜라티누스의 아내인 정숙하고 아름다운 여인 루크레티아에게 반해 그녀를 겁탈하자 루크레티아가 수치심을 못 이겨 자살했다는 이야기.

침실로 끌어들여 노예처럼 복종시킨 클레오파트라 이야기도 나왔다. 그런 다음에는 이 무식한 백만장자들이 스스로 상상해서 만들어 낸 황당무계한 이야기들이 펼쳐졌다. 로마의 여자 시민들이 카푸에 가서 한니발과 그의 부관 그리고 외국인 용병들을 자신들의 품속에서 잠들게 했다는 이야기였다. 그러고는 자신의 육체를 전장戰場 삼아 정복자를 지배한 여인들, 복수와 헌신을 위해 자신의 순결을 바쳐 흉악하거나 가증스러운 인간들을 영웅적인 애무로 굴복시킨 여인들의 이야기를 죄다 꺼냈다.

보나파르트에게 지독한 전염병을 옮기려고 일부러 그 병균을 접종받았지만 운명적인 밀회의 순간에 갑자기 무력해지는 바람에 보나파르트가 기적적으로 생명을 구했다는, 명문가 출신의 영국 여자 이야기까지 모호한 표현으로 언급했다.

예의 바르고 절제 있는 분위기에서 이 모든 이야기를 했지만, 경쟁심을 자극하기 위해 가끔씩 일부러 감탄의 외침을 터뜨리기도 했다.

마지막에 가서는 여자가 이 세상에서 해야 할 유일한 일은 끝없는 자기희생이고, 그러려면 거친 군인들의 일시적 욕망에 육체를 맡기는 수밖에 없다는 생각까지 들게 되었다.

두 수녀는 깊은 생각에 잠긴 채 전혀 듣지 않는 것 같았고, 비곗덩어리는 아무 말도 하지 않았다.

오후 내내 그들은 그녀가 곰곰이 생각하도록 내버려 두었다. 그러나 지금까지처럼 '부인'이라고 부르는 대신 '아가씨'라고 불렀다. 그 이유를 정확히 아는 사람은 아무도 없었지만, 그녀로 하여금 존경스러운 자리에서 한 단계 밑으로 내려가게 해서 자신의 수치스러운 위치를 느끼게 해주고 싶었던 것 같다.

수프가 나오자 폴랑비 씨가 다시 나타나 전날 했던 말을 되풀이했다.

"프로이센 장교가 아직도 생각이 바뀌지 않았는지 엘리자베트 루세 양에게 물어보라고 합니다."

비곗덩어리는 거칠게 대답했다. "그래요, 바뀌지 않았어요."

저녁 식사 때는 공동의 결탁이 조금 약화되었다. 루아조가 어색한 말을 서너 마디 했다. 저마다 새로운 전례를 찾아내려고 했지만 소용없었다. 그때 백작 부인이 미리 생각한 것은 아니지만 종교에 대한 경의를 표하고 싶은 막연한 마음에서 나이 많은 수녀에게 위대한 업적을 남긴 성인들에 관해 물었다. 그들 중 많은 이들이 보통 사람들이 볼 때 죄악으로 여겨지는 행동을 했지만 신의 영광이나 이웃의 이익을 위한 행동이었기에 교회가 그 큰 죄를 쉽게 용서한 것을 어떻게 생각하시느냐고. 이 것은 아주 유력한 논거가 될 수 있었고, 백작 부인은 이것을 이용했다. 그러자 성직에 몸담은 사람이라면 누구나 갖고 있는 뛰어난 이해심 때문이었는지, 분명치 않은 친절에서였는지, 혹은 그저 무지나 어리석음의 결과였는지, 늙은 수녀는 다행히도 그들의 음모에 강력한 뒷받침이 되는 말을 해주었다. 그때까지 그들은 그 수녀를 소심한 사람으로 생각했지만, 수녀는 대담하고 수다스럽고 강한 모습을 보여 주었다. 수녀의 교리는 쇠막대처럼 단단했고, 신앙은 결코 주저하는 법이 없었다. 수녀는 양심에 조금의 거리낌도 없이 아브라함의 희생을 매우 당연한 일로 여기면서, 자신 역시 저 높은 데서 내린 명령이라면 아버지나 어머니도 즉시 죽일 수 있다고 말했다. 의도가 칭찬할 만한 것이라면 그 어떤 일도 주님 마음에 들 거라는 게 수녀의 의견이었다. 생각지도 않았던 이 공범은 백작 부인의 권유로 '목적이 수단을 정당화한다'는 도덕적 격언을 주제로 한 교훈적이고 장황한 설교를 한바탕했다.

부인이 수녀에게 물었다.

"그렇다면 수녀님, 하느님께서는 동기가 순수하다면 모든 수단을 받아들이시고 행위 또한 용서하시나요?"

"그걸 누가 의심하겠어요, 부인? 그 자체로는 비난받을 행위라도 그것의 동기에 따라 칭찬받을 일이 되는 경우가 많지요."

그녀들은 그렇게 신의 의지를 밝혀내고 신의 심판을 예측하면서, 사실은 신과 그다지 관계없는 일에 신을 결부시키면서 이야기를 계속했다.

그 모든 이야기는 교묘하고 신중하게 포장되었다. 그러나 두건을 쓴 성녀의 한마디 한마디는 매춘부의 분노 어린 저항에 균열을 만들기에 충분했다. 묵주를 늘어뜨린 늙은 수녀는 이어서 원래 주제를 벗어나 자기 교단의 수녀원에 대해, 수녀원장에 대해, 그리고 자기 자신과 곁에 있는 예쁜 수녀 생니세포르에 대해 이야기했다. 그러면서 자신들은 천연두에 걸린 병사 수백 명을 간호하려고 그들이 수용되어 있는 르아브르의 병원으로 가는 거라고 했다. 수녀는 그 비참한 사람들의 모습을 묘사했고, 그들의 병에 대해 자세히 이야기했다. 그리고 프로이센 장교의 갑작스러운 변덕 때문에 이렇게 붙들려 있는 동안에도 자기들이 구해야 할 수많은 프랑스 병사들이 죽어 가고 있을지 모른다고 덧붙였다. 늙은 수녀는 군인들을 간호하는 것은 수녀들의 신성한 의무라고 하면서 크리미아, 이탈리아, 오스트리아에서 펼친 자신의 활동을 이야기했다. 그러면서 자신이 북과 나팔 소리가 울리는 가운데 야영 부대를 쫓아다니고, 전투의 회오리 속에서 부상 입은 사람들을 돌보며, 규율을 지키지 않는 키 크고 난폭한 군인들을 한마디 말로 그들의 대장보다 더 잘 순화시키는 수녀임을 자랑스럽게 드러내 보였다. 쭈글쭈글한 얼굴에 수없이 구멍이 팬 진정한 수녀 랑탕플랑의 얼굴은 전쟁의 황폐한 모습과도 같았다.

그 수녀 다음에는 말하는 사람이 아무도 없었다. 수녀가 한 말의 효과는 그만큼 훌륭했다.

식사가 끝나자 사람들은 재빨리 침실로 올라갔고, 다음 날 아침 늦게까지 내려오지 않았다.

점심 식사는 조용했다. 전날 씨앗을 뿌렸던 사람들은 이제 싹이 트고 열매가 맺기를 기다리고 있었다.

백작 부인이 오후에 산책을 하자고 제안했다. 백작은 다른 사람들과 미리 약속한 대로 뒤에서 비곗덩어리의 팔을 잡고 걸었다.

백작은 허물없고 아버지 같은, 그러나 점잖은 신사들이 창녀들에게 사용하는 약간 얕보는 듯한 어조로 그녀에게 이야기했다. 그녀를 '아가씨'라고 부르면서 자신의 높은 사회적 지위와 두말할 것 없는 명망을 이용해 그녀를 다루었다. 그는 곧 문제의 핵심을 파고들었다.

"당신과 마찬가지로 우리도 프로이센군이 실패할 경우 뒤따를 모든 폭력 행위에 노출될 텐데, 당신은 살아오면서 그토록 흔히 했던 일을 자비로운 마음으로 승낙하기보다 우리를 여기에 붙잡아 두는 것이 더 좋단 말이오?"

비곗덩어리는 아무 대답도 하지 않았다.

백작은 부드러운 어조로 그녀를 구슬렸다. 그는 필요할 때는 모든 친절을 베풀고 은근히 비위를 맞추며 상냥하게 굴지만, '백작 나리'로 남아 있을 줄도 알았다. 그녀가 자기들에게 해줄 수 있는 봉사를 찬양하고, 자기들이 고마워할 거라는 이야기도 했다. 그러다가 갑자기 친근한 어투로 즐겁게 말했다. "이봐요, 그자가 자기 나라에서는 좀처럼 만나기 힘든 예쁜 여자를 경험했다고 자랑할지도 모르잖소."

비곗덩어리는 대답하지 않고 일행과 합류했다.

돌아오자마자 그녀는 자기 방으로 올라갔고, 다시 모습을 드러내지 않았다. 사람들의 불안은 극에 달했다. 그녀가 어쩌려는 것인가? 그녀가 계속 저항한다면 이 얼마나 낭패인가!

저녁 식사 시간을 알리는 종이 울렸다. 사람들은 그녀를 기다렸지만 소용없었다. 잠시 후 폴랑비 씨가 들어와 루세 양은 몸이 불편하니 먼저들 식사를 하시라고 알렸다. 사람들은 모두 귀를 곤두세웠다. 백작이 여인숙 주인에게 다가가 낮은 소리로 물었다. "된 거요?" "예." 예의상 백작은 일행에게 아무 말도 하지 않고 가볍게 머리만 끄덕여 보였다. 그러자 안도의 긴 한숨이 모두의 입에서 새어 나오고, 얼굴에는 환희의 빛이 떠올랐다. 루아조가 외쳤다. "잘됐군요! 이 집에 샴페인이 있으면 내가 한턱내겠습니다." 주인이 손에 샴페인 병을 들고 돌아오자 루아조 부인은 불안감을 느꼈다. 모두들 갑자기 말이 많아지고 시끄러워졌다. 외설스러운 기쁨이 가슴에 가득 찼던 것이다. 백작은 카레 라마동 부인이 매력적이라는 것을 깨달은 것 같았고, 공장주는 백작 부인에게 찬사를 보냈다. 대화는 활기차고 유쾌했으며 유머와 재치가 가득했다.

갑자기 루아조가 근심스러운 얼굴이 되더니 두 팔을 들어 올리면서 외쳤다. "조용히!" 모두들 깜짝 놀라고 기가 죽어서 입을 다물었다. 그러자 루아조는 두 손으로 쉿! 하는 시늉까지 하면서 천장을 올려다보며 귀를 기울였다. 그러고는 다시 평소의 목소리로 돌아와 이렇게 말했다. "안심하세요. 모든 것이 잘되어 가고 있습니다."

처음에는 모두 그의 말을 이해하지 못하는 듯했지만, 곧 미소가 스쳐 지나갔다.

15분쯤 지나자 루아조는 똑같은 익살을 다시 부렸다. 저녁 내내 몇 번이나 되풀이했다. 그는 위층의 누군가에게 말을 거는 시늉을 하면서 행상처럼 천박한 이중적 의미의 충고를 했다. 이따금 한숨을 내쉬고 슬픈 표정으로 "불쌍한 여자!"라고 말하기도 하고, 화난 표정을 하며 "비열한 프로이센 놈, 꺼져 버려!"라고 잇새로 중얼거리기도 했다. 이따금, 다른 사람들이 더 이상 그 생각을 하지 않을 때, 그는 떨리는 목소리로 "이제 됐어! 그만하라니까!"라고 몇 번이고 말했다. 그런 다음 자기 자신에게 말하듯 이렇게 덧붙였다. "우리가 그녀를 다시 볼 수 있으면 좋으련만. 그 비열한 인간이 그녀를 죽이지 말아야 할 텐데!"

고약한 농담이었지만, 사람들은 모두 재미있어했고 모욕감을 느끼지 않았다. 분개하는 것도 다른 일들과 마찬가지로 환경에 좌우되며, 그들의 주위에 서서히 조성된 분위기 또한 음란한 상상들로 가득 차 있었기 때문이다.

디저트를 먹을 때는 여자들마저 재치 있고 조심스러운 암시를 했다. 그들의 눈이 번득였다. 술도 많이 마셨다. 카드를 버릴 때조차 무게 있고 당당한 태도를 잃지 않는 백작은 극지에서 겨울이 끝나고 남쪽 항로가 열리는 것을 보게 된 난파선 선원의 기쁨에 대한 훌륭한 비유를 생각해 냈다.

술기운이 오른 루아조가 한 손에 샴페인 잔을 들고 일어났다. "우리의 해방을 위해 건배!" 모두 일어나서 박수를 쳤다. 두 수녀까지도 부인들의 권유를 받아 한 번도 맛본 적이 없는 거품 이는 술에 입술을 적셨다. 그녀들은 그것이 탄산가스가 든 레모네이드와 비슷하면서 더 고급스럽다고 말했다.

루아조가 상황을 요약해서 말했다.

"피아노가 없어서 카드리유*를 칠 수 없는 것이 유감이군요."

*네 사람이 함께 추는 춤곡.

코르뉘데만 한마디도 하지 않고 몸짓 한 번 하지 않았다. 무척 심각한 생각에 잠겨 있는 것처럼 보이기까지 했다. 그는 이따금 성난 손길로 자신의 긴 수염을 더 길게 늘이려는 듯 잡아당겼다. 마침내 자정이 가까워져서 사람들이 헤어지려고 할 때, 비틀거리던 루아조가 코르뉘데의 배를 두들기면서 알아듣기 힘든 혀 꼬부라진 소리로 빠르게 말했다. "오늘 밤에는 재미가 없으신가 보군요. 아무 말도 없네요, 동지?" 그러자 코르뉘데는 갑자기 고개를 쳐들더니, 무섭게 번쩍이는 눈길로 그 자리에 있는 사람들을 죽 훑어보며 말했다. "당신들 모두에게 말하겠는데, 당신들은 비열한 짓을 저지른 거요!" 그는 자리에서 일어나 문 쪽으로 가서 다시 한 번 말했다. "비열한 짓 말이오!" 그런 다음 문을 쾅 닫고 나가 버렸다.

그러자 분위기가 차가워졌다. 루아조는 당황해서 한동안 멍하니 있었다. 하지만 곧 태연함을 되찾았고, 잠시 후 몸을 비틀며 이 말을 되풀이했다. "그건 너무 시다네. 여보게, 그건 너무 시어." 사람들이 영문을 몰라 하자 그는 '복도의 수수께끼'에 대해 이야기하고 말았다. 그러자 사람들은 몹시 즐거워했다. 부인들도 미친 듯이 재미있어했다. 백작과 카레라마동 씨는 너무 웃어서 눈물까지 날 지경이었다. 도저히 믿을 수가 없었다.

"세상에! 확실합니까? 그 사람이 그런……"

"내가 봤다니까요."

"그런데 그녀가 거절했다고요……"

"그 프로이센 장교가 옆방에 있다는 이유로요."

"정말로요?"

"맹세한다니까요."

백작은 숨 막혀 했고, 공장주는 두 손으로 배를 눌렀다. 루아조는 계속 말했다.

"아시다시피 오늘 밤 그 사람은 그 여자의 일을 재미있게 여기지 않았잖습니까."

세 남자 모두 배가 아플 정도로, 숨이 막히고 기침이 나올 정도로 다시 웃어 댔다.

그쯤에서 그들은 헤어졌다. 성미가 쐐기풀 같은 루아조 부인은 잠자리에 누울 때 남편에게 그 새침데기 같은 자그마한 카레 라마동 부인이 저녁 내내 쓴웃음을 지었다고 말했다. "당신도 알겠지만, 여자들이란 군복 입은 남자에게 홀딱 반하면 프랑스인이건 프로이센인이건 가리지 않는다니까요. 참으로 한심한 일이에요!"

어두운 복도에서는 밤새도록 거의 감지할 수 없는 숨소리 비슷한 가벼운 소리가, 떨림이, 맨발로 가볍게 바닥을 디디는 소리가, 어렴풋이 삐걱거리는 소리가 들려왔다. 가느다란 불빛이 오랫동안 문 밑으로 새어 나온 것으로 미루어 모두들 아주 늦은 시간에야 잠든 것이 분명했다. 샴페인에는 그런 효과가 있다. 잠을 방해하는 것이다.

다음 날은 겨울의 투명한 햇살이 흰 눈 위에서 눈부시게 빛났다. 마침내 말이 매어진 승합마차가 문 앞에서 기다리고 있었다. 두터운 깃털에 싸인 흰 비둘기 한 떼가 검은 점이 박힌 장밋빛 눈을 반짝이며 가슴을 내민 채 말 여섯 마리의 다리 사이로 돌아다니면서 김이 나는 말똥을 파헤쳐 먹이를 찾고 있었다.

마부는 양가죽으로 몸을 감싼 채 마부석에서 파이프 담배를 피우고 있었다. 모든 여행자들이 환희에 차서 나머지 여정을 위해 음식을 싸고 있었다.

그들은 비곗덩어리만을 기다렸다. 드디어 그녀가 모습을 드러냈다.

그녀는 조금 당황하고 부끄러워하는 것 같았다. 그녀가 수줍게 일행이 있는 쪽으로 다가오자 그들은 약속이라도 한 듯, 마치 그녀를 알아보지 못한 것처럼 얼굴을 돌렸다. 백작은 품위 있는 태도로 아내의 팔을 잡고 그 불결한 여자의 접근으로부터 그녀를 떼어 놓았다.

뚱뚱한 매춘부는 아연실색해서 걸음을 멈추었다. 그러고는 겨우 용기를 그러모아 공장주의 아내 곁으로 가서 "안녕하세요, 부인" 하고 공손하게 중얼거렸다. 그러자 그 여자는 자신의 높은 정절이 모욕받기라도한 것처럼 건성으로 고개를 움직여 무례하게 인사했다. 다른 사람들은모두 바쁜 것처럼 행동하며 그녀가 치마에 무서운 전염병 균이라도 묻혀 온 것처럼 그녀를 멀리하려 했다. 그들은 서둘러 마차가 있는 쪽으로달려갔으며, 그녀는 맨 나중에 마차로 가서 처음 이곳에 올 때 앉았던자리에 조용히 다시 앉았다.

사람들은 그녀를 보지 못하고 알아보지도 못하는 척했다. 루아조 부인이 멀리서 화난 표정으로 그녀를 바라보면서 자기 남편에게 작은 소리로 말했다. "내가 저 여자 옆에 있지 않은 게 다행이에요."

무거운 마차가 흔들렸고, 여행이 다시 시작되었다.

처음에는 아무도 이야기를 하지 않았다. 비곗덩어리는 감히 눈을 들지 못했다. 옆에 있는 모든 사람들에게 분노를 느끼는 동시에, 자신이 위선에 가득 찬 그 사람들 때문에 프로이센 장교의 품에 던져져 그의 애무로 몸을 더럽히고 굴복했다는 사실에 모욕을 느꼈다.

백작 부인이 카레 라마동 부인 쪽으로 몸을 돌리면서 이 참기 힘든침묵을 마침내 깨뜨렸다.

"데트렐 부인을 아시지요?"

"네, 제 친구예요."

"참 매력적인 여성이에요!"

"매혹적이죠! 성품이 정말로 훌륭한 데다 매우 교양 있고 예술적 기질이 넘치는 사람이에요. 황홀할 정도로 노래를 잘 부르고 그림 솜씨도 완벽하지요."

공장주는 백작과 이야기를 나누었다. 마차 유리창이 덜그럭거리는 사이 '배당권—지불 기한—프리미엄—만기' 같은 말들이 이따금씩 튀어나왔다.

잘 닦이지 않은 탁자 위에 5년 동안이나 문질러져 기름때가 묻은 카드 한 벌을 여인숙에서 훔쳐 온 루아조는 아내와 더불어 베지그*를 시작했다.

수녀들은 허리춤에 매달려 있던 긴 묵주를 꺼내 함께 성호를 그었다. 갑자기 그들의 입술이 민첩하게 움직이더니 점점 더 빨라졌다. 마치 기도 시합이라도 하는 것처럼 알아들을 수 없는 말들을 중얼거렸다. 그런 다음 이따금 메달에 입을 맞추며 성호를 긋고 빠르고도 지속적인 중얼거림을 다시 시작하는 것이었다.

코르뉘데는 꼼짝 않고 생각에 잠겨 있었다.

세 시간쯤 달린 후, 루아조가 카드를 그러모으며 "배가 고파오네"라고 말했다.

그러자 그의 아내가 끈으로 묶은 꾸러미에 손을 뻗어 차가운 송아지고기 한 조각을 꺼냈다. 그녀는 그것을 얇게 잘라 남편과 함께 먹기 시작했다.

---

*카드놀이의 일종.

"우리도 먹을까요?" 백작 부인이 말했다. 사람들이 동의했고, 그녀는 두 부부를 위해 준비한 음식들을 풀어 놓았다. 음식은 토끼고기 파이가 안에 들어 있다는 것을 표시하기 위해 뚜껑에 도자기로 만든 토끼를 매단 길쭉한 단지 속에 들어 있었다. 하얀 기름이 섞이고 갈색이 도는 연하고 맛 좋은 돼지고기도 있었고, 잘게 썬 다른 고기도 있었다. 신문지에 싸서 가져온, 맛 좋은 그뤼예르산 치즈의 네모지고 매끈한 덩어리 위에는 '사회면'이라는 글자가 찍혀 있었다.

두 수녀는 마늘 냄새가 나는 둥근 소시지 하나를 펼쳐 놓았다. 코르뉘데는 짧은 외투의 큼지막한 주머니 속에 두 손을 넣어 삶은 달걀 네 개와 빵 한 조각을 꺼냈다. 그는 달걀 껍데기를 벗겨 발밑의 짚 속으로 던져 버리더니 달걀을 우물우물 씹었다. 텁수룩한 수염 위로 노란색 달걀 조각들이 조금씩 떨어져, 마치 수염 속에 별이 총총 박힌 것 같았다.

비곗덩어리는 서둘러 일어나느라 당황해서 아무것도 준비하지 못했다. 그녀는 자기는 개의치 않고 평온하게 음식을 먹고 있는 모든 사람들을 화가 나서 바라보았다. 처음에는 요동치는 분노에 몸이 오그라들었다. 그래서 입술까지 올라온 욕설을 마구 퍼부으며 그들이 한 짓을 큰 소리로 외치려고 입을 열었다. 하지만 숨이 막혀 아무 말도 할 수가 없었다.

아무도 그녀를 보지 않았고 그녀를 생각하지 않았다. 그녀는 프로이센 장교에게 그녀를 희생양으로 바친 뒤 불결하고 쓸모없는 물건처럼 대하는 이 파렴치한 사람들의 경멸 속에 내던져져 있었다. 그녀는 이 사람들이 게걸스럽게 먹어 치웠던, 자신의 커다란 바구니에 들어 있던 음식이 생각났다. 젤리로 반지르르한 닭 두 마리, 맛있게 구운 파이, 싱싱한 배, 보르도 포도주 네 병. 그러자 너무 팽팽해져 끊어져 버린 끈처럼 갑자기 분노가 가라앉더니, 눈물이 날 것 같았다. 그녀는 안간힘을 다해 몸을 긴장시키고 흐느낌을 삼켰다. 그러나 눈물이 점점 차올라 눈 가장자리에서 굵은 눈물 줄기 두 개가 양 볼 위로 천천히 흘러내렸다. 바위에서 서서히 스며 나오는 물방울처럼. 그 눈물은 점점 빠르게 포동포동한 가슴 곡선 위로 뚝뚝 떨어졌다. 그녀는 사람들이 자기를 보지 않기를 바라며 시선을 고정한 채, 뻣뻣하고 창백한 얼굴로 꼿꼿이 앉아 있었다.

백작 부인이 그것을 알아차리고 남편에게 신호를 보냈다. 그러나 백작은 어깨를 으쓱할 뿐이었다. 마치 이렇게 말하고 싶은 듯했다. '어쩌란 말이오. 그게 내 잘못은 아니잖소!' 루아조 부인이 소리 없이 승리의 미소를 짓더니 이렇게 중얼거렸다. "저 여자는 부끄러워서 우는 거예요."

두 수녀는 남은 소시지를 종이에 말아 놓고 다시 기도를 하기 시작했다.

그때 달걀을 다 먹은 코르뉘데가 긴 다리를 맞은편 의자 밑으로 뻗은 뒤 몸을 뒤로 젖히고 팔짱을 끼더니, 막 짓궂은 장난을 생각해 낸 사람처럼 회심의 미소를 지으며 〈라마르세예즈〉*를 휘파람으로 불기 시작했다.

순간 모든 사람들의 얼굴이 어두워졌다. 그 민중적인 노래가 그들의 마음에 들지 않았던 것이다. 그들은 신경질적이 되어 짜증을 내며 음이 맞지 않는 파이프오르간 소리를 듣는 것처럼 떨떠름한 표정을 지었다.

코르뉘데는 그것을 눈치챘고, 결코 멈추지 않았다. 이따금씩 그 음율을 콧노래로 부르기도 했다.

*프랑스 국가.

조국에 대한 성스러운 사랑이여,

인도하라, 떠받치라, 우리의 복수하는 팔을.

자유, 사랑하는 자유여,

그대의 수호자들과 함께 싸우라!

마차는 더 빨리 달렸다. 쌓인 눈이 단단해진 것이다. 디에프까지 가는 길고도 음울한 여행 동안 울퉁불퉁한 길이 이어졌고, 코르뉘데는 해가 져서 몹시 어두워진 마차 안에서도 악착같은 고집으로 단조로운 복수의 휘파람을 계속 불어 댔다. 사람들은 진저리가 나고 약이 올랐지만 그 노래를 처음부터 끝까지 반복해서 들을 수밖에 없었다. 그러다 보니 자기도 모르게 속으로 그 노래를 따라 부르게 되어 가사를 한 구절 한 구절 상기하게 되었다.

비곗덩어리는 여전히 울고 있었다. 이따금 노래 구절 사이에서, 캄캄한 어둠 속에서, 억누를 수 없는 흐느낌이 새어 나왔다.

물 위
Sur l'eau

지난여름 나는 파리에서 20킬로미터쯤 떨어진 센 강가에 있는 작은 별장 한 채를 빌렸다. 그리고 매일 밤 그곳에 가서 잠을 잤다. 며칠이 지나자 이웃 한 사람을 알게 되었다. 서른 살에서 마흔 살 사이의 남자로, 내가 그때껏 보아 온 사람들 중에 가장 호기심이 많은 자였다. 늘 물 위나 물속에, 물 가까이에 있는 노련하고 열정적인 뱃사공이기도 했다. 그는 배 안에서 태어난 것 같았고, 마지막 순간에도 노를 저으며 죽을 것 같았다.

함께 센 강가를 산책하던 어느 날 저녁, 나는 뱃사공 생활을 하면서 겪은 일화들을 좀 이야기해 달라고 그에게 부탁했다. 그러자 그 남자는 즉시 표정에 활기를 띠고 얼굴을 빛내더니, 감흥에 젖어 들어 능변이 되었다. 강에 대한 저항할 수 없는 뜨거운 열정을 마음속에 지니고 있었던 것이다.

*

그가 말했다. 아! 여기 보이는, 우리 옆을 흐르는 이 강에 얽힌 추억이 내겐 얼마나 많은지 모릅니다! 육지에 사는 당신들은 강이 어떤 것인지 몰라요. 그러니 한 어부가 하는 이 말을 귀 기울여 들어 보세요. 그 어부에게 강은 신비롭고 심오한 미지의 대상이랍니다. 밤이 되면 묘지에서 낮에 보이지 않던 모습이 보이고 들리지 않던 소리가 들려서 이유도 모른 채 그 안을 방황하게 되는 것처럼, 강은 어부를 전율하게 하는 신기루와 환상이 가득한 곳이지요. 사실 강은 세상에서 가장 음침한 묘지, 묘석 없는 묘지랍니다.

땅은 그 어부에게 제한된 곳이에요. 반면 달이 없고 어두운 밤이 되면 강에는 제한이 없답니다. 바다에 나간 선원은 그와 똑같은 것을 경험하지 못하지요. 바다는 거칠고 심술궂을 때가 많아요. 사실입니다. 큰 소리로 외치고 울부짖지요. 하지만 성실하답니다. 반면 강은 고요하면서도 불성실하지요. 으르렁거리는 법이 없고 항상 소리 없이 흐릅니다. 하지만 영원히 흘러가는 강물의 움직임은 나에게는 대양의 높은 파도보다 더 공포스러워요.

몽상가들은 바다의 품 안에 드넓고 푸른 고장이 숨겨져 있다고 주장합니다. 바다에 빠져 죽은 사람들이 그 고장의 기묘한 숲과 수정 동굴 안에서 커다란 물고기들과 함께 떠돈다고들 하지요. 반면 강에 빠져 죽은 사람들은 강 밑바닥의 진흙 속에서 썩어 갈 뿐입니다. 떠오르는 햇살을 받아 반짝일 때, 그리고 수런거리는 갈대에 덮인 둑 사이에서 살며시 철썩일 때 강은 아름답습니다.

시인은 대양에 대해 이렇게 말했지요.

> 오, 바다여, 그대는 비통한 이야기들을 알고 있도다!
> 무릎 꿇은 어머니들이 두려워하는 깊은 바다여,
> 그대는 파도를 일으키며 그 이야기들을 하는도다.
> 그리고 저녁에 그대가 우리를 향해 다가올 때,
> 그 이야기들은 그대의 소리를 절망적으로 만드는도다.*

그래요, 나는 가느다란 갈대들이 너무나 부드럽고 조그만 소리로 속삭거린 이야기가, 파도가 울부짖으며 이야기한 비통한 비극보다 훨씬 더 불길하다고 믿는답니다.

하지만 당신이 추억 몇 가지를 이야기해 달라고 부탁하니, 10년 전쯤 여기서 겪은 이상한 이야기 하나를 들려 드리지요.

그때도 나는 요즘처럼 라퐁 아주머니 집에서 살고 있었답니다. 그리고 내 가장 친한 동료 중 한 명인, 배 타는 일을 그만두고 허풍과 단정치 못한 행동거지를 중단한 뒤 지금은 최고 행정 재판소에 들어간 루이 베르네가 2리외** 아래에 있는 C 마을에 정착해 있었지요. 우리는 매일 함께, 때로는 그의 집에서 때로는 내 집에서 저녁을 먹었습니다.

어느 날 밤, 나는 피곤한 몸으로 밤에 항상 사용하는 커다란 배를 고생스럽게 끌고 12피트 거리의 바다에서 혼자 돌아오다가 한숨 돌리고, 철로가 지나가는 다리 앞 약 200미터 지점의 갈대 옆에서 휴식을 취했

---

*빅토르 위고의 시집 『빛과 그림자』 중 「대양의 밤」.
**프랑스의 옛 거리 단위. 1리외는 약 4킬로미터.

습니다. 날씨가 기막히게 좋았습니다. 달이 빛났고, 강은 달빛을 받아 반짝였으며, 공기는 고요하고 온화했지요. 그 고즈넉함이 나를 유혹했습니다. 여기서 파이프 담배를 피우면 참 좋겠다는 생각이 들었지요. 그리고 행동이 생각을 따라갔습니다. 나는 닻을 붙잡아 강물 속에 던졌습니다.

배가 바람 부는 방향으로 내려가 사슬을 끝까지 풀더니 멈추었습니다. 나는 양가죽을 씌운 뒷좌석에 되는대로 아무렇게나 앉았지요. 아무 소리도 들리지 않았습니다. 다만 강물이 이따금씩 거의 감지할 수 없을 만큼 강기슭에 부딪혀 찰랑거리는 소리를 들었다고 생각했어요. 이따금씩 흔들리는, 높이 자라난 놀라운 모습의 갈대 무리도 보였답니다.

강은 완벽하게 고요했어요. 나는 주변을 둘러싼 그 특별한 침묵에 감동을 느꼈답니다. 모든 짐승들, 늪지에 사는 밤의 가수인 개구리와 두꺼비조차 입을 다물고 있었어요. 갑자기 오른쪽에서 개구리 한 마리가 개굴개굴 울었습니다. 나는 소스라쳤어요. 잠시 후 개구리가 울음을 그쳤습니다. 그러자 더는 아무 소리도 들리지 않았고, 나는 기분 전환을 위해 담배를 조금 피우기로 했습니다. 하지만 골초로 이름 난 내가 담배를 피울 수 없었습니다. 두 번째 모금부터 속이 울렁거려서 담배를 꺼버렸지요. 나는 콧노래를 흥얼거렸습니다. 내 목소리가 참으로 고약하게 들리더군요. 배 밑바닥에서 내 목소리를 듣다가 눈을 들어 하늘을 쳐다보았습니다. 잠시 동안 그렇게 조용히 있었습니다. 하지만 배가 가볍게 움직이는 바람에 걱정이 되었지요. 아무래도 배가 강둑을 건드리면서 경로를 이탈한 것 같았어요. 하지만 조금 있다 보니 어떤 존재 혹은 보이지 않는 어떤 힘이 물속에서 배를 천천히 끌어당기고 들어 올린 다음 다시 내려놓은 것이 아닌가 하는 생각이 들었습니다. 나는 폭풍우 한가운데에 있는 것처럼 우왕좌왕했습니다. 주변에서 알 수 없는 소리들도 들렸어요. 나는 튕겨 오르듯 벌떡 일어났습니다. 하지만 강물은 여전히 반짝였고 주위도 고요했어요.

아무래도 신경이 조금 날카로워진 것 같다는 생각에 그곳을 뜨기로 결심했습니다. 닻에 연결된 사슬을 당겼습니다. 그러자 배가 움직이기 시작했어요. 잠시 후 사슬에서 저항이 느껴졌고, 나는 사슬을 더 세게 당겼습니다. 하지만 닻이 딸려 올라오지 않았어요. 물속의 뭔가에 걸려 있었는데 들어 올릴 수가 없었어요. 나는 다시 사슬을 당겼습니다. 하지만 소용없었지요.

그래서 노를 저어 배를 돌리고 닻의 위치를 바꾸기 위해 상류로 옮겨 갔지요. 하지만 소용없었습니다. 닻은 요지부동이었어요. 나는 화가 나서 사슬을 마구 흔들었습니다. 그러나 아무것도 움직이지 않았어요. 나는 낙담한 채 자리에 앉아 내가 처한 상황을 곰곰이 생각해 보았습니다. 사슬을 부수거나 배에서 분리한다는 생각은 할 수 없었습니다. 사슬이 앞쪽에 있는, 내 팔뚝보다 더 굵은 나뭇조각 속에 고정되어 있었기 때문이지요. 게다가 날씨가 매우 좋았기 때문에, 조금 기다리면 지나가던 어부가 나를 보고 구하러 올 거라고 생각했답니다. 재난을 당했음을 깨닫자 오히려 마음이 진정되었어요. 나는 다시 자리에 앉았고, 결국 파이프 담배를 피울 수 있었답니다. 가지고 있던 럼주도 두세 잔 마셨습니다. 내가 처한 상황을 생각하니 웃음이 나오더군요. 날씨야 부득이한 경우 별 어려움 없이 노숙을 할 수 있을 만큼 따뜻했습니다.

갑자기 뭔가가 배 가장자리를 가볍게 두들겼습니다. 나는 움찔했어요. 식은땀이 머리에서 발끝까지 흘러내려 몸이 오싹했지요. 숲 어느 끄트머리에서 웬 소리가 강물의 흐름을 타고 들려왔습니다. 다시 신경이 동요하고 날카로워졌죠. 나는 사슬을 다시 붙잡고 필사적으로 잡아당겨 보았습니다. 하지만 닻은 요지부동이었어요. 나는 기진맥진해서 도로 주저앉았습니다.

차츰 강이 매우 두터운 안개에 덮여 갔어요. 안개는 물 위로 아주 낮게 퍼져 갔습니다. 몸을 일으켜 보았지만 더 이상 강도 내 발도 배도 보이지 않았어요. 뾰족한 갈대 끄트머리만 보일 뿐이었지요. 저쪽 멀리, 달빛에 몹시 창백해진 평원에는 커다란 검은 얼룩들이 하늘을 향해 뻗어 있었습니다. 이탈리아 포플러 무리였지요. 나로 말하면 하얀 면 식탁보에 허리까지 파묻힌 기분이었어요. 이윽고 기묘한 생각이 머릿속에 떠올랐습니다. 누군가가 이제는 식별조차 되지 않는 내 배에 올라타려 한다는 생각, 불투명한 안개에 감싸인 내 주변을 낯선 존재들이 떼로 헤엄치고 있다는 생각이었어요. 그러자 소름이 끼치도록 불안했습니다. 관자놀이가 조여들었고, 심장이 미친 듯이 뛰어 질식할 것 같았지요. 머리가 돌아 버릴 것만 같아서 헤엄을 쳐서 달아나려고 했습니다. 하지만 얼마 뒤 더욱 극심한 공포에 사로잡혔습니다. 벗어나지 못할 것 같은 수풀과 갈대 속에서 길을 잃고 몸부림치면서 두려움에 숨을 몰아쉬었지요. 강둑도 배도 보이지 않는 가운데, 나는 두터운 안개 속을 나아갔습니다. 검은 강물 밑바닥으로 두 발이 자꾸만 꺼져 들어가는 것 같았어요.

500미터가량 강물을 거슬러 올라간 뒤에야 수풀과 골풀이 없고 발을 디딜 수 있는 지점을 발견했습니다. 헤엄으로 그 안개 속을 벗어날 수 있는 가능성은 90퍼센트였습니다. 나는 헤엄을 잘 쳤으니까요.

나는 상황을 꼼꼼히 추론해 보았고, 두려워하지 않겠다는 굳은 의지를 느꼈습니다. 그러나 내 안에는 의지와는 다른, 두려워하는 뭔가가 있었습니다. 무엇을 두려워하는 것인지 자문해 보았습니다. 그러자 용감한 자아가 겁 많은 자아를 비웃었습니다. 내 안에 있는 두 자아의 대립을 그날처럼 뼈저리게 느껴 본 적이 없어요. 한쪽은 원했고 다른 쪽은 반항했지요. 두 자아는 번갈아 가며 서로의 자리를 빼앗았습니다.

설명할 수 없는 어리석은 두려움은 계속 커져 마침내 공포감이 되었습니다. 나는 눈을 뜨고 귀를 쫑긋 세운 채 꼼짝 않고 그 자리에 머물러 있었어요. 도대체 뭐지? 하지만 그것의 정체를 알 수가 없었습니다. 아무튼 끔찍한 어떤 것인 듯했어요. 자주 일어나는 일이지만 물고기 한 마리라도 물 위로 튀어 오를 경우 나는 곧바로 정신을 잃고 뻣뻣해질 참이었습니다.

하지만 각고의 노력을 통해 나를 떠나갔던 이성을 다시 수습할 수 있었지요. 나는 럼주 병을 집어 들고 벌컥벌컥 마셨습니다. 그때 불현듯 어떤 생각이 떠올랐고, 나는 사방을 둘러보며 사력을 다해 소리치기 시작했어요. 목청이 완전히 마비되었을 때, 나는 어떤 소리를 들었습니다. 아주 멀리서 개 한 마리가 울부짖고 있었어요.

나는 럼주를 한 모금 더 마시고 배 밑바닥에 길게 드러누웠습니다. 그렇게 한두 시간쯤 자지 않고 눈을 뜬 채 주변에서 일어나는 악몽들을 경험하며 누워 있었지요. 감히 일어날 수가 없었습니다. 하지만 정말이지 일어나고 싶었어요. 매 순간 그 생각을 했습니다. 속으로 생각했지요. '자, 이제 일어나!' 하지만 몸을 움직이는 것이 두려웠어요. 그러다가 마침내 내가 낼 조그만 소리 하나에 인생이 달려 있기라도 하듯 무척 조심하며 몸을 일으키고 뱃전 너머를 바라보았답니다.

맙소사, 눈이 부시더군요. 밖에는 사람이 볼 수 있는 가장 근사하고 놀라운 광경이 펼쳐져 있었어요. 그것은 요정 나라의 몽환, 아주 먼 곳을 다녀온 여행자들이 이야기하면 우리가 믿을 수 없어 하며 귀 기울이는 환상 같았어요.

두 시간 전만 해도 강물 위에 퍼져 있던 안개가 조금씩 물러가 강기 슭에 모여 있더군요. 안개는 강물에서 완전히 떠나가 양쪽 둑 위에 6~7 미터 높이의 언덕을 형성하고 있었어요. 그 언덕이 달빛을 받아 눈처럼 찬란한 광채를 내며 반짝였습니다. 두 개의 하얀 언덕 사이에 놓인 강 말고는 아무것도 보이지 않도록 말입니다. 내 머리 위에서는 커다란 보름달이 푸르스름한 기가 감도는 우윳빛 하늘 한가운데에서 빛을 발했 고요.

물속 동물들도 모두 깨어났습니다. 개구리들이 개굴개굴 맹렬하게 울어 댔고, 이따금씩, 어떤 때는 오른쪽에서 어떤 때는 왼쪽에서 별들을 향한 두꺼비들의 짧은 금속성 곡조가, 단조롭고 구슬픈 울음소리가 들렸습니다. 그러자 이상하게도 더 이상 무섭지 않았습니다. 나는 너무나 특별하고 무척이나 강렬한 분위기에 놀라 그 풍경 한가운데에 머물렀습니다.

그렇게 얼마나 오래 있었는지는 잘 모르겠습니다. 어느새 슬며시 잠이 들어 버렸으니까요. 다시 눈을 떴을 때는 달이 이울고 하늘에 구름이 가득하더군요. 강물이 침울하게 찰랑거리고 바람이 불어왔습니다. 날씨가 춥고 어둠이 깊었어요.

나는 남아 있는 럼주를 마저 마셨습니다. 그런 다음 몸을 떨면서 갈대들이 부스럭거리는 소리와 강의 을씨년스러운 소음에 귀를 기울였지요. 나는 주위를 보려고 애썼습니다. 하지만 내 배를 식별할 수 없었습니다. 눈을 바싹 갖다 대봤지만 내 손조차 식별할 수 없었어요.

하지만 어둠의 두께가 차츰 얇아졌습니다. 갑자기 그림자 하나가 내 옆으로 지나가는 것이 느껴졌어요. 나는 비명을 질렀습니다. 그러자 목소리가 응답하더군요. 웬 어부였습니다. 나는 그를 불렀고, 그가 다가왔습니다. 나는 그에게 내가 당한 재난을 이야기했고, 그는 자기 배의 뱃전과 내 배의 뱃전을 묶었습니다. 그리고 둘이서 사슬을 당겼습니다. 그래도 닻은 움직이지 않았어요. 그러는 동안 하늘이 잿빛으로 밝아 왔습니다. 비가 내리고 추운 날이었어요. 그런 날씨는 슬픔과 불행을 가져다주지요. 내가 다른 배 한 척을 보았고, 우리는 그 배를 소리쳐 불렀습니다. 그 배에 탄 사람이 우리에게 힘을 보태 주었습니다. 그러자 닻이 조금씩 움직이더군요. 닻은 상당한 무게가 실린 채 천천히 올라왔습니다. 마침내 검은 덩어리 하나가 보였고, 우리는 그것을 내 배의 뱃전으로 끌어올렸습니다.

그것은 커다란 돌덩이를 목에 매단 노파의 시신이었습니다.

.

시몽의 아빠
Le Papa de Simon

시계가 정오를 알렸다. 학교 정문이 열렸고, 아이들이 빨리 나가려고 서로 몸을 떼밀며 급히 달려 나왔다. 하지만 아이들은 매일 그러듯 신속히 흩어져 저녁을 먹으러 집에 돌아가는 대신, 몇 걸음 만에 걸음을 멈추고 무리를 이루어 속닥거리기 시작했다.

그날 아침 라 블랑쇼트의 아들 시몽이 처음으로 학교에 왔다.

아이들 모두는 집에서 라 블랑쇼트라는 여자에 대해 들은 적이 있었다. 겉으로 볼 때 마을 사람들은 라 블랑쇼트를 환영했지만, 아이 어머니들은 뚜렷한 이유도 없이 서로 의기투합해서 약간 멸시하는 것 같기도 하고 동정하는 것 같기도 한 태도로 그녀를 대했다.

아이들은 시몽에 대해 잘 몰랐다. 시몽은 아이들과 함께 개구쟁이처럼 길거리나 강가를 뛰어다니는 일 없이 집 안에만 있었기 때문이다. 그래서 시몽을 별로 좋아하지 않았고, 놀라움이 섞인 재미있어하는 태도로만 대했다. 열네댓 살 먹은 아이 하나가 뭐가 아는 것처럼 눈을 가늘게 뜨고 한 이 말을 서로에게 되풀이하면서.

"너희들도 알지…… 시몽 말이야…… 그 애는 아빠가 없대."

라 블랑쇼트의 아들 시몽이 학교 정문 앞에 보였다.

시몽은 일곱 살에서 여덟 살 사이였다. 안색이 조금 파리했고, 차림새가 매우 깔끔했으며, 수줍은 나머지 부자연스러운 표정을 하고 있었다.

아이들이 무리를 지어 계속 속닥거리고, 못된 짓을 꾸미는 어린애들 특유의 약삭빠르고 잔인한 눈으로 쳐다보는 가운데, 시몽은 집으로 걸음을 옮겼다. 그런데 아이들이 조금씩 시몽을 둘러싸더니 마침내 완전히 가두어 버렸다. 시몽은 아이들이 자기에게 무슨 짓을 하려는 건지 알 수 없어 놀라고 당황한 채 그들 한가운데에 붙박여 있었다. 소문을 퍼뜨린 아이가 이미 거둔 성공에 의기양양해져서 물었다.

"너, 이름이 뭐야?"

"시몽."

그 아이가 다시 물었다. "시몽 뭔데?"

시몽은 무척 당황해서 다시 대답했다. "시몽이야."

"시몽 그리고 뭐라고 말해야지…… 그냥 시몽은 제대로 된 이름이 아니잖아."

그러자 시몽은 울 것 같은 표정으로 세 번째로 대답했다.

"내 이름은 시몽이라고."

개구쟁이들이 웃음을 터뜨리고는, 의기양양해져서 목소리를 높였다. "이제 얘한테 아빠가 없다는 걸 확실히 알겠어."

그러고는 무거운 침묵이 내려앉았다. 아이들도 이 이상하고 불가능하고 엄청난 사실 앞에 어리둥절해졌던 것이다. 아빠가 없는 애가 있다니. 아이들은 놀라운 사건을 대하듯, 혹은 초자연적인 존재를 바라보듯 시몽을 바라보았다. 그리고 그때까지는 납득되지 않았던, 라 블랑쇼트에 대한 어머니들의 경멸감이 자기들 안에서도 싹트는 것을 느꼈다.

시몽으로 말하면, 넘어지지 않기 위해 나무에 몸을 기대고 있었다. 돌이킬 수 없는 재앙에 깜짝 놀란 것처럼 거기에 머물러 있었다. 상황을 해명하려고 애썼지만 적당한 대답을 찾아내지 못했고, 자신에게 아빠가 없다는 끔찍한 사실을 부인할 수도 없었다. 마침내 시몽은 창백한 안색으로 되는대로 외쳤다. "아니야. 나도 아빠 있어."

아까 그 아이가 물었다. "어디 있는데?"

시몽은 입을 다물었다. 아빠가 어디 있는지 알지 못했기 때문이다. 흥분한 아이들이 와 하고 웃어 댔다. 짐승에 가까운 이 시골 남자아이들은, 닭 한 마리가 상처를 입으면 그놈을 끝장내려고 즉시 달려드는 닭장 안의 닭들과 같은 잔인한 욕구를 경험하고 있었다. 시몽은 불현듯 이웃집 남자아이 하나를 알아보았다. 그 아이 역시 시몽처럼 과부의 아들이었고 항상 어머니와 단둘이었다.

시몽이 말했다.

"너도 그렇잖아. 너도 아빠가 없잖아."

그 아이가 대답했다.

"있어. 나는 아빠 있어."

"어디 있는데?" 시몽이 물었다.

아이가 무척 자랑스러워하며 말했다. "돌아가셨어. 우리 아빠는 묘지에 계셔."

악동들 사이에 칭찬의 중얼거림이 일었다. 아버지가 돌아가셔서 묘지에 계시다는 사실이 시몽을 짓밟아도 될 만큼 그 아이를 당당하게 만들어 주는 것처럼. 대부분 술꾼에 도둑이고 아내에게 혹독하게 구는 심술궂은 아버지를 두었지만 합법적으로 태어난 이 악동들은, 법의 보호 밖에 있는 시몽을 압박해 질식시키려는 듯 몸을 떼밀며 점점 더 밀착해 왔다.

한 아이가 시몽에게 몸을 붙이고는 교활한 표정으로 혀를 빼문 뒤 외쳤다.

"아빠가 없대! 아빠가 없대!"

시몽이 두 손으로 그 아이의 머리끄덩이를 잡고는 발로 다리를 마구 걷어찼다. 그 아이는 시몽의 뺨을 거칠게 물어뜯었다. 아수라장이었다. 싸우던 두 아이가 마침내 떨어졌을 때, 시몽은 두들겨 맞아 찢기고 타박상을 입은 채 개구쟁이들에게 빙 둘러싸여 나뒹굴고 있었다. 개구쟁이들이 박수를 쳤다. 시몽이 먼지투성이가 된 셔츠에 손을 닦으며 일어나자, 누군가가 외쳤다.

"가서 네 아빠한테 일러."

시몽은 큰 좌절감을 느꼈다. 자신보다 힘이 센 아이들한테 맞아도 아무 말도 하지 못했다. 아빠가 없는 것이 사실이었기 때문이다. 시몽은 자존심을 지키기 위해 복받치는 눈물을 참으려고 몇 초 동안 애썼다. 하지만 이내 호흡 곤란이 왔고, 소리도 내지 못하고 어깨를 들먹이며 서럽게 흐느꼈다.

시몽의 눈물이 악동들에게 흉포한 즐거움을 일깨웠다. 그들이 느끼는 즐거움 속에는 야만성이 있었고, 그들은 시몽을 빙 둘러싼 채 손을 잡고 춤을 추며 노래의 후렴구처럼 "아빠가 없대! 아빠가 없대!" 하고 되뇌었다.

갑자기 시몽이 울음을 그쳤다. 시몽은 너무나 화가 나서 미칠 지경이었다. 발밑에 돌멩이 몇 개가 있었고, 시몽은 그 돌멩이들을 주워 자기를 괴롭히는 아이들에게 있는 힘껏 던졌다. 두세 명이 돌을 맞고 소리를 지르며 달아났다. 시몽이 흥분해서 마구 날뛰었으므로 아이들은 급기야 겁이 났고, 성난 사람을 마주한 군중이 그러듯 비겁하게 흩어져서 도망쳤다.

혼자 남은 시몽은 들판을 향해 달리기 시작했다. 기억 하나가 떠올라 그에게 큰 결심을 하도록 만들었기 때문이다. 시몽은 강물에 빠져 죽고 싶었다.

일주일 전의 일이었다. 구걸해서 먹고사는 불쌍한 남자 하나가 돈이 다 떨어지자 강물에 몸을 던졌다. 시몽은 그를 건져 올리는 광경을 목격했다. 평소 그 남자는 말수가 적은 데다 초라하고 지저분하고 추해 보였다. 그런데 물에서 건져 올린 그 남자는 젖은 긴 턱수염이 창백한 뺨에 붙어 있고, 평온한 표정으로 두 눈을 고요히 뜨고 있었다. 그 모습이 시몽에게 충격을 주었다. 주변에 있던 사람들이 말했다. "저 사람 죽었어." 누군가가 덧붙였다. "이제 편안해졌군." 아버지가 없는 시몽도 물에 빠지고 싶었다. 돈이 없었던 그 불쌍한 남자처럼.

시몽은 강가에 도착해 흐르는 강물을 바라보았다. 물고기 몇 마리가 맑은 물속에서 장난치듯 뛰놀고 있었다. 물고기들은 이따금씩 낮게 뛰어오르기도 하고, 수면을 이리저리 날아다니는 파리들을 덥석 물기도 했다. 시몽은 그 장면을 구경하느라 울음을 그쳤다. 그것들의 수작에 무척 흥미가 당겼기 때문이다. 하지만 폭풍우가 가라앉은 뒤에도 갑자기 돌풍이 불어와 나무들을 부러뜨리고 지평선 너머로 사라지듯이, 때때로 날카로운 고통과 함께 이런 생각이 시몽의 머릿속에 떠올랐다. '아빠

가 없으니까 나도 물에 빠져 죽을 거야.'

날씨가 무척 따뜻하고 화창했다. 기분 좋은 햇볕이 풀들을 덥혀 주었다. 강물은 마치 거울처럼 반짝였다. 시몽은 눈물 바람에 이어진 나른한 황홀경에 몇 분 동안 빠져 있었다. 그 따뜻한 풀밭 위에서 잠들고 싶은 마음이 간절했다.

조그만 초록색 개구리 한 마리가 시몽의 발밑에서 뛰어올랐다. 시몽은 개구리를 붙잡으려 했다. 하지만 개구리는 시몽의 손을 피해 달아났다. 시몽은 개구리를 뒤쫓았고, 연거푸 세 번 놓쳤다. 마침내 뒷다리 끄트머리를 붙잡았고, 시몽은 개구리가 자기 손에서 벗어나려고 애쓰는 모습을 보면서 웃었다. 개구리는 모아진 긴 뒷다리에 힘을 빼고 있다가, 갑자기 빗장처럼 쭉 뻗었다. 동공이 금빛인 눈을 동그랗게 뜨고 앞발을 손처럼 흔들면서 허공을 차기도 했다. 그 모습이 마치 좁은 나무 판을 지그재그로 못질해 만든 장난감 같았다. 그 위에 고정한 작은 병사들을 이 개구리와 유사한 움직임을 통해 훈련시키는 장난감 말이다. 이윽고 시몽은 집을, 어머니를 생각했다. 그리고 큰 슬픔에 사로잡혀 다시 울기 시작했다. 떨림이 시몽의 팔다리를 관통했다. 시몽은 무릎을 꿇고 잠들기 전에 외우는 기도문을 낭송했다. 하지만 끝까지 낭송할 수가 없었다. 흐느낌이 긴급하고 격하게 다시 찾아와 시몽을 온통 뒤덮어 버린 것이다. 시몽은 더 이상 생각하지 않았다. 더 이상 주변을 보지 않았다. 그저 우는 데만 몰두했다.

누군가가 육중한 손으로 시몽의 어깨를 짚더니, 굵은 목소리로 물었다. "꼬마야, 누가 너를 이렇게 슬프게 했니?"

시몽은 뒤를 돌아보았다. 키가 크고 턱수염을 기른, 검은 머리카락이 곱슬곱슬한 노동자 한 명이 다정한 표정으로 그를 보고 있었다. 시몽은 눈에 눈물이 그렁그렁한 채 울먹이는 목소리로 대답했다.

"아이들이 저를 때렸어요…… 제가…… 제가…… 아빠가 없다고요…… 아빠가 없다고요."

"저런. 하지만 누구에게나 아빠는 있는 법인데."

남자가 웃으며 말했다.

시몽은 슬픔 때문에 경련을 일으키며 힘겹게 다시 말했다. "저는…… 저는…… 없어요."

그러자 남자의 얼굴이 심각해졌다. 남자는 이 아이가 라 블랑쇼트의 아들임을 눈치챘다. 이 고장에 온 지 얼마 되지 않았지만 그는 시몽의 이야기를 어렴풋이 알고 있었다.

그가 말했다.

"얘야, 마음을 좀 가라앉히렴. 그리고 나와 함께 네 엄마에게 가자꾸나. 우리가 너에게 아빠를 하나 만들어 줄게."

두 사람은 손을 잡고 길을 나섰다. 남자가 다시 웃었다. 라 블랑쇼트를 보는 것이 기분 나쁘지 않았기 때문이다. 사람들은 라 블랑쇼트가 이 고장에서 가장 예쁜 여자라고 말했다. 그의 머릿속 깊숙한 곳에서는 이미 가버렸다고 생각한 젊음이 어쩌면 다시 시작될 수도 있으리라는 생각이 들었다.

그들은 조그맣고 매우 말끔한 하얀 집 앞에 도착했다.

"여기예요." 아이가 말했다. 그리고 외쳤다. "엄마!"

여자가 모습을 드러냈고, 남자의 얼굴에서 미소가 싹 가셨다. 자신이 이미 한 남자에게 배반당한 여자의 집 문지방을 예고 없이 침범했다는 것을 깨달은 것이다. 키 크고 창백한 그 여자는 또 다른 남자에게서 스스로를 방어하려는 듯 자기 집 문 앞에 엄격한 모습으로 서 있었다. 사람들이 이 여자를 조심스럽게 대하는 데는 이유가 있었다. 겁먹은 남자는 한 손에 모자를 든 채 우물우물 중얼거렸다.

"안녕하세요, 부인. 부인의 아들이 강가에서 길을 잃고 헤매고 있어서 데려왔습니다."

하지만 시몽은 어머니의 목에 매달려 다시 울면서 말했다.

"아니에요, 엄마. 난 강물에 빠져 죽고 싶었어요. 애들이 날 때렸거든요…… 날 때렸어요…… 나에게 아빠가 없다면서요."

그 젊은 여자는 두 뺨이 무척 붉어지고, 마음 깊숙한 곳에 상처를 입었다. 여자는 아이를 격렬하게 끌어안았다. 그녀의 얼굴에 눈물이 주르르 흘러내렸다. 남자는 어떤 식으로 자리를 떠야 할지 몰라서 마음 아파하며 서 있었다. 갑자기 시몽이 그에게 달려와서 말했다.

"내 아빠가 돼주실래요?"

깊은 침묵이 내려앉았다. 라 블랑쇼트는 부끄러워서 어쩔 줄 몰라 하며 말없이 두 손을 가슴에 대고 벽에 몸을 기댔다. 남자가 대답하지 않자 시몽이 다시 말했다.

"싫다고 하시면 다시 강물에 가서 빠져 죽을 거예요."

남자는 시몽의 말을 농담으로 여기고는 웃으며 대답했다.

"그러마. 그렇게 할게."

그러자 시몽이 다시 물었다. "아저씨 이름이 뭐예요? 아이들이 물어볼 때 대답하려면 아저씨 이름을 알아야 하잖아요."

"필리프란다." 남자가 대답했다.

시몽은 그 이름을 기억해 두기 위해 잠깐 입을 다물고 가만히 있었다. 이윽고 시몽은 매우 안도한 표정으로 두 팔을 내밀며 말했다.

"좋아요, 필리프! 이제 필리프는 우리 아빠예요."

남자는 시몽을 땅에서 들어 올려 두 뺨에 입을 맞추었다. 그런 다음 성큼성큼 걸어 아주 빠르게 자리를 떴다.

다음 날 시몽이 학교에 가자, 아이들은 심술궂은 웃음으로 시몽을 맞이했다. 그리고 방과 후에 예의 그 아이가 다시 괴롭히려 하자, 시몽은 기다렸다는 듯이 그 아이의 면전에 대고 내뱉었다. "우리 아빠 이름은 필리프야."

사방에서 환호성이 솟아올랐다.

"필리프 뭔데? 필리프 뭐야? 필리프 뭐냐고…… 어디서 필리프라는 사람을 찾아낸 거야?"

시몽은 대답하지 않았다. 그러나 이번에는 확고한 믿음을 가지고, 도망치기보다는 괴롭힘 당할 채비를 하고 도전하는 눈길로 아이들을 노려보았다. 다행히 선생님이 나타나 시몽을 구해 주었고, 시몽은 어머니가 기다리는 집으로 돌아갔다.

키 큰 노동자 필리프는 석 달 동안 라 블랑쇼트의 집 근처를 자주 지나다녔고, 그녀가 창가에서 바느질하는 모습이 보이면 이따금 용기를 내어 그녀에게 말을 걸었다. 그녀는 언제나 진지한 태도로 정중하게 대답했다. 그러나 절대 그와 함께 웃는 법이 없었고, 그를 집 안으로 들이지도 않았다. 하지만 남자들이 모두 그렇듯 조금 어리석은 그는 그녀가 자기와 함께 이야기를 할 때 평소보다 얼굴이 붉어지는 것 같다고 생각했다.

하지만 일단 실추된 평판은 너무나 취약하고 회복하기가 쉽지 않으므로, 라 블랑쇼트가 매우 신중하게 처신했음에도 불구하고 사람들은 벌써부터 입방아를 찧어 댔다.

한편 시몽은 새로 생긴 아빠를 무척 좋아했고, 하루 일과가 끝나면 저녁마다 그와 함께 산책을 했다. 학교도 열심히 다녔는데, 놀리는 말에 절대 대꾸하지 않아 학생들 사이에서 매우 당당한 아이로 통하게 되었다.

그러던 어느 날, 시몽을 맨 처음 괴롭혔던 아이가 시몽에게 와서 이렇게 말했다.

"너 거짓말했지? 너에게는 필리프라는 이름의 아빠가 없어."

"왜 그런 말을 하는 거야?" 시몽이 몹시 흥분해서 되물었다.

그 아이는 두 손을 마주 비비며 대꾸했다.

"너한테 그런 아빠가 있다면 그 사람은 네 엄마의 남편이어야 하니까."

이 정확한 논리 앞에서 시몽은 동요했다. 하지만 이렇게 대답했다. "그래도 그 사람은 우리 아빠야."

아이가 이죽거리며 말했다.

"그럴 수도 있겠지. 하지만 네 엄마의 남편이 아니라면 그 사람은 완전히 네 아빠는 아니야."

시몽은 머리를 숙인 채 생각에 잠겨 루아종 영감의 대장간으로 걸어갔다. 필리프가 거기서 일하고 있었다.

대장간은 무성한 나무들 밑에 파묻히다시피 해 무척 어두웠다. 무시무시한 화덕의 빨간 불빛만이 팔을 걷어붙인 채 엄청난 굉음을 내며 모루를 두들기는 다섯 명의 대장장이들을 비추었다. 그들은 악마처럼 붉게 물든 채 타오르는 쇠붙이에 눈길을 고정하고 서 있었다. 그들의 망치질 소리와 함께 무거운 생각이 올라가고 내려갔다. 시몽은 조용히 안으로 들어가 필리프의 소맷자락을 살며시 잡아당겼다. 필리프가 뒤를 돌아보았다. 갑자기 작업이 중단되었고, 대장장이들이 주의 깊은 눈길로 그들을 바라보았다. 이례적인 그 침묵 한가운데에서 시몽의 조그맣고 가냘픈 목소리가 솟아올랐다.

"저기요, 필리프 아저씨. 미쇼드 집안 아이가 아까 나한테 아저씨가 완전히 내 아빠는 아니라고 했어요."

"왜 그런 말을 한 거지?" 필리프가 물었다.

시몽은 순진하게 대답했다.

"아저씨가 우리 엄마의 남편이 아니어서 그렇대요."

아무도 웃지 않았다. 필리프는 모루 위에 세운 망치 손잡이에 얹힌 두툼한 손등에 이마를 대고 생각에 잠겼다. 동료 네 사람이 그를 바라보았다. 조그만 시몽은 그 거인들 속에서 몹시 불안한 표정으로 기다렸다. 대장장이들 중 하나가 모두의 생각을 대변해 필리프에게 말했다.

"라 블랑쇼트는 상냥하고 선량한 여자야. 불행한 일을 겪었는데도 꿋꿋하고 반듯하잖아. 교양 있는 신사에게 어울리는 여자 같아."

"그래, 사실이야." 다른 세 사람이 맞장구쳤다.

대장장이가 계속 말했다.

"그 여자가 과오를 범한 것이 그 여자 잘못일까? 상대 남자가 그녀에게 결혼을 약속했대. 요즘 사람들이 높이 평가하는 것이 따로 있긴 하지만, 다른 것도 똑같이 가치가 있어."

"그래, 맞는 말이야." 다른 세 사람이 이구동성으로 말했다.

대장장이가 계속 말을 이었다. "그 가여운 여자는 홀몸으로 아이를 키우느라 고생했고, 교회에 갈 때 말고는 외출도 않고 눈물 속에 살아왔어. 오직 하느님만이 그 심정을 아실 거야."

"그것도 맞는 말이지." 세 사람이 말했다.

잠시 동안 화덕의 불길을 북돋우는 풀무 소리만 들렸다. 잠시 후 필리프가 시몽 쪽으로 몸을 숙이고는 말했다.

"엄마에게 가서 내가 드릴 말씀이 있다고, 오늘 저녁에 찾아뵙겠다고 전해 주렴."

그런 다음 시몽의 어깨를 밀어 밖으로 내보냈다.

필리프는 다시 일을 시작했다. 다섯 개의 망치가 다 함께 모루 위로 떨어져 내렸다. 그들은 저녁까지 그렇게 힘 있고 강력하게, 기분 좋은 망치처럼 즐겁게 쇠를 두드렸다. 하지만 성당의 큰 종이 축일 날 다른 종들의 소리를 압도하며 울려 퍼지는 것처럼, 필리프의 망치는 매 순간 귀를 먹먹하게 하는 요란한 소음을 내며 다른 망치들의 소리를 압도했다. 그는 눈에 불을 켠 채 불티들 속에서 열정적으로 쇠를 벼렸다.

필리프가 라 블랑쇼트의 집에 와서 문을 두드렸을 때 하늘에는 별들이 가득했다. 그는 일요일에 입는 웃옷에 갓 세탁한 셔츠를 입고, 턱수염을 말끔히 다듬은 모습이었다. 라 블랑쇼트는 문가에 나와 괴로워하는 표정으로 말했다.

"이렇게 어두워졌는데 찾아오시면 곤란해요, 필리프 씨."

그는 당황한 나머지 불분명한 소리로 우물거리며 그녀 앞에 서 있었다.

그녀가 다시 말했다. "이러시면 마을 사람들이 제 이야기만 할 거라는 걸 당신도 잘 아실 거예요."

그러자 그가 대뜸 말했다.

"그런 게 다 무슨 상관입니까. 당신이 내 아내가 되어 주기만 한다면요!"

아무런 대답도 없었지만, 어두운 방 안에서 누군가 털썩 주저앉는 소리가 들렸다. 필리프는 얼른 안으로 들어갔다. 침대 속에 누운 시몽은 엄마의 입맞춤 소리와 엄마가 나지막한 소리로 중얼거리는 소리를 들었다. 갑자기 친구의 손이 몸에 닿는 것도 느꼈다. 그가 힘센 팔로 시몽을 붙잡고는 외쳤다.

"네 친구들에게 네 아빠는 대장장이 필리프 레미라고, 그 사람이 너를 괴롭히는 아이들의 귀를 전부 잡아당겨 줄 거라고 말하려무나."

다음 날, 교실에 아이들이 가득 차고 수업이 시작되려고 할 때, 시몽이 매우 창백한 얼굴로 자리에서 일어나 입술을 떨면서 또렷한 목소리로 말했다. "우리 아빠는 대장장이 필리프 레미야. 우리 아빠가 나를 괴롭히는 애들의 귀를 전부 잡아당겨 주겠다고 약속했어."

이번에는 아무도 웃지 않았다. 아이들 모두 대장장이 필리프 레미를 잘 알고 있었기 때문이다. 그 사람이 아빠라면 자랑스러워할 만했다.

어느 농장 아가씨 이야기
Histoire d'une fille de ferme

1

날씨가 무척 좋았으므로, 농장 사람들은 평소보다 빨리 식사를 마치고 들판으로 갔다.

하녀 로즈는 뜨거운 물이 가득 담긴 솥이 얹힌 아궁이 속 불길도 꺼진 넓은 부엌 한가운데에 혼자 남아 있었다. 그녀는 이따금씩 손을 멈추고 창을 통해 들어온 햇빛이 그림자를 비추는 긴 탁자 위 네모난 공간에 눈길을 주며 솥 안의 물을 퍼내 천천히 설거지를 했다. 네모난 그 두 공간에는 유리창의 결점들이 드러나 있었다.

대담한 암탉 세 마리가 의자 밑에서 음식 부스러기를 찾았다. 가금류 냄새, 축사에서 나는 발효된 미적지근한 사료 냄새가 반쯤 열린 문을 통해 새어 들어왔다. 타는 듯한 정오의 침묵 속에서 수탉들 우는 소리가 들렸다.

로즈는 설거지를 마친 뒤 식탁을 닦고, 벽난로를 청소하고, 똑딱거리는 나무 벽시계 옆 깊숙한 곳에 있는 높은 찬장 속에 접시들을 정리한 다음, 조금 망연자실해져서는 이유는 알 수 없지만 힘들어하며 숨을 내쉬었다. 그러고는 거무스레해진 흙벽과 거미줄과 훈제 청어 그리고 양파가 줄줄이 매달려 있는 연기 가득한 천장 들보를 바라보았다. 그런 다음 오래된 악취들을 그날의 열기에 다져진 흙 위로 내보낸 것에 마음이 불편해져서 자리에 앉았다. 흙에는 매우 오래전부터 아주 많은 것들이 흩어져 말라 있었고, 옆방 서늘한 곳에 있는 더께 진 유제품의 시큼한 냄새도 섞여 있었다. 그녀는 평소의 습관처럼 바느질을 하고 싶었다. 그러나 힘이 없어서 문지방으로 가 숨을 내쉬었다.

그 순간 타는 듯한 햇빛이 그녀를 어루만졌고, 그녀는 부드러운 느낌이 마음속에 스며드는 것을, 팔다리에 행복이 흐르는 것을 느꼈다.

문 앞에서는 두엄이 끊임없이 수증기를 뿜어냈다. 암탉들이 그 위에 모로 누워 뒹굴고, 지렁이를 찾기 위해 발로 두엄 속을 긁었다. 암탉들 한가운데에는 수탉이 당당한 모습으로 우뚝 서 있었다. 수탉은 암탉들 중 한 마리를 고르기 위해 작게 구구거리며 주위를 맴돌았다. 선택받은 암탉이 태평하게 일어나 침착한 표정으로 다리를 접고 날개 위로 수탉을 받아들였다. 그런 다음 비어져 나온 깃털을 먼지 속에서 흔들고 다시 두엄 위에 누웠다. 그러는 동안 수탉은 자신의 승리를 헤아리며 목청껏 노래 불렀다. 뜰에 있는 모든 수탉들이 그 수탉에게 화답했다. 그들은 이 농장에서 저 농장으로 다니며 사랑의 결투를 벌이는 듯했다.

하녀는 생각 없이 닭들을 바라보았다. 그런 다음 고개를 들었더니, 분

바른 얼굴처럼 새하얀 꽃이 핀 사과나무의 광채가 눈을 찔렀다.

갑자기 망아지 한 마리가 미친 듯 흥겨워하며 그녀 앞을 달려 지나갔다. 망아지는 나무들이 있는 도랑 주변을 두 번 돌고는 갑자기 멈춰 서더니, 혼자라는 것에 놀란 듯 고개를 돌렸다.

그녀도 달리고 싶은 욕구를, 움직여야 할 필요성을 느꼈다. 동시에 길게 드러누워 팔다리를 쭉 뻗은 채 따뜻한 공기 속에서 쉬고 싶은 갈망을 느꼈다. 그녀는 야만적인 행복감에 사로잡혀 눈을 감고 애매하게 몇 걸음을 걸었다. 그런 다음 매우 천천히 닭장으로 달걀을 가지러 갔다. 달걀 열세 개가 있었다. 그녀는 그것들을 가지고 돌아왔다. 찬장 속에 달걀들을 빽빽이 넣자 부엌 냄새가 다시 불편해졌고, 그녀는 밖으로 나가 잠시 풀 위에 앉았다.

나무들에 둘러싸인 농장 뜰은 마치 잠들어 있는 것 같았다. 노란 민들레들이 불빛처럼 반짝였고, 높이 자란 풀들은 강렬한 초록색, 봄의 신선한 초록색이었다. 사과나무들의 발치에 둥근 그늘이 드리워 있었고, 잎사귀가 뾰족한 검을 닮은 붓꽃이 자라는 건물 초가지붕은 마구간과 곳간의 습기를 짚 사이로 빼내느라 수증기를 피워 올리고 있었다.

하녀 로즈는 짐수레와 마차들이 줄지어 놓인 헛간 아래에 도착했다. 그곳의 우묵한 도랑 속에 제비꽃이 가득한 커다란 초록색 구멍이 있었다. 제비꽃 향기가 퍼져 나갔고, 비탈 위에는 들판이, 군데군데 나무들이 작은 숲을 이루고 멀리에는 일꾼들이 무리를 이루어 수확을 하고 있는 드넓은 평원이 보였다. 일꾼들은 인형처럼 아주 조그맣게 보였고, 하얀 말들은 손가락 길이의 남자가 부리는 쟁기 끄는 장난감 같았다.

그녀는 다락방에서 짚 다발을 가져와 초록색 구멍 속에 던진 뒤 그 위에 앉았다. 그런 다음 편하지가 않아서 짚 다발을 묶은 끈을 풀어 짚들을 흩뜨린 뒤 머리 밑에 두 팔을 괴고 드러누워 다리를 쭉 뻗었다.

그녀는 천천히 눈을 감았고, 감미로운 푹신함 속에서 졸다가 푹 잠이 들었다. 잠시 후 손 두 개가 가슴에 얹히는 것을 느꼈고, 그녀는 튀어 오르듯 벌떡 일어났다. 농장 청년 자크였다. 얼마 전부터 그녀에게 구애하고 있는 피카르디 출신의 고삐 풀린 키 큰 남자였다. 양 우리에서 일을 하던 그는 그녀가 그늘에 눕는 것을 보고는, 머리카락에 짚을 묻힌 채 눈을 반짝이며 살금살금 다가온 것이다.

자크가 그녀에게 입을 맞추려 했다. 하지만 그녀는 그의 뺨따귀를 세게 후려쳤다. 그러자 자크는 넉살 좋게도 용서를 구했다. 이윽고 그들은 나란히 앉아서 사이좋게 잡담을 나누었다. 그들은 농작물을 수확하기 좋은 날씨에 대해, 조짐이 좋은 해에 대해, 그들의 선량한 주인에 대해 이야기했다. 그런 다음 이웃과 그 고장에 대해, 자신의 고향 마을에 대해, 자신의 젊음과 추억에 대해, 오래전에 떠나왔고 아마도 영원히 헤어져 지내야 할 부모에 대해 이야기를 나누었다. 부모가 떠오르자 로즈는 마음이 아팠다. 한편 자크는 미련을 버리지 못하고 욕망에 사로잡힌 채 슬금슬금 다가와 떨면서 그녀에게 몸을 비볐다. 그가 말했다.

"엄마를 본 지 무척 오래되었네요. 이토록 오래 헤어져 지내는 건 가혹한 일이에요."

갈 곳을 잃은 그의 눈길이 허공을 통과해 먼 곳을, 북쪽의 버려진 마을을 응시했다.

그가 갑자기 그녀의 목덜미를 붙잡고 다시 입을 맞추려 했다. 하지만 그녀가 꽉 쥔 주먹으로 그의 얼굴 한가운데를 세게 후려쳤고, 그의 코에서 피가 흘렀다. 그는 일어나서 나무에 다가가 머리를 기댔다. 그러자 그녀는 마음이 짠해져 그에게 다가가 물었다.

"아파요?"

그가 웃기 시작했다. 아니었다. 그건 아무것도 아니었다. 그녀가 그의 얼굴 한가운데를 때린 것뿐이다. 그가 중얼거렸다. "이런 장난꾸러기 같으니!" 그러고는 너무나 단단하고 쾌활한 그 여자에 대한 존경심에, 색다른 애정에, 싹트는 사랑의 감정에 사로잡혀 찬탄 어린 표정으로 그녀를 바라보았다.

코피가 멎자 자크는 이렇게 계속 앉아 있으면 로즈가 또 완력을 행사할까 봐 두려워져 주변을 한 바퀴 둘러보자고 제안했다. 그러자 그녀는 밤에 약혼녀들이 그러듯 그의 팔을 붙잡고 큰길로 나서며 말했다.

"이렇게 나를 업신여기는 건 좋지 않아요, 자크."

그가 항의했다. 아니라고, 그녀를 업신여긴 게 아니라 그녀에게 홀딱 반한 거라고. 그게 전부라고.

"그럼 정말로 나와 결혼하고 싶다는 거예요?" 그녀가 물었다.

그는 주저하다가 곁눈질로 그녀를 바라보았다. 그녀는 길 잃은 눈빛으로 앞쪽 먼 곳을 응시하고 있었다. 두 뺨이 붉고 통통했고, 넓은 가슴은 나염 옥양목 윗도리 밑에 도드라져 있었으며, 입술은 싱싱하고 도톰했다. 목 아래, 거의 맨살이 드러난 가슴팍에는 작은 땀방울들이 여기저기 맺혀 있었다. 그는 욕망에 사로잡혔고, 그녀의 귓가에 입을 대고 중얼거렸다.

"그래요, 정말 그러고 싶어요."

그러자 그녀가 그의 목덜미에 와락 팔을 두르고 오랫동안 입을 맞췄다. 두 사람은 숨이 가빠 헐떡거릴 지경이었다.

그 순간 그들 사이에는 영원한 사랑 이야기가 시작되었다. 그들은 구석에서 서로를 짓궂게 희롱했다. 건초 더미를 피해 달빛 아래에서 만나기로 약속했고, 편자를 박은 커다란 신발로 식탁 밑에서 서로의 다리에 멍 자국을 만들었다.

시간이 흐르자 자크는 그녀에게 조금씩 싫증을 내는 듯했다. 그녀를 피했고, 거의 말을 걸지 않았으며, 그녀와 단둘이 만나려고 하지 않았다. 그녀는 의심과 슬픔에 사로잡혔다. 그리고 얼마간의 시간이 더 흐른 뒤 그녀는 임신한 것을 깨달았다.

처음에 그녀는 깜짝 놀랐고, 다음에는 화가 났다. 매일 점점 더 화가 났다. 그가 너무도 교묘하게 그녀를 피해 다니는 바람에 그를 만날 수가 없었기 때문이다.

어느 날 밤 농장 사람들이 모두 자고 있을 때, 그녀는 맨발에 속치마 바람으로 소리 없이 밖에 나가 뜰을 가로지른 뒤 마구간 문을 밀어젖혔다. 말들 위, 짚을 가득 채운 커다란 상자 안에 자크가 누워 있었다. 그는 그녀가 오는 소리를 듣고는 코를 고는 척했다. 하지만 그녀는 그가 있는 곳으로 기어 올라가 그의 옆에 무릎을 꿇고는 그가 일어날 때까지 흔들어 깨웠다.

마침내 그가 일어나 앉아서는 그녀에게 물었다. "대체 어쩌자는 거야?" 그녀는 이를 악물고 분노로 몸을 떨면서 대답했다. "결혼하자고, 결혼하기로 약속했잖아." 그는 웃더니 이렇게 말했다. "아, 그거! 몸을 섞은 여자들 모두와 결혼할 수 있다면 얼마나 좋겠어. 하지만 그럴 수는 없잖아."

그녀가 멱살을 잡고 그를 뒤집어엎었고, 그는 그녀의 거친 몸짓에서 벗어나지 못했다. 그녀는 그의 목을 조르면서 그의 얼굴에 대고 외쳤다. "나 임신했어. 내 말 들려? 나 임신했다고."

그는 숨이 막혀 헐떡거렸다. 다음 순간 그들은 입을 다문 채 어두운 침묵 속에 꼼짝 않고 앉아 있었다. 말 한 마리가 시렁의 짚을 끌어당겨 천천히 씹는 소리만 들릴 뿐이었다.

자크는 그녀가 그 어느 때보다 힘이 세다는 것을 깨닫고 잘 들리지 않는 소리로 우물거렸다.

"그래, 알았어. 그렇다면 결혼할게."

하지만 그녀는 그의 약속을 쉬이 믿지 못했다.

그녀가 말했다.

"당장 혼인공시를 발표해요."

그가 대답했다.

"당장 발표할게."

"하느님께 맹세해요."

그는 몇 초 동안 망설이다가 결국 결정을 내렸다.

"하느님께 맹세해."

그제야 그녀가 그를 풀어 주었다. 그러고는 한마디도 하지 않고 가버렸다.

그날부터 마구간은 밤마다 굳게 잠겼고, 며칠 동안 그녀는 그와 이야기를 나누지 못했다. 그래도 그녀는 잠자코 있을 수밖에 없었다. 추문이 일어날까 두려워서.

그러던 어느 날, 식사 시간에 다른 하인이 들어오는 것을 보고 그녀가 물었다.

"자크는요? 어디 갔나요?"

그 하인이 대답했다. "네, 그래서 그 사람 대신 내가 왔답니다."

그 말을 듣고 그녀는 몸을 떨기 시작했다. 너무 심하게 떨어서 냄비를 들 수 없을 정도였다. 잠시 후 모두들 일을 하고 있을 때, 그녀는 자기 방으로 올라가 사람들이 듣지 못하도록 긴 베개에 얼굴을 파묻고 울었다.

낮 동안 그녀는 의심을 사지 않는 선에서 사람들에게 질문을 던져 상황을 파악하려고 애썼다. 하지만 자신에게 일어난 불행에 붙들린 나머지, 사람들이 모두 자신을 심술궂게 비웃는다는 생각이 들었다. 자크가 그 고장을 완전히 떠난 것인지 아닌 것인지도 전혀 알아낼 수가 없었다.

2

그리하여 고통스러운 인생이 그녀에게 시작되었다. 그녀는 자신이 하는 일에 관심을 두지 않은 채 '사람들이 이 사실을 알면 어떡하지!'라는 생각만 하며 기계처럼 일했다. 그 지독한 강박관념 때문에 다른 생각을 할 수가 없어서, 하루하루 다가오는 돌이킬 수 없고 죽음처럼 확실한 추문을 피할 방법을 도무지 찾지 못했다.

매일 아침 그녀는 다른 사람들보다 훨씬 일찍 일어났고, 오늘은 사람들이 눈치채지 않을까 걱정하면서 머리 빗을 때 사용하는 깨진 작은 거울 조각을 통해 자기 허리를 악착스럽게 살펴보았다.

낮 동안에도 수없이 일손을 멈추고 앞치마 속의 배가 지나치게 부풀어 보이지는 않는지 위에서 아래까지 꼼꼼히 살펴보았다.

몇 달이 흘렀다. 그녀는 거의 말수가 없어졌다. 사람들이 무엇을 물어도 놀라서 얼빠진 눈을 한 채 두 손을 떨면서 무슨 말인지 알아듣지 못했다. 보다 못한 주인이 이렇게 말할 정도였다.

"정말로 가련하기 짝이 없구나. 얼마 전부터 왜 이리 바보같이 구는 게냐!"

그녀는 교회에 가면 기둥 뒤에 숨어서 미사를 드렸고, 사제를 만나는 것이 두려워 감히 고해성사도 못 했다. 사제에게 속마음을 읽어 내는 초 인적인 능력이 있다고 믿었던 것이다.

식사 시간에도 동료들의 시선 때문에 불안해져 실신할 지경이었다. 소 치는 일꾼인 조숙하고 엉큼한 꼬마 녀석이 그녀의 임신을 눈치챈 것 만 같았다. 그 녀석의 번득이는 눈길이 줄곧 그녀를 떠나지 않았던 것 이다.

어느 날 아침, 우편배달부가 그녀에게 편지 한 통을 건네주었다. 편지 같은 것을 한 번도 받아 본 적이 없었던 그녀는 너무나 당황해서 꼼짝 않고 있었다. 혹시 자크에게서 온 편지일까? 하지만 그녀는 글을 읽을 줄 몰랐기에, 잉크 자국으로 뒤덮인 그 종이를 앞에 놓고 몸을 떨며 초 조해하기만 했다. 자신의 비밀을 아무에게도 털어놓지 못하고 있던 그녀 는 편지를 호주머니 속에 집어넣었다. 그러고는 하던 일을 자주 멈추고, 갑자기 편지에 적힌 내용을 알게 될지도 모른다는 상상을 어렴풋이 하 면서 서명과 똑같은 간격을 두고 적혀 있는 글 몇 줄을 오랫동안 바라 보았다. 그녀는 하루하루 초조함과 염려로 미쳐 갔고, 마침내 학교 선생 님을 찾아갔다. 학교 선생님은 그녀를 앉히고 다음과 같은 편지 내용을 읽어 주었다.

사랑하는 딸아, 내가 몹시 아프다는 것을 알리려고 이 편지를 보낸다. 이웃인 당튀 선생이 너를 부르려고 펜을 들어 주셨다.

애정 가득한 당신의 어머니를 위해,

로즈는 한마디도 하지 않고 자리에서 일어났다. 하지만 밖에 나가 혼자가 되자 다리에 힘이 빠져 길가에 주저앉았다. 밤까지 그렇게 있었다.

농장에 돌아온 그녀는 자신에게 닥친 불행을 주인에게 이야기했고, 주인은 그녀가 원하는 만큼 농장을 떠나 있도록 허락했다. 낮 동안 일하는 하녀에게 그녀가 하던 일을 대신 시키고, 그녀가 돌아오면 하던 일을 다시 하게 해주기로 약속도 했다.

고향에 돌아가니 어머니는 빈사 상태에 빠져 있었다. 어머니는 그녀가 도착한 날 세상을 떠났다. 그리고 그다음 날 로즈는 임신 일곱 달 만에 아기를 출산했다. 몸서리가 쳐질 만큼 바싹 야윈 조그만 아기였다. 아기는 몹시 고통스러워하는 듯했다. 마치 게의 발 같은, 살이 없는 가련한 두 손이 힘겹게 경련했다.

하지만 아기는 죽지 않고 살았다.

그녀는 자신이 결혼했지만 아기를 맡아 기를 수가 없다고 이야기한 뒤 이웃집에 아기를 맡겼고, 이웃들은 아기를 정성껏 돌봐 주겠다고 약속했다.

그리고 그녀는 농장으로 돌아왔다.

하지만 그녀의 멍든 마음속에는 고향에 두고 온 연약하고 조그만 아기를 향한 미지의 사랑이 아주 오랫동안 오로라처럼 일어났다. 그녀가 아기와 떨어져 있는 이상, 그 사랑은 시시각각 새로운 고통으로 다가왔다.

특히 아기를 두 팔로 품에 꼭 껴안고 그 조그만 몸의 냄새를 맡고 온기를 느끼고 싶다는 미친 듯한 갈망이 그녀를 심하게 괴롭혔다. 그녀는 매일 밤잠을 이루지 못하고 아기 생각을 했다. 밤에 일을 마치면 깊은 생각에 빠진 사람처럼 불 앞에 앉아 골똘히 불을 응시했다.

사람들은 그녀에 관해 수군거리기 시작했고, 애인이 생긴 게 틀림없다고 농담을 했다. 애인이 잘생겼느냐고, 키는 크냐고, 부자냐고, 결혼식은 언제 할 거냐고, 영세는 언제 받을 거냐고 묻기도 했다. 그럴 때면 그녀는 살그머니 자리를 빠져나와 혼자 울었다. 그런 질문들이 바늘처럼 그녀의 몸을 찌르는 것 같았기 때문이다.

근심을 떨쳐 내기 위해 그녀는 아기를 생각하며 맹렬히 일했다. 아기를 위해 돈을 많이 모으고 싶었다.

그녀가 너무 열심히 일해서 주인이 그녀의 급료를 올려 주지 않을 수 없었다.

차츰 그녀는 주변의 일들을 독점했고 두 사람 몫만큼 일하게 되었다. 덕분에 쓸모가 없어진 하녀 한 명이 쫓겨났다. 그녀는 빵을, 기름과 양초를, 암탉들에게 뿌려 주던 곡식을, 조금 낭비하던 가축 사료를 절약했다. 마치 제 것인 양 주인의 돈을 아꼈고, 거래를 유리하게 성사시켰고, 농장에서 나는 것들을 비싸게 팔았고, 물건 팔러 오는 농부들의 속임수를 간파해 냈다. 덕분에 그녀가 농장의 물건 구매와 판매를 맡고, 막노동꾼들의 작업을 감독하고, 비품 계산을 담당하게 되었다. 얼마 지나지 않아 그녀는 농장에 없어서는 안 될 존재가 되었다. 그녀는 농장에서 일어나는 일들을 성실하게 감독했고, 농장은 그녀의 지휘하에 놀랄 정도로 번영했다. 사방 2리외 지역에서 '발랭 아저씨의 하녀'에 대해 이야기했다. 농장 주인 발랭 씨도 이곳저곳에서 여러 번 말했다. "그 아가씨는 금보다도 더 값어치 있어."

하지만 시간이 흘러도 그녀가 받는 급료는 그대로였다. 그녀의 노동은 헌신적인 하녀라면 모두 해야 하는 일로, 열의의 표시로 받아들여질

뿐이었다. 그녀는 약간 씁쓸함을 느꼈고, 만약 주인이 자신 덕분에 매달 50에퀴*에서 100에퀴를 더 남긴다면, 자신은 매년 주인에게 240프랑을 더 벌게 해주는 셈이라고 생각했다.

그래서 급료 인상을 요구하기로 작정했다. 세 번 주인을 만나러 갔지만 막상 앞에 서면 다른 이야기를 했다. 돈 문제로 청원을 하는 것이 부끄러운 행동 같아 수치심을 느꼈던 것이다. 어느 날 농장 주인이 부엌에서 혼자 점심을 먹고 있을 때, 그녀는 거북한 표정으로 특별히 하고 싶은 이야기가 있다고 말했다. 농장 주인은 한 손에 나이프를 쥐고 다른 손에는 빵 한 조각을 든 채 놀라서 고개를 들고 하녀를 물끄러미 바라보았다. 그의 시선을 받자 동요한 그녀는, 몸이 조금 아파서 일주일 동안 고향에 다녀오고 싶다고 말했다.

농장 주인은 즉시 허락해 주었고, 어색해하며 한마디 덧붙였다.

"나도 너에게 할 말이 있다. 네가 고향에서 돌아오면 말하마."

3

아기는 생후 8개월이었다. 처음에 그녀는 아기를 알아보지 못했다. 아기는 피부가 장밋빛이고, 볼이 통통하고, 몸 여기저기도 포동포동했다. 마치 살아 있는 지방 덩어리 같았다. 올록볼록한 손가락들이 만족감 속에서 천천히 움직였다. 그녀는 먹잇감에 달려드는 짐승처럼 열렬하게 아기에게 몸을 던졌다. 그녀가 너무 격렬하게 껴안은 나머지 아기가 무서

---

*프랑스에서 사용하던 옛 금화 혹은 은화.

워서 울음을 터뜨렸다. 그녀도 울었다. 아기가 그녀를 알아보지 못하고 그동안 자기를 키워 준 유모에게 팔을 뻗었기 때문이다.

하지만 다음 날이 되자 아기는 그녀의 얼굴에 익숙해졌고 그녀를 보며 웃었다. 그녀는 아기를 들판으로 데리고 나가 품에 꼭 안고 미친 듯이 뛰어다니다가 나무 그늘에 앉았다. 그러고는 평생 처음으로 마음을 열고 말을 전혀 알아듣지 못하는 아기에게 자신의 슬픔, 일, 근심, 희망을 이야기했다. 그러고는 아기가 피곤할 정도로 격렬하고 악착스럽게 몸을 어루만졌다.

그녀는 아기를 주무르고, 씻기고, 아기에게 옷을 입히면서 무한한 기쁨을 느꼈다. 아기의 더러워진 몸을 닦아 주는 것도 행복이었다. 그런 친밀한 돌봄이 자신의 모성을 확인시켜 주는 듯했다. 그녀는 아기가 자기 것이라는 사실에 놀라서 아기를 유심히 바라보았고, 아기를 품에 안고 춤추게 하며 작은 소리로 되뇌었다. "이 아기는 내 아기야. 이 아기는 내 아기야."

그녀는 농장으로 돌아가는 길 내내 흐느껴 울었다. 농장에 도착하자마자 농장 주인이 그녀를 불렀고, 그녀는 이유도 모른 채 몹시 놀라서 그의 방으로 갔다.

"여기 앉으려무나." 그가 말했다.

그녀가 앉았고, 그들은 둘 다 당황한 채 거추장스러운 팔을 어색하게 두고는 농부들이 흔히 그러듯 서로의 얼굴을 보지 않고 얼마 동안 나란히 앉아 있었다.

농장 주인은 마흔다섯 살의 뚱뚱한 남자였다. 두 번 홀아비가 되었고, 쾌활하면서도 고집이 셌다. 그런 그가 평소와 달리 눈에 띄게 거북해하고 있었다. 마침내 그가 결심을 하고 먼 들판을 멀거니 바라보며 조금 성급하고 불분명하게 이야기를 시작했다.

"로즈, 너 정착하는 것에 대해 생각해 본 적 없니?"

그녀의 얼굴이 백지장처럼 하얘졌다. 그녀는 대답하지 않았다. 그가 계속 말했다.

"너는 좋은 여자야. 단정하고 부지런하고 알뜰하지. 너 같은 여자라면 남자를 성공시킬 거다."

그녀는 그의 말을 이해해 볼 노력조차 하지 않고 놀란 눈으로 꼼짝 않고 있었다. 커다란 위험이라도 다가오는 것처럼 여러 가지 생각들이 마구 소용돌이쳤다. 농장 주인이 잠시 기다리다가 말을 이었다.

"너도 알겠지만, 여주인 없는 농장은 제대로 돌아가지 못해. 너 같은 하녀가 있어도 말이야."

그런 다음 그는 더 이상 뭐라고 말해야 할지 몰라 입을 다물었다. 로즈는 살인자라도 마주한 사람처럼 겁에 질려 그를 바라보았고, 그가 아주 작은 몸짓이라도 하면 달아날 준비를 했다.

결국 5분쯤 뒤 그가 물었다.

"어서 말해 봐! 너도 괜찮니?"

그녀는 바보 같은 얼굴로 반문했다.

"뭐가요, 주인님?"

그러자 그가 불쑥 말했다.

"이런 제길, 나와 결혼하는 것 말이야!"

그녀는 벌떡 일어났다가 몸 어디라도 부러진 것처럼 다시 털썩 주저앉아 꼼짝 않고 있었다. 마치 큰 불행에 타격을 입은 사람 같았다. 마침내 농장 주인이 참지 못하고 말했다.

"자, 말해 보렴. 너에겐 뭐가 필요하니?"

그녀는 얼이 빠져서 그를 물끄러미 바라보았다. 갑자기 그녀의 눈에 눈물이 흘러내렸고, 그녀는 숨 막혀 하며 두 번 되풀이해 말했다.

"저는 그럴 수 없어요. 그럴 수 없어요!"

"왜지?" 농장 주인이 물었다. "로즈, 바보처럼 굴지 마. 내일까지 시간을 줄 테니 잘 생각해 봐라."

그러고는 당황스러운 이 과정을 마친 것에 무척 안도하며 서둘러 자리를 떴다. 그는 이 고장에서 가장 많은 지참금을 가진 아가씨보다 더 많은 것을 가져다줄 이 여자에게 자신이 이토록 애착을 느끼는 이상, 다음 날이면 그녀가 그녀에게는 매우 뜻밖이고 그에게는 훌륭한 거래인 이 제안을 받아들일 거라 믿어 의심치 않았다.

게다가 그에게는 신분이 낮은 사람과 결혼한다는 것에 대한 거리낌이 존재하지 않았다. 시골에서는 모든 사람이 동등하기 때문이다. 농장 주인도 하인처럼 땅을 갈고, 하인이 돈을 벌어 농장 주인이 되는 일도 잦았다. 하녀들 역시 여주인들을 능가할 수 있었다. 그렇다고 생활이나 습관에 쉽게 변화가 생기는 것은 아니지만.

그날 밤 로즈는 잠을 이루지 못했다. 더 이상 울 힘조차 없어서 침대에 멍하니 앉아 있었다. 그 정도로 진이 빠졌던 것이다. 그녀는 자신의 몸조차 느끼지 못하고 정신이 산란해진 채 무기력하게 있었다. 누군가가 매트리스의 양털을 풀어 헤치는 소모기로 그녀의 몸을 몹시 괴롭힌 것만 같았다.

이따금씩 생각의 조각들을 그러모으는 데 성공하면, 앞으로 일어날 수 있는 일 때문에 공포에 사로잡혔다.

공포심은 커져만 갔고, 모두들 잠든 고요한 집 안에서 부엌의 커다란 벽시계가 천천히 시간을 알릴 때마다 불안감에 땀을 흘렸다. 그녀는 분별을 잃었다. 악몽들이 연이어 나타났으며, 양초가 꺼졌다. 그리고 망상이, 운명의 노크를 받았다고 믿는 시골 사람들을 덮치는 망상이 시작되었다. 떠나야 한다는, 도망쳐야 한다는, 폭풍우 앞의 배처럼 불행을 피해 도망쳐야 한다는 미친 듯한 압박이 시작되었다.

올빼미 한 마리가 날카로운 울음소리를 냈다. 로즈는 몸을 부르르 떨고는 벌떡 일어나 손으로 얼굴과 머리를 문지르고, 미친 여자처럼 제 몸을 더듬었다. 그런 다음 몽유병 환자처럼 아래로 내려갔다. 뜰에 도착하자 주변을 배회하는 부랑자의 눈에 띄지 않도록 포복을 했다. 이울어 가는 달빛이 들판을 환히 비추고 있었기 때문이다. 그녀는 울타리의 문을 열지 않고 경사지로 올라갔다. 그런 다음 들판으로 나갔다. 탄력 있고 급한 걸음걸이로 똑바로 앞으로 나아갔고, 이따금씩 무의식적으로 날카로운 비명을 질렀다. 지나치게 커 보이는 그림자가 그녀 옆 땅바닥에 늘어져 그녀와 함께 앞으로 나아갔으며, 때때로 밤새 한 마리가 날아와 그녀의 머리 위를 맴돌았다. 농장 뜰에 있는 개들이 그녀가 지나가는 소리를 듣고 짖어 댔다. 그중 한 마리는 도랑을 뛰어넘어 그녀를 물려고 쫓아왔다. 그녀는 겁에 질려 도망치는 짐승처럼 울부짖으며 개를 돌아보고는 오두막 안에 몸을 웅크리고 입을 다물었다.

때때로 산토끼 가족이 들판에서 장난을 쳤다. 하지만 광적으로 흥분한 디아나 같은 그녀가 급히 달려가자 겁을 먹고 긴장해 새끼들과 어미는 밭고랑 속으로 모습을 감추었고, 아비는 네 발로 급히 달아났다. 커다란 귀를 쫑긋 세우고 펄쩍 뛰어오르는 아비 산토끼의 그림자가 이따금씩 보였다. 이울어 가는 달은 이제 세상 끝에 잠겨, 지평선에 놓인 커다란 등불처럼 평원을 비스듬히 비추었다.

별들이 하늘 깊숙한 곳으로 사라졌고, 새 몇 마리가 쩍쩍거렸다. 차츰

동이 터왔다. 로즈는 기진맥진해 숨을 헐떡였고, 붉게 물든 새벽빛을 뚫고 해가 떠올랐을 때에야 걸음을 멈추었다.

발이 부풀어 올라 계속 걷기가 힘들었다. 그녀의 눈에 커다란 못 하나가 보였다. 갓 떠오른 붉은 햇빛이 반사되어, 못에 고인 물이 피처럼 보였다. 그녀는 한 손을 가슴에 대고 다리를 절뚝이며 종종걸음으로 걸어가 두 다리를 그 속에 담갔다.

수풀 위에 앉아 먼지가 가득한 신발을 벗고, 스타킹을 벗고, 푸르스름해진 장딴지를 움직임 없는 물속에 담갔다. 때때로 바람이 불어와 물 위의 기포들을 터뜨렸다.

감미로운 서늘함이 발뒤꿈치에서 목까지 올라왔다. 그 깊은 못을 물끄러미 바라보는 중에 갑자기 현기증이 나면서 그 안에 온몸을 담그고 싶은 격렬한 갈망이 일었다. 그렇게만 하면 고통이 끝나리라. 영원히 끝나리라. 아이 생각은 나지 않았다. 그녀는 평화를, 온전한 휴식을 원했다. 영원히 잠들고 싶었다. 그래서 두 팔을 올리고 일어나 앞으로 두 걸음을 걷고는, 넓적다리가 물에 잠길 때까지 물속으로 뛰어들었다. 하지만 뭔가가 발목을 따끔하게 무는 바람에 뒤로 펄쩍 뛰며 절망에 찬 비명을 질렀다. 검고 기다란 거머리들이 무릎부터 발끝까지 달라붙어 그녀의 생명을 빨아들이고 있었다. 그녀는 감히 그것들을 떼어 내지 못하고 공포에 질려 울부짖었다. 마차를 몰고 근처를 지나가던 한 농부가 그녀의 절망적인 비명 소리를 들었다. 그는 그녀에게 와서 다리에 붙은 거머리들을 하나하나 떼어 주고 풀로 상처를 압박한 뒤 그녀를 자기의 작은 마차에 태워 농장으로 데려다 주었다.

그녀는 보름 동안 앓아누웠다. 다시 일어난 날 아침 농장 주인이 문가에 앉아 있는 그녀 앞에 다가와 우뚝 섰다.

그가 말했다.

"아 참, 그 문제는 이제 합의된 거야, 안 그래?"

그녀는 아무 대답도 하지 않았지만, 그가 완고한 눈길로 그녀를 뚫어지게 바라보며 계속 서 있자 괴롭게 입을 열어 말했다.

"아니요, 주인님. 저는 그럴 수 없어요."

그가 격분해서 물었다.

"그럴 수 없다고? 그럴 수 없다. 도대체 이유가 뭔데?"

그녀는 눈물을 흘리며 되뇌었다.

"전 그럴 수 없어요."

그는 그녀의 얼굴을 뚫어져라 바라보다가, 그녀의 얼굴에 대고 큰 소리로 물었다.

"애인이 있어서 그런 건가?"

그녀는 수치심에 몸을 떨며 어물어물 대답했다.

"아마도 그런 것 같아요."

농장 주인의 얼굴이 개양귀비처럼 붉어졌다. 그는 몹시 화가 나서 불분명한 소리로 말했다.

"아! 그걸 이제야 털어놓는구나, 이 매춘부야! 그 녀석이 대체 누구지? 가난뱅이, 빈털터리, 노숙자, 굶기를 밥 먹듯 하는 녀석? 그게 누구야, 응?"

그녀가 대답하지 않자 그가 다시 말했다.

"아! 말하기 싫은 게로구나…… 그러면 내가 말하지. 그 녀석은 장 보뒤지?"

"아니에요! 그 사람이 아니에요."

"그럼 피에르 마르탱인가?"

"아니에요, 주인님!"

농장 주인은 필사적이 되어 그 고장 청년들의 이름을 하나하나 모두 댔고, 그녀는 두려움에 짓눌려 파란 앞치마 귀퉁이로 계속 눈을 닦으며 아니라고 부인했다. 하지만 그는 그녀의 비밀을 알아내고 싶어서 가슴을 두드렸고, 쫓던 짐승을 찾아내려고 하루 종일 땅속을 파헤치는 사냥개처럼 난폭하게 고집을 부렸다. 그가 갑자기 외쳤다.

"제기랄! 작년에 하인으로 일했던 자크로구나. 그 녀석이 너와 자주 이야기를 했고, 너희 두 사람이 결혼한다는 말도 돌았어."

로즈는 숨이 막혔고, 얼굴이 핏기로 붉어지며 뺨 위의 눈물도 갑자기 말라 버렸다. 빨갛게 달구어진 쇠 위의 물방울처럼. 그녀가 외쳤다.

"아니요, 그 사람이 아니에요. 그 사람이 아니라고요!"

"확실해?" 교활한 농장 주인은 진실의 끄트머리를 냄새 맡고 물었다.

그녀가 황급히 대답했다.

"맹세해요, 맹세해……"

그녀는 감히 신성한 신은 내세우지 못한 채 무엇에 대고 맹세할지 찾아보았다. 그가 그녀의 말을 자르고 말했다.

"하지만 그 녀석은 곳곳으로 너를 따라다녔고, 식사하는 내내 탐욕스럽게 너를 쳐다봤어. 그리고 너는 그 녀석에게 마음을 주기로 약속했고. 안 그래? 응?"

그녀는 주인을 정면으로 바라보며 말했다.

"절대로, 절대로 아니에요. 하느님께 맹세해요. 오늘 그 사람이 와서 구혼한다 해도 저는 받아들이지 않을 거예요."

그녀의 표정이 너무나 진실해서 농장 주인은 잠시 망설였다. 이윽고 그가 자기 자신에게 말하듯 중얼거렸다.

"이유가 뭐든, 너에게 불행이 일어나지 않는다면 곧 알게 되겠지. 이유 없이 자기 주인을 거부하는 여자는 없을 거야. 뭔가 이유가 있어야 해."

그녀는 불안감에 질식해 아무 대답도 하지 않았다.

그가 다시 물었다. "나와 결혼하는 걸 정말 원치 않나?"

그녀는 한숨을 쉬고는 대답했다. "저는 그럴 수 없어요, 주인님." 그러자 그는 가버렸다.

그녀는 해방되었다고 믿었고, 침착한 마음으로 그날의 나머지 시간을 보냈다. 하지만 다음 날이 밝자 늙은 백마 대신 계속 탈곡기라도 돌린 것처럼 지치고 기진맥진해 있었다.

밤이 되자마자 그녀는 잠자리에 누웠고, 단번에 잠이 들었다.

한밤중에 두 개의 손이 침대를 더듬거리는 바람에 그녀는 잠에서 깼다. 두려움에 소스라쳤지만, 다음과 같이 말하는 목소리를 듣고 농장 주인임을 즉시 알아차렸다.

"무서워하지 마, 로즈. 나야. 너와 이야기하려고 왔어."

처음에는 놀라기만 했던 그녀는 그가 이불 속으로 들어오려고 애쓰는 것을 보고 그가 원하는 것이 무엇인지 눈치챘다. 졸음 때문에 눈꺼풀이 무거웠지만, 자신을 원하는 이 남자와 어두운 방 안에 단둘이 있다는 것을 깨닫고 격렬하게 몸을 떨기 시작했다. 물론 그녀는 그의 뜻에 동의하지 않았다. 하지만 여리고 힘없는 사람의 우유부단한 의지는, 그 강렬한 본능에 비하면 무기력한 저항일 뿐이었다. 그녀는 자신의 입술을 찾는 농장 주인의 입을 피하기 위해 때로는 벽 쪽으로, 때로는 방 쪽으로 고개를 돌렸고, 몸싸움을 하느라 지친 나머지 이불 속에서 몸을 조금 뒤틀었다. 그러자 그는 욕망에 도취해 난폭해졌다. 그가 재빠른 동작으로 그녀의 옷을 벗겼고, 그녀는 더 이상 저항할 수 없다는 것을 느졌다. 그녀는 부끄러워하는 타조처럼 두 손으로 얼굴을 숨기고 저항을 포기했다.

농장 주인은 밤새 그녀 곁에 머물렀고 다음 날 밤에도 그녀를 찾아왔으며 그 후로도 매일 왔다.

결국 그들은 함께 살게 되었다.

어느 날 아침 그가 그녀에게 말했다.

"혼인공시를 발표했어. 우린 다음 달에 결혼할 거야."

그녀는 대답하지 않았다. 무슨 말을 할 수 있었겠는가? 저항도 하지 않았다. 어떻게 그럴 수 있었겠는가?

4

그녀는 그와 결혼했다. 하지만 아무도 가장자리에조차 접근하기 힘든 구멍 속에 빠진 느낌이었다. 절대 그 구멍을 빠져나가지 못할 것 같았다. 온갖 종류의 불행들이 언제라도 떨어질 수 있는 커다란 바위처럼 그녀의 머리 위에 매달려 있었다. 자격 없는 자신이 남편을 훔친 것 같은 기분이 들었고, 조만간 남편이 자신의 불행의 근원이자 행복의 근원인 아이의 존재를 알아낼 것 같았다.

그녀는 1년에 두 번 아이를 보러 갔고, 매번 더욱 슬퍼져서 돌아왔다.

하지만 점차로 익숙해지면서 두려움이 진정되어 침착해졌다. 희미한 두려움은 여전했지만 자신감은 회복되었다.

그렇게 몇 년이 흘러갔고 아이는 여섯 살이 되었다. 그녀는 근심에서 벗어나 거의 행복해졌다. 그런데 이번에는 농장 주인의 기분이 침울해졌다.

2, 3년 전부터 그의 마음속에 근심거리가 생겼고, 그것이 차츰 커져 마음의 병이 된 듯했다. 저녁 식사를 한 뒤에도 그는 손으로 머리를 감싼 채 슬픈 모습으로, 슬픔에 갉아먹힌 모습으로 오랫동안 식탁에 머물렀다. 말투가 날카로워졌고 때로는 격했다. 아내에게 유감이라도 있는 것 같았다. 때때로 그녀에게 거의 화를 내듯 대꾸했으니 말이다.

이웃집 아이가 달걀을 가지러 왔던 어느 날, 그녀가 일 때문에 바빠서 그 아이를 조금 거칠게 대하자, 그가 갑자기 나타나 심술궂은 목소리로 말했다.

"당신 아이였다면 그런 식으로 대하진 않았겠지."

그녀는 대답할 말을 찾지 못하고 충격을 받은 채 가만히 있었다. 잠시 후, 그녀는 가라앉았던 불안이 모두 일깨워진 채로 하던 일을 마저 하러 돌아갔다.

저녁 식사 때 그는 그녀에게 말을 건네지 않았고, 그녀를 쳐다보지도 않았다. 그는 그녀를 싫어하고 경멸하는 것 같았다. 마침내 뭔가를 알게 된 것 같았다.

당황하고 분별을 잃은 그녀는 식사를 마친 뒤 그와 단둘이 앉아 있지 못했다. 그녀는 집을 빠져나가 교회로 뛰어갔다.

밖에 어둠이 내리고 있어 침묵에 싸여 있는 교회 중앙 홀도 무척이나 어두웠지만, 성가대석 쪽에서 누군가가 배회하는 모습이 보였다. 밤 동안 감실龕室에 켜둘 램프를 준비하는 교회 관리인이었다. 궁륭의 암흑 속에서 깜박거리는 그 불빛이 그녀에게는 마지막 희망처럼 보였다. 그녀는 그 불빛에 눈을 고정한 채 무릎을 꿇고 쓰러졌다.

작은 야등이 사슬 소리를 내며 허공에서 올라왔다. 그런 다음 포석

위에 나막신 소리가 규칙적으로 울려 퍼졌고, 밧줄이 끌리고 스치는 소리가 이어졌다. 이윽고 희미한 종소리가 짙어 가는 안개를 뚫고 저녁 삼종기도 시간을 알렸다. 관리인이 나가려고 했고, 그녀는 그에게 다가가서 물었다.

"신부님은 댁에 계신가요?"

그가 대답했다.

"그럴 겁니다. 항상 삼종기도 시간에 저녁을 드시니까요."

그녀는 몸을 떨면서 사제관의 문을 열었다.

사제는 식탁 앞에 앉아 있었고, 즉시 그녀를 자리에 앉게 했다.

"그래요, 나도 압니다. 당신 남편이 당신이 무슨 일로 여기에 찾아올지 이야기해 줬어요."

가여운 여인은 실신할 지경이었다. 사제가 다시 입을 열었다.

"어떻게 하면 좋겠습니까, 여인이여?"

그는 그렇게 말한 뒤 수프 몇 숟가락을 빠르게 삼켰다. 수프 몇 방울이 튀어 때가 낀 그의 수단 배 부분에 흘러내렸다.

그녀는 감히 말을 하지 못했다. 간청하지도, 애원하지도 못했다. 그녀는 자리에서 일어났다. 사제가 그녀에게 말했다.

"용기를 내세요……"

그녀는 밖으로 나갔다.

그리고 자기가 무엇을 하는지도 알지 못한 채 농장으로 돌아왔다. 막 노동꾼들은 그녀가 자리를 비운 사이 떠났고, 남편이 그녀를 기다리고 있었다. 그녀는 무너지듯 쓰러져 눈물을 쏟으며 신음했다.

"도대체 나한테 뭐가 불만이에요?"

그러자 그가 소리쳐 말하기 시작했다.

"빌어먹을, 우리에게 아이가 없다는 게 불만이야! 남자는 죽을 때까지 단둘이서만 살려고 여자를 취하는 게 아니야. 바로 이게 내 불만이지. 암소는 송아지를 낳지 못하면 아무런 가치가 없어. 마찬가지로 여자가 아이를 낳지 못하면 그 여자는 아무 가치가 없는 거라고."

이 말을 들은 그녀는 눈물을 흘리며 불분명한 목소리로 되뇌었다.

"그건 내 잘못이 아니에요! 내 잘못이 아니라고요!"

그러자 그는 태도를 조금 누그러뜨리고 이렇게 덧붙였다.

"당신 탓이 아니라 해도 그건 난처한 일이야."

5

그날부터 그녀는 한 번 더 아이를 갖겠다는 생각 말고는 다른 생각을 하지 못했고, 그 생각을 주위 사람들에게 털어놓았다.

이웃집 여자가 방법 하나를 알려 주었다. 재 한 자밤을 넣은 물 한 잔을 매일 밤 남편에게 마시게 하는 방법이었다. 남편도 동의했다. 하지만 그 방법은 성공하지 못했다.

그들은 이렇게 생각했다. '아마도 다른 비결이 있는 모양이야.' 그래서 그들은 정보를 수집했다. 사람들이 10리외 떨어진 곳에 사는 목동 한 명을 소개해 주었고, 발랭 씨는 그와 의논을 하기 위해 이륜마차에 말을 매고 길을 나섰다.

목동은 발랭 씨에게 자신이 성호를 그은 빵 하나를 주었다. 허브를 넣어 만든 빵이었다. 부부 관계를 하기 전후에 그 빵을 한 조각 먹어야 했다.

빵을 전부 먹었지만 기대했던 결과를 얻지 못했다.

선생 하나가 그들이 경험해 보지 못한, 들판에서 사랑을 나누는 방법을 가르쳐 주었다. 그의 말로는 효과가 확실하다고 했다. 하지만 그들에게는 소용이 없었다.

사제는 페캉의 피*를 찾아 순례를 해보라고 권했다. 로즈는 그것이 있는 수도원에 가서 다른 사람들과 함께 엎드렸다. 그녀의 기원이 농부들의 비속한 기원들과 섞였다. 그녀는 모든 사람들이 탄원을 올리는 그분에게 한 번 더 임신하게 해달라고 애원했다. 그러나 헛일이었다. 그래서 그녀는 처음의 실수 때문에 벌을 받는 거라고 여겼고 큰 고통에 사로잡혔다.

그녀는 슬픔으로 쇠약해졌다. 그녀의 남편 역시 늙어 갔다. 사람들이 흔히 하는 말을 빌리면 '애간장이 탔다'. 그들은 헛된 희망으로 소진되었다.

그리하여 그들 사이에 전쟁이 벌어졌다. 그는 욕설을 퍼부으며 그녀를 때렸다. 온종일 그녀를 비난했고, 밤이면 침대 속에서 증오로 숨을 헐떡이며 그녀를 모욕하고 외설스러운 행위를 했다.

그녀에게 더 큰 고통을 주어야겠다는 생각 말고는 아무 생각도 하지 못하던 그는 어느 날 밤 그녀에게 밖으로 나가 문 앞에서 비를 맞으며 날이 밝을 때까지 기다리라고 명령했다. 그녀가 복종하지 않자, 그는 그녀의 멱살을 움켜쥐고 얼굴에 주먹을 날리기 시작했다. 그녀는 아무 말도 하지 않았고, 움직이지도 않았다. 격분한 그는 펄쩍 뛰어올라 그녀의 배를 무릎으로 찍었다. 이를 악물고 분노로 제정신을 잃은 채 그녀를 두

---

*프랑스의 도시 페캉에 있는, 그리스도의 피를 담아 놓았다는 성유물.

들겨 팼다. 그녀는 필사적으로 저항하다가 격분한 나머지 그를 벽에 밀어붙이고는 엉덩이로 몸을 의지해 일어났다. 그러고는 전과는 달라진 목소리로 야유하듯 말했다.

"나에게는 아이가 하나 있어요. 나한테 아이가 있다고요! 자크의 아이예요. 당신도 잘 알죠. 자크 말이에요. 나와 결혼하기로 했는데 떠나 버렸죠."

농장 주인은 몹시 놀라 그녀만큼이나 어쩔 줄 모른 채 가만히 있었다. 이윽고 그가 불분명한 소리로 더듬더듬 물었다.

"당신 지금 뭐라고 말했어? 뭐라고 말했냐고."

그러자 그녀는 흐느껴 울기 시작했고, 눈물을 줄줄 흘리며 우물우물 말했다.

"그래서 내가 당신하고 결혼하지 않겠다고 한 거예요. 그것 때문에요. 당신에게 그 말을 할 수 없었어요. 그 말을 했다면 당신이 나와 아이를 굶어 죽게 만들었을 테니까. 당신에겐 아이가 없죠. 그러니 내 심정을 모를 거예요. 당신은 모른다고요!"

하지만 그는 점점 더 놀라워하면서 기계적으로 되뇌었다.

"당신에게 아이가 있다고? 당신에게 아이가 있었어?"

그녀는 딸꾹질을 하면서 대답했다.

"당신은 억지로 나를 취했어요. 그건 당신도 잘 알죠? 나는 당신과 전혀 결혼하고 싶지 않았다고요."

그는 자리에서 일어나 초에 불을 켠 뒤, 뒷짐을 지고 방 안을 이리저리 걷기 시작했다. 그녀는 침대에 쓰러져 계속 울고 있었다. 갑자기 그가 그녀 앞에서 걸음을 멈추고 말했다. "그래, 그건 내가 잘못했어. 하지만 내가 그렇게 하지 않았다면 어떻게 됐겠어?" 그녀는 대답하지 않았다.

그는 다시 걷기 시작했다. 그러다가 다시 걸음을 멈추고 물었다.

"그 아이가 몇 살이야?"

그녀가 낮게 말했다.

"이제 여섯 살이 돼요."

그가 다시 물었다.

"그동안 왜 나한테 말하지 않았어?"

그녀는 신음했다.

"내가 말할 수 있었겠어요!"

그는 꼼짝 않고 가만히 서 있더니 말했다.

"자, 일어나 봐."

그녀는 힘들게 몸을 일으켰다. 그녀가 벽을 짚고 간신히 일어서자, 그는 갑자기 호탕하게 웃기 시작했다. 그녀가 당황해서 가만히 쳐다보자 그가 말했다.

"우리 둘 사이에는 아이가 없으니 그 아이를 데려옵시다."

그 말을 들은 그녀는 너무나 당황했다. 몸에 힘이 없지만 않았다면 분명 도망쳤을 것이다. 하지만 발랭 씨는 손을 마주 비비며 중얼거렸다.

"실은 아이를 하나 입양하고 싶었어. 그런데 아이를 찾아냈군. 찾아냈어. 신부님께 고아 한 명을 알아봐 달라고 부탁드렸는데."

그는 계속 웃으며, 눈물에 젖은 채 어리둥절해하는 아내의 두 뺨에 입을 맞췄다. 그리고 그녀가 자기 말을 듣지 못하는 것처럼 외쳤다.

"자, 아기 엄마, 수프가 아직 남아 있는지 보러 갑시다. 수프를 한 그릇 먹어야겠어."

그녀가 치마를 입었고, 그들은 아래층으로 내려갔다. 그녀가 무릎을 꿇고 냄비 밑에 다시 불을 지피는 동안, 그는 환한 얼굴로 부엌 안을 성큼성큼 걸으며 되뇌었다.

"아, 정말 기쁜 일이야. 이런 말 하기는 좀 뭣하지만 기분이 좋아. 정말 기분이 좋아."

들놀이
Une partie de campagne

페트로뉴 뒤푸르 부인의 성명 축일 날 파리 근교에 들놀이를 나가 점심을 먹기로 다섯 달 전부터 계획했다. 모두들 그 들놀이를 초조하게 기다렸으므로, 그날 아침에 매우 일찍 일어났다.

뒤푸르 씨가 우유 장수의 마차를 빌려 직접 몰았다. 바퀴가 두 개 달린 소형 마차는 무척 깨끗했다. 커튼이 달린 네 개의 쇠기둥이 지붕을 지탱해 주었고, 커튼을 걷어 올려 바깥 경치를 감상할 수도 있었다. 뒷좌석의 커튼이 깃발처럼 바람에 나부꼈다. 뒤푸르 부인은 멋진 체리 빛 실크 드레스 차림으로 남편 옆에서 얼굴을 빛냈다. 의자 두 개에는 할머니와 아가씨가 앉았다. 청년의 노란 머리카락도 보였다. 청년은 자리가 없어서 바닥에 길게 누워 있었다.

샹젤리제 대로를 따라가다가 포르트 마요에서 성벽을 넘자, 그들은 주변을 구경하기 시작했다.

뇌이 다리에 도착했을 때 뒤푸르 씨가 말했다. "마침내 들로 나왔군!" 이 신호에 반응하듯 그의 아내가 자연의 경치에 감동했다.

쿠르브부아 원형 교차로에서는 지평선 저 멀리 보이는 경치를 보고 경탄에 사로잡혔다. 저쪽 오른쪽은 아르장퇴유였다. 그곳에는 종탑이 우뚝 서 있었다. 그 위쪽에는 사누아 언덕과 오를랭 도르주몽이 보였다. 왼쪽에는 맑은 아침 하늘 위로 마를리 수도교水道橋가 보였다. 멀리 생제르맹의 테라스도 보였다. 맞은편 연이은 언덕들 끝에 보이는 파헤쳐진 땅은 신新 코르메유 성채였다. 깊숙이 위치한 평원과 마을들 위에는 어두운 초록빛의 숲이 언뜻 보였다.

햇볕이 얼굴에 뜨겁게 내리쬐기 시작했다. 눈에 끊임없이 먼지가 들어오고, 길 양쪽에는 황량하고 더럽고 악취 나는 들판이 끝없이 펼쳐졌다. 그들은 심한 질병이 들판을 휩쓸어 버렸다고, 그것이 종내는 집들까지 갉아먹고 있다고 말했다. 건물의 골조가 부서지고, 조그만 집들 여러 채가 건축업자에게 돈을 지불하지 못해 미완성인 상태로 지붕도 없이 네 벽만을 드러내고 있었기 때문이다.

메마른 땅 군데군데에 공장의 긴 굴뚝들이 솟아 있었다. 그것들은 봄의 산들바람이 석유 냄새 그리고 더 불쾌한 다른 냄새가 섞인 혈암유 냄새를 실어 오는 그 썩어 가는 들판에서 유일한 생명체였다.

마침내 그들은 센 강을 두 번째로 건넜다. 다리 위에 있으니 기분이 황홀했다. 강물이 환하게 반짝였다. 얇게 낀 안개가 햇빛에 흡수되어 하늘로 올라갔고, 그들은 감미로운 평온함을 맛보았다. 공장이나 악취 나는 하수 처리장의 검은 연기와는 전혀 다른 신선한 공기를 마시고 유익한 원기 회복도 경험했다.

남자 하나가 그 고장의 이름을 대고 지나갔다. 브종이었다.

마차가 멈추어 섰고, 뒤푸르 씨가 어느 싸구려 식당의 마음 끄는 간판을 소리 내어 읽었다. "풀랭 식당, 생선 요리와 튀김, 모임용 방 구비, 작은 숲과 그네 있음. 자! 뒤푸르 부인, 마음에 드오? 여기로 결정하겠소?"

이번에는 뒤푸르 부인이 읽었다. "풀랭 식당, 생선 요리와 튀김, 모임용 방 구비, 작은 숲과 그네 있음." 뒤푸르 부인은 그 식당을 오랫동안 바라보았다.

길가에 서 있는 하얀 시골 여인숙이었다. 열린 문을 통해 반짝이는 아연으로 된 카운터가 보였다. 나들이옷을 입은 노동자 두 명이 그 앞에 서 있었다.

마침내 뒤푸르 부인이 마음을 정했다. 그녀가 말했다. "그래요, 괜찮네요. 전망도 좋고요." 키 큰 나무들이 서 있는 넓은 마당 안으로 마차가 들어갔다. 나무들은 여인숙 뒤쪽에 있었고, 벌채로가 그 여인숙을 센 강과 분리해 주었다.

그들은 마차에서 내렸다. 뒤푸르 씨가 가장 먼저 뛰어내린 다음, 팔을 벌려 아내를 받아 주었다. 쇠막대 두 개로 지탱해 놓은 발판이 발을 딛기에 너무 멀어서 뒤푸르 부인은 한쪽 다리의 스타킹을 드러내야만 했다. 원래 날씬했던 넓적다리가 이제는 늘어진 지방에 뒤덮여 애초의 모습을 잃어 가고 있었다.

시골에 나와서 흥이 난 뒤푸르 씨는 아내의 장딴지를 세게 꼬집었다. 그런 다음 겨드랑이 밑에 손을 넣어 그녀를 안아서는 커다란 짐 꾸러미처럼 땅에 내려놓았다.

그녀는 실크 드레스를 한 손으로 두들겨 먼지를 떨어낸 다음, 자기가

서 있는 곳을 바라보았다.

그녀는 서른여섯 살가량으로, 살이 많이 찌고 한창 무르익었으며 보고 있으면 기분이 좋았다. 지나치게 조인 코르셋 때문에 답답한지 힘들게 숨을 쉬었고, 지나치게 큰 가슴은 이중 턱이 있는 곳까지 출렁거렸다.

다음으로는 딸이 아버지의 어깨에 한 손을 얹고 가볍게 뛰어내렸다. 노란 머리 청년은 마차 바퀴에 한쪽 발을 얹고 내려와 뒤푸르 씨가 할머니를 내려 주는 것을 도왔다.

그런 다음에는 마차에서 말을 풀어 나무에 비끄러맸다. 마차를 바로 가까이에 세우고, 말을 수레에 매는 막대 두 개도 바닥에 놓았다. 남자들은 프록코트의 단추를 풀고 물통에서 손을 씻은 후, 벌써 그네에 자리 잡고 있는 여자들과 합류했다.

뒤푸르 양이 혼자 서서 그네를 타려고 했지만 그리 높이 도약하지 못했다. 뒤푸르 양은 열여덟 살에서 스무 살쯤 된 예쁜 아가씨였다. 남자들이 길에서 마주치면 급작스러운 욕망에 휩싸여 밤까지 막연한 불안감과 관능의 도발에 시달리게 되는, 그런 여자들 가운데 하나였다. 그녀는 키가 크고 허리가 날씬하고 엉덩이가 컸다. 피부는 진한 갈색이었고 눈이 매우 컸으며, 머리카락은 무척 검었다. 드레스가 그녀의 풍만한 육체를 뚜렷이 드러내 주었고, 물러나기 위해 그녀가 허리를 움직이자 몸 윤곽이 더욱 강조되었다. 그녀는 두 팔을 뻗어 머리 위의 그넷줄을 잡고 있었다. 그래서 발로 그네를 구를 때마다 가슴이 흔들리지 않고 곧추섰다. 그녀의 모자가 돌풍에 날려 뒤쪽에 떨어졌다. 그네가 위에서 아래로 내려올 때마다 그녀의 섬세한 다리가 무릎까지 드러났고, 그녀의 치마는 웃으며 그녀를 보고 있는 두 남자의 얼굴에 포도주 냄새보다 더 자극적인 바람을 끼쳤다. 그네는 차츰 더 추진력을 받았다.

다른 그네에 앉은 뒤푸르 부인이 따분한 표정으로 신음하더니 말했다. "시프리앵, 와서 나 좀 밀어 줘요. 와서 좀 밀어 봐요, 시프리앵!" 마침내 그가 작업에 착수하듯 셔츠 소매를 걷어 올리고 한껏 힘을 써서 자기 아내를 밀었다.

뒤푸르 부인은 그넷줄에 억지로 매달린 채, 바닥에 닿지 않도록 두 다리를 쭉 폈다. 그녀는 그네의 왕복운동이 가져다주는 멍한 기분을 즐기고 있었다. 그녀의 몸이 접시 위에 놓인 젤리처럼 흔들리고 끊임없이 살랑거렸다. 하지만 그네의 움직임이 점점 빨라지자 그녀는 현기증과 공포를 느꼈다. 그네가 아래로 내려갈 때마다 새된 소리로 비명을 질러 대 그 고장의 아이들을 모두 모여들게 했다. 그녀 앞쪽, 정원 울타리 위에 갖가지 표정으로 웃어 젖히는 개구쟁이들의 얼굴이 흐릿하게 보였다.

하녀 한 명이 왔고, 그들은 점심 식사를 주문했다.

"센 튀김 하나, 토끼고기 튀김 하나, 샐러드 하나와 디저트." 뒤푸르 부인이 거드름 피우며 말했다. "물 2리터와 보르도 포도주 한 병도 가져와요." 그녀의 남편이 말했다. "우린 풀밭에서 먹을 거예요." 아가씨가 덧붙였다.

할머니는 여인숙에서 기르는 고양이를 보고 홀딱 반해서 10분 전부터 달콤한 말로 꾀면서 고양이를 열심히 쫓아다녔다. 고양이는 그 다정함이 은근히 마음에 들었는지, 할머니의 손이 정말로 제 몸에 닿지는 않게 하면서 근처를 계속 알짱거렸다. 꼬리를 세운 채 나무들 주위를 조용히 돌고, 기분 좋게 가르랑거리며 나무들에 몸을 비비기도 했다.

"어렵쇼!" 마당 여기저기를 살살이 살피던 노란 머리 청년이 갑자기 외쳤다. "여기 멋진 배들이 있네요!" 그들은 배를 보러 갔다. 나무로 지은 작은 헛간에 멋진 조정 경기용 배 두 척이 매달려 있었다. 배들은 날씬했고, 호화로운 가구처럼 공들여 관리되어 있었다. 나란히 쉬고 있는 모습이 마치 늘씬하고 환하게 빛이 나는 두 아가씨 같았다. 그 배들을 보고 있으니 아름답고 감미로운 저녁나절에 혹은 청명한 여름 아침에 그것들을 타고 물 위를 달리고픈 욕구가 일었다. 나뭇가지들이 전부 물속에 잠겨 있고 갈대들이 끊임없이 흔들리는, 꽃이 활짝 핀 둑길을 날쌘 물총새나 파란 섬광처럼 스쳐 지나가고 싶은 욕구도 일었다.

가족들은 그 배들을 감탄하며 바라보았다. "오! 정말이군. 참 멋져." 뒤푸르 씨가 진지하게 중얼거렸다. 그리고 그 배들을 전문가의 눈으로 찬찬히 뜯어보았다. 그는 자신도 젊은 시절 조정을 한 적이 있다면서, 손에 노를 쥐고 당기는 몸짓을 했다. 그러고는 다른 사람들은 아랑곳하지 않고, 예전에 투앵빌에서 열린 조정 경기에서 영국인 여럿을 이긴 적이 있다고 말했다. 그리고 조정 선수들에게는 당연한 일이지만 '담' 없이는 절대 밖에 나가지 않았다면서 노를 고정하는 두 개의 기둥을 가리키는 '담'*이라는 단어에 대해 농담을 했다. 그는 거드름 피우며 몸을 풀더니, 이 배를 타고 누가 빨리 가는지 내기를 하자고, 서두르지 않아도 시간당 6리외는 갈 수 있을 거라고 했다.

하녀가 입구에 나타나 말했다. "식사 준비가 되었습니다." 그들은 급히 달려갔다. 하지만 뒤푸르 부인이 점심 먹을 곳으로 골라 놓은 가장 좋은 자리에서는 이미 젊은이 두 명이 점심을 먹고 있었다. 헛간에 매달려 있는 조정용 보트의 주인들 같았다. 그들이 조정복을 입고 있었기 때문이다.

그들은 거의 눕다시피 한 자세로 의자에 몸을 쭉 펴고 있었다. 햇볕에

---

*dames. '여자들'이라는 뜻도 있다.

타서 얼굴이 거무스레했고, 면으로 된 하얀 반팔 셔츠만 입고 있어서 대장장이의 팔처럼 건장한 맨팔이 드러나 있었다. 그들은 활력을 얻기 위해 많은 활동을 하는 건장하고 쾌활한 남자들이었다. 운동을 통해 변형된 우아하고 탄력 있는 팔다리를 자랑하고 있었는데, 그것은 몸 쓰는 일을 하느라 변형된 노동자의 팔다리와는 사뭇 달랐다.

그들은 뒤푸르 부인을 보며 미소를 주고받았고, 다음으로는 뒤푸르 양을 보고 의미심장한 눈길을 주고받았다. 청년들 중 한 명이 말했다. "우리 자리를 양보하자. 그러면 저 사람들과 교류를 틀 수 있을 거야." 그러자 다른 청년이 반은 빨간색이고 반은 검은색인 챙 없는 모자를 손에 든 채 즉시 자리에서 일어나, 정원에서 유일하게 햇볕이 내리쬐지 않는 그 자리를 양보하겠다고 여성들에게 기사답게 제안했다. 그들은 미안하다는 말을 장황하게 늘어놓으며 그 제안을 받아들였다. 그리고 전원의 분위기를 좀 더 느끼기 위해 탁자도 의자도 없이 풀밭 위에 자리 잡았다.

두 청년은 몇 걸음 떨어진 곳으로 식기를 옮겨 가서는 다시 먹기 시작했다. 그들이 줄곧 보여 주는 맨팔이 뒤푸르 양을 조금 거북하게 했다. 뒤푸르 양은 고개를 돌리는 척했고, 그들의 맨팔을 전혀 눈여겨보지 않는 척했다. 반면 좀 더 대담한 뒤푸르 부인은 욕망에서 나온 여자 특유의 호기심에 자극되어 남편의 추한 몸과 유감스러운 기분으로 비교하면서 그 청년들의 몸을 끊임없이 바라보았다.

풀밭 위에 책상다리로 앉은 뒤푸르 부인은 몸 어딘가에 개미들이 들어왔다며 안절부절못한 채 계속 몸을 움직였다. 낯선 청년들의 친절한 배려를 무뚝뚝한 표정으로 받아들인 뒤푸르 씨는 편안한 자세를 취하려 했지만 성공하지 못했다. 노란 머리 청년은 조용히, 마치 식인귀처럼 음식을 먹었다.

"날씨가 정말 좋네요." 뒤푸르 부인이 조정 선수들 중 한 명에게 말을 걸었다. 그들이 자리를 양보해 주었으니 상냥하게 굴고 싶었던 것이다. 청년이 대답했다. "네, 부인. 시골에는 자주 나오십니까?"

"오! 고작해야 바람 쐬러 1년에 한두 번 나올 뿐이에요. 당신은요?"

"저는 매일 밤 시골에 와서 잠을 잔답니다."

"아! 그렇게 하면 기분이 무척 좋겠네요?"

"네, 정말로 그렇답니다, 부인."

이윽고 청년은 자신의 일상에 대해 서정적으로 이야기했다. 그 이야기는 청년들이 식사하던 풀밭을 가로챈 이 부르주아들을, 가게 카운터 뒤에서 1년 내내 들놀이를 갈망하던 그들의 자연에 대한 사랑을 한층 더 자극했다.

뒤푸르 양은 한껏 감동받아 눈을 들고는 조정 선수를 쳐다보았다. 뒤푸르 씨가 처음으로 이야기를 했다. "바로 그런 게 인생이지요." 그러고는 덧붙였다. "토끼고기 좀 더 들어요, 여보." 뒤푸르 부인이 대답했다. "고맙지만 괜찮아요, 여보."

뒤푸르 부인이 다시 청년들 쪽을 돌아보고는 그들의 팔을 가리키며 말했다. "그러고 있으면 춥지 않으세요?"

두 청년이 웃음을 터뜨렸다. 그러고는 밤중에 땀범벅이 된 채 고생스럽게 안개 속에서 경주하는 이야기를 해주어 뒤푸르 가족을 깜짝 놀라게 했다. 그들은 이야기를 마친 뒤 가슴을 세게 두드려 어떤 소리가 나는지 들려주었다. "오! 당신들 매우 건강해 보입니다." 뒤푸르 씨가 영국인들을 때려눕혔던 시절의 이야기를 더 이상 하지 않고 말했다.

어느새 뒤푸르 양이 비스듬한 눈길로 청년들을 살펴보고 있었다. 노란 머리 청년이 포도주를 아무렇게나 마시고는 미친 듯이 기침을 해 뒤푸르 부인의 체리 빛 실크 드레스를 더럽혔다. 뒤푸르 부인은 화를 내며 옷에 생긴 얼룩을 씻어 내게 물을 가져오라고 했다.

기온이 점점 더 올라갔다. 반짝이는 강물은 뜨거운 화덕 같았고, 술기운이 머리를 몽롱하게 만들었다.

뒤푸르 씨가 조끼와 바지 윗부분의 단추를 풀고 격한 딸꾹질을 하며 몸을 흔들었고, 그의 아내는 숨이 막히는지 드레스의 후크를 조금씩 풀었다. 여인숙 하인은 즐거운 표정으로 덥수룩한 아마빛 머리털을 흔들며 음료를 연거푸 따랐다. 할머니는 자신이 얼근히 취한 것을 느끼고는 한층 꼿꼿하고 기품 있는 자세를 유지했다. 뒤푸르 양은 겉으로 볼 때는 아무렇지 않았다. 한쪽 눈이 희미하게 빛나고, 뺨 부분이 더욱 짙은 장밋빛으로 물들었을 뿐이었다.

식사가 끝나고 커피가 나왔다. 노래 이야기가 나왔고, 각자 자신이 좋아하는 노래를 했다. 다른 사람들은 열화와 같이 박수를 쳤다. 이윽고 그들은 힘들게 자리에서 일어났고, 침착하지 못한 두 여자가 한숨 돌리는 동안 두 남자는 술에 떡이 되어 곡예를 방불케 하는 동작을 했다. 마치 빨개진 얼굴로 무겁고 무기력하고 서투르게 고리에 매달렸다가 올라가지는 못하는 모양새였다. 셔츠가 깃발처럼 바람에 나부꼈고 바지가 벗겨질 것 같았다.

그런데 청년들이 조정용 보트를 물에 띄워 놓고 돌아와서는 여자들에게 강으로 산책을 가자고 예의 바르게 제안했다.

"뒤푸르 씨, 그래도 되죠? 제발 부탁이에요!" 뒤푸르 부인이 외쳤다. 뒤푸르 씨는 상황을 이해하지 못한 채 술에 취한 표정으로 그녀를 바라보았다. 그때 청년 한 명이 손에 낚싯대 두 개를 들고 다가왔다. 모래무지를 낚고자 하는 희망, 상점 주인들의 이상理想이 뒤푸르 씨의 활기 없던 눈을 환히 밝혔다. 뒤푸르 씨는 여자들이 원하는 대로 하도록 허락한 뒤, 잠든 노란 머리 청년 옆 그늘에 자리를 잡고 강물 위로 다리를 건들거렸다.

청년은 뒤푸르 씨와 노란 머리 청년을 보살핀 뒤 뒤푸르 부인을 붙잡아 주었다. 그가 멀어져 가며 외쳤다. "영국인 섬의 작은 숲으로 갈 겁니다!"

다른 보트가 천천히 지나갔다. 그 보트의 노잡이는 보트에 함께 탄 뒤푸르 양을 바라보느라 다른 것을 생각하지 못했다. 감동이 그를 사로잡아 활력을 마비시킨 것이다.

조타석에 앉은 뒤푸르 양은 물 위를 나아가는 감미로운 느낌에 몸을 맡기고 있었다. 그녀는 갖가지 도취에 휩싸여 사고가 정지된 것을, 팔다리가 편안해진 것을, 스스로 방치된 것을 느끼고 있었다. 짧게 호흡하느라 그녀의 얼굴이 몹시 붉어졌다. 포도주로 인한 취기가 주변에 쏟아지는 열기 때문에 더 심해져 둑의 나무들이 모두 인사하는 것처럼 느껴졌다. 쾌락에 대한 막연한 갈망, 동요하는 맥박이 그날의 열기에 흥분한 그녀의 육체를 훑고 지나갔다. 또한 그녀는 작열하는 태양 때문에 인적이 드물어진 이 고장 한가운데의 물 위에, 이 아름다운 젊은 남자와 단둘이 있는 사실에 동요했다. 남자의 눈길이 마치 그녀의 피부에 입을 맞추는 듯했다. 남자의 욕망은 태양처럼 강렬했다.

이야기를 하지 못하고 가만히 있는 바람에 그들의 감정이 더욱 증대되었고, 그들은 하릴없이 주변을 바라보았다. 남자가 용기를 내어 그녀에게 이름을 물었다. "앙리에트예요." 그녀가 대답했다. "세상에! 내 이름은 앙리인데." 남자가 말했다.

이야기를 하자 한결 진정이 되었다. 그들은 다시 강기슭에 관심을 두었다. 다른 보트가 멈추어 섰다. 그들을 기다리는 것 같았다. 그 보트에 탄 청년이 외쳤다. "숲에서 만나. 우리는 로뱅송까지 가야 해. 부인께서 목말라하셔서." 말을 마친 청년은 노를 저어 빠르게 멀어져 갔고, 곧 보이지 않게 되었다.

얼마 전부터 희미하게 들려오던 물소리가 차츰 가까워졌다. 그 둔탁한 소리는 강물 깊은 곳에서 전율하듯 올라오는 것 같았다.

"이게 무슨 소리예요?" 그녀가 물었다.

댐에서 쏟아져 내리는 물줄기가 섬 끝 부분에서 강물을 둘로 갈라놓고 있었다. 남자는 어떻게 설명해야 할지 몰랐다. 그때, 요란한 물소리 너머 아주 멀리서 새들의 지저귐이 들렸다. "저 소리 좀 들어 봐요." 그가 말했다. "밤꾀꼬리들이 햇빛 속에서 노래를 하네요. 암컷이 알을 품나 봐요."

밤꾀꼬리! 밤꾀꼬리 소리를 한 번도 들어 본 적이 없던 그녀는 지금 그 소리를 듣고 있다고 생각하니 마음속에 시적인 상냥함이 일어났다. 밤꾀꼬리! 줄리엣이 발코니에서 연인과의 만남을 기원할 때 그 모습을 지켜본 보이지 않는 증인. 사람들에게 입맞춤을 허락하는 그 천상의 노랫소리. 우울한 이상 때문에 좌절한 가련한 아가씨들의 마음을 찢어 놓는, 번민케 하는 모든 로맨스들의 영원한 인도자!

그녀는 바로 그 밤꾀꼬리 소리를 듣게 된 것이다.

"소리 내지 맙시다." 청년이 말했다. "숲으로 내려가면 밤꾀꼬리와 아주 가까이 앉을 수 있을 거예요."

보트는 미끄러지듯 나아갔다. 섬 위에 나무들이 보였다. 섬 기슭이 매우 낮아서 두터운 덤불숲에 눈이 가닿았다. 보트가 멈추었다. 청년 앙리가 보트를 맸고, 앙리에트는 앙리의 팔에 몸을 기댄 채 나뭇가지들 사이를 나아갔다. "머리를 숙여요." 앙리가 말했다. 앙리에트는 머리를 숙였다. 두 사람은 그렇게 칡, 나뭇잎, 갈대가 뒤죽박죽 뒤얽힌 곳으로, 청년이 웃으며 '내 별실'이라고 부르는 보기 드문 은신처 속으로 스며들었다.

그들의 머리 바로 위, 그들을 맞아들이는 나무 한 그루 위에 밤꾀꼬리가 앉아 목청껏 노래하고 있었다. 밤꾀꼬리는 전음顫音과 떨리는 울음소리를 낸 다음, 크게 울려 퍼지는 소리를 냈다. 그 소리가 공기를 가득 채우고 강물을 따라 펼쳐지면서, 들판을 짓누르는 뜨거운 침묵을 넘어 평원 위로 날아오르면서 수평선으로 사라지는 것 같았다.

그들은 새가 도망갈까 두려워 이야기를 하지 않았다. 그들은 가까운 곳에 앉았다. 앙리의 손이 앙리에트의 허리를 천천히 감싸더니, 부드럽게 힘을 주어 허리를 죄었다. 그가 손을 댈 때마다 앙리에트는 그 애무가 지극히 자연스러운 일인 것처럼 아무런 당혹감도 느끼지 않고 자연스럽게 밀어냈다. 화도 내지 않고 그 과감한 손을 붙잡아 끊임없이 떼어놓았다.

앙리에트는 황홀감에 빠져 밤꾀꼬리 소리에 귀 기울였다. 그녀는 행복에 대한, 자신을 관통하는 갑작스러운 애정에 대한, 초인적인 시정詩情의 발현에 대한 무한한 갈망을 느꼈다. 그러느라 신경과 마음이 몹시 쇠약해진 나머지 이유도 모른 채 눈물을 흘렸다. 앙리가 그녀를 꼭 안아주었다. 그녀는 생각을 하지 않았고, 더 이상 그를 밀어내지도 않았다.

밤꾀꼬리가 갑자기 조용해졌고, 멀리서 누군가가 외쳤다. "앙리에트!"

"대답하지 마요." 앙리가 나지막한 목소리로 말했다. "대답하면 새가 날아가 버릴 거예요."

그녀 역시 대답할 마음이 별로 없었다.

그들은 얼마 동안 그렇게 머물러 있었다. 뒤푸르 부인도 틀림없이 근처 어딘가에 앉아 있었다. 다른 청년이 짓궂게 희롱하는지 그 뚱뚱한 여자의 외침 소리가 이따금씩 희미하게 들려왔기 때문이다.

앙리에트는 매우 감미로운 감정에 젖어 들어 계속 울었다. 피부가 따뜻해서 벌레들이 물었는지 몸 여기저기가 가볍게 따끔거렸다. 이제 앙리의 머리가 그녀의 어깨 위에 있었다. 갑자기 그가 그녀의 입술에 키스를 했다. 그녀는 격하게 저항했다. 그를 피하기 위해 옆으로 물러났다. 그러나 그가 달려들어 그녀를 온몸으로 덮어 버렸다. 그는 자신을 피하는 입술을 오랫동안 쫓아다니다가, 마침내 그 입술에 자신의 입술을 갖다 댔다. 이윽고 그녀는 엄청난 욕망에 미칠 지경이 되어 가슴에 그를 꽉 끌어안으며 그에게 입맞춤을 돌려주었다. 그녀의 저항은 무거운 중압감에서 해방된 것처럼 완전히 무너져 내렸다.

주변의 모든 것이 고요했다. 밤꾀꼬리가 다시 노래하기 시작했다. 밤꾀꼬리는 일단 사랑의 호소와도 같은 날카로운 세 개의 곡조를 지저귀었고, 그런 다음 잠시 조용하다가 조금 약해진 목소리로 느릿하게 전조轉調를 시작했다.

부드러운 바람 한 줄기가 나뭇잎들의 수런거림을 돋우며 스쳐 지나갔고, 나뭇가지들 속 깊은 곳에서 두 번의 열렬한 한숨이 밤꾀꼬리의 노랫소리와 숲의 가벼운 숨결에 섞여 지나갔다.

새는 도취에 사로잡혔는지 불이라도 붙은 것처럼, 혹은 열정이 커져 가는 것처럼 조금씩 노래의 속도를 높였고, 나무 밑에서는 쪽쪽 소리를 내는 입맞춤이 그 소리에 화답했다. 새의 목구멍 속에서는 흥분이 필사적으로 맹위를 떨치고 있었다. 새는 긴 황홀감에 사로잡혔고, 아름다운 선율로 경련했다.

이따금 새는 두세 가지의 가벼운 소리만 길게 내면서 조금 휴식을 취하다가 몹시 날카로운 곡조를 내며 갑자기 울음을 그치곤 했다. 혹은 승리의 외침들이 이어지는 격렬한 사랑의 노래처럼 가벼운 떨림과 급격하고 불규칙한 움직임들을 분출하며 미친 듯이 질주하기도 했다.

그러나 새는 아래쪽에서 나는 신음 소리를 듣고 입을 다물었다. 그 신음 소리는 너무나 깊어서 마치 영혼의 작별 인사로 그를 붙잡는 것 같았다. 그 소리는 한동안 길게 이어졌고, 흐느낌 속에서 끝이 났다.

푸른 덤불 침대를 떠나는 그들 두 사람의 얼굴이 몹시 창백했다. 파란 하늘이 그들에게는 어둡게 보였다. 타는 듯한 태양도 그들 눈에는 빛을 잃은 것만 같았다. 그들은 고독과 고요함을 느꼈다. 그들은 이야기를 나누지도, 서로의 몸을 만지지도 않고 나란히 서서 빠르게 걸어갔다. 마치 그들의 몸 사이에 혐오감이, 그들의 영혼 사이에 증오심이 일어난 것처럼, 두 사람이 화해할 수 없는 적이 된 것처럼.

앙리에트가 소리를 질렀다. "엄마!"

그러자 덤불 밑에서 소동이 일었다. 앙리는 하얀 치마가 뒤푸르 부인의 통통한 장딴지 위를 빠르게 스치는 모습을 보았다고 믿었다. 이윽고 거대한 몸집의 뒤푸르 부인이 모습을 드러냈다. 그녀는 조금 혼란스러워 보였고, 얼굴이 아까보다 더 붉었으며, 눈이 무척 반짝였다. 흥분으로 가슴을 들썩이며 옆에 있는 청년에게 찰싹 붙어 있었다. 한편 그 청년은 매우 우스꽝스러운 장면이라도 본 듯했다. 그의 얼굴에 본의 아니게 지나간 갑작스러운 웃음의 흔적이 남아 있었기 때문이다.

뒤푸르 부인은 다정한 표정으로 그 청년의 팔을 붙잡고는 다시 보트에 올라탔다. 앞에서 뒤푸르 양과 함께 말없이 걷고 있는 앙리는, 방금 뒤쪽에서 숨 막히는 멋진 입맞춤을 얼핏 보았다고 믿었다.

마침내 그들은 브종으로 돌아갔다.

뒤푸르 씨가 술기운에서 깨어나 초조하게 그들을 기다리고 있었다. 노란 머리 청년은 요기를 좀 한 후 여인숙을 떠난 뒤였다. 할머니는 마당에 매어 둔 마차에 이미 올라타 있었다. 할머니는 밤중에 들판을 지나가는 것을 무서워했기 때문에 조바심을 냈다. 파리 근교는 안심이 되지 않았다.

그들은 악수를 나누었다. 그리고 뒤푸르 가족은 떠났다. "또 만나요!" 조정 선수들이 외쳤다. 한숨과 눈물이 그들에게 화답했다.

두 달 후, 앙리는 마르티르 거리를 지나가다가 어느 상점 문 위에 이렇게 쓰여 있는 것을 보았다. '뒤푸르 철물 가게.'

그는 가게 안으로 들어갔다.

뚱뚱한 부인이 더 부푼 몸으로 카운터 뒤에 앉아 있었다. 그들은 서로를 즉시 알아보았다. 정중하게 인사를 나눈 뒤 앙리가 뒤푸르 가족의 안부를 묻고는 덧붙였다. "앙리에트 양은요. 앙리에트 양은 잘 지냅니까?"

"아주 잘 지내요. 고마워요. 그 아이는 결혼했답니다."

"아!"

그가 묘한 감정에 사로잡혀 다시 물었다.

"그런데…… 누구와 결혼했나요?"

"우리와 함께 갔던 그 젊은이 있잖아요. 당신도 기억나죠? 그 젊은이가 가게를 물려받을 거랍니다."

"아! 그렇군요."

그가 매우 슬픈 기분이 되어 가게를 떠나려 할때, 무슨 이유인지 뒤푸르 부인이 그를 다시 부르더니 수줍은 표정으로 물었다.

"그런데 당신 친구는요?"

"그 친구도 잘 지냅니다."

"그 젊은이에게 우리 안부를 전해 줄 거죠? 이곳을 지나가게 되면 우리를 보러 들르라고 말해 줘요……"

그러고는 얼굴이 매우 붉어져서는 이렇게 덧붙였다. "그렇게 해주면 정말 기쁠 거예요. 그 젊은이에게 그렇게 전해 줘요."

"잊지 않고 전하겠습니다. 그럼 안녕히 계십시오!"

"그래요…… 또 봐요!"

이듬해 어느 무더운 일요일, 앙리는 그녀와 함께 있었던 그 은신처를 혼자 찾아갔다. 결코 잊지 못할 그날의 일이 세세한 부분까지 너무도 또렷하게 떠올라 그녀가 간절히 그리웠기 때문이다.

그 안으로 들어간 앙리는 아연실색했다. 그녀가 슬픈 표정으로 풀밭 위에 앉아 있고, 그녀 옆에는 그녀의 남편인 노란 머리 청년이 셔츠 바람으로 깊이 잠들어 있었기 때문이다.

그녀는 앙리를 보고 얼굴이 몹시 창백해졌다. 기절이라도 할 것 같았다. 잠시 후 그들은 그들 사이에 아무 일도 없었던 것처럼 자연스럽게 이야기를 나누기 시작했다.

하지만 그가 자신이 이곳을 무척 사랑하며 일요일이면 자주 찾아와서 추억에 잠긴다고 말하자, 그녀는 그의 눈을 오랫동안 들여다보다가 이렇게 말했다.

"저도 매일 밤 그 생각을 해요."

옆에서 그녀의 남편이 하품을 하며 말했다. "여보, 이제 그만 떠나야 할 시간 같은데."

봄
Au printemps

화창한 봄날이 찾아와 며칠 계속되면, 땅이 잠에서 깨어나 다시 푸르러지면, 포근하고 향긋한 공기가 우리를 어루만지며 가슴속으로 스며들면, 우리에게 무한한 행복에 대한 희미한 갈망이, 달리고 싶은 욕망이, 발길 닿는 대로 돌아다니며 모험하면서 봄을 만끽하고 싶은 욕망이 찾아온다.

작년 겨울은 유달리 혹독했기에, 5월이 되자 활짝 피어나고자 하는 갈망이 취기처럼 나를 사로잡아 내 온몸은 격발하는 생명력으로 넘쳐흐를 듯했다.

그러던 어느 날 아침 잠에서 깨어나니 창문 너머로 이웃집 위의 하늘이, 햇빛에 환하게 빛나는 넓고 파란 하늘이 보였다. 검은머리방울새들이 창틀에 매달려 목청껏 노래했다. 집의 각 층에서는 하녀들이 노래했다. 거리에서는 즐거운 웅성거림이 올라왔다. 나는 봄기운에 완전히 젖어 어디로 갈지도 정하지 않은 채 밖으로 나갔다.

마주치는 사람들이 미소를 지었다. 행복의 숨결이 다시 찾아온 따뜻한 봄빛 속을 여기저기 떠다녔다. 사랑의 미풍이 도시 위에 불어오는 듯했다. 젊은 여자들은 아침부터 곱게 몸단장을 하고 눈 속에는 다정함을, 거동에는 부드러운 호의를 감춘 채 내 마음을 한껏 동요하게 했다.

어떻게, 왜 그랬는지는 모르지만 나는 어느새 센 강가에 다다랐다. 증기선들이 쉬렌을 향해 빠르게 나아갔다. 갑자기 숲을 가로질러 달리고픈 엄청난 욕구가 느껴졌다.

바토 무슈*의 갑판에 승객들이 가득했다. 첫 봄 햇살이 그들의 의사와 상관없이 그들을 거처에서 끌어낸 것 같았다. 모든 사람들이 분주히 움직이고, 왔다 갔다 하고, 이웃과 수다를 떨었다.

그중에는 내 이웃집에 사는 여자도 있었다. 키가 작은 노동자로, 파리 여자답게 태도가 상냥하고, 관자놀이 부분이 곱슬곱슬한 금발의 귀여운 여자였다. 그녀의 머리카락이 구불구불한 불빛처럼 귓가를 흘러내려 목덜미까지 늘어진 채 바람에 나부끼고 있었다. 목덜미 아랫부분에 이르자 그 머리카락은 너무나 가늘고 금빛으로 빛나서 간신히 눈에 보이는, 수없이 입맞춤을 퍼붓고 싶은 저항할 수 없는 욕망을 불러일으키는 솜털이 되었다.

내가 눈을 떼지 못하고 바라보자 그녀가 내 쪽으로 고개를 돌렸다. 그리고 눈을 내리깔았다. 곧 미소가 될 것 같은 가벼운 주름 하나가 그녀의 한쪽 입가에 박히면서, 햇빛 때문에 더욱 금빛으로 반짝이는, 비단처

*센 강을 항해하는 유람선.

럼 부드럽고 창백하고 섬세한 솜털이 드러났다.

강물이 넓어졌다. 따뜻한 평화가 대기 중에 떠돌았고, 생명의 수런거림이 그 공간을 가득 채우는 것 같았다. 내 이웃집 여자가 다시 눈을 들었다. 내가 줄곧 그녀를 바라보고 있었으므로, 이번에는 그녀 쪽에서 나에게 결연한 미소를 보냈다. 그녀는 너무나 매력적이었으며, 회피하는 듯한 그녀의 눈길 속에는 그때껏 내가 미처 몰랐던 수많은 것들이 모습을 드러냈다. 나는 거기서 심오한 미지를, 다정함이 지닌 모든 매력을, 우리가 꿈꾸는 모든 시정詩情을, 우리가 끝없이 추구하는 온갖 행복을 보았다. 나는 팔을 활짝 벌리고 싶은 욕구를, 그녀를 어딘가로 데려가 그녀의 귓가에 음악처럼 감미로운 사랑의 말을 속삭이고 싶은 미친 듯한 욕구를 느꼈다.

나는 입을 벌리고 그녀에게 접근하려 했다. 그때 누군가가 내 어깨를 건드렸다. 놀라서 뒤를 돌아보니, 평범하게 생긴 한 남자가 눈에 들어왔다. 젊지도 늙지도 않은 남자로, 슬픈 표정으로 나를 보고 있었다.

"당신과 이야기를 좀 나누고 싶은데요." 그가 말했다.

나는 얼굴을 찌푸렸다. 그도 그런 내 얼굴을 보았는지 이렇게 덧붙였다. "중요한 이야기입니다."

나는 자리에서 일어나 배의 다른 쪽 끝으로 그를 따라갔다.

그가 말을 이었다. "선생, 추위가 찾아오고 비와 눈과 함께 겨울이 다가오면 의사들은 우리에게 이렇게 말합니다. '발을 따뜻하게 하고 오한이나 감기를 조심하세요. 기관지염과 늑막염도 조심하시고요.' 우리는 그 말을 듣고 무척 조심하지요. 플란넬 내복과 두꺼운 외투를 챙겨 입고 따뜻한 신발을 신습니다. 그렇다고 두 달 동안 침대에 앓아눕는 것을 늘 피할 수 있는 것은 아니지만요. 하지만 봄이 되어 새로 나뭇잎이 돋아나고, 꽃이 피고, 따뜻하고 부드러운 바람이 불어와 희미한 동요와 이유 없는 연민을 가져다줄 때 우리에게 이렇게 말하는 사람은 아무도 없습니다. '선생, 사랑을 조심하세요! 사랑은 도처에 매복하고 있답니다. 사방 구석에서 당신을 노리고 있어요. 사랑은 온갖 술수를 준비한 채 긴장하고 있습니다. 모든 무기들이 날카롭게 벼려져 있고, 온갖 배반이 준비돼 있어요. 사랑을 조심하세요! 사랑을 조심하세요!' 사랑은 감기보다, 기관지염이나 늑막염보다 더 위험합니다! 사랑은 용서하지 않습니다. 그리고 모든 사람들로 하여금 돌이킬 수 없는 어리석은 짓을 저지르게 하지요. 그렇습니다, 선생. 나는 해마다 정부가 담벼락에 이런 공고문을 내걸어야 한다고 생각합니다. '봄이 왔습니다. 프랑스 국민들이여, 사랑을 조심하십시오.' 집들의 대문에 '칠 주의!'라고 써 붙이는 것처럼 말입니다. 그러나 정부가 그렇게 하지 않으니 내가 대신 해야 합니다. 선생, 사랑을 조심하세요. 사랑이 당신을 찌르고 있습니다. 나는 러시아 사람들이 코가 얼어붙은 행인에게 경고하듯 선생에게 이것을 알릴 의무가 있어요."

나는 어리둥절해진 채 그 낯설고 독특한 남자 앞에 서 있다가, 위엄 있는 표정을 지으며 말했다. "이보시오, 선생. 내가 보기에 선생은 선생과 별로 관계없는 일에 참견하는 것 같습니다."

그러자 그가 격한 몸짓을 하고는 대답했다. "오! 선생! 선생! 어떤 사람이 위험한 곳에 빠지려고 하는데 죽게 그냥 내버려 두는 것이 옳은 행동입니까? 자, 내 이야기를 잘 들어 보세요. 그러면 왜 선생에게 이런 말을 하는지 이해가 될 겁니다."

*

작년 이맘때의 일이었습니다. 우선 선생에게 내가 해군성 직원이라는 것을 이야기해야겠군요. 그곳의 책임자들, 임원들은 자기들의 계급을 중요하게 생각하고 우리를 갑판 선원 취급하죠. 아! 책임자들이 모두 너그럽다면 얼마나 좋겠습니까. 하지만 그 이야기는 일단 넘어가겠습니다. 어쨌거나 내가 사무실에서 제비들이 날아다니는 파란 하늘 한 조각이라도 바라볼 수 있다면 얼마나 좋겠습니까. 그럴 수만 있다면 검은 서류함 한가운데에서 춤이라도 추고 싶을 겁니다.

자유에 대한 갈망이 너무나 커져서, 나는 마음이 내키지 않음에도 불구하고 내 꼰대를 만나러 갔답니다. 그 사람은 키가 작고 까다로운 남자로 언제나 화가 나 있었죠. 나는 몸이 아프니 조퇴를 하고 싶다고 말했어요. 그가 코를 들이밀고 나를 바라보더니 이렇게 외치더군요. "난 자네 말을 못 믿겠네. 아무튼 알았으니 어서 가봐! 자네 같은 직원들만 있다면 사무실이 제대로 돌아가겠나?"

나는 밖으로 달려 나갔습니다. 그리고 센 강으로 갔어요. 바로 오늘 같은 날씨였지요. 나는 생클루를 한 바퀴 둘러보려고 바토 무슈를 탔습니다.

아! 선생! 내 상사는 나에게 조퇴를 허락하지 말아야 했어요!

햇빛을 받자 마음이 부풀어 올랐어요. 배, 강, 나무, 집, 옆에 있는 사람들, 모든 것이 마음에 들었습니다. 무엇이든 상관없이 입 맞추고 싶었습니다. 그것은 사랑의 함정이었지요.

트로카데로에서 아가씨 하나가 손에 작은 꾸러미를 들고 올라탔습니다. 그녀는 내 맞은편에 앉았어요.

그녀는 예뻤습니다. 그랬어요, 선생. 봄이 와서 날씨가 좋을 때 여자들이 더 예뻐 보인다는 것은 참으로 놀랍습니다. 봄에 여자들은 자극적이고, 매력적이고, 뭐라 말할 수 없지만 아주 특별합니다. 꼭 치즈를 먹고 나서 마시는 포도주 같아요.

나는 그녀를 바라보았습니다. 그러자 그녀도 나를 바라보더군요. 하지만 이따금씩 바라볼 뿐이었어요. 방금 전 당신이 바라본 여자처럼요. 서로를 충분히 탐색했으니, 내 생각에는 대화를 시작해도 될 것 같더군요. 그래서 나는 그녀에게 말을 걸었습니다. 그녀가 대답했어요. 그녀는 정말이지 너무도 상냥했답니다. 그녀는 나를 도취시켰어요, 선생!

생클루에서 그녀가 내렸습니다. 나는 그녀를 따라갔지요. 그녀는 주문받은 물건을 배달하러 갔습니다. 그녀가 다시 모습을 나타냈을 때, 배는 막 떠난 참이었지요. 나는 그녀 옆에서 걷기 시작했습니다. 감미로운 공기 때문에 우리 두 사람은 한숨을 쉬었습니다.

"숲에 들어가면 기분이 아주 좋을 겁니다." 내가 그녀에게 말했습니다.

그녀가 대답하더군요. "오! 그런가요!"

"숲에 들어가 한 바퀴 돌아보시겠습니까? 그러시겠어요, 아가씨?"

그러자 그녀는 내가 어떤 사람인지 평가하려는 듯 눈을 내리깔고 빠르게 나를 살펴보았습니다. 그런 다음 잠시 망설이더니 그러마고 수락했지요. 우리는 나무들 아래를 나란히 걸었습니다. 아직 여린 나뭇잎 아래에는 왁스를 칠한 것처럼 반짝이는 높고 무성한 초록빛 풀이 햇빛에 잠겨 있었고, 사랑을 나누는 조그만 짐승들이 가득했습니다. 도처에서 새들의 노랫소리도 들렸어요. 그 아가씨가 바람과 전원의 향기에 취해 깡충깡충 달리기 시작했습니다. 나도 그녀처럼 깡충깡충 뛰면서 뒤에서 달려갔지요. 그래요, 우리는 이따금씩 어리석을 때가 있답니다, 선생!

이윽고 그녀는 여러 가지 노래를 정신없이 불렀습니다. 오페라 곡조들, 그리고 〈뮈제트*의 노래〉! 〈뮈제트의 노래〉! 그녀가 어찌나 분위기 있게 보이던지! ……나는 거의 눈물이 나올 것 같았습니다. 오! 이런 허튼소리들은 전부 우리의 머리를 교란시킬 뿐입니다. 내 말을 믿으세요. 들판에서 노래 부르는 여자는 절대 사귀지 마세요. 특히 그 여자가 〈뮈제트의 노래〉를 부른다면요!

그녀는 곧 피곤해져서 푸른 비탈 위에 앉았습니다. 나는 발치에 앉아 그녀의 손을 잡았지요. 그녀의 손에는 바늘에 찔린 자국이 수없이 있었어요. 그것을 보자 마음이 아팠습니다. 나는 속으로 생각했어요. '이것은 성스러운 노동의 자국들이야.' 오! 선생, 선생은 성스러운 노동의 자국들이 무슨 의미인지 아십니까? 그것들은 작업실의 온갖 잡담, 속삭거리는 농담, 추악한 말로 더럽혀진 정신, 잃어버린 순결, 온갖 어리석은 수다, 일상적인 습관들의 비참함을 뜻한답니다. 성스러운 노동의 자국들을 손가락 끝에 지니고 있는 여자들은 결정적으로 서민층 여자 특유의 협소한 생각을 갖고 있지요.

이윽고 우리는 서로의 눈 속을 오랫동안 들여다보았습니다.

오! 여자의 눈은 얼마나 강력한 힘을 지녔는지요! 그것은 남자를 동요케 하고, 사로잡고, 소유하고, 지배합니다! 그것은 너무나 깊고, 약속들과 무한으로 가득해 보이지요! 우리는 그것을 가리켜 서로 마음속을 들여다본다고 말해요! 하지만 선생! 그것은 얼마나 얄궂은 장난인지요! 우리가 정말로 서로의 마음속을 들여다본다면 더 현명해져야 할 겁니다, 안 그렇습니까.

결국 나는 이성을 잃고 유혹되었습니다. 그녀를 내 품에 안고 싶었어

---

*프랑스 작가 루이 앙리 뮈르제의 소설 『보헤미안 삶의 정경』(1851)에 나오는 여성 인물. 이 소설은 테오도르 바리에르의 각본으로 연극으로 만들어졌으며, 극중 뮈제트가 부르는 노래가 인기를 끌었다.

요. 그녀가 나에게 말하더군요. "만지지 마세요!"

그래서 나는 그녀 옆에 무릎을 꿇고 내 마음을 펼쳐 보였습니다. 나를 숨 막히게 하는 모든 애정의 말을 그녀의 무릎 위에 쏟아 냈어요. 그녀는 내 태도 변화에 놀란 것 같았습니다. 그러고는 뭔가 생각하는 듯 비스듬한 눈길로 나를 바라보았어요. "아! 지금껏 여자들이 당신을 이런 식으로 다루었군요. 그래요, 좋아요. 우리 만나요."

선생, 우리 남자들은 항상 사랑에 순진하답니다. 여자들은 계산적이고요.

그때 나는 그녀를 소유할 수도 있었습니다. 나중에야 내 어리석음을 깨달았어요. 하지만 그때 내가 추구한 것은 육체가 아니라 애정, 이상이었어요. 나는 시간을 더 잘 활용하고 싶었답니다.

내 고백을 충분히 듣고 난 뒤, 그녀는 몸을 일으키더군요. 우리는 생클루로 돌아갔고, 다시 파리까지 가서야 헤어졌지요. 파리에 도착하자 그녀는 너무나 슬픈 표정을 했어요. 나는 왜 그러는지 이유를 물었습니다. 그녀가 대답하더군요. "인생에서 오늘 같은 날들을 많이 누리지 못할 거라는 생각이 들어서요." 그 말을 듣자 내 심장이 거세게 고동쳐서 가슴에 구멍이 뚫릴 것만 같았습니다.

나는 다음 일요일에 그녀를 다시 만났습니다. 그다음 일요일에도 만났고, 일요일마다 만났지요. 나는 부지발, 생제르맹, 메종라피트, 푸아시 등 애정 행각이 펼쳐지는 교외의 온갖 장소에 그녀를 데려갔어요.

이번에는 그 깜찍한 탕녀가 나에게 열심을 보였답니다.

결국 나는 완전히 이성을 잃었죠. 석 달 뒤 나는 그녀와 결혼했습니다. 할 수 없지 않습니까, 선생. 우리는 가족도 없고 조언자도 없는 홀몸의 피고용인이기 때문에 여자와 함께하면 인생이 달콤해질 거라 생각하지요! 그래서 여자와 결혼합니다!

　그러고 나면 그 여자는 아침부터 밤까지 우리에게 욕설을 퍼붓고, 아무것도 모르면서 끊임없이 수다를 떨고, 〈뮈제트의 노래〉를 목청껏 부르고(오! 〈뮈제트의 노래〉, 얼마나 진절머리 나는지!), 석탄 상인과 말싸움을 하고, 관리인에게 집안의 내밀한 일들을 이야기하고, 이웃집 하녀에게 침실의 비밀을 모두 털어놓고, 거래하는 상점에서 남편을 헐뜯습니다. 그녀의 머릿속은 너무나 어리석은 이야기들로, 너무나 바보 같은 믿음들로, 너무나 기괴한 견해들로, 너무나 놀라운 편견들로 가득 차 있어서 절망스러운 나머지 눈물이 나올 정도랍니다. 그녀와 이야기를 할 때마다 항상 그래요.

*

　그가 감정이 몹시 격해진 나머지 조금 숨 가빠하며 입을 다물었다. 나는 연민에 사로잡혀 그 순진하고 가여운 남자를 바라보았고, 그에게 무언가 이야기하려 했다. 그때 배가 멈추었다. 생클루에 도착한 것이다.

　내 마음을 설레게 했던 그 귀여운 여자가 배에서 내리기 위해 자리에서 일어났다. 그녀는 내 옆을 지나가면서 우리 남자들을 미치게 하는 은밀한 미소를 띤 얼굴로 나를 바라보았다. 그런 다음 부교 위로 뛰어내렸다.

　나는 그녀를 따라가기 위해 돌진했다. 하지만 옆에 있던 그 남자가 내 소맷부리를 붙잡았다. 나는 몸부림을 치며 그의 손에서 벗어나려 했다. 하지만 그는 내 프록코트 자락을 꽉 움켜쥐고는 뒤로 잡아끌며 되뇌었다. "가지 마세요! 가지 마요!" 그 목소리가 너무 커서 사람들이 모두 처다보았다.

주변에 웃음소리가 울려 퍼졌고, 나는 격분해서 꼼짝 않고 있었다. 그 우스꽝스러운 소동 앞에서 과감한 행동을 취할 용기가 없었던 것이다.

배가 다시 출발했다.

귀여운 여자는 부교 위에서 나를 바라보다가 실망한 표정으로 멀어져 갔고, 내 방해자는 손을 문지르며 내 귀에 대고 속삭였다.

"자, 내 덕분에 선생이 만만치 않은 숙제를 해냈네요."

폴의 연인
La femme de Paul

노 젓는 남자들의 아지트인 그리용 식당이 천천히 비어 갔다. 외침과 부르는 소리들로 문 앞에 소동이 일었다. 하얀 운동복 셔츠를 입은 키 크고 건장한 남자들이 어깨에 노를 멘 채 줄곧 몸을 움직이고 있었다.

밝은 봄 화장을 한 여자들은 조심스럽게 배에 올라타 난간에 앉아서는 드레스 자락을 정리했다. 그러는 동안 혈기 왕성하기로 유명하며 적갈색 턱수염을 기른 힘센 남자인 식당 주인이 아름다운 여인들을 위해 가냘픈 배들이 균형을 유지하도록 도와주었다.

이번에는 가슴이 떡 벌어진 노 젓는 남자들이 맨팔을 드러낸 채 구경 꾼들을 위해 포즈를 취하며 자리를 잡았다. 구경꾼들은 나들이옷을 입은 부르주아, 노동자, 다리 난간에 팔꿈치를 괴고 그 광경을 주의 깊게 지켜보고 있는 군인들이었다.

배들이 한 척씩 부교를 떠났다. 배 잡아당기는 사람들이 앞쪽으로 몸을 숙이고 다시 뒤로 젖히는 규칙적인 몸짓을 했다. 그러자 빠른 경주용 배들이 끝이 휜 기다란 노의 추진력을 받아 강물 위를 미끄러지며 멀어져 작아지더니, 마침내 철로가 지나가는 다른 다리 밑으로 사라져 라그르누예르*를 향해 내려갔다.

연인 한 쌍만 남았다. 아직 수염이 거의 없고 몸매가 날씬하며 얼굴이 창백한 젊은 남자가 애인의 허리를 붙잡고 있었다. 그의 애인은 키가 작고 야윈 갈색 머리 여자로, 귀뚜라미 같은 외모를 하고 있었다. 그들은 이따금씩 서로의 눈 속 깊은 곳을 들여다보았다.

식당 주인이 외쳤다. "갑시다, 폴 씨. 서둘러요." 그러자 그들이 그에게 다가갔다.

폴 씨는 모든 손님들 중 가장 사랑받고 존중받는 손님이었다. 그가 정기적으로 후하게 돈을 지불하는 반면, 다른 손님들은 지불 능력이 없다고 꽁무니를 빼거나 오랫동안 애걸복걸하게 만들었다. 게다가 그는 이 시설에 일종의 살아 있는 광고가 되어 주었다. 그의 아버지가 상원 의원이었기 때문이다. 어느 낯선 사람이 "그런데 자기 여자에게 집착하는 저 키 작은 남자는 누구입니까?"라고 묻자, 단골손님 하나가 의미심장하면서도 묘한 표정을 지으며 작은 목소리로 대답했다. "저 남자는 폴 바롱입니다. 왜 있잖습니까? 상원 의원의 아들요." 그래도 상대방은 변함없이 이렇게 말했다. "불쌍한 사람! 그리 불만스러운 것 같진 않군요."

선량하고 장사에 능통한 그리용 아주머니는 그 젊은 남자와 그의 애인을 '한 쌍의 새끼 멧비둘기'라고 불렀고, 자기 가게에 도움이 되는 그

*1850~1930년 샤투 섬과 센 강 우안 사이에 설치돼 운영되었던 위락 시설. 일요일마다 사람들이 몰려와 뱃놀이와 음주 가무를 즐겼다.

사랑에 몹시 감동하는 듯했다.

그 한 쌍은 종종걸음으로 도착했다. 경주용 배 마들렌 호가 준비되어 있었다. 그들은 그 안에 올라타는 순간 서로에게 입을 맞추었고, 다리 위에 모여 있던 사람들이 그 모습을 보고 웃었다. 폴 씨가 노를 잡자 배는 라그르누예르를 향해 출발했다.

도착했을 때는 3시가 다 되어 있었고, 수상 카페에는 사람들이 넘쳐 났다.

나무 기둥으로 떠받친 지붕이 있고 타르를 칠한 커다란 뗏목이 두 개의 부교浮橋를 통해 크루아시의 매혹적인 섬에 연결되었다. 부교 중 하나는 그 수상 카페 한가운데까지 침투했다. 반면 또 하나의 부교는 나무 한 그루가 심어져 있고 '꽃 항아리'라는 별명으로 불리는 아주 작은 섬과 연결되어 있었다. 그리고 거기서부터는 물놀이 구역이 펼쳐졌다.

폴 씨는 소형 배를 비끄러매고, 카페의 난간을 올라갔다. 그런 다음 손을 잡고 자기 애인을 안아 올렸다. 두 사람은 탁자 끝에 마주 앉았다.

강의 다른 쪽 기슭 예인로 위에 갖가지 운송 수단들이 길게 열을 지어 늘어서 있었다. 삯마차들이 겉멋 든 젊은이의 고급 자동차들과 교대했다. 육중한 말들은 거대한 배로 용수철을 짓누르고 무릎이 깨진 채 목을 늘어뜨린 늙다리 말에 연결되어 있고, 날렵한 말들은 쭉 뻗은 호리호리한 다리로 땅을 디딘 채 목을 꼿꼿이 쳐들었으며 재갈이 거품으로 하얬다. 제복 차림의 마부는 커다란 칼라에 감싸인 머리를 빳빳이 세우고 점잔을 빼면서 허리를 쭉 편 채 무릎 위에 채찍을 놓고 앉아 있었다.

둑은 가족 단위로 또는 무리 지어, 혹은 두 명이나 혼자 도착한 사람들로 덮여 있었다. 그들은 풀들을 뽑으며 물까지 내려갔다가 다시 올라왔다. 그리고 모두 같은 장소에 도착해 걸음을 멈추고 뱃사공을 기다렸다. 육중한 도선渡船 한 척이 이쪽 기슭에서 저쪽 기슭으로 끊임없이 왔다 갔다 하면서 승객들을 내려놓았다.

강의 팔(사람들이 죽은 팔이라고 말하는) 위에 음료용 부교가 있었는데, 마치 잠을 자는 것 같았다. 그 정도로 물살이 약했다. 경주용 배, 경정輕艇, 카누, 노가 짧고 넓적한 뱃놀이용 배 등 온갖 형태와 특성의 배들이 서로 마주치고, 섞이고, 접근하고, 갑작스러운 근육의 긴장하에 다시 돌진하면서, 활발하게 미끄러지기 위해 갑자기 지느러미질을 멈춘 노랗거나 붉은 기다란 물고기들처럼 물결 위를 날렵하게 나아가고 있었다.

다른 배들도 끊임없이 도착했다. 상류에는 샤투의 배들, 하류에는 부지발의 배들이었다. 이 배에서 저 배로 웃음소리, 부르는 소리, 갑자기 불러 세우는 소리, 언쟁하는 소리가 오갔다. 노 젓는 사람들의 살갗은 햇볕에 타서 갈색이었으며, 이두근이 울룩불룩 튀어나와 있었다. 키를 잡은 여자들의 빨간색, 초록색, 파란색, 노란색 실크 양산들은 이국의 꽃처럼, 헤엄치는 꽃처럼 배 뒤쪽에 펼쳐져 있었다.

7월의 태양이 하늘 한가운데에서 이글거렸다. 대기에는 열정적인 즐거움이 가득했고, 미풍도 버드나무와 포플러 잎들을 움직이게 하지 못했다.

맞은편에는 피할 수 없는 발레리앙 산의 요새화된 비탈이 강렬한 빛속에 층을 이루었으며, 오른쪽에는 근사한 루브시엔 언덕이 강과 함께 돌면서 반원을 그렸다. 시골집의 큰 정원과 하얀 담장들이 색이 진한 그 언덕의 초목을 가로질렀다.

라그르누예르 주변에는 산책하는 군중이 있었다. 그들은 섬의 그쪽 구석을 세상에서 가장 멋진 공원으로 만들어 주는 커다란 나무들 밑을 돌고 있었다. 싱그러운 잔디 위에는 가슴이 불룩 튀어나오고, 엉덩이가 커다랗고, 눈 색깔이 숯처럼 까맣고, 속된 취향의 화장을 해서 핏빛 입술에 두껍게 분이 발린 얼굴을 한 노란 머리의 여자들이, 기묘한 드레스의 허리춤을 질끈 졸라맨 채 어슬렁거렸다. 그녀들 옆에는 지나치게 멋을 부린 우스꽝스러운 옷차림의 젊은 남자들이 있었다. 그들은 연한 색의 장갑을 끼고, 에나멜 장화를 신고, 홀쭉한 단장을 들고 있었으며 어리석은 미소를 강조해 주는 외알 안경을 끼고 있었다.

섬은 라그르누예르에서 정확히 폭이 좁아졌고, 다른 쪽 기슭에서는 바닥이 평평한 도선 한 척이 크루아시 사람들을 끊임없이 실어 왔다. 배는 회오리, 소용돌이, 거품을 일으키며 격류 속을 나아갔다. 포병 제복을 입은 가교 담당 공병들이 무심한 표정으로 둑에 줄지어 앉아 강물이 흘러가는 모습을 보고 있었다.

다툼이 일어났는지 수상 카페에서 외마디 소리가 들렸다. 음료가 엎질러져 끈적끈적한 개울을 이룬 나무 탁자 위에 반쯤 빈 유리잔들이 어지러이 놓여 있고, 반쯤 취한 사람들이 그 주위에 둘러서 있었다. 모든 사람들이 소리 지르고, 노래 부르고, 큰 목소리로 고함을 쳤다. 남자들이 취기에 얼굴이 붉어지고 눈이 번들거리는 가운데 모자를 뒤로 젖혀 쓰고 고래고래 소리 지르며 분주히 돌아다녔다. 떠들썩한 소리를 내고자 하는 자연적이고 원시적인 필요라도 느끼는 것 같았다. 여자들은 밤을 위한 먹잇감을 기다리며 음료 값을 지불했다. 탁자들 사이 자유로운 공간에서는 평범한 군중이 그들을 내려다보고 있었다. 노 젓는 남자들은 짧은 플란넬 치마를 입은 여자 친구들과 소란을 피웠다.

그들 중 하나가 피아노 앞에 앉아 고군분투했다. 발과 손으로 동시에 연주하는 것 같았다. 네 쌍의 남녀가 카드리유 춤을 추며 뛰어올랐고,

젊은 사람들은 그 남녀들을 구경했다. 그들은 우아하고 예의 발랐다. 결함만 드러나지 않았다면 심지어 품위 있어 보였을 것이다.

그러나 그들에게서는 세상의 모든 거품 냄새가, 엄청난 부도덕의 냄새가, 파리 사교계의 온갖 부패의 냄새가 코를 찔렀다. 양품점 점원, 허세 부리는 사람, 하급 저널리스트, 주인의 재산을 관리하는 시종, 수상쩍은 증권 거래자, 타락한 방탕아, 늙고 부패한 도락가 등 한편으로는 명성을 누리고 다른 한편으로는 욕을 먹는 사람들, 여기서는 찬양받고 저기서는 체면이 깎이는 수상쩍고 의심스러운 사람들이었다. 사기꾼, 교활한 상인, 여자를 소개해 주는 뚜쟁이, 위엄 넘치는 풍채에 허세 부리는 표정을 한 산업계의 기사들이었다. 그들은 이렇게 말하는 듯했다. '나를 불한당 취급하는 사람이 있으면 곧바로 죽여 버릴 거야.'

그곳에서는 어리석음이 스며 나왔으며, 상스러움과 저급한 우아함이 역한 냄새를 풍겼다. 수컷들과 암컷들이 서로 막상막하였다. 그곳에는 사랑의 향기가 떠다녔고, 사람들은 칼과 총알로 끝장날 수 있는 명성을 유지하기 위해, 사소한 일에 온 힘을 쏟았다.

주변의 주민들이 일요일마다 호기심을 보이며 그곳을 지나갔다. 몇몇 젊은이들은 매년 거기에 와서 사는 법을 배웠다. 산책자들이 한가로이 거닐며 모습을 드러냈고, 몇몇 순박한 사람들은 거기서 길을 잃었다.

그곳이 라그르누예르라고 불리는 것은 당연했다.* 사람들이 술을 마시는 지붕 달린 뗏목 옆에서, 그리고 '꽃 항아리' 가까이에서 여자들이 미역을 감았다. 몸매가 탐스러운 여자들은 거기에 와서 벌거벗은 몸매를 보여 줌으로써 자기를 과시하고 손님을 확보했다. 반면 거만한 여자

---

*la grenouillère는 '깊이가 얕은 내'라는 뜻.

들은 본능적인 충동에 자극을 받았음에도 불구하고, 널찍한 면직 옷으로 몸을 감싼 채 이쪽으로 목을 빼고 저쪽으로 자세를 고치며 자기 자매들이 물속에서 절벅거리는 모습을 경멸하는 표정으로 바라보았다.

헤엄치던 남자들이 다이빙을 하려고 서둘러 조그만 다이빙대 위로 올라갔다. 버팀목처럼 길거나, 호박처럼 둥글거나, 올리브 나무처럼 뼈만 앙상한 그들의 몸은, 앞쪽으로 굽어 있거나 펑퍼짐한 배 때문에 뒤쪽으로 젖혀져 있었다. 그리고 한결같이 추했다. 그들이 물속에 뛰어들자 카페에서 음료를 마시는 사람들에게까지 물이 튀었다.

커다란 나무들이 수상 카페 위로 가지를 드리우고 있음에도 불구하고, 옆에 물이 있음에도 불구하고, 숨 막힐 듯한 열기가 그곳을 가득 채웠다. 독주 냄새가 사람들의 체취, 강렬한 향수 냄새와 섞였다. 창녀들의 피부에서 풍기는 코를 찌르는 향수 냄새가 혹서 속에서 기화했다. 하지만 이 모든 다양한 냄새들 속에 연한 쌀가루 냄새가 떠다녔고, 그 냄새는 감추어진 손이 보이지 않는 솔로 공기 속을 휘젓기라도 하는 것처럼 이따금 사라졌다가 다시 나타나곤 했다.

강 위에는 장관이 펼쳐져 있었다. 배들의 끊임없는 왕복이 눈을 끌었다. 노 젓는 여자들이 강한 손목을 가진 자기 남자들 맞은편 안락의자에 몸을 길게 펴고 누워 있었다. 그녀들은 섬을 어슬렁거리며 저녁 한 끼 얻어먹으려는 여자들을 경멸 어린 표정으로 살펴보았다.

궤도에 오른 배가 이따금 전속력으로 지나가면 뭍에 닿은 친구들이 소리를 질렀고, 군중은 급격한 광기에 사로잡혀 울부짖었다.

샤투 방면, 강이 굽이진 곳에 새로운 배들이 쉬지 않고 나타났다. 그 배들은 점점 가까이 다가와 커졌다. 그리고 사람들이 서로의 얼굴을 알아봄에 따라 함성들이 터져 나왔다.

여자 네 명이 탄 천막 덮인 배 한 척이 물결을 따라 천천히 내려가고 있었다. 노 젓는 여자는 키가 작고 야위고 생기 없어 보였으며, 선원 옷을 입고 있었다. 방수 처리를 한 모자 밑의 머리카락이 도드라져 보였다. 그녀의 맞은편에는 남자 바지에 흰색의 짧은 플란넬 웃옷을 입은 뚱뚱한 체격의 연한 금발 머리 여자가, 배 바닥에 등을 대고 다리는 노 젓는 여자 옆 벤치 위 허공에 들어 올린 채 누워 있었다. 노 젓는 여자는 담배를 피웠는데, 노를 젓느라 힘을 쓸 때마다 배가 요동쳐서 가슴과 배가 가볍게 흔들렸다. 천막 덮인 배 끄트머리에 있는 갈색 머리 아가씨와 금발의 키 크고 날씬한 아가씨는 서로의 허리를 붙잡은 채 끊임없이 친구들을 바라보고 있었다.

라그르누예르에서 외침 소리가 터져 나왔다. "여기가 바로 레스보스 섬*이로군!" 그리고 갑자기 격분한 함성이 일고 끔찍한 소란이 벌어졌다. 유리잔들이 와장창 떨어지고, 사람들이 탁자 위로 올라갔다. 시끄러운 흥분 속에서 모두들 함성을 질러 댔다. "레스보스! 레스보스! 레스보스!" 외침 소리는 요란하게 울려 퍼지다가 불분명해지더니, 결국에는 끔찍한 울부짖음이 되었다. 잠시 후 다시 솟아난 외침 소리가 허공을 타고 올라가 평원을 뒤덮고, 키 큰 나무들의 두꺼운 이파리들을 가득 채우고, 먼 비탈들에 펼쳐지더니, 태양에까지 도달하는 것 같았다.

노 젓는 여자는 환호를 받으며 평온하게 배를 멈추었다. 배 바닥에 누워 있던 뚱뚱한 금발 여자가 팔꿈치로 지탱해 몸을 일으키면서 무기력한 표정으로 고개를 돌렸다. 뒤쪽의 아름다운 두 아가씨는 웃으면서 군중에게 인사를 했다.

---

*그리스 동부 에게 해에 있는 섬. 고대에 이 섬에서 동성애가 성행했다고 하며, 그로부터 '레즈비언'이라는 말이 생겨났다.

그러자 함성 소리가 더욱 커져 주변을 온통 뒤흔들었다. 남자들은 모자를 들어 올렸고, 여자들은 손수건을 흔들었다. 사람들이 날카롭고 진지한 목소리로 다 함께 외쳤다. "레스보스!" 그 타락한 사람들은 마치 해군 대장이 지나가면 대포를 발사해 인사하는 함대 대원들 같았다.

수많은 배들로 이루어진 함대가 여자들의 배에 환호를 보냈다. 여자들의 배는 좀 더 멀리 가기 위해 무기력한 모습으로 다시 떠났다.

폴 씨가 주머니에서 열쇠 하나를 꺼내더니, 온 힘을 다해 휘파람을 불었다. 신경이 예민하고 안색이 창백한 그의 애인이 그를 조용히 시키려고 팔을 붙잡았다. 그녀는 화난 눈으로 그를 바라보았다. 하지만 폴은 남자의 질투심에, 깊고 본능적이고 무질서한 격분에 몹시 자극된 듯했다. 폴이 분노로 입술을 떨면서 불분명하게 중얼거렸다.

"저건 부끄러운 일이야! 저런 여자들은 암캐처럼 목에 돌멩이를 달아 물속에 빠뜨려야 한다고."

그러자 그의 애인 마들렌이 갑자기 화를 냈다. 작고 가시 돋친 그녀의 목소리가 치찰음齒擦音이 되었다. 그녀는 자기변호라도 하듯 쉴 새 없이 말했다.

"저 여자들이 당신과 무슨 관계라도 있어요? 다른 사람들에게 피해를 주지 않는 이상 저 여자들도 자기가 원하는 일을 할 자유가 있지 않나요? 다른 사람 일엔 관심 갖지 말고 당신 일이나 신경 써요……"

하지만 그가 그녀의 말을 잘랐다.

"저건 경찰이 개입해야 할 일이야! 나는 저 여자들을 생라자르로 내쫓을 거야. 내가 말이야!"

그녀가 움찔했다.

"당신이요?"

"그래, 내가! 그리고 그 전까지 당신이 저 여자들과 이야기하지 못하도록 내가 지킬 거야. 알겠어? 그러지 못하도록 내가 당신을 지킬 거라고."

그러자 그녀는 어깨를 으쓱하고는 갑자기 잠잠해졌다.

"자기, 나는 내가 하고 싶은 일을 할 거예요. 그게 당신 마음에 들지 않으면 헤어져요. 난 당신 아내가 아니에요, 안 그래요? 그러니 입 다물라고요."

폴은 대답하지 않았고, 두 사람은 입에 경련이 생기고 호흡이 빨라지는 가운데 얼굴을 마주 보며 가만히 있었다.

수상 카페의 다른 쪽 끝으로 문제의 여자 네 명이 걸어 들어왔다. 앞에 보이는 두 명은 남자 옷을 입고 있었다. 한 명은 야위고 작은 남자아이 같고 시대에 뒤져 보였으며, 관자놀이 부분이 노르스름했다. 다른 한 명은 뚱뚱한 몸집을 하얀 플란넬 옷 속에 가득 욱여넣은 모습이었다. 폭이 넓은 바지의 엉덩이 부분이 불룩 튀어나왔으며, 걸을 때마다 살진 거위처럼 좌우로 뒤뚱거렸다. 넓적다리가 펑퍼짐했고, 무릎이 우묵하게 들어가 있었다. 나머지 두 친구는 그들 뒤를 따라왔다. 노 젓는 남자들이 와서 그녀들과 악수했다.

그녀들은 물가에 있는 작은 오두막집 네 채를 전부 빌려 두 쌍의 부부처럼 지내고 있었다.

그녀들의 악덕은 공공연하고 명백했다. 사람들은 자연스러운 것을 이야기하듯 그것에 대해 이야기했고, 거의 공감대를 형성했다. 그들은 아주 낮은 목소리로 쑥덕거렸다. 여자들의 극심한 질투에서 생겨난 비극과 유명한 여배우들이 물가에 있는 그 작은 집을 비밀리에 방문한 일에 대해.

이웃 남자 하나가 그 추문을 듣고 헌병대에 알린 적이 있었다. 헌병대

대장이 남자 하나를 대동하고 조사하러 왔지만, 사태는 미묘했다. 그 여자들에게는 비난할 만한 것이 아무것도 없었다. 매춘을 하는 것이 아니었기 때문이다. 수상쩍은 범법 행위를 적발하지 못해 당황한 헌병대 대장은, 닥치는 대로 질문을 한 뒤 돌아가서 무죄로 결론 나는 기념비적 보고서를 작성했다.

생제르맹 사람들까지 그 일을 두고 비웃었다.

그녀들은 여왕처럼 종종걸음으로 라그르누예르를 통과했다. 자기들의 유명세를 자랑스러워하고, 자기들에게 고정되는 시선에 기분 좋아하는 것 같았다. 자기들은 이 군중보다, 이 상스러운 천민 떼보다, 이 상놈들보다 우월하다고 느끼는 듯했다.

마들렌과 폴은 그들이 오는 모습을 바라보았다. 마들렌의 눈 속에 불길이 일었다.

앞의 두 여자가 탁자 끝으로 다가오자 마들렌이 외쳤다. "폴린!" 뚱뚱한 여자가 뒤를 돌아보고는 걸음을 멈추었다. 여자 견습 선원의 팔을 여전히 끼고 있었다.

"어머, 마들렌…… 와서 나랑 이야기 좀 해요."

폴이 애인 마들렌의 손목을 꽉 쥐었다. 하지만 그녀는 이렇게 말하는 듯한 표정을 지었다. '당신도 알잖아요. 싫으면 당신은 가도 돼요.' 그래서 그는 입을 다물고 혼자 남았다.

그녀들 셋이 서서 나지막한 목소리로 수다를 떨었다. 기분 좋은 즐거움이 그녀들의 입가를 지나갔다. 그녀들은 빠르게 이야기했다. 이따금 폴린은 빈정거리는 것 같은 심술궂은 미소를 띠고 있는 폴에게 눈길을 주었다.

마침내 그가 더 이상 참지 못하고 벌떡 일어나 사지를 떨면서 마들렌 곁으로 다가왔다. 그러고는 그녀의 어깨를 움켜쥐고 말했다. "이리 와. 나는 당신이 이 매춘부들과 이야기하지 못하도록 지켜야 해."

하지만 폴린이 목소리를 높여 천박하고 걸쭉하게 욕설을 퍼붓기 시작했다. 주변 사람들이 웃음을 터뜨리고는, 무슨 일이 일어난 건지 보려고 다가왔다. 더 잘 보려고 까치발을 하기까지 했다. 폴은 자신에게 쏟아지는 그 치욕스러운 욕설에 어안이 벙벙해져 있었다. 그 말들이 오물처럼 자신을 더럽히는 것 같았다. 그는 막 시작된 추문 앞에서 물러나 뒤로 돌아서서는, 의기양양해하는 세 여자를 등진 채 강물 쪽 난간에 팔꿈치를 괴었다.

그는 물을 내려다보며 거기에 머물러 있었다. 이따금 빠르고 신경질적인 몸짓으로 손가락 하나를 빼내 한쪽 눈가에 흐르는 눈물을 닦았다. 마치 눈물이 손가락을 끌어당기기라도 하는 것처럼.

까다로운 성격에도 불구하고, 이성에도 불구하고, 심지어 의지에도 불구하고, 이유는 알 수 없지만 그는 몹시도 마들렌에게 끌렸다. 진창에 빠지듯 사랑에 빠졌다. 그는 감수성 넘치고 섬세한 본성으로 감미롭고, 이상적이고, 열정적인 관계를 꿈꾸었다. 그런데 이 조그맣고 허약한 여자가, 다른 모든 여자들처럼 어리석고 짜증날 정도로 바보 같고 심지어 예쁘지도 않고 야위고 성질 사나운 여자가 그를 사로잡고, 매혹하고, 머리부터 발끝까지 몸과 마음을 온통 소유해 버린 것이다. 그는 그 여성적이고 불가해하고 강력한 매혹을 경험했다. 어디서 오는지 알 수 없는, 아마도 육체의 악마에게서 오는 듯한 미지의 힘, 그 경이로운 지배력이 매우 양식 있는 이 남자를 하찮은 여자의 발밑에 던져 버렸다. 그녀 내면의 그 어떤 것도 그녀의 치명적이고 절대적인 힘을 설명해 주지 못했다.

그는 자신의 등 뒤에서 파렴치한 어떤 것이 준비되고 있는 것을 느꼈다. 웃음소리가 그의 심장 속으로 들어왔다. 어떻게 해야 할까? 그는 알고 있었다. 하지만 그렇게 할 수가 없었다.

그는 맞은편의 제방에 눈길을 고정했다. 어부 한 명이 꼼짝 않고 낚시질을 하고 있었다.

갑자기 그 남자의 낚싯줄 끝에서 은빛의 작은 물고기 한 마리가 파닥거렸다. 그는 낚싯대를 물에서 끌어 올리려고 비틀고 돌리는 등 애를 썼다. 하지만 소용없었다. 초조해진 그는 낚싯대를 힘껏 당겼다. 그러자 물고기가 밖으로 나오면서 피 흐르는 목구멍에서 빠져나온 내장이 보였다. 폴은 전율했다. 마치 자신의 심장이 찢긴 것 같았다. 그 낚싯대가 마치 그의 사랑 같았고, 만약 그것을 뽑아내면 가슴속 모든 것이 밑바닥 깊숙한 곳에서부터 뿌리째 뽑혀 굽은 쇠줄 끝에 달려 밖으로 나올 것 같았다. 그리고 그 줄은 마들렌이 쥐고 있었다.

손 하나가 그의 어깨 위에 얹혔다. 그는 소스라쳐 뒤를 돌아보았다. 마들렌이 그의 곁에 서 있었다. 그들은 아무 말도 하지 않았다. 그녀도 그처럼 난간 위에 팔을 괴고 강물을 내려다보았다.

그는 할 말을 찾았지만 아무것도 찾아내지 못했다. 심지어 자신의 내면에서 일어나고 있는 일을 제대로 분별하지도 못했다. 그녀가 여기에, 그의 곁에 다시 와 있다는 사실을 기분 좋게 느끼는 것이 그가 경험하고 있는 모든 것이었다. 쩨쩨하게 행동한 것이 창피하게 느껴졌고, 모든 것을 용서해야 한다는 생각이 들었다. 그녀가 그를 떠나지만 않는다면 모든 것을 허락해야 한다는 생각이 들었다.

몇 분이 흐른 뒤, 마침내 그는 매우 부드러운 목소리로 그녀에게 물었다. "우리 그만 갈까? 배 안에 있으면 더 좋을 것 같은데."

그녀가 대답했다. "그래요, 자기."

그는 그녀의 손을 붙잡아 경주용 배로 내려가는 것을 도와주었다. 너무나 감동스러워 눈에 눈물방울이 맺혔다. 그녀가 미소를 지으며 그를 바라보았고, 그들은 다시 입맞춤을 했다.

그리고 버드나무가 서 있고, 풀들이 덮여 있고, 오후의 따뜻함 속에 고요히 잠겨 있는 기슭을 따라 아주 천천히 강을 거슬러 올라갔다.

그리옹 식당으로 다시 돌아왔을 때는 막 6시가 되어 있었다. 그들은 경주용 배를 놓아두고 초원을 통과해 강가에 줄지어 서 있는 키 큰 포플러들을 따라 브종 쪽으로 걸어갔다.

베어야 할 키 큰 건초들에 꽃이 가득 피어 있었다. 기울어 가는 햇살이 층을 이룬 적갈색 빛 위에 펼쳐지고, 낮의 부드러운 열기도 끝나 갔다. 떠다니는 풀 냄새가 축축한 강물 냄새에 섞이고, 행복의 수증기 같은 부드러운 우울감이, 가벼운 행복감이 대기에 배어들었다.

여린 결핍감이 가슴까지 차올랐고, 저녁의 이 고요한 찬란함, 물결과 널리 퍼진 생기가 가져다주는 신비로운 전율, 마음을 파고드는 우수 어린 서정과의 일종의 일치감이 초목들로부터, 주변의 사물들로부터 솟아나 이 감미롭고 명상에 잠긴 시간에 의미를 드러내고 꽃처럼 피어나는 것 같았다.

그는 이 모든 것을 느꼈다. 하지만 그녀는 이해하지 못했다. 그들은 나란히 걸어갔다. 입을 다물고 있는 것이 갑자기 지루해져서 그녀가 노래를 불렀다. 그녀는 약간 날카롭고 꾸민 듯한 목소리로 모두가 알고 있는 어떤 노래를, 기억 속에 떠도는 곡조를 불렀다. 그 곡조가 깊고 차분한 저녁의 조화로움을 불현듯 찢어 놓았다.

그가 그녀를 바라보았다. 그는 그들 사이에 건널 수 없는 심연이 가로 놓여 있다는 것을 느꼈다. 그녀가 머리를 조금 숙인 채 자기 발을 내려다보며 양산으로 풀을 두드렸다. 그리고 다시 노래를 불렀다. 소리를 길게 늘이고, 룰라드*를 내고, 감히 바이브레이션까지 시도했다.

그가 너무도 사랑하는 그녀의 좁고 작은 이마 안은 비어 있었다! 새에게 가르치는 노래만 들어 있었다. 그 안에서 형성된 생각들은 그 노래와 닮아 있었다. 그녀는 그를 전혀 이해하지 못했다. 그들은 서로 아주 먼 존재였다. 그래서 그의 입맞춤이 입술보다 더 멀리 나아가지 못했을까?

이윽고 그녀가 눈을 들어 그를 바라보았다. 그리고 한 번 더 미소 지었다. 그러자 그는 뼛속까지 흔들렸고, 다시 커진 사랑으로 팔을 벌려 그녀를 열정적으로 끌어안았다.

그가 그녀의 드레스를 구겼고, 그녀는 "어머나, 난 당신이 참 좋아요"라고 중얼거리며 그의 품에서 빠져나갔다.

하지만 그는 광기에 사로잡혀 그녀의 허리를 붙잡고 마구 달려가서는 희열에 떨면서 그녀의 뺨에, 관자놀이에, 목에 입을 맞추었다. 그들은 기우는 햇살에 불붙은 듯한 수풀 밑에 헐떡거리며 쓰러졌다. 그리고 숨을 돌렸다. 그들은 결합했지만, 그녀는 그의 흥분을 이해하지 못했다.

손을 맞잡고 나무들을 지나 돌아오던 그들은 강물 위에 여자 넷이 탄 배 한 척이 떠 있는 것을 알아차렸다. 뚱뚱한 폴린도 그들을 본 것 같았다. 몸을 일으키고 손으로 마들렌에게 입맞춤을 보냈기 때문이다. 잠시 후 그녀가 외쳤다. "오늘 밤에 봐요!"

마들렌이 대답했다. "오늘 밤에 봐요!"

폴은 갑자기 마음이 얼어붙었다.

*두 음 사이의 빠르고 연속적인 장식음.

그들은 저녁 식사를 하려고 돌아갔다.

물가의 정자 밑에 자리를 잡고 조용히 먹기 시작했다. 어둠이 내리자 종업원이 초가 담긴 구형球刑 유리 용기를 가져왔다. 그것이 흔들리는 미광으로 그들을 비추어 주었다. 2층의 커다란 홀에서는 노 젓는 남자들의 외침이 끊임없이 터져 나왔다.

디저트가 나올 때쯤 폴이 마들렌의 손을 잡고 다정하게 말했다. "사랑스러운 자기, 나 무척 피곤해. 자기만 괜찮다면 일찍 잠자리에 들자."

하지만 그녀는 그의 술수를 눈치채고는 그에게 야릇한 눈빛을 보냈다. 그녀의 한쪽 눈 깊숙한 곳에서 재빨리 번득이는 그것은 배반의 눈빛이었다. 그녀는 깊이 생각한 뒤 대답했다. "원한다면 당신은 일찍 잠자리에 들어요. 나는 라그르누예르의 무도회에 가기로 약속했어요."

폴이 애처로운 미소를 지었다. 매우 끔찍한 고통을 감추려 할 때 사람들이 짓는 미소였지만, 그는 애석해하는 다정한 어조로 말했다. "당신이 상냥하다면 나와 같이 있어 줄 텐데." 하지만 마들렌은 입을 열지 않고 고개를 저었다. 폴이 계속 졸랐다. "제발 부탁이야, 자기." 그러자 그녀가 갑자기 결연하게 말했다. "내가 한 말이 무슨 뜻인지 당신도 잘 알잖아요. 문은 열려 있으니 불만스러우면 나가요. 말리지 않을게요. 난 거기 가기로 약속했고, 그러니 갈 거예요."

폴은 탁자 위에 양 팔꿈치를 올려놓고 손으로 이마를 감싸고는 고통스러운 몽상에 잠겼다.

노 젓는 남자들이 큰 소리로 고함치며 다시 내려왔다. 그들은 라그르누예르의 무도회에 가기 위해 경주용 배를 타고 다시 떠날 작정이었다.

마들렌이 폴에게 말했다. "가지 않을 거면 빨리 결정해요. 난 저 남자들 중 한 명에게 데려다 달라고 부탁할 테니."

폴이 일어나서 중얼거렸다. "갑시다!"

그리고 그들은 출발했다.

밤은 어두웠고, 별들이 가득했다. 생기 가득한 불타는 듯한 바람이 미풍에 섞이면서 배의 속도를 늦추었다. 얼굴에 와 닿는 그 바람 때문에 사람들은 더 빠르게 숨 쉬고 조금 헐떡거리기까지 했다. 그 정도로 무덥고 육중한 바람이었다.

경주용 배들이 아코디언 모양의 종이 등을 달고 출발했다. 배들은 육안으로 또렷이 식별되지는 않았지만, 작은 유색 등들이 빠르게 춤을 추는 바람에 마치 흥분한 개똥벌레들 같았다. 사방의 그늘에서는 목소리들이 술렁거렸다.

두 젊은이가 탄 경주용 배도 천천히 미끄러져 갔다. 이따금 배 한 척이 그들 곁을 지나가면, 등불 빛을 받은 노 젓는 사람의 하얀 등이 문득문득 드러났다.

강의 굽이진 곳을 돌자 라그르누예르가 멀리서 모습을 드러냈다. 파티가 열리는 카페는 가지 달린 촛대, 색색의 자그마한 화환, 주렁주렁 매달린 등불로 장식되어 있었다. 커다란 도선 몇 척이 둥근 지붕, 피라미드, 갖가지 색조의 불타는 듯한 복잡한 기념물들을 보여 주며 센 강 위를 천천히 운항했다. 붉게 물든 꽃줄 모양의 장식이 물 위까지 늘어져 있고, 보이지 않는 긴 낚싯대 끄트머리에 달린 빨간색 파란색 초롱이 마치 흔들리는 커다란 별 같았다.

이 모든 조명이 카페 주위에 희미한 빛을 퍼뜨리고, 제방의 키 큰 나무들을 아래에서 위까지 비추었다. 나무들의 줄기가 창백한 잿빛으로 선명히 모습을 드러냈고, 유즙을 분비하는 초록색 나뭇잎들이 들판과 하늘의 깊은 어둠 속에 부각되었다.

먼 곳에서는 다섯 명의 음악가로 구성된 교외의 악단이 경쾌하지만 그렇고 그런 변두리 카바레 음악을 연주하고 있었다. 덕분에 마들렌이 다시 노래를 부르기 시작했다.

그녀는 즉시 들어가고 싶어 했고, 폴은 들어가기 전에 섬을 한 바퀴 돌아보길 바랐다. 하지만 그가 양보해야 했다.

무도회 참석자들은 세련된 사람들이었다. 노 젓는 남자들은 듬성듬성 자리한 몇몇 부르주아 그리고 아가씨를 동반한 젊은이들과 함께 자기들 끼리만 머물렀다. 이 캉캉 무도회의 책임자이자 조직자인, 낡고 검은 옷을 입은 위엄 있어 보이는 남자가 늙은 서비스 직종 종사자의 피폐한 머리를 사방으로 돌리고 있었다.

뚱뚱한 폴린과 그녀의 여자 친구들은 보이지 않았다. 폴은 안도의 숨을 내쉬었다.

사람들이 춤을 추었다. 남녀들이 얼굴을 마주한 채 필사적으로 깡충 깡충 뛰고, 다리를 상대의 코 높이까지 쭉쭉 뻗어 올렸다.

여자들이 치마 속 넓적다리까지 드러내며 펄쩍펄쩍 뛰었다. 그녀들의 발은 놀랍도록 수월하게 머리 위까지 올라갔다. 그녀들은 땀에 젖은 여자의 정열적인 냄새를 흩뿌리며 배를 흔들고, 엉덩이를 빠르게 움직이고, 가슴을 흔들었다.

남자들은 음란한 몸짓을 하며 두꺼비처럼 웅크린 채 몸을 비틀고, 추하게 얼굴을 찡그리고, 손으로 땅을 짚고 옆으로 도는 재주를 부렸다. 혹은 우스꽝스럽게 보이려고 애쓰면서 형편없는 재능으로 거드름을 피우려 했다.

뚱뚱한 웨이트리스 한 명과 웨이터 두 명이 음료를 서빙하고 있었다.

지붕만 덮여 있는 그 수상 카페에는 바깥과 격리되는 칸막이가 전혀 없어서, 평화로운 어둠과 별들이 흩뿌려진 창공을 마주하고 혼잡한 춤이 펼쳐졌다.

맞은편의 발레리앙 산이 뒤쪽에 화재라도 난 것처럼 갑자기 환하게 밝아졌다. 어슴푸레한 빛이 차츰 하늘을 점령하더니, 창백하고 하얗고 커다란 원을 그리면서 넓고 뚜렷해졌다. 그리고 붉은 빛무리가 나타나 커졌다. 모루 위의 쇳덩이처럼 강렬한 붉은색이었다. 그것은 천천히 둥근 모습이 되어 갔으며, 마치 땅에서 올라오는 것 같았다. 이윽고 달이 수평선에서 떨어져 나와 천천히 하늘로 올라갔다. 달이 위로 올라감에 따라 붉은 색조가 약해져 노랗게 되었다. 밝고 선명한 노란색이었다. 달은 멀어지면서 작아졌다.

폴은 애인 마들렌도 잊고 오랫동안 그 광경을 관조했다. 뒤를 돌아보았을 때 그녀는 사라지고 없었다.

그녀를 찾았지만 보이지 않았다. 그는 불안한 눈빛으로 끊임없이 왔다 갔다 하고, 이 사람 저 사람에게 물으며 탁자들을 훑었다. 하지만 그녀를 봤다는 사람은 아무도 없었다.

그는 몹시 걱정하며 계속 배회했다. 웨이터 하나가 그에게 말했다. "찾으시는 분이 마들렌 부인인가요? 그분은 방금 전에 폴린 부인과 함께 떠나셨는데요." 그 순간 폴은 카페 다른 쪽 끝에 서 있는 견습 선원 여자와 아름다운 두 여자를 보았다. 셋이 나란히 서서 뭐라고 속삭이면서 그를 살펴보고 있었다.

그는 상황을 깨닫고는 미친 사람처럼 섬으로 뛰어내렸다.

일단 샤투 쪽으로 달렸다. 하지만 초원이 나오자 뒤돌아섰다. 그는 두터운 잡목림을 뒤지며 미친 듯이 방황하다가 이따금씩 걸음을 멈추고 귀를 기울였다.

지평선에서 두꺼비들이 금속성의 목소리로 짧게 울어 댔다.

부지밭 쪽에서는 이름 모를 새 한 마리가 소리를 변조해서 지저귀었지만, 거리 때문에 훨씬 약해져서 도달했다. 달빛이 널찍한 풀밭 위에 솜먼지처럼 은은한 빛을 쏟아 놓았다. 달빛은 나뭇잎 속까지 스며들어 포플러의 은빛 껍데기에 빛을 흐르게 하고 키 큰 나무들의 흔들리는 꼭대기에서도 반짝거렸다. 사람을 도취시키는 여름밤의 서정이 폴의 의사와 상관없이 그의 내면으로 들어와 미친 듯한 불안감을 불러일으켰다. 그러더니 잠시 후에는 그를 명상에 빠뜨려 이상적인 애정을 갈구하게 하고, 열렬히 사랑하는 여자에게 불같은 애정을 토로하고 싶게 만들었다. 이런 가혹한 아이러니가 그의 마음을 한껏 휘저었다.

가슴을 에는 듯한 급격한 흐느낌이 치밀어 올라 그는 숨이 막혀 걸음을 멈추어야 했다.

발작이 지나가자 다시 출발했다.

갑자기 그가 칼이라도 맞은 것처럼 우뚝 멈추어 섰다. 누군가가 덤불 뒤에서 입맞춤을 하고 있었다. 그는 거기로 달려갔다. 그가 다가가자 얼싸안은 채 끊임없이 입맞춤을 하던 두 사람의 윤곽이 신속히 서로 떨어졌다.

그녀가 대답하지 않으리라는 것을 잘 알기에 그는 감히 부르지 못했다. 그들을 현장에서 붙잡는 것이 끔찍이 두렵기도 했다.

가슴을 에는 코넷 독주와 함께 카드리유 곡조의 리토르넬로*가 연주되었고, 웃는 것 같은 플루트 소리, 날카롭게 화내는 것 같은 바이올린 소리가 고통을 격화하며 그를 망설이게 했다. 격노한 듯하고 리듬이 고

*17세기 오페라의 간주곡.

르지 못한 음악 소리가 때로는 약해지고, 때로는 지나가는 바람 때문에 더 커져서 나무들 밑을 질주했다.

갑자기 그녀가 혹시 돌아간 것은 아닐까 하는 생각이 들었다. 그랬다! 그녀는 돌아갔다! 왜 아니겠는가? 그는 얼마 전부터 그를 사로잡은 혼란스러운 의심 때문에 어리석게도 혼자 공포에 사로잡혀 이유도 없이 이성을 잃었던 것이다.

때때로 큰 절망들 사이를 관통해 찾아오는 기묘하고 일시적인 소강상태를 맞자, 그는 무도회장 쪽으로 다시 발길을 돌렸다.

그는 무도회장을 눈으로 한 번 훑어보았다. 그녀는 없었다. 탁자들 주변을 한 바퀴 돈 그는 몸을 돌렸고, 갑자기 세 여자의 얼굴과 마주하게 되었다. 그가 절망에 빠진 이상한 얼굴을 하고 있었던 모양이다. 세 여자가 한꺼번에 재미있어하며 웃음을 터뜨렸으니 말이다.

그는 그 자리를 빠져나와 다시 섬으로 가서 숨을 헐떡이며 잡목림을 통과해 마구 달렸다. 그리고 다시 귀를 기울였다. 오랫동안 귀를 기울였다. 귀에서 웅웅거리는 소리가 났기 때문이다. 마침내 조금 멀리서, 그가 잘 아는 날카롭고 작은 웃음소리가 들리는 듯했다. 그는 나뭇가지들을 헤치며 아주 천천히 앞으로 나아갔다. 심장이 떨려서 제대로 숨을 쉴 수가 없었다.

두 사람이 중얼중얼 이야기를 하고 있었다. 무슨 이야기인지는 아직 들리지 않았다. 잠시 후 여자가 입을 다물었다.

그는 달아나고 싶은, 보고 싶지 않은, 알고 싶지 않은 욕구를 느꼈다. 그를 유린하는 그 맹렬한 열정으로부터 영원히 도망가고 싶은 욕구를 느꼈다. 샤투로 가서 기차를 타고 떠나기로, 다시는 그녀를 보지 않기로 작정했다. 하지만 그녀의 모습이 갑자기 그를 사로잡았다. 아침에 그녀가 따뜻한 침대에서 일어나 그의 목을 팔로 끌어안으며 와락 안기는 바람에 머리카락이 사방에 흩어지고 이마에도 조금 흩어지던 모습이, 그녀가 첫 입맞춤을 하기 위해 눈을 감고 입술을 벌릴 때의 모습이 눈앞에 떠올랐다. 그 아침 애무의 추억이 그에게 강렬한 후회와 열렬한 욕망을 불러일으켰다.

그들은 다시 이야기를 하고 있었다. 그는 몸을 굽히고 다가갔다. 잠시후 그와 아주 가까운 나뭇가지 밑에서 작은 신음 소리가 울려 퍼졌다. 신음 소리가! 그가 그녀와 함께 경험한 광란의 시간들을 통해 알게 된, 사랑을 나눌 때 내는 신음 소리였다. 그는 계속 앞으로 나아갔다. 자기 의사와 관계없이 아무것도 의식하지 못한 채 저항할 수 없는 힘에 이끌려서…… 그리고 마침내 그들을 보았다.

오! 그녀의 상대가 남자라면 얼마나 좋았을까! 하지만 그녀의 상대는! 그녀의 상대는! 그는 그녀들의 비열한 행위에 얽매였다. 그리고 사랑하는 사람의 토막 시체라도 발견한 것처럼, 반인륜적이고 흉악한 범죄라도 목격한 것처럼, 추잡한 신성모독 행위라도 발견한 것처럼 충격을 받고 기진맥진한 채 거기에 머물러 있었다.

본의 아니게 그의 머릿속에 아까 본 내장 뽑힌 작은 물고기가 번득 떠올랐고…… 그 순간 마들렌이 '폴!'이라고 말할 때와 똑같이 열정적인 어조로 "폴린!" 하고 중얼거렸다. 그는 너무나 큰 고통에 휘둘린 나머지 온 힘을 다해 도망쳤다.

나무 두 그루에 부딪혔고, 나무뿌리 위에 쓰러졌다가 다시 달아났다. 그리고 갑자기 강물 앞에, 달빛이 비치는 물살 빠른 지류 앞에 다다랐다. 급류가 만들어 낸 큰 소용돌이가 달빛에 드러나 있었다. 높은 제방은 요란한 소리를 내는 널찍하고 어두운 물줄기를 발치의 그늘에 드리운 채 마치 낭떠러지처럼 아래를 굽어보고 있었다.

다른 쪽 기슭에는 불을 환히 밝힌 크루아시의 별장들이 있었다.

폴에게는 이 모든 것이 마치 꿈속처럼, 옛 추억처럼 보였다. 그는 아무 것도 생각하지 않았고, 아무것도 이해하지 못했다. 모든 상황이, 심지어 그의 존재조차 그에게는 흐릿하게, 멀게, 잊힌 것처럼, 끝장난 것처럼 보였다.

강물이 거기에 있었다. 자신이 무엇을 하는지 그는 알고 있었을까? 그는 죽고 싶었을까? 아무튼 그는 제정신이 아니었다. 그가 섬 쪽으로, 그녀 쪽으로 방향을 틀었다. 후렴구가 잦아들긴 했지만 고요한 밤공기 속에 카바레 음악이 여전히 고집스럽게 들려왔다. 그는 절망적이고 찢어질 것 같은, 사람의 것이 아닌 듯한 목소리로 끔찍한 외침을 내뱉었다. "마들렌!"

그의 애절한 외침 소리는 하늘에 넓게 퍼진 침묵을 관통해 지평선 전체로 퍼져 나갔다.

이윽고 그는 짐승 같은 어마어마한 도약으로 강물 속에 뛰어들었다. 물이 솟아올랐다가 다시 잠잠해졌다. 그리고 그가 사라진 자리에 큰 원 모양의 물결들이 연속적으로 생겨나 건너편 제방까지 넓게 퍼져 나갔다.

두 여자가 그 소리를 들었다. 마들렌이 몸을 일으키더니 말했다. "폴이야." 그녀의 마음속에 의혹이 솟아올랐다. "폴이 물에 빠진 거야." 그녀가 말했다. 그러고는 강기슭으로 달려갔고, 뚱뚱한 폴린도 그녀와 합류했다.

남자 두 명이 탄 무거운 도선 한 척이 강물 위를 맴돌고 있었다. 한 사람은 노를 젓고 있었고, 다른 사람은 긴 장대를 물속에 박고 있었다. 무언가를 찾는 것처럼 보였다. 폴린이 외쳤다. "지금 뭐 하는 거예요? 무슨 일 있어요?" 그러자 미지의 목소리가 대답했다. "방금 남자 한 명이 물에 빠졌어요."

두 여자는 얼이 빠진 채 서로에게 몸을 바싹 대고 그 배의 움직임을 눈으로 좇았다. 라그르누예르의 음악 소리가 여전히 멀리서 까불고 있었다. 그 소리가 마치 가련한 낚시꾼들의 움직임과 박자를 맞추는 것 같았다. 시신 한 구를 감춘 강은 이제 빛을 받으며 빙빙 맴돌았다.

수색에는 시간이 걸렸다. 마들렌은 소름 끼치는 기다림에 벌벌 떨었다. 마침내, 적어도 30분이 지난 뒤에 남자들 중 하나가 말했다. "시체가 여기 걸렸어요!" 그리고 긴 장대를 천천히, 아주 천천히 건져 올렸다. 이윽고 커다란 무언가가 수면에 모습을 드러냈다. 다른 남자가 노를 내려놓았다. 두 남자는 움직이지 않는 그 덩어리를 힘을 합쳐 끌어 올려 배안에 내동댕이치듯 내려놓았다.

잠시 후, 그들은 밝고 나지막한 뭍에 다다랐다. 여자들도 따라왔다.

마들렌은 그것을 보자마자 공포로 뒷걸음쳤다. 달빛 아래에서 그것은 이미 푸르스름해 보였다. 입, 눈, 코, 옷은 진흙투성이였고, 주먹 쥔 뻣뻣한 손가락들은 무시무시했다. 거무스름한 액체 상태의 무언가가 도료처럼 몸 전체를 덮고 있었다. 얼굴은 부풀어 보였고, 진흙 때문에 머리카락이 얼굴에 붙어 있었고, 더러운 물이 끊임없이 흘러내렸다.

두 남자가 시신을 검사했다.

한 남자가 물었다. "자네 이 사람 알아?"

다른 남자, 즉 크루아시의 뱃사공이 주저하며 대답했다 "그래, 분명히 본 적이 있는 얼굴 같군. 하지만 자네도 짐작하다시피, 정확히 누군지는 모르겠어." 잠시 후 그가 갑자기 말했다. "아니, 이 사람은 폴 씨잖아!"

"폴 씨가 누군데?"

"상원 의원의 아들 폴 바롱 씨. 하지만 그 사람은 사랑에 빠져 있었는데."

처음에 말한 남자가 철학적인 어조로 덧붙였다.

"아, 그 사람 이제야 장난질을 끝마쳤군. 그래도 돈 많은 사람인데, 참 안됐어!"

마들렌은 바닥에 쓰러져 흐느끼고 있었다. 폴린이 시체에 다가서며 물었다. "이 사람 정말 죽었어요? 완전히?"

남자들이 어깨를 으쓱하며 대답했다. "오! 이런 날씨라면 확실하죠!"

두 남자 중 한 명이 물었다. "이 사람 그리용 여인숙에 묵고 있었나?" "그랬다네. 이 사람을 다시 옮겨야겠어. 아마 숯불을 피워야 할 거야." 다른 남자가 대답했다.

그들은 다시 배를 타고 출발해 빠른 물결을 타고 천천히 멀어져 갔다. 그들이 여자들의 눈에 더 이상 보이지 않게 된 뒤에도 강물에서는 철썩 철썩 노를 젓는 규칙적인 소리가 오랫동안 들려왔다.

폴린이 비탄에 빠진 가여운 마들렌을 두 팔로 꼭 껴안고, 오랫동안 입을 맞추며 위로했다. "어쩌겠어요. 이건 당신 잘못이 아니에요, 안 그래요? 우린 남자들의 어리석은 짓을 막을 수 없어요. 그가 원했던 일이에요. 어쨌든 참 안된 일이네요!" 그러고는 그녀를 일으켜 세우며 말했다. "자기, 그만 집에 가서 잠자리에 들어요. 오늘 밤엔 그리용 여인숙으로 돌아가지 마요." 그리고 다시 그녀에게 입을 맞추고는 말했다. "우리가 당신을 진정시켜 줄게요."

마들렌은 여전히 울면서 몸을 일으켰다. 하지만 흐느낌이 한결 잦아들었고, 더 친근하고 확실하고 익숙하고 신뢰감 가는 애정 속으로 피신하려는 사람처럼 폴린의 어깨에 머리를 기댔다. 그리고 종종걸음으로 그곳을 떠났다.

도둑

Le Voleur

"이 이야기를 해도 여러분은 믿지 못할 거요."

"그래도 해보세요."

"그러지. 하지만 내 이야기가 조금은 황당무계하게 들려도 처음부터 끝까지 사실임을 먼저 밝혀 두겠소. 사회 풍속을 묘사하는 작가들만이 놀라지 않을 거요. 또한 무척 진지한 상황에서도 장난질할 생각이 사람들의 머릿속을 떠나지 않을 만큼 익살스러운 정신이 맹위를 떨치던 시대를 살았던 나이 든 사람들이라면 놀라지 않을 거요."

이렇게 말한 뒤 그 늙은 화가는 말을 타듯 의자에 걸터앉았다.

바르비종의 어느 호텔 식당 안에서 일어난 일이다.

그가 이야기를 시작했다.

*

그날 저녁 우리는 지금은 세상을 떠난, 우리들 중 가장 성미가 과격했던 소리월의 집에서 저녁을 먹었다오. 모인 사람이 모두 세 명이었지. 소리월, 나, 그리고 르 푸아트뱅. 나는 그였다는 것을 감히 단언할 수 있소. 물론 세상을 떠난 해양화가 외젠 르 푸아트뱅을 말하는 거요. 지금도 살아 있는, 재능이 넘치는 풍경화가가 아니라.

소리월의 집에서 저녁을 먹었다는 말은 우리가 얼근히 취했다는 것을 의미한다오. 르 푸아트뱅만 이성을 유지하고 있었지. 사실 그도 조금 취하긴 했지만 정신은 또렷했소. 그때 우리는 젊었다오. 우리는 작업실 옆의 작은 방 양탄자에 누워 이런저런 이야기를 나누고 있었지. 소리월이 바닥에 등을 대고 누워 두 다리를 의자 위에 올린 채 전쟁 이야기를 했소. 제국의 군복에 관해 길게 이야기를 늘어놓았지. 그러더니 갑자기 벌떡 일어나 자질구레한 물건들이 든 커다란 옷장에서 경기병 정복을 꺼내 갈아입었다오. 르 푸아트뱅에게는 척탄병 복장을 하라고 강권했지. 르 푸아트뱅이 싫다고 저항하자, 우리는 그를 붙잡아 옷을 벗긴 다음 큼직한 제복을 억지로 입혔다오.

나도 흉갑기병으로 변장했지. 이윽고 소리월이 우리에게 복잡한 동작들을 가르쳤소. 그러더니 이렇게 외쳤지. "오늘 밤엔 난폭한 군인 복장을 했으니 난폭한 군인답게 마시자."

펀치*에 불이 붙었고, 우리는 단숨에 들이켰소. 이윽고 럼주가 잔뜩 담긴 그릇 위로 두 번째 불꽃이 솟아올랐지. 우리는 옛날 노래들을, 옛

---

*럼주에 레몬, 향신료 따위를 넣어 만든 음료.

프랑스군이 부르던 노래들을 목청 높여 불러 젖혔다오.

술을 많이 마셨지만 정신을 잘 차리고 있던 르 푸아트뱅이 갑자기 우리를 조용히 시켰소. 몇 초간의 침묵이 흘렀고, 그가 낮은 목소리로 말했지. "누가 작업실 안을 걸어 다니는 것 같아." 소리월이 간신히 몸을 가누며 일어나서 외쳤다오. "도둑이군! 그거 잘됐어!" 그러더니 갑자기 〈라 마르세예즈〉를 부르기 시작했소.

　　　무기를 들라, 시민이여!

그러더니 무구武具가 있는 쪽으로 급히 달려가, 각자가 입은 군복에 필요한 장비를 가져왔소. 나는 화승총과 검을 들었소. 르 푸아트뱅은 총검이 달린 커다란 총을 들었지. 소리월은 자신에게 필요한 것은 찾아내지 못해 말안장에 꽂아 두는 권총을 꺼내 허리띠 안에 꽂아 넣고 전투용 손도끼를 휘둘렀다오. 이윽고 그가 작업실 문을 조심스럽게 열었고, 우리들은 그 수상쩍은 영토로 들어갔소.

커다란 캔버스들, 가구들, 신기하고 엉뚱한 물건들이 꽉 차 있는 그 넓은 방 한가운데에 섰을 때 소리월이 우리에게 말했소. "내가 장군 역할을 맡을게. 우리 군사회의를 하자고. 흉갑기병, 자네는 적의 퇴각로를 차단하게. 문을 열쇠로 잠그란 말이야. 그리고 척탄병, 자네는 나를 호위하게."

나는 그가 명령하는 대로 시행했소. 그런 다음 정찰을 하고 있는 부대에 다시 합류했지.

내가 큼직한 칸막이 뒤로 들어가자 격한 소음이 터져 나왔소. 나는 손에 촛불을 든 채 몸을 날렸다오. 소리월이 도끼로 마네킹의 머리를 갈랐고, 르 푸아트뱅이 총검을 한 번 휘둘러 마네킹의 가슴을 관통한 참이었지. 소리월이 실수한 것을 알아차리고 명령했소. "좀 신중하자고." 이윽고 작전이 다시 시작되었소.

적어도 20분 동안 작업실 구석구석을 샅샅이 뒤졌지만 아무것도 찾아내지 못했다오. 르 푸아트뱅이 벽장을 열어 봐야겠다는 생각을 해냈소. 벽장 안은 깊고 컴컴했기 때문에 내가 촛불을 든 손을 앞쪽으로 뻗었소. 그리고 다음 순간 깜짝 놀라서 뒷걸음쳤소. 웬 남자가, 살아 있는 남자가 그 안에 있었소. 그 남자가 나를 빤히 바라보았소.

나는 재빨리 벽장문을 단단히 잠갔지. 그런 다음 친구들과 함께 다시 군사회의를 했다오.

의견들이 중구난방이었소. 소리월은 도둑을 가둬 두자고 했고, 르 푸아트뱅은 굶겼다가 사로잡자고 했소. 나는 화약으로 벽장을 폭파시키자고 했지.

르 푸아트뱅의 의견이 우세했소. 그가 총을 들고 보초를 서는 동안, 우리는 남은 펀치와 파이프 담배를 가지고 와 잠긴 벽장문 앞에 자리를 잡고 앉아 포로에게 건배했다오.

반 시간쯤 지나자 소리월이 말했소. "아무래도 가까이서 보고 싶어. 저 사람을 끌어내서 묶어 두면 어떨까?"

내가 외쳤소. "브라보!" 우리는 각자 자기 무기를 지니고 돌진했다오. 벽장문을 열었고, 장전하지 않은 권총을 든 소리월이 맨 앞으로 나섰지.

우리는 와 하고 함성을 지르며 그를 따라갔소. 어둠 속에서 엄청난 소란이 벌어졌다오. 기괴하기 짝이 없는 싸움을 5분 동안 한 뒤, 우리는 누더기를 걸친 백발의 늙은 도둑을 환한 빛 속으로 데리고 나왔소.

우리는 그 도둑의 손발을 묶은 다음 안락의자에 앉혔소. 그는 한마디도 하지 않고 가만히 있었소.

이윽고 엄숙한 취기에 감싸인 소리월이 우리를 돌아보며 말했다오.

"자, 이제 이 파렴치한 도둑을 재판하자고."

술에 너무 취해서였는지 그 제안이 나에게는 아주 자연스럽게 느껴졌소.

르 푸아트뱅이 도둑의 변호를 맡았고, 나는 검사 역을 맡았소.

변호인을 제외하고 만장일치로 사형을 선고했소.

"이제 이 사람을 처형해야지." 소리월이 말했소. 하지만 양심의 가책을 조금 느꼈는지 다시 이렇게 말하더군. "하지만 종교의 구원 없이 이 사람을 죽게 할 순 없어. 신부님을 모셔 올까?" 나는 시간이 너무 늦었다고 말하며 반대했소. 그러자 소리월이 나에게 기도를 해달라고 부탁했소. 그러고는 그 도둑을 돌아보며 내 가슴에 안겨 죄를 자백하라고 권했다오.

도둑은 5분 전부터 겁에 질려 눈을 굴리며 도대체 자신이 어떤 인간들에게 걸려든 것인지 어리둥절해하고 있었소. 이윽고 그가 힘없는 목소리로 중얼거렸소. "그래요, 당신들은 웃고 싶겠지. 실컷 웃어요." 그러자 소리월이 늙은 도둑을 억지로 무릎 꿇렸고, 그의 부모가 깜박 잊고 그에게 두려움이라는 감정을 주지 않았는지 도둑의 머리에 럼주 한 잔을 들이부었소.

그리고 이렇게 말했소.

"어서 이분에게 죄를 자백하시오. 당신의 마지막 시간이 왔으니."

그러자 그 늙은 불한당은 혼비백산해서 비명을 질러 댔소.

"살려 줘요!" 그 소리가 너무 커서 우리는 이웃들이 모두 잠에서 깰까 걱정되어 그의 입에 재갈을 물릴 수밖에 없었다오. 그가 바닥에 나뒹굴였소. 마구 발길질을 하고 몸을 비틀면서 가구들을 뒤엎고 캔버스들을 찢었소. 초조해진 소리월이 마침내 이렇게 외쳤지. "이제 그만합시다." 그러고는 바닥에 널브러진 그 파렴치한 남자 쪽으로 권총 방아쇠를 당겼소. 남자는 작고 메마른 소리를 내며 쓰러졌소. 나도 소리월의 행동에 흥분해서 덩달아 방아쇠를 당겼지. 총의 라이터돌이 섬광을 발했고, 나는 깜짝 놀랐소.

그러자 옆에 있던 르 푸아트뱅이 진지한 표정으로 이렇게 말하더군.

"우리에게 이 남자를 죽일 권리가 정말 있는 걸까?"

소리월이 얼빠진 표정으로 대꾸했소. "아까 우리가 이 사람에게 사형을 선고했잖아!"

그러자 르 푸아트뱅이 다시 말했다오. "군인은 민간인에게 총을 쏘지 않아. 우리는 이 사람을 사형집행인에게 넘겨야 해. 이 사람을 우체국으로 데려가자고."

그로써 논쟁은 종결된 것 같았소. 우리는 그 남자를 일으켜 세웠지. 그 남자가 제대로 걷지 못했기 때문에, 그림 모델이 앉는 탁자에 앉혀 단단히 비끄러맨 뒤 나와 르 푸아트뱅이 옮기로 했소. 소리월은 단단히 무장한 채 우리 뒤를 따라왔소

우리가 우체국 앞에 도착하자, 수위가 멈춰 서라고 했소. 소식을 전해 듣고 밖으로 나온 우체국장은 우리를 알아보았소. 그는 우리가 매일같이 벌이는 소극을, 귀찮기 짝이 없는 소동을, 기상천외한 놀이를 많이 목격했기에, 그저 웃기만 하면서 포로를 운송해 달라는 우리의 부탁을 거절했다오.

소리월은 한동안 고집을 부리다가, 더 이상 소란 피우지 말고 집으로 돌아가자고 엄숙한 표정으로 제안했소.

우리들은 다시 길을 나섰고 작업실로 돌아왔소. 내가 물었소. "이제 이 도둑을 어떻게 하지?"

측은함을 느낀 르 푸아트뱅이 그 사람이 몹시 지쳤을 거라고 말했소. 사실 그 사람은 결박되고 재갈이 물린 채 널빤지 위에 누워 거의 죽어 가다시피 하고 있었소.

나 역시 연민에, 술주정뱅이의 극심한 연민에 사로잡혔소. 그래서 재갈을 풀어 주며 그에게 물었소. "이봐요, 노인 양반. 괜찮습니까?"

그러자 그가 신음하며 대답했다오. "제기랄, 넌덜머리가 나오!" 그러자 소리월이 아버지처럼 너그러워져서 그의 몸을 묶은 결박을 모두 풀어 주고 그를 안락의자에 앉게 한 뒤, 친근한 어조로 말을 걸었다오. 우리는 그 도둑의 기운을 북돋워 주기 위해 재빨리 펀치를 다시 준비했지. 도둑은 안락의자에 앉은 채 침착한 표정으로 우리를 바라보았소. 펀치가 준비되자 우리는 그에게 한 잔 내밀었소. 그의 머리를 친절하게 받쳐 주고 잔을 부딪쳤다오.

그 도둑은 펀치를 엄청나게 마셨다오. 하지만 날이 밝아 오자 매우 온화한 표정으로 자리에서 일어나 이렇게 말했소. "집에 돌아가야 하니 이제 여러분과 이만 헤어져야겠소."

우리는 아쉬워했소. 그를 붙들고 싶었소. 하지만 그는 더는 지체할 수 없다고 거절하더군.

우리는 그와 악수를 나누었소. 소리월이 촛불을 들고 대문까지 비춰 주며 "문 아래 계단을 조심해요"라고 외쳤소.

*

주위에 모여 있던 사람들이 솔직한 태도로 웃어 댔다. 그러자 그가 일어나서 우리 앞에 버티고 선 채 파이프 담배에 불을 붙이고는 이렇게 말했다.

"이 이야기의 가장 우스운 점은 그것이 실제로 일어난 일이라는 거요."

미망인
Une veuve

사냥철 동안 반빌 성에서 일어난 일이다. 그해 가을은 비가 많이 오고 우중충했다. 붉은 낙엽들이 발밑에서 바스러지는 대신 소나기 때문에 바퀴 자국 밑에서 썩어 갔다.

나뭇잎들이 떨어져 헐벗은 숲은 마치 욕실처럼 축축했다. 비바람에 열매들이 거의 다 떨어진 키 큰 나무들 밑으로 들어가면 곰팡이 냄새, 떨어진 빗물이 뿜어내는 수증기, 물에 젖은 풀, 축축한 흙이 몸을 감쌌다. 사수射手들은 물기가 흥건한 그곳에서 몸을 굽혔고, 개들은 기운 없는 모습으로 꼬리를 낮추고 옆구리의 털을 찰싹 붙였다. 허리 부분을 착 감싸는 옷을 입은 젊은 여자 사냥꾼들은 매일 밤 빗속을 통과해 심신이 지쳐서 돌아왔다.

저녁 식사를 마치면 사람들은 넓은 거실에서 별 재미도 없는 빙고 게임을 했다. 그러는 동안 겉창을 요란하게 밀어 대며 들어온 바람이 오래된 풍향계들을 팽이처럼 뱅글뱅글 돌게 만들었다. 사람들은 책에 나오는 이야기를 하고 싶어 했다. 하지만 재미있는 이야기를 아무도 떠올리지 못했다. 남자 사냥꾼들이 총에 얽힌 이야기, 토끼 잡던 이야기 등을 늘어놓았고, 여자들은 셰에라자드의 상상력을 발휘하지 못한 채 텅 빈 머리로 앉아 있었다.

여흥을 그만 끝내려고 할 때, 빙고 게임을 하던 젊은 여자 하나가 어느 노처녀가 끼고 있는, 금빛 머리카락으로 만든 조그만 반지에 주목했다. 그녀는 그 반지를 여러 번 본 적이 있었지만 이전까지는 별다른 생각을 해본 적이 없었다.

그녀는 그 반지에 손을 갖다 대고 천천히 돌리면서 물었다. "어머나, 이 반지는 뭐예요? 꼭 어린아이 머리카락 같아요……" 그러자 노처녀는 얼굴이 붉어지더니 급기야 창백해졌고, 떨리는 목소리로 이렇게 말했다. "이 반지에 얽힌 사연은 너무나 슬퍼서 이야기하고 싶지 않아요. 내 인생의 불행은 바로 그 사연에서 비롯되었답니다. 그때 나는 무척 젊었죠. 너무나 가슴 아픈 사연이라서 떠올릴 때마다 눈물이 나요."

사람들은 즉시 그 사연을 듣고 싶어 했지만 노처녀는 거절했다. 하지만 사람들이 제발 이야기해 달라고 간청하자 마침내 마음을 바꾸어 이야기하기로 결심했다.

*

내가 지금은 대가 끊긴 상테즈 집안에 대해 이야기하는 걸 자주 들었을 거예요. 나는 그 집안의 마지막 세 남자와 알고 지냈죠. 그 남자들

170

은 모두 똑같은 방식으로 죽었어요. 이 반지는 그 집안에서 마지막으로 죽은 남자의 머리카락으로 만든 것이랍니다. 그는 열세 살 때 나 때문에 자살했어요. 여러분에겐 이상하게 들릴 거예요, 안 그런가요?

오! 그 집안 남자들은 참 광적이고 기묘한 사람들이었어요. 하지만 여러분에게 단언하는데 매력적인 광인, 사랑에 미친 광인들이었죠. 아버지에서 아들에 이르기까지 격렬한 열정을, 엄청난 충동을 갖고 있었답니다. 그것이 그들을 매우 흥분되는 사건들로, 열광적인 헌신으로, 심지어 범죄로까지 밀어 댔지요. 그런 성향이 그들 안에 내재해 있었어요. 어떤 사람들의 영혼 속에 열렬한 신앙심이 내재해 있는 것처럼요. 트라피스트회 신자들과 살롱을 자주 드나드는 사람들은 서로 다른 본성을 갖고 있지요. 아무튼 사람들은 그 집안 남자들을 빗대어 "상테즈 집안 남자들은 사랑에 물불을 안 가린다"고 말하곤 했어요. 생김새도 서로 비슷해서 한번 보기만 하면 그 집안 남자임을 알아볼 수 있었죠. 모두 곱슬머리였고, 이마가 낮았고, 턱수염이 곱슬거렸고, 눈이 컸답니다. 그 큰 눈으로 사람을 그윽하게 바라보면 그 사람은 이유도 모른 채 동요하곤 했어요.

그의 조부에 대한 기억이 하나 있어요. 그분은 많은 모험을 하고 결투를 하고 여자들의 마음을 빼앗은 뒤, 예순다섯 살경에 자기 소작인의 딸에게 홀딱 반했어요. 나는 그들 두 사람을 모두 알고 있었죠. 그 아가씨는 금발에 피부가 창백하고 우아한 자태, 느릿한 말투, 부드러운 목소리, 매우 상냥한 눈빛을 갖고 있었어요. 눈빛이 너무나 부드러워서 마치 성모 마리아 같았죠. 그 노인은 아가씨를 자기 집으로 데려갔어요. 그리고 얼마 지나지 않아 너무나 매혹된 나머지 그녀 없이는 단 1분도 살 수 없게 되었답니다. 함께 살고 있던 노인의 딸과 며느리는 그 일을 매우 당연하게 여겼어요. 그 집안에서는 그런 열렬한 사랑이 대대로 전해 내려오는 전통이었던 거예요. 사랑의 열정이 불러오는 그 어떤 사건에도 그녀들은 놀라지 않았지요. 누군가가 방해받은 애정, 헤어진 연인, 배신당한 사람의 복수 이야기를 해도, 그녀들은 유감스러운 어조로 '오! 그 남자(혹은 여자)는 너무나 고통스러워서 그 지경에 이르렀을 거예요!'라고 말했을 거예요. 더도 덜도 아니고 그렇게요. 그녀들은 비극적인 연애로 슬픔에 빠진 사람들을 동정했고, 심지어 그들이 범죄를 저질러도 절대 분개하지 않았어요.

그런데 어느 해 가을 드 그라렐이라는 젊은이가 사냥에 초대받아 와서는 그 아가씨의 마음을 빼앗아 버렸답니다.

처음에 상테즈 씨는 아무 일도 일어나지 않은 것처럼 조용히 있었어요. 그리고 며칠이 지난 어느 날 아침, 상테즈 씨는 개 사육장의 개들 한가운데에서 목을 매단 시체로 발견되었지요.

그분의 아들도 1841년 오페라 극장의 어느 여가수에게 배신당한 뒤 여행을 하던 중 파리의 한 호텔에서 같은 방식으로 생을 마쳤죠.

그는 열두 살 난 아들과 아내를 남기고 죽었어요. 그 아내가 바로 내 이모죠. 이모는 아들을 데리고 베르티용에 있는 우리의 영지에, 내 아버지 집에 와서 살았답니다. 그때 내 나이 열일곱 살이었어요.

상테즈 집안의 그 꼬마가 얼마나 놀랍고 조숙했는지 여러분은 상상도 하지 못할 거예요. 사람들은 그 집안의 마지막 자손인 그 아이가 그 집안 남자들의 상냥함과 열정을 고스란히 물려받았다고 말했답니다. 그 아이는 늘 몽상에 잠겨 있었고, 성에서 숲까지 이어지는 널찍한 느릅나무 가로수 길을 혼자서 몇 시간이고 산책하곤 했어요. 나는 내 방 창가에서 그 감상적인 아이를 바라보았어요. 그 아이는 뒷짐을 지고 고개를 숙인 채 심각한 자세로 걸었답니다. 이따금 그 나이의 어린아이에게는 걸맞지 않은 것을 보고 이해하고 느끼기라도 하는 듯 걸음을 멈추고 눈을 들기도 했어요.

달빛이 밝은 밤이면 그 아이는 저녁을 먹은 뒤 나에게 이런 말을 했어요. "누나, 우리 함께 몽상에 잠겨 봐요……" 우리는 정원으로 갔어요. 하얀 수증기가 떠다니는 숲 속 빈터 앞에서 그 아이가 갑자기 걸음을 멈추었어요. 솜처럼 포근한 달빛이 간벌間伐한 숲을 비추고 있었죠. 그 아이가 내 손을 잡으며 말했어요. "저것 봐요, 누나. 나는 저것이 느껴지지만 누나는 나를 이해하지 못할 거예요. 누나가 나를 이해한다면 행복할 텐데. 뭔가를 알려면 사랑해야 돼요." 나는 웃었고, 그 아이를 끌어안았어요. 그 아이는 나를 몹시도 좋아했던 거예요.

그 아이는 저녁을 먹은 뒤 내 어머니에게 가서 무릎 위에 앉기도 했는데, 그럴 때면 이렇게 말했답니다. "이모, 사랑 이야기 좀 들려주세요." 그러면 어머니는 그 아이 집안에 전해 내려오는 온갖 전설들을, 그 아이의 조상들이 겪은 온갖 격정적인 연애 사건들을 농담처럼 이야기해 주었어요. 사실 그 수많은 이야기들은 사실이건 거짓이건 간에 사람들 입에 자주 오르내렸고, 그 명성 때문에 그 집안 남자들은 모든 것을 빼앗겼죠. 하지만 그들은 여전히 쉽게 흥분했고, 집안의 명성이 거짓이 아님을 증명하는 것을 영광으로 여겼답니다.

그 아이는 감동적이거나 끔찍한 그 이야기들을 듣고 흥분했어요. 그리고 이따금 손뼉을 치며 이렇게 말했답니다. "나는 그 사람들보다 더 멋지게 사랑할 수 있어요!"

이윽고 그 아이는 내 환심을 사려고 애쓰기 시작했어요. 수줍고 지극히도 귀여운 행동이었죠. 우리는 그 모습을 보고 웃었죠. 너무나 귀엽고 우스웠으니까요. 그 아이는 매일 아침 꽃을 꺾어 나에게 가져왔고, 매일 밤 자기 침실로 올라가기 전 내 손에 입을 맞추고는 "사랑해요!"라고 말했어요.

나는 죄책감을 느껴요. 정말로 죄책감을 느껴요. 지금도 그 생각을 하면 끊임없이 눈물이 흐른답니다. 그 일을 평생 동안 속죄하고 싶어서 이렇게 노처녀로 남았어요. 아니, 그의 미망인으로, 미망인 약혼자로 남았어요. 나는 그 미숙한 애정을 재미있어했어요. 심지어 짐짓 그 아이를 흥분시키기까지 했죠. 남자에게 하듯 교태를 부렸고, 유혹적인 모습을 보였어요. 상냥하게 굴다가, 돌변해서 불성실하게 굴기도 했어요. 간단히 말해 그 어린아이를 미치게 만들었어요. 나에게 그것은 유희였어요. 그 아이 어머니와 내 어머니에게는 즐거운 여흥거리였고요. 그때 그 아이의 나이는 열두 살이었어요! 그러니 생각해 보세요! 그런 어린애의 열정을 누가 심각하게 받아들였겠어요! 나는 그 아이가 원하는 만큼 안아 주고, 심지어 연애편지를 보내기까지 했어요. 어머니들이 이미 읽은 편지였죠. 그러면 그 아이는 불같은 답장을 써서 나에게 보냈죠. 나는 그 편지들을 아직 간직하고 있어요. 그 아이는 자기가 남자라고 생각했고 우리의 사랑이 우리만의 비밀이라고 믿었어요. 어머니들과 나는 그 아이가 상테즈 집안 남자라는 걸 잊고 있었고요!

그런 상태가 1년 가까이 계속되었어요. 어느 날 저녁 그 아이가 정원에서 내 무릎에 쓰러져 드레스 자락에 격정적으로 입을 맞추며 이렇게 되뇌었어요. "사랑해요, 사랑해요. 누나를 죽도록 사랑해요. 누나가 날 배신한다면, 다른 남자 때문에 나를 버린다면, 나는 내 아버지처럼 할 거예요……" 그런 다음 전율이 일어날 만큼 깊은 목소리로 이렇게 덧붙였어요. "내 아버지가 어떻게 했는지 누나도 알죠!"

내가 놀라고 당황해서 가만히 있자, 그 아이는 몸을 일으키더니 내 귀에 입을 대기 위해 발끝으로 섰어요. 내 키가 그 아이보다 더 컸기 때문이죠. 그 아이는 억양을 붙여 가며 내 이름을 불렀어요. "주느비에브!" 그 어조가 너무나 부드럽고, 너무나 예쁘고, 너무나 상냥해서 나는 발끝까지 떨었답니다.

나는 더듬더듬 말했어요. "그만 돌아가자. 돌아가자고!" 그러자 그 아이는 더는 아무 말도 않고 나를 따라왔어요. 그러나 집 현관 앞에 도착해 막 계단을 오르려 할 때, 나에게 이렇게 말하더군요. "만약 누나가 나를 버리면 난 죽어 버릴 거예요."

그때 나는 너무 멀리 왔다는 걸 깨달았어요. 그래서 신중해졌죠. 언젠가 그 아이가 그런 일로 나를 비난한 적이 있기 때문에 나는 이렇게 대답했어요. "너는 장난을 하기엔 너무 컸고 진지한 사랑을 하기엔 너무 어려. 앞으로 두고 볼게."

그런 식으로 무마하면 벗어날 수 있을 거라 믿었어요.

가을에 그 아이는 기숙학교에 갔어요. 이듬해 여름 그 아이가 집에 돌아왔을 때 나에게는 약혼자가 있었죠. 그 아이는 그것을 즉시 알아차렸고 8일 동안 깊은 생각에 잠겨 있었답니다. 나는 몹시 염려가 되었죠.

9일째 되던 날 아침 잠에서 깨어나 보니, 방문 밑에 작은 쪽지 한 장이 들어와 있었어요. 나는 그 쪽지를 집어 들고 펼쳐서 읽었지요. 쪽지에는 이런 말이 적혀 있었어요. '누나는 나를 버렸어요. 그리고 누나는 예전에 내가 한 말을 알고 있을 거예요. 다시 말해 누나는 나에게 죽음을 명한 거예요. 누나가 아닌 다른 사람에게 발견되고 싶진 않으니 정원으로, 작년에 내가 사랑한다고 말했던 바로 그곳으로 와요. 그리고 공중을 보세요.'

혼이 빠져나가는 것 같았어요. 나는 재빨리 옷을 주워 입고 달리기 시작했어요. 지쳐서 쓰러질 지경이 되어 쪽지에 적힌 장소에 도착했지요. 그 아이의 기숙학교 교모가 숲 바닥에 떨어져 있었어요. 바닥은 진창이었어요. 밤새 비가 내렸거든요. 나는 눈을 들었고, 나뭇잎들 속에서 뭔가가 세찬 바람에 흔들리는 것을 보았답니다.

그 후에 내가 무엇을 했는지는 기억나지 않아요. 우선은 비명을 질렀을 테고, 아마도 정신을 잃고 쓰러졌겠지요. 그런 다음 성으로 다시 달려갔을 거예요. 내 방 침대 위에서 다시 정신을 차렸어요. 머리맡에 어머니가 계시더군요.

처음엔 그 모든 일이 무시무시한 악몽이라고 생각했어요. 나는 더듬더듬 입을 열어 어머니에게 물었지요. "그 애는요? 공트랑은요?" 대답하는 사람이 아무도 없었어요. 그건 사실이었던 거예요.

나는 감히 그 아이를 다시 볼 수 없었어요. 그 아이의 금발 머리를 한 묶음 달라고만 부탁했지요. 그게 바로…… 이 반지랍니다……

*

노처녀는 절망적인 몸짓으로 떨리는 한쪽 손을 내밀었다.

그런 다음 여러 번 코를 풀고 눈을 닦고는 다시 말했다. "나는 약혼자와 파혼했어요…… 이유는 말하지 않았죠…… 그리고 이렇게…… 열세 살짜리 남자아이의 미망인으로 남았답니다." 그런 다음 고개를 가슴팍으로 떨어뜨리고 오랫동안 생각에 잠겨 눈물을 흘렸다.

잠을 자기 위해 다들 침실로 돌아갈 때, 그녀의 이야기를 듣고 평온했던 마음에 파문을 느낀 통통한 사냥꾼 한 명이 옆에 있던 남자의 귀에 대고 속삭였다.

"사람이 그 정도로 감상적인 건 불행한 일 아닙니까!"

의자 고치는 여자
La Rempailleuse

레옹 에니크에게

베르트랑 후작 집에서 사냥이 시작된 날 저녁 식사가 끝나 갈 무렵이
었다. 사냥꾼 열한 명, 젊은 여자 여덟 명, 그리고 그 고장의 의사가 조명
을 밝히고 과일과 꽃이 놓인 커다란 탁자 주위에 모여 앉았다.

사랑 이야기가 시작되었고, 곧 분위기가 열기를 띠어 갔다. 진정한 사
랑이 일생에 한 번 찾아오는지 아니면 여러 번 찾아오는지를 놓고 끝없
는 토론이 벌어졌다. 어떤 사람들은 진지한 사랑을 딱 한 번 한 사람들
에 대해 이야기했다. 또 어떤 사람들은 격렬한 사랑을 여러 번 한 사람
들에 대해 이야기했다. 대부분의 남자들은 열정이란 마치 질병처럼 한
존재에게 여러 번 찾아오며, 그 앞에 장애물이 있을 경우 그를 죽일 만

큼 충격을 줄 수도 있다고 주장했다. 이런 관점에 이론의 여지는 없었지만, 관찰보다 서정적인 면을 중시하는 여자들은 진정한 사랑이란, 위대한 사랑이란 한 인간에게 딱 한 번 찾아온다고, 그 사랑은 마치 번개와도 같아서 그것에 타격받은 영혼은 녹초가 되고, 피폐해지고, 남김없이 불타오른 나머지 다른 어떤 감정도, 심지어 몽상조차도 그 자리에 다시 움틀 수가 없다고 주장했다.

사랑을 많이 해본 후작이 이런 신념을 강력히 반박했다.

"단언컨대 우리는 온 힘과 마음을 다해 여러 번 사랑할 수 있습니다. 여러분은 진정한 열정을 두 번 누릴 수는 없다는 증거로 사랑 때문에 자살한 사람들의 예를 드셨지요. 하지만 나는 그들이 자살이라는 어리석은 짓을 저지르지 않았더라면, 다시 사랑할 수 있는 기회를 그런 식으로 빼앗기지 않았더라면 틀림없이 고통에서 치유됐을 거라고 대답하겠습니다. 그렇게만 되었다면 그들은 자연사할 때까지 다시 사랑을 했겠지요. 술꾼처럼 사랑하는 사람들이 있습니다. '마셔 본 사람은 또 마실지라. 사랑해 본 사람은 또 사랑할지라.' 그러니 그건 기질의 문제지요."

사람들은 의사를 중재자로 세웠다. 의사는 나이 든 파리 사람으로, 은퇴해서 시골에 와서 지내고 있었다. 사람들은 그 의사에게 의견을 구했다.

의사는 확실한 자기 의견은 없었지만 이렇게 말했다.

"후작께서 말씀하신 대로 기질의 문제일 수 있지요. 그러나 나는 55년 동안 단 하루도 쉬지 않고 단 한 번의 사랑을 지속한 사람을 알고 있답니다. 그 사랑은 죽음이 찾아왔을 때 끝이 났지요."

후작이 손뼉을 쳤다.

"그것 참 아름다운 이야기로군요! 그런 사랑을 받는다는 건 얼마나 꿈 같은 일입니까! 55년 동안 그런 열렬하고 강력한 사랑에 둘러싸여 산다는 건 얼마나 행복한 일입니까! 그 사람은 얼마나 행복했을까요! 그런 사랑을 받은 사람은 얼마나 인생을 찬양할까요!"

의사가 미소를 짓고는 말했다.

"여성 여러분, 여러분의 말씀이 틀리지 않습니다. 그런 사랑을 받는 존재는 남자지요. 여러분은 읍내의 약사 슈케 씨와 그 아내를 알고 계실 겁니다. 매년 이 성을 찾아왔던 의자 고치는 여자도 아시겠지요. 더 잘 이해가 되도록 자세히 말씀드려야겠군요."

그러나 여자들의 열광은 시들해졌다. 그녀들의 김샌 얼굴은 이렇게 말하는 듯했다. '쳇!' 사랑이란 섬세하고 고상한 사람들에게만 찾아와야 한다는 듯, 훌륭한 사람들에게나 합당한 일이라는 듯.

의사가 이야기를 시작했다.

*

석 달 전 나는 죽어 가는 여자의 침대 머리맡에 있게 되었습니다. 왕진을 와달라는 호출을 받고요. 그 여자는 그 전날 자신이 집처럼 쓰는, 여러분도 보셨을 늙은 말이 끄는 마차를 타고 친구 겸 보호자인 커다란 검은 개 두 마리와 함께 이곳에 도착했지요. 신부님도 벌써 와 계셨습니다. 그녀는 우리 두 사람을 자신의 유언 집행자로 삼았고, 유언의 의미를 밝히기 위해 자신이 한평생 살아온 이야기를 우리에게 들려주었습니다. 나는 그 이야기보다 더 기이하고 비통한 이야기를 알지 못합니다.

그녀의 아버지는 의자 고치는 남자였고, 어머니 역시 의자 고치는 여자였습니다. 그래서 그녀는 단 한 번도 일정한 거처를 가져 본 적이 없었지요.

아주 어렸을 때 그녀는 불결한 누더기 차림에 기생충이 들끓는 상태로 떠돌아다녔다고 합니다. 부모님과 함께 도랑을 따라가다가 마을이 나오면 마을 입구에서 마차를 멈추곤 했대요. 부모님이 마차에서 말을 풀면 말이 풀을 뜯어 먹었대요. 개는 주둥이를 앞발에 댄 채 잠을 잤고요. 그리고 그 어린 여자아이는 아버지와 어머니가 길가의 느릅나무 그늘에서 마을의 오래된 의자들을 모두 수리하는 동안 풀밭에 가서 뒹굴었대요. 순회 마차 안에서 그들은 별로 이야기를 하지 않았답니다. 누가 '의자 고쳐요!'라고 외치며 집들을 돌아다닐 것인지 결정하기 위해 몇 마디만 나눈 뒤, 얼굴을 마주하고 혹은 나란히 앉아 밀짚을 꼬기만 했대요. 어린 그녀가 마차에서 너무 멀리 가거나 마을의 개구쟁이 녀석과 친해지려고 하면, 아버지는 화난 목소리로 그녀를 부르며 이렇게 말했다더군요. "썩 돌아오지 못해, 이 바보 계집아!" 그것이 그녀가 들은 유일한 애정의 말이었습니다.

그녀가 더 자라자, 그녀의 부모는 마을을 돌아다니며 부서진 의자 바닥을 거둬서 가져오라고 했습니다. 덕분에 그녀는 이곳저곳에서 남자아이들을 조금 사귀게 되었지요. 하지만 그 남자 친구들의 부모는 자기 아이를 부르며 거칠게 외쳤습니다. "썩 돌아오지 못해, 이 악동 녀석아! 가난한 장돌뱅이와 그렇게 수다나 떨어야겠어!"

조그만 남자아이들이 그녀에게 돌을 던지는 일도 자주 있었습니다.

마음 좋은 부인들이 돈 몇 푼을 쥐어 주면 그녀는 그 돈을 은밀하게 간직했습니다.

그녀의 나이 열한 살이었던 어느 날, 그녀는 이 고장을 지나가다가 묘지 뒤에서 어린 슈케를 만났습니다. 슈케는 친구에게 2리아르를 도둑맞은 일 때문에 울고 있었지요. 그녀는 불우한 여자아이의 빈약한 상상력으로 부르주아 소년의 삶은 언제나 기분 좋고 즐거울 거라고만 생각했다가, 그 소년이 눈물 흘리는 모습을 보자 당황했습니다. 그녀는 소년에게 다가갔습니다. 그리고 소년이 슬퍼하는 이유를 알게 되자, 그동안 자신이 모은 전 재산인 7수를 소년의 손에 쏟아 주었습니다. 소년은 눈물을 닦으며 자연스럽게 그 돈을 받아 들었지요. 그러자 그녀는 너무나 기쁜 나머지 정신이 나가서 그 소년을 와락 끌어안았어요. 소년은 그 돈을 주의 깊게 살펴보느라 그녀가 하는 대로 가만히 몸을 맡겼지요. 소년이 자신을 밀어내지도 않고 때리지도 않자 그녀는 다시 소년을 끌어안았어요. 양팔 가득 온 마음을 다해서. 그런 다음 달아났지요.

그 후 가여운 그녀의 머릿속에 무슨 일이 일어났던 걸까요? 부랑자인 자신의 전 재산을 그 남자아이에게 주었기 때문에, 혹은 그 남자아이에게 다정한 첫 입맞춤을 했기 때문에 애착을 느낀 걸까요? 사랑의 불가사의는 어른과 아이를 가리지 않는답니다.

몇 달 동안 그녀는 묘지의 그 구석진 자리와 그 남자아이에 대한 몽상에 잠겨 있었답니다. 그런 다음엔 그 아이를 다시 만나고 싶다는 희망 속에 부모의 의자 수리비 또는 물건을 사 오라고 받은 돈에서 1수씩을 훔쳐 냈습니다.

이 고장에 다시 들렀을 때, 그녀의 호주머니 속에는 2프랑이 있었습니다. 하지만 그녀는 그 아이 아버지의 약국 유리창만 바라보았습니다. 붉은 표본 병과 촌충 병 사이에, 그 어린 약사가 서 있었지요.

그녀는 그 신기한 유색의 물과 반짝이는 크리스털 병들에 매혹되고 감동받고 경탄해서 그를 더욱더 사랑하게 되었답니다.

그에 대한 지울 수 없는 추억을 마음속에 간직한 그녀는 이듬해 학교 뒤에서 친구들과 공놀이를 하는 그를 만나자 마구 달려가 두 팔로 그를 껴안고 격렬하게 입맞춤을 했답니다. 그녀의 기세가 너무나 격렬해서 그는 겁을 집어먹고 큰 소리로 울부짖었지요. 그러자 그녀는 그를 진정시키기 위해 자신의 돈을 주었어요. 3프랑 20수, 정말 큰돈이었죠. 그는 눈이 휘둥그레져서 그 돈을 바라보았답니다.

그는 그 돈을 가졌고, 그녀가 자기 몸을 마음대로 어루만지도록 내버려 두었어요.

그때부터 4년 동안 그녀는 자신이 모은 돈을 그의 손에 전부 쏟아부어 주었고, 그는 입맞춤과 맞바꾸는 조건으로 그 돈을 달갑게 호주머니에 넣었지요. 30수, 2프랑, 12수(이때 그녀는 적은 액수가 안타까워서 눈물을 흘렸습니다. 운이 나쁜 해였어요), 그리고 마지막에는 커다란 5프랑짜리 동전 하나를 건네주었어요. 그는 그것을 보고 흡족하게 웃었답니다.

그녀는 그만 생각했습니다. 그는 초조해하며 그녀가 들르기를 기다리다가 그녀를 보면 맞이하러 달려갔고요. 그럴 때면 그녀의 심장이 두근거렸답니다.

얼마 뒤, 그가 자취를 감추었습니다. 부모가 중학교에 보낸 거지요. 그녀는 솜씨 좋게 질문해서 그 사실을 알아냈어요. 그녀는 수완을 발휘해 부모가 장사 여정을 바꾸어 여름방학 때 이 고장을 지나가게끔 만들었지만, 그런 책략이 성공하기까지는 1년이나 걸렸어요. 다시 말해 2년 동안 그를 만나지 못한 거지요. 그녀는 가까스로 그를 알아보았습니다. 그는 많이 변했고, 키가 컸고, 더 멋있어져 있었어요. 금단추가 달린 교복을 입은 모습이 당당해 보였답니다. 하지만 그는 그녀를 못 본 척하며 거만한 태도로 그녀 옆을 지나갔습니다.

그녀는 이틀 동안 울었지요. 그때부터 끊임없이 고통을 겪었답니다.

그녀는 매년 이 고장에 들렀어요. 그러나 감히 인사도 하지 못하고 그의 앞을 지나갔답니다. 그 역시 그녀에게 눈길조차 주지 않았어요. 그녀는 미친 듯이 그를 사랑했답니다. 그녀는 나에게 말했어요. "그 사람은 제가 지상에서 본 유일한 남자였어요, 의사 선생님. 저는 다른 남자들이 존재하는지조차 알지 못한답니다."

그러던 중 그녀의 부모가 세상을 떠났습니다. 그녀는 부모가 하던 일을 계속하면서 그때부터 개를, 한 마리가 아니라 두 마리나 데리고 다녔습니다. 사람들이 감히 덤벼들지 못할 만큼 무시무시한 개들을.

어느 날, 언제나 마음이 머물러 있는 이 마을에 다시 들른 그녀는 한 젊은 여자가 사랑하는 남자의 팔을 끼고 슈케 약국에서 나오는 것을 보았답니다. 젊은 여자는 그의 아내였어요. 그가 결혼을 한 것이죠.

그날 밤 그녀는 면사무소 광장 근처의 연못에 몸을 던졌어요. 밤늦게 귀가하던 술꾼 하나가 그녀를 건져 내 약국에 데려다 놓았습니다. 슈케가 실내복 차림으로 내려와 그녀를 치료해 주었지만, 그녀를 알아본 내색은 하지 않았습니다. 그저 그녀의 옷을 벗기고 몸을 문질러 주었어요. 그런 다음 딱딱한 목소리로 그녀에게 말했답니다. "당신 미쳤군! 이렇게 바보같이 굴 필요는 없잖아!"

그 말을 듣자 그녀는 아팠던 마음이 낫는 것 같았습니다. 어쨌든 그가 그녀에게 말을 했으니까요! 그녀는 잠시 행복했습니다.

그녀가 치료비를 내겠다고 말했지만, 그는 아무것도 받으려 하지 않았습니다.

그녀의 삶은 그 후로도 똑같았습니다. 슈케를 생각하며 의자를 고쳤고, 매년 이 마을에 들러 약국 유리창 너머로 그의 모습을 바라보았지요. 그러다가 비축해 둘 의약품을 구입한다는 핑계로 그를 가까이에서 보며 이야기를 나누었고, 그에게 돈을 주었습니다.

이야기를 시작하면서 여러분에게 말씀드린 대로, 그녀는 올해 봄에 세상을 떠났습니다. 이 슬픈 이야기를 나에게 모두 들려준 뒤, 자신이 그토록 끈기 있게 사랑해 온 그 사람에게 자신이 평생 모은 돈을 전해 달라고 부탁하더군요. 자신은 오로지 그 사람을 위해 일했다면서요. 돈을 모으기 위해 굶기까지 했고, 죽은 뒤 그 돈을 전하면 적어도 그가 한 번쯤은 자신을 생각해 주리라 확신한다면서요.

그녀는 나에게 2,327프랑을 건네주었어요. 나는 그중 27프랑을 장례비로 신부님께 드렸습니다. 그녀가 마지막 한숨을 내쉰 뒤, 나는 나머지 돈을 가지고 밖으로 나왔답니다.

다음 날 나는 슈케 부부를 찾아갔습니다. 그들은 막 점심 식사를 마친 뒤 약품 냄새가 나는 약국 안에서 통통하고 붉은 낯으로 거드름을 피우며 만족스러운 표정으로 마주 보고 있더군요.

나를 보자 그들은 앉으라고 권하고는 버찌 브랜디를 내왔습니다. 나는 그것을 마셨지요. 그런 다음 그들이 눈물을 흘릴 거라 확신하면서 감동한 목소리로 이야기를 시작했어요.

그러나 슈케는 그 유랑하는 여자가, 그 떠돌이 행상이, 그 의자 고치는 여자가 자신을 사랑했다는 것을 깨닫기 무섭게 그녀가 자신의 명성을, 성실하다는 평판을, 내밀한 명예를, 자신에게는 삶보다 더 소중하고 고귀한 어떤 것을 훔쳐 가기라도 한 것처럼 펄쩍 뛰며 격분했습니다.

그의 아내 역시 그만큼이나 화를 내며 되뇌었습니다. "그 거지 같은 여자가! 세상에, 그 거지 같은 여자가!" 그 이상의 말은 찾아내지 못하더군요.

그가 자리에서 일어났습니다. 그러더니 탁자 뒤로 성큼성큼 걸어가더군요. 귀 위쪽이 접힌 챙 없는 그리스 모자를 쓴 그는 어물어물 말했습니다. "이게 말이 됩니까, 의사 선생님? 이건 남자에게는 끔찍한 일입니다! 제가 어떻게 해야 되겠습니까? 오! 그 여자가 살아 있을 때 그 사실을 알았다면 헌병대에 신고를 해서라도 그 짓거리를 그만두게 하고 그 여자를 감옥에 넣었을 겁니다. 거기서 나오지 못하게 했을 거예요. 제가 하고 싶은 말은 바로 이것입니다!"

나는 내 신실한 행동이 가져온 결과에 어리둥절해졌습니다. 뭐라고 말을 해야 할지, 어떻게 행동해야 할지 알 수가 없더군요. 하지만 임무를 완수해야 했습니다. 그래서 계속 말을 이었지요. "그 여자가 자신이 평생 모은 돈을 당신에게 전해 달라고 부탁했습니다. 액수가 2,300프랑에 달합니다. 하지만 아까 알려 드린 소식이 당신을 몹시 불쾌하게 만든 것 같으니, 그 돈을 불쌍한 사람들에게 나눠 주는 것이 좋은 방법일 것 같군요."

슈케 부부는 충격을 받은 나머지 꼼짝 못하고 나를 바라보더군요.

나는 호주머니에서 돈을, 온갖 고장의 온갖 표시가 있고 금화와 푼돈이 섞여 있는 그 비참한 돈을 꺼냈습니다. 내가 물었습니다. "어떻게 하시겠습니까?"

슈케 부인이 먼저 입을 열었습니다. "하지만 그것이 그 여자의 유언이라면…… 제 생각엔 그 돈을 굳이 거절한다는 것도 힘든 일일 것 같네요."

남편도 조금 당황스러워하며 말했습니다. "그 돈으로 우리 아이들을 위해 뭔가를 살 수도 있겠군요."

나는 무뚝뚝한 표정으로 대꾸했습니다. "좋을 대로 하십시오."

그가 덧붙이더군요. "그녀의 부탁이니 그 돈을 우리에게 주십시오. 뭔가 좋은 일에 쓸 방법을 찾아볼 테니까요."

나는 돈을 전달하고 인사를 한 뒤 그곳을 떠났습니다.

다음 날 슈케가 나를 찾아왔습니다. 그러더니 다짜고짜 이렇게 말하더군요. "그런데 그…… 그 여자가 자기 마차도 여기에 놔뒀습니까? 그마차는 어떻게 하셨습니까?"

"손대지 않았습니다. 원하면 가져가세요."

"좋습니다. 그렇게 하는 것이 좋겠어요. 그것으로 우리 채소밭에 오두막을 하나 만들어야겠습니다."

그가 발길을 돌리자 나는 그를 불러 다시 말했습니다. "그녀가 늙은 말 한 마리와 개 두 마리도 남겼습니다. 그것도 원하시오?" 그러자 그는 놀라서 걸음을 멈추더니 대답하더군요. "아! 아닙니다. 천만에요. 내가 그것들을 어떻게 하라는 말씀인가요? 선생님이 원하는 대로 처리하세요." 그는 조금 웃더니 나에게 손을 내밀었고, 나는 그와 악수를 했습니다. 어쩌겠습니까? 한 고장에서 의사와 약사가 서로 적이 될 필요는 없으니까요.

나는 그 개들을 내 집으로 데려갔습니다. 말은 넓은 뜰을 갖고 계신 신부님께서 데려가셨고요. 마차는 슈케가 오두막을 짓는 데 쓰였습니다. 슈케는 그녀에게 받은 돈으로 철도 채권 다섯 장을 구입했지요.

자, 이것이 내가 평생을 살면서 목격한 단 하나의 깊은 사랑입니다.

*

의사가 입을 다물었다.

후작이 눈에 눈물이 그렁그렁해진 채 한숨을 쉬더니 말했다. "사랑할 줄 아는 건 역시 여자들이로군요!"

기발한 대책
Une ruse

나이 든 의사와 젊은 여자 환자가 불 가에서 이야기를 나누고 있었다. 여자 환자는 예쁜 여자들이 흔히 겪는 여성 질환, 즉 빈혈, 신경증, 피로 감으로 몸이 조금 불편했다. 연애결혼을 한 신혼부부들이 결혼하고 한 달쯤 지나면 자주 겪는 피로감 말이다.

여자 환자는 긴 의자에 누워 이야기했다. "선생님, 저는 아내가 남편을 속이는 것을 절대 이해할 수 없어요. 남편을 사랑하지 않는다거나 약속 이나 맹세를 지키지 않는 것은 받아들일 수 있어요! 하지만 어떻게 다 른 남자에게 몸을 맡길 수 있어요? 어떻게 모든 사람들의 눈에 그것을 숨길 수가 있어요? 어떻게 거짓말하고 배신하면서 사랑할 수 있어요?"

의사가 미소를 지었다.

"그런 문제라면 간단하지요. 내가 단언하는데, 사람은 욕망에 사로잡혀 과오를 범할 때 그런 미묘한 것들을 별로 깊이 생각하지 않는답니다. 또한 나는 여자들은 온갖 복잡한 일들을 경험하고 결혼 생활의 온갖 혐오스러운 일들을 경험한 뒤에야 진정한 사랑을 할 만큼 성숙해진다고 확신합니다. 어느 저명한 남자에 따르면, 결혼이란 낮에는 나쁜 기분을 나누고 밤에는 나쁜 냄새를 나누는 것이라고 하더군요. 이 말은 더도 덜도 아닌 사실입니다. 여자는 결혼한 뒤에야 열정적으로 사랑할 수 있어요. 여자를 집에 비유하면, 남편이 회반죽을 바른 뒤에야 제대로 거주할 만하다고 말할 수 있을 겁니다.

배신행위를 숨기는 것으로 말하면, 여자들은 그럴 수밖에 없어요. 소박한 사람들이 솜씨가 좋지요. 그들은 매우 어려운 경우들도 능란하게 해결한답니다."

하지만 젊은 여자 환자는 믿지 못하는 눈치였다.

"아니에요, 선생님. 사람들은 대개 일이 벌어진 뒤에야 어떻게 대처해야 했는지 알아차려요. 그리고 남자들보다 여자들이 훨씬 더 정신 못 차리고 덤벼드는 경향이 있어요."

의사가 두 팔을 들어 올렸다.

"'일이 벌어진 뒤에야'라고 말씀하셨나요! 우리 남자들도 일이 벌어진 뒤에야 어떻게 대처해야 했는지를 떠올린답니다. 하지만 여자들은!……아, 내 환자 중 한 분인, 흔히들 말하는 대로 내가 믿어야만 했던 어느 여자분에게 일어난 일을 들려 드리지요."

*

그 일은 어느 시골 마을에서 일어났답니다.

190

어느 날 밤, 유난히 잠이 밀려와 웬만하면 일어나기 힘들 정도로 깊이 잠들어 있는데 모호한 꿈속에서 마을의 종들이 불이라도 난 것처럼 울려 대는 것이었어요.

나는 불현듯 잠에서 깨어났지요. 그 소리는 우리 집 초인종 소리였어요. 거리 쪽으로 난 문의 초인종이 절박하게 울리고 있었습니다. 하인이 나가 보지 않는 것 같아서 나는 침대에 매달린 줄을 흔들었답니다. 그러자 곧 문들이 여닫히는 소리가 났고, 발소리들이 잠들어 있던 집 안의 적막을 깨뜨렸어요. 잠시 후 하인 장이 편지 한 통을 손에 들고 나타나 이렇게 말했습니다. "르리에브르 부인께서 시메옹 박사님이 즉시 댁에 들러 주기를 간곡히 청하십니다."

나는 잠깐 동안 생각해 보았습니다. '신경발작, 히스테리, 뭐 그런 것들이겠지.' 그날 나는 너무 피곤했답니다. 그래서 이렇게 대답했어요. "시메옹 박사는 몸이 편치 않아서 동료 의사 보네 씨를 대신 부르시기를 긴히 부탁드린다고 전하게."

나는 짤막한 편지 한 장을 써서 하인에게 건네준 뒤 다시 잠을 청했습니다.

30분쯤 지난 뒤, 또 초인종이 울렸습니다. 장이 다시 와서 나에게 말하더군요. "누가 찾아오셨습니다. 남자분인지 여자분인지 잘 모르겠습니다. 얼굴을 꽁꽁 싸매고 있어서요. 아무튼 빨리 박사님과 이야기를 하고 싶다는군요. 사람 두 명의 목숨이 달린 일이라고 합니다."

나는 몸을 일으키고 말했습니다. "들어오시라고 하게."

그리고 침대에 앉아 기다렸어요.

이윽고 검은 유령 같은 형체가 모습을 드러냈습니다. 그 형체는 장이 밖으로 나가자마자 자신의 얼굴을 드러냈어요. 다름 아닌 베르트 르리에브르 부인이었습니다. 3년 전 마을의 뚱뚱한 상인과 결혼한 젊은 여자였지요. 그 상인은 인근에서 제일 예쁜 여자와 결혼했다는 평판을 듣고 있었어요.

그녀의 얼굴은 지독히도 창백했고, 미친 사람의 얼굴에 나타날 법한 경련이 일고 있었습니다. 손도 떨리고 있었지요. 그녀는 두 번이나 이야기를 하려고 입을 열었지만 소리가 입 밖으로 나오지 않았습니다. 마침내 그녀가 더듬더듬 말했습니다. "빨리…… 빨리 제 집으로 가주세요, 박사님…… 제…… 제 애인이 제 방에서 죽었어요……"

그녀는 숨이 막혀 말을 그쳤다가 다시 입을 열었습니다. "제 남편이 곧 와요…… 모임에서 돌아올 거예요……"

나는 속옷 차림인 것도 생각하지 못하고 벌떡 일어났습니다. 그리고 몇 초 만에 옷을 입었지요. 그런 다음 그녀에게 물었습니다. "혹시 아까도 여기 오셨습니까?" 그녀는 불안감에 마비되어 마치 조각상처럼 제자리에 우뚝 선 채 중얼거렸습니다. "아니요…… 아까 온 사람은 제 하녀예요…… 하녀도 알고 있어요……" 잠시 침묵이 흐른 뒤 그녀가 덧붙이더군요. "저는 그 사람 옆에…… 있었어요." 이윽고 고통에 찬 끔찍한 외마디 비명이 그녀의 입술에서 흘러나왔습니다. 그녀는 호흡이 곤란해져 숨을 헐떡이더니 울기 시작했어요. 마구 흐느끼며 정신없이 울었어요. 그렇게 1, 2분 정도 시간이 흘러갔지요. 그러다가 갑자기 울음을 그치더니, 불기운에 눈 안쪽이 말라 버린 것처럼 눈물이 말라 버리더군요. 그녀는 이내 조용해졌습니다. "빨리 가요!" 그녀가 말했습니다.

나는 준비가 되었습니다. 하지만 마차가 준비되어 있지 않았지요. "제기랄, 우선 마차에 말을 매야 합니다." 그러자 그녀가 대답했습니다. "저에게 마차가 있어요. 제 마차가 밖에서 기다리고 있어요." 그녀는 다시 머리까지 온몸을 꽁꽁 싸맸고, 우리는 출발했지요.

어두운 마차 안에 올라 내 옆에 앉자, 그녀는 갑자기 내 손을 잡고 가느다란 손가락으로 꾹꾹 눌렀습니다. 그리고 동요하는 목소리로, 애끓는 목소리로 더듬더듬 말했습니다. "오! 선생님께서 아신다면! 제가 얼마나 고통스러운지 선생님께서 아신다면! 저는 그 사람을 사랑했어요. 여섯 달 전부터 그 사람을 분별없는 여자처럼 미친 듯이 사랑했어요."

내가 물었습니다. "지금 댁의 사람들은 깨어 있습니까?" 그녀가 대답했어요. "아니요, 로즈 말고는 아무도 깨어 있지 않아요. 로즈는 모든 것을 알고 있고요."

우리는 그녀의 집 문 앞에 마차를 세웠습니다. 그 집안 사람들은 정말로 모두 잠들어 있더군요. 우리는 열쇠로 문을 열고 조용히 안으로 들어갔습니다. 그리고 발끝으로 조용히 올라갔지요. 하녀는 감히 시체 곁에 있을 수 없었는지 초 하나를 켜둔 채 겁에 질린 얼굴로 계단 꼭대기에 앉아 있더군요.

나는 방 안으로 들어갔습니다. 방은 싸움이 일어난 뒤처럼 엉망이 되어 있었어요. 침대가 주름 잡히고, 흠집이 나 있고, 부서지고, 벌려져 있어서, 마치 처분을 기다리는 것처럼 보였습니다. 침대 시트는 양탄자까지 늘어져 있고, 남자의 관자놀이를 두들겼던 젖은 수건이 바닥에 놓인 대야와 유리컵 옆에 널려 있었어요. 방 안으로 들어서자 '루빈의 숨결'*과 식초가 섞인 기묘한 냄새가 속을 뒤집었습니다.

남자는 방 한가운데에 큰 대자로 누워 있었습니다.

나는 다가가서 그를 살펴보고 만져 보았습니다. 눈꺼풀을 뒤집어 보

---

*유명한 오 드 투알레트 상표명.

고, 손을 만져 보았어요. 그런 다음 몹시 추운 듯 벌벌 떨고 있는 두 여자를 돌아보았지요. 나는 그녀들에게 말했습니다. "이 사람을 침대로 옮기도록 도와주십시오." 우리는 그를 조심스럽게 침대에 뉘었습니다. 그런 다음 내가 그의 심장을 청진하고 입가에 거울을 대보았습니다. 이윽고 나는 중얼거렸지요. "다 끝났습니다. 어서 옷을 입입시다." 눈 뜨고 보기 끔찍한 장면이었습니다!

나는 커다란 인형을 다루듯 그의 팔다리를 하나하나 잡고 여자들이 가져온 옷가지에 꿰어 넣었습니다. 양말을 신기고, 팬티, 반바지, 조끼를 입혔습니다. 윗옷에 팔을 꿰기가 무척 힘들더군요.

두 여자가 무릎을 꿇고 반장화의 단추를 채울 때, 나는 그들에게 불을 비춰 주었습니다. 발이 부어 있어서 단추를 채우기가 몹시도 힘들었지요. 단춧구멍을 찾기가 힘들어서 여자들의 머리핀을 사용했습니다.

소름 끼치는 몸단장이 끝나자, 나는 남자의 모습을 찬찬히 살펴본 뒤 이렇게 말했습니다. "머리를 좀 빗겨야겠어요." 하녀가 여주인의 얼레빗과 솔을 가지러 갔습니다. 하지만 하녀는 손을 떠느라 본의 아니게 머리카락 몇 올을 뽑고 헝클었어요. 르리에브르 부인이 하녀의 손에서 빗을 거칠게 낚아채더니, 마치 애무하듯 부드럽게 머리카락을 가다듬어 주더군요. 가르마를 다시 타고 턱수염을 솔질한 뒤, 손가락으로 콧수염을 돌돌 말았어요. 사랑이 가져다주는 친숙함 때문에 그렇게 하는 것이 습관이 되어 있는 것 같았습니다.

갑자기 그녀가 손안에 쥔 것을 놓더니, 애인의 무기력한 머리를 손으로 쥐고 오랫동안 바라보았어요. 슬프게도 그 얼굴은 더 이상 그녀에게 미소 짓지 않을 터였습니다. 그녀는 그에게 달려들어 두 팔로 그를 꼭 끌어안고는 격렬하게 입맞춤을 했습니다. 그녀의 입맞춤이 그의 다문 입술에, 생기가 꺼진 눈에, 관자놀이에, 이마에 소나기처럼 쏟아졌습니다. 그런 다음 그녀는 그가 아직도 들을 수 있는 것처럼, 포옹을 더 열렬하게 만들어 주는 말을 중얼거리려는 것처럼, 그의 귓가로 입을 가져갔습니다. 그녀는 애절한 목소리로 연이어 열 번을 되뇌었습니다.

"잘 가요, 자기."

그때 추시계가 자정을 알렸습니다.

나는 소스라쳤습니다. "제기랄, 자정이에요! 남편분 모임이 끝나는 시간입니다. 자, 부인, 힘을 내세요!"

그녀가 몸을 일으켰습니다. 나는 지시를 내렸지요. "이 사람을 거실로 옮깁시다." 우리 세 사람은 그의 시신을 들어서 옮겼습니다. 그를 소파에 앉힌 뒤 촛대에 불을 켰지요.

거리로 난 문이 열리고, 무겁게 다시 닫히는 소리가 났습니다. 벌써 남편이 온 것입니다. 내가 외쳤습니다. "로즈, 빨리 수건과 대야를 가져와요. 그리고 방을 깨끗이 치워요. 서둘러요, 제기랄! 르리에브르 씨가 돌아왔어요."

잠시 후 나는 르리에브르 씨에게 다가가 말했습니다. "르리에브르 씨, 내가 무척 난처한 지경에 빠졌습니다. 내 친구가 나를 이 집에 데려왔고, 우리는 당신 아내와 함께 늦게까지 이야기를 나누었습니다. 그러던 중 친구가 갑자기 쓰러졌어요. 두 시간 전부터 치료를 했는데도 계속 의식이 돌아오지 않아요. 낯선 사람들을 부르고 싶지는 않습니다. 그러니 그 친구를 아래로 옮기도록 좀 도와주십시오. 그 친구 집으로 데려가서 더 치료해 보겠습니다."

르리에브르 씨는 내 말을 듣고 깜짝 놀랐지만 의심 없이 모자를 벗더니, 이제는 위험하지 않은 자신의 연적을 팔로 붙잡았습니다. 나는 마치 말처럼 막대 두 개 사이에 내 몸을 비끄러맸습니다. 그리고 르리에브르 부인이 불을 밝혀 놓은 계단을 내려갔지요.

현관 앞에 다다르자 나는 시신을 다시 일으켜 세우고 마부를 속이기 위해 이렇게 말했습니다. "이보게, 친구. 아무 일도 아닐 걸세. 벌써 몸이 좀 나아지는 느낌이 들지? 그렇지 않나? 용기를 내게. 이봐, 용기를 좀 내라고. 조금만 노력을 해봐. 이제 다 되었네."

그가 무너지려 하는 것이, 내 손에서 벗어나 미끄러지려 하는 것이 느껴져서, 나는 그의 어깨를 세게 후려쳤습니다. 덕분에 그의 몸이 앞으로 기울어지더니 마차 안으로 벌렁 고꾸라졌습니다. 잠시 후 나도 그를 따라 마차에 올라탔지요.

걱정이 된 르리에브르 씨가 나에게 물었습니다. "상태가 심각합니까?" 나는 미소를 지으며 대답했습니다. "아닙니다." 그리고 그의 아내를 바라보았습니다. 그녀는 자신의 합법적인 배우자의 팔을 낀 채 어둑한 마차 밑바닥에 한쪽 눈길을 던지고 있었습니다.

나는 그녀의 남편과 악수를 한 뒤 출발 명령을 내렸습니다. 길을 따라 달리는 동안 시신이 내 오른쪽으로 다시 무너져 내렸습니다.

얼마 후 그의 집에 도착했고, 나는 그가 길에서 정신을 잃었다고 말했지요. 그를 방 안으로 옮기도록 도왔고, 그의 죽음을 확인해 주었습니다. 넋이 나간 그의 가족들 앞에서 또 한 차례 연극을 했어요. 마침내 내 방 침대로 돌아온 나는 두 연인을 향해 욕설을 퍼부었습니다.

*

박사는 여전히 미소를 띤 채 입을 다물었다.

젊은 여자가 얼굴을 찡그리며 물었다.

"왜 그런 가증스러운 이야기를 저에게 하시는 거죠?"

그가 정중하게 대답했다.

"기회가 닿으면 부인을 도와 드리려고요."

피에로

Pierrot

앙리 루종에게

르페브르 부인은 리본을 달고 장식이 과한 모자를 쓰고 다니는 시골 과부였다. 흉갑기병들과 스스럼없이 이야기를 나누고, 공공연히 으스대고, 붉게 튼 커다란 손을 실크 장갑 속에 감추듯 교양 없고 거드름 피우는 영혼을 요란스럽고 희극적인 외양 아래 감추는 여자였다.

그녀는 로즈라는 이름의 순박하고 선량한 시골 여자를 하녀로 데리고 있었다.

두 여자는 노르망디의 코 지방 중심 길가에 있는, 초록색 겉창이 달린 조그만 집에 살았다.

집 앞에는 작은 정원이 딸려 있었기 때문에, 그녀들은 거기서 채소

몇 가지를 재배했다.

그런데 어느 날 밤 양파 열두어 개를 도둑맞았다.

도둑맞았다는 것을 알자마자 로즈가 르페브르 부인에게 달려가서 알렸고, 르페브르 부인은 모직 치마 차림으로 집 밖으로 나왔다. 그것은 유린이고 공포였다. 집에 도둑이 든 것이다! 그렇다면 누군가 그 고장에서 도둑질을 하고 있다는 뜻이고, 앞으로 또 와서 도둑질을 할 가능성이 얼마든지 있었다.

겁이 난 두 여자는 도둑이 남긴 발자국을 살펴보며 수다를 떨고 상황을 추측해 보았다. "세상에, 도둑이 여기로 지나갔어. 담벼락 위를 딛고 넘어왔어. 그런 다음 화단으로 뛰어내렸고."

두 여자는 앞으로의 일을 생각하고 불안에 사로잡혔다. 이제 어떻게 마음 편히 밤잠을 잔단 말인가!

르페브르 부인이 도둑을 맞았다는 소문이 퍼져 나갔다. 이웃 사람들이 와서 확인을 하고, 나름의 의견을 내놓았다. 두 여자는 새로운 손님이 올 때마다 자기들 본 것을 말하고 자기들의 생각을 이야기했다.

가까이에 사는 농장주 하나가 그녀들에게 이런 조언을 했다. "개를 한 마리 키우면 좋을 거요."

일리가 있는 이야기였다. 경각심을 주기 위해서라도 개를 한 마리 키워야 했다. 큰 개가 아니어도 되었다! 그녀들이 큰 개를 어떻게 감당하겠는가! 큰 개를 키우면 먹기도 많이 먹어 살림이 거덜 날 것이다. 하지만 작은 개(노르망디에서는 작은 개를 '캥quin'이라고 부른다)는 영악스럽고 깽깽댄다.

사람들이 모두 떠나자, 르페브르 부인은 개 키우는 일에 대해 오랫동안 곰곰이 생각했다. 그런 뒤 개를 키우지 말아야 할 수많은 이유들을 생각해 냈다. 먹이가 가득 든 사발의 모습이 눈앞에 떠올라 질색했다. 그녀는 길거리에서 가난한 사람을 보면 과시하는 태도로 적선을 하고 주일마다 성당에 몇 상팀씩 연보금을 내면서도, 실생활에는 극도로 인색한 시골 부인이었기 때문이다.

하지만 로즈는 동물을 좋아했으므로 자기가 생각하는 이유들을 내세웠고 그 이유들을 재치 있게 옹호했다. 그리하여 조그만 개를 한 마리 키우기로 결정이 났다.

두 여자는 개를 수소문하기 시작했다. 하지만 몸서리가 날 정도로 게걸스럽게 먹어 대는 덩치 큰 개들뿐이었다. 롤빌의 식료품상이 작은 개를 한 마리 갖고 있었다. 하지만 그는 돈을 요구했다. 그동안 개를 키운 비용으로 2프랑을 요구했다. 르페브르 부인은 작은 개 한 마리를 데려가 잘 키우고 싶지만 돈까지 내고 개를 살 생각은 없다고 대답했다.

빵집 주인이 그 이야기를 전해 듣고, 어느 날 아침 털이 매우 노랗고, 다리는 없는 것처럼 보일 정도로 매우 짧고, 몸 모양이 악어 같은 작고 이상한 개 한 마리를 마차에 실어 왔다. 머리는 여우 같고 꼬리는 나팔 같아서, 마치 깃털 장식을 단 것 같았다. 꼬리가 몸의 나머지 부분을 모두 합한 것만큼 컸다. 그는 어느 손님이 그 개를 처분하려 해서 가져왔다고 했다. 르페브르 부인은 그 이상하게 생긴 조그만 발바리가 매우 잘생겼다고 생각했다. 그 개는 공짜였다. 로즈가 개를 끌어안고는 이름이 뭐냐고 물었다. 빵집 주인이 대답했다. "피에로예요."

오래된 비누 상자를 개집으로 삼고 우선 마실 물을 주었다. 개는 물을 마셨다. 그런 다음 빵 한 조각을 주었다. 개는 먹었다. 앞으로 개를 먹일 일이 염려가 된 르페브르 부인은 한 가지 생각을 떠올렸다. '개가 집에 익숙해지면 자유롭게 풀어 놔야지. 그러면 이곳저곳 두루 어슬렁거

리며 먹이를 알아서 찾아 먹을 테니.'

　그녀들은 곧 개를 풀어 놓았지만, 개는 알아서 먹이를 찾아 먹지 못했다. 먹이를 달라고 낑낑대며 울 뿐이었다. 개는 먹이를 줄 때까지 악착같이 낑낑댔다.

　피에로는 모든 사람들이 마음대로 들어올 수 있는 그 집 정원에 누가 올 때마다 다가가서 꼬리를 쳤다. 짖지도 않고 조용히 있으면서.

　어쨌든 르페브르 부인은 피에로에 익숙해졌다. 심지어 피에로를 좋아하게 되었다. 이따금 스튜에 적신 빵 조각을 자기 손으로 개에게 먹여 주기도 했다.

　세금에 대해서는 전혀 생각하지 않았다. 그래서 그 어리고 순하고 조그만 개를 키우는 세금으로 8프랑을 내야 한다는 말을 듣자("8프랑입니다, 부인!") 충격으로 실신할 뻔했다.

　즉시 피에로를 처분하기로 결정했다. 하지만 피에로를 데려다 키우려는 사람이 아무도 없었다. 사방 10리외에 사는 주민들이 모두 피에로를 거부했다. 달리 방법이 없었으므로 '흙을 주기'로 했다.

　'흙을 준다'는 것은 '이회토를 먹인다'는 뜻이다. 그 고장 사람들은 개를 처분하고 싶으면 개에게 흙을 주었다.

　넓은 평원 한가운데에 오두막집, 아니 매우 조그만 초가지붕이 보였다. 그것은 이회암 채석장의 입구였다. 그곳에는 수직 갱도가 지하 2미터 깊이까지 똑바로 파여 있고, 그 갱도는 광산의 긴 통로들과 이어져 있었다.

　1년에 한 번 땅에 이회토 비료를 줄 때, 사람들은 그 갱도 속으로 내려갔다. 나머지 시간에 그 갱도는 오갈 데 없는 개들의 묘지로 사용되었다. 그 옆을 지나갈 때면 개들이 구슬프게 울부짖는 소리가, 격하게 혹은 절망적으로 짖어 대는 소리가, 애처롭게 사람을 부르는 소리가 자주 들렸다.

사냥꾼과 양치기 개들은 개들이 신음하며 죽어 가는 그 구덩이 가장자리에서 불안한 마음으로 도망을 쳤다. 그 구덩이 위에서 안을 내려다보면 고약한 썩은 내가 피어올랐다.

그 어두운 그늘 속에서는 끔찍한 비극들이 일어났다.

개 한 마리가 열흘에서 열이틀 동안 그 안에서 먼저 죽은 개들의 흉측한 시체를 뜯어 먹다가 죽어 가면, 몸집이 더 크고 십중팔구 힘이 더 좋은 개가 새로 와서 그 개에게 달려든다. 그놈들은 거기서 눈을 번득이며 굶주림에 시달린다. 불안하게 서로의 동정을 살피고, 서로의 뒤를 따라다니고, 주저한다. 하지만 굶주림이 그들을 몰아댄다. 그들은 서로를 공격하고 오랫동안 악착같이 싸운다. 결국 강한 놈이 약한 놈을 먹는다. 산 채로 집어삼킨다.

피에로에게 '흙을 주기'로 결정한 뒤, 그녀들은 그 일을 집행해 줄 사람을 수소문했다. 길을 갈아엎는 일을 하는 도로 보수 인부가 그 심부름의 대가로 10수를 요구했다. 르페브르 부인에게는 터무니없는 요구로 보였다. 이웃집 하인은 5수만 받겠다고 했다. 하지만 그것도 너무 많았다. 로즈는 자기들이 직접 개를 데려가는 것이 낫겠다고 생각했다. 그러면 피에로가 거기까지 가는 도중에 가혹한 대접을 받지 않을 테고, 자신에게 닥쳐올 운명이 무엇인지 눈치챌 수도 없을 테니. 그리하여 해가 질 때쯤 둘이서 출발하기로 결정했다.

그날 저녁 그녀들은 버터까지 한 조각 넣어 피에로에게 정성껏 먹이를 마련해 주었다. 피에로는 마지막 한 입까지 게걸스럽게 먹었다. 그러고는 만족스럽게 꼬리를 흔들자 로즈가 피에로를 앞치마에 감싸 안았다.

그녀들은 농작물 서리꾼들처럼 들판을 가로질러 성큼성큼 걸어갔다. 얼마 지나지 않아 이회암 채석장이 보였고, 곧 거기에 도착했다. 르페브르 부인은 구덩이 입구에 몸을 숙이고 개 신음 소리가 나지 않는지 들어 보았다. 들리지 않았다. 개는 없었다. 그렇다면 피에로는 혼자 있게 될 터였다. 이윽고 로즈가 눈물을 흘리며 피에로에게 입을 맞춘 뒤, 놈을 구덩이 속으로 던졌다. 그녀들은 귀를 쫑긋 세운 채 구덩이 가까이로 몸을 숙였다.

처음에는 희미한 소리가 들렸고, 이윽고 상처 입은 짐승의 날카롭고 비통한 비명 소리가 들렸다. 이어서 고통에 찬 작은 외침이 연이어 들려왔고, 그 후에는 절망에 찬 부름 소리가, 구덩이 입구를 향해 고개를 빼고 애원하는 소리가 들려왔다.

피에로는 낑낑댔다. 아! 피에로가 낑낑댔다!

그녀들은 후회에, 공포에, 미칠 것 같고 설명할 수 없는 두려움에 사로잡혔다. 그래서 마구 뛰어 도망쳤다. 로즈가 더 빠르게 달렸고, 르페브르 부인은 그녀의 뒤를 따라가며 외쳤다.

"같이 가, 로즈! 나 좀 기다려 줘!"

집에 돌아온 그녀들은 밤새 무시무시한 악몽에 시달렸다.

르페브르 부인은 식탁 앞에 앉아 수프를 먹으려고 수프 그릇을 열어 보니 그 안에 피에로가 들어 있는 꿈을 꾸었다. 피에로가 펄쩍 뛰어올라 그녀의 코를 물었다.

꿈에서 깨어났지만 피에로가 낑낑대는 소리가 계속 들리는 것만 같았다. 그녀는 귀를 기울여보았다. 아무 소리도 들리지 않았다.

그녀는 다시 잠이 들었다. 이번에 그녀는 넓은 길 위에 있었다. 넓고 끝없이 긴 길이었다. 그녀는 그 길을 따라 걸어갔다. 길 한가운데에 바구니 하나가 놓여 있었다. 농가에서 쓰는 커다란 바구니가 버려져 있었다. 무서운 생각이 들었다.

하지만 결국 그 바구니를 열었다. 바구니 안에 웅크리고 있던 피에로가 그녀의 손을 물고 놓아주지 않았다. 그녀는 주둥이를 악문 피에로를 팔 끝에 계속 매단 채 혼이 빠져서 도망쳤다.

새벽이 밝아 오자, 그녀는 거의 미친 상태로 침대에서 일어나 이회암 채석장으로 달려갔다.

피에로가 낑낑대고 있었다. 여전히 낑낑대고 있었다. 밤새도록 낑낑댄 것이 틀림없었다. 그녀는 흐느껴 울었고, 수많은 다정한 애칭으로 피에로를 불렀다. 피에로가 억양을 바꿔 가며 온갖 다정한 소리로 대답했다.

피에로를 다시 보고 싶었다. 피에로를 저기서 꺼내 죽을 때까지 행복하게 해주리라 마음먹었다.

그녀는 이회암 캐는 일을 맡고 있는 우물 파는 인부 집으로 달려갔다. 그리고 그에게 자신의 사정을 이야기했다. 남자는 아무 말 없이 묵묵히 들었다. 마침내 그녀가 이야기를 마치자 그는 이렇게 대꾸했다. "그러니까 개를 다시 구덩이에서 꺼내고 싶은 거죠? 4프랑입니다."

그녀는 소스라쳤다. 아까까지 느끼던 고통이 일거에 사라져 버렸다.

"4프랑이라고요? 너무 지나친 거 아니에요! 4프랑이라니!"

인부가 대답했다. "부인도 짐작하겠지만 밧줄과 크랭크 핸들을 가지고 가서 그놈을 끌어올려야 해요. 내 조수도 함께 가야 하고. 또 그 빌어먹을 개를 당신에게 돌려주려다가 그놈한테 물릴지도 모른단 말이오. 이럴 거면 처음부터 던지지를 말았어야지."

그녀는 머리끝까지 화가 나서 인부의 집을 나와 버렸다. 4프랑이라니!

즉시 집으로 돌아온 그녀는 로즈를 불러 우물 파는 인부의 제안을 알려 주었다. 로즈는 체념한 태도로 그녀의 말을 되뇌었다. "4프랑이라니! 너무 큰돈이네요, 부인."

잠시 후 로즈가 말했다. "불쌍한 피에로가 죽지 않도록 우리가 먹을 것을 던져 주면 어떨까요?"

르페브르 부인은 몹시 기뻐하며 찬성했다. 두 여인은 버터 바른 커다란 빵을 가지고 다시 길을 나섰다.

그리고 빵을 여러 조각으로 잘라 피에로에게 말을 건네며 하나씩 던져 주었다. 개는 빵 한 조각을 다 먹으면 곧바로 또 달라며 낑낑댔다.

그녀들은 저녁에도 갔다. 다음 날에도 갔고, 매일 갔다. 이제 거기에 가는 일만 신경 썼다.

그러던 어느 날 아침, 첫 빵 조각을 구덩이 속으로 떨어뜨리자 갑자기 엄청나게 짖어 대는 소리가 들려왔다. 개가 두 마리였다! 누군가 다른 개를 구덩이 안에 던진 것이다. 소리로 짐작할 때 몸집이 큰 놈이었다!

로즈가 외쳤다. "피에로!" 그러자 피에로가 낑낑댔다. 그녀들은 다시 먹을 것을 던져 주었다. 개 두 마리가 끔찍한 몸싸움을 벌이는 것을 분명하게 식별할 수 있었다. 덩치 큰 개에게 물렸는지, 피에로가 애처로운 신음 소리를 내뱉었다. 그 덩치 큰 개가 던져 주는 먹이를 전부 받아먹었다. 힘이 더 셌던 것이다.

개들에게 상황을 이해시키려 했지만 소용없었다. "이건 네 거야, 피에로!" 피에로는 분명 아무것도 먹지 못하고 있었다.

두 여자는 당황해서 서로의 얼굴을 바라보았다. 르페브르 부인이 날카로운 어조로 말했다.

"이 구덩이 안에 던져지는 개들을 우리가 전부 먹여 살릴 수는 없어.

그만 포기해야 돼."

쓰라린 경험을 한 뒤, 살아 있는 다른 개들 생각에 숨이 막힌 그녀는 남은 빵 조각을 들고 자리를 떴다. 걸어가면서 그 빵 조각을 먹었다.

로즈는 파란 앞치마 자락으로 눈을 닦으며 그녀를 따라갔다.

달빛

Claire de lune

쥘리 루베르 부인은 언니 앙리에트 레토레 부인을 기다리고 있었다. 그녀는 스위스 여행에서 돌아오는 길이었다.

레토레 부부는 약 5주 전 여행을 떠났었고, 앙리에트는 남편 혼자 칼바도스에 있는 그들의 영지로 돌아가게 했다. 거기서 사업상 중요한 일이 그를 기다리고 있었던 것이다. 그리고 자신은 집에 돌아가는 길에 파리의 여동생 집에 들러 며칠 있기로 했다.

어둠이 내렸다. 루베르 부인은 석양에 물든 부르주아 가정의 자그마한 응접실에서 책을 읽고 있었다. 그러나 주의가 산만해서인지 무슨 소리가 들릴 때마다 눈을 들어 주위를 살폈다.

마침내 초인종이 울렸고, 언니가 모습을 드러냈다. 그녀는 성대한 여장旅裝으로 몸을 감싸고 있었다. 두 자매는 즉시, 서로의 얼굴을 알아보기도 전에 격한 포옹을 나누었다. 잠시 입맞춤을 하려고 포옹을 풀었다가 즉시 다시 껴안곤 했다.

앙리에트가 베일이 드리운 모자를 벗는 동안, 두 사람은 앞다투어 이야기를 시작했다. 서로의 건강과 가족들에 대해 묻고, 그 밖에 여러 가지 사소하고 자질구레한 일들에 대해 수다를 떨었다. 성급하게 입 밖으로 말이 튀어나오기도 하고, 때로는 대화가 끊기기도 했다.

날이 어두워졌다. 루베르 부인이 초인종을 울려 램프를 가져오게 했다. 램프가 오자 그녀는 한 번 더 입맞춤을 하려고 언니의 얼굴을 들여다보았다. 하지만 그녀는 깜짝 놀라 말문이 막혀 버렸다. 레토레 부인의 관자놀이에 흰머리 두 가닥이 있었던 것이다. 나머지 머리카락들은 모두 검은색이고 윤기가 났다. 그 흰머리 두 가닥은 마치 은빛의 강줄기처럼 길게 뻗어 가다가 검은 머리카락들 속으로 자취를 감추었다. 하지만 그녀는 겨우 스물네 살이었고, 스위스로 여행을 떠난 이후 갑자기 그렇게 된 일이었다. 루베르 부인은 아연실색해서 꼼짝 않고 언니를 바라보았다. 뭔가 불가해하고 끔찍한 불행이 덮쳐 오기라도 한 듯, 금방이라도 눈물이 흘러나올 것 같았다.

"무슨 일이 있는 거야, 언니?"

그러자 앙리에트는 아픈 사람 같은 서글픈 미소를 지으며 대답했다.

"내 흰머리를 보고 그러는 거니? 아무 일도 아니니까 안심해."

하지만 루베르 부인은 언니의 양어깨를 와락 붙잡고는 찬찬히 살펴보면서 거듭 물었다.

"무슨 일이 있는 거지? 무슨 일인지 이야기해 줘. 언니가 거짓말을 해도 나는 알아내고 말 테니까."

두 여인은 얼굴을 마주하고 가만히 있었다. 마침내 앙리에트의 얼굴이 금방이라도 기절할 듯이 파리해지더니, 가장자리에 눈물이 맺힌 눈을 내리깔았다.

동생이 다시 물었다.

"무슨 일이 일어난 거야? 무슨 일이냐고. 대답해 줘, 언니."

그러자 앙리에트는 체념한 목소리로 중얼거렸다.

"나에게…… 나에게 애인이 생겼어."

이렇게 말한 뒤 동생의 어깨에 얼굴을 파묻고는 울음을 터뜨렸다.

잠시 후 조금 진정이 되자, 가슴의 들먹거림이 가라앉자, 앙리에트는 갑자기 이야기를 시작했다. 성실한 마음으로 자신의 고통을 털어놓고, 그 비밀을 숨김없이 쏟아 내려는 것처럼.

두 여인은 두 손을 꼭 잡은 채 응접실 깊숙한 곳에 놓인 소파에 털썩 주저앉았다. 루베르 부인은 언니의 목에 팔을 둘러 머리를 가슴에 꼭 끌어안은 뒤 이야기에 귀를 기울였다.

*

아! 변명의 여지가 없다는 건 나도 알아. 하지만 어떻게 된 일인지 나 자신도 이해가 되지 않아. 그날부터 내가 제정신이 아닌 것 같아. 조심해, 쥘리. 너도 조심해. 우리 여자들이 연약하다는 걸, 너무나 쉽게 굴복한다는 걸, 아주 쉽게 사랑에 빠진다는 걸 너도 알아야 해! 아주 하찮은 일로도 마음이 약해지고, 갑작스럽게 감상적인 기분이 찾아들 수 있어. 손을 뻗어 만지고 싶고 껴안고 싶은, 어느 순간이 오면 우리 모두가 느끼는 그런 욕망 말이야.

너는 내 남편을 알지. 내가 얼마나 그를 사랑하는지도 잘 알 거야. 하지만 그이는 분별이 넘치고 합리적인 사람이라서, 여자 마음의 부드러운 떨림을 이해하지 못해. 그이는 언제나 한결같아. 항상 선한 얼굴에 미소를 띤 채 친절하게 굴고, 어떤 상황에서도 완벽한 신사의 태도를 유지하지. 아! 가끔씩 그이가 나를 자기 품에 와락 끌어안고 부드러운 키스를 천천히 해주기를 내가 얼마나 바랐는지. 두 존재를 하나로 결합해 주는, 말 없는 속내 이야기와도 같은 키스 말이야. 또 그가 연약하게 자신을 나에게 내맡기기를, 나를, 내 애무를, 내 눈물을 갈망하기를 내가 얼마나 바랐는지!

물론 이런 것은 모두 어리석은 생각이야. 하지만 우리 여자들은 이렇게 어리석은 것이 사실이지. 우리가 어떻게 할 수 있겠어?

하지만 그이를 속일 생각은 절대 없었어. 지금에 와서는 그런 게 되어 버렸지만. 사랑도, 이성도, 아무것도 남지 않은 채 말이야. 사실 그건 루체른 호수 위를 비추던 달빛 때문이었어.

우리가 함께 여행하던 한 달 내내, 나는 남편의 냉정한 무관심 때문에 여행의 감흥이 깨지고 흥분도 가라앉아 버렸단다. 어느 날 해가 뜰 무렵 우리는 네 필의 말이 끄는 마차를 타고서 언덕을 내려가고 있었어. 투명한 아침 안개 속에서 긴 계곡, 숲, 강, 마을들이 보이자 나는 황홀한 마음에 손뼉을 치면서 그이에게 말했지. "여보, 너무나 아름다운 풍경이에요! 나 좀 안아 줄래요?" 그러자 그이가 어깨를 조금 으쓱하더니, 친절하지만 차가운 미소를 띠며 나에게 대답하더구나. "경치가 마음에 드는 것이 포옹을 할 이유가 되오?"

그 말을 듣자 나는 마음속까지 싸늘하게 얼어붙었어. 나는 두 사람이 서로 사랑한다면 감동적인 풍경을 마주할 때 사랑하고자 하는 욕구가 한층 커지는 게 당연하다고 생각했거든.

마지막에는 머릿속에 들끓던 시상詩想조차 사라져 버리고 말았단다. 그때의 기분을 뭐라고 말하면 좋을까? 마치 수증기로 꽉 찬 밀폐된 보일러실에 갇혀 있는 기분이었어.

어느 날 저녁(우리는 나흘 동안 플뤼렌의 어느 호텔에 머무르고 있었지), 로베르가 두통이 조금 있다면서, 저녁 식사를 마치자마자 즉시 방으로 올라가 버렸고, 나는 하는 수 없이 혼자 호숫가로 산책을 나갔어.

동화 속에 나올 법한 아름다운 밤이었단다. 둥근 보름달이 하늘 한가운데서 빛났고, 눈 쌓인 커다란 산들은 은빛 모자라도 쓴 것 같았고, 호수는 물결을 일렁이며 반짝였어. 대기는 온화하고 포근하게 스며들어서 별다른 이유도 없이 정신이 혼미하고 감동스러웠지. 그 순간 마음이 어찌나 예민하고 전율이 느껴지던지! 심장이 어찌나 빨리 뛰고 한껏 조여들던지!

나는 풀밭 위에 앉아 우수 어리고 매혹적인 호수를 바라보았단다. 그러자 이상한 감정이 마음속을 스치고 지나갔어. 채워지지 않는 사랑의 욕구가 솟아났어. 그건 아마도 음울하고 단조로운 내 삶에 대한 반발이었을 거야. 앞으로 내가 달빛에 잠긴 호숫가를 따라 사랑하는 남자의 품 안으로 달려갈 수 있을까? 인간들의 사랑을 위해 신께서 만드신 감미로운 밤에 연인들이 나누는 깊고 달콤하고 정신을 멍하게 하는 입맞춤을 한 번이라도 느낄 수 있을까? 여름날 저녁의 환한 그늘 속에서 정신없이 두 팔을 벌리고 열에 들떠 포옹을 할 수 있을까? 하는 생각이 들었어.

나는 미친 여자처럼 울기 시작했지.

그때 뒤쪽에서 무슨 소리가 들렸어. 어떤 남자가 뒤에서 나를 바라보고 있었던 거야. 내가 고개를 돌려 바라보니 그 사람이 다가와서 묻더구

나. "부인, 우십니까?"

그 사람은 젊은 변호사였어. 어머니와 함께 여행 중이었고 우리와도 몇 번 마주친 적이 있었지. 그의 눈길이 나를 좇는 것을 여러 번 느낀 적이 있었어.

나는 너무나 당황해서 뭐라고 대답해야 할지 알 수 없고 아무 생각도 떠오르지 않았어. 나는 불편한 마음으로 자리에서 일어났지.

그러자 그 사람이 자연스러우면서도 점잖은 태도로 내 옆에서 걷기 시작했어. 그리고 여행에 대해 이것저것 이야기했지. 그런데 내가 느끼는 모든 것을 그도 똑같이 느끼고 있는 거야. 내가 보고 전율했던 모든 것을 그도 나처럼, 아니, 나보다 더 잘 이해하고 있었어. 갑자기 그가 나에게 뮈세의 시구를 읊어 주었단다. 그 순간 나는 형언할 수 없는 감동에 사로잡혀 숨이 막힐 지경이었어. 산들, 호수, 달빛이 말로 표현할 수 없을 만큼 감미로운 노래를 불러 주는 것만 같았어……

어떻게 된 일인지 모르지만, 그 이유도 모르지만, 다음 순간 나는 일종의 환각에 빠져들고 말았어……

그로 말하면…… 다음 날 그곳을 떠날 때 한 번 더 보았을 뿐이야.

그가 자신의 명함을 나에게 건네주더구나!

*

레토레 부인은 동생의 품 안에 힘없이 쓰러지며 흡사 울부짖음 같은 신음을 토해 냈다.

그러자 동생 루베르 부인이 명상에 잠긴 표정으로 진지하게, 매우 부드럽게 언니에게 말했다.

"언니, 우리는 사람을 사랑한다고 생각하지만 사실은 사랑을 사랑하는 경우가 자주 있어. 그리고 그날 밤 언니의 진정한 애인은 달빛이었던 것 같아."

공포
La Peur

J. K. 위스망스에게

저녁 식사를 마친 뒤 우리는 갑판으로 올라갔다. 앞에는 지중해가 아무런 일렁임도 없이 펼쳐져 있었고, 커다란 달이 그 수면 위에 조용히 어른거렸다. 커다란 배는 별들이 흩뿌려진 하늘에 커다란 뱀 같은 검은 연기를 토해 내며 미끄러져 갔다. 뒤쪽에는 육중한 배가 빠르게 나아가느라 스크루에 휘말려 요동친 바닷물이 하얀 거품을 일으키며 휘어졌다. 그 모습이 주위를 너무나 환하게 만들어서 마치 달빛이 부글거리는 것 같았다.

우리 여섯 명 혹은 여덟 명은 우리의 목적지인 아프리카 쪽으로 눈을 향한 채 조용히 감탄하고 있었다. 우리들 속에서 엽궐련을 피우던 선장이 갑자기 저녁 식사 때 한 대화를 다시 꺼냈다.

"그래요, 그날 나는 공포에 떨었습니다. 내 배가 암초에 부딪히고 파도에 얻어맞은 채 여섯 시간 동안 버티고 있었으니까요. 다행히 저녁 무렵에 우리를 본 영국 석탄 운반선에 구조되었지만요."

그러자 햇볕에 그을린 얼굴에 표정이 진지한 키 큰 남자가 입을 열었다. 그는 끊임없는 위험 한가운데에서 먼 미지의 나라들을 여행한 듯한 남자, 고요하고 깊은 눈빛 속에 자신이 본 낯선 풍경들을 간직하고 있는 듯한 남자, 용감한 태도가 다년간 단련되어 있는 듯한 남자였다. 그가 처음으로 말했다.

"선장, 당신은 공포로 떨었다고 말했소. 하지만 나는 그렇게 생각하지 않소이다. 당신이 경험한 느낌과 당신이 쓴 표현은 어울리지 않아요. 원기 왕성한 남자는 절박한 위험 앞에서도 절대 공포로 떨지 않소. 흥분하고 동요하고 불안하기는 하겠지만, 공포는 다른 문제라오."

선장이 웃으며 대꾸했다.

"그렇게 생각하십니까! 하지만 나는 정말로 공포를 느꼈습니다."

그러자 얼굴이 구릿빛인 그 남자가 느릿한 목소리로 입을 열었다.

*

내 생각을 분명히 밝히게 해주시오! 공포, 그것은 무시무시한 어떤 것, 영혼이 붕괴되는 것처럼 끔찍한 느낌, 정신과 영혼이 겪는 지독한 경련이라오. 매우 대담한 남자들도 공포를 느낄 수 있소. 공포에 대한 기억은 불안스러운 전율을 가져다주지요. 하지만 그것은 용감한 사람에게는 일어나지 않고, 공격 앞에서도, 불가피한 죽음 앞에서도, 우리가 알고 있는 모든 형태의 위험 앞에서도 일어나지 않는다오. 그것은 비정상적인 환경에서, 불가해한 힘의 영향 아래에서, 모호한 위험 앞에서 일어난다오. 진정한 공포는 오래된 비현실적인 두려움에 대한 어렴풋한 기억 같은 것이라오. 유령의 존재를 믿는, 그리고 밤에 유령을 보았다고 상상하는 사람은 존재 전체로 끔찍한 공포를 경험할 거요.

10년 전쯤, 나는 백주 대낮에 그런 공포를 느꼈다오. 지난겨울 12월의 어느 날 밤에도 그런 공포를 느꼈소.

하지만 나는 치명적으로 보이던 많은 운명과 모험을 통과해 왔다오. 자주 어려움을 겪었소. 강도들에게 죽을 뻔한 일도 있고, 미국에서 폭도처럼 사형선고를 받고 교수형을 당할 뻔하기도 했소. 중국 해안에서는 배에서 바다로 던져지기도 했다오. 하지만 모든 것이 끝났다고 생각될 때마다 연민에 빠지지 않고 후회 없이 즉시 마음을 다잡았다오.

하지만 공포는 그런 것과 연관된 것이 아니라오.

나는 아프리카에서 공포를 경험했소. 아프리카는 북프랑스의 딸이라오. 태양이 안개처럼 그곳을 흩어 놓지요. 명심하시오, 신사분들. 아프리카 사람들은 삶을 대수롭지 않게 여긴다오. 무슨 일이든 즉시 체념하고 받아들여요. 밤은 맑고 풍설 따위는 존재하지 않는 그곳 사람들은, 추운 나라 사람들 머릿속을 맴도는 어두운 걱정거리 같은 것은 갖고 있지 않소. 그 사람들은 불안은 알지만 공포는 모른다오.

자! 이제 아프리카 땅에서 나에게 일어난 일을 이야기해 드리겠소.

나는 우아르글라* 남쪽의 넓은 사구를 건넜다오. 세상에서 가장 기묘한 곳 가운데 하나지요. 여러분은 순수한 모래사막을 아시오. 끝없는

---

*알제리 중부에 위치한 도시.

해안처럼 모래만 펼쳐져 있는 사막 말이오. 그렇다오! 상상해 보시오.
태풍 한가운데에서 모래가 되어 버린 바다를 그려 보시오. 움직임 없는
노란 모래로 이루어진 조용한 폭풍우를 상상해 보시오. 그것은 산처럼
높고, 그 물결들은 맹위를 떨치는 파도처럼 불규칙적이고 다양하게 일
렁인다오. 하지만 파도보다 훨씬 더 거대하고, 물결무늬처럼 홈이 파여
있지요. 그 광포하고 말 없고 움직임 없는 바다 위에 남쪽의 탐욕스러운
태양이 강렬한 불길을 내리쏟는다오. 그곳을 여행하는 사람은 쉼 없이,
휴식도 그늘도 없이 황금빛 재로 된 언덕을 기어오르고, 내려오고, 다시
기어 올라가야 하지요. 말들이 숨을 헐떡이고, 무릎까지 모래에 푹푹 빠
지고, 예기치 않았던 다른 사면斜面으로 굴러떨어지며 미끄러진다오.

나는 친구와 함께였고, 아프리카 원주민인 기병 여덟 명과 낙타 부리
는 사람이 딸린 낙타 네 마리가 우리 뒤를 따르고 있었소. 우리는 열기,
피로, 그리고 불타는 사막 같은 갈증에 짓눌려 이야기도 하지 않고 있
었다오. 남자들 중 하나가 갑자기 일종의 비명 같은 소리를 질렀소. 그
소리에 모두들 걸음을 멈추었다오. 다음 순간 우리는 그 외딴 고장을 여
행하는 사람들이 잘 알고 있는 기현상에 놀라 꼼짝 않고 있었소.

방향은 정확히 알 수 없지만 우리와 가까운 곳 어딘가에서 북소리가
났다오. 사구의 수수께끼 같은 북소리였소. 그 소리는 매우 또렷하게 들
려왔소. 어떤 때는 잘 울려 퍼졌고, 어떤 때는 약해졌으며, 잠시 멈추었
다가 불가사의한 그 굉음을 다시 울리기 시작했다오.

아프리카 사람들은 겁에 질려 서로를 바라보았소. 그중 한 사람이 자
기네 언어로 말했소. "죽음의 신이 우리 위에 있어요." 다음 순간 내 형
제나 다름없는 동료, 내 친구가 갑자기 일사병 쇼크를 일으켜 머리를 앞
으로 내민 채 말에서 떨어졌다오.

내가 두 시간 동안 그의 목숨을 구하려고 애썼지만 소용없었소. 그 두 시간 동안 이상한 북소리는 단조롭고, 단속적이고, 불가사의한 소음을 내며 계속 내 귓속을 메웠다오. 사랑했던 친구의 시신 앞에서, 네 개의 모래언덕 사이에 있는 햇볕에 불타는 듯한 그 구멍 속에서 나는 공포가, 진짜 공포가, 끔찍한 공포가 뼛속을 타고 흐르는 것을 느꼈소. 미지의 메아리가 프랑스의 모든 마을에서 200리외 떨어져 있는 우리에게 빠른 북소리를 끊임없이 던져 주었다오.

그날 나는 공포가 무엇인지 깨달았소. 그것을 예전보다 훨씬 더 잘 알게 되었다오……

선장이 남자의 말을 자르고 질문했다.

"미안합니다만 선생, 그 북소리는 대체 뭐였습니까?"

남자가 대답했다.

그것에 대해서는 나도 전혀 모르오. 아는 사람이 아무도 없소. 그 이상한 소리에 놀란 장교들은 바람에 날려 와 마른 풀숲에 부딪힌 우박 같은 모래알 때문에 메아리가 확장되고 터무니없이 부풀어 올라 그런 소리가 나는 거라고 자주 말했다오. 키 작은 초목들이 햇볕에 바싹 말라 양피지처럼 딱딱해진 지역 주변에서 그런 현상이 발생하는 것을 여러 번 목격했기 때문이지요.

그러니 사실 그 북소리는 일종의 신기루였을 거요. 그뿐이지요. 하지만 나는 나중에야 그것을 깨달았다오.

이제 두 번째로 경험한 공포에 대해 이야기해 드리겠소.

지난겨울 프랑스 북동부의 숲 속에서 느낀 공포라오. 어둠이 두 시간이나 일찍 찾아와 하늘이 무척이나 어두웠다오. 안내인인 농부 한 명이 전나무들이 둥근 천장을 이룬 좁은 오솔길을 나와 함께 걷고 있었지요. 바람이 맹위를 떨치며 울부짖음을 토해 냈다오. 구름이 도망치듯 흘러가는 모습이 나무 꼭대기들 사이로 보였소. 구름들은 필사적으로 날뛰며 큰 공포로부터 도망치는 것처럼 보였다오. 이따금 숲 전체가 거대한 돌풍 밑에서 고통에 찬 신음을 내뱉으며 한쪽 방향으로 기울어졌다오. 두툼한 옷을 입고 빠르게 걷는데도 한기가 느껴졌소.

우리는 이제 조금만 더 가면 나올 삼림 관리인의 집에서 저녁을 먹고 잠을 자기로 되어 있었다오. 사냥을 하기 위해 거기로 가고 있었던 거요.

안내인이 이따금 눈을 들고 중얼거렸소. "날씨 참 음산하군요!" 잠시 후 안내인은 삼림 관리인의 가족에 대해 이야기해 주었소. 두 해 전 아버지가 밀렵꾼 한 명을 죽였는데, 그 일이 일어난 뒤부터 그 기억에 쫓기는 사람처럼 침울해졌다는 것이었소. 그는 결혼한 두 아들과 함께 살고 있었소.

어둠이 매우 깊어서 앞에도, 주변에도 아무것도 보이지 않았소. 부러진 나뭇가지들이 끊임없이 소리를 내며 어둠을 가득 채우고 있었다오. 마침내 불빛 하나가 보였고, 곧 안내인이 어느 집 문 앞에 도착했다오. 집 안에서는 여자들의 날카로운 비명이 들렸소. 이윽고 웬 남자가 목멘 소리로 물었소. "거기 누구요?" 안내인이 이름을 댔고, 우리는 안으로 들어갔다오. 집 안에는 잊을 수 없는 광경이 펼쳐져 있었소.

백발에 정신 나간 눈빛을 한 노인이 장전한 총을 손에 든 채 부엌 한가운데 서서 우리를 기다리고 있었고, 건장한 남자 두 명이 도끼로 무장한 채 문을 지키고 있었소. 어둑한 구석에는 여자 두 명이 얼굴을 벽으로 향한 채 무릎을 꿇고 있었다오.

우리는 상황을 설명했소. 노인은 총을 벽에 다시 걸더니 내 침실을 준비하라고 명했소. 그런데도 여자들이 꼼짝하지 않자, 노인이 나에게 불쑥 말했다오.

"이보시오, 선생. 오늘 밤으로부터 딱 두 해 전 내가 사람을 죽였다오. 그런데 작년 그날 밤 그가 나를 찾아왔어요. 그래서 오늘 밤에도 그를 기다리고 있소."

노인은 듣는 사람을 슬며시 웃게 하는 어조로 덧붙였소.

"그래서 지금 우리는 침착하지 못해요."

나는 바로 그날 밤 그곳에 가게 되어서, 그 미신적인 공포를 목격하게 되어서 기분이 좋아 할 수 있는 대로 그를 안심시켰다오. 이런저런 이야기들을 들려주자, 그들은 거의 안정을 되찾았소.

난로 옆에는 눈이 거의 멀고 수염이 난 늙은 개 한 마리가, 마치 사람처럼 느껴지는 개 한 마리가 앞발에 코를 묻고 자고 있었다오.

밖에서는 격렬한 폭풍우가 그 조그만 집을 마구 두드려 댔고, 문 옆에 난 조그만 구멍 같은 유리창 너머로는 바람에 엉클어진 나무들이 번쩍이는 번개 불빛에 불현듯 드러나곤 했소.

내 노력에도 불구하고, 그 사람들이 극심한 공포에 사로잡혀 있는 것이 느껴졌소. 내가 이야기를 멈출 때마다 모두가 멀리서 들려오는 소리에 귀를 쫑긋 세웠소. 그 바보 같은 공포에 동참하는 데 싫증이 난 나는 그만 자러 가도 되겠느냐고 말하려 했소. 그때 노인이 갑자기 의자에서 솟구치듯 벌떡 일어나 다시 총을 집어 들더니, 얼빠진 목소리로 더듬거렸소. "그가 왔어! 그가 왔어! 소리가 들려!" 두 여자는 구석에서 다시 무릎을 꿇고 얼굴을 가렸고, 아들들은 다시 도끼를 집어 들었다오. 나는 그들을 진정시키려 했소. 바로 그때, 잠들어 있던 개가 갑자기 깨어나 목을 쑥 빼더니, 거의 보이지 않는 한쪽 눈으로 난로의 불을 바라보았소. 그러고는 몹시도 비통한 울부짖음을 토해 내는 바람에, 그날 저녁 들판을 걸어온 안내인과 나는 소스라쳐 떨 수밖에 없었소. 모든 사람의 눈길이 그 개에게 향했소. 이제 개는 네 발로 일어선 채 어떤 환상에 붙들린 듯 꼼짝 않고 있었다오. 그러더니 눈에 보이지 않는 끔찍한 미지의 존재를 향해 다시 울부짖음을 토해 내는 것이었소. 틀림없었소. 개의 털이 온통 곤두서 있었으니까. 삼림 관리인이 창백한 얼굴로 외쳤소. "개가 그를 느끼는 거야! 그를 느끼는 거라고! 내가 그를 죽였을 때 이 개도 옆에 있었어!" 그러자 정신이 나가 버린 여자들이 개와 함께 큰 소리로 울부짖기 시작했다오.

내 의사와는 상관없이 엄청난 전율이 어깨 사이를 흘렀소. 그 시간에 그곳에서, 그 정신 나간 사람들 한가운데에서 그 짐승이 보여 준 광경은 눈 뜨고 보기 끔찍한 것이었소.

개는 그렇게 한 시간 동안 움직이지도 않고 울부짖었다오. 마치 꿈속에서 불안에 시달리듯 울부짖었소. 그리고 공포가, 지독한 공포가 내 안으로 들어왔다오. 무엇에 대한 공포였느냐고? 그것을 내가 알겠소? 그것은 공포였소. 그게 다였다오.

우리는 창백한 얼굴로 귀를 쫑긋 세운 채 가슴을 두근거리며, 아주 조그만 소리에도 깜짝깜짝 놀라며 끔찍한 사건이 일어나기를 꼼짝 않고 기다렸소. 이윽고 개가 벽 냄새를 맡더니 낑낑대며 방 안을 돌기 시작했소. 그 짐승이 우리를 미치게 했소! 나를 그 집으로 데려온 안내인이 공포의 절정에서 그 개에게 달려들더니 뜰을 향해 난 문을 열고는 그 짐승을 밖으로 던져 버렸다오.

개는 즉시 조용해졌고, 우리는 더욱 공포스러운 침묵에 잠긴 채 가만히 앉아 있었소. 그러다가 모두들 갑자기 일종의 소스라침을 느꼈다오. 숲 쪽에서 어떤 존재가 그 집 담벼락을 향해 미끄러져 오고 있었소. 그 존재는 문으로 다가와 주저하는 손으로 문을 더듬는 것 같았소. 그런 뒤 한 2분 동안은 아무런 소리도 들리지 않았소. 우리는 분별을 잃을 정도로 불안했다오. 잠시 후 그가 다시 담벼락을 스치며 돌아왔소. 그러더니 어린아이가 손톱으로 하듯 가볍게 문을 긁었소. 이윽고 유리창에 머리 하나가 나타났소. 맹수처럼 형형히 빛나는 눈을 한 하얀 얼굴이었지. 그 입에서 소리가, 탄식하는 중얼거림 같은 불분명한 소리가 흘러나왔소.

부엌에서 무시무시한 비명이 터져 나왔소. 늙은 삼림 관리인은 총을 쏘았다오. 그의 아들들이 즉시 달려가 커다란 탁자를 세워 유리창을 막고 찬장으로 고정했소.

여러분에게 강조하는데, 나는 예기치 않았던 요란한 총소리에 마음과 몸과 영혼이 너무나 불안한 나머지 기절할 것만 같았고 공포로 죽을 것만 같았다오.

우리는 몸을 움직일 수도 없고 말 한마디도 할 수 없는 상태로 표현할 수 없는 불안감에 경직되어 새벽이 밝아 올 때까지 그곳에 머물러 있었소.

처마 틈새로 가늘게 새어 들어오는 햇빛을 보고서야 간신히 막아 놓은 출구를 텄다오.

담벼락 밑을 보니 늙은 개가 주둥이에 총을 맞은 채 문에 기대어 쓰러져 있었소.

개는 울타리 밑에 구멍을 파 밖으로 나갔던 거요.

갈색 얼굴의 남자가 입을 다물었다. 그런 다음 덧붙였다.

"그날 밤 나는 아무런 위험도 무릅쓰지 않았소. 하지만 유리창에 나타난 수염 난 얼굴이 총에 맞던 그 순간을 다시 겪느니, 차라리 매우 끔찍한 위험에 맞섰던 다른 순간들을 다시 경험하고 싶소."

전원 비화
Aux Champs

옥타브 미르보에게

작은 온천 도시에서 가까운 어느 언덕 발치에 초가집 두 채가 나란히 서 있었다. 농부 두 명이 어린아이들을 키우기 위해 그 척박한 땅에서 힘들게 일했다. 두 가족은 아이가 넷씩 있었다. 이웃한 두 개의 문 앞에 아이들이 모두 모여 아침부터 저녁까지 득실거렸다. 나이가 가장 많은 두 아이는 여섯 살이었고, 가장 어린 두 아이는 15개월가량이었다. 결혼과 출산이 양쪽 집에서 거의 비슷한 시기에 일어났던 것이다.

두 어머니는 많은 아이들 중에서 자기 아이들을 겨우 분간했고, 두 아버지는 전혀 분간하지 못했다. 여덟 개의 이름이 그들의 머릿속에서 춤을 추고 끊임없이 뒤섞였다. 아이 하나를 부르려면 세 번 정도 이름을 잘못 부른 뒤에야 진짜 이름을 부르는 일이 많았다.

두 집 중 첫 집에는 롤포르 정수장에서 온 튀바슈 가족이 살고 있었다. 그 집에는 딸 셋과 아들 하나가 있었다. 다른 오두막집에는 발랭 가족이 살았다. 발랭 집안은 딸 하나에 아들이 셋이었다.

이들은 모두 수프와 감자를 먹고 시골 공기를 마시며 고생스럽게 살고 있었다. 아침 7시, 정오, 그리고 6시에 어머니들은 거위치기들이 거위를 불러 모으듯 아이들을 불러 모아 먹을 것을 주었다. 아이들은 50년 동안 사용해 반들반들해진 나무 탁자 앞에 나이순으로 앉았다. 막내 사내아이는 입이 겨우 탁자 가장자리에 닿을 정도였다. 어머니가 감자, 배추 반 개 그리고 양파 세 개를 삶은 물에 담가 부드럽게 한 빵을 우묵한 접시에 담아 아이들 앞에 놓아 주었다. 아이들은 겨우 배고프지 않을 정도로 먹었다. 아기는 어머니가 직접 먹여 주었다. 일요일마다 먹는 포토푀*에 들어간 약간의 고기는 모두에게 축제였다. 그런 날이면 아버지는 "나는 매일 잘 먹잖아"라고 말하며 식탁에 늦게 왔다.

8월의 어느 날 오후, 자동차 한 대가 두 초가집 앞에 경쾌하게 멈춰 섰다. 직접 운전을 하던 젊은 여자가 옆에 앉은 남자에게 말했다.

"오, 보세요, 앙리! 아이들이 정말 많아요! 예쁘기도 해라! 먼지 속에 저렇게 많이 모여 있네요!"

남자는 그에게는 고통이기도 하고 비난이기도 한 그 감탄에 익숙해져 아무런 대꾸도 하지 않았다.

젊은 여자가 다시 말했다.

"저 아이들을 안아 줘야겠어요! 오! 저 아이들 중 하나가 내 아이라면

*고기와 야채를 삶은 스튜.

좋으련만. 저기, 저 조그만 아이요."

그녀는 자동차에서 뛰어내려 아이들에게 달려가더니, 가장 어린 두 아이 중 하나를, 튀바슈 집안의 아이를 두 팔로 안아 올려 지저분한 양쪽 뺨에, 흙이 묻은 금발 곱슬머리에, 성가신 애무에서 벗어나려고 흔들어 대는 작은 손에 열렬히 입을 맞추었다.

그런 다음 다시 자동차에 올라타더니 서둘러 떠났다. 그녀는 다음 주에 다시 찾아와 바닥에 앉아서 그 사내아이를 팔에 안고 과자를 먹여 주고, 다른 아이들에게는 사탕과자를 주었다. 그리고 어린 여자아이처럼 그 아이들과 함께 놀았다. 그러는 동안 그녀의 남편은 날씬한 자동차 안에서 끈기 있게 기다렸다.

그녀는 또 찾아와 아이 부모들과 교분을 텄고, 사탕과자와 잔돈으로 주머니를 가득 채운 채 매일같이 찾아왔다.

그녀는 앙리 뒤비에르 부인이었다.

어느 날 아침 뒤비에르 부인은 그곳에 도착해 남편과 함께 차에서 내려서는, 이제는 그녀를 잘 알고 있는 아이들 앞에 멈춰 서지 않고 농부의 집 안으로 들어갔다.

그들은 수프를 끓이려고 장작을 패는 중이었다. 그들은 무척 놀라서 몸을 일으키고는 의자를 권한 뒤 기다렸다. 잠시 후 뒤비에르 부인이 군데군데 끊기고 떨리는 목소리로 이야기를 시작했다.

"안녕하셨어요, 여러분. 제가 여러분 집을 이렇게 찾아온 것은…… 여러분의…… 여러분의 어린 아들을 꼭 데려가고 싶어서예요……"

시골 부부는 어리둥절하고 아무 생각도 나지 않아서 대답하지 못했다. 뒤비에르 부인이 한숨 돌리고는 계속 말했다.

"우리에겐 아이가 없답니다. 남편과 저, 둘뿐이에요…… 우리가 그 아이를 키울게요…… 괜찮으시죠?"

농부 아낙네는 무슨 뜻인지 이해가 되기 시작했다. 그녀가 물었다.

"그러니까 우리에게서 샤를로를 빼앗아 가겠다는 거예요? 아, 그건 절대 안 돼요."

그러자 뒤비에르 씨가 끼어들었다.

"내 아내가 잘못 설명했군요. 우리는 그 아이를 양자로 삼고 싶은 겁니다. 하지만 양자로 삼은 뒤에도 여기에 찾아와 여러분을 만날 겁니다. 아이가 순조롭게 적응하면, 모두들 그 아이를 믿게 되면 우리는 그 아이를 상속자로 삼을 겁니다. 만에 하나 우리 사이에 아이가 생겨도 그 아이와 똑같이, 공평하게 재산을 나눠 주겠습니다. 하지만 그 아이가 우리의 기대에 부응하지 못하면 그 아이가 성년이 될 때 2만 프랑을 줄 겁니다. 이런 내용을 그 아이의 이름으로 해서 공증을 받아 놓을 거예요. 그리고 당신들에 대해서도 생각해 보았는데, 당신들이 세상을 뜰 때까지 한 달에 100프랑을 드리겠습니다. 이해가 되셨나요?"

농부 아낙네는 몹시 화가 나서 몸을 일으켰다.

"그러니까 우리 샤를로를 당신들에게 팔란 말이에요? 아, 천만에요! 아이 어머니에게 그런 것을 요구하면 안 되죠! 안 돼요! 그건 가증스러운 일이에요."

농부는 심각한 표정으로 생각에 잠겨 아무 말도 하지 않았다. 하지만 이내 그도 고개를 끄덕여 아내의 의견에 동의했다.

뒤비에르 부인은 넋이 나가 눈물을 흘리더니, 남편을 돌아보며 흐느낌이 가득한 목소리로, 욕구를 충족받지 못한 아이 같은 목소리로 더듬더듬 말했다.

"이분들이 싫대요, 앙리. 이분들이 싫대요!"

뒤비에르 부부는 마지막 시도를 했다.

"하지만 여러분, 아이의 미래를, 아이의 행복을 생각해 보세요……"

하지만 농부의 아내는 격분해서 그 말을 잘랐다.

"다 보고, 다 듣고, 다 생각해 봤어요…… 그만 가세요. 다시는 당신들을 보고 싶지 않아요. 이런 식으로 아이를 빼앗아 가려고 하면 가만히 앉아서 뺏길 것 같아요?"

뒤비에르 부인은 밖으로 나가면서 아주 어린 아이가 둘이었던 것을 생각해 냈다. 그래서 고집이 세고 제멋대로인 여자답게 아직 눈물이 맺힌 눈으로 끈질기게 물어보았다. 더 시간을 끌고 싶지 않았던 것이다.

"또 다른 꼬마는 당신들의 아이가 아니죠?"

그러자 튀바슈 씨가 대답했다.

"그래요, 그 아이는 이웃집 아이입니다. 원한다면 그 집에 가봐요."

이렇게 말하고 튀바슈 씨는 자기 집 안으로 들어가 버렸다. 집 안에는 그 아내의 격분한 목소리가 울려 퍼지고 있었다.

이웃집에 사는 발랭 부부는 식사 중이었다. 빵을 얇게 썬 뒤 곰팡이 핀 버터를 나이프로 조금 발라 접시에 담아 놓고 천천히 먹고 있었다.

뒤비에르 씨는 자신의 제안을 그들에게 다시 설명했다. 하지만 좀 더 은근한 태도를 취하고 조심스러우면서도 재치 있는 표현을 사용했다.

발랭 부부는 거절의 표시로 고개를 저었다. 하지만 한 달에 100프랑을 주겠다고 하자, 매우 동요한 얼굴로 눈길을 주고받으며 깊이 생각해 보았다.

그들은 괴로워하며, 망설이며 오랫동안 침묵을 지켰다. 마침내 아내가 물었다.

"그러니까 우리에게 하고자 하는 말씀이 뭐예요?"

뒤비에르 씨가 거드름 피우는 어조로 대답했다.

"제가 말씀드린 것은 무시할 만한 제안이 절대 아니라는 겁니다."

옆에서 뒤비에르 부인이 불안감에 몸을 떨며 아이의 미래, 아이의 행복, 그리고 자기들이 그들에게 계속 지급할 돈의 총액을 강조했다.

농부가 말했다.

"좋소, 1년에 1,200프랑으로 합시다. 그 액수를 공증인에게 공증받아 주겠소?"

뒤비에르 씨가 대답했다.

"내일 곧장 그렇게 하지요."

생각에 잠겨 있던 농부의 아내가 입을 열었다.

"한 달에 100프랑은 우리에게서 아이를 데려가는 대가로 충분하지 않아요. 몇 년이 지나면 그 아이는 일을 하게 될 테니까요. 120프랑은 주셔야 해요."

초조해서 안달이 난 뒤비에르 부인은 즉시 그러마고 대답했다. 아이를 빨리 데려가고 싶었으므로, 남편이 약속 내용을 서면으로 작성하는 동안 그들에게 선물로 100프랑을 주었다. 면장과 이웃 사람이 증인으로 불려 왔다.

뒤비에르 부인은 기쁨으로 얼굴이 환해져서는 갖고 싶었던 물건을 상점에서 집어 가듯 울어 대는 어린아이를 데려갔다.

튀바슈 부부는 집 문가에 서서 그들이 떠나는 모습을 엄숙한 표정으로 말없이 바라보았다. 아마도 그들의 제안을 거절한 것을 후회하면서.

꼬마 장 발랭에 대한 이야기는 전혀 들려오지 않았다. 장의 부모는 매달 공증인에게 120프랑을 받으러 갔다. 두 이웃은 사이가 틀어졌다. 튀바슈 부인이 이 집 저 집 돌아다니며 자기 아이를 팔아먹다니 참으로 악독한 일이라고, 가증스럽고 더럽고 상스러운 일이라고 끊임없이 험담을 해 그들을 괴롭혔기 때문이다.

이따금 그녀는 과시하듯 자기 아들 샤를로를 두 팔에 안고는 아이가 말을 알아듣기라도 하는 양 큰 소리로 말했다.

"나는 너를 팔지 않았어. 너를 팔지 않았어, 아가. 나는 내 아이를 팔지 않아. 부자는 아니지만 내 아이를 팔지는 않는다고."

그렇게 몇 해, 또 몇 해가 흘러갔다. 매일 이웃집 사이에는 무례한 암시가 담긴 고함 소리가 났다. 마침내 튀바슈 부인은 자신은 샤를로를 팔지 않았으므로 마을의 다른 여자들보다 우월하다고 믿게 되었다. 그녀를 아는 사람들은 이렇게 말했다.

"그 여자는 상냥하고 한결같아요. 아이들에게는 훌륭한 어머니고요."

마을 사람들은 그녀의 이름을 자주 입에 올렸다. 이제 열여덟 살이 된 샤를로도 사람들이 끊임없이 하는 그런 이야기를 듣고 자란 탓에 자기가 친구들보다 우월하다고 생각했다. 자신의 부모는 자신을 팔지 않았으니까.

발랭 부부는 뒤비에르 부부가 보내 주는 돈 덕분에 편안하게 살았고, 여전히 살림살이가 곤궁한 튀바슈 부부는 그 모습을 보며 줄곧 분노를 느꼈다.

튀바슈 부부의 맏아들은 군 복무를 하러 떠났고, 둘째 아들은 죽었다. 샤를로는 혼자 집에 남아 늙은 아버지와 함께 어머니와 어린 두 여동생을 먹여 살렸다.

샤를로가 스무 살 되던 해였다. 어느 날 아침 화려한 자동차 한 대가 두 초가집 앞에 와서 멈추었다. 사슬 달린 금시계를 찬 젊은 남자가 자동차에서 내리더니, 백발의 노부인이 내리도록 손을 잡아 주었다. 노부인이 그에게 말했다.

"여기란다, 애야. 둘째 집이야."

젊은 남자는 마치 자기 집에 들어가듯 발랭 부부의 오두막집 안으로 들어갔다.

늙은 어머니는 앞치마를 빨고 있었고, 허약한 아버지는 난로 옆에서 졸고 있었다. 두 사람이 고개를 들자 젊은 남자가 말했다.

"안녕하셨어요, 아빠. 안녕하셨어요, 엄마."

그들은 놀라서 몸을 일으켰다. 농부 아낙네가 놀란 나머지 물속에 비누를 떨어뜨리고는 더듬더듬 말했다.

"너 맞니, 애야? 너 맞아?"

젊은 남자가 그녀를 두 팔로 끌어안고 입을 맞추고는 되풀이해 말했다. "안녕하셨어요, 엄마." 옆에서는 발랭 씨가 몸을 떨면서 지금껏 한 번도 잃은 적이 없는 차분한 어조로 말했다. "네가 돌아왔구나, 장." 마치 한 달 전에도 그를 만난 것처럼.

서로를 알아보자 발랭 부부는 아들을 마을 사람들에게 보여 주고 싶어 했다. 그들은 아들을 면장에게, 부면장에게, 신부님과 선생님에게 데려갔다.

샤를로는 초가집 문가에 서서 그가 지나가는 것을 바라보았다.

저녁에 식사를 하면서 샤를로가 노부모에게 말했다.

"그 사람들이 발랭 아저씨의 아들을 데려가게 할 정도로 어리석게 행동해야만 했나요!"

어머니가 고집스럽게 대답했다.

"난 자식을 팔고 싶은 마음은 전혀 없었다."

아버지는 아무 말도 하지 않았다.

아들이 다시 말했다.

"이런 식으로 희생되는 건 불행한 일이에요."

그러자 튀바슈 노인이 성난 어조로 말했다.

"너를 남에게 보내지 않고 키웠다고 우리를 비난하는 게냐?"

그러자 샤를로가 거칠게 대꾸했다.

"그래요, 아버지 어머니가 미련했다고 비난하는 거예요. 아버지 어머니 같은 부모는 아이를 불행하게 할 뿐이에요. 그러니 내가 아버지 어머니를 떠나도 당연한 일이라고요."

발랭 부인은 접시 위에 고개를 박고 울었다. 울먹이며 수프를 몇 숟가락 삼키다가 절반이나 흘렸다.

"그러니까 우리가 너를 길렀다는 이유로 그렇게 화가 난 거니!"

그러자 젊은이는 거칠게 대꾸했다.

"이런 꼴로 사느니 차라리 태어나지 않는 편이 좋을 뻔했어요. 아까 옆집 아들을 봤을 땐 피가 거꾸로 솟는 것 같더군요. '저 모습이 바로 내 모습일 수도 있었는데' 하는 생각도 들었어요."

그가 일어섰다.

"여기서 이렇게 살지 않고 다른 일을 하는 게 나을 것 같아요. 여기서 계속 살면 아침부터 밤까지 아버지 어머니를 원망할 테니까요. 그래서 아버지 어머니를 비참하게 만들 테니까요. 아시다시피 저는 아버지 어머니를 결코 용서하지 않을 테고요!"

노부부는 깜짝 놀라 눈물을 흘리며 침묵했다.

젊은이가 다시 말했다.

"그래요, 이런 생각이 냉혹하게 들릴지도 몰라요. 하지만 저는 다른 곳에 가서 제 삶을 찾고 싶어요."

그가 문을 열었다. 그러자 시끄러운 목소리들이 들려왔다. 발랭 부부가 돌아온 아들과 함께 성대한 식사를 하며 이야기를 나누는 소리였다.

샤를로는 발을 구르고는 부모를 향해 돌아서서 외쳤다.

"이런 시골뜨기 노인네들!"

그러고는 어둠 속으로 모습을 감추었다.

늑대
Le Loup

다음은 라벨 남작 집에서 생위베르* 축일 만찬이 끝나 갈 때 늙은 다르빌 후작이 우리에게 해준 이야기다.

우리는 낮에 사슴 한 마리를 잡았지만, 다르빌 후작은 만찬 참석자들 중 그 사냥에 참여하지 않은 유일한 사람이었다. 그는 절대 사냥을 하지 않았기 때문이다.

만찬을 즐기는 내내 우리는 거의 짐승 죽이는 이야기만 했다. 여자들도 그 잔인하고 기괴한 이야기들에 흥미를 보였다. 사람들은 짐승들에 대한 인간의 공격과 투쟁을 몸짓까지 해가며 자세히 묘사했다. 팔을 들어 올려 가면서 쩌렁쩌렁한 목소리로 상황을 자세히 설명했다.

---

*사냥꾼과 삼림 관리인의 수호성인.

잠시 후 다르빌 후작이 말을 시작했다. 조금 과장된, 그러나 효과 만점인 수식어를 섞어 가며 이야기했다. 그 이야기를 이미 여러 번 한 것이 틀림없었다. 적절한 단어를 선택하려고 망설이지 않고 능수능란하게, 마치 눈앞의 일을 묘사하듯이 유창하게 말했기 때문이다.

*

신사 여러분, 나는 한 번도 사냥을 하지 않았다오. 내 부친도 하지 않으셨지. 조부도 하지 않으셨고, 증조부도 하지 않으셨소. 하지만 고조부는 여러분의 경험을 모두 합친 것보다 더 많은 사냥을 한 분이었소. 그분은 1764년에 돌아가셨다오. 그분이 어떻게 돌아가셨는지 여러분에게 들려 드리겠소.

그분의 이름은 장이었소. 결혼을 했고 아이 아버지였지. 그분은 남동생 프랑수아 다르빌과 함께 숲 한가운데 있는 우리 집안 소유의 로렌 성에 살았다오.

프랑수아 다르빌은 사냥에 대한 지극한 열정 때문에 청년인 채로 머물러 있었지.

두 형제는 싫증내는 일도 없이 1년 내내 쉬지 않고 사냥을 했다오. 오로지 사냥만 좋아했소. 다른 것은 알지 못했지. 사냥 이야기만 했고, 사냥을 위해서만 살았다오.

그들은 엄청나고 돌이킬 수 없는 열정을 가슴속에 갖고 있었소. 그 열정이 다른 것을 위한 자리는 전혀 내주지 않은 채 그들을 온통 사로잡고 활활 불태웠다오.

그들은 사람들이 별것도 아닌 일로 자기들의 사냥을 방해하고 성가시게 한다고 불평했소. 내 증조부가 태어날 때 그분의 아버지 장 다르빌은 여우 한 마리를 쫓고 있었는데, 소식을 듣고는 사냥을 멈추지 않고 이렇게만 내뱉었다오. "빌어먹을! 그 장난꾸러기가 사냥이 끝날 때까지 기다려 주면 좋으련만!"

동생 프랑수아는 사냥을 방해받으면 형보다 훨씬 더 화를 냈다오. 해가 뜨자마자 사냥개들을 보러 가고, 말들을 보러 가고, 그런 다음엔 큰 짐승을 사냥하러 출발할 때까지 성 주변에서 새들에게 총을 쏘았다고 하오.

그 고장 사람들은 그들을 후작 나리와 그 동생이라고 불렀다오. 당시 귀족들은 오늘날의 몇몇 귀족들처럼 아무 일도 하지 않고 지냈고, 귀족이라는 칭호 속에 자손들의 위계질서를 수립하고자 했지. 후작의 아들은 백작 이상이 될 수 없었고, 자작의 아들은 남작 이상이 될 수 없었으니 말이오. 장군의 아들은 태어날 때부터 대령이지요. 사람들의 보잘것없는 허영심은 그런 질서 속에서 이득을 발견한다오.

내 조상들 이야기로 돌아가겠소.

그들은 키가 엄청나게 크고 골격이 장대하고 털북숭이에다 거칠고 원기 왕성했다고 하오. 특히 동생이 형보다 키가 더 크고 목소리도 쩌렁쩌렁해서, 그가 한번 소리를 지르면 숲의 나뭇잎들이 흔들렸다고 하오.

기골이 장대한 그들 두 형제가 사냥을 가기 위해 큰 말에 올라탄 모습은 보기에도 장관이었다고 하오.

1764년 한겨울에, 추위가 극심해지고 늑대들이 사나워졌소.

늑대들은 밤이면 늦게 귀가하는 농부들을 공격하고, 농가 주변을 어슬렁거리고, 다음 날 다시 해가 뜰 때까지 큰 소리로 울부짖으며 외양간의 소들을 잡아먹었다오.

마을에는 곧 소문이 돌았소. 거의 흰색에 가까운 회색 털을 가진 거대한 늑대에 대한 소문이었지. 그 늑대가 어린아이 둘을 잡아먹고, 여자의 팔 하나를 삼키고, 그 고장을 지키는 모든 개들의 목을 조르고, 겁도 없이 울타리 안으로 침입해 문 앞에서 킁킁거리며 냄새를 맡는다는 소문이었소. 모든 주민들이 그 늑대의 숨소리에 불빛이 흔들리는 것을 느꼈다고 단언했다오. 얼마 지나지 않아 공포가 그 고장 전체에 퍼져 나갔지. 해가 진 뒤면 외출하는 사람이 아무도 없었다오. 그 야수가 어둠 속 어딘가에 웅크리고 숨어 있다고 믿었거든……

다르빌 형제는 그 늑대를 잡아 죽이기로 결심했다오. 그래서 큰 사냥을 계획해 그 고장 남자들을 모두 불러 모았지.

하지만 헛수고였소. 숲을 샅샅이 훑고 덤불숲까지 뒤졌지만 소용없었다오. 늑대 여러 마리를 잡아 죽였지만, 소문 속의 그 늑대는 아니었지. 수색을 하는 동안에도 그 짐승은 마치 복수라도 하려는 듯 매일 밤 사람들이 수색했던 곳에서 꽤 멀리 떨어진 곳에서 여행자를 공격하고 가축을 삼켰다오.

그러던 어느 날 밤, 그 짐승은 로렌 성의 돼지 축사 안으로 들어가 예쁜 새끼 돼지 두 마리를 잡아먹었소.

그 공격을 늑대의 도발로, 직접적인 모욕이자 도전으로 간주한 형제는 분노로 활활 타올랐다오. 그들은 격분해서 속을 끓이며 위험한 짐승을 추적하는 데 익숙한 힘센 사냥개들을 모두 모아 사냥에 나섰소.

새벽부터 붉게 물든 태양이 헐벗은 키 큰 나무들 뒤로 질 때까지 덤불숲을 뒤졌지만 아무것도 찾아내지 못했소.

두 형제는 화가 나고 안타까운 마음으로 말에게 몸을 맡긴 채 잡초가 난 오솔길을 통해 돌아오면서, 자기들이 온갖 수단을 동원했음에도 불구하고 그 늑대에게 속았다는 사실에 놀라고 수수께끼 같은 두려움에 사로잡히는 것이었소.

형이 말했소.

"그 녀석은 범상치가 않아. 마치 사람처럼 생각을 하는 것 같다니까."

그러자 동생이 대답했소.

"아무래도 우리 사촌인 주교에게 성수를 뿌려 달라고 해야겠어. 아니면 신부님에게 필요한 말씀을 해달라고 부탁하거나."

그들은 잠시 침묵을 지켰소.

장이 다시 입을 열었다오.

"해가 붉은지 어떤지 좀 봐. 커다란 늑대가 오늘 밤 또 화를 불러올지 모르니까."

하지만 갑자기 말이 뒷발로 일어서는 바람에 그는 이야기를 마치지 못했다오. 프랑수아의 말도 뒷발질을 하기 시작했소. 이윽고 낙엽에 뒤덮인 넓은 덤불숲이 그들 앞에 모습을 드러냈고, 몸이 회색인 거대한 짐승이 그 안에서 불쑥 나타나 숲을 가로질러 도망쳤다오.

두 형제는 환호성을 토해 낸 뒤 육중한 말 위에서 허리를 구부린 채 전속력으로 달리도록 말을 이끌었소. 소리로, 몸짓으로 그리고 박차로 말을 미치게 하고 흥분시키고 독려하며 온 힘을 다해 앞으로 돌진했지. 힘센 그들은 마치 넓적다리 사이에 그 무거운 짐승을 끼고 달려가는 것 같았소.

그들은 그렇게 덤불숲을 통과하며, 골짜기를 가르며, 언덕을 기어오르며, 협곡을 달려 내려가며 목청껏 뿔피리를 불고 사람들과 개들을 불렀다오.

그렇게 미친 듯이 질주하다가 고조부는 커다란 나뭇가지에 부딪혀 머

리가 깨졌다오. 몸이 뻣뻣해진 채 바닥에 쓰러져 죽었지. 그러는 동안에
도 그의 말은 미처 날뛰며 숲 너머 그늘 속으로 사라졌다오.

동생 프랑수아가 우뚝 멈춰 섰다가 바닥으로 뛰어내렸소. 그는 형을
가슴에 껴안았고, 형의 머리에 난 상처에서 피가 흐르는 것을 보았소.

프랑수아는 피투성이가 되고 흉하게 훼손된 형의 머리를 무릎 위에
얹고 형의 꼼짝 않는 얼굴을 들여다보았소. 차츰 두려움이 그를 엄습했
다오. 그때껏 그가 한 번도 느껴 본 적 없는 기묘한 두려움이었소. 그늘
에 대한 두려움, 고독에 대한 두려움, 인적 없는 숲에 대한 두려움, 그리
고 그들에게 복수하기 위해 방금 그의 형을 죽인 상상 속의 늑대에 대
한 두려움이었지.

어둠이 짙어졌고, 극심한 냉기에 나무들이 뚝뚝 소리를 냈소. 프랑수
아는 더 이상 그곳에 머무를 수가 없어서, 거의 기절할 것 같은 기분으
로 벌벌 떨면서 일어났다오. 이제는 아무 소리도 들리지 않았소. 개들이
짖는 소리도, 뿔피리 소리도 들리지 않았다오. 저 멀리 보이지 않는 지평
선까지 모든 것이 고요했소. 몹시 추웠던 그날 밤 그 음울한 고요함에는
소름 끼치고 기묘한 뭔가가 있었다오.

그는 장의 커다란 시신을 두 손으로 붙잡아 일으켜 안장 위에 눕히고
성으로 옮기기로 했다오. 그런 다음 끔찍하고 놀라운 영상들에 이끌려
마치 술 취한 것처럼 정신없는 몸짓으로 천천히 걸어갔소.

어둠에 파묻힌 오솔길에 갑자기 커다란 형체 하나가 지나갔다오. 그
늑대였소. 격렬한 공포와 충격이 그 사냥꾼을 뒤흔들었소. 차가운 물방
울 같은 전율이 그의 허리를 따라 흘러내렸소. 그 소름 끼치는 존재의
갑작스러운 귀환에 그는 혼비백산해서 마치 귀신을 만난 수도사처럼 크
게 성호를 그었다오. 자기 앞에 꼼짝 않고 누워 있는 형의 시신에 다시

눈길을 주었고, 두려움에서 다시 분노로 옮겨 가 혼란스러운 격분에 몸을 떨었지.

이윽고 그는 말에 박차를 가해 늑대를 뒤쫓아 돌진했소.

어둠 속으로 도망치는 그 하얀 형체에 눈길을 고정한 채 잡목림, 작은 협곡, 나무들이 높이 자란 숲을 지나, 더 이상 어디인지 알 수 없는 숲을 건너 그 늑대를 따라갔소.

그의 말 역시 미지의 힘과 열기에 활력을 부여받은 듯했다오. 말은 목을 똑바로 펴서 앞으로 내민 채 나무와 바위들에 부딪치며, 온 힘을 다해 머리와 다리를 안장 위로 내뻗으며 질주했소. 가시덤불이 프랑수아의 머리카락을 잡아당겼고, 굵은 나무줄기에 이마를 부딪혀 피가 튀었다오. 박차는 나무껍질을 마구 긁었소.

말과 기사는 숲 밖으로 나와, 산봉우리 위에 달이 모습을 드러낸 작은 골짜기로 갑자기 돌진했다오. 그 골짜기는 돌투성이였고 거대한 바위들로 가로막혀 있어서 빠져나갈 출구가 없었지. 궁지에 몰린 늑대가 뒤를 돌아보았소.

프랑수아는 기쁨의 울부짖음을 토해 냈고, 메아리가 천둥소리처럼 그 울부짖음을 되풀이했다오. 이윽고 그는 손에 단검을 쥔 채 말에서 뛰어내렸소.

늑대는 등을 둥글게 구부린 채 털을 곤두세우고 그를 기다리고 있었소. 눈이 마치 두 개의 별처럼 반짝였지. 하지만 교전을 시작하기도 전에 그 힘센 사냥꾼은 자기 형을 붙잡아 바위 위에 앉히고 이제는 피투성이의 살덩어리일 뿐인 그의 머리를 돌로 받쳐 놓은 뒤 마치 귀머거리에게 말하듯 그의 귀에 대고 큰 소리로 외쳤다오. "잘 봐, 형. 잘 보라고!"

그런 다음 그 괴물을 향해 몸을 던졌소. 그는 산 하나가 무너지는 것을, 자신의 손안에서 돌멩이들이 부서지는 것을 강렬하게 느꼈다오. 짐승은 그의 배를 헤집고 그를 물어뜯으려 했소. 하지만 그는 무기를 쓰지 않고 그 짐승의 목덜미를 움켜쥐고는 짐승의 목구멍에서 새어 나오는 숨소리와 심장박동이 멈추는 것을 들으며 천천히 목을 졸랐다오. 손아귀에 점점 더 큰 힘을 가하며 미친 듯이 즐거워하고, 웃고, 환희의 착란 속에서 이렇게 외쳤다오. "잘 봐, 형. 잘 봐!" 마침내 짐승의 저항이 멈추었소. 늑대의 몸뚱어리가 잠잠해졌소. 늑대의 숨이 끊어진 거요.

이윽고 프랑수아는 팔 한가득 그 짐승을 끌어안아 형의 시신 앞으로 옮겨 가서는 감동에 겨운 목소리로 "자, 이거 봐, 형. 그 늑대야!"라고 되풀이해 말하며 형의 발밑에 던져 놓았다오.

그런 다음 자신의 안장 위에 두 시체를 포개어 싣고 길을 나섰소.

그는 팡타그뤼엘이 태어났을 때 가르강튀아*가 한 것처럼 웃고 울면서 승리의 외침을 발하고, 그 짐승이 죽은 과정을 이야기하며 희열에 발을 구르고, 형의 죽음에 대해 이야기하며 턱수염을 잡아 뽑고 신음하며 성으로 돌아왔다오.

나중에 그날의 일을 다시 이야기할 때면 그는 눈에 눈물이 가득 고인 채 이렇게 말했다오. "내가 그 녀석의 목을 조르는 모습을 두 눈으로 볼 수만 있었다면 불쌍한 형은 기분 좋게 세상을 떠났을 거야. 난 그랬을 거라 확신해!"

졸지에 미망인이 된 내 고조모는 아버지를 잃은 아들에게 사냥이 얼마나 끔찍한 것인지 누누이 강조했다오. 그 전통이 아버지에서 아들로

---

*16세기 프랑스 작가 프랑수아 라블레의 소설 『가르강튀아와 팡타그뤼엘』(전 5권)의 등장 인물들. 거인 가르강튀아와 그의 아들 팡타그뤼엘의 탄생과 유년기, 기사도 수련, 초인적인 무훈을 다루고 있다.

전해져 나에게까지 이어진 것이지.

*

다르빌 후작이 입을 다물었다. 그러자 누군가가 물었다.

"그 이야기는 하나의 전설로 봐야겠지요, 안 그렇습니까?"

그러자 후작이 대답했다.

"맹세컨대 이 이야기는 처음부터 끝까지 사실이라오."

그러자 한 여자가 작고 온화한 목소리로 선언했다.

"둘 중 무엇이든, 그런 열정을 가진다는 것은 아름다운 일이에요."

미뉴에트
Menuet

폴 부르제에게

나는 그 어떤 큰 불행에도 별로 슬퍼하지 않습니다. 장 브리델이 말했다. 그는 회의론자로 통하는 노총각이었다. 나는 아주 가까이에서 전쟁을 목격했지요. 아무런 연민도 느끼지 않고 시체들을 뛰어넘기도 했습니다. 자연이나 인간들의 난폭함이 우리로 하여금 공포와 분노의 외침을 토하게 할 수는 있습니다. 그러나 사소하면서도 가슴을 에는 어떤 것을 보여 주지는 못하지요. 등줄기를 타고 흘러내리는 전율이나 비통한 느낌은 결코 일으키지 못해요.

사람이 경험할 수 있는 가장 큰 고통은 어머니가 자식을 잃는 것 그리고 자식이 어머니를 잃는 것입니다. 그것은 격렬하고 끔찍한 고통이며, 사람을 당황하게 하고 가슴을 찢어 놓지요. 피가 흐르는 큰 상처도 시간이 흐르면 치유되듯이, 엄청난 불행 역시 치유되게 마련입니다. 하지만 어떤 만남, 흘끗 보고 알아차리는 어떤 일, 은밀한 슬픔, 운명의 배신 같은 것은 우리 마음속 고통스러운 생각의 세계를 휘저어 놓고, 복잡하고 다시는 치유될 수 없는 정신적 고통의 신비로운 문을 우리 앞에 열어 줍니다. 그 고통은 대수롭지 않게 보인다 해도 쓰라리며, 파악할 수 없어 보이는 만큼 더더욱 괴롭습니다. 또한 그것들은 꾸며 낸 것처럼 보이는 만큼 매우 끈질깁니다. 그것은 우리의 마음속에 슬픔의 자국과 쓰디쓴 입맛, 환멸감을 남깁니다. 거기서 벗어나려면 오랜 시간이 걸리지요.

내 눈앞에는 그런 기억 두세 가지가 있습니다. 다른 사람들은 알아보지 못하지만, 그것은 치유될 수 없는 길고 가는 바늘처럼 내 마음속에 박혀 있어요.

아마 여러분은 그런 재빠른 인상으로부터 내게 남겨진 감동을 이해하지 못할 겁니다. 내가 그것들 중 하나를 말씀드리겠습니다. 매우 오래된 일이지만 마치 어제 일처럼 생생합니다. 오직 내 상상만이 그 감동의 결과를 감당해야 하는지도 모르겠습니다.

지금 나는 쉰 살입니다. 하지만 그때는 젊었고, 법률을 공부하고 있었습니다. 염세적인 철학의 영향을 받아 조금 우울하고 몽상적이었던 나는 떠들썩한 카페나 고함을 질러 대는 친구들, 어리석은 여자들을 그다지 좋아하지 않았습니다. 당시 나는 아침 일찍 일어났습니다. 가장 좋아하는 일 중 하나가 아침 8시경에 혼자서 뤽상부르 공원의 종묘원種苗園을 산책하는 것이었지요.

아마도 여러분은 그 종묘원을 모르겠지요? 그것은 지난 세기의 잊힌 정원 같고 할머니의 부드러운 미소처럼 예쁜 정원입니다. 질서 있게 다듬은 나뭇가지들이 양쪽으로 벽을 이루고, 그 가운데로 산책로들이 고요하게 나 있었습니다. 그리고 울창한 산울타리가 좁고 긴 그 산책로들을 갈라놓고 있었지요. 정원사의 커다란 가위가 칸막이 역할을 하는 나뭇가지들을 가지런하게 다듬어 놓았더군요. 꽃이 만발한 화단이 곳곳에 있었고, 작은 나무들이 소풍 가는 학생들처럼 질서 정연하게 서 있었습니다. 아름다운 장미나무들이 한곳에 모여 있고, 과실수 여러 그루가 서 있기도 했지요.

그 매혹적인 작은 숲의 한 귀퉁이는 꿀벌들의 세상이었습니다. 짚으로 된 그들의 집은 교묘하게 사이를 두고 화단 위에 자리했는데, 바느질할 때 쓰는 골무의 입구 같은 문이 햇빛을 향해 열려 있었습니다. 길을 따라 걸어가다 보면 윙윙거리는 금빛 파리들을 자주 만날 수 있었는데, 그들이야말로 그 평화로운 장소의 진정한 주인이고 회랑처럼 고요한 산책로의 진정한 산책자들이었습니다.

나는 매일 아침 그곳에 갔습니다. 그리고 벤치에 앉아서 책을 읽었습니다. 때때로 책을 무릎 위에 놓고 공상에 잠기기도 하고, 주위에서 들리는 살아 있는 도시 파리의 소리를 듣기도 하고, 옛날식의 소사나무 묘목들 사이에서 끝없는 휴식을 즐기기도 했습니다.

그러나 울타리가 열리기 무섭게 그곳을 찾아오는 사람이 나 혼자가 아니라는 것을 이내 알아차렸습니다. 이따금 그 숲 귀퉁이에서 키 작은 이상한 노인 한 분과 마주쳤거든요.

그 노인은 은고리가 달린 구두를 신고 무릎께까지 오는 반바지에 에스파냐식 갈색 프록코트를 걸치고 있었습니다. 넥타이 대신 레이스 스카프를 맸으며, 챙이 넓고 털이 흐드러지게 장식된 회색의 구식 모자를 쓰고 있었어요.

그는 몸이 무척이나 깡말랐고, 각진 얼굴을 찌푸리며 미소 짓고 있었습니다. 눈은 생기 있게 번득이면서 눈꺼풀 밑에서 활기차게 움직였지요. 손에는 늘 둥근 금 손잡이가 달린 화려한 지팡이를 들고 있었는데, 아마도 소중한 추억이 담긴 물건 같았습니다.

처음에는 그 노인을 보고 놀랐지만, 점점 흥미를 느끼게 되었지요. 그래서 나는 나뭇잎 사이로 그의 동정을 살피기도 하고, 들키지 않기 위해 작은 숲의 굽이에서 걸음을 멈추면서 멀리서 그를 따라가기도 했습니다.

그러던 어느 날 아침, 노인은 그곳에 자기 혼자뿐이라고 생각했는지 이상한 동작을 하기 시작했습니다. 처음에는 제자리에서 몇 번 도약을 했고, 그 뒤에는 절을 했습니다. 그런 다음에는 가느다란 다리로 바닥을 쿵쿵 두드리며 앙트르샤* 동작을 했습니다. 그리고 나서도 깡충깡충 뛰고 제자리에서 우아하게 빙그르르 도는 등 이상한 동작을 하며 계속 몸을 움직였습니다. 관중 앞에 선 사람처럼 미소를 짓고, 교태를 부리고, 두 팔을 둥글게 구부리고, 꼭두각시 인형 같은 빈약한 몸을 비틀어 허공에 대고 감동적이면서도 우스꽝스러운 절을 해 보이는 것이었습니다. 그는 춤을 추고 있었던 겁니다!

나는 놀라서 돌처럼 굳어 있었습니다. 둘 중 누가 미쳤는지, 그 사람인지 나인지 궁금해지더군요.

갑자기 그가 동작을 멈추더니, 무대 위의 배우가 하듯 앞으로 나아갔습니다. 그러더니 허리를 굽히고는 우아한 미소를 지으며 다시 뒷걸음치

*발레 동작 중 공중에 떠서 양발을 서로 엇갈리게 하는 것.

더군요. 그리고 가지치기를 한 두 줄의 나무들에게 여배우가 하듯 떨리는 손으로 입맞춤을 날렸습니다.

그런 다음 무게 있는 모습으로 다시 산책을 하는 것이었어요.

그날부터 나는 그에게서 눈을 떼지 않게 되었습니다. 그는 아침마다 그 묘한 훈련을 했지요.

나는 그와 이야기를 하고 싶은 억누를 수 없는 욕구를 느꼈습니다. 그래서 용기를 내 그에게 인사를 하고 말을 건넸습니다.

"오늘 날씨가 참 좋네요, 어르신."

그는 몸을 굽혀 내 인사를 받았습니다.

"그래요, 꼭 예전의 날씨 같군요."

일주일이 지나자 우리는 친구가 되었고, 나는 그의 이야기를 알게 되었지요. 그는 루이 15세 시절 오페라 극장의 무용 선생이었습니다. 그가 들고 다니는 멋진 지팡이는 클레르몽 백작이 선물한 것이라고 하더군요. 춤에 대한 이야기가 나오면, 그는 쉬지 않고 이야기를 늘어놓았습니다.

그러던 어느 날, 그가 나에게 털어놓았습니다.

"나는 카스트리라는 여자와 결혼을 했다네. 원한다면 그녀를 소개해 주겠네. 하지만 그녀는 늦은 오후에만 여기에 오지. 자네도 알다시피 이 공원은 우리의 기쁨이고 생명이라네. 옛날로부터 우리에게 남아 있는 것이라고는 이것뿐이지. 이것마저 없다면 우리는 더 이상 살아갈 수 없을 것 같아. 이 공원은 오래되었고 품위가 있어, 안 그런가? 여기에 오면 내 젊은 시절 이후 조금도 달라지지 않은 공기를 마시는 것 같은 기분이 든다네. 아내와 나는 매일 오후를 여기서 보내지. 하지만 나는 아침부터 와. 잠이 일찍 깨거든."

나는 점심 식사를 마치자마자 다시 뤽상부르 공원으로 갔습니다. 그리고 곧 검은 옷을 입은 자그마한 노부인에게 예의 바르게 팔을 내주는 내 친구를 알아보았고, 노부인을 소개받았지요. 그 노부인이 바로 카스트리였어요. 그녀는 세상에 사랑의 향기를 남겨 놓은 그 우아한 시대에 왕과 왕족들에게 사랑을 받은 위대한 무용가였습니다.

우리는 돌 벤치 위에 앉았습니다. 때는 5월이었습니다. 꽃향기가 말끔한 산책로에 나부꼈지요. 따스한 햇볕이 나뭇잎 사이로 스며들어, 우리 위에 커다란 빛 조각을 뿌리고 있었습니다. 카스트리의 검은 옷이 빛으로 온통 물들어 있는 것 같더군요.

정원은 텅 비어 있었고, 멀리서 마차들이 달려가는 소리가 들렸습니다.

나는 늙은 무용가에게 말했습니다. "미뉴에트가 어떤 춤인지 설명해 주시겠습니까?"

그러자 노인은 몸을 떨며 말했습니다.

"미뉴에트는 춤의 여왕이자 여왕들의 춤이지. 알겠나? 하지만 왕들이 사라진 후 미뉴에트도 사라졌어."

그는 화려한 어구를 섞어 가며 내가 전혀 이해할 수 없는 찬사를 길게 늘어놓았습니다. 나는 그 춤의 스텝, 동작, 자세 등을 모두 묘사해 달라고 했지요. 그러자 그는 자신의 말재간이 형편없는 것에 화가 나서 신경질적이 되고 안타까워했습니다.

그러다가 말없이 앉아 있는 자신의 옛 동료를 돌아보며 갑자기 말했습니다.

"저, 엘리즈, 괜찮다면 그것이 무엇인지 우리 둘이서 함께 이 젊은이에게 보여 주지 않겠소?"

그녀는 염려스러운 눈으로 사방을 둘러보았습니다. 그러더니 말없이 일어나 그의 앞으로 다가와 자리를 잡았지요.

그렇게 해서 그날 나는 결코 잊을 수 없는 광경을 보게 되었습니다.

그들은 어린아이 같은 아양 부리는 태도로 이리저리 왔다 갔다 하고, 미소를 짓고, 몸을 흔들고, 몸을 굽혀 인사하고, 깡충깡충 뛰었습니다. 그 모습은 마치 먼 옛날 매우 솜씨 좋은 직공이 그 시대의 방법에 따라 만들었지만 이제는 망가져 버린 기계장치에 의해 춤을 추는 두 개의 낡은 인형 같았습니다.

나는 그들을 바라보았습니다. 그러자 이상한 느낌으로 마음이 혼란스러워지고, 형언할 수 없는 서글픔으로 감동이 되었어요. 애처로우면서도 우스꽝스러운 어떤 망령을, 한 세기는 뒤진 구식의 그림자를 보는 것 같았지요. 나는 웃고 싶기도 하고 울고 싶기도 했습니다.

갑자기 그들이 동작을 멈추더군요. 춤 시연을 끝낸 것이지요. 그들은 얼굴을 살짝 찌푸린 채 서로의 앞에 잠시 서 있었습니다. 그러더니 흐느끼면서 서로를 끌어안더군요.

사흘 뒤 나는 시골로 떠났습니다. 그 후 다시는 그들을 보지 못했습니다. 2년 뒤 파리에 돌아와 보니 그 종묘원은 헐려서 없어졌더군요. 미로처럼 꼬불꼬불한 산책로들과 과거의 냄새 그리고 우아한 소사나무 묘목 굽잇길이 있던 예전의 그 아름다운 정원이 없어진 후 그들은 어떻게 되었을까요?

그들은 죽었을까요? 아니면 희망 없는 추방자들처럼 현대의 거리를 방황하고 있을까요? 우스꽝스러운 망령처럼 달빛을 받으며 묘지 가장자리에 있는 오솔길을 따라 사이프러스들 사이에서 환상적인 미뉴에트를 추고 있을까요?

그들에 대한 추억은 머릿속을 떠나지 않고 끊임없이 따라다니며 나를 괴롭혔고, 작은 상처로 내 마음속에 남아 있습니다.

　　아마도 여러분은 이것을 우습게 생각하겠지요?

미친 여자
La Folle

로베르 드 보니에르에게

마티외 당돌랭 씨가 말했다. 멧도요들을 보면 전쟁 중에 있었던 음울한 일화가 떠오른다네.

자네들은 코르메유 교외에 있는 영지를 알고 있겠지. 프로이센 군인들이 왔을 때 나는 거기에 살고 있었다네.

그때 내 이웃집에는 미친 여자 하나가 살았지. 불행한 일로 충격을 받아 정신이 나가 버린 여자였어. 옛날에, 스물다섯 살 때 한 달 사이에 아버지, 남편, 갓난아기를 모두 잃었다더군.

죽음은 한 집안에 들어오면 이제 출입문을 알아 두었다는 듯이 곧바로 다시 찾아온다네.

그 가여운 여자는 슬픔에 큰 충격을 받아 몸져누웠고, 6주 동안 정신 착란을 일으켰다네. 극심했던 발작에 뒤이어 일종의 조용한 무기력증이 찾아왔고, 그녀는 거의 먹지도 않고 눈만 움직이며 꼼짝 않고 있었다더 군. 사람들이 일으키려고 하면 그들이 자기를 죽이기라도 할 것처럼 비명을 질렀대. 그래서 몸단장을 시킬 때나 매트리스를 뒤집을 때만 겨우 침대 밖으로 끌어 내리고, 그 외에는 침대에 계속 누워 있도록 내버려 두었다더군.

늙은 하녀 한 명이 그녀 곁에 머무르며 이따금씩 물을 마시게 하거나 차가운 고기를 조금 씹게 했다네. 그 절망한 여자의 영혼에 무슨 일이 일어난 걸까? 우리는 그것을 결코 알 수 없었다네. 그녀가 더 이상 말을 하지 않았기 때문이지. 그녀는 죽은 가족들을 생각했을까? 정확한 기억도 없이 슬픈 마음으로 몽상에 잠겨 있었을까? 아니면 생각조차 소멸된 채 물결이 일지 않는 물처럼 꼼짝 않고 있었던 걸까?

그녀는 그렇게 외부와 단절한 채 15년 동안 꼼짝 않고 집 안에 있었다네.

그러던 중 전쟁이 일어났다네. 12월 초순에 며칠 동안 프로이센 군인들이 코르메유에 침입해 왔지.

나는 그 일을 어제 일처럼 기억한다네. 돌도 쪼개질 정도로 추운 날이었어. 나는 통풍痛風 때문에 몸을 움직일 수가 없어서 안락의자에 누워 있었지. 그때 박자를 맞추어 땅을 두드리는 무거운 발소리가 귓가에 들려왔어. 나는 내 방 창문 너머로 그들이 지나가는 것을 보았다네.

그들은 열을 지어 끝없이 행진해 왔다네. 모두 똑같은 모습으로, 그들 특유의 발놀림을 하면서 말이야. 이윽고 장교들이 군인들을 마을 주민들의 집에 배정했어. 나도 열일곱 명의 군인을 집에 맞이했지. 이웃집의 미친 여자는 열두 명의 군인을 배정받았다네. 그들의 지휘관은 정말이지 난폭하고 거칠고 퉁명스러운 사내였어.

처음 며칠 동안은 모든 일이 순조롭게 진행되었다네. 사람들은 장교에게 그 여자가 아프다고 말했지. 장교는 그것에 대해 별로 걱정하지 않는 눈치였어. 하지만 며칠이 지나자 장교는 그 여자가 한 번도 자기에게 모습을 보이지 않아 화가 났다네. 그는 여자가 무슨 병을 앓고 있느냐고 사람들에게 물었다네. 사람들은 그 여자는 무척 슬픈 일을 겪은 뒤 15년 동안 누워서만 지낸다고 대답해 주었지. 하지만 장교는 그 말을 전혀 믿지 않는 눈치였어. 그 가여운 여자가 자존심 때문에, 프로이센 군인들을 보기 싫고 그들과 이야기하기 싫어서, 그들과 접촉하기 싫어서 방에서 나오지 않는다고 생각하는 것 같았다네.

장교는 그녀에게 면담을 요청했다네. 사람들이 그를 그녀의 방 안으로 들여보냈지. 그가 불쑥 말했다네.

"부인, 우리가 부인을 볼 수 있도록 일어나서 좀 내려오십시오."

그녀는 흐릿하고 텅 빈 눈을 그를 향해 돌렸지만 아무 대답도 하지 않았다네.

그가 다시 말했지.

"나는 이런 무례함을 용인할 수 없습니다. 당신이 스스로 일어나지 않으면 당신을 내려오게 할 방법을 내가 찾아낼 거요."

하지만 그녀는 그 장교를 보지 못한 것처럼 여전히 꼼짝 않고 누운 채 몸짓 한 번 하지 않았어.

장교는 그녀의 침묵을 최악의 멸시로 여겨 몹시 격분했다네. 그가 덧붙여 말했지.

"만약 내일도 내려오지 않으면……"

그런 다음 그녀의 방을 나갔다네.

다음 날, 늙은 하녀는 필사적이 되어 그녀에게 옷을 입히려 했다네. 하지만 그 미친 여자는 마구 몸부림을 치며 울부짖었어. 장교가 바로 올라왔다네. 늙은 하녀는 털썩 무릎을 꿇고는 이렇게 외쳤어.

"마님이 옷을 입으려 하질 않아요. 마님이 도무지 원하질 않아요. 마님을 용서해 주세요. 우리 마님은 너무나 불행하답니다."

장교는 몹시 화가 난 동시에 당황했기 때문에 감히 부하들을 시켜 그녀를 침대에서 끌어내지 못하고 가만히 있었다네. 이윽고 장교가 갑자기 웃음을 터뜨리더니 독일어로 명령을 내렸어.

곧 프로이센군 분견대가 마치 부상자를 운반하듯 침대 매트리스를 들고 나왔다네. 전혀 흐트러지지 않은 그 매트리스 위에는 그 미친 여자가 주변에서 일어나는 사건들에 무관심한 채로 조용히 누워 있었어. 프로이센 군인들이 그녀가 누워 있는 매트리스를 그대로 운반해 내려온 거야. 뒤에는 늙은 하녀가 그녀의 옷가지가 든 꾸러미를 들고 있었다네.

장교가 손을 비비며 말했어.

"당신이 혼자서 옷을 입을 수 없고 산보도 할 수 없다면 우리가 하게 해드리지요."

잠시 후 군인들의 행렬이 디모빌 숲 방향으로 멀어져 갔다네.

그리고 두 시간 뒤, 병사들만 숲에서 돌아왔어.

우리는 그 미친 여자를 다시는 볼 수 없었어. 그들은 그녀를 어떻게 한 걸까? 그녀를 어디에 데려다 놓은 걸까! 그것은 결코 알 수 없었다네.

눈이 밤낮으로 내려 평원과 숲이 온통 얼어붙고 눈 속에 파묻혔다네. 늑대들이 우리 집 문까지 내려와 울부짖었지.

길을 잃은 그 여자 생각이 내 머릿속을 떠나지 않았다네. 나는 정보를 좀 얻어 내려고 프로이센 장교에게 이런저런 질문을 해보았다네. 그러다가 하마터면 총을 맞을 뻔했지.

봄이 왔고, 프로이센 점령군은 마을을 떠났다네. 이웃 여자의 집은 폐쇄된 채로 남아 있었지. 그 집으로 이어지는 길에 잡초가 빽빽이 자라났어.

늙은 하녀는 겨울 동안 세상을 떠났다네. 이제는 그 일에 신경 쓰는 사람이 아무도 없었어. 오직 나만 끊임없이 그 일을 생각했다네.

그들은 그 여자를 어떻게 한 걸까? 그녀는 숲을 가로질러 달아났을까! 누가 어딘가에서 그녀를 발견하고 그녀의 신원을 알 수 없어 병원에 데려다 놓았을까? 하지만 그 무엇도 내 의혹을 덜어 주지 않았다네. 그렇게 시간이 흘렀고, 내 마음속의 근심도 차츰 잦아들었다네.

그해 가을, 멧도요들이 떼를 지어 그 고장을 지나갔다네. 나를 괴롭히던 통풍 증세도 잠시 잦아들었기 때문에 숲까지 살살 걸어가 보았다네. 나는 부리가 긴 멧도요 네다섯 마리를 사냥한 적이 있었다네. 그때도 멧도요 한 마리를 쏘아 나뭇가지들이 가득한 구덩이 안으로 떨어뜨렸지. 새를 거두기 위해 그 구덩이 안으로 내려가야 했네. 그런데 그 새 옆에 웬 시체가 누워 있지 뭔가. 불현듯 그 미친 여자에 대한 기억이 주먹으로 때리는 것처럼 내 가슴을 후려쳤다네. 그 음울했던 해에 그 숲에서는 아마도 많은 사람들이 목숨을 잃었을 걸세. 하지만 자네들에게 단언컨대, 이유는 알 수 없지만 그 시체가 바로 그 가여운 미친 여자의 시체일 거라는 확신이 들더군.

갑자기 나는 깨달았다네. 모든 것을 간파했다네. 그들은 그녀를 매트리스째로 춥고 인적 없는 숲에 버렸던 거야. 그리고 그녀는 자신이 해왔던 대로 팔다리조차 움직이지 않은 채 두터운 눈 이불 아래에서 가만히 죽어 간 거야.

그리고 늑대들이 와서 그녀를 삼켜 버린 거지.

계절이 바뀌자 새들이 찢어진 침대 매트리스에서 나온 양모로 둥지를 지었고.

나는 그 서글프고 헐벗은 유골을 보관했다네. 그리고 우리의 후손들은 절대 전쟁을 경험하지 않게 해달라고 기도했지.

크리스마스 만찬

Nuit de Noël

"크리스마스 만찬! 크리스마스 만찬! 아, 싫어! 난 크리스마스 만찬을 열지 않을 거야!"

뚱뚱한 앙리 탕플리에가 비열한 짓거리라도 제안받은 것처럼 성난 목소리로 말했다.

그러자 다른 사람들이 웃으면서 외쳤다. "자네 왜 그렇게 화를 내나?"

그가 대답했다. "크리스마스 만찬 때문에 지독히도 골탕을 먹었기 때문이야. 덕분에 나는 어리석은 즐거움이 넘쳐 나는 바보 같은 크리스마스 밤에 대해 극복할 수 없는 공포를 갖게 되었지."

"대체 무슨 일이 있었는데?"

"무슨 일이 있었느냐고? 자네들 그걸 알고 싶나? 그렇다면 내 이야기를 들어 보게나."

*

지금으로부터 2년 전 이맘때 날씨가 얼마나 추웠는지 자네들도 기억하겠지. 거리의 가난한 사람들이 얼어 죽을 정도의 추위였다네. 센 강이 얼어붙었고, 보도에서 올라오는 냉기가 신발 밑창을 통해 올라와 발을 얼어붙게 했다네. 마치 세상이 끝날 것만 같았어.

그때 나는 해야 할 중요한 일거리가 있었고 내 집 식탁 앞에서 편안히 밤을 보내고 싶어서 크리스마스 만찬 초대를 모두 거절했다네. 혼자 저녁을 먹었고, 그런 다음 일을 시작했지. 하지만 밤 10시경 파리 시내를 거니는 즐거움이, 거리에서 나는 시끌벅적한 소음이 기어코 나에게 와닿았다네. 이웃들이 밤참을 준비하는 소리도 벽들을 통해 들려와 내 마음을 흔들었고 말이야. 내가 무엇을 하는지 더 이상 알 수 없었다네. 나는 어리석은 말들을 종이에 적고 있었지. 이윽고 그런 날 밤에는 무슨 일을 해내겠다는 희망을 포기해야 한다는 사실을 깨달았다네.

나는 방 안을 조금 걸었네. 그러다가 자리에 앉았고, 다시 일어났지. 확실히 나는 바깥의 즐거운 분위기에 영향을 받고 있었어. 결국 나는 굴복했지.

나는 벨을 눌러 하녀를 불러서는 이렇게 말했다네. "앙젤, 가서 밤참 2인분을 사다 줘요. 굴, 차가운 자고새 고기, 가재 요리, 햄, 케이크를요. 샴페인도 두 병 갖다 줘요. 그것으로 식탁을 차린 뒤에 가서 자요."

하녀는 조금 놀라면서 내 지시를 따랐다네. 밤참이 준비되자 나는 외투를 걸치고 밖으로 나갔어.

풀어야 할 큰 숙제가 하나 남아 있었거든. 크리스마스 만찬을 함께할 사람 말이야. 내 여자 친구들은 이곳저곳에 이미 초대를 받은 상황이었지. 그들 중 한 명과 함께 만찬을 들려면 진작 약속을 해야 했어. 이왕 이렇게 된 김에 선행을 베풀자는 데 생각이 미쳤다네. 나는 속으로 생각했어. 파리에는 시간은 있지만 크리스마스 만찬을 들지 못하는 가난하고 예쁜 아가씨들이 차고 넘치지. 그 아가씨들이 후한 남자를 찾아 거리를 헤매고 있어. 그 불우한 아가씨들 중 하나의 크리스마스 구세주가 되어 주자.

거리를 어슬렁거리다가 환락가로 들어가 내 마음대로 질문하고, 사냥하고, 선택할 생각이었네.

이윽고 나는 도시를 편력하기 시작했지.

인연을 찾는 가난한 아가씨들을 많이 만났다네. 하지만 그 아가씨들은 입맛이 떨어질 정도로 못생겼거나 걸음을 멈추는 즉시 얼어 죽을 것처럼 야윈 여자들이었지.

자네들도 알다시피 나에겐 약점이 하나 있네. 나는 몸이 실한 여자를 좋아해. 여자가 포동포동할수록 더 좋아한다네. 몸매가 풍만한 여자를 보면 이성을 잃지.

갑자기 바리에테 극장 맞은편에서 내 마음에 드는 윤곽 하나가 눈에 들어왔다네. 머리, 앞모습, 불룩한 가슴이 매우 아름다웠고, 엉덩이는 놀라울 정도였다네. 배는 마치 거위처럼 기름지고 말이야. 그 모습을 본 나는 전율을 느끼며 이렇게 중얼거렸다네. 제기랄, 아름다운 아가씨야! 하지만 밝혀내야 할 것이 하나 남아 있었어. 바로 얼굴이지.

하기야 얼굴은 디저트지. 그 외의 것들…… 주요리이고 말이야.

나는 걸음을 재촉해 방황하는 그 여자에게 다가갔지. 그리고 가스등 불빛 아래에서 몸을 홱 돌렸다네.

그 여자의 얼굴은 아름다웠다네. 매우 젊고, 머리카락이 갈색이고, 커다란 검은 눈을 갖고 있었지.

나는 크리스마스 만찬을 함께하자고 제안했고, 그녀는 망설이지 않고 그 제안을 받아들였네.

15분 뒤, 우리는 내 아파트 안 식탁 앞에 자리를 잡고 앉아 있었지.

그녀는 안으로 들어오면서 이렇게 말했네. "아! 여기 아주 좋네요!"

그리고 몹시 추운 날 밤에 훌륭한 식탁과 숙소를 갖게 되어 눈에 띄게 만족한 표정으로 주변을 둘러보더군. 그녀는 멋졌고, 너무나 예뻐서 깜짝 놀랄 정도였고, 심장이 황홀해질 정도로 풍만한 몸매를 갖고 있었다네.

그녀는 모자와 외투를 벗고 의자에 앉아 밤참을 먹기 시작했네. 하지만 표정은 그리 활기차 보이지 않더군. 조금 창백한 그녀의 얼굴이 감춰둔 슬픔에 고통받는 것처럼 이따금씩 동요했다네.

나는 그녀에게 물었네. "무슨 걱정거리라도 있어요?"

그녀가 대답했다네. "아, 괜찮아요! 전부 잊어버리죠, 뭐."

그리고 그녀는 술을 마시기 시작했네. 샴페인 잔을 단숨에 비우더니 다시 채우고, 쉬지도 않고 또 한 번 비웠어.

얼마 지나지 않아 그녀의 얼굴이 조금 붉어졌고, 그녀는 웃기 시작했다네.

그녀의 입술에 입을 맞출 때 이미 그녀가 매우 마음에 들었다네. 그녀가 거리의 다른 여자들처럼 바보도 아니고, 저속하지도 않고, 천박하지도 않다는 것을 알 수 있었어. 나는 그녀가 살아온 이야기를 자세히 물었지. 그러자 그녀가 대답했네. "이봐요, 그건 당신과 상관없는 일이잖아요!"

맙소사! 그리고 한 시간 뒤……

마침내 잠자리에 들 순간이 되었고, 난로 앞에 차렸던 식탁을 내가 치우는 동안 그녀는 재빨리 옷을 벗고 이불 속으로 미끄러져 들어갔다네.

이웃들이 미치광이처럼 웃고 노래하며 지독히도 소란을 피우고 있었네. 나는 속으로 이렇게 생각했지. '이 예쁜 아가씨를 찾아서 데려온 건 정말 잘한 일이야. 이런 상황에선 어차피 일을 할 수 없었을 거야.'

바로 그때 깊은 신음 소리가 나서 나는 뒤를 돌아봤다네. 내가 물었지. "당신 왜 그래요?" 그녀는 대답하지 않았네. 끔찍한 고통에 시달리기라도 하듯 고통스러운 한숨 소리를 계속 토해 낼 뿐이었어.

내가 다시 물었네. "몸이 불편해요?"

그때 그녀가 갑자기 찢어질 듯한 비명을 질렀다네. 나는 손에 초를 들고 달려갔지.

그녀는 고통으로 얼굴을 일그러뜨린 채 숨을 헐떡이며, 빈사자의 거친 숨결 같고 심장이 멎을 것 같은 희미한 신음을 목구멍 깊숙한 곳에서 뽑아내며 손을 쥐어짜고 있었어.

나는 어쩔 줄 몰라 하며 물었다네. "도대체 무슨 일이오? 나에게 말해 봐요. 무슨 일이냐고요."

하지만 그녀는 대답하지 않고 울부짖기 시작했어.

이웃들이 내 집에서 무슨 일이 일어나고 있다는 것을 눈치채고 조용해지더니 귀를 기울였다네.

나는 되풀이해 물었네. "어디가 아픈 거요? 말해 봐요. 어디가 아파요?"

그러자 그녀가 더듬더듬 대답했네. "오! 배가, 배가 아파요!"

나는 그녀가 덮고 있는 이불을 단숨에 젖혔다네. 그리고 이불 밑을 보았지……

그녀는 아기를 낳았던 거네, 친구들.

나는 깜짝 놀라 분별을 잃었고, 벽으로 돌진해 고래고래 소리를 지르며 온 힘을 다해 벽을 주먹으로 쾅쾅 두드렸다네. "도와주세요, 도와주세요!"

그러자 문이 열리더니 사람들이 집 안으로 뛰어 들어왔어. 예복 차림의 남자들, 가슴이 파인 드레스를 입은 여자들, 어릿광대들, 터키 사람들, 근위 기병들이었지. 나는 그 난데없는 침입에 너무나 얼이 빠진 나머지 내가 처한 상황을 설명조차 할 수 없었다네.

그들 역시 뭔가 사고가, 아마도 범죄가 일어났다고 생각해 일단 내 집 안으로 들어왔지만 대관절 무슨 일인지 파악하지 못하고 있었지.

마침내 내가 말했다네. "저…… 그게…… 이…… 이 여자분이…… 출산을 했습니다."

그러자 모두들 그녀를 살펴본 뒤 자기 의견을 말했다네. 특히 한 프란체스코회 수도사가 자기는 이런 일에는 정통하다며 그녀를 돕고 싶어 하더군.

그들은 얼간이처럼 취해 있었다네. 나는 혹시라도 그들이 그녀를 죽게 하지 않을까 걱정이 되었어. 그래서 이웃 거리에 사는 나이 든 의사를 불러오려고 모자도 쓰지 않은 채 계단으로 달려갔다네.

의사를 데리고 다시 돌아와 보니 사람들이 집 안에 모두 서 있더군. 계단의 가스등이 켜져 있고, 같은 층에 사는 사람들이 모두 내 아파트 안에 들어와 있었네. 하역 인부 네 명이 식탁을 차지하고 앉아 내 가재 요리를 먹고 샴페인을 마시고 있었어.

나를 보자 그들 사이에서 요란한 외침 소리가 터져 나왔다네. 우유 배달부 여자가 수건에 싸인 쪼글쪼글한 주름투성이에 고양이처럼 야옹

거리고 낑낑거리는 조그맣고 끔찍한 살덩어리를 내게 보여 주더니 이렇게 말했네. "딸이에요."

의사는 산모를 살펴보고는, 밤참을 먹은 뒤 곧바로 출산을 해서 상태가 좋지 않다고 말했다네. 그러고는 즉시 간병인과 유모를 보내 주겠다고 말한 뒤 돌아갔지.

한 시간 뒤 여자 두 명이 약품 꾸러미를 들고 도착했네.

나는 안락의자에 앉아 밤을 보냈다네. 너무나 혼이 나가서 나중의 일은 생각할 수가 없었어.

아침이 되자 의사가 다시 왔다네. 의사는 환자의 상태가 퍽 좋지 않다고 말했어.

그가 나에게 말했다네. "선생, 선생의 아내분께서는……"

나는 의사의 말을 자르고 분명히 밝혔다네. "이 여자는 내 아내가 아닙니다."

그러자 의사가 다시 말하더군. "아, 선생의 애인께서는…… 저에겐 어느 쪽이든 상관없습니다만." 그러고는 그녀에게 필요한 치료와 식이요법, 약들을 열거했다네.

내가 어떻게 해야 했겠나? 그 불행한 여자를 병자 보호소로 보내야 했을까? 만약 그랬다면 그 건물에 사는 모든 사람들에게, 그 구역의 모든 사람들에게 비열한 남자 취급을 받았을 거야.

나는 그 여자를 돌보았네. 그녀는 6주 동안 내 침대에서 지냈어.

아기? 푸아시의 농부들에게 보냈지. 지금도 한 달에 50프랑씩 들어간다네. 애초에 돈을 지불했기 때문에 죽을 때까지 내가 그 비용을 지불해야 해.

나중에 그 아기는 나를 자기 아버지로 생각하겠지.

하지만 내 불행이 절정에 달한 것은 그 여자가 병에서 회복한 뒤였다네…… 그녀가 그동안 나를 사랑하게 된 거야…… 그녀는, 그 매춘부는 나를 필사적으로 사랑했다네!

*

"그래서?"

"시간이 흐르자 그녀는 도둑고양이처럼 야위었지. 나는 그 해골 같은 여자를 집 밖으로 쫓아 버렸네. 그러자 그 여자는 거리에서 나를 염탐하고, 내가 지나가는 것을 보려고 숨어서 기다리고, 내가 외출을 하면 앞을 막아서서는 손에 입을 맞추고 몹시 귀찮게 굴어서 내 화를 돋운다네.

바로 이것이 내가 크리스마스 만찬을 절대 열지 않으려고 하는 이유야."

승마
À cheval

그 가난한 부부는 남편의 적은 봉급으로 힘들게 살아갔다. 그들이 결혼한 후 두 아이가 태어났다. 부부는 결혼 초부터 부끄러운 곤궁함을 경험했지만, 그 곤궁함을 애써 숨기면서 귀족으로서의 지위를 유지하고 싶어 했다.

남편 엑토르 드 그리블랭은 어린 시절 아버지의 성에 살면서 늙은 신부님에게 교육을 받았다. 그의 가족은 부자는 아니었지만 겉치레를 유지하며 근근이 살아갔다.

시간이 흘러 스무 살이 되자 그는 일자리를 얻었다. 해군성에 사무원으로 취직해 1,500프랑의 급료를 받게 되었다. 그는 삶의 혹독한 투쟁에 일찍이 준비되지 못한 사람들, 구름 속에서 인생을 바라보는 사람들, 어릴 때부터 특별한 재능이나 적성을 계발하지 못한 사람들, 악착스러운 투쟁력을 발전시키지 못한 사람들, 수단과 저항을 알지 못하는 사람들, 무기나 도구를 손에 쥐지 못한 사람들이 모두 그렇듯이 삶이라는 암초에 좌초했다.

처음 3년 동안 직장 생활은 끔찍했다.

그는 자기 집안과 가까이 지내는 몇몇 친구들을, 시대에 뒤떨어지고 별로 부유하지도 않은 나이 든 사람들을 만났다. 그들은 고상한 구역에, 생제르맹 교외의 음울한 거리에 살았다. 그는 그 사람들과 교분을 쌓았다.

현대적인 삶을 낯설어하는 그 가난한 귀족들은 조용한 건물의 높은 층에서 보잘것없는 삶이지만 자부심을 갖고 살아갔다. 건물 꼭대기 층에서 아래층까지 모두 작위를 가진 사람들뿐이었다. 하지만 2층에 사는 사람이나 7층에 사는 사람이나 돈은 별로 없어 보였다.

변하지 않는 편견, 신분에 대한 고정관념, 체면을 깎이지 않으려는 마음이 예전엔 찬란했지만 무위도식으로 쇠락한 그 사람들의 머릿속을 떠나지 않았다. 엑토르 드 그리블랭은 그런 세상에서 자기처럼 귀족이지만 가난한 아가씨를 만나 결혼했다.

그리고 4년 동안 아이 둘을 낳았다.

가난에 몹시 시달린 그 부부는 이어진 4년 동안에도 일요일마다 샹젤리제 대로를 산책하고 동료가 선물해 준 초대권으로 겨울에 한두 차례 극장에 가는 것 말고는 다른 오락거리를 누리지 못했다.

하지만 봄이 되자 상사가 그에게 추가 업무를 맡겼고, 그는 300프랑의 특별 수당을 받게 되었다.

그 돈에 대해 설명하면서 그는 아내에게 말했다.

"앙리에트, 우리는 좀 누릴 필요가 있어. 이를테면 아이들을 위한 오락 같은 것 말이야."

오랫동안 토론을 한 끝에 시골에 가서 점심을 먹기로 결정했다.

"그렇지." 엑토르가 외쳤다. "자주 있는 일도 아니니 이번에는 당신, 아이들 그리고 하녀를 위해 사륜마차를 한 대 빌립시다. 나는 승마 연습장에서 말을 빌려 타고 갈게. 그러면 건강에도 좋을 거야."

그들은 일주일 내내 소풍 이야기만 했다.

매일 저녁 사무실에서 돌아오면 엑토르는 큰아들을 안아 자기 다리 위에 앉히고는 젖 먹던 힘을 다해 위로 솟구쳐 올리면서 이렇게 말했다.

"돌아오는 일요일에 소풍을 가면 아빠가 이렇게 말을 탈 거야."

아이 역시 의자 위에 걸터앉아 하루 종일 응접실 안을 두루 돌아다니며 외쳤다.

"말 탄 아빠야."

하녀도 그가 말을 타고 마차 곁을 따라가는 모습을 상상하며 경탄하는 눈으로 그를 바라보았다. 그리고 식사하는 동안 그가 항상 하는 승마 이야기에, 예전에 아버지의 영지에서 말을 탔던 이야기에 귀를 기울였다. 오! 이분은 좋은 학교를 다녔고 한때는 말을 탔구나. 아무것도 두려울 게 없는 분이야!

그는 손을 마주 비비며 아내에게 여러 번 말했다.

"승마 연습장에서 좀 힘든 말을 내줘도 좋을 거야. 그러면 내가 얼마나 말을 잘 타는지 당신도 보게 될걸. 당신이 원한다면 불로뉴 숲에서 돌아올 때 샹젤리제 대로로 와도 좋을 거야. 우리 모습이 근사해 보일 테니 해군성 사람을 만나도 난처하지 않을 거 아니야. 상사들의 존중을 받는 데 그보다 더 좋은 방법도 없지."

드디어 그날이 왔고 마차와 말이 동시에 문 앞에 도착했다. 그는 즉시 내려와 자기가 탈 말을 살펴보았다. 그는 바지 밑단에 발을 넣을 고리를 꿰매 두게 했고, 전날 산 승마용 채찍도 손질해 둔 상태였다.

그는 말의 다리를 하나하나 들어 만져 보고, 목덜미, 양 옆구리, 뒷다리 관절을 더듬어 보았다. 손가락으로 허리를 쓰다듬고 입을 벌려 보았으며, 이빨을 살펴본 뒤 말의 나이를 말했다. 그리고 가족들이 모두 내려오자 일반적인 말에 관한, 그리고 그가 특히 훌륭하다고 인정하는 그 말에 관한 이론적이면서도 실용적인 강의를 잠깐 늘어놓았다.

모두들 마차 안에 자리를 잡자, 그는 안장의 가죽띠를 확인했다. 그런 다음 등자 위에 발을 디디고 말 위에 올라탔다. 말이 갑자기 펄쩍 뛰는 바람에 그는 말에서 떨어질 뻔했다.

엑토르는 깜짝 놀라서 말을 진정시키려 했다.

"자, 진정해. 진정하라고, 이 녀석아."

잠시 후 말이 안정을 되찾았고, 말 타는 사람도 안정을 찾았다. 말 타는 사람이 물었다.

"준비됐나요?"

그러자 모두들 대답했다.

"네."

그가 명령을 내렸다.

"그럼 출발!"

기마행렬이 멀어져 갔다.

모든 사람들의 눈길이 그를 향했다. 그는 몸을 과장되게 올렸다 내렸다 하면서 영국식 속보로 달렸다. 안장 위로 내려오기가 무섭게 하늘로 올라가려는 것처럼 위로 솟구쳐 올랐다. 말의 갈기가 마치 그에게 덤벼드는 것 같았다. 그는 경련이 이는 창백한 얼굴로 똑바로 앞을 응시했다.

아이 하나를 무릎 위에 안은 아내와 다른 아이를 데리고 있는 하녀가 쉬지 않고 말했다.

"아빠 봐, 아빠 좀 봐!"

그러자 두 아이는 마차의 움직임에 도취해 즐겁고 활기찬 표정으로 날카로운 비명을 질러 댔다. 그 아우성에 말이 겁을 집어먹고 질주했고, 엑토르가 말을 멈추려고 애쓰는 동안 모자가 떨어져 바닥에 굴렀다. 마부가 마부석에서 내려와 모자를 주워야 했다. 엑토르는 마부의 손에서 모자를 건네받고는 멀리서 아내에게 말했다.

"아이들이 소리 좀 지르지 못하게 해. 이러다가 내가 날아가겠어!"

그들은 준비해 온 상자 속 음식으로 베지네 숲 풀밭에서 점심을 먹었다.

마부가 말 세 마리를 돌보았지만, 엑토르는 여러 번 자리에서 일어나 자기 말에게 혹시라도 부족한 것이 없는지 보러 갔다. 말의 목을 쓰다듬어 주고 빵, 과자, 설탕을 먹였다.

그가 말했다.

"꽤 거친 녀석이군. 처음엔 나를 조금 흔들기까지 했어. 하지만 내가 곧 익숙해지는 걸 당신도 봤지. 이 녀석이 자기 주인을 알아본 거야. 이제는 움직이지 않고 얌전히 있을 거야."

그가 말한 대로 그들은 돌아가는 길로 샹젤리제 대로를 택했다.

널찍한 대로가 마차들로 북적거렸다. 양옆 보도에도 산보객들이 너무 많아서 개선문에서 콩코르드 광장까지 마치 검은 리본 두 개를 펼쳐 놓은 것 같았다. 그 모든 사람들 위로 환한 햇빛이 쏟아져 내렸다. 햇빛은 니스 칠한 사륜마차들을, 강철로 된 마구들을, 마차의 문들을 번쩍이게 했다.

광란의 움직임과 삶에 대한 도취가 그 인파를, 마차와 말들을 흔드는 것 같았다. 저쪽에, 금빛 안개 속에 오벨리스크가 우뚝 솟아 있었다.

개선문을 지나자마자 엑토르의 말은 갑자기 다시 흥분해서, 엑토르가 진정시키려고 갖은 애를 썼음에도 불구하고 마차들 사이를 통과해 마구간 쪽을 향해 빠른 속도로 달려갔다.

이제 마차는 저 멀리 뒤쪽에 있었다. 말은 산업회관 맞은편에서 활약의 여지를 남겨 둔 채 오른쪽으로 돌아 질주했다. 앞치마를 두른 노파 한 명이 침착한 걸음으로 길을 건너가고 있었다. 엑토르가 지나가게 될 바로 그 길목이었다. 엑토르는 쏜살같이 그곳을 향해 달려가고 있었다. 말을 제어할 수 없다는 것을 깨달은 그는 온 힘을 다해 소리를 지르기 시작했다.

"워워! 이봐요! 워워! 비켜요!"

아마도 노파는 귀머거리 같았다. 그가 아무리 외쳐도 침착한 몸짓으로 계속 걸어갔기 때문이다. 기관차처럼 폭주하는 말의 가슴팍에 부딪혀 치마가 공중으로 뒤집힌 채 열 걸음쯤 굴러가 땅에 머리를 박고 세 번 곤두박질칠 때까지.

사람들이 외쳤다.

"말을 멈춰요!"

엑토르는 얼이 빠진 채 말의 갈기에 매달려 울부짖었다.

"사람 살려요!"

지독한 요동이 마치 공처럼 말의 두 귀 너머로 그의 몸을 관통했고, 그는 막 그를 향해 달려온 경찰의 품 안으로 떨어졌다.

격분한 사람들 한 무리가 그의 주위에 모여 고함을 지르고 손짓 발짓을 했다. 특히 하얀 콧수염을 기르고 커다란 둥근 훈장을 단 노신사 한 명이 무척 화가 나 보였다. 그가 말했다.

"제기랄, 말 타는 게 이렇게 서툴면 집에나 있을 일이지, 탈 줄도 모르면서 길에 나와 사람을 죽이려고 해."

남자 네 명이 노파를 부축하고 나타났다. 노파는 죽은 것 같았다. 얼굴이 노랗고 챙 없는 모자가 비뚤어져 있었으며, 몸이 온통 잿빛 먼지투성이였다.

"이 여자를 병원에 데려가요." 노신사가 지시했다. "그리고 우리는 경찰서로 갑시다."

엑토르는 경찰 두 명 사이에 끼어 길을 가기 시작했다. 또 다른 경찰은 엑토르의 말을 붙잡고 있었다. 군중이 그들을 뒤따랐다. 그때 갑자기 사륜마차가 나타났다. 그의 아내가 달려왔다. 하녀도 제정신이 아니었고, 아이들은 시끄럽게 울고 있었다. 그는 곧 돌아갈 거라고, 여자 한 명을 치었는데 별일 아니라고 설명했다. 그러자 그들은 얼이 빠져서 멀어져 갔다.

경찰서의 조사는 짧았다. 그는 이름을 댔다. 엑토르 드 그리블랭, 해군성 직원이라고. 그런 다음 부상 입은 노파의 소식을 기다렸다. 경찰 한 명이 소식을 알아보러 다녀왔다. 경찰은 노파가 정신을 차리긴 했지만, 몸 안쪽이 끔찍이도 아프다고 말했다고 전했다. 노파는 시몽 부인이라는 가정부였고 예순다섯 살이었다.

노파가 죽지 않은 것을 알자 엑토르는 희망을 되찾았고, 그녀의 치료비를 대주기로 약속했다. 그런 다음 병원으로 달려갔다.

병원 문 앞에 사람들이 진을 친 가운데, 가정부 노파는 안락의자에 쓰러져 신음하고 있었다. 두 손에 움직임이 없었고 얼굴은 멍했다. 의사

두 명이 아직도 진찰 중이었다. 팔다리에 부러진 부분은 전혀 없지만 내상이 우려된다고 했다.

엑토르는 노파에게 물었다.

"많이 아프십니까?"

"오! 그래요."

"어디가 아프세요?"

"배 속에 불덩이가 있는 것 같아요."

의사 한 명이 다가와 엑토르에게 물었다.

"선생이 사고를 낸 분입니까?"

"예, 그렇습니다."

"이 여자분을 요양소로 보내야 할 겁니다. 받아 줄 만한 요양소 한 곳을 내가 압니다. 하루에 6프랑이에요. 내가 맡아서 진행할까요?"

엑토르는 반색하며 그 의사에게 고마움을 표하고는 한결 가벼워진 마음으로 집에 돌아갔다.

아내가 눈물 바람으로 그를 기다리고 있었다. 그는 그녀를 안심시켰다.

"아무 일도 아니야. 시몽 부인은 벌써 좋아지고 있어. 사흘 뒤면 다 나을 거야. 내가 요양원으로 보냈어. 별일 아니라고."

별일 아니다!

다음 날 사무실에서 퇴근한 그는 시몽 부인의 소식을 들으러 갔다. 그녀는 만족스러운 표정으로 고기가 든 부용*을 먹고 있었다.

"괜찮으세요?" 그가 물었다.

그러자 그녀가 대답했다.

*새, 짐승, 물고기의 고기나 뼈를 끓여 만든 국물 요리.

"오! 딱한 양반, 달라진 게 없어요. 완전히 기진맥진한 기분이에요. 더 나아지질 않았어요."

의사는 좀 더 기다려 봐야 한다고, 합병증이 나타날 수도 있다고 말했다.

엑토르는 사흘을 기다렸다. 그런 다음 다시 노파를 찾아갔다. 노파는 그가 오는 것을 보더니 맑은 안색과 투명한 눈빛으로 신음하기 시작했다.

"몸을 움직일 수가 없어요, 선생. 그럴 수가 없어요. 내 여생 마지막까지 이러려나 보네요."

전율이 엑토르의 뼛속을 타고 흘렀다. 그가 의사에게 이 말이 사실이냐고 질문하자 의사는 두 팔을 들어 올리며 말했다.

"어쩝니까, 선생. 나도 모르겠어요. 이분은 우리가 자기 몸을 들어 올리려고 하면 마구 울부짖어요. 찢어질 듯 비명을 질러 대서 안락의자 위치조차 바꿀 수가 없다니까요. 나로서는 이분이 하는 말을 믿을 수밖에 없습니다. 이분 몸속에 들어가 볼 수도 없는 노릇이니까요. 이분이 걷는 것을 직접 보지 못한 이상 이분이 거짓말을 한다고 추측할 권리는 내게 없어요."

노파는 엉큼한 눈빛으로 꼼짝 않고 듣고 있었다.

일주일이 지나갔다. 보름이, 한 달이 지나갔다. 시몽 부인은 자신의 안락의자를 떠나지 않았다. 아침부터 저녁까지 먹고 살이 쪄서 다른 환자들과 즐겁게 수다를 떨었다. 그렇게 꼼짝 않고 지내는 것에 익숙해진 것 같았다. 그것이 50년 동안 계단을 오르내리고, 매트리스를 뒤집고, 아래층에서 위층으로 석탄을 나르고, 비질과 솔질을 한 덕분에 얻은 휴식인 것처럼.

엑토르는 속이 타서 매일 찾아갔지만, 그녀는 매번 침착하고 평온하고 당당한 모습으로 이렇게 말했다.

"움직일 수가 없어요, 딱한 양반. 그럴 수가 없어요."

그리블랭 부인은 걱정이 되어 매일 밤 남편에게 물었다.

"시몽 부인은 어때요?"

그러면 매번 그는 의기소침해져서 절망적으로 대답했다.

"달라진 게 없어. 전혀 없다고!"

그들은 하녀를 내보냈다. 급료의 부담이 너무 컸던 것이다. 그러고도 예전보다 훨씬 더 절약해야 했다. 특별 수당도 전부 병원비로 들어갔다.

엑토르는 유명한 의사 네 명을 불렀고, 그들은 그 노파 주위에 모였다. 노파는 심술궂은 눈으로 그들을 살펴보며 검사를 받았다. 타진을 받고 촉진도 받았다.

"환자를 걷게 해야겠군요." 의사 한 명이 말했다.

그러자 노파가 비명을 질렀다.

"난 그럴 수 없어요. 선생님들, 난 그럴 수 없다고요!"

그들은 노파의 몸을 붙잡고 들어 올린 뒤 몇 걸음 끌어 보았다. 하지만 노파는 그들의 손에서 벗어나 비명을 지르며 바닥에 쓰러져 버렸다. 그 소리가 너무나 끔찍해서 그녀를 조심스럽게 안락의자로 다시 데려갔다.

그들은 노파가 더 이상 일을 할 수 없다고 신중한 결론을 내놓았다.

엑토르가 아내에게 이 소식을 전하자 아내는 의자에 털썩 주저앉으며 이렇게 중얼거렸다.

"그렇다면 그 노파를 여기로 데려오는 게 낫겠어요. 그러면 돈이 덜 들 테니까요."

엑토르가 펄쩍 뛰었다.

"여기로, 우리 집으로? 정말 그럴 작정이야?"

그녀는 체념하고 모든 것을 받아들이려는 표정으로 눈에 눈물을 글썽이며 대답했다.

"그럼 어떡해요, 여보. 다른 방법이 없잖아요!"

나막신
Les Sabots

레옹 퐁텐에게

  늙은 사제가 시골 아낙네들의 하얀 두건과 뻣뻣하거나 포마드를 바른 농부들의 머리카락 위로 마지막 강론의 말을 불분명하게 중얼거렸다. 미사를 드리기 위해 멀리서 온 농장주들의 커다란 바구니들이 성당 바닥에 놓여 있었다. 7월의 무거운 열기 때문에 사람들에게서 가축 냄새, 양 떼 냄새가 났다. 수탉들이 우는 소리와 인근 들판에 누워 있는 암소들의 울음소리가 열려 있는 커다란 문을 통해 흘러들었다. 때때로 들판 냄새가 실린 바람이 현관 밑으로 들어와 여신도들의 머리쓰개에 달린 긴 리본을 들어 올리고, 제단 위 촛대 끝의 노란 불꽃들을 흔들기도 했다. "선하신 하느님의 뜻대로 이루어지길!" 사제가 말했다. 그런 다음 입을 다물고 성무 일과서를 펼치고는 매주 그러듯이 마을의 소소하고 내밀한 일거리들을 신자들에게 부탁하기 시작했다. 사제는 나이 든 백발의 남자로, 근 40년 전부터 이 교구를 관리하고 있었다. 그는 일요 강론을 통해 모든 교구민과 친근하게 소통했다.

사제가 다시 말했다. "데지레 발랭을 위해 기도해 주기를 부탁드립니다. 그녀는 몹시 아픕니다. 출산 후에 회복하지 못한 라 포멜을 위해서도 기도해 주십시오."

그 이상은 아는 것이 없었다. 그래서 성무 일과서 속에 끼워 둔 종이쪽지들을 찾았다. 거기서 두 가지를 찾아낸 뒤 계속 말했다. "소년 소녀들은 밤에 묘지에 가서는 안 됩니다. 가면 내가 삼림 감시인에게 알리겠습니다. 세제르 오몽 씨가 하녀로 들일 참한 아가씨를 찾고 있습니다." 사제는 몇 초 동안 곰곰이 생각한 뒤 덧붙여 말했다. "이상 끝입니다, 형제들이여. 아버지와 아들 그리고 성령의 이름으로 여러분에게 은총이 함께할지어다."

그리고 미사를 끝내기 위해 강단에서 내려왔다.

말랑댕 부부가 푸르빌로 가는 길에 있는 사블리에르의 마지막 마을에 위치한 그들의 초가집으로 돌아오니, 작고 야위고 얼굴에 주름이 진 늙은 아버지가 탁자 앞에 앉아 있고, 어머니는 벽에 걸린 냄비를 집어 들고 있었다. 누이 아델라이드는 유리잔과 접시들을 찬장에 넣고 있었다. 말랑댕이 말했다. "그렇게 하는 게 좋을 것 같아요. 오몽 씨 집 하녀 자리 말이에요. 그 사람은 홀아비이고 며느리는 그를 좋아하지 않거든요. 게다가 그 사람은 돈도 있어요. 아무래도 아델라이드를 거기 보내는 게 좋을 것 같네요."

어머니는 시커먼 냄비를 탁자 위에 내려놓고 뚜껑을 열었다. 그리고 양배추 냄새가 가득한 수프에서 김이 피어오르는 동안 곰곰 생각에 잠겼다.

말랑댕이 다시 말했다. "분명히 그 사람은 돈이 좀 있어요. 하지만 약삭빠르게 굴어야 할걸요. 아델라이드는 전혀 그러지 못하잖아요."

그러자 어머니가 말했다. "그래도 내가 좀 알아봐야 할 것 같다." 그런 다음 멍청한 표정에 머리가 금발이고 통통한 뺨이 마치 사과처럼 붉은 건장한 딸을 돌아보며 외쳤다. "들었니, 이 멍청아? 너는 오몽 씨 집에 가서 하녀로 일하겠다고 말해야 해. 그런 다음 그 사람이 시키는 일들을 해야 한다."

그 아가씨는 대답하지 않고 바보처럼 웃었다. 잠시 후 그녀는 부모와 함께 식사를 시작했다.

10분 뒤 아버지가 입을 열었다. "딸아, 내 말 잘 들어라. 내가 너에게 당부하는 것들을 절대 그르치지 않도록 노력해라……"

그런 뒤 그는 사소한 일들까지 예측해 상세한 용어들을 써가며 늙은 홀아비를 어떻게 정복할지 준비시키고 행동 규칙을 천천히 설명해 주었다.

어머니는 먹기를 멈추고 귀 기울였다. 한 손에 포크를 든 채 말없이 남편과 딸을 번갈아 응시하면서. 아델라이드는 흐릿한 눈을 두리번거리며, 온순하지만 바보 같은 얼굴로 꼼짝 않고 있었다.

식사가 끝나자 어머니가 아델라이드에게 머릿수건을 씌워 주었다. 그리고 둘이서 세제르 오몽 씨를 만나기 위해 길을 나섰다. 오몽 씨는 소작인들이 사는 건물을 등진, 벽돌로 된 작은 별장 같은 곳에 살고 있었다. 농사에서 손을 떼고 은퇴해 연금으로 먹고살기 때문이었다.

55세가량 된 그는 몸집이 뚱뚱했으며, 돈 많은 남자답게 쾌활하면서도 무뚝뚝했다. 벽이 무너질 정도로 웃고 소리 질렀으며, 사과술과 독주를 잔에 가득 부어 마셨다. 또한 꽤 많은 나이에도 불구하고 아직도 열정적인 사람으로 통했다.

그는 뒷짐을 진 채 나막신을 기름진 흙 속에 푹푹 빠뜨려 가며 들판을 산보하면서 밀의 발아發芽나 유채꽃의 개화를 살펴보길 좋아했다. 하지만 보는 것만 좋아할 뿐 그 이상의 수고를 기울이지는 않았다.

사람들은 그에 대해 이렇게 말했다. "팔자 좋은 영감이야. 매일 일찍 일어날 필요도 없고 말이야."

그는 탁자에 배를 댄 채 마시던 커피를 마저 마시며 두 여자를 맞이했다. 그리고 몸을 뒤로 젖히며 물었다.

"그러니까 당신들이 원하는 게 뭐요?"

어머니가 대답했다.

"아침에 신부님이 하신 말씀을 듣고 우리 딸 아델라이드를 하녀로 추천하려고 온 거예요."

오몽 씨는 아가씨를 찬찬히 살펴본 뒤 불쑥 물었다.

"이 키 큰 여자아이는 몇 살이오?"

"생미셸 축일에 스물한 살이 돼요, 오몽 씨."

"좋군. 다달이 15프랑을 주고 음식도 주지. 기다리고 있을 테니 내일 아침 식사를 차리러 와."

그런 다음 두 여자를 돌려보냈다.

아델라이드는 다음 날부터 부모님 집에서 그랬던 것처럼 말 한마디 없이 힘들게 일하기 시작했다.

9시쯤 그녀가 부엌의 타일을 청소하고 있는데 오몽 씨가 그녀를 소리쳐 불렀다.

"아델라이드!"

그녀는 달려갔다. "예, 주인님."

빨갛고 단정하지 못한 두 손과 불안한 눈빛으로 대령하자 오몽 씨가 말했다. "내 말을 잘 듣거라. 우리 사이에는 실수가 없어야 하니까. 너는 더도 덜도 아니고 내 하녀일 뿐이다. 그러니까 우리의 나막신이 서로 섞이면 안 돼. 잘 알아 두거라."

"예, 주인님."

"각자 자기 식사 자리에 있어야 한다. 너는 부엌, 나는 거실. 그것 말고는 나처럼 모든 것을 네 마음대로 해도 돼. 알겠니?"

"예, 주인님."

"좋다. 가서 일 보거라."

그녀는 다시 일을 하러 갔다.

정오에 그녀는 벽지를 바른 작은 거실에 주인의 점심 식사를 차렸다. 식사가 탁자 위에 놓이자 그녀는 오몽 씨에게 알리러 갔다.

"식사가 준비되었어요, 주인님."

그는 거실에 들어와 자리에 앉아서 주변을 둘러보다가 냅킨을 펼치고 잠시 머뭇거리더니 천둥 같은 목소리로 외쳤다.

"아델라이드!"

그녀는 겁에 질려 대령했다. 그는 그녀를 죽일 것처럼 소리를 질러 댔다. "이런, 제길! 네 자리는 어디냐?"

"그게…… 주인님……"

그가 소리를 질렀다. "제길, 나는 혼자 먹는 걸 좋아하지 않는단 말이다! 너도 거기 앉거라. 그게 싫다면 꺼져 버려. 가서 네 접시와 잔을 가져오너라."

어리둥절해진 아델라이드는 자기 식기를 가져와서 우물우물 말했다.
"여기 가져왔어요, 주인님."

그리고 그의 맞은편 자리에 앉았다.

이윽고 그는 유쾌해졌다. 건배를 하고, 탁자를 두들기고, 이런저런 이
야기를 했다. 그녀는 눈을 내리간 채 감히 한마디도 입 밖에 내지 못하
고 그가 하는 이야기를 들었다.

이따금 그녀는 자리에서 일어나 빵, 사과술, 접시를 가지러 갔다.

마지막으로 커피를 가져온 그녀는 그의 앞에만 한 잔을 내려놓았다.
그러자 그가 다시 화를 내며 으르렁거렸다.

"그래, 그런데 네 것은?"

"저는 커피를 마시지 않아요, 주인님."

"왜 마시지 않지?"

"커피를 좋아하지 않거든요."

그러자 그는 다시 폭발했다. "제길, 난 혼자 커피 마시는 걸 좋아하지
않는다! ……이제 커피를 마셔라. 그게 싫으면 썩 꺼져 버려…… 가서
한 잔 더 가져오너라. 지체하지 말고."

그녀는 커피를 한 잔 더 가져와서 다시 자리에 앉아 그 검은 액체를
맛보았다. 그러고는 얼굴을 찌푸렸다. 하지만 주인의 화난 눈길 때문에
끝까지 다 마셨다. 이윽고 그는 브랜디 첫 잔을 마셨고, 여세를 몰아 둘
째 잔, 셋째 잔까지 마셨다.

마침내 오몽 씨는 그녀를 놓아주었다. "이제 가서 설거지를 해라. 너는
착한 아이다."

저녁 식사 때도 마찬가지였다. 그녀는 도미노 게임을 해야 했다. 이윽

고 그는 그녀가 잠자리에 들도록 보내 주었다.

"가서 자거라. 나는 좀 있다가 들어갈 거다."

그녀는 자기 방으로 갔다. 지붕 밑 방이었다. 그녀는 기도를 하고 옷을 벗은 뒤, 이불 속으로 미끄러져 들어갔다.

하지만 이내 겁에 질려 펄쩍 솟구쳐 올랐다. 격분에 찬 외침 소리가 집 안을 흔들었기 때문이다.

"아델라이드?"

그녀는 다락방의 문을 열고 대답했다.

"예, 주인님."

"너 어디 있느냐?"

"침대 속에 있어요, 주인님."

그러자 그가 고함을 쳤다. "제길, 어서 내려오너라. 난 혼자서 잠자리에 드는 걸 좋아하지 않는단 말이다. 그러기 싫다면 썩 꺼져 버려."

그녀는 어쩔 줄 몰라 초를 찾으며 위층에서 대답했다.

"네, 가요, 주인님!"

그녀가 찾아 신은 작은 나막신이 전나무 계단에 부딪히는 소리가 들렸다. 그녀가 마지막 계단에 도착했을 때 그가 그녀의 팔을 붙잡았다. 그리고 그녀가 그의 방문 앞에서 자신의 좁다란 나막신을 주인의 큼지막한 신발 옆에 놓자마자, 으르렁거리며 그녀를 방 안으로 밀어 넣었다.

"제길, 어서 들어가!"

그녀는 자신이 무슨 말을 하는지도 모르는 채 끊임없이 되뇌었다.

"네, 네. 가요, 주인님."

여섯 달이 지난 어느 일요일 아델라이드가 부모를 만나러 가자, 아버지가 이상하다는 표정으로 그녀를 살피고는 물었다.

"너 임신 안 했니?"

그녀는 자기 배를 내려다보며 멍청한 표정으로 가만히 있다가 중얼거렸다.

"아니에요, 전혀 아니에요."

그러자 아버지는 자초지종을 알고 싶어 하며 그녀에게 물었다.

"말해 보거라. 너 밤에 네 나막신을 주인의 나막신과 섞어 놓은 적 없어?"

"첫날 밤에 나막신을 섞어 놨어요. 그리고 다른 날 밤에도요."

"그렇다면 네가 애를 가졌을 거야, 이 나무토막아."

그러자 그녀는 울음을 터뜨리고는 더듬더듬 말했다. "제가 그런 줄 알았겠어요?"

말랑댕 영감은 명민한 눈빛을 하며 만족스러운 얼굴로 그녀를 찬찬히 살폈다. 그러고는 물었다.

"그러니까 넌 그 녀석과 잔 적이 전혀 없단 말이냐?"

그녀는 눈물을 흘리며 대답했다. "있지요. 하지만 아이가 그렇게 만들어지는 줄은 몰랐어요!"

그녀의 어머니가 다가왔다. 아버지가 화내지 않고 말했다. "이 아이가 임신했어. 지금 이 시기에."

어머니는 본능적으로 격분해서 화를 냈다. 눈물을 흘리며 딸을 상스러운 여자, 행실 나쁜 여자 취급하며 목청 높여 욕설을 퍼부었다.

말랑댕 영감은 아내를 조용히 시켰다. 그는 세제르 오몽 씨에게 가서 용건을 이야기하기 위해 모자를 집어 들었다. 그가 말했다.

"내가 생각한 것보다 더 어리석은 아이로군. 아기가 어떻게 만들어지는지 전혀 몰랐다잖아."

다음 일요일 설교에서 늙은 사제는 오뉘프르 세제르 오몽 씨와 셀레스트 아델라이드 말랑댕의 혼인공시를 발표했다.

두 친구
Deux amis

파리가 포위되었고, 사람들은 굶주리며 힘겹게 살고 있었다. 지붕 위의 참새들이 자취를 감추었고, 하수도에 살던 동물들도 어디론가 사라져 버렸다. 사람들은 아무거나 되는대로 먹으며 버텼다.

어느 맑은 1월 아침, 본업이 시계상이지만 집에서 한가롭게 지낼 때가 많은 모리소 씨는 반바지 호주머니에 두 손을 찔러 넣은 채 빈속으로 대로를 따라 서글픈 마음으로 거닐다가, 친구 한 명을 알아보고 걸음을 멈추었다. 물가에서 사귄 친구 소바주 씨였다.

전쟁이 일어나기 전 모리소는 일요일마다 대나무 지팡이를 손에 들고 등에는 양철로 된 상자를 진 채 날이 밝자마자 길을 떠났다. 아르장퇴유행 기차를 타고 콜롱브로 내려갔고, 그다음에는 걸어서 마랑트 섬으로 갔다. 그 꿈의 장소에 도착하기 무섭게 낚시를 시작했다. 그렇게 밤까지 낚시를 했다.

일요일마다 그는 거기서 또 다른 낚시광, 키가 작고 포동포동하고 쾌활한 노트르담 드 로레트 거리의 잡화상 소바주 씨를 만났다. 그들은 나란히 앉아 낚싯대를 손에 들고 다리를 물 위로 달랑거리며 한나절을 보냈다. 그리고 서로에게 우정을 느꼈다.

어떤 때는 말없이 앉아 있기도 하고, 어떤 때는 수다를 떨었다. 하지만 비슷한 취향과 똑같은 감각을 가졌으므로 아무 말 하지 않아도 놀라울 정도로 서로를 잘 이해했다.

봄이 되어 오전 10시쯤 생기를 되찾은 태양이 고요한 강 위에 물과 함께 흘러가는 가벼운 수증기를 감돌게 하고 광적인 두 낚시꾼의 등 뒤에 봄의 온기를 비출 때면, 모리소는 옆에 앉아 있는 친구에게 이렇게 말했다. "아! 참 기분 좋군!" 그러면 소바주 씨는 이렇게 대답했다. "맞아, 난 이보다 더 기분 좋은 것을 알지 못해." 이런 말로도 그들은 충분히 서로를 이해하고 높이 평가할 수 있었다.

가을이 되어 석양에 붉게 물든 하늘이 진홍색 구름들을 물 위에 비추어 강물 전체를 붉게 물들이고, 지평선을 붉게 타오르게 하고, 두 친구를 불꽃처럼 붉게 만들고, 다갈색이 되어 추위에 떠는 나무들을 금빛으로 물들일 때면, 소바주 씨는 미소 띤 얼굴로 모리소를 바라보며 이렇게 말했다. "경치가 끝내주는군!" 그러면 모리소는 감탄해서 자기 찌에서 눈을 떼지 못한 채 이렇게 대답하는 것이었다. "큰길보다 훨씬 낫지, 안 그래?"

길에서 서로를 알아보자마자, 그들은 평소와는 다른 환경에서 다시 만난 것에 몹시 감동해서 힘차게 악수를 했다. 소바주 씨가 한숨을 내뱉으며 중얼거렸다. "이것 참 별일이군!" 모리소도 무척 침울한 표정으로 한탄했다. "날씨 참 좋지! 올해 들어 처음으로 화창한 날씨야."

정말이지 하늘이 무척 파랗고 햇빛이 따사로웠다.

그들은 서글픈 마음으로 몽상에 잠겨 나란히 걷기 시작했다. 모리소가 다시 입을 열었다.

"그런데 낚시는? 아, 참 즐거운 추억인데!"

소바주 씨가 중얼거렸다. "글쎄 말이야. 언제 다시 거기에 가지?"

그들은 작은 카페에 들어가 압생트 한 잔을 마셨다. 그런 다음 다시 보도 위를 걷기 시작했다.

모리소가 갑자기 걸음을 멈추고 말했다. "압생트 한 잔 더 어때?" 소바주 씨도 동의했다. "자네 뜻대로." 그들은 다른 술집으로 들어갔다.

술집에서 나올 때 그들은 몹시 취해 있었다. 아무것도 먹지 않고 배속을 알코올로 가득 채운 사람들답게 흥분해 있었다. 날씨가 온화했고 감미로운 바람이 얼굴을 간질였다.

소바주 씨는 훈훈한 바람에 더욱 취해 걸음을 멈추었다.

"거기로 갈까?"

"어디로?"

"낚시하러 말이야."

"하지만 어떻게?"

"우리가 늘 낚시하던 섬으로 가는 거지. 콜롱브 옆에 프랑스의 전초前哨가 있잖아. 내가 뒤물랭 대령을 좀 알아. 그러니 우리를 지나가게 해줄 거야."

그 말을 듣고 모리소는 갈망으로 몸을 떨었다. "좋아, 가겠네." 이윽고 그들은 낚시 도구를 챙기기 위해 헤어졌다.

한 시간 뒤, 그들은 큰길을 나란히 걷고 있었다. 잠시 후 그들은 대령이 사는 별장에 도착했다. 대령은 그들의 엉뚱한 부탁에 미소를 짓고는 그 부탁을 들어주었다. 그들은 통행 허가증을 지니고 다시 걷기 시작했다.

얼마 지나지 않아 그들은 전초를 넘고 버려진 콜롱브를 통과해, 센 강 쪽으로 내려가는 위치에 자리한 작은 포도밭 가장자리에 다다랐다. 시간은 11시쯤 되었다.

맞은편의 아르장퇴유 마을은 마치 죽은 것처럼 보였다. 오르주몽과 사누아 언덕이 그 고장 전체를 내려다보고 있었다. 낭테르까지 이어지는 넓은 평원은 잿빛 흙과 잎이 다 떨어진 벚나무만 남고 텅 비어 있었다.

소바주 씨가 손가락으로 언덕 꼭대기들을 가리키며 중얼거렸다. "프로이센 군인들이 저 위에 있어!" 그러자 이 황량한 고장을 마주하고 선 두 친구는 걱정에 휩싸였다.

"프로이센 군인들!" 그들은 프로이센 군인들을 한 번도 본 적이 없었지만, 몇 달 전부터 파리 주변에서 프랑스를 파괴하고 노략질하고 학살하고 굶주리게 하는, 눈에 보이지 않지만 전능한 힘을 가진 그들의 존재를 느끼고 있었다. 그들이 그 미지의 정복민에게 갖고 있던 증오심에 일종의 미신 같은 공포도 덧붙었다.

모리소가 더듬더듬 말했다. "아! 우리가 그 사람들을 만나게 될까?"

그러자 소바주 씨가 그 어떤 상황에서도 드러나는 파리 사람다운 빈정거리는 태도로 대답했다.

"만나게 되면 생선 튀김이나 대접하지, 뭐."

하지만 그들은 지평선 전체를 휘감은 침묵에 겁을 먹어 들판에서의 모험이 주저되었다.

마침내 소바주 씨가 결정을 내렸다. "자, 가세! 하지만 조심하자고." 그들은 몸을 구부리고 기어서, 덤불숲에 몸을 숨긴 채 불안한 눈빛으로 귀를 쫑긋 세우고 포도밭으로 내려갔다.

강가까지 가려면 긴 띠 모양의 헐벗은 땅덩어리를 건너야 했다. 그들은 달리기 시작했다. 그리고 둑에 다다르자마자 마른 갈대숲 속에 몸을 웅크렸다.

모리소는 주변에서 누가 걸어오지 않는지 들어 보려고 땅바닥에 한쪽 뺨을 대고 귀를 기울였다. 하지만 아무 소리도 들리지 않았다. 그들 두 사람뿐이었다.

그들은 자리를 잡고 앉아 낚시를 시작했다.

맞은편의 버려진 마랑트 섬이 그들의 모습이 건너편 둑에서 보이지 않도록 가려 주었다. 닫힌 작은 식당 건물은 여러 해 전부터 버려져 있는 것처럼 보였다.

처음에 소바주 씨가 모래무지 한 마리를 낚아 올렸고, 모리소는 두 번째로 물고기를 잡았다. 두 사람은 은빛으로 팔딱이는 작은 물고기가 매달린 낚싯대를 끊임없이 건져 올렸다. 정말 대단한 낚시였다.

그들은 발치의 강물에 담가 놓은 코가 촘촘한 그물주머니 안에 물고기들을 조심스럽게 집어넣었다. 감미로운 기쁨이 그들 안으로 스며들었다. 오랫동안 빼앗겼던 즐거움을 되찾으면 그런 기쁨에 사로잡히는 법이다.

따사로운 햇볕 덕분에 그들의 어깨 사이에 온기가 흘렀다. 그들의 귀에는 이제 아무 소리도 들리지 않았다. 더는 아무 생각도 나지 않았고, 세상의 나머지 일들도 모두 잊어버렸다. 그들은 낚시를 계속했다.

하지만 갑자기 땅속에서 나는 듯한 희미한 소음이 주변을 흔들었다. 천둥 같은 대포 소리였다.

모리소는 고개를 들었다. 건너편 둑 위 왼쪽에 발레리앙 산의 커다란 윤곽이 보였다. 산 앞머리에는 방금 토해진 포연砲煙이 하얀 깃털 장식처럼 어려 있었다.

곧이어 요새 꼭대기에서 두 번째로 연기가 분사되었고, 얼마 뒤 또다시 포성이 으르렁거렸다.

또 다른 포성들이 계속 이어졌다. 산은 때때로 빈사 상태를 연상케 하는 헐떡임과 뿌연 연기를 토해 냈다. 연기는 고요한 하늘로 천천히 올라가 산 위에서 구름이 되었다.

소바주 씨가 어깨를 들썩이며 말했다. "저 사람들 또 시작이네."

찌의 깃털이 거듭 물속에 잠기는 모습을 불안하게 바라보던 모리소는 불현듯 분노를 느꼈다. 온화한 사람이 줄기차게 포격을 해대는 과격한 군인들에게 느끼는 분노였다. 그가 투덜거렸다. "얼마나 멍청하면 저렇게 죽을힘을 쓰는 건지."

소바주 씨가 대꾸했다. "짐승들보다 더 심해."

그러자 방금 잉어 한 마리를 잡은 모리소가 말했다. "정부가 존재하는 한 계속 저럴 거야."

소바주 씨가 그의 말을 잘랐다. "공화국은 전쟁을 선포하지 말아야 했어⋯⋯"

모리소가 덧붙였다. "왕이 있으면 밖에서 전쟁을 하고, 공화국을 세우면 안에서 전쟁을 하지."

이윽고 그들은 온화하고 소견 좁은 남자들이 가진 건전한 이성으로 정치 문제들에 관해 조용히 이야기를 나누기 시작했고, 우리는 결코 자유롭지 않다는 점에서 의견 일치를 보았다. 발레리앵 산은 계속 포탄을 쏘아 다른 고장에서 프랑스의 집들을 파괴하고, 사람들의 생명을 짓뭉개고, 존재들을 억누르고, 많은 꿈들을, 기대했던 많은 즐거움들을, 바라던 많은 행복들을 끝장낼 것이다. 아내들의 마음을, 딸들의 마음을, 어머니들의 마음을 찢어발기며 쉼 없이 쿵쿵거릴 것이다. 고통은 끝나지 않을 것이다.

"그런 게 인생이지." 소바주 씨가 말했다.

"차라리 그런 게 죽음이라고 말하지." 모리소가 웃으며 대꾸했다.

다음 순간 그들은 뒤에 누군가가 걸어오는 것을 느끼며 겁에 질려 몸을 떨었다. 눈을 돌려 보니 남자 네 명이 어깨를 걸고 서 있었다. 제복을 입고 평평한 제모를 쓴, 키 크고 수염을 기른 남자 네 명이 그들의 뺨에 총부리를 겨누었다.

낚싯대 두 개가 그들의 손에서 빠져나가 강물을 따라 내려가기 시작했다.

잠시 후 그들은 줄에 묶여 끌려갔고, 작은 배를 타고 섬으로 갔다.

그리고 버려졌다고 생각했던 식당 건물 뒤에서 프로이센 병사 스무 명가량을 만났다.

털이 많은 거인 같은 남자가 기마 자세로 의자에 앉아 커다란 도자기 파이프로 담배를 피우고 있었다. 그가 유창한 프랑스어로 그들에게 물었다. "그래, 선생들. 낚시는 잘하셨소?"

그러자 병사 하나가 물고기가 가득한 그물주머니를 주의 깊게 옮겨와 그 장교의 발치에 내려놓았다. 프로이센 장교가 빙그레 웃으며 말했다. "아! 성과가 나쁘지 않았군. 하지만 이건 다른 문제지. 이보시오, 내 말을 잘 들어 보시오. 불안해하지 말고.

내가 보기에 당신들 두 사람은 나를 정탐하라는 임무를 띠고 온 스파이요. 정체를 교묘히 숨기기 위해 낚시하는 척한 거지. 그런데 당신들이 내 손에 떨어졌소. 따라서 나는 당신들을 체포해 총살할 거요. 당신들에겐 참 안된 일이지만 전쟁이란 그런 것이오.

그런데 당신들은 전초를 통과해 왔으니 분명 돌아갈 때 필요한 암호를 알고 있겠지. 그 암호를 나에게 말하시오. 그러면 당신들에게 호의를 베풀겠소."

두 친구는 얼굴이 창백해진 채 신경질적인 동요로 손을 떨면서 나란히 침묵을 지키고 있었다.

장교가 다시 말했다. "당신들이 암호를 발설한 것은 아무도 알지 못할 거요. 그냥 조용히 돌아가면 되오. 비밀은 당신들과 함께 사라질 테니. 만약 거부한다면 곧 죽음이오. 그것도 즉시. 자, 어떻게 할지 선택하시오."

두 사람은 입을 열지 못하고 계속 꼼짝 않고 있었다.

프로이센 장교는 여전히 침착한 태도로 강물을 향해 한 손을 뻗으며 다시 말했다. "5분 뒤면 당신들은 저 강물 밑바닥에 가라앉아 있을 거요. 잘 생각해 보시오. 5분 뒤! 당신들에게도 부모가 있겠지?"

그러는 동안에도 발레리앵 산은 여전히 쾅쾅 울리고 있었다.

두 낚시꾼은 조용히 서 있었다. 프로이센 장교가 자기 나라 말로 명령을 내렸다. 그런 다음 포로들과 너무 가까이 있지 않으려고 의자를 바꿔 앉았다. 이윽고 병사 열두 명이 와서 스무 걸음 거리를 두고 정렬하더니 발치에 총을 내려놓았다.

장교가 다시 말했다. "1분의 시간을 주겠소. 그 이상은 안 되오."

잠시 후 그는 갑자기 자리에서 일어나 두 프랑스 남자에게 다가오더니, 모리소의 팔을 붙잡아 멀리 끌고 가서는 낮은 목소리로 말했다. "어서 말해 보시오. 암호가 뭐요? 당신이 발설해도 당신 친구는 전혀 모를 거요. 내가 동정해서 용서해 주는 척하겠소."

모리소는 대답하지 않았다.

그러자 그 프로이센 장교는 소바주 씨도 끌고 가서 똑같은 말을 했다.

소바주 씨도 대답하지 않았다.

두 친구는 나란히 서 있었다.

장교가 명령을 내렸고, 병사들이 총을 들었다.

그때 모리소의 시선이 몇 걸음 떨어진 풀밭에 놓여 있는, 모래무지가 가득 든 그물주머니에 우연히 가닿았다.

아직 펄떡거리는 물고기들이 햇빛을 받아 반짝였다. 다음 순간 절망이 그를 덮쳐 왔다. 참으려고 애썼지만 그의 눈에 눈물이 가득 고였다.

그가 더듬더듬 말했다. "잘 가요, 소바주."

소바주 씨도 대답했다. "잘 가요, 모리소."

그들은 주체할 수 없는 두려움에 휩싸여 머리에서 발끝까지 벌벌 떨면서 악수를 했다.

장교가 외쳤다. "발사!"

열두 발의 총알 중 하나만 명중했다.

소바주 씨는 단번에 코를 박고 쓰러졌고, 키가 더 큰 모리소는 휘청거리다가 빙글 돈 뒤 얼굴을 하늘로 향한 채 자기 친구 위로 덮치듯 쓰러졌다. 그의 가슴에 총구멍이 났고, 외투에서 피가 솟구쳐 흘렀다.

프로이센 장교가 또다시 명령을 내렸다.

그의 부하들이 흩어졌다가 밧줄과 돌을 가지고 다시 돌아와 두 시체의 발에 매달았다. 그런 다음 시체들을 둑으로 운반해 갔다.

발레리앵 산은 산더미 같은 포연에 감싸인 채 쉬지 않고 으르렁거렸다.

병사 두 명이 모리소의 머리와 다리를 붙잡았다. 다른 두 병사는 소바주 씨를 같은 방식으로 붙잡았다. 시신들은 잠시 힘차게 흔들린 뒤 멀리 던져졌고, 곡선 하나를 그린 뒤 돌의 무게 때문에 선 채로 강물 속에 가라앉았다.

강물이 솟구쳐 오르고, 부글부글 끓고, 부르르 떨었다. 그런 다음 잠잠해졌다. 그러는 동안 작은 물결들이 강기슭까지 퍼져 갔다.

강물에 피가 조금 떠다녔다.

장교는 여전히 차분한 태도를 유지한 채 작은 목소리로 말했다. "이제 물고기들 차례군."

그런 다음 식당 건물 쪽으로 몸을 돌렸다.

갑자기 그가 풀밭에 놓인 그물주머니를 보았다. 그는 그것을 주워 올려 살펴보고는 빙그레 웃으며 외쳤다. "빌헬!"

병사 하나가 하얀 앞치마 차림으로 뛰어왔다. 그러자 프로이센 장교는 총살된 두 남자가 잡은 물고기들을 그 병사에게 던져 주며 명령했다. "이 물고기들이 살아 있는 동안 즉시 튀김을 만들어서 가져와. 거 맛있겠군."

그런 다음 다시 파이프 담배를 피우기 시작했다.

바다

En mer

앙리 세아르에게

최근에 사람들은 신문에서 다음과 같은 기사를 읽었다.

'1월 22일, 불로뉴쉬르메르.

얼마 전 끔찍한 불행이 닥쳐와, 2년 전부터 큰 시련을 겪어 온 해안 지방 주민들을 경악케 했다. 자벨 선장이 이끄는 어선 한 척이 항구로 들어오던 중 서쪽으로 튕겨 나가 선창 방파제에 부딪힌 것이다.

구조선이 구조에 나서 구명 로프를 던져 주었음에도 불구하고, 남자 네 명과 견습 선원 한 명이 목숨을 잃었다.

그 사건 이후 악천후가 계속되고 있다. 사람들은 비극적인 사건이 또다시 일어나지 않을까 염려한다.

자벨 선장은 대체 누구인가? 불구자의 형제인가?

파도에 휩쓸려 산산조각 난 자기 배 밑에서 죽은 그 불쌍한 남자가 내가 생각하는 바로 그 남자라면, 그는 지금으로부터 18년 전, 바다에서 일어나는 엄청난 비극들이 항상 그렇듯이 끔찍하면서도 단순한 또다른 비극을 목도한 바 있다.'

자벨은 한 트롤선의 선장이다.

그 트롤선은 전형적인 어선이다. 아랫부분이 둥그스름하며, 어떤 악천후도 걱정하지 않아도 될 만큼 견고하다. 바다에서 마치 짚단처럼 파도에 끊임없이 흔들리고 영불해협의 소금기 어린 혹독한 바람에 이리저리 얻어맞으면서도, 돛을 잔뜩 부풀린 채 바다 밑바닥을 훑는 커다란 어망을 옆구리에 끌고 다니며 지칠 줄 모르고 작업한다. 바위 속에 잠들어 있는 바다 동물들, 모래에 붙어 있는 납작한 물고기들, 발이 갈고리 모양으로 굽은 묵직한 게들, 뾰족한 수염이 달린 바닷가재들을 끊임없이 떼어 내고 수확한다.

바람이 잔잔하고 파도가 높지 않을 때면 배가 작업을 시작한다. 배양쪽 끄트머리에 달린 두 개의 굴림대 위를 미끄러지는 밧줄 두 개를 이용해 쇳덩어리가 달린 커다란 나무 기둥을 따라 어망을 고정한 채 바람과 파도 속을 표류하며 바다 밑바닥을 유린하는 어망을 잡아끈다.

자벨의 동생, 선원 네 명, 견습 선원 한 명이 그 배에 타고 있었다. 배는 날씨가 맑고 화창할 때 불로뉴를 출발해 트롤망을 던졌다.

그런데 얼마 지나지 않아 그 트롤선은 뜻밖의 돌풍에 철수해야 했다. 그렇게 영국 해안에 다다랐다. 하지만 심한 풍랑이 해안을 후려치며 육지에 달려드는 바람에 항구에 진입할 수가 없었다. 그 배는 다시 바다로 나가 프랑스 해안 쪽으로 뱃머리를 돌렸다. 그러나 폭풍우가 엄청난 포말과 소음을 일으키고 있어서 매우 위험했다. 부두로 접근할 수가 없었다.

트롤선은 파도 속에서 요동치고 물 보따리에 얻어맞아 물을 줄줄 흘리며 한동안 바다 위를 떠돌았다. 대엿새 동안 양쪽 해안 어느 곳에도 접안하지 못하고 두 나라 사이를 떠돌았다. 그러다가 그 거친 날씨에 익숙해져 다시 힘을 내서 길을 나섰다.

배가 바다 한가운데 있을 때 마침내 폭풍우가 잦아들었다. 그러자 선장은 파도가 아직 거친데도 어망을 던지라고 명했다.

커다란 트롤망을 뱃전 너머로 던져야 했다. 선원 두 명은 이물에, 나머지 두 명은 고물에 서서 굴림대 위로 밧줄을 뽑아내기 시작했다. 갑자기 밧줄이 바닥을 건드렸다. 그 순간 높은 파도 하나가 몰려와 배를 기울게 했고, 이물에서 어망 내리는 것을 지휘하던 동생 자벨이 비틀거렸다. 그의 팔 한쪽이 배의 흔들림 때문에 느슨해진 밧줄과 나무 기둥 사이에 끼었다. 그는 다른 손으로 밧줄을 들어 올리려 했지만, 트롤망이 이미 내려졌기 때문에 팽팽해진 밧줄은 전혀 틈을 내주지 않았다.

동생 자벨은 고통에 경련을 일으키며 사람들을 외쳐 불렀고, 모두들 뛰어왔다. 그의 형도 키를 놓고 그에게 달려왔다. 그들은 밧줄에 달려들어 밧줄과 나무 기둥 사이에 물린 그의 팔을 빼내려 했다. 하지만 소용없었다. "잘라야겠어요." 선원 한 명이 이렇게 말하고는 호주머니에서 큼직한 칼을 꺼냈다. 그것으로 밧줄을 두 번 내리치면 동생 자벨의 팔을 구할 수 있었다.

하지만 밧줄을 자르면 트롤망을 잃게 된다. 트롤망은 값이 많이 나가는 물건이었다. 1,500프랑이나 했다. 그것은 형 자벨의 재산이었고, 그는 재산에 대한 집착이 강했다.

형 자벨이 괴로운 마음에 고함을 질렀다. "안 돼, 자르지 마. 잠깐 기다려. 내가 바람이 불어오는 쪽으로 뱃머리를 돌릴 테니까." 형 자벨은 이렇게 말하고는 키로 달려가 키 손잡이를 아래쪽으로 내렸다.

배는 어망의 무게 때문에 추진력이 마비되어 겨우 말을 들었고, 예기치 않은 편류와 바람의 힘에 의해 다른 쪽으로 끌려갔다.

동생 자벨이 얼빠진 눈으로 이를 악문 채 무릎을 꿇고 털썩 주저앉았다. 아무 말이 없었다. 형 자벨이 선원이 밧줄을 자를까 봐 걱정하며 돌아와서 말했다. "잠깐, 잠깐만 기다려. 자르지 마. 닻을 내릴 테니."

사슬이 모두 풀리고 닻이 내려졌다. 선원들은 트롤망의 밧줄을 늦추기 위해 권양기를 돌렸다. 마침내 밧줄이 느슨해졌고, 선원들은 옷소매 밑에서 피투성이가 된 무기력한 팔을 빼냈다.

동생 자벨은 마치 바보가 된 것 같았다. 그의 작업복을 벗긴 선원들은 끔찍한 광경을 보게 되었다. 흐물흐물해진 살덩어리에서 마치 펌프를 작동시킨 것처럼 피가 철철 솟구치고 있었다. 동생 자벨이 자기 팔을 바라보고는 중얼거렸다. "빌어먹을."

팔에서 흘러나온 피가 갑판 위에 웅덩이를 이루자 선원 한 명이 외쳤다. "이러다가 피가 전부 빠져나가겠어요. 혈관을 묶어야 해요."

그들은 타르에 뒤덮인 굵은 갈색 끈을 가져와 팔 위쪽을 묶고 힘껏 조였다. 분출하던 피가 차츰 잦아들고, 마침내 완전히 멈추었다.

동생 자벨이 팔을 옆으로 늘어뜨린 채 일어났다. 그는 다른 쪽 손으로 그 팔을 들어 올려 돌리고 흔들어 보았다. 혈관이 모두 끊어지고 뼈가 부서져 있었다. 힘줄들이 그 살덩어리를 그의 몸에 간신히 연결해 주고 있었다. 그는 침울한 눈빛으로 생각에 잠겨 그것을 살펴보았다. 잠시 후 그는 접어 놓은 돛 위에 앉았다. 동료들이 괴사하지 않도록 상처를 계속 물로 적시라고 조언했다.

선원들이 그의 곁에 양동이 하나를 가져다 놓았고, 그는 유리잔을 이용해 그 안에서 물을 퍼내 끔찍한 상처 위에 맑은 물을 졸졸 흘려보 냈다.

"아래에 내려가 있으면 좀 나을 거야." 그의 형이 말했다. 그는 아래로 내려갔다. 하지만 한 시간 뒤 혼자 있는 것이 그다지 기분 좋지 않아서 다시 갑판으로 올라왔다. 바깥 공기를 마시는 게 더 좋았다. 그는 돛 위에 다시 앉아 팔에 물을 흘려보내기 시작했다.

조업은 잘되었다. 배가 하얀 커다란 물고기들이 그의 옆에서 죽음의 경련으로 몸을 펄떡였다. 그는 그 물고기들을 바라보며 짓이겨진 자신의 팔뚝에 쉬지 않고 물을 축였다.

불로뉴에 도착하려 할 때, 다시 바람이 맹위를 떨쳤다. 작은 배는 튀어 오르고, 곤두박질치고, 그 침울한 부상자를 흔들면서 미친 듯한 질주를 다시 시작했다.

날이 저물었다. 동이 트려면 시간이 많이 남아 있었다. 해가 떠오를 즈음 그들은 영국 땅을 다시 보았다. 하지만 바다가 조금 잠잠해졌으므로 바람이 불어오는 쪽을 향해 지그재그로 항해하며 다시 프랑스로 향했다.

저녁이 될 때쯤 동생 자벨이 동료들을 불러 더 이상 그의 몸에 붙어 있지 않은 팔뚝의 흉측한 모습을, 시커멓게 썩은 자국들을 보여 주었다.

선원들은 그 모습을 살펴보며 의견을 이야기했다.

"아무래도 괴사할 것 같아." 한 선원의 생각이었다.

"소금물을 뿌리는 게 좋을 거야." 다른 선원이 말했다.

그래서 선원들은 소금물을 가져와 부상자의 팔뚝 위에 부었다. 동생 자벨은 얼굴이 납빛이 되어서는 이를 갈고 몸을 조금 비틀었다. 하지만 비명을 지르지는 않았다.

잠시 후 타는 듯한 통증이 잦아들자 그가 형에게 말했다. "형의 칼을 이리 줘." 그러자 형이 그에게 칼을 내밀었다.

"내 팔을 똑바로 붙잡아 맨 다음 위로 당겨 봐."

선원들은 그가 부탁하는 대로 했다.

이윽고 그는 자기 팔을 직접 칼로 자르기 시작했다. 몹시 위태로운 상황인 것처럼 골똘히 집중하며 날카로운 칼날로 힘줄들을 베고 천천히 잘랐다. 얼마 지나지 않아 잘린 팔의 그루터기만 남았다. 그는 깊은 한숨을 토해 내고는 말했다. "이렇게 할 수밖에 없었어. 이제 끝났어."

그는 안도한 표정으로 크게 숨을 내쉬었다. 그런 다음 잘린 팔의 그루터기에 다시 물을 흘려보내기 시작했다.

어둠이 더욱 짙어졌고 그들은 항구에 다다르지 못했다.

해가 뜨자 동생 자벨은 잘라 낸 팔을 집어 들고 오랫동안 찬찬히 들여다보았다. 부패한 것이 확실했다. 동료들도 와서 살펴보았다. 그들은 그것을 손에서 손으로 건네 가며 만져 보고, 돌려 보고, 냄새 맡았다.

형 자벨이 말했다. "이제 그만 바다에 던져 버려."

그러자 동생 자벨이 화를 냈다. "아! 그건 안 돼. 안 된다고! 난 절대 그러지 않을 거야. 그건 내 거야, 안 그래? 그건 내 팔이라고."

그는 잘라 낸 팔뚝을 다시 집어 자기 다리 사이에 놓았다.

"꽤 심하게 썩을 거야." 형이 말했다. 그러자 동생의 머릿속에 좋은 생각이 떠올랐다. 오랫동안 바다 위에 있을 때 잡은 물고기들을 보관하기 위해 소금 통 속에 넣어 두지 않는가.

그가 말했다. "소금 통에 넣어 두면 되잖아."

"그래요, 맞아요." 다른 선원들이 맞장구쳤다.

이윽고 선원들은 최근 며칠 동안 잡은 물고기들이 가득 들어 있는 소금 통들 중 하나를 비우고 밑바닥에 그의 팔을 놓았다. 그리고 그 위에 소금을 부은 뒤 물고기들을 다시 쌓아 올렸다.

선원 한 명이 농담을 했다. "저걸 경매장에서 팔지는 못하겠지."

그러자 자벨 형제만 빼고 모두들 웃었다.

바람은 여전히 세게 불었고, 그들은 다음 날 오전 10시까지 불로뉴를 향해 지그재그로 항해했다. 부상자는 쉬지 않고 상처 위에 물을 뿌렸다.

이따금 그는 자리에서 일어나 배 한쪽 끝에서 다른 쪽 끝까지 걸어갔다.

키를 잡고 있는 그의 형이 고개를 저으며 눈으로 그를 좇았다.

마침내 그들은 항구로 들어갔다.

의사가 상처를 진찰하고는 경과가 순조롭다고 말했다. 상처에 붕대를 잘 감아 준 뒤 휴식을 좀 취하라고 말했다. 하지만 자벨은 자기 팔을 되찾기 전에는 잠자리에 들려고 하지 않았다. 그래서 곧바로 항구로 돌아가 자신이 십자 표시를 해둔 소금 통을 찾았다.

선원들은 그가 보는 앞에서 소금 통을 비웠고, 그는 주름지고 차가워진 채 소금 속에 보존된 자기 팔을 다시 집어 들었다. 그것을 수건으로 잘 싸서 자기 집으로 가지고 갔다.

그의 아내와 아이들은 남편의, 아버지의 몸 잔해를 손가락으로 건드려 보았다. 손톱 밑에 낀 소금 가루를 털어 가며 오랫동안 살펴보았다.

그런 다음 소목장이를 불러 치수를 재어 작은 관을 만들게 했다.

다음 날 트롤선의 선원들은 잘라 낸 팔을 매장하는 의식에 참석했다. 두 형제가 나란히 서서 장례 행렬을 이끌었다. 성당 관리인이 겨드랑이 밑에 관을 끼고 갔다.

동생 자벨은 선원 생활을 그만두고 항구에서 작은 일자리를 구했다. 나중에 자신이 당한 사고를 이야기할 때면 낮은 목소리로 상대방에게 털어놓았다. "형이 밧줄을 자르게 했다면 지금 나에겐 틀림없이 팔이 남아 있을 거야. 하지만 형은 오직 자기 재산만 생각했지."

각성
Réveil

3년 전 결혼한 뒤로 잔은 시레 골짜기를 한 번도 떠난 적이 없었다. 그녀의 남편은 그곳에 방적 공장 두 개를 갖고 있었다. 그녀는 자식 없이 남편과 단둘이 나무들이 우거진 저택에서 행복하고 조용하게 살았다. 공장 일꾼들은 그곳을 성이라고 불렀다.

그녀의 남편 바쇠르 씨는 선한 남자로 그녀보다 훨씬 나이가 많았다. 그녀는 그를 사랑했다. 그녀가 남편에 대해 죄의식을 느껴 본 적은 단 한 번도 없었다. 그녀의 어머니는 매년 여름 시레에 와서 시간을 보냈다. 그런 다음 나뭇잎들이 떨어지기 시작하면 파리로 돌아가 가을과 겨울을 보냈다.

매년 가을이면 잔은 기침을 했다. 강물이 굽이져 흐르는 그 좁은 골짜기가 다섯 달 동안 안개에 덮여 있었기 때문이다. 엷은 안개가 커다란 연못 같은 저지대의 집 지붕들을 감싸며 초원 위를 떠다녔다. 하얀 구름 같은 안개는 파도처럼 그 골짜기를 둘러싸 열 걸음 거리에서도 서로를 알아보지 못하게 하고, 사람들이 그림자처럼 미끄러지는 유령들의 고장으로 만들었다. 나무들은 습기 때문에 곰팡이가 핀 채 수증기에 감싸여 우뚝 솟아 있었다.

하지만 이웃한 비탈길을 지나다니며 하얀 골짜기를 바라보는 사람들은 언덕 높이까지 쌓인 안개 위로 바쇠르 씨의 공장 건물이 커다란 굴뚝 두 개와 함께 모습을 드러내는 것을 볼 수 있었다. 그 공장들은 뱀 같은 검은 연기 두 줄기를 밤낮으로 하늘에 토해 냈다.

그것은 겉으로 볼 때는 솜구름만 가득 차 있는 것처럼 보이는 그 골짜기 안에 사람이 살고 있다는 것을 뜻했다.

그해 10월이 다시 찾아오자, 의사가 그녀에게 파리에 있는 어머니 집에 가서 겨울을 보내라고 조언했다. 폐가 더 나빠져 골짜기의 공기가 그녀에게 위험했던 것이다.

그녀는 파리로 떠났다.

처음 몇 달 동안 그녀는 오랫동안 익숙해 있던 골짜기의 집 생각을 끊임없이 했다. 그녀는 그곳의 친한 가구들과 고요한 분위기를 좋아했다. 그러나 시간이 지나자 새로운 생활에 익숙해졌고 파티, 만찬, 야회, 무도회 등에 취미를 붙였다.

그때까지 그녀는 젊은 아가씨의 예의범절을, 우유부단하고 조용한 태도를, 조금 끄는 듯한 걸음걸이와 힘없는 미소를 간직하고 있었다. 그랬던 그녀가 활기가 생겼고, 쾌활해졌고, 언제든 오락을 즐길 준비가 되었다. 남자들이 그녀의 환심을 사려고 애썼다. 그녀는 남자들의 수다를 재미있어하고 그들의 친절한 언동을 즐기면서, 결혼 생활에서 경험한 사랑에 대한 혐오감 섞인 반항심을 조금 느꼈다.

그 수염 난 남자들의 거친 애무에 몸을 맡긴다는 생각만으로도 민망함에 웃음이 났고 혐오감에 몸이 떨렸다. 다른 여자들은 어떻게 합법적인 배우자가 있으면서도 낯선 남자와 상스러운 접촉을 나눌 수 있는지 어리둥절하고 궁금했다. 만약 그들 부부가 영혼의 순결한 입맞춤을 나누며 친구처럼 살았다면 그녀는 남편을 더 다정하게 사랑했을 것이다.

그녀는 칭찬을, 남자들의 눈에 드러나지만 그녀는 전혀 공유하지 않는 욕망을, 직접적인 공격을, 화려한 만찬이 끝난 뒤 살롱으로 건너갈 때 귓가에 들리는 말들을, 너무나 낮은 소리로 우물거려서 애써서 분간해야 하는 말들을 무척 좋아했다. 그 말들은 그녀의 무의식 속에 잠들어 있는 교태를 간질이고 마음속 깊은 곳에 만족의 불을 붙였다. 그녀의 입술을 피어나게 하고, 그녀의 살을 차갑게 식게 하고, 마음을 고요하게 하고, 눈길을 반짝이게 했다. 숭배받아 마땅한 여자인 그녀의 영혼을 떨게 했다.

그녀는 저물어 가는 저녁나절 어둑한 응접실 불 곁에서 남자와 단둘이 나누는 대화를 좋아했다. 그럴 때면 남자는 안달이 나서 말을 더듬고, 몸을 떨고, 그녀 앞에 무릎을 꿇었다. 남자의 그런 열정을 느끼는 것은, 고개와 입술로 아니라고 말하는 것은, 손을 빼내고 자리에서 일어나 냉정한 태도로 벨을 눌러 램프를 가져오라고 명하는 것은, 그리고 그녀의 발밑에서 떨던 남자가 하인이 다가오는 소리를 듣고 당황하여 화를 내며 몸을 다시 일으키는 모습을 보는 것은, 그녀에게는 감미롭고도 신선한 기쁨이었다.

그녀는 뜨거운 사랑의 말들을 식게 하는 메마른 웃음을, 활활 타오르는 맹세를 꺼뜨리는 물줄기 같은 냉정한 어조를, 자신을 미친 듯이 사랑하는 남자의 기를 꺾는 억양을 갖고 있었다.

특히 청년 두 명이 그녀를 끈질기게 쫓아다녔다. 그들은 서로 비슷한 데가 거의 없었다.

한 명은 폴 페로넬 씨로, 사교 생활을 좋아하고 여자에게 친절하며 대담하고 염복이 많은 키 큰 청년이었다. 그는 기다릴 줄 알았고 때를 선택할 줄 알았다.

또 다른 한 명은 다방셀 씨로, 그녀에게 다가올 때면 몸을 떨며 자신의 애정을 겨우 드러냈다. 하지만 열정적인 눈길로 자신의 절망적인 욕망을 표현하며 그림자처럼 그녀를 따라다녔다.

그녀는 페로넬 씨를 '와장창 대위'라고 부르고, 다방셀 씨를 '순한 양'이라고 불렀다. 그녀는 다방셀 씨를 그녀가 가는 곳이라면 어디든 따라다니는 일종의 노예로 만들었다. 그를 하인처럼 부렸다.

다방셀 씨를 사랑하는 게 아니냐고 사람들이 물으면 그녀는 큰 소리로 웃었다.

그녀는 그를 독특한 방식으로 사랑했다. 언제든 그가 곁에 있었으므로, 항상 보는 사람에게 저도 모르게 익숙해지듯 그의 목소리에, 몸짓에, 모든 거동에 인이 박혔다.

꿈속에 그가 나타나는 일도 자주 있었다. 그는 현실에서 그런 것처럼 온화하고 섬세하고 겸허한 열정에 사로잡혀 있었다. 그녀는 그 꿈들에 대한 기억에 사로잡힌 채 잠에서 깨어났다. 그의 목소리가 계속 들리는 것 같고, 그가 옆에 있는 듯한 느낌이 들었다. 그러던 어느 날 밤(아마도 열이 있었던 것 같다), 그녀는 그와 단둘이 숲 속의 풀밭에 앉아 있는 꿈을 꾸었다.

그가 그녀의 손을 쥐고 거기에 입을 맞추며 달콤한 말들을 했다. 그녀는 그의 피부의 열기와 그의 입에서 나오는 숨결을 느꼈다. 그리고 자연스러운 태도로 그의 머리카락을 쓰다듬었다.

꿈속에서 그들은 실제와는 매우 달랐다. 그녀의 마음이 그에 대한 애정으로 가득했다. 고요하면서도 깊은 애정이었다. 그의 이마를 건드리고 그와 포옹하는 것이 행복했다.

그가 두 팔로 천천히 그녀를 끌어안고 그녀의 두 뺨과 두 눈에 입을 맞추었다. 그녀는 그의 품에서 전혀 벗어나려 하지 않았다. 그들의 입술이 서로 만났고, 그녀는 그에게 몸을 맡겼다.

그것은(현실에서는 그런 도취가 없었다) 몹시 생생하고 인간의 영역을 초월하는, 이상적이고 관능적인, 결코 잊을 수 없는 엄청난 행복의 순간이었다.

그녀는 미친 듯이 몸을 떨며 잠에서 깨어났고 다시 잠들 수가 없었다. 그 정도로 그에게 사로잡히고 붙잡혀 있었던 것이다.

자신이 만들어 낸 동요를 꿈에도 알지 못하는 그를 다시 만나자 그녀는 얼굴이 붉어지는 것을 느꼈다. 그리고 그가 자신의 사랑을 그녀에게 수줍게 이야기하는 동안 그녀는 꿈에서 느낀 것을 끊임없이 상기했다. 꿈에 나온 감미로운 포옹을 상기했다.

그녀는 그를 사랑하게 되었다. 마음속에 일깨워진 욕망이 실현되는 것을 두려워했음에도 불구하고, 기묘하고 세련되고 관능적인 애정으로, 그 꿈속의 기억을 통해 만들어진 애정으로 그를 사랑했다.

결국 그도 그녀의 마음을 깨달았다. 그녀는 그에게 모든 것을 털어놓았다. 그가 그녀에게 입맞춤을 할까 봐 두려워질 정도로. 그녀는 그에게 자신을 존중할 것을 맹세하게 했다.

그는 그녀를 존중했다. 그들은 길고 강렬한 사랑의 시간을 보냈다. 두 사람은 영혼으로 서로를 포옹했다. 그런 다음에는 맥 빠지고 쇠약해지고 흥분해서 헤어졌다.

때때로 그들의 입술이 서로 만났다. 그럴 때면 그들은 눈을 감으면서 길고도 순결한 그 애무를 음미하는 것이었다.

그녀는 오래 저항하지 못하리라는 것을 깨달았다. 그러나 부정을 저지르고 싶지 않았으므로, 남편에게 당신 곁으로 돌아가 조용하고 쓸쓸한 삶을 다시 시작하고 싶다고 편지를 썼다.

남편은 한겨울에는 돌아오지 말라는, 갑자기 골짜기의 차가운 안개에 노출되면 안 된다는 배려 깊은 답장을 보내왔다.

그녀는 자신을 철석같이 믿는 남편에게 깜짝 놀라고 화가 났다. 남편은 아무것도 눈치채지 못했다. 그녀의 마음속에서 일어난 투쟁을 전혀 간파하지 못했다.

2월은 날씨가 맑고 온화했다. 그녀는 이제 순한 양과 단둘이 있는 일을 되도록 피했지만, 이따금 황혼 녘에 그와 함께 마차를 타고 호수 주변을 산책했다.

그날 밤엔 생명의 기운이 각성되는 것 같았고 바람이 너무나 포근했다. 작은 승합마차는 보통 속도로 달려갔다. 어둠이 내렸다. 그들은 서로 꼭 붙어 앉아 손을 잡고 있었다. 그녀는 내면에 솟구쳐 오르는 욕망을, 꿈속에서 너무나 완벽하다고 느꼈던 그 포옹을 갈망하며 속으로 생각했다. '이젠 끝이야, 끝이라고. 나는 길을 잃었어.' 그들의 입술은 끊임없이 서로를 찾고, 서로에게 매달리고, 서로를 밀어냈다가 즉시 다시 만났다.

그녀는 혼이 나갈 정도로 기진맥진해졌다. 그는 너무나도 지친 그녀의 모습에 감히 그녀의 집 문 앞까지 따라갈 엄두도 나지 않았다.

집에 들어가니 폴 페로넬 씨가 불도 켜지 않은 응접실에서 그녀를 기다리고 있었다.

그녀와 악수를 한 페로넬 씨는 그녀의 몸이 펄펄 끓는 것을 느꼈다. 그는 작고 상냥하고 친절한 목소리로, 달콤한 사랑의 말에 지쳐 버린 그녀의 영혼을 달래 주는 목소리로 이야기를 시작했다. 그녀는 다른 남자를 생각하면서, 다른 남자의 목소리를 듣는다고 생각하면서, 일종의 환각 속에서 그 다른 남자가 자신을 꼭 끌어안는다고 느끼면서 대꾸 없이 페로넬 씨의 말을 경청했다. 그녀에게는 다른 남자의 모습만 보였다. 이 세상에 남자는 그 하나뿐이었다. '당신을 사랑하오'라고 말해 그녀를 소스라치게 한 남자, 그녀의 손가락에 입맞춤을 한 남자, 방금 전 승합마차 안에서 그녀를 꼭 끌어안아 준 남자, 그녀의 입술에 의기양양한 키스를 퍼부은 남자, 바로 그 하나뿐이었다. 그녀가 포옹한 남자, 그녀가 끌어안은 남자, 마음속에 간직한 애정을 다해, 흥분한 육체의 온 열기를 다해 부른 남자는 바로 그 남자였다.

꿈에서 깨어나자 그녀는 끔찍한 비명을 질렀다.

그녀 옆에 무릎을 꿇고 있던 와장창 대위는 매듭이 풀린 그녀의 머리카락에 입맞춤을 퍼부으며 열렬히 고마워했다. 그녀가 외쳤다. "그만 가세요. 그만 가시라고요."

하지만 그는 상황을 파악하지 못하고 그녀의 허리를 다시 껴안으려 했다. 그녀는 몸을 비틀며 더듬거렸다. "당신은 비열해요. 난 당신이 싫어요. 당신은 나를 사취했어요. 그러니 어서 가버려요."

그는 얼이 빠진 채 자리에서 일어나 모자를 집어 들고 가버렸다.

다음 날 그녀는 시레 골짜기로 돌아갔다. 남편은 깜짝 놀라 경솔한 짓을 했다며 그녀를 나무랐다. "당신과 떨어져서는 더 이상 살 수 없어요." 그녀가 말했다.

그는 그녀의 성격이 변했다고 생각했다. 전보다 더 우울해진 것 같았다. 그가 "무슨 일이 있소? 당신 불행해 보여요. 원하는 게 뭐요?"라고 묻자 그녀는 이렇게 대답했다. "원하는 건 아무것도 없어요. 살면서 좋은 꿈만 꾸기를 바랄 뿐이에요."

여름에 순한 양이 그녀를 보러 왔다.

그녀는 폴 페로넬이 거칠게 각성시킨 꿈속에서만 자신이 그를 사랑했음을 깨달으며 동요도 회한도 없이 그를 맞아들였다.

하지만 아직도 그녀를 숭배하고 있던 그 청년은 그녀를 만나고 돌아가면서 속으로 생각했다. '여자들은 정말 이상하단 말이야. 까다롭고 이해가 안 돼.'

보석

Les Bijoux

직장 상사 집에서 열린 야회에서 한 아가씨를 만난 뒤 랑탱 씨는 올가미 같은 사랑에 꽁꽁 묶였다.

그 아가씨는 몇 년 전 세상을 떠난 지방 세무 관리의 딸이었다. 아버지가 세상을 떠난 뒤 어머니와 함께 파리로 왔고, 괜찮은 청년과 결혼할 수 있으리라는 희망을 품고 그 구역의 몇몇 부르주아 가정을 자주 드나들었다. 그 모녀는 가난하지만 존경할 만했고, 성품이 침착하고 온화했다. 특히 그 아가씨는 현명한 남자들이 인생을 함께하기를 꿈꾸는 전형적인 정숙한 유형의 여자 같았다. 수수한 아름다움에 천사처럼 수줍어하는 매력이 있었고, 입술을 떠나지 않는 보일 듯 말 듯한 미소는 그녀의 따뜻한 마음을 보여 주는 듯했다.

모든 남자들이 그녀를 찬미했다. 그녀를 아는 모든 남자들이 한결같이 이렇게 말했다. "그녀를 데려가는 남자는 행복할 거야. 그보다 더 나은 여자는 찾아낼 수 없을걸."

그때 랑탱 씨는 내무성에서 사무원으로 일했고, 연봉이 3,500프랑이었다. 그는 그녀에게 청혼했고 그녀와 결혼했다.

그녀와 함께 살면서 그는 믿어지지 않을 정도로 행복했다. 그녀가 너무나 솜씨 좋고 알뜰하게 집안 살림을 꾸려 갔기 때문에 겉보기에 그들은 유복하게 사는 것처럼 보였다. 그녀가 남편에게 보여 주는 세심함과 애교는 억지로 노력한 것이 전혀 아니었다. 게다가 그녀의 성품이 워낙 매력적이어서 그가 그녀를 만난 지 6년이 되었지만 처음 만났을 때보다 훨씬 더 그녀를 사랑했다.

그녀에게 굳이 흠을 잡자면 딱 두 가지가 있었다. 하나는 극장에 가기 좋아하는 것이었고, 다른 하나는 모조 보석을 좋아하는 것이었다.

그녀는 하급 관리의 아내 몇 명을 알고 지냈는데, 그 여자들이 유행하는 연극의 초대권을 그녀에게 마련해 주었다. 개막 공연의 초대권을 구해 주기도 했다. 그러면 그녀는 좋든 싫든 그 공연에 남편을 끌고 갔고, 남편은 온종일 일을 하고 온 뒤라 몹시도 피곤해했다. 시간이 흐르자 그는 아내에게 부인들과 함께 연극 구경을 가고, 연극이 끝나면 그녀들에게 집에 데려다 달라고 부탁하라고 간청했다. 그녀는 탐탁지 않아 하며 오랫동안 버티다가 결국 양보했다. 남편을 배려하는 뜻에서 그렇게 하기로 결심한 것이다. 그는 그녀에게 무척 고마워했다.

그런데 연극 관람을 좋아하는 취미는 얼마 지나지 않아 그녀에게 몸치장에 대한 욕구를 불러일으켰다. 그녀의 화장대는 언제나 매우 간소하면서도 검소하고 품격 있는 취향을 보여 주었다. 그녀가 지닌 따뜻한 우아함, 겸손하고 기분 좋고 저항할 수 없는 우아함은 그녀가 걸치는 소박한 드레스를 통해 새로운 풍미를 획득하는 것 같았다. 그랬던 그녀가 다이아몬드를 본뜬 커다란 라인산産 수정 귀걸이를 늘어뜨리고, 목에 모조 진주 목걸이를 걸고, 손목에는 모조 금팔찌를 차고, 머리에는 천연 보석처럼 보이는 다양한 채색 유리 세공품이 장식된 빗을 꽂았다.

남편은 조악한 모조 보석에 대한 그녀의 사랑에 조금 충격을 받아 자주 이렇게 말했다. "여보, 진짜 보석을 살 수 없으면 자기 고유의 아름다움과 우아함을 보여 주면 돼. 그게 훨씬 더 귀한 거야."

하지만 그녀는 상냥하게 미소를 지으며 이렇게 대꾸했다. "이게 뭐 어때서요? 난 이것들을 모으는 게 좋아요. 그게 내 악습이죠. 당신 말이 옳다는 건 나도 알아요. 하지만 고칠 수가 없는걸요. 난 보석을 너무나 좋아한다고요!"

그러고는 모조 목걸이의 진주들을 손으로 굴리고, 깎아 낸 크리스털의 결정면들을 반짝이게 하며 이렇게 되뇌었다. "얼마나 잘 만들었는지 봐요. 꼭 진짜 같잖아요."

그는 빙그레 웃으며 단언했다. "당신은 보헤미안의 취향을 가졌어."

저녁에 불 가 다탁에 단둘이 앉아 있을 때면, 그녀는 가끔 모로코 가죽 상자를 가져오곤 했다. 그 상자에는 랑탱 씨가 '싸구려 물건'이라고 표현하는 것들이 담겨 있었다. 그녀는 비밀스럽고 깊은 쾌락이라도 음미하듯 그 모조 보석들을 주의 깊고 열정적인 태도로 살펴보다가, 싫다는 남편의 목에 끝내 목걸이 하나를 걸어 주고는 깔깔 웃으면서 이렇게 외치곤 했다. "당신 너무나 웃겨요!" 그런 다음 그의 품에 뛰어들어 정신없이 입을 맞추었다.

어느 겨울밤 그녀는 오페라 극장에 갔다가 몹시 떨면서 돌아왔다. 다음 날 그녀는 심하게 기침을 했고, 일주일 뒤 폐렴으로 세상을 떠났다.

절망한 랑탱은 무덤까지 그녀를 따라갈 뻔했다. 절망이 너무나 깊어서 한 달 만에 머리카락이 백발이 되었다. 견딜 수 없는 고통으로 마음이 찢어질 듯하고, 죽은 아내에 대한 기억이, 그녀의 미소, 목소리, 온갖 매력이 계속 머릿속에 떠올라 아침부터 밤까지 울기만 했다.

시간이 흘러도 그의 고통은 사라지지 않았다. 사무실에서 그날 있었던 일들을 이야기하다가도, 뺨이 부풀어 오르고 코에 주름이 잡히고 눈에 눈물이 차올랐다. 그는 얼굴을 잔뜩 찌푸리고는 오열을 터뜨렸다.

집에 돌아와서도 그는 아내 방에 틀어박혀 아내 생각만 했다. 그녀 방의 가재도구와 옷들은 그녀의 마지막 날 있던 그대로 놓여 있었다.

그의 삶은 팍팍해졌다. 월급을 모두 아내에게 갖다 줄 때는 살림에 필요한 모든 것을 충분히 구입했는데, 아내가 세상을 뜨고 나니 그 혼자 지내기에도 부족했다. 죽은 아내는 어떻게 매일 질 좋은 포도주를 마시게 해주고 맛있는 음식을 먹게 해주었는지 알 수가 없었다. 직접 살림을 해보니 자신의 얼마 되지 않는 월급으로는 그런 것들을 마련할 수가 없었던 것이다.

그는 조금 빚을 졌고, 돈을 마련할 수단이 없는 사람처럼 돈에 쪼들렸다. 그러던 어느 날 아침, 정말이지 잔돈 한 푼 없게 되었다. 월말이 되려면 아직 일주일이나 남아 있었다. 그래서 집 안에 있는 물건을 팔자는 데 생각이 미쳤고, 죽은 아내의 '싸구려 물건들'을 처분하는 것이 좋겠다는 생각이 들었다. 예전에 자기를 짜증나게 했던 그 '가짜'들에 대한 일종의 원한 같은 것이 마음 깊숙한 곳에 남아 있었던 것이다. 그것들을 보기만 해도 사랑했던 아내에 대한 추억이 변질되는 것 같았다.

그는 그녀가 남긴 조악한 모조 보석들을 오랫동안 뒤졌다. 그녀는 거의 매일 밤 새로운 모조 보석을 집으로 가져왔다. 삶의 마지막 날까지 그것들을 끈질기게 사 모았다. 그는 그녀가 특히 좋아했던, 그리고 값이 꽤 나갈 것 같은 커다란 목걸이를 골라냈다. 적어도 6~8프랑은 나갈 것 같았다. 가짜치고는 무척 공을 들여 만든 물건이었기 때문이다.

그는 그 목걸이를 주머니에 넣고 믿을 만한 보석 상점을 찾으며 대로를 따라 내무성 쪽으로 걸어갔다.

마침내 보석 상점 하나가 보였고, 그는 그 안으로 들어가 곤궁한 형편을 드러내기를 조금 부끄러워하며 보잘것없는 그 물건을 팔아 보려했다.

그가 상인에게 말했다. "주인장, 이 물건의 값이 얼마나 나가는지 알고 싶습니다만."

그러자 상인은 그 목걸이를 받아 들고는 찬찬히 살펴보고, 뒤집어 보고, 무게를 헤아려 보았다. 그러더니 확대경을 집어 들고 점원을 불러 아주 낮은 목소리로 뭐라고 말하고는 목걸이를 카운터 위에 내려놓은 뒤 가치를 더 잘 판단하려는 듯 멀찍이 떨어져서 바라보았다.

랑탱 씨는 그의 행동에 마음이 불편해져서 입을 열고 이렇게 말했다. "아! 이 목걸이가 대단한 물건이 아니라는 건 저도 잘 알고 있습니다." 그러자 보석상이 말했다.

"선생, 이 목걸이는 가격이 1만 2천에서 1만 5천 프랑 정도 나갑니다. 하지만 선생께서 이 물건의 출처를 정확히 밝혀 주셔야만 제가 이것을 살 수 있습니다."

랑탱 씨는 어찌 된 영문인지 이해하지 못해 눈을 휘둥그레 뜨고 입을 쩍 벌렸다. 마침내 그가 더듬더듬 말했다. "뭐라고요? ……확실합니까?" 그러자 보석상은 그의 놀라는 모습을 대수롭지 않게 여기며 메마른 어조로 대답했다. "값을 더 쳐준다는 곳이 있는지 다른 곳에 가서 알아보셔도 좋습니다. 하지만 저는 최고로 많이 쳐드려도 1만 5천 프랑 이상은 드릴 수 없어요. 더 나은 곳을 찾지 못하시면 다시 저에게 오십시오."

완전히 바보가 되어 버린 랑탱 씨는 목걸이를 다시 집어 들고 상점 밖으로 나왔다. 혼자 곰곰이 생각해 봐야 할 막연한 필요를 느끼면서.

거리로 나서자마자 웃음이 터져 나왔다. 그는 생각했다. '바보! 이런 바보! 아까 그 제의를 받아들여야 했는데! 세상에 진짜와 가짜를 구별 못하는 보석상도 다 있네!'

그는 라페 로路 입구에 있는 다른 보석 상점으로 들어갔다. 보석상은 그 목걸이를 보자마자 외쳤다.

"아! 저는 이 목걸이를 잘 압니다. 우리 가게 물건이에요."

랑탱 씨는 몹시 불안해져서 그에게 물었다.

"값이 얼마나 나갑니까?"

"선생, 저는 이 목걸이를 2만 5천 프랑에 팔았습니다. 그리고 1만 8천 프랑에 되살 용의가 있습니다. 규정에 따라 선생께서 이 목걸이를 어떻게 소지하게 되었는지 저에게 알려 주신다면요." 이번에 랑탱 씨는 너무 놀란 나머지 꼼짝 않고 자리에 앉아 있었다. 그가 다시 말했다. "저기…… 좀 더 주의 깊게 살펴봐 주십시오. 나는 지금까지 이 물건이…… 모조품인 줄 알고 있었거든요."

보석상이 다시 말했다. "그럼 성함을 좀 알려 주시겠습니까?"

"물론이지요. 내 이름은 랑탱입니다. 내무성 직원이고요. 주소는 마르티르 로 16번지입니다."

상인은 기록부를 펼치고 찾아보더니 이렇게 말했다. "이 목걸이는 1876년 7월 20일 랑탱 부인의 주소로, 마르티르 로 16번지로 발송되었

316

습니다."

두 남자는 서로의 눈을 들여다보았다. 랑탱 씨는 놀라움에 얼이 빠져서, 보석상은 혹시 랑탱 씨가 도둑이 아닌지 살피면서.

보석상이 다시 말했다. "그럼 인수증을 써 드릴 테니 이 물건을 24시간 동안만 저에게 맡겨 주시겠습니까?"

랑탱 씨가 우물우물 대답했다. "그래요, 좋습니다." 그런 다음 보석상이 써 준 인수증을 접어 호주머니에 넣으며 밖으로 나갔다.

그는 길을 건너 거슬러 올라가다가 길을 잘못 든 것을 깨닫고 다시 튈르리 쪽으로 내려가 센 강을 지났다. 그런 다음 한 번 더 실수했다는 것을 알아차리고는 머릿속이 생각 없이 텅 빈 채로 샹젤리제 대로로 갔다. 그는 추론하고 이해하려고 애썼다. 그의 아내는 그렇게 값나가는 물건을 살 능력이 없었다. 확실하다. 그렇다면 그 목걸이는 선물 받은 물건일 것이다! 선물 받은 것이다! 대체 누구의 선물일까? 그리고 왜?

그는 걸음을 멈추고 대로 한가운데에 서 있었다. 고약한 의심이 그의 머릿속을 스쳐 지나갔다. 그녀가? 그렇다면 다른 보석들도 모두 선물 받은 것들이란 말인가! 땅이 빙글빙글 도는 것 같았다. 앞에 있는 나무가 쓰러지는 것 같았다. 그는 팔을 뻗고는 의식을 잃고 무너졌다.

지나가던 행인들이 어느 약국 안에 그를 데려다 놓았고, 정신을 차린 그는 집으로 돌아가 틀어박혔다.

그는 소리를 내지 않기 위해 손수건을 물어뜯으며 밤까지 정신없이 울었다. 그런 다음 피로와 슬픔에 지쳐 잠자리에 들어 죽은 듯이 잠을 잤다.

아침 햇살이 그를 잠에서 깨웠고, 그는 내무성에 출근하기 위해 천천히 잠자리에서 일어났다. 그런 혼란을 겪고 일하러 가려니 힘이 들었다.

양해를 구하고 결근해도 될 거라는 생각이 들어 상사에게 편지를 썼다. 그런 다음 보석상에게 다시 가봐야겠다는 데 생각이 미쳤다. 하지만 창피함에 얼굴이 붉어졌다. 그는 오랫동안 곰곰이 생각했다. 어쨌든 그 목걸이를 무한정 맡겨 둘 수는 없었다. 그는 옷을 입고 밖으로 나갔다.

날씨가 좋았다. 도시 위에 펼쳐진 파란 하늘이 마치 빙그레 미소를 짓는 것 같았다. 사람들이 두 손을 호주머니에 찔러 넣은 채 그의 앞에서 한가로이 걷고 있었다.

그들이 지나가는 모습을 바라보며 랑탱은 속으로 생각했다. '재산이 많은 사람은 얼마나 행복할까! 돈이 있으면 슬픔도 털어 낼 수 있어. 가고 싶은 곳에 가고, 여행을 하고, 기분 전환도 할 수 있지! 아! 내가 부자라면 얼마나 좋을까!'

그는 갑자기 시장기를 느꼈다. 그저께부터 아무것도 먹은 게 없었다. 하지만 그의 호주머니는 비어 있었고, 그는 다시 그 목걸이를 떠올렸다. 1만 8천 프랑! 1만 8천 프랑! 상당한 금액이었다!

그는 라페 로에 가서 보석 상점 건너편의 보도를 이리저리 서성거리기 시작했다. 1만 8천 프랑! 몇 번이나 안으로 들어갈 뻔했다. 하지만 매번 창피함이 그의 발길을 막았다.

그는 배가 고팠다. 몹시 고팠다. 그리고 수중엔 한 푼도 없었다. 그는 갑자기 결심을 했고, 스스로에게 생각할 시간을 주지 않기 위해 달려서 길을 건넜다. 그리고 보석 상점 안으로 뛰어 들어갔다.

그를 보자 상인은 정중한 미소를 띠며 자리에 앉으라고 권했다. 점원들도 와서 눈과 입가에 즐거운 기색을 띠고 곁눈질로 랑탱을 바라보았다.

보석상이 말했다. "제가 조회를 해보았습니다, 선생님. 선생님께서 여전히 같은 의향이시라면 제가 제안했던 금액을 지불해 드리고 싶습니다만."

랑탱 씨가 우물우물 대답했다. "예, 그렇게 해주십시오."

보석상은 서랍에서 1천 프랑짜리 지폐 열여덟 장을 꺼내 장수를 헤아린 뒤 랑탱 씨에게 내밀었고, 랑탱 씨는 영수증에 서명을 한 뒤 떨리는 손으로 돈을 받아 호주머니에 집어넣었다.

잠시 후 그는 밖으로 나가려다가 여전히 미소를 띠고 있는 보석상을 돌아보며 눈을 내리깔고 물었다. "저…… 저에게…… 똑같은 상속으로…… 손에 들어온 다른 보석들이 더 있습니다. 그것들도 살 의향이 있으십니까?"

상인이 몸을 굽히며 말했다. "물론이지요, 선생님." 점원 한 명이 나와서 거리낌 없이 웃었고, 또 다른 점원은 세게 코를 풀었다.

랑탱은 얼굴이 붉어졌지만 태연한 얼굴로 말했다. "그것들을 가져오겠습니다."

그는 보석들을 가지고 오려고 삯마차를 탔다.

한 시간 뒤 다시 보석 상점으로 돌아왔을 때도 그는 아직 식사를 하지 않은 상태였다. 보석상과 점원들은 그가 가져온 보석들을 하나하나 감정하기 시작했다. 거의 모든 것이 그 보석상이 판 물건이었다.

이제 랑탱은 보석의 감정가를 놓고 토론하고, 화를 내고, 판매 장부를 보여 달라고 요구하기도 했다. 그리고 금액이 올라감에 따라 점점 더 큰 목소리로 이야기했다.

커다란 귀고리 한 쌍이 2만 프랑이었고, 팔찌들이 3만 5천 프랑이었다. 브로치, 반지, 메달들이 1만 6천 프랑, 에메랄드와 사파이어 장신구 세트가 1만 4천 프랑이었다. 금목걸이에 매달린 장식품들은 4만 프랑이었다. 모두 합하니 액수가 19만 6천 프랑에 달했다.

보석상이 조롱기가 담긴 친절한 태도로 말했다. "버는 족족 보석을 샀던 사람에게서 이것들을 물려받으셨군요."

랑탱은 진지한 표정으로 대꾸했다. "그것도 돈을 투자하는 하나의 방법이지요." 그런 뒤 그는 다음 날 다시 감정을 해보기로 합의한 뒤 자리를 떴다.

거리로 나선 그는 방돔 탑*을 쳐다보며 기어 올라가고 싶은 욕구를 느꼈다. 그것이 보물 따먹기 탑이라도 되는 것처럼. 저 위 하늘 속에 자리한 황제의 동상 위에서 말 뛰기 놀이라도 할 수 있을 것처럼 몸이 가볍게 느껴졌다.

그는 부아쟁으로 점심을 먹으러 가서 한 병에 20프랑짜리 포도주를 마셨다.

그런 다음 삯마차를 타고 불로뉴 숲을 한 바퀴 돌았다. 행인들을 향해 '나도 부자야. 나에겐 20만 프랑이 있다고!'라고 외치고 싶은 욕구를 억누르며 일말의 경멸감을 가지고 마차에 탄 사람들을 바라보았다.

그는 내무성을 떠올렸고, 거기로 가서 상사 방으로 결연히 들어가 이렇게 말했다. "사표를 내러 왔습니다. 유산으로 30만 프랑을 받았거든요." 그는 동료들에게 가서 악수를 하고 자신의 새로운 계획을 털어놓았다. 그런 다음 카페 앙글레에서 저녁을 먹었다.

옆에 앉은 고상해 보이는 신사에게 친한 척하며 자기가 방금 40만 프랑의 유산을 상속받았다고 털어놓고 싶은 근질근질한 욕구를 느꼈다.

그는 살면서 처음으로 극장에서 지루함을 느끼지 않았고, 아가씨들과 함께 밤을 보냈다.

---

*파리 방돔 광장 한가운데 서 있는 청동 탑으로, 꼭대기에는 카이사르의 모습을 한 나폴레옹의 동상이 얹혀 있다.

여섯 달 뒤 그는 재혼했다. 그의 두 번째 아내는 매우 정숙한 여자였다. 하지만 성격이 까다로웠다. 그녀는 그에게 많은 괴로움을 안겨 주었다.

발터 슈나프스의 모험

L'Aventure de Walter Schnaffs

로베르 팽송에게

점령군과 함께 프랑스에 들어온 이후, 발터 슈나프스는 자신이 남자들 중에 가장 불행하다고 생각했다. 그는 몸이 뚱뚱해서 겨우 걸어 다녔고, 헉헉 숨을 몰아쉬었으며, 평평하고 살찐 발 때문에 지독히도 고통받았다. 그는 유순하고 너그러웠으며, 통이 크거나 잔인한 데가 전혀 없었다. 금발 머리 아가씨와 결혼해 몹시도 사랑스러운 네 아이를 둔 그는 매일 밤 아내의 애정과 소소한 돌봄 그리고 입맞춤을 절박하게 그리워했다. 그는 일찍 잠자리에 들고 늦게 일어나는 것을, 맛있는 음식을 천천히 먹고 맥주홀에서 맥주 마시는 것을 좋아했다. 뿐만 아니라 감미로운 것들은 모두 삶과 함께 사라진다고 생각했다. 그래서 대포, 소총, 권총,

검에 대한, 특히 총검에 대한 본능적이면서도 이론에 기초한 엄청난 증오를 마음속에 간직하고 있었다. 그 위험한 무기를 자신의 통통한 배를 방어할 만큼 충분히 민첩하게 다룰 자신이 없었다.

밤이 되어 외투로 몸을 감싸고 코를 고는 동료들 옆에서 잠자리에 들면, 그는 후방에 있는 가족들과 자기 앞에 펼쳐진 위험을 오랫동안 생각했다. '만약 내가 죽으면 어린 것들은 어떻게 될까? 누가 그 어린 것들을 먹여 살리고 키워 줄까?' 전쟁터로 떠나면서 그가 아이들에게 돈을 조금 마련해 주었지만 그 돈만으로는 충분치 못했다. 발터 슈나프스는 이따금 눈물을 흘렸다.

전투가 시작되면 그는 다리에 힘이 없어서 넘어질 것 같았고, 군대 전체가 자기 몸을 타고 넘어갈 것 같은 생각이 들었다. 총알이 획획 날아다니는 소리가 그의 몸에 난 털을 곤두서게 했다.

몇 달 전부터 그는 그렇게 공포와 불안 속에 살고 있었다.

그의 군단은 노르망디 쪽으로 전진하고 있었다. 어느 날 그는 그 고장을 살펴보기 위해 전력이 약한 분견대와 함께 정찰을 나가게 되었다. 상황이 여의치 않으면 후퇴해야 했다. 들판은 온통 고요한 듯했다. 반격이 준비되고 있음을 알려 주는 신호는 아무것도 없었다.

프로이센 군인들은 깊은 협곡에 의해 잘려 있는 작은 골짜기로 조용히 내려갔다. 그때 갑자기 난폭한 일제사격이 시작되어 그들은 우뚝 멈춰 섰고, 그들 가운데 스무 명가량이 넘겨졌다. 한 떼의 유격대가 작은 숲에서 총검을 들고 튀어나와 앞으로 돌진해 왔다.

발터 슈나프스는 너무 놀라고 얼이 빠져서 도망칠 생각조차 하지 못하고 가만히 있었다. 그런 다음에는 도망치고 싶은 미칠 듯한 욕망에 사로잡혔다. 하지만 염소 떼처럼 민첩하게 뛰어서 도착한 몸이 날렵한 프랑스인들에 비하면 자신이 거북이처럼 느리다는 사실에 즉시 생각이 미쳤다. 그래서 여섯 걸음 앞에 있는 잡초 가득하고 마른 나뭇잎으로 덮인 넓은 구덩이를 보자, 깊이는 생각도 않고 다리에서 강물로 뛰어내리듯 주저 없이 뛰어내렸다.

그는 칡과 날카로운 가시덤불 때문에 얼굴과 두 손에 상처를 입으며 마치 화살처럼 구덩이를 통과해 돌로 된 평평한 판 위에 쓰러지듯 주저앉았다.

그런 다음 곧바로 눈을 들어 자신이 만든 구멍을 통해 하늘을 쳐다보았다. 그 의미심장한 구멍은 그가 숨어 있다는 사실을 드러낼 수도 있었다. 그는 나뭇가지로 이루어진 구덩이 지붕 아래에서 네 발로 조심스럽게 움직여 지붕에 뚫린 구멍에서 멀어졌다. 잠시 후 그는 걸음을 멈추고 길게 자란 마른 풀 한가운데에 산토끼처럼 숨었다.

그러고도 얼마 동안 폭발음, 비명과 탄식 소리가 그의 귀에 들려왔다. 잠시 후 전투의 함성이 잦아들다가 멈추었다. 소리가 없어지고 주변이 온통 고요해졌다.

갑자기 뭔가가 그의 몸에 붙어 움직였다. 그는 깜짝 놀라 소스라쳤다. 그것은 작은 새였다. 새가 나뭇가지 위에 앉아 낙엽들을 흔들고 있었다. 발터 슈나프스의 심장은 거의 한 시간 가까이 거칠고 다급하게 뛰었다.

골짜기를 그늘로 가득 채우며 밤이 찾아왔다. 발터 슈나프스는 생각하기 시작했다. 이제 어떻게 하지? 나는 어떻게 될까? 군대와 다시 합류할 수 있을까? ……하지만 어떻게? 어디서? 전쟁이 시작된 이래 이끌어 온 불안하고 무섭고 피곤하고 고통스럽고 끔찍한 삶을 다시 시작해야 할 것이다! 그건 안 될 말이었다! 이제는 그런 용기를 낼 자신이 없었다! 그런 일들을 견디는 데 필요한, 그리고 시시각각 다가오는 위험에 맞서는 데 필요한 힘을 더는 내지 못할 것이다.

하지만 어찌해야 하는가? 전쟁이 끝날 때까지 이 골짜기에 계속 숨어 있을 수는 없었다. 그것은 확실히 안 될 일이었다. 먹는 것 문제만 아니면 그렇게 하는 것도 나쁘지 않을 것이다. 하지만 그는 먹어야 했다. 매일 먹어야 했다.

그는 군복 차림으로 무장한 채 자신을 보호해 줄 수 있는 사람들로부터 멀리 떨어져 적의 영토에 홀로 있었다. 차가운 전율이 그의 피부를 타고 흘렀다.

갑자기 이런 생각이 들었다. '차라리 포로라도 되면 좋으련만!' 그러자 프랑스의 포로가 되고 싶다는 격렬하고 절제할 수 없는 욕망으로 몸이 떨려 왔다. 포로! 그렇게만 되면 그는 구원받을 테고, 먹을 수 있을 테고, 총알과 검을 피해 두려움 없이, 감옥 안에서 안전하게 지낼 수 있을 것이다. 포로가 된다! 얼마나 꿈 같은 일인가!

그는 즉시 결심했다.

"나는 포로가 될 거야."

그는 그 결심을 실행에 옮기기로 마음먹고 지체 없이 구덩이에서 일어났다. 하지만 유감스러운 성찰과 새로운 공포가 갑자기 엄습하는 바람에 꼼짝 않고 그대로 있었다.

포로가 되려면 어디로 가야 하지? 어떻게? 어느 쪽으로? 그러자 끔찍한 모습들이, 죽음의 이미지들이 그의 마음속으로 밀려드는 것이었다.

그는 뾰족한 프로이센군 군모*를 쓴 채 들판에서 혼자 방황하며 지독한 위험들과 맞서야 할 터였다.

---

*19세기와 20세기 초 프로이센과 독일 군인들이 쓰던 군모에는 정수리 부분에 뾰족한 장식이 달려 있었다.

만약 농부들을 만나면? 그 농부들은 방어 수단 없이 길을 잃은 프로이센 병사를 보고 들개 죽이듯 죽이려 들 것이다! 쇠스랑으로, 곡괭이로, 낫으로, 삽으로 그를 학살하려 할 것이다! 분노한 패배자의 악착스러움으로 그를 물에 끓여 수프를 만들 것이다.

만약 의용병을 만나게 되면? 법칙도 규율도 없이 광적이기만 한 의용병들은 한 시간을 즐겁게 보내기 위해, 질겁하는 그의 표정을 보며 웃기 위해, 재미로 그에게 총을 쏠 것이다. 열두 개의 총신을 마주 보며 담벼락에 기대어 서 있는 자신의 모습이, 동그랗고 검은 총구들을 마주한 자신의 모습이 눈앞에 보이는 것만 같았다.

만약 프랑스 군대를 만난다면? 그들은 그를 혼자 정찰 나온 대담하고 약삭빠른 정찰병으로 여기고 그에게 총을 쏠 것이다. 가시덤불 속에 엎드린 병사들이 내는 불규칙한 총소리가 벌써부터 들리는 것 같았다. 그는 들판 한가운데에 서 있다가 살 속으로 파고드는 총알을 느끼며 거품 떠내는 국자처럼 몸에 수없이 구멍이 난 채 쓰러질 것이다.

그는 절망에 사로잡혀 다시 주저앉았다. 이 상황에서 빠져나갈 출구가 없어 보였다.

주위가 완전히 어두워졌다. 조용하고 칠흑 같은 어둠이었다. 그는 그 어둠 속을 지나가는 작은 소음들에 전율하며 꼼짝 않고 있었다. 토끼 한 마리가 그의 은신처 가장자리에서 엉덩이를 두드리는 바람에 발터 슈나프스는 깜짝 놀라 도망칠 뻔했다. 올빼미 우는 소리는 갑작스럽고 고통스러운 두려움으로 그를 관통하면서 마음을 갈가리 찢어 놓았다. 그는 어둠 속에서도 주위를 보려고 애쓰며 눈을 크게 떴다. 그리고 매 순간 누군가가 자신에게 걸어오는 소리가 들린다고 상상했다.

끝없는 몇 시간과 지옥 같은 불안감이 지나간 뒤, 나뭇가지들로 이루어진 천장 너머로 밝아 오는 하늘이 보였다. 그러자 큰 안도감이 그에게 스며들었다. 팔다리에 힘이 풀리고 불안했던 기분이 갑자기 안정되었다. 마음이 가라앉고 눈이 감겼다. 그는 잠이 들었다.

그가 잠에서 깨어났을 때는 해가 거의 중천에 떠 있었다. 정오가 가까운 것 같았다. 들판의 음울한 평화를 깨뜨리는 소리는 전혀 들리지 않았다. 발터 슈나프스는 극심한 허기를 느꼈다.

그는 하품을 했다. 소시지 생각에, 군대에서 주는 맛있는 소시지 생각에 입안에 침이 고였다. 그리고 배가 아팠다.

그는 일어나서 몇 걸음 걸었지만 다리에 힘이 없어서 다시 앉아 생각에 잠겼다. 그러고도 두세 시간 동안 매우 상반되는 이유들에 떠밀려 자포자기했고, 이렇게 할지 저렇게 할지 매 순간 생각이 바뀌었다.

마침내 논리적이고도 현실적인 생각 하나가 떠올랐다. 무기나 위험한 도구를 지니지 않고 혼자 지나가는 사람이 없는지 망을 보다가 그런 사람이 지나가면 그 사람 앞으로 달려 나가 자신이 처한 상황을 이해시키자는 것이었다.

그는 군모를 벗었다. 군모의 뾰족한 장식이 방해가 될 수도 있었다. 그리고 무척 조심하며 구덩이 가장자리로 머리를 내밀었다.

지평선을 보니 혼자 지나가는 사람은 전혀 보이지 않았다. 오른쪽에 작은 마을 하나가 보였다. 마을의 지붕들이 연기를, 부엌에서 나는 연기를 하늘로 올려 보내고 있었다! 왼쪽 큰길의 나무들 가장자리에는 망루가 있는 큰 성이 보였다.

그는 몹시 괴로워하며 까마귀들이 날아다니는 모습을 보면서, 배 속에서 희미하게 나는 꼬르륵거리는 소리를 들으면서 저녁까지 기다렸다.

한 번 더 어둠이 닥쳐왔다.

그는 굶주린 상태에서 은신처 바닥에 길게 누워 불안한 잠을 청했고 악몽에 시달렸다.

그의 머리 위에 다시 새벽이 밝아 왔다. 그는 다시 주변을 살펴보았다. 하지만 들판은 전날과 똑같이 텅 비어 있었다. 그의 머릿속에 새로운 두려움이 생겨났다. 굶어 죽지 않을까 하는 두려움이었다! 그는 눈을 감은 채 구덩이 바닥에 등을 대고 길게 누워 있는 자신의 모습을 보았다. 짐승들이, 온갖 종류의 작은 짐승들이 그의 시체에 다가와 동시에 이곳 저곳을 공격하고, 그의 차가운 살을 물어뜯기 위해 옷 속으로 미끄러져 들어가 살을 먹기 시작하는 모습도. 커다란 까마귀 한 마리가 뾰족한 부리로 그의 눈을 쪼는 모습까지.

그는 쇠약해진 나머지 정신을 잃을 것만 같고 여기 더 있으면 걸을 수도 없을 것만 같아 미칠 지경이 되었다. 그러자 무슨 일이든 해야겠다는, 무엇에든 맞서야겠다는 마음이 들었다. 마을을 향해 돌진할 태세가 된 것이다. 바로 그때, 어깨에 쇠스랑을 메고 밭으로 가는 농부 세 명이 보였다. 그는 다시 자신의 은신처에 틀어박혔다.

하지만 저녁이 되어 주위가 어두워지자마자 구덩이에서 천천히 나왔다. 그는 두려움에 두근거리는 가슴으로, 마을보다는 성 안으로 들어가는 것이 낫겠다고 생각하며 멀리 보이는 성을 향해 몸을 숙여 길을 나섰다. 마을은 호랑이들이 가득한 굴처럼 무시무시하게 느껴졌던 것이다.

저 아래에서 성의 창문들이 반짝였다. 심지어 하나는 열려 있었다. 거기서 구운 고기 냄새가 진하게 흘러나왔다. 그 냄새는 발터 슈나프스의 콧속으로, 배 속 깊숙한 곳까지 들어왔다. 그러자 그는 경련을 일으켰고 숨을 헐떡였다. 저항할 수 없을 정도로 그 냄새에 이끌렸다. 그 냄새는 그에게 절박함을 불러일으켰다.

그는 깊이 생각해 보지도 않고 성으로 내려가 군모를 쓴 채로 열린 창문 안으로 고개를 들이밀었다.

안에서는 하인 여덟 명이 커다란 탁자 앞에 둘러앉아 저녁을 먹고 있었다. 하녀 한 명이 갑자기 입을 쩍 벌리더니, 들고 있던 잔을 떨어뜨리며 시선을 한 곳으로 고정했다. 다른 사람들의 시선도 모두 그녀의 시선을 따라갔다!

그들은 창밖에 적이 있음을 감지했다!

주여! 프로이센군이 성을 공격하고 있습니다!

처음에는 비명이, 오직 비명만이 들렸다. 여덟 사람의 비명이 서로 다른 여덟 가지 톤으로 터져 나왔다. 지독한 공포에 찬 비명이었다. 그다음에는 떠들썩한 소리가 높아졌다. 그들은 밀치고 섞이며, 깊숙한 곳에 있는 문을 향해 정신없이 도망쳤다. 의자들이 넘어졌고, 남자들은 여자들을 넘어뜨리고 그 위로 지나갔다. 순식간에 방이 텅 비었다. 아연실색한 채 여전히 창가에 서 있는 발터 슈나프스의 눈앞에는 먹을 것이 잔뜩 놓인 탁자만 덩그러니 놓여 있었다.

발터 슈나프스는 잠시 망설이다가 버팀벽을 뛰어넘어 접시들 쪽으로 다가갔다. 그는 극심한 허기에 마치 열병 환자처럼 몸을 떨었다. 그러나 공포가 여전히 그를 제지하고 마비시켰다. 그는 가만히 귀를 기울였다. 집 전체가 마구 흔들리는 것 같았다. 문들이 여닫히고, 빠른 발소리들이 위층에서 왔다 갔다 했다. 걱정이 된 발터 슈나프스는 그 어수선한 웅성거림에 귀를 쫑긋 세웠다. 이윽고 위층에서 어렴풋한 소음이 들려왔다. 마치 시체들이 뛰어올랐다가 부드러운 바닥에 쓰러지는 소리 같았다.

잠시 후 모든 움직임과 흔들림이 멈추고, 성은 마치 무덤 속처럼 조용해졌다.

발터 슈나프스는 손대지 않았던 접시 앞에 앉아 음식을 먹기 시작했다. 제대로 먹지도 못하고 제지당할까 봐, 충분히 많이 먹지 못할까 봐 염려하는 것처럼 음식을 입안에 가득 넣고 먹었다. 뚜껑문처럼 열린 입 속에 두 손으로 음식을 마구 집어넣었다. 음식이 그의 목울대를 부풀리며 배 속으로 하나씩 내려갔다. 때때로 너무 가득 찬 파이프처럼 식도가 터질 것 같아 먹기를 멈추었다. 그런 다음 사과술 단지를 움켜쥐고 막힌 파이프를 씻어 내듯 식도를 씻어 냈다.

그는 모든 접시를, 모든 요리와 술병을 깨끗이 비웠다. 그런 다음 입가가 번들거리는 모습으로 술과 음식에 취해 얼굴이 붉어지고 정신이 멍해져서 몸을 흔들며 딸꾹질을 하다가, 한 발자국도 움직일 수가 없어서 숨을 편히 쉬기 위해 군복 단추를 풀었다. 눈이 다시 감겼고 정신이 마비되었다. 그는 탁자 위에 겹쳐 놓은 두 팔 위에 무거운 이마를 얹었다. 그리고 천천히 의식을 잃었다.

그믐달이 나무들 위에서 지평선을 흐릿하게 비추었다. 해 뜨기 전이라 날씨가 추웠다.

수없이 많은 그림자들이 덤불숲 속으로 미끄러지듯 스며들었다. 그늘 속에 숨어 있는 강철 검 끄트머리가 때때로 달빛을 받아 반짝였다.

성은 커다랗고 검은 윤곽을 드러낸 채 조용히 서 있었다. 1층의 창문 두 개만 여전히 반짝였다.

쩌렁쩌렁한 목소리가 갑자기 울부짖었다.

"전진! 빌어먹을! 공격하라, 제군들!"

잠시 후 문, 덧문, 유리창을 다 부수고 깨뜨리면서 수많은 인파가 눈 깜짝할 사이 성 안으로 들어왔다. 머리끝까지 무장한 병사 쉰 명이 발터 슈나프스가 평화롭게 쉬고 있는 부엌 안으로 순식간에 뛰어 들어와 장전한 총 쉰 자루를 그의 가슴에 겨눈 뒤, 그를 넘어뜨리고, 굴리고, 붙잡고, 머리에서 발끝까지 꽁꽁 묶었다.

발터 슈나프스는 멍한 머리로 무슨 일이 일어난 건지 이해하지 못한 채 매 맞고, 싸우고, 두려움과 당혹감에 헐떡거렸다.

이윽고 금으로 요란하게 치장한 뚱뚱한 군인 한 명이 그의 배를 발로 찍어 누르며 고함을 쳤다.

"너는 내 포로다. 항복해!"

프로이센 남자는 '포로'라는 말만 듣고 이렇게 중얼거렸다. "야, 야."

그는 호기심에 차서 고래처럼 숨을 내쉬는 적들에게 조사당한 뒤, 의자에 묶인 채 일으켜 세워졌다. 적들도 무척 긴장했던 탓에 피로에 기진맥진해져서 주저앉았다.

발터 슈나프스는 빙그레 미소를 지었다. 마침내 포로가 되었다는 확신에 이제야 미소를 지었다!

다른 장교가 들어와서 말했다.

"대령님, 적들이 달아났습니다. 여러 명이 부상을 당한 것 같습니다. 여기는 우리뿐입니다."

뚱뚱한 군인이 이마를 훔치다가 고함쳤다. "승리다!"

그는 호주머니에서 작은 수첩을 꺼내 이렇게 적었다.

'격렬했던 전투 후에 프로이센군은 사상자들을 운반하며 퇴각했다. 전투 능력을 상실한 사상자는 50명 정도로 추정된다. 우리의 수중에 있는 자도 여러 명이다.'

젊은 장교가 다시 말했다.

"이제 어떤 조치를 취해야 합니까, 대령님?"

대령이 대답했다.

"반격을 피하기 위해 포병대 및 상위 부대와 함께 후퇴할 것이다."

대령은 다시 출발하라는 명령을 내렸다.

성벽 밑의 그늘 속에 종대가 형성되었고, 발터 슈나프스는 몸이 묶인 채 손에 권총을 든 여섯 명의 병사에게 붙잡혀서 움직이기 시작했다.

후퇴로를 알아보기 위해 정찰대를 보냈다. 그들은 이따금씩 휴식을 취하면서 신중하게 전진했다.

동이 터올 때 그들은 국민병이 무훈을 세운 라로슈우아젤 군청에 도착했다.

주민들이 몹시 흥분해 걱정하며 기다리고 있었다. 포로의 군모를 보자 엄청난 아우성이 터져 나왔다. 여자들이 팔을 들어 올렸고, 노파들은 눈물을 흘렸다. 할아버지 한 명이 프로이센인 포로에게 자신의 목발을 던지는 바람에 그를 지키는 국민병이 코를 다쳤다.

대령이 큰 소리로 외쳤다.

"포로의 안전에 주의하십시오!"

마침내 그들은 시청에 다다랐다. 감옥이 열려 있었다. 발터 슈나프스는 포승줄이 풀린 채 그 안에 던져졌다.

무장한 남자 200명이 건물 주변에서 보초를 섰다.

발터 슈나프스는 얼마 전부터 그를 괴롭히는 소화불량 증세에도 불구하고 기쁨에 겨워 팔다리를 들어 올리며, 격렬한 외침을 뱉어 내며 미친 듯이 춤을 추기 시작했다. 기진맥진해서 바닥에 쓰러질 때까지.

그는 포로가 되었다! 드디어 구원받은 것이다!

상피네 성은 단지 여섯 시간 동안 적의 손에 넘어갔다가 다시 탈환된 것이었다.

포목상 라티에 대령은 라로슈우아젤 국민병을 진두지휘해 이 사건을 해결한 공로로 훈장을 받았다.

오르탕스 여왕

La Reine Hortense

아르장퇴유 사람들은 그녀를 오르탕스 여왕이라고 불렀다. 그 이유는 아무도 알지 못했다. 그녀가 명령을 내리는 장교처럼 단호한 어조로 이야기했기 때문일까? 그녀가 키 크고 골격 좋고 성격이 강압적이었기 때문일까? 그녀가 멍청한 하인, 닭, 개, 고양이, 검은머리방울새와 앵무새 등 그녀에게 소중한 존재들을 당당히 지배했기 때문일까? 그녀는 동물들을 애지중지하지 않았다. 다른 여자들처럼 가르랑거리는 고양이의 부드러운 털을 만지며 상냥한 말을 건네지도 않았고, 유치한 애정을 쏟지도 않았다. 자신의 짐승들을 권위 있게 지배할 뿐이었다. 그녀는 그들 위에 군림했다.

사실 그녀는 노처녀였다. 퉁명스러운 목소리와 메마른 몸짓을 가진 노처녀 중 하나였다. 그녀는 무딘 마음을 가진 것처럼 보였다. 반론도,

말대꾸도, 망설임도, 무기력도, 태만도, 피로도 결코 용인하지 않았다. 무슨 일이 생기든 그녀는 불평하거나 후회하는 말을 하지 않았다. 누군가를 시샘하지도 않았다. 그녀는 운명론자의 확신으로 이렇게 말하곤 했다. "각자 자기 몫이 있는 거예요." 그녀는 성당에 가지 않았고, 사제들을 좋아하지 않았으며, 종교적인 물건들을 '울보를 위한 물건'이라고 불렀다. 신도 거의 믿지 않았다.

작은 정원이 딸린 길가의 작은 집에서 산 30년 동안, 그녀는 하녀가 스물한 살이 되면 무정하게 다른 하녀로 바꾸었을 뿐 자신의 습관은 절대로 바꾸지 않았다.

개나 고양이나 새가 늙어서 죽거나 사고로 죽으면, 그녀는 눈물도 흘리지 않고 미련 없이 다른 놈으로 갈아 치웠다. 죽은 놈들은 화단에 삽으로 구덩이를 파서 그 안에 던져 넣고는, 흙을 덮고 무심하게 발로 다졌다.

읍내에는 그녀가 알고 지내는 지인들이 몇 있었다. 남편들이 매일 파리에 가는 여자들이었다. 이따금 그들이 저녁에 차 마시러 오라고 그녀를 초대했다. 그런 모임에 가면 그녀는 꾸벅꾸벅 졸았고, 사람들은 그녀를 깨워 집으로 돌려보내야 했다. 그럴 때 그녀는 낮이든 밤이든 길에 혼자 나서는 것을 무서워하지 않았다. 누가 집에 데려다 주는 것을 절대 허락하지 않았다. 그녀는 아이들도 좋아하지 않는 것 같았다.

그녀는 목재를 얇게 켜고, 정원을 다듬고, 톱이나 도끼로 나무를 베고, 노후한 집을 수리하고, 필요할 땐 석공 일까지 하는 등 남자가 하는 수많은 일들을 하며 시간을 보냈다.

그녀에게는 1년에 두 번 그녀를 보러 오는 친척들이 있었다. 결혼한 두 여동생 부부인 심 부부와 콜롱벨 부부였다. 여동생 중 한 명은 약초

판매상과 결혼했고, 다른 한 명은 금리생활자와 결혼했다. 심 부부에게는 자녀가 없었고, 콜롱벨 부부에게는 앙리, 폴린 그리고 조제프라는 이름의 세 자녀가 있었다. 앙리는 스무 살, 폴린은 열일곱 살, 조제프는 겨우 세 살이었다. 아내가 더 이상 출산을 할 수 없을 것 같았는데 예기치 않게 늦둥이가 태어난 것이다.

그러나 이 친척들과 오르탕스 여왕을 단단히 결합해 주는 애정 같은 것은 없었다.

1882년 봄, 오르탕스 여왕은 갑자기 병이 났다. 이웃들이 의사를 불러왔지만 그녀는 의사를 쫓아 버렸다. 그래서 마을 사제가 왔지만, 그녀는 반쯤 벌거벗은 차림으로 침대에서 나와 사제를 밖으로 내몰았다.

어린 하녀는 눈물에 젖어 그녀를 위해 탕약을 만들었다.

사흘 동안 몸져누운 그녀의 상태가 매우 위중해지자, 이웃에 사는 통제조공이 의사의 조언에 따라 그녀 집에 가서 그녀의 여동생 가족 연락처를 알아내 그들을 불렀다.

오전 10시경, 같은 기차를 타고 두 가족이 도착했다. 콜롱벨 부부는 어린 조제프를 데리고 왔다.

정원 입구에 다다랐을 때, 두 가족은 하녀가 의자에 앉아 벽에 몸을 기대고 울고 있는 것을 보았다.

개는 햇볕이 뜨겁게 내리쬐는 현관문 앞 깔개에 누워 자고 있었고, 고양이 두 마리는 눈을 감고 발과 꼬리를 길게 늘어뜨린 채 창틀 위에 죽은 듯이 쓰러져 있었다.

털이 노랗고 솜처럼 가벼워 보이는 뚱뚱한 암탉 한 마리가 꼬꼬댁거리며 정원을 가로질러 병아리 떼를 산책시켰다. 벽에는 커다란 새장 하나가 별봄맞이꽃에 뒤덮인 채 붙어 있었는데, 그 속에서 한 떼의 새들이 따뜻한 봄날 오전의 햇빛을 받으며 목청껏 지저귀었다.

오두막 형태의 다른 새장에 있는 모란잉꼬 한 쌍은 횃대 위에 나란히, 조용히 앉아 있었다.

몸이 무척 뚱뚱한 심 씨가 필요할 때면 항상 그러듯 다른 사람들을 제치고 맨 먼저 안으로 들어가서 물었다.

"셀레스트! 상황이 좋지 않은가 보지?"

어린 하녀가 눈물 너머로 신음하며 대답했다.

"이제 저도 못 알아보세요. 의사 선생님이 손쓸 방법이 없다고 말씀하셨어요."

모두들 서로의 얼굴을 바라보았다.

심 부인과 콜롱벨 부인은 한마디도 하지 않고 서로를 끌어안았다. 그녀들은 항상 앞가르마를 탄 평평한 머리 모양에 붉은 숄을 걸치고 화로처럼 눈부신 프랑스산 캐시미어 목도리를 두르고 다녔다. 서로 많이 닮은 모습이었다.

심 부인이 제부 쪽으로 몸을 돌렸다. 그는 위장병 때문에 안색이 노르스름하게 창백하고 몸이 야윈 남자였으며, 다리를 심하게 절었다. 그가 진지한 어조로 말했다. "맙소사! 이제 때가 되었군."

하지만 아무도 2층에 있는 죽어 가는 환자 방으로 들어가지 못했다. 심 씨도 걸음을 늦추었다. 콜롱벨 씨가 맨 먼저 마음을 정했다. 그는 배의 돛대처럼 몸을 흔들면서, 보도 위에 쇠로 된 지팡이를 짚어 소리를 내며 집 안으로 들어갔다.

다음으로 두 여자가 위험을 무릅썼다. 그리고 심 씨가 맨 뒤에서 행렬을 완성했다.

어린 조제프는 개를 구경하느라 정신이 팔려 밖에 있었다.

신경질적으로 흔들리는 환자의 두 손을 햇빛이 똑바로 비추었다. 햇빛은 끊임없이 위치를 바꾸며 침대를 양쪽으로 갈랐다. 환자의 손가락은 어떤 생각에 활기를 부여받은 것처럼, 뭔가를 의미하는 것처럼, 어떤 생각을 가리키는 것처럼, 어떤 통찰에 복종하는 것처럼 움직였다. 몸의 나머지 부분은 이불 밑에서 꼼짝도 하지 않았다. 각진 얼굴 역시 아무런 동요도 보여 주지 않았다. 눈은 감겨 있었다.

친척들은 반원형으로 늘어서서 한마디도 하지 않고 그녀를 바라보았다. 가슴이 조여들고, 숨이 가빠 왔다. 그들을 따라온 어린 하녀는 여전히 훌쩍훌쩍 울고 있었다.

심 씨가 입을 열어 물었다.

"의사 선생이 정확히 뭐라고 말했지?"

하녀가 우물우물 대답했다.

"마님을 가만히 두라고 하셨어요. 이제 할 수 있는 일이 아무것도 없다면서요."

갑자기 그 노처녀의 입술이 움직이기 시작했다. 그녀의 입술은 뭔가를, 죽어 가는 자신의 머릿속에 숨겨진 어떤 것을 조용히 말하려는 듯했다. 두 손도 이상한 손짓을 하며 급격히 움직였다.

갑자기 그녀가 평소 그녀에게서 들을 수 없었던 작고 가냘픈 목소리로, 항상 닫혀 있던 가슴 깊숙한 곳에서 나오는 듯한 목소리로 이야기를 했다.

심 씨는 그 광경이 가슴 아파서 발끝으로 걸어 밖으로 나갔다. 다리가 불구인 콜롱벨은 피곤해져서 의자에 앉았다.

두 여자는 그대로 서 있었다.

오르탕스 여왕은 아주 빠르게 재잘댔지만, 무슨 말을 하는 건지 전혀 알아들을 수 없었다. 그녀는 이름들을, 많은 이름들을 말했다. 상상 속의 인물들을 다정하게 불렀다.

"이리 오렴, 귀여운 필리프. 엄마에게 입맞춰 주렴. 너는 엄마를 많이 좋아하잖니. 그렇지, 애야? 그리고 로즈, 너는 엄마가 외출한 동안 네 여동생을 잘 돌봐 줘야 한다. 그 애를 혼자 두면 안 돼. 알겠지? 그리고 성냥에는 손을 대지 말거라."

그녀는 몇 초 동안 입을 다물었다. 그러다가 더 큰 목소리로 누군가를 부르듯 "앙리에트!"라고 말했다. 그리고 잠시 기다리다가 다시 말했다. "아버지에게 사무실에 출근하시기 전에 나와 이야기 좀 하자고 말씀드리렴." 그리고 갑자기 이렇게 말했다. "오늘은 내가 조금 힘드네요, 여보. 일찍 퇴근한다고 약속해 줘요. 당신 상사에게 내가 아프다고 말하세요. 내가 침대에 누워 있는 동안 아이들끼리 혼자 두면 위험하다는 걸 당신도 알잖아요. 저녁 식사로 설탕을 넣은 쌀 요리를 만들어 놓을게요. 아이들이 무척 좋아하거든요. 특히 클레르가 기뻐할 거예요!"

그녀는 웃기 시작했다. 그녀가 결코 내지 않던, 젊고 요란한 웃음소리였다. "장을 봐요. 정말 괴상한 얼굴을 하고 있네요. 잼이 얼굴에 잔뜩 묻었어요. 지저분한 꼬맹이 같으니! 좀 봐요, 여보. 장이 얼마나 우스운지요!"

콜롱벨이 여행 때문에 피곤해진 다리의 위치를 계속 바꾸며 중얼거렸다.

"처형은 남편과 아이들이 있는 꿈을 꾸는 것 같아요. 임종이 시작되는 거죠."

두 자매는 놀라고 어리둥절해서 여전히 움직이지 않고 있었다.

어린 하녀가 말했다.

"마님들, 숄과 모자를 벗으셔야겠어요. 응접실로 건너가실래요?"

그녀들은 한마디도 하지 않고 방 밖으로 나갔다. 콜롱벨도 죽어 가는 환자를 다시 홀로 남겨 둔 채 다리를 절면서 그녀들을 뒤따랐다.

두 여자가 숄과 모자를 벗고 마침내 자리에 앉았다. 그러자 고양이 한 마리가 창가를 떠나 기지개를 켜고는 응접실 안으로 뛰어 들어와 심 부인의 무릎 위에 앉았다. 심 부인이 고양이를 쓰다듬었다.

옆방에서는 마지막 순간을 맞아 죽어 가며 꿈속의 삶을 살고 있는 환자의 목소리가 계속 들려왔다. 그것은 그녀가 기다렸던 삶일 것이다. 그녀는 모든 것이 끝나려는 순간에 자신이 꿈꾸던 삶을 살고 있었다.

심 씨는 정원에서 무척 즐거워하며 어린 조제프와 개와 함께 놀고 있었다. 죽어 가는 환자에 대한 그 어떤 추억도 없는 뚱뚱한 시골 남자의 즐거움이었다.

갑자기 그가 집 안으로 들어와 하녀에게 말을 걸었다.

"이봐, 아가씨. 우리에게 점심 좀 만들어 줘. 뭘 먹겠소, 숙녀분들?"

향신료용 야채를 넣은 오믈렛, 새로 수확한 사과를 곁들인 소 등심, 치즈와 커피가 적절할 것 같았다.

콜롱벨 부인이 지갑을 찾기 위해 호주머니를 뒤지자, 심 씨가 그녀를 제지한 뒤 하녀를 돌아보며 물었다. "아가씨 돈 좀 가지고 있지?"

하녀가 대답했다.

"예, 나리."

"얼마나 있지?"

"15프랑요."

"그 정도면 충분하겠군. 서둘러, 아가씨. 배가 고파 오기 시작했거든."

심 부인이 바깥으로 눈길을 돌려 햇빛에 잠겨 기어오르는 꽃들과 맞은편 지붕 위의 비둘기 한 쌍을 보며 애통해하는 표정으로 말했다.

"이렇게 슬픈 일 때문에 여기에 오다니 불행한 일이에요. 오늘 같은 날 들판에 나가면 아주 좋을 텐데."

그녀의 여동생이 대답 없이 한숨을 쉬었다. 콜롱벨은 걷는 것이 힘들어 동요한 기색으로 중얼거렸다.

"이놈의 다리가 나를 지독히도 괴롭히는군."

어린 조제프와 개가 시끄럽게 떠들었다. 조제프는 기쁨의 함성을 질러 댔고, 개는 필사적으로 짖어 댔다. 그들은 두 명의 미치광이처럼 서로를 따라 달리며 화단 주위에서 숨바꼭질을 하고 있었다.

환자는 계속 아이들의 이름을 불렀다. 자신이 아이들에게 옷을 입힌다고, 아이들을 쓰다듬는다고, 아이들에게 읽는 법을 가르친다고 상상하며 이야기를 했다. "자, 시몽, 되풀이해 읽어 봐. A, B, C, D. 아니, 그게 아니지. 잘 들어 봐. D, D, D. 들리니? 자, 다시 읽어 보렴……"

심 씨가 말했다. "이 순간에 저런 이야기를 하다니 신기한 일이로군."

그러자 콜롱벨 부인이 말했다.

"아무래도 언니 곁으로 가보는 게 낫겠어요." 그러나 심 씨가 즉시 그녀를 만류했다.

"뭐하러 그래요? 그래 봤자 처형의 상태는 전혀 달라지지 않을 텐데. 우리는 여기 있는 게 나아요."

아무도 더 이상 고집을 부리지 않았다. 심 부인은 일명 모란잉꼬라고 불리는 초록색 새 한 쌍을 유심히 관찰했다. 그 새들의 유난한 금슬을 몇 마디 말로 칭찬하고, 그 새들만도 못한 인간들을 비난했다. 심 씨가 웃음을 터뜨리며 자기 아내를 바라보더니, 빈정대는 표정으로 노래를 흥얼거렸다. "트라 라 라. 트라 라 라 라." 자신의 정절에 관해 뭔가를 암시하려는 것처럼.

콜롱벨은 위경련이 나서 지팡이로 보도를 두들기고 있었다.

다른 고양이가 꼬리를 쳐들고 들어왔다.

그들은 1시가 되어서야 식탁 앞에 앉았다.

고급 보르도 포도주만 마시라는 권고를 받은 콜롱벨은 포도주를 맛보자마자 다시 하녀를 불렀다.

"이봐, 아가씨. 지하실에 이것보다 더 좋은 거 없어?"

"예, 나리. 나리께서 오실 때 대접해 드리곤 했던 고급 포도주가 있어요."

"잘됐군! 가서 그것으로 세 병 가져와요."

그들은 매우 훌륭해 보이는 그 포도주를 맛보았다. 유명한 포도원에서 생산한 포도주가 아니라, 오르탕스가 직접 만들어 15년간 지하실에 저장해 놓은 것이었다. 심 씨가 말했다. "이거야말로 환자의 포도주로군."

콜롱벨이 그 보르도 포도주를 갖고 싶다는 열렬한 욕망에 사로잡혀 하녀에게 다시 물었다.

"이거 얼마나 더 남아 있지, 아가씨?"

"오! 거의 모두 남아 있어요, 나리. 우리 마님께서는 그걸 마시지 않으셨거든요. 저 밑에 많이 쌓여 있어요."

그러자 콜롱벨이 자신의 동서를 돌아보며 말했다.

"심, 괜찮다면 나는 다른 것 대신 이 포도주를 인수할게요. 이 포도주가 내 위에 아주 잘 맞아요."

이번에는 암탉이 병아리 떼를 거느리고 들어왔다. 두 여자는 암탉에게 빵 조각을 던져 주며 재미있어했다.

어른들은 충분히 먹은 조제프와 개를 정원으로 내보냈다.

오르탕스 여왕은 여전히 이야기를 하고 있었지만, 이제는 무슨 이야기를 하는지 알아들을 수 없을 만큼 목소리가 작아져 있었다.

커피를 마신 뒤, 모두들 환자의 상태를 확인하러 갔다. 그녀는 편안해 보였다.

그들은 다시 밖으로 나와 소화도 시킬 겸 정원에 둥글게 둘러앉았다. 갑자기 개가 입에 무언가를 물고 의자들 주위를 전속력으로 돌기 시작했다. 조제프가 그 뒤를 따라 미친 듯이 뛰었다. 그러더니 둘 다 집 안으로 모습을 감추었다.

심 씨는 배를 햇볕에 드러낸 채 잠이 들었다.

환자가 다시 큰 소리로 이야기하기 시작했다. 잠시 후 갑자기 그녀가 외마디 소리를 질렀다.

두 여자와 콜롱벨이 그녀가 어떻게 되었는지 보러 서둘러 안으로 들어갔다. 잠에서 깨어난 심 씨는 그런 상황이 마음에 들지 않아 일어나지 않았다.

오르탕스 여왕은 얼빠진 눈으로 침대에 앉아 있었다. 개는 어린 조제프의 추적에서 벗어나기 위해 침대 위로 올라와 죽어 가는 그녀의 몸을 건너뛰어 베개 뒤로 몸을 피하고 있었다. 그러고는 게임을 다시 시작하기 위해 또 뛸 채비를 한 채 번득이는 눈으로 조제프를 바라보았다. 한 시간 전부터 갖고 놀던, 송곳니에 찢긴 여주인의 슬리퍼 한 짝을 물고서.

아이는 갑자기 몸을 일으킨 이모 때문에 겁을 먹고 침대 앞에 꼼짝않고 서 있었다.

시끄러운 소리에 놀라서 방 안으로 들어온 암탉이 의자 위로 뛰어올랐다. 그러고는 의자의 네 다리 사이에서 불안하게 짹짹거리는 병아리들을 애타게 불러 댔다.

오르탕스 여왕이 비통한 목소리로 외쳤다. "안 돼, 안 돼. 난 죽기 싫어. 죽기 싫다고! 내가 죽으면 내 아이들을 누가 키워? 누가 그 아이들을 돌봐? 누가 그 아이들을 사랑해 줘? 안 돼, 난 죽기 싫어! 죽기……"

그런 다음 침대에 벌렁 나자빠졌다. 그게 끝이었다.

몹시 흥분한 개가 깡충거리며 방 안을 뛰어다녔다.

콜롱벨이 창가로 달려가 동서를 불렀다. "어서 와요. 어서 오라고. 방금 그녀가 간 것 같아요."

그러자 심 씨가 할 수 없이 의자에서 일어나 망자의 방 안으로 들어와서는 우물우물 중얼거렸다.

"생각보다 오래 걸리진 않았군."

여행

En voyage

귀스타브 투두즈에게

1

객차는 칸에서부터 만원이었다. 승객들은 수다를 떨었다. 모두들 서로 아는 사이였다. 타라스콩을 지날 때 누군가가 말했다. "바로 여기가 살인 사건이 일어난 곳이에요." 그러자 사람들이 그 수수께끼 같은 살인 사건에 대해, 붙잡히지 않는 범인에 대해 이야기하기 시작했다. 범인은 2년 전부터 이따금씩 여행자의 생명을 빼앗았다. 각자 자신의 가설을 이야기하고 의견을 내놓았다. 여자들은 몸을 부르르 떨면서, 갑자기 기차 문에 사람의 얼굴이 나타나지는 않을까 두려워하면서 유리창 너머의 어두운 밤을 바라보았다. 사람들이 악당과의 만남에 관한, 특급열차 안에서 광인과 일대일로 대면한 일에 관한, 수상쩍은 인물 앞에서 몇 시간을 보낸 일에 관한 끔찍한 이야기들을 하기 시작했다.

모든 사람에게 일화가 하나씩 있었다. 각자 놀라운 상황에서 정신을 똑바로 차리고 경탄할 만한 담대함으로 악당을 위협하고, 퇴치하고, 구속했다고 했다. 그러자 매년 남부 지방에서 겨울을 보내는 한 의사가 자기가 아는 이야기를 들려주었다.

*

그가 말했다. 사실 나는 그런 사건에서 용기를 시험해 볼 기회가 한 번도 없었습니다. 하지만 그런 경험을 한 여자분을 알고 있어요. 내 환자들 중 한 명으로 지금은 세상을 떠난 분이지요. 그 여자분에게 세상에서 가장 이상하고, 가장 불가사의하고, 가장 눈물겨운 사건이 일어났답니다.

그 여자분은 마리 바라노프 백작 부인이라는 러시아인이었어요. 키가 매우 컸고 빼어난 미인이었지요. 러시아 여인들이 얼마나 아름다운지 여러분도 잘 아실 겁니다. 적어도 우리 눈에는 아름다워 보이지요. 코가 섬세하고, 입매가 우아하고, 눈은 간격이 가깝고 뭐라 정의할 수 없는 색이지요. 청회색이라고 해야 할까요. 그녀들은 차가운 우아함을 지녔고 조금 냉혹해 보이지요! 그녀들은 신랄하면서도 유혹적인 데가 있답니다. 도도하면서도 상냥하고 다정하면서도 엄격해서, 프랑스 남자가 보기에는 몹시 매력적이죠. 어쩌면 그녀들이 우리와 다른 종족, 다른 유형의 사람이어서 우리가 그녀들에게서 수많은 매력을 발견하는지도 모릅니다.

마리 바라노프 백작 부인은 여러 해 동안 폐병으로 고통받았지요. 그래서 그녀의 주치의는 그녀에게 프랑스 남부 지방으로 요양을 가라고 권했답니다. 하지만 그녀는 페테르부르크를 떠나기를 고집스럽게 거부했어요. 마침내 지난가을, 그녀의 상태가 위험하다고 판단한 의사는 그녀의 남편에게 알렸고, 남편은 즉시 아내를 망통으로 보내기로 했죠.

그녀는 기차를 탔습니다. 혼자 객차에 탔어요. 시중드는 사람들은 다른 객차를 차지했어요. 그녀는 조금 슬픈 기색으로 차창에 얼굴을 붙이고 들판과 마을들이 지나가는 모습을 바라보았습니다. 세상에서 버려져 아이들도 친지들도 없이 혼자 떨어져 있는 느낌이었지요. 남편의 사랑도 사라진 것 같았어요. 그는 그녀와 함께 오지 않고, 아픈 하인을 병원에 보내듯 그녀를 세상 끝으로 보내 버렸으니까요.

열차가 정거장에 멈출 때마다 하인 이반이 와서 필요한 것이 없는지 여주인을 살폈답니다. 늙은 이반은 주인을 위해서라면 물불을 가리지 않는 헌신적인 하인이었고, 여주인이 내리는 명령이라면 무엇이든 따를 준비가 되어 있었답니다.

어둠이 내렸고, 기차는 전속력으로 달려갔습니다. 하지만 그녀는 극도로 신경이 예민해져서 잠을 이루지 못했어요. 갑자기 어떤 생각이 머릿속을 스쳐서 그녀는 마지막 순간에 남편이 건네준 돈을, 그 프랑스 금화를 세어 보기로 했습니다. 그녀는 작은 주머니를 열고 안에 든 것을 무릎 위에 쏟았어요. 금화들이 반짝이는 광택을 발하며 무릎 위에 쏟아졌지요.

바로 그때, 차가운 바람 한 줄기가 그녀의 얼굴을 때렸습니다. 놀란 그녀는 고개를 들었지요. 객차의 문이 열려 있었어요. 마리 백작 부인은 혼비백산해서 치마 위에 흩어져 있는 돈 위에 숄을 와락 덮었습니다. 그리고 기다렸지요. 몇 초가 흘렀고, 한 남자가 모습을 드러냈습니다. 야회복 차림에 모자를 쓰지 않고 손에 상처가 난 남자였어요. 그는 숨을 헐떡이고 있었지요. 그는 객차 문을 닫고 좌석에 앉더니, 번득이는 눈으로 백작 부인을 바라보았답니다. 그런 다음 피가 흐르는 자신의 손목을 손수건으로 동여맸어요.

백작 부인은 공포 때문에 실신할 것 같았습니다. 그 남자가 그녀가 금화를 세는 모습을 보고 들어와서 그녀를 죽이고 돈을 훔칠 것 같았기 때문이지요.

그는 계속 숨을 헐떡이며 그녀를 주시했어요. 얼굴에 경련이 일고 있었고, 십중팔구 그녀에게 덤벼들 준비가 되어 있는 것 같았지요.

그가 갑자기 말했습니다.

"부인, 무서워하지 마세요!"

하지만 그녀는 감히 입을 열 수가 없어서 아무 대답도 하지 않았답니다. 심장이 두근거리는 소리가 들렸고, 귓속에서 윙윙거리는 소리가 났어요.

남자가 다시 말했습니다.

"저는 악당이 아닙니다, 부인."

그녀는 여전히 아무 대꾸도 하지 않았어요. 그녀가 불현듯 두 무릎을 좁혔고, 그러는 바람에 빗물받이 홈통에서 물방울이 떨어지듯 금화들이 그녀의 무릎에서 바닥의 양탄자로 쏟아져 내렸습니다.

남자는 시냇물처럼 흘러내리는 그 금화들을 깜짝 놀라서 바라보았고, 몸을 굽혀 그것들을 주우려고 했습니다.

그녀는 겁에 질려 자리에서 일어나서는 돈을 전부 객차 바닥에 내팽

개친 채 객차 문을 열고 나가 선로 위에 몸을 던지려 했어요. 하지만 그 남자가 그녀가 무슨 행동을 하려는 건지 알아차리고 몸을 날려 그녀의 두 팔을 붙잡은 뒤 억지로 자리에 앉혔습니다. 남자는 그녀의 두 손목을 붙잡고 말했습니다. "내 말을 잘 들으세요, 부인. 나는 악당이 아니에요. 그 증거로 이 돈을 주워 부인에게 돌려 드리려고 했잖아요. 내가 국경을 넘도록 도와주세요. 부인께서 도와주지 않는다면 나는 길 잃은 남자, 죽은 남자가 될 거예요. 더 이상의 것은 말씀드릴 수가 없습니다. 한 시간 뒤 우리는 러시아의 마지막 정거장에 도착할 겁니다. 한 시간 20분 뒤에는 국경을 넘을 거고요. 부인께서 도와주지 않으면 나는 끝장입니다. 하지만 부인, 나는 사람을 죽이지도, 도둑질을 하지도 않았습니다. 명예에 어긋날 만한 짓은 아무것도 하지 않았어요. 맹세합니다. 그 이상의 것은 부인에게 말씀드릴 수 없지만요."

말을 마친 남자는 객차 바닥에 무릎을 꿇고는 좌석 밑이나 멀리 굴러 간 것까지 일일이 찾으며 그녀의 금화들을 주워 모았답니다. 그런 다음 작은 가죽 주머니가 다시 가득 차자, 한마디도 덧붙이지 않고 백작 부인에게 돌려주고는 객차 다른 쪽 구석으로 돌아가서 앉았어요.

백작 부인도, 남자도 더 이상 몸을 움직이지 않았습니다. 백작 부인은 꼼짝 않고 말없이 앉아 있긴 했지만 공포 때문에 실신할 것 같았답니다. 하지만 시간이 흐르자 차츰 마음이 진정되었지요. 남자로 말하면, 아무런 몸짓도 움직임도 보이지 않았어요. 앞쪽에 눈길을 고정한 채 매우 창백한 얼굴로 마치 죽은 사람처럼 똑바로 앉아 있었지요. 그녀는 이따금 그에게 눈길을 던졌다가 얼른 돌려 버리곤 했어요. 그는 서른 살쯤 된 매우 잘생긴 남자였어요. 겉모습으로 미루어 볼 때 신사 같았지요.

기차는 어둠 속을 달렸고, 날카로운 호출 소리를 어둠 속에 던졌고,

이따금 속도를 늦추다가 다시 전속력으로 달렸습니다. 하지만 갑자기 속도를 줄이고 여러 번 경적 소리를 낸 뒤 완전히 멈춰 섰지요.

하인 이반이 여주인의 명령을 받기 위해 문가에 모습을 드러냈습니다.

마리 백작 부인은 몸을 떨면서 자신의 수상쩍은 여행 동료를 마지막으로 찬찬히 살펴본 뒤, 하인에게 불쑥 말했어요.

"이반, 당신은 그만 백작님 곁으로 돌아가요. 나에겐 당신이 더 이상 필요 없으니까."

그러자 늙은 하인은 당황해서 눈을 휘둥그레 뜨고는 더듬더듬 중얼거렸어요.

"하지만 주인님께서……"

그녀가 다시 말했지요.

"아니, 따라오지 마요. 생각이 바뀌었어요. 당신은 러시아에 머물러 있어요. 자, 이건 돌아갈 여비예요. 그리고 당신 모자와 외투를 나에게 줘요."

늙은 하인은 놀란 표정으로 모자를 벗었고, 여전히 순종적인 태도로 자신의 외투를 벗어서 내밀었습니다. 그는 주인들의 갑작스러운 명령에, 거역할 수 없는 변덕에 익숙했으니까요. 그러고는 눈에 눈물이 맺힌 채 멀어져 갔지요.

기차가 다시 출발해 국경을 향해 달려갔습니다.

그러자 마리 백작 부인이 객차 안의 남자에게 말했어요.

"당신을 위해 이렇게 조치한 거예요. 이제 당신은 내 하인 이반이에요. 단, 조건을 하나 붙이겠어요. 나에게 절대로 말을 걸지 마요. 고마움을 표하기 위해서든 어떤 목적이든 나에게 한마디도 하지 마요."

미지의 남자는 말없이 허리를 굽혀 절을 했습니다.

얼마 지나지 않아 기차가 다시 멈춰 섰고, 제복을 입은 관리들이 객차 안으로 들어왔습니다. 백작 부인은 그들에게 서류를 내밀었고, 객차 깊숙한 곳에 앉아 있는 그 남자를 가리키며 이렇게 말했지요.

"저 사람은 내 하인 이반이에요. 여기 저 사람의 여권이 있어요."

기차가 다시 출발했습니다.

그들은 밤새도록 말없이 서로 마주 보고 앉아 있었지요.

아침이 되어 기차가 독일 기차역에 멈춰 서자, 미지의 남자는 기차에서 내려 그녀가 앉은 차창으로 다가가 이렇게 말했습니다.

"약속을 지키지 못하는 것을 용서하십시오, 부인. 하지만 나는 부인에게서 하인을 빼앗았습니다. 그러니 하인 역할을 대신하는 것이 도리에 맞는 일이지요. 뭐 필요하신 것 없습니까?"

그러자 그녀는 쌀쌀맞게 대답했지요.

"가서 내 하녀를 불러와요."

그는 하녀를 부르러 갔습니다. 그런 다음 완전히 모습을 감추었지요.

그녀가 다른 역에서 내려 음식 판매대로 다가갔을 때, 그가 멀리서 자기를 보고 있는 것을 알아차렸습니다. 그들은 망통에 도착해 있었습니다.

2

의사는 잠시 입을 다물었다가 다시 말했다.

어느 날 내가 진료실에서 환자들을 맞이하고 있는데, 키 큰 남자 하나가 들어와 나에게 말했습니다.

"박사님, 마리 바라노프 백작 부인의 소식을 물으러 왔습니다. 그분은 저를 전혀 모르시겠지만, 저는 그분 남편의 친구입니다."

나는 대답했습니다.

"백작 부인은 회복될 가능성이 없습니다. 러시아로 돌아가지 못할 거예요."

그러자 그 남자는 갑자기 흐느껴 울기 시작했어요. 그러더니 일어나서 술 취한 사람처럼 비틀거리며 밖으로 나가더군요.

그날 저녁 나는 백작 부인에게 웬 낯선 남자가 나를 찾아와 그녀의 소식을 물었다고 알려 주었습니다. 그녀는 감동한 것 같았고, 내가 방금 여러분에게 한 이야기를 나에게 전부 들려주었습니다. 그러고는 이렇게 덧붙였어요.

"내가 전혀 알지 못하는 그 사람이 그림자처럼 나를 따라다녀요. 나는 외출할 때마다 그 사람과 마주쳐요. 그럴 때면 그 사람은 이상한 표정으로 나를 바라보지요. 하지만 절대 나에게 말을 걸지는 않아요."

그녀는 생각에 잠겼다가 다시 덧붙였습니다.

"그래요, 그 사람이 지금 내 방 창문 밑에 있다는 데 내기를 걸 수도 있어요."

그녀는 소파를 떠나 창가로 가서 커튼을 젖힌 후, 나를 만나러 왔던 그 남자를 나에게 보여 주었습니다. 그 남자는 산책로의 벤치에 앉아 그녀의 방 쪽을 바라보고 있었어요. 그는 우리를 알아보고는 벤치에서 일어나더니, 한 번도 고개를 돌리지 않고 멀어져 갔습니다.

나는 그렇게 그 놀랍고도 고통스러운 장면을, 서로를 전혀 알지 못하는 두 존재의 말 없는 사랑을 목격했지요.

그는 구원받은 짐승이 생명의 은인에게 헌신하듯 그녀를 사랑했습니다. 감사하는 마음으로 죽음까지 불사할 정도로 헌신했어요. 그는 자기가 누구인지 내가 눈치챘다는 것을 알고 매일 찾아와서 나에게 물었습니다. "그분은 어떻게 지내시나요?" 그리고 그녀가 나날이 더 허약해지고 창백해진 모습으로 지나가는 것을 보고 하염없이 눈물을 흘렸어요.

그녀는 나에게 말했습니다.

"나는 그 이상한 남자와 딱 한 번 이야기를 나누었어요. 그런데 마치 20년 전부터 그 남자를 알고 있는 듯한 기분이에요."

그와 마주치면 그녀는 진지하고 매력적인 미소를 띠며 그에게 인사를 건넸습니다. 나는 그녀가 행복하다는 걸 느꼈어요. 그녀는 가족들로부터 버려져 있었고, 자신의 목숨이 거의 끝나 간다는 것을 알고 있었습니다. 하지만 나는 그녀가 그의 존경과 참을성 있는 태도에, 그의 무한한 순정과 열렬한 헌신의 사랑에 행복해한다는 것을 느낄 수 있었어요. 그러나 그가 약속을 지키려고 끈질기게 고집을 부린 만큼이나 그녀역시 그를 맞아들이는 것을, 그의 이름을 물어보는 것을, 그와 이야기를 나누는 것을 필사적으로 거부했어요. 그녀는 이렇게 말했습니다. "아니, 안 돼요. 그러면 이 기묘한 우정이 망가질 거예요. 우리는 서로 모르는 사람으로 남아야 해요."

그로 말하면, 확실히 돈키호테 같은 남자였습니다. 그녀에게 다가가기위한 아무런 행동도 하지 않았으니까요. 기차 안에서 했던, 절대 그녀에게 말을 걸지 않겠다는 터무니없는 약속을 끝까지 지키고 싶어 했어요.

긴 투병 생활 동안 그녀는 자주 소파에서 일어나 창가로 가서 커튼을 반쯤 걷고는 그가 밑에 있는지 확인하려고 밖을 내다보았습니다. 그때마다 벤치 위에 꼼짝 않고 앉아 있는 그를 발견했지요. 그녀는 입가에 미소를 띤 채 다시 돌아와 자리에 누웠어요.

어느 날 오전 10시경, 그녀는 마침내 세상을 떠났습니다. 내가 밖으로 나오자, 그가 당황한 얼굴로 나에게 다가왔습니다. 이미 소식을 들은 것 같았어요.

"박사님이 계신 앞에서 잠시 그녀를 보고 싶습니다." 그가 말했습니다. 나는 그의 팔을 붙잡고 다시 안으로 들어갔지요.

죽은 여인의 침대 앞에 서자 그는 그녀의 손을 잡더니, 끝나지 않을 듯한 긴 입맞춤을 했습니다. 그런 다음 미치광이처럼 도망쳐 버렸어요.

*

의사는 또 입을 다물었다가 다시 말했다.

"그래요, 이것이 내가 아는 기차 여행에 얽힌 가장 기묘한 이야기입니다. 남자들은 이상하고 제정신이 아니라는 것도 말해야겠군요."

그러자 의사의 이야기를 듣고 있던 한 여자가 낮은 목소리로 중얼거렸다.

"그 두 사람은 당신이 생각하는 것처럼 미치지 않았어요…… 그들은…… 그들은……"

하지만 그녀는 더 이상 말을 하지 못했다. 눈물이 하염없이 흘러내렸기 때문이다. 사람들이 그녀를 진정시키려고 화제를 바꾸는 바람에, 그녀가 하려고 한 말이 무엇인지는 알 수 없게 되었다.

밀롱 영감

Le Père Milon

커다란 태양이 한 달 전부터 들판에 강렬한 열기를 쏘아 댔다. 쏟아지는 그 열기 밑에서 빛나는 생명이 부화했다. 땅은 초록빛으로 한없이 길게 뻗어 있었고, 하늘은 지평선 가장자리까지 파랬다. 노르망디 지방의 농장들은 작은 숲의 너도밤나무 띠 속에 갇혀 있었다. 가까이에 있는 낡아 빠진 울타리를 열자, 마치 드넓은 정원을 보는 것 같았다. 그곳의 농부들처럼 뼈가 드러난 오래된 사과나무들에 전부 꽃이 피어 있었기 때문이다. 갈고리 모양으로 굽고 뒤틀린 오래되고 거무스레한 나무줄기들이 흰색과 분홍색으로 이루어진 눈부신 둥근 지붕을 하늘 밑에 펼쳐 놓았다. 꽃들이 피어나는 달콤한 향기가 열린 축사에서 나는 기름 냄새 그리고 암탉들이 잔뜩 앉아 있는 두엄이 발효하는 냄새와 뒤섞였다.

정오였다. 가족들은 문 앞의 배나무 그늘에서 식사를 하고 있었다. 아버지, 어머니, 아이 넷, 하녀 둘, 하인 셋이었다. 그들은 거의 이야기를 하지 않았다. 그들은 수프를 먹었고, 그런 다음에는 베이컨과 감자가 든 스튜 요리를 먹었다.

이따금 하녀 한 명이 일어나 사과술 항아리를 채우러 지하실에 내려갔다.

마흔 살의 키 큰 사내인 아버지가 뱀처럼 구불거리며 집 담벼락을 따라 겉창 밑으로 뻗어 있는 헐벗은 포도밭을 바라보았다.

그가 말했다. "올해에는 아버지의 포도밭이 일찍 싹을 틔웠군. 아마도 수확이 꽤 좋을 거야."

그의 아내도 몸을 돌려 포도밭을 바라보았지만 한마디도 하지 않았다.

그 포도밭은 그의 아버지가 총살형을 당한 바로 그 장소에 자리해 있었다.

1870년 전쟁 동안의 일이었다. 프로이센 군인들이 그 고장 전체를 점령했다. 페데르브 장군은 북부의 군대를 이끌고 그들에게 대항했다.

프로이센군 참모부가 이 농장 안에 꾸려졌다. 이 농장을 소유하고 있던 늙은 농부 피에르 밀롱 영감은 그들을 맞아들이고 최선을 다해 협조했다.

한 달 전부터 독일 전초부대가 마을에 머무르며 경계 태세를 취하고 있었다. 프랑스 군대는 10리외 떨어진 곳에서 꼼짝하지 않았다. 그런데 매일 밤 독일 창기병들이 자취를 감추었다.

고립된 척후병들, 정찰 임무를 띠고 두세 명씩 짝을 지어 길을 나섰던 병사들이 돌아오지 않았다.

아침에 들판에서, 뜰 가장자리에서, 구덩이 안에서 그들의 시신이 발견되었다. 그들이 타고 간 말들은 검에 목이 베인 채 길에 쓰러져 있었다.

누가 그런 짓을 저질렀는지 밝혀낼 수는 없었지만 아마도 같은 사람이 저지른 것 같았다.

그 고장 사람들은 공포에 떨었다. 프로이센군 참모부는 단순한 고발만 믿고 농부들을 총살하고 여자들을 감옥에 가두었다. 두려움을 이용해 아이들의 입을 통해 정보를 알아내려 했다. 하지만 아무것도 밝혀내지 못했다.

그러던 어느 날 아침, 그들은 얼굴에 칼자국이 난 채 자기 마구간 안에 누워 있는 밀롱 영감을 발견했다.

농장에서 3킬로미터 떨어진 곳에서는 배가 갈린 독일 창기병 두 명이 발견되었다. 그들 중 한 명은 피투성이가 된 무기를 아직도 손에 쥐고 있었다. 최후의 순간까지 몸부림치며 방어했던 것이다.

농장 앞에 즉시 군법회의가 소집되었고, 노인이 끌려왔다.

노인의 나이는 68세였다. 그는 키가 작고 야위었으며 팔다리가 조금 굽었고, 커다란 두 손은 게의 집게발 같았다. 머리카락이 푸석푸석하고 숱이 적고 어린 오리의 솜털처럼 나풀거려서 정수리 곳곳에 두피가 들여다보였다. 주름진 갈색 목에는 턱 밑에 파묻힌 굵은 핏줄이 보였다. 관자놀이에도 핏줄이 불거져 있었다. 그는 그 고장에서 거래에 까다로운 사람으로 통했다.

부엌에서 옮겨 온 탁자 앞에 병사 네 명이 서 있고, 그들 사이에 노인도 서 있었다. 장교 다섯 명과 대령은 노인의 맞은편에 앉았다.

대령이 프랑스어로 말했다.

"밀롱 영감, 우리는 여기에 온 후 당신 집을 빌려 살았소. 당신은 항상 우리에게 호의적이었고 심지어 친절하기까지 했소. 하지만 오늘 당신에 관한 끔찍한 고발이 들어왔고, 그 고발의 진위 여부를 밝혀야 하게 되었소. 얼굴의 그 상처는 어떻게 해서 생긴 거요?"

농부는 아무 대답도 하지 않았다.

대령이 다시 말했다.

"그렇게 침묵하면 유죄판결을 받을 거요, 밀롱 영감. 나는 당신이 대답하길 원하오, 알겠소? 오늘 아침 예수 수난상 근처에서 발견된 창기병 두 명을 누가 죽였는지 알고 있소?"

노인이 분명하게 대답했다.

"내가 그랬소."

대령은 깜짝 놀라서 잠시 입을 다물고 밀롱 영감을 골똘히 응시했다. 하지만 밀롱 영감은 마치 담당 사제와 이야기를 나누는 양 늙은 농부다운 멍한 표정으로 눈을 내리깔고 태연하게 있었다. 단 한 가지 몸짓만 그의 내적 동요를 말해 주었다. 목이 무척 메는 듯 눈에 띄게 애를 쓰며 연이어 침을 삼켰던 것이다.

그의 아들 장, 며느리 그리고 손주 둘이 겁에 질리고 깜짝 놀란 얼굴로 열 걸음쯤 뒤에 서 있었다.

대령이 이어서 말했다.

"한 달 전부터 매일 아침 들판에서 발견된 우리 군대의 척후병들을 누가 죽였는지도 알고 있소?"

그러자 노인은 똑같이 태연한 표정으로 난폭하게 대답했다.

"내가 그랬소."

"당신이 그 사람들을 전부 죽였단 말이오?"

"그렇소. 전부 내가 그랬소."

"당신 혼자?"

"그렇소, 나 혼자."

"어떻게 한 건지 말해 보시오."

그러자 노인은 감정이 복받친 것 같았다. 오랫동안 이야기를 해야 해서 불편해하는 기색이었다. 그가 더듬더듬 말했다.

"내가 그걸 다 기억하겠소? 나는 발견된 그대로 했소."

대령이 다시 말했다.

"나에게 모든 것을 말해야 한다고 경고했소. 그러니 즉시 말하는 게 좋을 거요. 처음에 어떻게 시작했소?"

노인은 뒤에서 주의 깊게 상황을 지켜보고 있는 가족들을 향해 걱정스러운 눈길을 던졌다. 그러고는 잠시 망설이다가 갑자기 결심을 한 듯 이야기를 시작했다.

"어느 날 밤 나는 집으로 돌아오고 있었소. 아마 10시쯤 되었을 거요. 당신들이 여기에 온 다음 날이었소. 당신과 당신의 병사들은 나를 암소 한 마리와 양 두 마리를 먹일 50에퀴짜리 사료 부대로 여겼소. 속으로 이런 생각이 들더군. '누가 내게서 20에퀴를 가져간다면 내 쪽에서도 앙갚음을 해줘야지.' 그런데 곰곰이 생각해 보니 다른 생각도 들더란 말이오. 당신에게 그 얘기를 해주리다. 그때 당신의 기병들 중 한 명이 내 곳간 뒤 도랑 위에서 파이프 담배를 피우고 있었소. 나는 벽에 걸려 있던 낫을 손에 들고 뒤로 해서 종종걸음으로 다가갔소. 그는 아무 소리도 듣지 못하는 것 같더군. 나는 이삭을 베듯 단숨에, 단 한 번에 그의 머리를 베었소. 그는 '아이쿠!'라는 외마디 비명만 질렀지. 당신은 부하들에게 늪 밑바닥을 수색하라고 시켜, 시체와 울타리의 돌 하나가 담긴 자루를 찾아냈을 거요.

하지만 생각이 있던 나는 그 시체의 신발에서 모자까지 옷가지들을 모두 벗겨서 그것들을 뜰 뒤에 있는 마르탱 숲의 석고 화덕 안에 숨겨 놓았소."

노인이 입을 다물었다. 장교들은 어안이 벙벙해져 서로를 바라보았다. 신문이 다시 시작되었다. 그들이 알아낸 것은 다음과 같다.

일단 한 번 살인에 성공하자 노인은 이런 생각을 했다. '프로이센 놈들을 계속 죽이자!' 그는 욕심 많고 애국심 강한 농부의 엉큼하고도 악착스러운 증오로 그들을 미워했다. 그가 말한 대로 그에게는 생각이 있었다. 그는 며칠 동안 기다렸다.

그들은 자유롭게 밖을 드나드는 그를 내버려 두었다. 그 정도로 그는 정복자들에게 겸손하고 순종적이고 호의적인 모습을 보여 주었던 것이다. 그는 매일 밤 전령들이 길을 나서는 것을 알게 되었다. 그러자 그는 독일 병사들과의 교류를 통해 필요한 독일어 몇 마디를 배웠다.

어느 날 밤, 그는 뜰에서 나가 숲 속으로 들어갔다. 그리고 석고 화덕에 가서 긴 회랑 밑바닥으로 들어간 뒤 죽은 자의 옷가지를 찾아내 그것을 입었다.

그런 다음 밀렵꾼처럼 주위를 세심히 살피며, 아주 조그만 소리에도 귀를 기울이며, 몸을 숨기기 위해 비탈을 따라 기어가면서 들판을 어슬렁거리기 시작했다.

시간이 되었다는 생각이 들자, 길 쪽으로 접근해 가시덤불 속에 숨었다. 그는 더 기다렸다. 자정쯤 되자 말이 달려오는 소리가 딱딱한 길바닥 위에 울려 퍼졌다. 노인은 독일 기병이 오고 있다는 것을 확인하기 위해 땅바닥에 귀를 갖다 댔다. 그리고 채비를 마쳤다.

그 창기병은 통신문을 가지고 빠른 속도로 오고 있었다. 노인은 눈을 크게 뜨고 귀를 쫑긋 세운 채 다가갔다. 창기병과의 거리가 열 걸음쯤으로 좁혀지자 밀롱 영감은 발을 끌면서 길을 건넌 뒤 신음하며 독일어로 이렇게 말했다. "도와줘요! 도와줘요!" 말을 멈춘 독일 기병은 독일군 제복을 입은 남자를 보았다. 기병은 남자가 부상당했다고 생각하고 말에서 내려 아무런 의심 없이 가까이 다가갔다. 기병이 그 미지의 남자를 향해 몸을 숙였을 때, 구부러진 긴 칼날이 기병의 배 한가운데에 푹 박혔다. 기병은 단말마의 비명도 지르지 못하고 몸만 부르르 떨고는 쓰러져 버렸다.

그러자 그 노르망디 노인은 늙은 농부의 말 없는 기쁨으로 얼굴이 환해져서 다시 몸을 일으키고는 스스로의 기쁨을 위해 시신의 목을 베었다. 그런 다음 시신을 도랑까지 끌고 가 던져 버렸다.

독일 기병의 말은 조용히 주인을 기다리고 있었다. 밀롱 영감은 그 말에 올라타 평원을 빠르게 달려갔다.

한 시간쯤 달렸을 때, 그는 독일군 척후병 두 명이 나란히 그 고장으로 돌아오는 모습을 보게 되었다. 그는 그들에게 곧장 다가가서 독일어로 또 외쳤다. "도와줘요! 도와줘요!" 척후병들은 그가 입은 제복을 보고는 아무런 경계심 없이 그가 다가오도록 내버려 두었다. 노인은 두 병사 사이를 쏜살같이 지나가면서 검과 권총으로 한 사람씩 쓰러뜨렸다.

그런 다음 그들이 타고 있던 말들의 목을 베었다. 독일 말들의 목을! 그 후 천천히 석고 화덕으로 가서, 자신이 타고 온 말을 어두운 회랑에 숨겨 놓고는 제복을 벗고 누더기 옷으로 갈아입은 다음 집으로 돌아가 아침까지 잠을 잤다.

시체들이 발견되자 그는 공개수사가 끝나기를 기다리며 나흘 동안 밖으로 나오지 않았다. 그리고 닷새째가 되자 다시 밖으로 나가 병사 두 명을 똑같은 방법으로 또 죽였다. 그때부터 그는 매일 밤 밖으로 나가 모험을 찾아 어슬렁거리기를 멈추지 않았다. 달빛 비치는 인적 없는 들판을 빠르게 달리며 여기저기서 프로이센 병사들을, 길 잃은 그 정찰병들을 쓰러뜨렸다. 임무를 완수하면 시체들을 길에 놓아둔 채 석고 화덕으로 가서 말과 군복을 숨겨 놓았다.

그는 매일 밤 자정이 가까워 오면 침착한 표정으로 석고 화덕에 가서 말에게 아낌없이 귀리와 물을 먹였다. 자신의 일이 계속 잘되기를 바라며.

하지만 어제는 그가 공격했던 보초병 둘 중 하나가 그의 얼굴을 검으로 베었다.

그는 보초병 둘을 모두 죽인 뒤, 석고 화덕으로 돌아가 말을 숨기고 자신의 초라한 옷을 다시 입었다. 하지만 돌아가는 길에 힘이 빠져 버렸고, 도저히 집까지 돌아갈 수가 없어서 마구간으로 갔다.

그리고 사람들이 피투성이가 된 채 밀짚 위에 쓰러져 있는 그를 발견한 것이다……

이야기를 마친 밀롱 영감이 갑자기 고개를 쳐들고 자랑스러운 표정으로 프로이센 장교들을 바라보았다.

자기 콧수염을 잡아당기고 있던 대령이 밀롱 영감에게 물었다.

"더 할 말 없소?"

"없소, 더 이상 없어요. 셈은 공평하오. 나는 더도 덜도 아니고 당신들 열여섯 명을 죽였으니까."

"당신이 죽을 거라는 건 압니까?"

"난 당신에게 자비를 구하지 않았소."

"당신은 군인이었소?"

"그렇소. 당시에는 나도 원정을 나갔지. 그런데 당신들이 내 아버지를 죽였소. 황제의 군인이었던 그를 말이오. 지난달 에브뢰 근처에서 내 둘째 아들 프랑수아를 죽인 것은 제쳐 두고라도 말이오. 나는 당신들에게 빚이 있고 그것을 갚았을 뿐이오. 이젠 빚이 탕감된 거요."

프로이센 장교들이 서로의 얼굴을 바라보았다.

노인이 다시 말했다.

"내 아버지 몫으로 여덟 명, 내 아들 몫으로 여덟 명이오. 나는 빚을 갚았소. 나는 당신들과 다투려 한 게 아니오. 난 당신들을 전혀 모르오! 당신들이 어디서 왔는지만 알 뿐이오. 당신들은 여기 내 집에 있고, 마치 당신들 집에 있는 것처럼 명령을 하지. 아무튼 나는 다른 사람들을 위해 복수를 했고 전혀 후회하지 않는다오."

그러고는 경직된 상반신을 일으키며 겸손한 영웅 같은 태도로 팔짱을 꼈다.

프로이센 군인들은 낮은 목소리로 오랫동안 이야기를 나누었다. 역시 지난달에 아들을 잃은 대위 한 명이 그 도량 큰 망나니를 옹호했다.

그러자 대령이 일어나서 밀롱 영감에게 다가가 목소리를 낮추어 말했다.

"내 말 잘 들으시오, 영감. 아마도 당신의 목숨을 구원할 방법이 있을 거요. 그것은……"

하지만 밀롱 영감은 프로이센 대령을 똑바로 바라만 볼 뿐 대령의 말에는 전혀 귀 기울이지 않았다. 바람이 불어와 그의 머리통에 붙은 머리털이 나풀거렸다. 그가 얼굴을 잔뜩 찌푸리자 칼자국 난 야윈 얼굴이 오그라들었다. 그는 가슴을 부풀리더니 프로이센 남자의 얼굴 한가운데에 온 힘을 다해 침을 뱉었다.

　대령은 질겁해서 손을 들어 올렸다. 하지만 노인은 또 한 번 대령의 얼굴에 침을 뱉었다.

　장교들이 벌떡 일어서서 동시에 큰 소리로 명령을 외쳤다.

　1분도 되지 않아 병사들은 여전히 태연한 표정을 하고 있는 노인을 담벼락에 밀어붙이고 사격을 가했다. 그러는 동안에도 노인은 맏아들 장에게 미소를 보내고 있었다. 얼이 빠져서 그 광경을 바라보는 며느리와 두 손주에게도.

미스 해리엇
Miss Harriet

×× 부인에게

우리 일곱 사람, 즉 여자 넷과 남자 셋(이들 중 한 명은 마부 옆자리에 앉아 있었다)은 사륜마차를 타고 말들의 발길에 따라 길이 구불구불 이어진 큰 언덕을 올라가고 있었다.

동이 트자마자 에트르타에서 출발해 탕카르빌의 폐허를 보러 가는 중이었다. 우리는 서늘한 아침 공기에도 정신이 몽롱해서 계속 졸고 있었다. 특히 여자들은 사냥꾼처럼 이른 시각에 일어나는 일에 별로 익숙하지 않아서, 해돋이가 주는 감흥에도 무감각한 채 줄곧 눈을 감고 고개를 숙이거나 하품을 했다.

가을이었다. 길 양쪽 끄트머리에서부터 헐벗은 들판이 펼쳐져 있었다.

들판은 귀리와 밀을 베어 내고 남은 짧은 밑동들 때문에 노르스름하게 보였다. 면도를 잘못한 턱수염 같은 그 밑동들이 땅을 뒤덮고 있었다. 안개에 감싸인 땅은 마치 김을 피워 올리는 것 같았다. 하늘에서는 종달새들이 지저귀었고, 수풀 속에서는 다른 새들이 쩍쩍거렸다.

마침내 우리 앞에 해가 떠올랐다. 지평선 가장자리가 매우 붉었다. 해가 높이 떠오름에 따라 주변은 시시각각 더 밝아졌고, 들판은 잠에서 깨어나 미소를 짓고 몸을 흔드는 것 같았다. 하얀 수증기 잠옷을 벗고 침대 밖으로 나오는 아가씨 같기도 했다.

좌석에 앉아 있던 데트라유 백작이 외쳤다. "저것 봐요, 산토끼입니다." 그는 왼쪽으로 한쪽 팔을 뻗어 토끼풀이 있는 곳을 가리켰다. 산토끼는 커다란 귀만 보여 주며 숨어서 달아났다. 밭을 가로질러 도망치다가 멈추고, 다시 출발해 미친 듯이 뛰어가고, 방향을 바꾸었다가 위험을 탐색하며 걱정스러운 표정으로 마음을 정하지 못하고 길 위에 멈춰 섰다. 그러더니 엉덩이로 폴짝폴짝 뛰며 다시 달리기 시작했다. 이윽고 산토끼는 널찍한 무밭 속으로 자취를 감추었다. 산토끼의 움직임을 눈으로 따라가면서 남자들은 모두 잠에서 깨어났다.

르네 르마누아르가 말했다. "오늘 아침 우리는 점잖지 못하군요." 그러고는 옆에 앉아 잠과 싸우고 있는 키 작은 세렌 남작 부인을 바라보며 작은 목소리로 말했다. "남편분을 생각하고 계시죠, 남작 부인? 안심하십시오. 남편분은 토요일에나 돌아올 테니까요. 아직 나흘이나 남았습니다."

세렌 남작 부인이 졸린 미소를 띠며 대답했다. "정말 바보 같은 소리네요!" 그런 다음 자신의 몽롱한 정신을 일깨우며 덧붙였다. "이봐요, 우리 재미있는 이야기 좀 해요. 슈날 씨, 당신은 리슐리외 공작보다도 여복이 많은 사람으로 통하죠. 당신이 경험한 사랑 이야기 하나 해줘요. 이야기 하고 싶은 것으로."

레옹 슈날은 무척 잘생기고 체격이 좋아 외모에 자부심이 많고 여자들의 사랑도 많이 받은 늙은 화가였다. 그는 하얀 턱수염을 한 손으로 쥐고 쓰다듬더니, 잠시 생각을 해본 뒤 갑자기 심각한 표정이 되었다.

"이 이야기는 즐겁지 않을 거요, 숙녀 여러분. 내 인생에서 가장 비통했던 사랑 이야기를 여러분에게 들려 드리리다. 여러분은 그와 비슷한 감정을 느끼지 않기를 바라는 바요."

1

스물다섯 살 때 나는 노르망디 지방의 언덕들을 따라가며 떠돌이 화가 노릇을 하고 있었소.

나는 '떠돌이 화가'라고 말했소. 풍경화를 그린다는 구실로 등에 배낭을 메고 이 여인숙 저 여인숙으로 방랑을 했으니까. 발길 닿는 대로 그렇게 방랑하는 삶보다 더 좋은 것을 나는 알지 못한다오. 그런 삶에는 그 어떤 속박도 없고 근심도 없소. 아무런 걱정 없이 자유롭지요. 심지어 내일 일을 생각할 필요도 없다오. 자신의 공상 말고는 그 어떤 안내자도 없이, 눈에 들어오는 즐거운 풍경 말고는 그 어떤 조언자도 없이 마음 내키는 대로 길을 따라가면 되니까. 아름다운 시냇물에 매혹되어 걸음을 멈추고, 여관에서 흘러나오는 맛있는 감자튀김 냄새에 걸음을 멈추기도 한다오. 때로는 참으아리 냄새가 혹은 여인숙 아가씨의 순진한 눈길이 머물 곳을 정해 주기도 하지요. 시골 아가씨들의 그런 정감을 멸시하지 마시오. 그녀들도 영혼과 감각을 지녔다오. 건강한 두 뺨과 싱그러운 입술을 갖고 있고, 그 격렬한 입맞춤은 야생 과일의 맛처럼 감미롭지. 사랑이란 어디서 오든 간에 항상 대가를 동반한다오. 사랑하는 이를 보면 가슴이 뛰고, 사랑하는 이가 떠나가면 눈물을 흘리지요. 그것은 너무나 귀하고 달콤하고 값진 것이니 절대로 멸시하면 안 된다오.

나는 암소들이 잠들어 있는 축사 뒤 앵초가 가득 핀 도랑에서, 햇볕의 열기에 아직 뜨듯한 다락방의 밀짚 위에서 사랑들을 경험했다오. 투박하고 탄력 있는 육체 위에 펼쳐지던 회색 천에 대한 추억이, 순진하면서도 솔직한 애무에 대한 미련이 내 마음속에 아직도 남아 있지요. 그 애무들은 매혹적이고 고상한 여자들로부터 얻는 섬세한 쾌락보다 더 거칠고 강렬한 매력이 있다오.

하지만 그런 방랑 생활에서 내가 특히 좋아하는 것은 들판, 숲, 해돋이, 낙조, 달빛 같은 것이라오. 그것은 우리 화가들에게는 땅과의 신혼여행 같은 것이지요. 땅과 아주 가까이에서 길고도 고요한 만남을 가질 수 있다오. 그러다가 초원에서, 데이지와 개양귀비 한가운데에서 잠이 든다오. 쏟아져 내리는 밝은 햇살 아래 눈을 뜨면 정오에 울리는 뾰족한 종탑이 있는 조그만 마을이 저 멀리 바라다보이지요.

홀쭉하게 키가 크고 생기로 빛나는 풀잎 한가운데의 떡갈나무 발치에서 솟아나는 샘물가에 앉기도 한다오. 무릎을 꿇고 몸을 숙여 코와 콧수염을 적시는 그 차갑고 투명한 물을 마시지요. 입과 입을 대고 키스를 하듯 육체의 쾌락을 느끼며 그 샘물을 마신다오. 그 가느다란 물줄기를 따라가다가 널찍한 물웅덩이를 만나면, 옷을 모두 벗고 거기에 풍덩 빠져 달콤하고 차가운 애무처럼 활기차고 경쾌한 물의 떨림을 머리에서 발끝까지 느끼기도 하지요.

언덕 위에서는 즐겁고, 연못가에서는 우수에 젖는답니다. 해가 핏빛 구름바다 속으로 가라앉을 때, 그리고 붉은 제 모습을 강물에 비출 때는 흥분에 사로잡힌다오. 그리고 밤이 오면 하늘 깊숙한 곳을 지나가는 달빛 아래에서 대낮의 환한 빛 속에서는 하지 않을 수천 가지 기묘한 생각을 한다오.

그렇게 지금 우리가 와 있는 바로 이 고장을 방랑하던 나는 어느 날 저녁 이포르와 에트르타 사이 라팔레즈 위에 있는 베누빌이라는 작은 마을에 도착했다오. 바다로 깎아지르듯 튀어나온 백악질 암벽들이 있는 성벽 같은 높다란 언덕을 따라 페캉에서 오는 길이었지요. 소금기 머금은 바닷바람 아래 심연 가장자리에 돋아난, 양탄자처럼 부드럽고 탄력 있는 짧은 잔디 위를 아침부터 걸어온 참이었어요. 나는 목청 높여 노래를 부르며 성큼성큼 걷고, 때로는 하얀 날개를 구부린 채 둥근 원을 그리며 파란 하늘을 천천히 날아다니는 갈매기를 쳐다보고, 때로는 초록빛 바다 위에 떠 있는 고깃배의 갈색 돛을 바라보며 태평하고 자유롭고 행복한 하루를 보냈다오.

사람들이 나에게 어느 농가를 알려 주었소. 너도밤나무들이 두 줄로 둘러싼 노르망디식 뜰 한가운데에 있는, 시골 아낙네가 운영하는 일종의 여인숙 같은 곳으로 여행자들이 묵어가는 곳이었다오.

나는 암벽으로 이루어진 해안을 떠나 키 큰 나무들에 둘러싸인 그 작은 마을에 도착했고, 르카쇠르 아주머니의 그 여인숙으로 갔다오.

르카쇠르 아주머니는 주름살이 있고 엄격한 늙은 시골 여자였소. 늘 마지못해 경계하는 태도로 손님들을 맞이하는 것처럼 보였지.

때는 5월이었다오. 꽃이 핀 사과나무들이 향기로운 꽃으로 뜰을 뒤덮었고, 장미 꽃잎들이 끊이지 않고 빙글빙글 돌며 사람들과 풀밭 위로 비처럼 쏟아졌소.

내가 물었소. "르카쇠르 부인, 제가 묵을 방이 있을까요?"

그러자 그녀는 내가 자기 이름을 알고 있는 것에 놀라서 이렇게 대답했다오.

"아, 예약이 거의 다 찼어요. 그래도 한번 알아볼게요."

5분 뒤 우리는 합의를 보았고, 나는 침대 하나, 의자 두 개, 탁자 하나, 대야 하나가 있는 시골풍의 방 흙바닥에 내 배낭을 내려놓았소. 그 방은 널찍하고 연기가 가득한 부엌과 통해 있었지요. 부엌에서 투숙객들이 농가 사람들 그리고 여인숙 여주인과 함께 식사를 했소. 여인숙 여주인은 과부였지.

나는 손을 씻은 뒤 다시 밖으로 나갔소. 여주인이 거무스름하고 그을음이 묻은 냄비 걸이가 달린 커다란 화덕에서 저녁으로 먹을 닭을 소스에 조리고 있었소.

"지금도 여행자들이 있습니까?" 내가 그녀에게 물었소.

그러자 그녀가 불만스러운 듯한 표정으로 대답했소. "여자 손님이 한 분 있어요. 나이 든 영국 여자분이죠. 그 여자분이 다른 방을 쓰고 있어요."

나는 하루에 5수를 더 내는 조건으로 날씨가 좋을 때 밖에서 혼자 식사할 수 있는 권리를 얻었소.

그렇게 해서 여인숙 문 앞에 식탁이 차려졌고, 나는 맑은 사과술을 마시고 나흘 되었지만 맛이 괜찮은 큼직한 흰 빵을 먹으면서 노르망디 닭의 기름기 없는 다리를 이로 뜯기 시작했소.

그때 길로 통하는 나무 울타리가 갑자기 열리더니 낯선 여자 한 명이 여인숙 건물을 향해 다가왔소. 야위고 키가 무척 큰 여자로, 붉은 체크

무늬의 스코틀랜드 숄로 몸을 감싸고 있어서, 엉덩이 위치에 기다란 손이 보이지 않았다면 마치 팔이 없는 것처럼 보일 정도였소. 그 손에는 하얀 여행용 양산이 들려 있었소. 미라 같은 얼굴을 둘러싼 나선형 컬이 진 잿빛 머리카락이 그녀가 걸을 때마다 위로 통통 튀어 올라서, 왠지 모르지만 기름종이에 싸인 훈제 청어가 연상되었다오. 그녀는 눈을 내리깐 채 활기찬 걸음걸이로 내 앞을 지나 초가집 안으로 들어갔소.

그 기묘한 출현에 나는 즐거워졌다오. 그 여자는 틀림없이 여인숙 여주인이 말한, 내 옆방을 쓴다는 나이 든 영국 여자였소.

그날은 그 여자를 다시 보지 못했소. 그리고 다음 날 내가 그림을 그리려고 여러분도 잘 알고 있는, 에트르타까지 내려가는 매력적인 작은 골짜기 깊숙한 곳에 자리를 잡고 있을 때, 눈을 들어 보니 이상한 뭔가가 언덕 꼭대기에 솟아 있는 것이 보였소. 마치 작은 깃발이 장식된 돛대 같았지요. 바로 그 여자였소. 나를 보자 그 여자는 얼른 모습을 감춰 버렸소.

나는 점심을 먹기 위해 정오에 여인숙으로 돌아갔고, 그 묘한 노부인과 안면을 트기 위해 공동 식탁에 자리를 잡고 앉았다오. 하지만 그녀는 내가 건네는 공손한 말들에 대답하지 않았소. 심지어 내가 보여 주는 소소한 배려에도 무관심한 것 같았소. 하지만 나는 그녀의 반응에는 아랑곳하지 않고 고집스럽게 그녀의 잔에 물을 따라 주고, 요리 접시들을 신속히 건네주었다오. 그러자 그녀는 감지할 수 없을 만큼 고개를 조금 움직이고는 영어로 뭐라고 중얼거렸는데, 소리가 너무 작아서 무슨 말인지 전혀 알아들을 수가 없었소. 아무튼 그것이 그녀의 유일한 감사 표시였다오.

그녀 때문에 정신이 산란하긴 했지만, 나는 그쯤에서 그녀에 대한 관심을 꺼버렸소.

그리고 사흘 뒤, 나는 르카쇠르 부인만큼이나 그녀에 대해 많은 것을 알게 되었다오.

그녀의 이름은 미스 해리엇이었소. 그녀는 여름을 보낼 한적한 마을을 찾던 중 6주 전 베누빌에 들르게 되었는데, 이후 그곳을 떠날 생각이 전혀 없어 보였소. 그녀는 식탁에서 잡담을 나누는 법이 절대 없었소. 신교도의 조그만 전도 책자를 읽으며 빠르게 식사를 했지요. 그녀는 그 책에 나오는 내용을 모든 사람들에게 전파했소. 마을 신부님도 심부름 값으로 2수를 받은 어느 남자아이를 통해 그 책자 네 권을 받았다고 했소. 이따금 그녀는 아무런 준비도 되어 있지 않은 여인숙 여주인에게 밑도 끝도 없이 말을 건넸다오. "나는 그 무엇보다 주님을 사랑해요. 그분이 만드신 모든 피조물 속에서 그분을 찬미해요. 그분이 창조하신 자연 속에서 그분을 숭배해요. 내 마음속에는 항상 그분이 계세요." 그러고는 사람들을 개종시키기 위한 소책자 한 권을 당황한 그 시골 아낙네에게 불쑥 내밀었다오.

마을 사람들은 그녀를 좋아하지 않았소. 학교 선생님은 이렇게 단언했지. "그 여자는 무신론자예요." 그녀는 마을 사람들로부터 심한 비난을 받았소. 르카쇠르 부인이 신부님에게 상의하자 신부님은 이렇게 대답하셨다오. "그 여자분은 이단자입니다. 하지만 하느님께서는 죄인이라도 용서하시지요. 나는 그 여자분이 완벽한 도덕성을 갖춘 분이라고 생각합니다."

마을 사람들은 '무신론자'나 '이단자'라는 단어의 정확한 의미를 알지 못했으므로 마음속에 의혹을 가졌다오. 게다가 그 영국 여자가 매우 부자지만 가족들에게 쫓겨나는 바람에 세상 여러 나라를 여행하며 한평생을 보내고 있다는 소문이 돌았소. 그녀의 가족들은 왜 그녀를 쫓아냈을까? 그야 당연히 그녀의 불경 행위 때문이었소.

사실 그녀는 원칙에 열광하는 사람, 영국이 많이 배출한 완고한 청교도 가운데 한 사람이었다오. 그런 여자들은 유럽의 모든 여인숙 식당들을 뻔질나게 찾아다니고, 이탈리아를 망쳐 놓고, 스위스를 오염시키고, 지중해의 매력적인 도시들을 살 수 없는 곳으로 만든다오. 그런 노부인과 처녀 들은 자기들의 괴벽과 화석처럼 굳어진 숫처녀의 풍속과 필설로 다할 수 없는 몸치장법을, 밤에 상자 속에 미끄러졌다가 빠져나왔다고 생각하게 하는 고무 냄새를 도처에 전파한다오.

어느 호텔에서 그런 여자 한 명을 보았을 때, 나는 들판에서 허수아비를 본 새처럼 꽁무니를 뺐지요.

하지만 그 노부인은 내 눈에 너무나 이상하게 보였을 뿐 절대 기분이 상하지는 않았다오.

시골 풍속과 다른 모든 것에 본능적으로 적대감을 가지는 르카쉬르 아주머니는 편협한 지력 안에서 그 노처녀의 종교적 황홀경에 대해 일종의 증오를 느꼈다오. 그녀는 그 노부인의 특성을 지칭하는 표현 하나를 찾아냈다오. 확실히 멸시가 섞인 표현이었지요. 그런 표현이 어떻게 해서 그녀의 입에서 나왔는지, 어떤 막연하고 수수께끼 같은 정신 작용을 통해 그런 표현을 생각해 냈는지는 알 수 없었지만 말이오. 그녀는 이렇게 말했다오. "그 여자는 마귀 들린 여자예요." 근엄하고 감상적인 노부인에게 부여된 그 표현은 나에게는 못 견디게 우습게 들렸다오. 그래서 나도 그 노부인을 보면 '마귀 들린 여자'라고 큰 소리로 말하는 데서 익살스러운 즐거움을 느끼게 되었지요.

나는 르카쉬르 아주머니에게 이렇게 물었다오. "그런데 우리의 마귀 들린 여자분께서는 오늘 무얼 하시나요?"

그러면 그 시골 아낙네는 분노한 표정으로 이렇게 대답했다오.

"선생, 선생은 그 여자가 다리가 부러진 두꺼비 한 마리를 가져왔다고 생각하지 않아요? 그것을 자기 방 대야 속에 넣고 글겅이질을 해주려고 말이에요. 바로 그게 신성모독 행위가 아니고 뭐겠어요!"

예전에 미스 해리엇은 절벽으로 둘러싸인 해안가에서 산책을 하다가 어부가 낚아 온 커다란 물고기 한 마리를 사서는 바다에 다시 던져 준 적이 있다고 했소. 그러자 그 어부는 값을 후하게 받았는데도 그녀가 자기 호주머니에서 돈을 훔쳐 간 것보다 더 화가 나서 그녀에게 흠씬 욕을 했다더군요. 한 달이 지나자 그는 더욱 격분에 사로잡혀 욕설을 퍼붓지 않고는 그 일에 대해 이야기도 하지 못할 지경이 되었고요. 오, 그렇소! 그 여자는, 미스 해리엇은 정말로 마귀 들린 여자였던 거요. 르카쇠르 부인이 그런 명칭으로 그녀를 부른 것은 그야말로 천재적인 영감에서 나온 행동이었소.

젊은 시절 아프리카에서 군 복무를 했기에 사푀르*라고 불리는, 마구간을 담당하는 일꾼은 다른 의견을 갖고 있었소. 그는 영리한 표정으로 이렇게 말했소. "세월이 그 노부인을 그렇게 만들어 놓은 겁니다."

그 가여운 여자가 그 말을 들었다면 뭐라고 했을까요?

나이 어린 하녀 셀레스트도 웬만해서는 그녀의 시중을 들려고 하지 않았다오. 정확한 이유는 알 수 없었소. 아마도 그 노부인이 외국인, 다른 종족, 다른 언어를 말하고 다른 종교를 가진 사람이었기 때문이 아닐까 싶소. 결국 마귀 들린 여자라는 거지요!

---

*프랑스어로 '공병工兵'이라는 뜻이다.

그녀는 들판을 방황하면서 자연 속에서 하느님을 찾고 찬미하며 시간을 보냈다오. 어느 날 밤, 나는 가시덤불 속에 무릎을 꿇고 있는 그녀를 발견했소. 나뭇잎들 너머에 붉은 형체가 보여서 나뭇가지들을 헤쳐보았소. 그랬더니 미스 해리엇이 그런 식으로 발각된 것에 당황해서 백주대낮에 사람에게 발견된 야행성 맹금류처럼 겁에 질린 눈으로 나를 바라보며 우뚝 서 있지 않겠소.

바위 속에서 그림을 그릴 때 때때로 나는 마치 신호기가 보내는 신호처럼 절벽 가장자리에 서 있는 그녀를 발견하곤 했다오. 그녀는 금빛으로 물든 광활한 바다와 타오르듯 붉게 물든 넓은 하늘을 홀린 듯 바라보고 있었소. 이따금씩 작은 골짜기 깊숙한 곳에서 영국 여자다운 탄력 있는 걸음걸이로 빠르게 걷고 있는 그녀를 보기도 했다오. 그럴 때면 나는 계시를 받은 듯한 그녀의 얼굴을, 메말랐지만 말로 표현할 수 없는 심오한 내적 기쁨에 충만한 그 얼굴을 보기 위해 뭔가에 이끌리듯 그녀를 향해 다가가곤 했소.

무릎 위에 성서를 펼쳐 놓은 채 농장 한쪽 구석 사과나무 그늘 풀밭에 앉아 먼 곳을 응시하는 그녀를 만나는 일도 자주 있었다오.

나는 그 고장의 탁 트이고 감미로운 풍광이 마음에 들고 그 고요한 분위기에 애착을 느껴 더 이상 방랑하지 않고 머물렀다오. 모든 것으로부터 멀리 떨어져 있고 땅과 가까운 그 무명의 농장에 머무르는 것이 좋았소. 언젠가 우리가 우리의 시신으로 비옥하게 만들 훌륭하고 건강하고 아름다운 초록빛의 땅에 말이오. 호기심 비슷한 것이 르카쇠르 아주머니의 여인숙에 나를 붙들어 놓았다는 것도 털어놓아야겠소. 미스 해리엇이라는 이상한 여자를 좀 더 알고 싶고, 방황하는 영국 노부인들의 외로운 영혼 속에 무슨 일이 일어나는지도 알고 싶었소.

우리는 퍽이나 괴상한 방식으로 교분을 텄다오. 나는 내 눈에 훌륭하게 보였고 실제로도 그랬던 그림 한 점을 막 끝낸 참이었소. 그 그림은 15년 뒤에 1만 프랑에 팔렸소. 하기야 그 그림은 2 더하기 2는 4라는 공식보다 더 간단한 관학풍의 원칙 바깥에 위치하는 것이었다오. 그 그림 오른쪽에는 바위 하나가 그려져 있소. 미관을 해치는 갈색, 노란색, 붉은색의 해조류가 덮인 커다란 바위가. 그 바위 위를 기름처럼 흘러내리는 햇빛은, 그림을 보는 사람이 뒤에 숨겨진 별을 미처 보지 못하는 사이 바위를 붉게 물들이지. 그렇소. 그 그림의 전경은 환한 빛으로 붉게 타올라 눈부시게 찬란하다오.

왼쪽에는 바다가 있는데, 파란 바다나 청회색의 바다가 아니라 짙은 색의 하늘 아래 있는 비취빛 바다, 초록빛이 도는 유백색의 거친 바다라오.

나는 그 그림에 너무도 만족해서 마치 춤을 추듯 걸어 그 그림을 여인숙으로 가져갔다오. 세상 모든 사람들이 그 그림을 보았으면 했소. 오솔길 가장자리에 서 있는 암소에게 그 그림을 보여 주며 이렇게 외쳤던 것이 기억나는구려.

"이것 좀 봐, 암소야. 이런 그림은 자주 볼 수 없을걸."

여인숙 앞에 도착하자 나는 즉시 목청껏 고함을 질러 르카쇠르 아주머니를 불렀다오.

"이봐요, 이봐요, 아주머니! 이리 와서 이것 좀 봐요."

르카쇠르 아주머니가 와서 바보 같은 눈으로 내 작품을 관찰했다오. 하지만 그녀는 아무것도 분간하지 못했소. 심지어 그 그림이 소를 그린 것인지 집을 그린 것인지조차 알지 못했소.

미스 해리엇이 돌아왔소. 그녀는 내가 그 그림을 여인숙 여주인에게 보여 주고 있던 바로 그 순간 내 뒤를 지나갔소. 그 마귀 들린 여자가 그림을 보지 못했을 리는 없었소. 나는 그 그림이 시야에서 벗어나지 않도록 주의를 기울여 보여 주고 있었으니까. 미스 해리엇은 충격을 받고 깜짝 놀라서 우뚝 멈춰 섰소. 그림 속의 바위가 그녀 자신이 서 있던 바위 같았기 때문이오. 그녀가 마음껏 몽상에 잠기려고 기어 올라갔던 그 바위 말이오.

그녀는 "아!" 하고는 영어로 중얼거렸소. 악센트가 강하고 매우 듣기 좋아서 나는 빙그레 웃으며 그녀 쪽으로 몸을 돌렸소. 그러고는 이렇게 말했소.

"제가 최근에 그린 그림이랍니다."

그러자 그녀는 황홀해하는 감동적인 어조로 이렇게 중얼거렸소.

"오, 선생. 선생은 매우 감동적인 방식으로 자연을 이해하는군요."

맙소사, 그녀의 칭찬에 나는 여왕의 행차보다 더 감격해서 얼굴이 붉어졌다오. 나는 유혹되고, 매료되고, 정복되었다오. 내 명예를 걸고 하는 말인데, 가능했다면 그녀에게 입맞춤이라도 했을 거요!

그날 나는 늘 그러듯 식탁에서 그녀 옆자리에 앉았소. 처음으로 그녀가 큰 목소리로 자기 생각을 이야기했소. "오! 나는 자연을 너무나 사랑해요."

나는 빵, 물, 포도주를 그녀에게 권했고, 그녀는 미라 같은 얼굴에 엷은 미소를 띤 채 그것들을 받아들였다오. 나는 풍경화에 관해 수다를 떨었소.

식사를 마친 뒤, 우리는 함께 일어나 뜰을 가로질러 걷기 시작했다오.

내가 황혼이 바다 위에 질러 놓은 엄청난 불길에 마음이 끌려 절벽으로 향하는 울타리를 열었고, 우리는 방금 서로를 이해하고 서로의 안으로 침투해 들어간 사람들처럼 기분 좋은 마음으로 나란히 출발했소.

포근하고 부드러운 밤이었다오. 몸과 마음이 모두 행복한 평화로운 밤이었소. 모든 것이 즐겁고 모든 것이 매혹적이었지. 풀과 해초 냄새가 가득한 포근하고 향기로운 바람, 그 야생의 바람이 후각을 애무하고, 짭짜래한 바다 냄새가 미각을 애무하고, 파고드는 감미로움이 정신을 애무했다오. 우리는 심연 가장자리로 다가갔소. 우리 100미터 밑에서 광활한 바다가 요동치며 파도 위로 입을 벌리고 가슴을 부풀렸소. 대서양을 가로질러 온 신선한 바람, 파도의 긴 입맞춤으로 소금기를 머금은 바람은 우리의 피부 위를 천천히 미끄러졌다오.

그 영국 노부인은 체크무늬 숄을 꼭 여민 채 계시를 받은 표정으로 바람에 이를 드러내며 커다란 해가 바닷속으로 가라앉는 모습을 바라보았소. 우리 앞 저쪽에, 시야가 막히는 곳에는 돛을 모두 올린 세 돛대 범선 한 척이 불타는 듯한 하늘 위에 자신의 윤곽을 그리고 있었소. 더 가까운 곳에서는 증기선 한 척이 뒤쪽으로 연기를 내뿜으며 지나갔다오. 그 배 뒤에서는 끝없는 구름이 수평선 전체를 가로지르고 있었소.

붉은 태양이 천천히 내려왔다오. 얼마 지나지 않아 그것은 움직임 없는 배 바로 뒤쪽에서 바닷물과 만났소. 그 배는 불로 된 액자 속에 나타나듯 선명한 해 한가운데에 모습을 드러냈다오. 해는 대서양에 삼켜지듯 조금씩 가라앉았소. 우리는 해가 가라앉고, 작아지고, 완전히 사라지는 모습을 지켜보았소. 완전히 끝이 났소. 오직 작은 배만 먼 금빛 하늘을 배경으로 선명한 윤곽을 드러내고 있었다오.

미스 해리엇은 열광하는 눈길로 타는 듯한 해의 종말을 응시했소. 확실히 그녀는 하늘, 바다, 수평선 전부를 포옹하고 싶다는 터무니없는 욕망을 갖고 있었소.

그녀가 중얼거렸소. "아! 좋아요…… 정말 좋아요……" 나는 그녀의 눈에 맺힌 눈물을 보았소. 그녀가 다시 말했소. "난 작은 새가 되어 창공으로 날아가고 싶어요."

그녀는 내가 자주 보았던 대로 주홍빛 숄에 파묻힌 채 붉은 얼굴로 절벽 위에 우뚝 서 있었소. 나는 그런 그녀의 모습을 스케치북에 재빨리 스케치하고 싶었다오. 사람들이 그것을 보았다면 황홀감을 묘사한 풍자화라고 말했을 거요.

나는 웃지 않기 위해 돌아섰다오.

잠시 후 나는 색조, 색가色價, 강한 터치 등 전문용어를 사용해 가며 친구에게 하듯 그림에 대해 이야기했소. 그녀는 내가 하는 말들의 난해한 의미를 간파하려고, 내 생각을 알아채려고 애쓰며 주의 깊게 경청했소. 때때로 그녀는 이렇게 말했소. "오! 이해해요, 이해해요. 그건 무척 가슴 두근거리는 일일 거예요."

우리는 여인숙으로 돌아갔소.

다음 날 나를 보자 그녀는 활기차게 다가와 내게 손을 내밀었다오. 그리고 우리는 즉시 친구가 되었소.

그녀는 열광하면 껑충껑충 튀어 오르는, 용수철 같은 영혼을 지닌 선량한 피조물이었다오. 그러나 쉰 살에 이르도록 아가씨로 남아 있는 여자들이 모두 그렇듯 균형감이 부족했소. 그녀는 상해서 시큼해진 순진함에 젖어 있는 것 같았다오. 하지만 마음속에는 매우 젊은, 열렬히 타오르는 어떤 것을 간직하고 있었소. 그녀는 너무 오래된 술처럼 발효된 사랑으로, 남자들에게는 한 번도 주지 않은 관능적인 사랑으로 자연과 동물을 사랑했다오.

젖을 먹이는 암캐를 보면, 거치적거리는 망아지를 데리고 초원을 달리는 암말을 보면, 털도 나지 않은 벌거숭이 몸으로 부리를 벌리고 쩍쩍거리는 새끼 새들이 가득한 둥지를 보면, 과도한 감동으로 가슴을 두근거렸다오.

여인숙의 공동 식탁에서 식사하는 외롭게 방황하는 음울하고 가여운 존재들, 우스꽝스러운 동시에 비통한 그 존재들. 나는 그녀를 알게 된 이후 그 존재들을 사랑한다오!

나는 그녀가 나에게 뭔가 할 말이 있다는 것을 곧 감지했다오. 하지만 그녀는 감히 말하지 못했지. 한편으로 나는 수줍어하는 그녀의 태도가 재미있었다오. 아침에 내가 등에 화구 상자를 지고 길을 나서면 그녀는 무척 불안한 표정으로 어떤 말로 이야기를 시작할지 생각하며 마을 끄트머리까지 나를 따라왔소. 그런 다음 갑자기 나를 떠나 깡충거리는 걸음걸이로 서둘러 사라져 버렸다오.

그러던 어느 날 마침내 그녀가 용기를 내어 이렇게 말했다오. "당신이 어떻게 그림을 그리는지 내가 좀 봐도 될까요? 그래도 괜찮아요? 몹시 궁금해서요." 그런 다음 그녀는 자기가 무척 뻔뻔스러운 말이라도 한 듯 얼굴을 붉혔소.

나는 그녀를 프티 발 골짜기로 데려갔다오. 그리고 거기서 그림을 그리기 시작했소.

그녀는 내 뒤에 서서 내가 하는 모든 몸짓을 집중해서 주의 깊게 살펴보았소.

그런데 갑자기 그녀가 나를 성가시게 할까 봐 두려운 듯 "고마워요"라고 말하고는 자리를 떴다오.

하지만 얼마간 시간이 흐르자 더욱 친숙해져서 매일 눈에 띄게 즐거워하는 표정으로 나를 따라다니기 시작했소. 그녀는 팔 밑에 접이식 간이의자를 끼고 따라왔소. 내가 들어 주려고 해도 절대 허락하지 않고 내 옆에 그것을 펼치고 앉았다오. 그녀는 내 모든 움직임을 따라 붓 끝에 눈길을 고정한 채 몇 시간이고 말없이 꼼짝 않고 앉아 있었소. 내가 차분한 색의 물감을 나이프로 넓게 펴 발라 예기치 않던 정확한 효과를 얻어 냈을 때, 그녀는 놀라고 기쁘고 감탄한 나머지 자기도 모르게 "아!" 하는 감탄사를 작게 내뱉었소. 그녀는 내 그림에 대해 감동스러운 존경심을 갖고 있었소. 신의 작품인 대자연을 인간의 손으로 재현해 내는 것에 대한 거의 종교적인 존경심이었지. 그녀는 내 그림들을 종교화처럼 여겼다오. 나를 개종시키려고 애쓰며 이따금 신에 대한 이야기를 늘어놓기도 했소.

오! 그녀의 선하신 하느님은 대단한 수단도 없고 대단한 힘도 없는 묘한 분, 마을의 철학자 같은 분이었다오. 그녀가 늘 그분을 자기 눈앞에서 일어나는 부정한 행위들을 몹시 애석해하는 존재로 표현했으니 말이오. 마치 그분이 그런 일들을 막을 수 없는 것처럼.

그녀는 그분과 매우 좋은 관계를 맺고 있었다오. 자기의 비밀과 불만까지 그분에게 모두 털어놓는 것 같았소. 그녀는 '대령님께서 명령하셨다'고 신병에게 말하는 중사처럼 '하느님께서 원하세요' 혹은 '하느님께서 원치 않으세요'라고 말했다오.

그녀는 내가 하늘의 뜻에 무지한 것을 마음 깊이 개탄스럽게 여겨 나를 깨우쳐 주려고 애썼다오. 덕분에 나는 매일 호주머니 안에서, 모자 안에서, 화구 상자를 바닥에 내려놓을 때 그 상자 안에서, 아침에 문 앞에 놓인 왁스 칠한 신발 속에서 그녀가 천국으로부터 직접 받은 것이 틀림없는 신앙에 관한 소책자들을 발견했다오.

나는 다정하고 솔직한 태도로 오랜 친구처럼 그녀를 대했소. 하지만 얼마 지나지 않아 그녀의 거동이 조금 달라진 것을 깨달았다오. 처음에는 그것에 주의하지 않았지만 말이오.

골짜기 깊숙한 곳에서, 우묵한 길에서 내가 그림을 그릴 때면 갑자기 그녀가 빠르고 또박또박한 걸음걸이로 나타났다오. 그녀는 온 힘을 다해 달려온 듯 혹은 어떤 깊은 감정에 흔들리기라도 한 듯 숨을 헐떡인 뒤 갑자기 주저앉았소. 그럴 때면 그녀의 얼굴은 극도로 붉었소. 다른 어떤 민족도 가지지 못하는, 영국인만의 붉은 안색이었소. 이윽고 그녀는 이유도 없이 안색이 창백해져 흙빛이 되었고, 거의 기절할 지경이 되었다오. 하지만 차츰 평소의 모습을 되찾았소. 그러고 나면 그녀가 이야기를 시작했소.

그런데 갑자기 그녀가 도중에 말을 멈추고 일어나서는 너무나 빠르고 이상한 몸짓으로 달아나는 바람에, 혹시 내가 그녀를 기분 나쁘게 하거나 그녀에게 상처 주는 행동을 한 건 아닌지 곰곰이 생각해 보았다오.

결국 나는 그것이 그녀의 평소 행동이라고, 우리가 처음 알게 되었을 때는 나를 배려하느라 조금 다르게 행동한 거라고 생각하게 되었소.

바람이 몰아치는 언덕 위를 몇 시간 동안 걸어서 농장으로 돌아오면, 나선형으로 꼬인 그녀의 긴 머리카락은 마치 용수철이 끊어진 듯 풀어헤쳐진 채 머리에 매달려 있었다오. 하지만 그녀는 그것에 거의 신경을 쓰지 않고 가벼운 바람에 머리를 흐트러뜨린 채 거리낌 없이 저녁 식사를 하러 왔소.

그러나 시간이 좀 흐르자 그녀는 내가 전구 알 같다고 말하는 그것을 가다듬기 위해 자기 방으로 올라갔소. 내가 그녀를 화나게 하는 친숙하고 아양 떠는 태도로 "오늘은 별처럼 아름다우십니다, 미스 해리엇"이라고 말하면 젊은 아가씨처럼, 열다섯 살 난 소녀처럼 두 뺨에 피가 조금 몰렸소.

그 뒤 그녀는 다시 완전히 비사교적이 되어서 내가 그림 그리는 것을 보러 오지 않았다오. 나는 이렇게 생각했소. '이건 일시적인 발작일 뿐이야. 곧 지나가겠지.' 하지만 전혀 그렇지 않았다오. 이제 그녀는 내가 말을 걸면 짐짓 무심한 듯 혹은 약간 화가 난 것처럼 대꾸를 했소. 무례하고 초조하게, 신경질적으로 행동했소. 나는 식사 때만 그녀를 볼 수 있었고, 우리는 거의 이야기를 나누지 않았다오. 아무래도 내가 정말로 그녀의 기분을 상하게 한 것 같다는 생각이 들었소. 그래서 어느 날 저녁 그녀에게 물어보았소. "미스 해리엇, 왜 예전처럼 저와 이야기하지 않으십니까? 제가 무슨 일로 당신을 기분 나쁘게 했나요? 당신의 행동 때문에 무척 마음이 쓰이네요!"

그러자 그녀가 화가 잔뜩 묻어난 이상한 악센트로 대답했다오. "난 예전과 다름없이 당신을 대하고 있어요. 당신 말은 사실이 아니에요. 사실이 아니라고요." 그러고는 달려가서 자기 방에 틀어박혔소.

이따금 그녀는 기묘한 눈으로 나를 바라보았소. 마지막 날이 언제인지 듣게 된 사형수의 눈빛이 그럴 것 같았소. 그녀의 눈빛에는 일종의 광기, 맹목적이고 강렬한 광기가 있었소. 다른 것도 있었다오. 어떤 열기, 이루어지지 않는 것, 이루어질 수 없는 것에 대한 극단적이고 초조하고 무기력한 욕망 말이오! 내가 보기에는 그녀가 길들이고 싶어 하는 미지의 힘에 맞서는 투쟁 그리고 또 다른 것들도 그녀 안에 있는 것 같았다오……

그리고 정말이지 기묘한 사실이 밝혀졌다오.

얼마 전부터 나는 아침에 동이 트자마자 그림을 그리고 있었소. 그 그림의 주제는 이러했다오.

동이 틀 무렵 가시덤불과 나무들이 있는 두 개의 비탈 아래 험준하고 깊은 협곡이 그 위를 떠다니는 유백색 안개에 잠긴 채 한적하게 뻗어 있는 광경이었소. 그 두텁고 투명한 안개 밑에 남녀 한 쌍이 얼싸안고 입을 맞추며 오는 것이 보인다오. 아니, 오는 것을 눈치채게 된다오. 여자는 남자를 향해 고개를 들고 있고, 남자는 여자를 향해 고개를 숙이고 있소. 입술을 마주 댄 채 말이오.

나뭇가지 사이로 미끄러져 들어오는 첫 햇살이 그 새벽안개를 관통하고, 그 시골 연인들 뒤에서 분홍빛 반사광이 그들을 환히 밝혀 그들의 희미한 그림자를 은색 빛줄기 속으로 지나가게 하는 근사한 그림이었소. 맙소사, 정말이지 근사했소.

나는 에트르타의 작은 골짜기로 이어지는 내리막길에서 작업을 하고 있었다오. 그날 아침 나는 운 좋게도 내가 필요로 했던 흩날리는 안개를 만났소.

문득 보니 뭔가가 마치 유령처럼 내 앞에 우뚝 솟아 있었소. 미스 해리엇이었소. 나를 보자 그녀는 달아나려 했지. 하지만 나는 그녀를 부르며 이렇게 외쳤다오. "이리 오세요, 미스 해리엇. 당신에게 보여 드릴 그림이 있어요."

그러자 그녀는 마지못해 오는 양 내 쪽으로 다가왔다오. 나는 내 스케치를 그녀에게 내밀었소. 그녀는 아무 말도 하지 않고 오랫동안 꼼짝 않고 그 스케치를 들여다보더니, 갑자기 울기 시작했다오. 울지 않으려고 많이 애썼지만 이제는 더 이상 그럴 수가 없게 된 사람처럼, 여전히 저항하고 싶지만 단념해 버린 사람처럼 신경질적인 경련을 일으키며 울었소. 나는 내가 이해하지 못하는 그 슬픔에 마음의 동요를 느끼며 몸을 일으켰다오. 그리고 애정이 담긴 급격한 몸짓으로, 생각보다 행동이 더 빠른 프랑스인다운 몸짓으로 그녀의 두 손을 움켜잡았다오.

그녀는 몇 초 동안 나에게 자기 손을 맡겨 두었소. 마치 온 신경이 꼬인 것처럼 그녀의 두 손이 내 손 안에서 떨렸소. 이윽고 그녀가 갑자기 손을 거두었소. 아니, 차라리 손을 뽑아냈다고 말해야 할 거요.

나는 그 떨림의 의미를 눈치챘소. 그것을 이미 느껴 보았기 때문이오. 내가 착각하지는 않았을 거요. 아! 한 여자가 느끼는 사랑의 감정이 가져다주는 떨림. 그 여자가 열다섯 살이든 쉰 살이든, 서민이든 사교계 여자든 너무나 직접적으로 내 마음에 다가와 망설임 없이 간파하게 되는 떨림 말이오.

가여운 그녀는 온몸으로 떨었고, 전율했고, 실신할 지경이었소. 나는 그것을 알 수 있었소. 내가 한마디도 하지 않고 가만히 있는 사이, 그녀는 기적을 목도한 것처럼 놀라고 죄라도 지은 것처럼 송구스러워하도록 나를 내버려 둔 채 그 자리를 떠났소.

나는 점심 식사 때가 되었는데도 여인숙으로 돌아가지 않았다오. 울고 싶기도 하고 웃고 싶기도 한 마음으로 이 상황이 희극적이면서도 유감스럽다고 생각하며, 나 자신이 우스꽝스럽다고 느끼며, 그 불쌍한 노처녀가 미쳐 버릴지도 모른다고 생각하며 절벽 가장자리를 한 바퀴 둘러보았소.

그리고 내가 어떻게 해야 할지 자문했다오.

아무래도 그곳을 떠나는 게 좋겠다고 판단했소. 그리고 즉시 떠나기로 결심했소.

나는 저녁 식사 때까지 조금 슬프고 몽상에 잠긴 마음으로 방황한 뒤, 식사 시간에 맞춰 여인숙으로 돌아갔소.

사람들이 평소처럼 식탁 앞에 앉아 있었소. 미스 해리엇도 거기에 앉아 아무와도 이야기하지 않고 눈도 들지 않은 채 심각한 표정으로 음식을 먹고 있었다오. 표정과 태도가 평소와 다름없었소.

나는 식사가 끝나기를 기다렸다가 여인숙 여주인을 돌아보며 말했다오. "르카쇠르 부인, 제가 예정보다 좀 빨리 떠나게 되었습니다."

그러자 르카쇠르 부인은 놀라고 슬퍼하며 그녀 특유의 끄는 듯한 목소리로 외쳤다오. "아니, 지금 무슨 말을 하는 거예요? 우리를 떠나겠다고요! 당신하고 이렇게 친해졌는데!"

나는 곁눈질로 미스 해리엇을 보았다오. 그녀의 얼굴에는 아무런 동요도 나타나지 않았소. 하지만 하녀 셀레스트가 얼굴을 들어 슬픈 표정으로 나를 보았소. 얼굴이 몹시 붉고 풋풋하며 말처럼 강건한, 그리고 드문 일이지만 매우 깔끔한, 열여덟 살의 뚱뚱한 아가씨였소. 나는 여인숙 장기 투숙객의 습관으로 그녀의 얼굴에 몇 번 입맞춤을 한 적이 있었다오. 그 이상은 아무것도 없었소.

이윽고 저녁 식사 자리가 파했소.

나는 사과나무 아래로 나가 뜰 한쪽 끝에서 다른 쪽 끝까지 서성이며 파이프 담배를 피웠다오. 그날 내가 한 모든 생각들, 아침에 알게 된 기묘한 사실, 나를 향한 그 기괴하고 열정적인 사랑, 그 사랑을 안 뒤 떠오른 매혹적이지만 불안한 여러 가지 기억들, 그리고 내가 떠난다고 말했을 때 얼굴을 들어 나를 바라보던 하녀의 눈길까지 모든 것이 합쳐져 내 육체를 흥분하게 만들었소. 대체 무엇이 그런 어리석은 행동을 하도록 나를 몰아댔는지는 모르지만 입술과 혈관을 자극하는 생생한 기운을 느꼈다오.

밤이 되자 나무 밑에 그늘이 졌고, 나는 울타리 건너편의 닭장 문을 닫으러 가는 셀레스트의 모습을 알아보았다오. 나는 그녀가 듣지 못할 만큼 가벼운 발걸음으로 뛰듯이 그녀에게 돌진했고, 그녀가 닭들이 드나드는 작은 뚜껑문을 내린 뒤 다시 몸을 일으키자 두 팔로 그녀를 꽉 껴안고는 넓적하고 통통한 그녀의 얼굴을 마구 쓰다듬었소. 그녀는 몸부림을 쳤지만 웃으면서 내 애무를 받아들였소.

그 순간 내가 왜 그녀를 신속히 놓아주었겠소? 내가 그런 흥분 상태에서 왜 제정신을 차렸겠소? 누군가가 뒤에 있는 것을 느꼈기 때문이라오.

바로 미스 해리엇이었소. 그녀가 방에 돌아가다가 우리를 보았고, 유령이라도 본 양 꼼짝 않고 그 자리에 서 있었던 거요. 잠시 후 그녀는 어둠 속으로 모습을 감추었소.

나는 부끄럽고 불안한 마음으로, 그런 장면을 들킨 것이 범죄 행위를 저지르다가 발각된 것보다 더 절망스럽다고 느끼며 내 방으로 돌아왔다오.

극도로 흥분되고 슬픈 생각들이 머릿속을 떠나지 않아서 그날 밤 나는 잠을 이루지 못했소. 누군가 우는 소리가 들린 것도 같았다오. 내 추측은 틀리지 않았소. 누가 집 안을 어수선하게 걸어 다니다가 현관문을 여는 것도 같았다오.

아침이 밝아 올 즈음엔 결국 피로로 녹초가 되었고 마침내 나는 잠에 빠져들었다오. 그런 바람에 늦게 일어났고, 점심 식사 때에야 어떤 태도를 보여야 할지 몰라 부끄러워하며 모습을 드러냈소.

미스 해리엇이 보이지 않았소. 그래서 그녀를 기다렸지만 그녀는 나타나지 않았다오. 르카쇠르 아주머니가 그녀의 방으로 들어가 보니, 그녀는 떠나고 없었소. 해 뜨는 것을 보기 위해 아침 일찍 밖에 자주 나갔듯이, 날이 밝자마자 떠난 것이 틀림없었소.

우리는 별로 놀라지 않았고, 조용히 식사를 시작했다오.

날씨가 더웠소. 매우 더웠소. 나뭇잎 하나 꼼짝하지 않는 뜨겁고 무더운 날씨였소. 우리는 탁자를 사과나무 밑에 내다 놓았고, 이따금 사쾨르가 사과술 단지를 다시 채우러 지하 저장실로 내려갔다오. 그 정도로 우리는 사과술을 많이 마셨던 거요. 하녀 셀레스트가 요리 접시를 날라왔소. 감자를 곁들인 양고기 스튜, 토끼고기 튀김 그리고 샐러드였다오. 이윽고 셀레스트가 체리가 담긴 접시를 우리 앞에 내려놓았소. 그해에 처음으로 수확한 체리를.

나는 체리를 차가운 물에 씻어 싱싱하게 만들고 싶어서 셀레스트에게 차가운 물을 양동이에 담아 가져오라고 부탁했소.

그녀는 5분쯤 뒤에 돌아와 우물이 말라 버렸다고 말했소. 밧줄을 전부 내려 두레박이 우물 바닥에 닿았지만 두레박이 텅 빈 채로 다시 올라왔다는 거요. 르카쇠르 아주머니는 직접 눈으로 확인하고 싶어서 우물을 보러 갔다오. 그리고 다시 돌아와서는 우물 속에 뭔가 있다고 말했소. 어느 이웃 사람이 복수를 하려고 우물 속에 짚단을 던진 것이 틀림없다면서.

나도 우물가에 가서 그것이 무엇인지 제대로 확인하고 싶었다오. 나는 우물 가장자리에서 몸을 숙였소. 그러자 하얀 물체가 어렴풋이 보였소. 대체 무엇일까? 밧줄 끝에 등불을 매달아서 내려 보내면 되겠다는 생각이 들었소. 등불의 노르스름한 미광이 점점 밑으로 내려가면서 우물의 삭벽 옆에서 춤을 추었다오. 우리 네 사람은 우물 입구에서 몸을 기울이고 있었소. 사뢰르와 셀레스트도 와서 우리에게 합류한 거요. 등불은 허연 동시에 거무스레한, 이상하고 정체가 불분명한 덩어리 위에서 멈추었소. 사뢰르가 외쳤다오.

"저건 말이에요. 말굽이 보여요. 어젯밤 초원에서 도망쳐 와서 여기에 빠졌나 봐요."

하지만 갑자기 내 몸이 뼛속까지 떨려 왔소. 사람의 발과 위로 들어 올려진 다리 하나가 눈에 들어왔기 때문이오. 다른 쪽 다리와 몸은 물속에 잠겨 보이지 않았소.

나는 아주 작은 목소리로 더듬더듬 중얼거렸소. 내가 심하게 몸을 떨어서 등불이 신발 위에서 미친 듯이 춤을 췄다오.

"저…… 저 안에…… 있는 건 사람이에요…… 미스 해리엇이라고요."

사람들 중 사뢰르만이 눈살을 찌푸리지 않았다오. 그는 아프리카에서 그런 광경을 많이 보았기 때문이오!

르카쇠르 아주머니와 셀레스트는 찢어질 듯 비명을 지르고는 뛰어 달아났다오.

죽은 여인을 건져 올려야 했소. 나는 도르래 밧줄을 사뢰르의 허리에 단단히 잡아맨 뒤 그를 어두운 우물 속으로 천천히 내려 보냈소. 사뢰르는 한 손에는 등불을 다른 손에는 밧줄을 붙잡고 있었소. 얼마 지나지 않아 마치 지구의 중심에서 올라오는 듯한 그의 외침이 들렸다오. "그만 멈추세요." 그리고 그가 물속에서 다리 하나를 건져 낸 뒤 두 발을 그러모아 동여매는 것이 보였소. 사뢰르가 다시 외쳤소. "이제 끌어 올리세요."

나는 그를 다시 끌어 올렸소. 하지만 근육에 힘이 빠졌는지 팔이 부러질 듯 아프고 줄을 놓쳐 버릴 것만 같았다오. 사푀르를 다시 우물 바닥으로 떨어지게 할까 봐 겁이 났소. 마침내 사푀르의 머리가 우물 가장자리에 나타났을 때, 나는 우물 바닥에 쓰러져 있는 여자에 대해 뭔가 알려 주기를 기대하는 것처럼 그에게 물었소. "어때요?"

드디어 사푀르가 우물 가장자리 돌 위로 올라왔고, 우리는 얼굴을 마주한 뒤 우물 입구로 몸을 숙여 시신을 끌어 올리기 시작했소.

집 담벼락 뒤에 몸을 숨긴 채 우리를 지켜보고 있던 르카쇠르 부인과 셀레스트는, 시신의 검은 신발과 하얀 스타킹을 보고는 줄행랑을 쳐버렸다오.

사푀르가 시신의 발목을 붙잡았고, 우리는 그 가여운 여자를, 순결한 처녀를, 단정하지 못한 환경에서 끌어냈다오. 그녀의 얼굴은 끔찍하게 찢겨 거무스름했고, 긴 잿빛 머리카락은 완전히 풀어헤쳐져 진흙투성이가 된 채 물이 줄줄 흘러내리고 있었다오. 사푀르가 경멸하는 어조로 말했소.

"제기랄, 비쩍 말랐군!"

우리는 그녀를 방으로 옮겼다오. 르카쇠르 부인과 셀레스트는 전혀 모습을 드러낼 기미가 없었기에 내가 마구간 하인 사푀르와 함께 망자를 마지막으로 단장해 주었소.

나는 그녀의 일그러지고 애처로운 얼굴을 닦아 주었소. 내 손가락 밑에서 그녀의 한쪽 눈이 조금 떠졌소. 그 눈은 창백한 시선으로, 차가운 시선으로, 시신의 무시무시한 시선으로 나를 바라보았소. 그 시선은 삶의 이면에서 오는 것처럼 보였다오. 나는 그녀의 흩어진 머리카락을 서투른 솜씨로 최선을 다해 매만져 주었소. 그녀의 앞머리를 새롭고 기묘한 모양으로 정리해 주었소. 그런 다음 신성모독이라도 저지르는 것 같은 기분에 부끄러움을 느끼며, 그녀의 어깨와 가슴, 나뭇가지처럼 바싹 마른 긴 팔을 조금 보면서 물에 젖은 옷가지들을 벗겼다오.

잠시 후 나는 개양귀비, 수레국화, 데이지, 그리고 신선하고 향기로운 풀을 찾으러 갔고, 그것들로 그녀의 관을 덮었소.

그다음에는 나 혼자 그녀 옆에서 장례 절차를 준비해야 했다오. 그녀의 옷 호주머니에서 마지막 순간에 쓴 편지 한 통이 발견되었소. 그녀는 그 편지에서 마지막 날들을 보낸 이 마을에 자신을 묻어 달라고 부탁하고 있었소. 그것을 읽자 끔찍한 생각이 내 심장을 조여 왔소. 그녀가 이토록 이곳에 머무르고 싶어 하는 것은 나 때문이란 말인가?

저녁때쯤 이웃 아낙네들이 고인을 보러 왔소. 하지만 나는 아무도 방에 들어오지 못하도록 막았소. 그녀 옆에 혼자 있고 싶었기 때문이오. 나는 밤을 꼬박 새웠소.

촛불에 비친 그녀의 모습을 바라보았소. 세상 사람들에게 알려진 것이 없는 그 불쌍한 여자는 너무나 먼 곳에서, 너무나 비통하게 죽어 있었다오. 그녀의 친구들은, 부모는 어디에 있을까? 그녀의 어린 시절은, 그녀의 인생은 어떠했을까? 그녀는 혼자 어디서 와서 집에서 내쫓긴 개처럼 길을 잃고 떠돌았던 걸까? 줄곧 부끄러운 껍데기로 살아온 이 볼품없는 시신 속에, 모든 애정과 사랑을 멀리 쫓아 버린 이 조롱거리의 시신 속에, 어떤 고통스럽고 절망적인 비밀이 숨겨져 있는 걸까?

세상에는 불행한 존재가 얼마나 많은지! 나는 무자비한 자연의 냉혹한 부당함이 그 여자를 짓누르는 것을 느꼈다오! 그녀에게는 모든 것이 끝나 있었소. 아마도 그녀는 외로운 사람들을 지지해 주는 희망을, 사랑받을 수 있다는 희망을 한 번도 가져 보지 못했을 거요! 그렇지 않았다면 왜 그렇게 숨어서 살았겠소? 왜 그렇게 사람들을 피했겠소? 그녀가 왜 그토록 열정적인 애정으로 남자가 아닌 모든 생명들을 사랑했겠소?

나는 그녀가 신을 믿은 것이, 자신의 비참함을 다른 데서 보상받고 싶어 한 것이 이해가 되었소. 이제 그녀는 해체되어 흙으로 돌아가려 하고 있었소. 그녀는 햇빛을 받아 활짝 피어나고, 암소들에게 뜯어 먹히고, 새들에 의해 알알이 흩어질 터였소. 인간의 육체에서 다시 짐승의 육체가 될 터였소. 하지만 우리가 영혼이라고 부르는 것은 검은 우물 밑바닥에서 꺼져 버렸소. 그녀는 더 이상 고통을 느끼지 않았소. 자신의 삶을 자신이 생겨나게 할 다른 삶들과 맞바꾼 거요.

음울하고 조용한 그 대면 속에서 몇 시간이 흘러갔다오. 희끄무레한 미광이 새벽을 알렸소. 이윽고 붉은 햇살이 침대까지 미끄러져 들어와 침대 시트와 그녀의 손 위에 불 막대기를 내려놓았다오. 그녀가 너무나 좋아하는 시간이었소. 잠에서 깨어난 새들이 나무 위에서 지저귀었소. 나는 창문을 활짝 열고, 하늘이 우리를 보도록 커튼을 젖혔소. 그리고 차갑게 식은 시신 위로 몸을 숙여 흉하게 일그러진 그 얼굴 위에 두 손을 얹었소. 그런 다음 천천히, 공포도 혐오감도 없이, 이제껏 그 어떤 입술도 받아들인 적이 없는 그 입술 위에 긴 입맞춤을 했다오……

레옹 슈날이 입을 다물었다. 여자들은 울고 있었다. 마차 좌석에서 데트라유 백작이 연이어 코를 풀었다. 오직 마부만 졸고 있었다. 말들은 더 이상 채찍질을 받지 않고 걸음을 늦춘 채 천천히 걷고 있었다. 사륜마차는 간신히 앞으로 나아갔다. 슬픔의 무게가 새로이 실리기라도 한 듯 갑자기 무거움을 느끼며.

앙드레의 불행

Le Mal d'André

에드가 쿠르투아에게

공증인의 집은 정면이 광장 쪽에 면해 있었다. 집 뒤쪽에는 잘 가꾸어진 아름다운 정원이 벽 하나를 사이에 두고 인적이 드문 피크 상점가로 뻗어 있었다.

공증인 모로 씨의 아내는 그 정원 끄트머리에서 오래전부터 그녀를 따라다니던 솜리브 대위를 만나기로 약속했다.

그녀의 남편 모로 씨는 일주일 예정으로 파리에 가고 없었다. 그래서 그녀는 한 주 내내 한가했다. 솜리브 대위가 열심히 간청하고, 너무나 달콤한 말들로 애원했다. 그래서 그녀는 그가 자기를 열렬히 사랑한다는 것을 납득했다. 자신이 너무나 외롭고, 제대로 평가받지 못하고, 오로지 남편에게만 충실해야 한다는 계약에 따라 소홀히 취급되었다고 느꼈다. 남편이 사랑을 많이 줄 것인지 자문해 보지 않은 채 자기의 마음을 가져가도록 허락해 버렸다고 느꼈다.

그녀는 몇 달 동안 대위와 플라토닉한 사랑을 나누었다. 손을 잡고 문 뒤에서 재빠른 도둑 키스를 하기도 했다. 이윽고 대위는 심경의 변화가 생겼는지 그녀에게 물어보면서, 만약 자신이 그녀의 약속을 얻어 내지 못하면, 그녀의 남편이 부재중인 동안 나무 그늘 속에서 만나자는 진짜 약속을 얻어 내지 못하면 즉시 이 도시를 떠나겠다고 선언했다.

그녀는 그 말에 굴복했고, 약속을 했다.

그래서 벽에 몸을 붙이고 웅크린 채 가슴을 두근거리면서, 아주 조그만 소리에도 몸을 떨면서 그를 기다렸다.

갑자기 누가 벽을 기어오르는 소리가 들렸고, 그녀는 도망칠 뻔했다. 만약 저 사람이 그가 아니라면? 도둑이라면? 하지만 아니었다. "마틸드" 하고 다정하게 부르는 소리가 들렸다. 그녀는 대답했다. "에티엔." 이윽고 그가 고철 소리를 내며 풀썩 내려앉았다.

그였다! 아, 얼마나 멋진 입맞춤인가!

그들은 얼싸안고 입술을 포갠 채 오랫동안 서 있었다. 하지만 갑자기 이슬비가 내리기 시작했다. 물방울들이 나뭇잎에서 미끄러져 나무 그늘 속으로 들어왔다. 목덜미에 물방울이 떨어지자 그녀는 소스라쳤다.

그가 그녀에게 말했다. "마틸드, 내 사랑, 내 소중한 사람, 내 애인, 내 천사. 당신 집으로 들어갑시다. 자정이에요. 두려워할 건 아무것도 없어요. 당신 집으로 들어갑시다. 이렇게 간청하오."

그녀가 대답했다. "안 돼요, 에티엔. 나는 두려워요. 우리에게 무슨 일이 일어나면 어떻게 해요?"

하지만 그는 그녀를 두 팔로 꼭 끌어안고 그녀의 귀에 대고 중얼거렸다. "하인들의 방은 광장 쪽 4층이고 당신의 침실은 정원 쪽 2층이잖아요. 그러니 아무도 우리 소리를 듣지 못할 거예요. 당신을 사랑해요. 이제 당신을 자유롭게, 머리에서 발끝까지 온전히 사랑하고 싶어요." 그는 입맞춤으로 그녀를 미칠 지경으로 만들고 그녀를 더욱 격렬히 끌어안았다.

그녀는 겁도 나고 부끄럽기도 해서 계속 저항했다. 하지만 그가 그녀의 허리를 붙잡고는, 이제는 더욱 세차게 쏟아지는 빗속으로 끌고 갔다.

문은 열려 있었다. 그들은 더듬더듬 계단을 올랐다. 이윽고 침실 안으로 들어갔고, 그녀가 빗장을 채웠다. 그동안 그는 초에 불을 붙였다.

그녀는 쓰러지듯 안락의자에 주저앉았다. 그가 무릎을 꿇었다. 그리고 천천히 그녀의 옷을 벗기기 시작했다. 그녀의 발에 입을 맞추기 위해 먼저 신발을 벗기고, 그다음엔 스타킹을 벗겼다.

그녀가 숨을 헐떡이며 말했다. "안 돼. 안 돼요, 에티엔. 제발 부탁이에요. 내가 정숙한 여자로 남게 해줘요. 당신이 너무나 원망스러워요! 이건 너무 추해요! 너무 상스러워요! 마음만으로도 충분히 사랑할 수 있잖아요…… 에티엔."

그러나 그는 꾀바른 동작으로, 시간에 쫓기는 남자다운 민첩함으로 쉼 없이 그녀 옷의 단추를 풀고, 매듭을 풀고, 훅을 벗기고, 코르셋을 풀었다. 그녀는 그의 과감한 손길에서 벗어나려고 했다. 일어나서 달아나려고 했다. 하지만 그녀가 마침내 몸을 일으켰을 때, 그녀는 손이 토시에서 빠져나오듯 드레스도 치마도 속옷도 없이 완전히 알몸이 되어 있었다.

이성을 잃은 그녀는 커튼 밑에 숨으려고 침대 쪽으로 달려갔다. 그가 거기로 그녀를 따라왔다. 하지만 그가 그녀를 가지기 위해 지나치게 서두르는 바람에, 그의 검이 허리에서 풀려 쨍그랑 소리를 내며 바닥에 떨어졌다.

길게 끄는 탄식 소리가, 날카롭고 연속적인 비명 소리가, 아이의 울음 소리가 옆방에서 터져 나왔다. 그 방의 문이 열려 있었다.

그녀가 중얼거렸다. "오! 앙드레가 깨어났어요. 지금 깨어났으니 다시 잠들지 않을 거예요."

그녀의 아들 앙드레는 생후 15개월이었고, 자는 동안 엄마가 돌볼 수 있도록 엄마 옆방에서 잠을 잤다.

하지만 욕망에 미친 대위에게는 아무 소리도 들리지 않았다. "아무러면 어때요? 아무러면 어때? 사랑해요. 당신은 내 것이에요, 마틸드."

하지만 그녀는 몹시 걱정하며 겁에 질려 몸부림쳤다. "아니요, 안 돼요! 아이가 얼마나 요란하게 울어 대는지 들어 봐요. 이러다가 유모가 깨겠어요. 유모가 오면 어떻게 하죠? 그러면 우리는 끝장날 거예요! 에티엔, 내 말을 들어 봐요. 밤중에 아이가 저렇게 울면 아이 아버지가 아이를 진정시키기 위해 우리 침대로 데려와요. 그러면 곧바로 조용해지죠. 그것 말고는 다른 방법이 없어요. 아이를 데려올게요, 에티엔······"

아이가 울부짖었다. 날카로운 아우성을 내뱉었다. 그 소리는 두꺼운 벽을 지나 집 옆 길가까지 들렸다.

대위가 깜짝 놀라 몸을 일으켰고, 마틸드는 급히 달려 나가 아이를 자기 침대로 데리고 왔다. 아이가 울음을 그치고 입을 다물었다.

에티엔은 말을 타듯 의자에 앉아 담배를 말았다. 5분쯤 지나자 앙드레는 잠이 들었다. 마틸드가 중얼거렸다. "이제 아이를 다시 데려다 놓을게요." 그녀는 매우 조심스러운 태도로 아이를 요람으로 데려갔다.

방으로 돌아오니 대위가 두 팔을 벌리고 그녀를 기다리고 있었다.

그가 사랑에 미쳐 그녀를 얼싸안았다. 그녀도 마침내 굴복하고 그를 끌어안으며 더듬더듬 중얼거렸다.

"에티엔…… 에티엔…… 내 사랑! 오! 당신은 얼마나…… 얼마나……"

그때 앙드레가 다시 울기 시작했다. 대위는 격분해서 욕설을 내뱉었다. "제기랄, 몹쓸 녀석 같으니! 저 코흘리개 녀석, 도무지 조용히 할 기색이 아니군!"

아니었다. 아이는 조용히 할 기색이 아니었다. 코흘리개 녀석은 고함을 치듯 울부짖었다.

위층에서 누가 움직이는 소리가 들렸다. 십중팔구 유모가 잠에서 깨어나 아이에게 가는 소리 같았다. 그녀는 옆방으로 뛰어가 아들을 품에 안고 자기 침대로 데려왔다. 아이는 곧바로 조용해졌다.

세 번 연속 아이를 아이 방 요람에 뉘었고, 세 번 연속 다시 데려와야 했다.

솜리브 대위는 대체 어쩌자는 거냐고 욕설을 퍼부으며 날이 밝기 한 시간쯤 전에 떠났다.

마틸드는 그의 마음을 달래 주려고 그날 밤에도 그를 방에 맞아들이기로 약속했다.

그는 전날 밤처럼 또 찾아왔다. 그는 기대감에 격앙되어 더 초조하고 열정적으로 타오르고 있었다.

그가 안락의자 팔걸이 위에 검을 조심스럽게 내려놓았다. 그런 다음 도둑처럼 군화를 벗고 뭐라고 이야기를 했다. 목소리가 너무 작아서 마틸드는 그가 무슨 말을 하는지 알아듣지 못했다. 오늘 밤이야말로 그는 행복해질 것이다. 완벽하게 행복해질 것이다. 바로 그때, 마룻바닥이, 가구가, 혹은 침대가 우지끈 소리를 냈다. 받침대 같은 것이 부서질 때 나는 둔탁한 소리였다. 다음 순간 처음에는 약하고 곧 몹시 날카로워진 울음소리가 그것에 응답했다. 앙드레가 잠에서 깨어난 것이다.

앙드레는 여우처럼 날카롭게 울어 댔다. 계속 그렇게 울어 대면 십중팔구 집안 사람들이 모두 잠에서 깨어날 터였다.

미칠 지경이 된 마틸드는 쏜살같이 달려 나가 아이를 안아 데려왔다. 대위는 몸을 일으키지 않았다. 몹시 격분해 있었던 것이다. 그는 손을 천천히 내밀어 손가락 두 개로 아이의 살을 아무 데나 조금 꼬집었다. 넓적다리와 엉덩이를 꼬집었다. 그러자 아이는 귀청을 찢을 듯 울부짖으며 몸부림쳤다. 그러자 대위는 화가 나서 더욱 세게 꼬집었다. 몹시 화가 나서 아이의 몸 여기저기를 마구 꼬집었다. 살을 세게 틀어쥐고 난폭하게 힘을 주며 비틀었다. 그런 다음 다시 놓아주고 다른 쪽을 꼬집고, 좀 더 먼 쪽을 꼬집고, 또 다른 쪽을 한 번 더 꼬집었다.

아이는 목을 비틀린 닭처럼 혹은 매질당하는 개처럼 아우성을 질러 댔다. 마틸드는 당황하고 눈물범벅이 되어 아이를 끌어안고, 쓰다듬고, 진정시키려 애쓰고, 입맞춤으로 울음을 잦아들게 하려고 했다. 하지만 앙드레는 경련이라도 일으킬 듯 더욱 심하게 울어 댔고, 작은 손과 발을 딱하게도 마구 흔들어 댔다.

대위가 온화한 목소리로 말했다. "자, 이제 아이를 요람으로 다시 데려가요. 그러면 안정될지도 몰라요." 마틸드는 대위가 시키는 대로 아이를 품에 안고 옆방으로 갔다.

어머니의 침대를 떠나자마자, 떠나갈 듯했던 아이의 울음소리가 조금 작아졌다. 그리고 자기 요람으로 돌아가자 간간이 흐느끼는 소리가 들리기는 했지만 울음을 그치고 조용해졌다.

그 밤의 나머지 시간은 고요했고, 대위는 행복했다.

다음 날 밤, 대위는 또 마틸드를 찾아왔다. 그가 조금 큰 목소리로 이야기하자 앙드레가 또 잠에서 깨어나 요란하게 울어 댔다. 마틸드가 재빨리 아이를 데리고 왔다. 이번에는 대위가 너무나 솜씨 좋고 가혹하게, 그리고 너무나 오랫동안 살을 꼬집어서, 아이는 눈이 뒤집히고 입가에 거품을 흘리며 숨이 넘어갔다.

다시 요람에 데려다 놓았다. 그러자 아이는 즉각 진정되었다.

그렇게 나흘이 지나자, 아이는 더 이상 밤에 울지 않았다.

토요일 저녁에 공증인이 돌아왔다. 그는 가정과 부부 침실에서 자신의 자리를 되찾았다.

그는 여독 때문에 일찍 잠자리에 들었다. 평소의 습관들을 되찾고 성실하고 질서를 존중하는 남자로서 자신의 의무들을 철저히 완수한 뒤, 그는 깜짝 놀랐다. "이런, 오늘 밤엔 앙드레가 울지 않는군. 가서 앙드레 좀 데리고 와요, 마틸드. 우리 둘 사이에 뉘어 놓으면 기분이 좋을 것 같아."

마틸드는 즉시 일어나 아이를 데리러 갔다. 하지만 일주일 전만 해도 그토록 좋아하던 부모의 침대에 몸이 닿자마자 아이가 겁에 질려 몸을 비틀고 격렬하게 울부짖어서 도로 요람에 데려다 놓아야 했다.

공증인 모로 씨가 깜짝 놀라서 말했다. "이게 무슨 일이지? 오늘 앙드레에게 무슨 일이 있었소? 혹시 졸려서 그런가?"

마틸드가 대답했다. "당신이 출장 가서 집을 비운 동안 줄곧 저랬어요. 그래서 한 번도 앙드레를 여기로 데려와 재우지 못했어요."

아침이 되자 잠에서 깨어난 아이는 손을 움직이며 놀고 웃었다.

애처로운 마음이 든 모로 씨는 달려가서 아이를 끌어안았다. 그런 다음 아이를 부부 침대로 데려오려고 두 팔로 안아 올렸다. 앙드레가 웃었다. 사고 능력이 아직 흐릿한 어린 생명의 희미한 웃음이었다. 갑자기 앙드레가 침대를 내려다보았다. 침대에 어머니가 있었다. 그러자 기분 좋아서 웃던 아이의 조그마한 얼굴이 일그러지고 주름이 잡히더니, 목구멍에서 격렬한 울음소리가 터져 나왔다. 아이는 누가 자기를 학대라도 한 것처럼 발버둥 쳤다.

모로 씨는 놀라서 중얼거렸다. "필시 아이에게 무슨 일이 있는 거야." 그러고는 자연스러운 몸짓으로 아이의 옷을 걷어 올렸다.

다음 순간 그는 아연실색하여 "아!" 하고 외마디 소리를 질렀다. 아이의 발목, 넓적다리, 허리, 엉덩이에 커다랗고 시퍼런 반점들이 있었던 것이다.

모로 씨가 외쳤다. "마틸드, 이것 좀 봐요. 이렇게 끔찍할 수가!" 마틸드가 급히 다가와 아이의 몸을 들여다보았다. 피가 죽어서 생겨난 듯한 보라색 줄이 반점들 한가운데를 관통하고 있었다. 아무래도 심각한 병의 증상 같았다. 나병의 초기 증상이거나 피부에 두꺼비 등처럼 농포가 생기고 악어 등처럼 비늘이 덮이는 희귀한 병의 시초 같았다.

아이 부모는 겁에 질린 눈으로 서로를 바라보았다. 모로 씨가 외쳤다. "의사 선생을 불러와야겠어."

하지만 마틸드는 시체보다 더 창백한 얼굴로 몸에 표범처럼 반점이 생긴 자기 아들을 물끄러미 들여다보기만 했다. 그러더니 갑자기 무시무시한 누군가를 보기라도 한 듯, 무의식적이고 격렬한 비명을 지르며 외쳤다. "오! 파렴치한 사람 같으니!"

모로 씨가 깜짝 놀라서 물었다. "뭐라고? 지금 누구 이야기를 하는 거요? 누가 파렴치하다는 거요?"

그녀는 얼굴이 귀뿌리까지 빨개져서는 어물어물 대답했다. "아무것
도 아니에요…… 그러니까…… 당신도 알겠지만…… 내가 생각하기에
는…… 그러니까…… 의사 선생을 불러올 필요 없어요…… 십중팔구
그 파렴치한 유모가 아이가 울 때 조용히 시키려고 꼬집은 거예요."

모로 씨는 격분해서 유모를 부르러 갔고, 하마터면 유모를 마구 두들
겨 팰 뻔했다. 유모는 그러지 않았다고 극구 부인했지만 결국 그 집에서
쫓겨났다.

그녀가 한 행동이 시청에 고발되었고, 그녀는 다른 집에서 일자리를
구하지 못했다.

콧수염
La Moustache

1883년 7월 30일 월요일 솔 성城

나의 사랑하는 뤼시, 새로운 소식은 아무것도 없어요. 우리는 비 내리는 모습을 보면서 살롱에서 시간을 보내요. 요새는 날씨가 고약해서 거의 바깥에 나갈 수가 없어요. 그래서 실내에서 연극을 하고 있지요. 오, 뤼시, 요즘 살롱 연극들은 얼마나 바보 같은지. 모든 것이 억지이고 상스럽고 아둔해요. 농담들도 마치 대포알처럼 모든 것을 깨부수고요. 재치도 없고, 자연스럽지도 않고, 기분 좋게 해주는 점도 없고, 우아함이라고는 찾아볼 수 없답니다. 그 작가들은 정말이지 세상에 대해 아무것도 모르는 것 같아요. 우리가 어떻게 생각하고 어떻게 이야기하는지 전혀 모르고 있다니까요. 그들이 우리의 관례, 관습, 예의범절을 무시하는 건

괜찮아요. 하지만 세상에 대해 모르는 것은 이해할 수가 없답니다. 그들은 세련되어 보이려고 군인들을 즐겁게 해줄 만한 말장난을 하지요. 유쾌하게 보이려고 바깥의 큰길 꼭대기에서, 소위 예술가들이 드나드는 선술집(50년 전부터 사람들이 대학생들의 역설을 반복해서 이야기한)에서 주워들은 농담을 우리에게 들려주기도 해요.

결국 우리는 연극을 해요. 마치 우리가 여자 두 명인 것처럼요. 내 남편은 시녀 역할을 했답니다. 그러기 위해 면도를 했어요. 면도를 한 뒤 그가 얼마나 달라졌는지 당신은 상상하지 못할 거예요, 뤼시! 나조차 그를 알아보지 못할 정도였다니까요…… 낮에도, 밤에도요. 그가 즉시 콧수염을 기르지 않았다면, 나는 부정을 저질렀을지도 몰라요. 그 정도로 면도한 그의 모습이 내 마음에 들지 않았답니다.

말이 나왔으니 말이지 콧수염 없는 남자는 남자가 아니죠. 나는 턱수염은 그다지 좋아하지 않아요. 턱수염은 외모에 신경 쓰지 않은 듯한 분위기를 풍기지요. 하지만 콧수염은, 오, 콧수염은 남자다운 외모에는 필수적이랍니다! 오, 당신은 입술 위에 있는 그 조그만 털이 부부…… 관계에…… 얼마나 유용한지 상상하지 못할 거예요. 내가 감히 글로 쓰지 못하는 수많은 성찰이 그것을 매개로 해서 나에게 일어났답니다. 좋아요, 그 성찰들을 자발적으로 당신에게 이야기할게요…… 아주 작은 소리로. 하지만 어떤 상황들은 표현할 단어를 찾아내기가 너무나 어려워요. 또 어떤 단어들은 다른 것으로 대체하기가 힘들고 종이 위에 썼을 때 너무나 흉측해 보여서 차마 글로 쓸 수가 없답니다. 게다가 그 주제가 너무나 어렵고 미묘하고 노골적이어서, 염려 없이 그것에 접근하려면 끝없는 연구가 필요할 거예요.

아무튼 당신이 나를 이해하지 못한다면 참으로 낭패일 거예요! 그러니 뤼시, 이 편지의 행간을 읽도록 조금만 노력해 보세요.

그래요, 남편이 면도를 했을 때 나는 우선 엉터리 배우에게도, 설교자에게도 내가 결코 유혹되지 않을 거라는 사실을 깨달았어요. 그가 세상 사람들 중 가장 유혹적인 디동 신부님*이라 해도요! 그 뒤 시간이 조금 흘러서 그 사람(내 남편)과 단둘이 있게 되었을 땐 상황이 더 나빠졌답니다. 오! 친애하는 뤼시, 절대 콧수염 없는 남자가 키스하도록 몸을 맡기지 마세요. 콧수염 없는 남자의 키스는 풍미가 없어요. 전혀, 전혀 없답니다! 거기에는 매력이, 부드러움이 없어요. 그리고…… 음탕함도 없어요. 그래요, 진짜 키스의 그 음탕함 말이에요. 콧수염은 그것을 위한 자극을 제공하죠.

누가 당신의 입술에 마른…… 혹은 젖은 양피지를 갖다 댄다고 상상해 보세요. 면도한 남자의 입맞춤이 바로 그런 느낌이랍니다. 그 입맞춤은 단언컨대 애를 쓸 가치가 전혀 없어요.

그러면 콧수염의 매력은 어디서 오는지 당신이 나에게 말해 줄래요? 그건 내가 안다고요? 그래요, 그건 우선 감미로운 방식으로 얼굴을 간질이지요. 입술이 닿기 전에 먼저 그것이 느껴지고, 매혹적인 전율이 몸 전체를 발끝까지 관통한답니다. 그것은 부드럽게 쓰다듬고, 전율하게 하고, 피부를 소스라치게 하고, 신경에 감미로운 떨림을 가져오지요. 그래서 몹시 추울 때처럼 작은 소리로 '아!' 하는 감탄사를 내뱉게 돼요.

그리고 목 위에도요! 당신은 목에 콧수염이 닿는 것을 느껴 본 적이 있나요? 그건 사람을 도취시키고, 마비시키고, 손가락 끝으로 슬쩍슬쩍 어루만지듯 자극을 준답니다. 여자들은 몸을 꼬고 어깨를 흔들어요. 고

*Henri Didon(1840~1900). 성 도미니크회의 유명한 설교자. 상류사회 부인들에게 인기가 많았다.

개를 젖히기도 하죠. 도망치고 싶은 동시에 머물고 싶어 한답니다. 그것은 감미로운 동시에 자극적이에요! 아무튼 얼마나 근사한지!

그리고 또…… 내가 더 이상 어떻게 말하겠어요? 아무튼 아내를 사랑하는 남편은 키스를 할 만한 수많은 구석들을, 혼자서는 거의 생각해 내지 못할 조그만 구석들을 완벽하게 찾아낸답니다. 하지만 콧수염이 없는 키스는 그 풍미가 많이 줄어들어요. 무례해지는 것은 차치하고라도요! 당신이 생각하는 그 이유를 설명해 보세요. 내가 찾아낸 이유는 바로 이거랍니다. 콧수염 없는 입술은 옷을 입지 않은 몸과 같아요. 그런데 옷은 항상 필요하답니다. 당신은 그렇지 않다고 말하고 싶을지 모르지만 옷은 꼭 필요해요!

창조주는(나는 이 이야기를 하면서 감히 다른 단어를 쓸 수가 없어요) 이렇듯 사랑이 숨어 있을 법한 우리 육체의 구석들을 공들여 감춰 두었답니다. 면도한 입은 나에게는 우리가 물을 마시러 가는 샘 주변의 황폐한 숲처럼 보여요.

그러고 보니 (어느 정치인이 말한) 문장 하나가 떠오르네요. 그 문장은 석 달 전부터 내 머릿속을 떠나지 않고 있지요. 내 남편이 어느 날 저녁 신문을 보다가 당시 우리의 농업부 장관이었던 멜린 씨의 퍽도 이상한 연설문을 읽어 주었어요. 지금은 다른 분이 그 자리에 있나요? 난 잘 모르겠어요.

나는 멜린이라는 이름에 주목하지는 않았어요. 그 연설문 속의 한 문장에 강한 인상을 받았지요. 이유는 잘 모르겠지만 그 문장은 보헤미안의 삶을 나에게 상기시켜 주었답니다. 나는 보헤미안의 삶이란 바람기 있고 경박한 젊은 여공의 싸구려 옷 같은 것이라고 생각했어요. 아무튼 그렇게 해서 몇 가지 상념이 내 머릿속에 들어왔답니다. 내가 기억하기로 멜린 씨는 아미앵 주민들을 향해 내가 지금까지도 그 의미를 놓고 의아해하는 이런 선언을 했어요. "농업 없이는 애국심도 없습니다!" 아, 이 말의 의미를 방금 전에 깨달았어요. 그러니 이젠 당신에게 콧수염 없이는 사랑도 없다고 말할게요. 글로 읽으면 우스꽝스럽게 느껴지겠지만요, 안 그래요?

콧수염 없이는 사랑도 없어요!

"농업 없이는 애국심도 없습니다." 멜린 씨는 이렇게 말했어요. 그의 말이 옳았어요. 이제 나는 그 장관의 말을 이해해요!

다른 관점에서 봐도 콧수염은 굉장히 중요해요. 그것이 남자의 외모를 결정하거든요. 그것은 온화하고 부드럽고 난폭하고 무섭고 방탕하고 대담한 분위기를 부여한답니다! 자기 털(오! 추잡한 단어네요)을 양쪽 뺨에 지니고 다니는, 즉 턱수염을 기른 남자는 얼굴에 섬세함이 엿보이지 않고 이목구비도 숨겨져 있어요. 위턱과 아래턱의 형태도 보이지 않죠.

반면 콧수염을 기른 남자는 깔끔하고 섬세한 느낌을 준답니다.

게다가 콧수염에는 다양한 측면들이 있답니다! 콧수염은 때때로 뒤집히고, 곱슬거리고, 애교 있어요. 그리고 무엇보다도 여자들을 사랑하는 것처럼 보여요!

때로는 뾰족하고, 바늘처럼 날카롭고, 위협적이지요. 그것은 술을, 말과 전투를 좋아한답니다.

또 때로는 커다랗고, 늘어지고, 무시무시해요. 커다란 콧수염은 대개 훌륭한 성격을, 연약함을 감싸 주는 선의를, 수줍음 비슷한 상냥함을 감추고 있답니다.

내가 콧수염을 참 좋아하는 이유는 그것이 매우 프랑스적이기 때문이에요. 콧수염은 갈리아 족 조상들로부터 우리에게 전해졌고, 마침내는 우리 국민성의 상징이 되었어요.

콧수염을 기른 남자는 허풍 떨고, 친절하고, 용감하답니다. 상냥하게 포도주에 젖어 들고, 우아하게 웃을 줄 알지요. 반면 턱수염을 기른 아래턱이 넓은 남자는 무엇을 하든 갑갑해요.

아, 내가 무척이나 많이 울었던, 그리고 남자들의 콧수염을 사랑하는 계기가 되었던(지금 그걸 깨달았어요) 일화 한 가지가 떠오르네요.

전쟁 중이었고 아빠 집이었어요. 그때 나는 어린 소녀였죠. 어느 날 성 근처에서 전투가 벌어졌답니다. 아침부터 대포와 일제사격 소리가 들려왔고, 저녁이 되자 독일군 대령이 우리 집에 와서 하루를 묵었어요. 다음 날이 되자 그 사람은 떠났죠. 우리는 들판에 시체들이 많다는 것을 신부님께 알리러 갔답니다. 그분은 그 시체들을 거두어 함께 매장하려고 우리 집으로 가져왔어요. 시체들을 계속 운반해 와 넓은 전나무 가로수 길 양쪽에 죽 눕혀 놓았지요. 시간이 흘러 그 시체들이 악취를 풍기기 시작하자, 사람들은 구덩이가 파이기를 기다리며 시체들 위에 흙을 퍼서 던졌어요. 그렇게 하니 시체들의 머리만 보였죠. 눈을 감고 있는 그 머리들이 누르스름한 땅속에서 솟아난 것 같았답니다.

나는 그 광경을 보고 싶었어요. 하지만 막상 끔찍한 얼굴들이 두 줄로 길게 늘어서 있는 모습을 보자 기절할 것만 같았어요. 나는 그 남자들이 어떤 사람들이었는지 파악하려고 애쓰며 그것들을 하나씩 찬찬히 살피기 시작했답니다.

제복은 흙에 파묻혀 감춰져 있었어요. 하지만 뤼시, 나는 콧수염으로 그 사람들 속에서 프랑스 사람들을 알아봤어요!

몇몇 사람들은 전투 당일에도 면도를 했더군요. 마지막 순간까지 애교 있어 보이기를 원한 것처럼요! 하지만 그들의 턱수염이 조금 자라나 있었어요. 죽은 뒤에도 수염이 조금 자란다는 건 당신도 알 거예요. 다른 사람들은 마치 일주일 동안 턱수염을 기른 것처럼 보였어요. 하지만 프랑스 병사들은 모두 프랑스식 콧수염을 기르고 있더군요. 뚜렷하고 자랑스러운 콧수염. 그것은 마치 이렇게 말하는 듯했답니다. '나를 내 친구인 턱수염과 혼동하지 마세요. 작긴 하지만 내가 형이랍니다.'

나는 울었어요. 오! 나는 그 가여운 시신들을 그런 방법으로 알아보지 못했을 때보다 훨씬 더 많이 울었어요.

당신에게 이런 이야기를 하다니 내가 잘못했네요. 마음이 슬퍼져서 더 이상 수다를 떨 수가 없어요. 자, 이제 안녕, 친애하는 뤼시. 내 마음을 다해 당신에게 입맞춤을 보낼게요. 콧수염 만세!

잔

쥘 삼촌
Mon oncle Jules

아실 베누빌 씨에게

하얀 수염을 기른 가난한 노인이 우리에게 동냥을 했다. 내 친구 조제프 다브랑슈가 그에게 100수를 주었다. 나는 깜짝 놀랐다. 그러자 그가 나에게 말했다.

"저 불쌍한 노인을 보니 일화 하나가 떠올랐어. 너에게 들려줄게. 그것이 내 머릿속을 끊임없이 맴돌거든. 바로 이런 일화야."

*

우리 가족은 르아브르 출신이고 부자가 아니었어. 근근이 생계를 이어 갈 뿐이었지. 아버지가 사무실에서 늦게까지 일하다 돌아오셨지만 그리 많은 돈을 벌지는 못하셨거든. 게다가 나에게는 누나가 둘 있었어.

어머니는 생계를 잇는 문제로 무척 힘들어하셨고, 남편을 향해 가시 돋친 말과 날카로운 비난을 퍼붓는 일이 자주 있었어. 그럴 때면 가여운 아버지는 말없이 몸짓만 하셨는데, 그 모습에 나는 가슴이 아팠지. 한 손을 이마로 가져가 땀이라도 닦으려는 듯 문지르고는 아무 말도 없으셨어. 무력한 아버지의 고통이 느껴졌지. 우리는 매사에 절약했어. 답례로 식사 초대를 하는 일을 피하려고 만찬 초대에도 응하지 않았지. 식료품도 도매가로 할인받아 구입했어. 누나들은 옷을 스스로 지어 입었고, 미터당 15상팀 나가는 장식 줄의 가격을 놓고 길게 토론을 벌였지. 평소 우리가 먹는 음식은 진한 수프와 모든 종류의 소스로 요리가 가능한 부위의 쇠고기였어. 건강에 좋고 기운을 북돋워 주는 음식이었지만 나는 다른 음식을 먹고 싶었지.

가난하다 보니 우리 가족은 옷 단추를 잃어버렸다거나 바지가 찢어졌다는 등의 이유로 나를 호되게 야단치곤 했어.

그래도 우리 가족은 일요일마다 성장盛裝을 하고 부두를 한 바퀴 돌았지. 아버지는 프록코트에 커다란 모자를 쓰고 장갑을 낀 채 축제날의 배처럼 치장한 어머니에게 팔을 내주었어. 누나들은 제일 먼저 외출 준비를 마치고 출발을 기다렸고 말이야. 하지만 늘 출발 직전에 아버지의 프록코트에서 얼룩이 발견되곤 했지. 벤젠을 묻힌 헝겊으로 그 얼룩을 빨리 지워야 했어.

아버지는 셔츠 바람에 커다란 모자를 쓴 채 작업이 끝나기를 기다렸고, 그동안 어머니는 근시용 안경을 쓰고 얼룩이 묻지 않도록 장갑을 벗은 뒤 서둘러 작업을 했어.

우리는 거창하게 길을 나섰지. 결혼할 나이의 누나들은 서로 팔을 끼고 앞에서 걸으며 자신들의 모습을 시내에 선보였어. 나는 어머니 왼쪽에서 걸었어. 아버지는 어머니의 오른쪽에 계셨고. 일요일의 그 산보에서 가여운 부모님이 점잔 빼시던 일, 그분들의 완고했던 표정, 엄격했던 걸음걸이가 생각나는군. 그분들은 무척 중요한 일의 성패가 자신들의 자세에 달려 있기라도 하듯 몸을 똑바로 펴고 뻣뻣한 다리로 진지한 걸음을 내디디며 앞으로 나아갔어.

그렇게 일요일마다 미지의 나라에서 돌아온 큰 배들을 보며, 아버지는 변화 없는 어조로 똑같은 말을 하셨지.

"아, 쥘이 저 안에 있다면 얼마나 좋을까!"

내 아버지의 동생인 쥘 삼촌은 지독한 일을 겪은 뒤 우리 가족의 유일한 희망이었어. 나는 어린 시절부터 쥘 삼촌의 이야기를 들었지. 혹시 삼촌을 우연히 보게 돼도 첫눈에 알아볼 수 있을 것 같았어. 그 정도로 그분에 대한 생각이 내게는 익숙했던 거야. 나는 삼촌에 대한 모든 것을 자세히 알고 있었어. 어른들이 그의 삶의 한 시기에 대해 낮은 목소리로 이야기를 나누었음에도 불구하고, 나는 삼촌이 미국으로 떠난 날짜까지 알고 있었지.

쥘 삼촌은 행실이 좋지 않은 사람이었던 것 같아. 다시 말해 꽤 많은 돈을 탕진했는데, 그건 가난한 가족들에게는 매우 큰 죄악이지. 삼촌은 부자들은 어리석은 짓을 하는 재미있는 사람이라고 하지만, 평범한 사람들은 빙긋이 웃으며 방탕아라고 말하는 그런 사람이었어. 가난한 사람들에게는 부모 재산을 축내는 나쁜 아들, 망나니, 건달이었고!

실상이 똑같다 할지라도 이런 구분은 정확해. 오직 결과만이 행위의 심각성을 결정하지.

결국 쥘 삼촌은 우리 아버지가 기대하고 있던 유산을 엄청나게 탕진했어. 자기 몫의 유산을 마지막 한 푼까지 먹어 치운 뒤에 말이야.

우리 집안 사람들은 흔히들 하듯 쥘 삼촌을 르아브르에서 출발해 미국 뉴욕까지 가는 상선에 태웠어.

미국에 도착한 쥘 삼촌은 내가 정확히 알지 못하는 어떤 사업을 시작했고, 곧 우리 아버지에게 편지를 보내왔어. 돈을 좀 벌었다고, 그리고 장차 형에게 끼친 손해를 보상해 주고 싶다고. 그 편지는 우리 가족에게 큰 기대감을 불러일으켰어. 사람들이 말했듯 아무짝에도 쓸모없던 쥘이 갑자기 신사, 착한 남자, 진정한 다브랑슈 집안 남자, 우리 집안 사람들이 모두 그렇듯 정직한 남자가 된 거야.

게다가 어느 선장이 쥘 삼촌이 큰 상점을 하나 세내어 장사를 크게 하고 있다고 우리에게 알려 주었지.

2년 뒤에 온 두 번째 편지에서 쥘 삼촌은 이렇게 말했어. '사랑하는 필리프 형, 내 건강에 대해서는 걱정하지 마요. 나는 잘 지내요. 사업도 잘되고요. 나는 내일 남아메리카로 긴 여행을 떠나요. 아마 몇 년 동안 형에게 소식을 전하지 못할 거예요. 내가 편지를 쓰지 않아도 걱정하지 마요. 재산만 마련되면 르아브르로 돌아갈 테니까. 그때까지 너무 오래 걸리지 않기를, 그리고 우리가 함께 행복하게 살기를 바라요……'

이 편지는 우리 가족에게 복음이 되었어. 우리는 수시로 그 편지를 읽고, 사람들에게 보여 주었지.

사실 쥘 삼촌은 10년 동안 소식을 보내오지 않았어. 하지만 시간이 흐를수록 아버지의 희망은 점점 커졌지. 어머니도 자주 이렇게 말씀하셨어.

"선량한 쥘이 돌아오면 우리 형편이 달라질 거야. 쥘은 국면을 타개할 줄 아는 남자니까!"

그리고 아버지는 일요일마다 뱀 같은 연기를 하늘로 토해 내는 커다랗고 검은 증기선이 수평선에서 다가오는 것을 보면서 똑같은 말을 되뇌셨지.

"아! 만약 쥘이 저 안에 있다면 얼마나 좋을까!"

그리고 우리는 쥘 삼촌이 손수건을 흔들며 이렇게 외치는 모습이 보이기를 기대했어.

'여어, 필리프 형.'

우리는 틀림없는 삼촌의 귀국과 관련해 수천 가지 계획을 세웠어. 심지어 삼촌의 돈으로 앵구빌 근처 시골에 작은 집을 한 채 살 생각까지 했지. 아버지가 당시 그 일에 대한 협상을 시작하지 않았다고는 장담 못 해.

그때 큰누나의 나이가 스물여덟이었어. 작은누나는 스물여섯이었고. 누나들은 아직 미혼이었고, 그것은 모두에게 큰 슬픔이었지.

마침내 작은누나에게 구혼자 한 명이 나타났어. 부자는 아니지만 존경할 만한 사무원이었지. 나는 어느 날 저녁 보여 준 쥘 삼촌의 편지가 그 젊은 남자로 하여금 망설임을 끝내고 구혼하게 했다는 확신을 지금도 갖고 있어.

우리 가족은 서둘러 그 구혼을 받아들였지. 그리고 결혼식을 치른 뒤다 함께 제르제로 짧은 여행을 가기로 했어.

제르제는 가난한 사람들에게는 이상적인 여행지야. 멀지 않지만 대형 여객선을 타고 바다만 건너면 그 외국 땅을 밟게 되거든. 영국 영토에 속하는 그 작은 섬은 별장들로 덮여 있고, 솔직하게 말하는 사람들의 표현에 따르면 우리 프랑스 사람이 두 시간 동안 배를 타고 가면 매우 한탄스러운 그들의 풍습을 접할 수 있는 곳이지.

그 제르제 여행은 우리의 관심거리, 유일한 기다림, 한결같은 꿈이었어.

마침내 우리는 여행을 떠났지. 그때의 일이 마치 어제 일처럼 눈앞에 떠오르는군. 그랑빌 부두에는 따스한 수증기가 감돌고 있었어. 아버지가 당황한 표정으로 우리 짐 세 개가 배에 실리는 것을 감독하셨지. 어머니는 근심스러운 표정으로 미혼인 큰누나 손을 잡고 있었고, 큰누나는 작은누나가 결혼해서 떠난 후부터 한배에서 난 병아리들 중 혼자 남은 것처럼 풀이 죽어 있었어. 신혼부부는 뒤처져서 우리를 따라오고 있었고, 나는 자주 고개를 돌려 그들을 바라보았지.

배가 경적을 울렸어. 우리는 배에 올라탔고, 배는 선창을 떠나 초록색 대리석 탁자처럼 잔잔한 바다로 나아갔어. 우리는 여행을 별로 하지 않는 사람들이 다 그러듯 기분 좋은 자부심에 가득 차서 해안이 멀어져 가는 모습을 바라보았지.

아버지가 그날 아침에도 어김없이 얼룩들을 정성 들여 지운 프록코트 밑으로 배를 내미셨어. 아버지는 외출하는 날이면 늘 그렇게 벤젠 냄새를 주변에 잔뜩 퍼뜨리셨지. 나는 그 냄새로 일요일이라는 것을 알아차리곤 했어.

갑자기 아버지가 우아한 두 여자가 두 신사와 함께 굴을 먹고 있는 것을 발견하셨어. 누더기를 걸친 나이 든 선원이 칼로 굴 껍데기를 까서 신사들에게 건네주면 그 신사들은 그것을 다시 여자들에게 내밀었어. 그녀들은 섬세한 손수건 위에 굴 껍데기를 올리고 옷에 묻히지 않도록 입을 앞으로 내밀면서 굴을 먹었지. 그러고는 빠른 몸짓으로 물을 마시고는 굴 껍데기를 바다에 던졌어.

아마도 아버지는 항해 중인 배 위에서 굴을 먹는다는 그 색다른 행위에 마음이 끌리셨을 거야. 그것이 세련되고 우월하고 품위 있는 행위라고 생각하셨지. 아버지는 어머니와 누나들에게 다가가 이렇게 물으셨어.

"굴 좀 사줄까?"

어머니는 돈 걱정 때문에 대답을 망설이셨어. 하지만 두 누나는 즉시 그러자고 대답했지. 어머니가 난처해하는 어조로 말씀하셨어.

"난 배가 아플까 봐 겁이 나요. 그러니 아이들에게만 사주세요. 하지만 너무 많이 사주지는 마세요. 아이들도 배가 아플지 모르니까요."

그러고는 나를 돌아보며 덧붙이셨지.

"조제프는 사줄 필요 없어요. 남자아이는 버릇을 망치면 안 되니까요."

나는 그런 구분이 부당하다고 생각하며 어머니 옆에 가만히 있었지. 눈으로 아버지를 뒤쫓기만 했어. 아버지는 과장된 몸짓으로 두 딸과 사위를 누더기를 걸친 나이 든 선원 쪽으로 데려갔어.

굴을 먹던 두 여자는 방금 자리를 떴고, 아버지는 물을 흘리지 않고 굴을 먹으려면 어떻게 해야 하는지 누나들에게 알려 주고 계셨어. 시범을 보이려고 굴을 집어 들기까지 하셨지. 하지만 아까 그 여자들이 하던 대로 흉내를 내려다가 물을 전부 프록코트에 쏟아 버리셨어. 어머니가 중얼거리셨지.

"그러게 가만히 있으면 좋았지."

하지만 갑자기 아버지의 얼굴에 그늘이 졌어. 아버지는 몇 걸음 떨어져서 굴 까는 선원 주위에 모여 있는 딸들과 사위를 골똘히 바라보셨어. 그러더니 갑자기 우리 쪽으로 다가오셨지. 얼굴이 무척 창백하고 눈빛이 이상했어. 아버지는 작은 소리로 어머니에게 말씀하셨어.

"이상한 일인데, 굴 까는 저 남자가 쥘을 닮았어."

어머니가 어리둥절해져서 물으셨지.

"어떤 쥘 말이에요?"

아버지가 다시 말씀하셨어.

"내…… 동생 말이야…… 그 애가 미국에서 높은 자리에 있다는 걸 몰랐다면, 저 사람이 쥘이라고 생각했을 거야."

어머니가 겁에 질려 우물우물 말씀하셨어.

"당신 미쳤어요! 저 사람이 쥘이 아니라는 걸 잘 알면서 왜 그런 바보 같은 말을 하는 거죠?"

하지만 아버지는 계속 말씀하셨어.

"그러면 가서 직접 봐, 클라리스. 당신 눈으로 직접 보고 확인해 주면 나도 더 좋으니까."

어머니는 자리에서 일어나 딸들에게 다가갔어. 나 역시 그 남자를 보았지. 그 남자는 늙고 지저분하고 주름투성이였어. 다른 곳으로 눈 돌리지 않고 자기 일에만 열중해 있었지.

어머니가 몸을 떨면서 돌아오셨어. 그리고 아주 빠르게 말씀하셨지.

"쥘이 맞는 것 같아요. 그러니 선장에게 가서 물어봐요. 하지만 조심해요. 저 망나니가 다시 우리에게 빌붙지 않도록 말이에요!"

아버지가 멀어져 가셨어. 나는 아버지를 따라갔지. 기분이 참 이상했어.

선장은 키가 크고 야위고 사람들에게 인기가 많은 남자로, 인도의 전령에게 명령이라도 내린 듯 젠체하는 표정으로 선교船橋 위를 거닐고 있었어.

아버지는 과장된 태도로 그에게 접근해 그의 직업에 관한 칭찬을 섞어 가며 질문을 던지셨지.

제르제에서 중요한 것은 무엇입니까? 그곳의 생산품입니까? 주민입니까? 풍습입니까? 관습입니까? 토질은 어떻습니까? 기타 등등.

마치 미합중국 이야기라도 하는 것 같았어.

이윽고 아버지는 우리가 탄 배 렉스프레스 호에 대해 이야기하셨어. 그런 다음 승무원들 이야기로 넘어갔지. 마침내 아버지가 불안한 목소리로 말씀하셨어.

"이 배에 매우 흥미로워 보이는 굴 까는 늙은 선원이 있더군요. 혹시 그 남자에 대해 좀 아십니까?"

선장은 그런 대화에 좀 짜증이 나는지 메마른 어조로 대답했어.

"그 사람은 작년에 미국에서 만난 늙은 프랑스인 부랑자요. 내가 본국으로 데려왔지요. 르아브르에 친척이 있는 것 같더군요. 하지만 그들 곁으로 돌아가려고 하질 않아요. 그들에게 빚을 졌대요. 이름은 쥘이랍니다…… 쥘 다르망슈라던가 다르방슈라던가. 아무튼 뭐 그런 이름이에요. 한때는 미국에서 돈을 많이 번 것 같더군요. 하지만 지금은 선생도 보다시피 저 모양이 되었답니다."

아버지는 얼굴이 납빛이 되고 얼빠진 눈빛이 되어 목멘 소리로 대꾸하셨어.

"아! 알겠습니다…… 잘 알겠어요…… 놀라울 것도 없는 이야기군요…… 대단히 고맙습니다, 선장."

그런 다음 황급히 자리를 떴고, 선장은 아버지가 아연실색해서 멀어져 가는 모습을 지켜보았지.

아버지가 너무나 황망한 표정으로 어머니에게 돌아왔기 때문에 어머니는 이렇게 말씀하셨어.

"당신 좀 앉아 봐요. 사람들이 눈치채겠어요."

아버지는 벤치에 주저앉아 더듬더듬 입을 여셨어.

"쥘이 맞아, 틀림없이 쥘이라고!"

그런 다음 물으셨어.

"우리 어떻게 해야 하지?"

그러자 어머니가 재빨리 대답하셨어.

"아이들을 멀리 떨어뜨려 놓아야죠. 조제프가 모든 걸 알게 된 이상 다른 아이들을 데려와야죠. 사위가 의심하지 않도록 조심해야 돼요."

아버지는 깜짝 놀라신 듯 이렇게 중얼거리셨지.

"이런 낭패가 다 있다니!"

갑자기 어머니가 격분해서 덧붙이셨어.

"난 늘 그 도둑놈이 아무 일도 하지 않는 게 아닌지, 다시 우리에게 빌붙지는 않을지 의심이 들었어요! 다브랑슈 집안 남자에게 뭘 기대하겠어요!"

아버지가 한 손으로 이마를 문지르셨어. 어머니로부터 비난을 받을 때 하시는 행동이었지.

어머니가 덧붙이셨어.

"조제프에게 돈을 줘서 굴 값을 치르라고 해요. 우리가 가면 저 거지가 우리를 알아볼지도 모르잖아요. 배 위에서 그렇게 되면 참 볼만할 거예요. 자, 우리는 저쪽 끝으로 가요. 저 사람이 우리에게 오지 못하도록!"

어머니가 자리에서 일어나셨고, 두 분은 나에게 100수짜리 동전 하나를 건네준 뒤 멀어져 가셨어.

누나들은 놀라서 아버지를 기다리고 있었어. 나는 어머니가 뱃멀미 기운이 좀 있다고 말한 뒤 굴 까는 남자에게 물었지.

"얼마 드리면 되지요?"

사실 나는 '삼촌'이라고 말하고 싶었어.

그가 대답했어.

"2프랑 50상팀입니다."

나는 손에 들고 있던 100수를 내밀었고 거스름돈을 받았어.*

나는 그의 손을 보았어. 뱃사람의 불쌍한 손, 온통 주름진 손이었어. 그리고 그의 얼굴도 보았지. 늙고 비참한 얼굴이더군. 슬프고 삶에 짓눌린 듯 보였어. 나는 속으로 생각했어.

'이 사람이 아빠의 동생, 그러니까 내 삼촌이구나. 내 삼촌이야!'

나는 팁으로 그에게 10수를 주었어. 그러자 그가 나에게 고맙다고 했어.

"신께서 축복을 내리실 겁니다, 젊은 신사분!"

적선을 받는 가난한 사람의 어조였어. 그래서 나는 그가 전에 동냥을 한 적이 있을 거라고 생각했지!

누나들이 그 너그러운 행동에 깜짝 놀라서 나를 살펴보았어.

아버지에게 2프랑을 갖다 드리자 어머니가 놀라서 물으셨지.

"굴 값이 3프랑이나 된다고? 말도 안 돼!"

그래서 나는 단호한 목소리로 대답했어.

"팁으로 10수를 드렸어요."

어머니는 소스라쳐서 나를 뚫어져라 바라보셨어.

"너 미쳤구나! 그 남자한테, 그 망나니한테 10수를 주다니!"

하지만 아버지 때문에 말을 그치셨지. 아버지가 사위를 가리키셨거든. 우리는 잠자코 있었어.

우리 앞 수평선에, 보랏빛 그림자 같은 것이 모습을 드러냈어. 제르제

---

*1수는 5상팀이고 1프랑은 100상팀이니, 100수는 500상팀, 즉 5프랑이 된다.

였지.

선창에 접근했을 때, 나는 쥘 삼촌을 한 번 더 보고 싶다는 욕구, 삼촌에게 다가가 위로가 되는 상냥한 말을 해주고 싶다는 강렬한 욕구에 사로잡혔어.

하지만 굴을 먹는 사람이 더 이상 없었기 때문에, 쥘 삼촌은 사라져 버리고 없었어. 그 불쌍한 사람은 자신이 머무는 지저분한 화물창 밑바닥으로 내려간 것 같았어.

우리는 그를 다시 만나지 않기 위해 생말로 호를 타고 돌아왔지. 어머니는 걱정으로 안절부절못하셨어.

이후 나는 쥘 삼촌을 다시는 보지 못했어!

바로 이것이 내가 이따금 부랑자들에게 100수를 적선하는 이유야.

복수자

Le Vengeur

앙투안 뢰예 씨는 과부 마틸드 수리 부인을 10년 동안이나 사랑하다가 결혼했다.

수리 씨는 그의 오랜 학창 시절 친구였다. 뢰예는 그를 무척 좋아했다. 하지만 그가 조금 바보 같다고 생각했다. 그래서 자주 이런 말을 했다. "수리는 싸움 같은 것도 못 할 사람이야."

수리가 마틸드 뒤발 양과 결혼했을 때 뢰예는 놀라고 조금 화가 났다. 그도 그녀에게 연정을 품고 있었기 때문이다. 그녀는 얼마 되지 않는 재산을 가지고 은퇴한, 이웃에 사는 수예점 여주인의 딸이었다. 그녀는 예쁘고 날씬하고 영리했다. 그녀가 수리와 결혼한 것은 돈 때문이었다.

뢰예는 친구 아내의 호감을 사겠다는 희망을 품었다. 그는 풍채가 좋고 어리석지도 않고 부자였기에, 자신이 성공할 수 있다고 믿었다. 하지만 실패했다. 그래서 그녀를 더욱더 사랑하게 되었다. 그녀와 남편 사이의 친밀감이 사랑에 빠진 그를 신중하고, 수줍고, 당황하게 만들었다. 수리 부인은 그가 더 이상 자기 생각을 하지 않는 것으로 믿었고, 그와 속을 터놓는 친구 사이가 되었다. 그런 관계가 9년 동안 지속되었다.

그러던 어느 날 아침 심부름꾼이 그 가여운 여자의 놀라운 전갈을 가져왔다. 수리가 동맥류 파열로 갑자기 세상을 떠났다는 것이었다.

그는 엄청난 동요를 느꼈다. 수리와 그는 동갑이었기 때문이다. 하지만 다음 순간 큰 기쁨이, 무한한 안도감이, 해방감이 그의 몸과 마음을 관통했다. 수리 부인이 자유의 몸이 된 것이다.

하지만 그는 애통해하는 모습을 보여 줘야 했고, 적당한 때가 오기를 기다리며 형편을 살폈다. 그렇게 15개월이 지난 뒤, 그는 그녀와 결혼했다.

주변 사람들은 그의 행동을 자연스럽게, 심지어 너그러운 행위로 여겼다. 그것은 좋은 친구의, 신사의 행동이었다.

마침내 그는 행복해졌다. 완벽하게 행복했다.

그들은 단번에 서로를 이해하고 존중하면서 무척 다정하고 친밀하게 살았다. 그들 사이에는 아무런 비밀도 없었다. 매우 내밀한 생각들까지 서로에게 이야기했다. 뢰예는 이제 평온하고 자부심 넘치는 사랑으로 자기 아내를 사랑했다. 동등하고 서로 속을 털어놓는 상냥하고 헌신적인 친구처럼 그녀를 사랑했다. 하지만 그의 마음속에는 그녀를 먼저 차지했던, 그녀의 젊음과 영혼의 꽃을 가졌던, 심지어 그녀에게서 아련한 정취를 조금 앗아 간, 세상을 떠난 친구 수리에 대한 기묘하고 설명하기 힘든 원한이 남아 있었다. 죽은 남편에 대한 기억이 살아 있는 남편의 기쁨을 망친 것이다. 죽은 친구에 대한 질투심이 밤낮으로 뢰예의 마음을 괴롭혔다.

그는 수리에 대해 끊임없이 이야기하고, 그에 관한 내밀하고 비밀스러운 사항들을 묻고, 그의 습관과 성격 등 모든 것을 알고 싶어 했다. 그리고 자기만족을 위해 그의 결점들을 떠올리며, 그의 우스꽝스러운 점들을 소리 높여 말하며, 농담조로 말하면 무덤 깊숙한 곳까지 그를 쫓아다녔다.

그는 집 안 이쪽 끝에서 저쪽 끝까지 아내를 소리쳐 부르곤 했다.

"여, 마틸드?"

"여기 있어요, 여보."

"와서 잠깐 나와 이야기 좀 해요."

그러면 그녀는 새 남편이 전 남편 수리에 대해 이야기하고 싶어 하는 것을 눈치채고, 미소를 띠며 다가와 그 악의 없는 기벽을 맞춰 주었다.

"이봐요, 당신 언젠가 수리가 키 작은 남자들이 키 큰 남자들보다 더 사랑받는다는 것을 증명하려고 했던 것 기억나요?"

그러면서 키가 작았던 고인에 대한 기분 나쁜 성찰에 빠져드는 것이었다. 그것은 고인에게 유리한 이론이었다. 뢰예는 키가 컸다.

뢰예 부인은 그의 말이 옳다고, 단연 옳다고 넌지시 암시했다. 그리고 새 남편의 즐거움을 위해 전 남편을 은근히 무시하며 깔깔 웃었다. 뢰예는 항상 이렇게 덧붙이며 끝을 맺었다.

"어쨌든 수리 그 친구는 참 얼간이였어."

그들은 행복했다. 완벽하게 행복했다. 뢰예는 관습적인 사랑 표현으로는 진정되지 않는 사랑을 끊임없이 아내에게 보여 주었다.

그러던 어느 날 밤, 그들 두 사람이 다시 찾아온 젊음에 흥분해서 좀처럼 잠을 이루지 못하고 있을 때, 뢰예가 아내를 품에 꼭 끌어안고 열정적으로 입을 맞춘 뒤 갑자기 물었다.

"이봐요, 여보."

"네?"

"내가 당신에게 좀 어려운 질문을 하고 싶소. 수리 말이오…… 그 친구는 훌륭한…… 연인이었소?"

그러자 그녀는 열정적인 입맞춤을 그에게 돌려준 뒤 중얼거렸다. "당신만큼은 아니었어요, 여보."

그러자 뢰예는 남자의 자만심이 충족되어 다시 물었다.

"그 친구는 바보 같았을 거야…… 그렇지?"

그녀는 대답하지 않았다. 남편의 목에 얼굴을 묻으며 짓궂은 미소를 슬며시 지을 뿐이었다.

그가 다시 물었다. "그 친구는 굉장히 바보 같았을 거야. 그리고…… 그리고…… 뭐라고 말해야 할까. 능숙하지 못했지?"

그녀가 가벼운 몸짓으로 고개를 끄덕였다. 그것은 이런 의미였다. '그래요…… 전혀 능숙하지 않았어요.'

그가 다시 물었다. "그 친구는 밤에 퍽 지루했을 거야, 안 그래?"

그러자 그녀는 솔직한 감정을 내보이며 대답했다. "그럼요! 당신 말이 맞아요!"

그녀가 이렇게 대답하자 그는 그녀를 다시 끌어안고는 중얼거렸다. "그 친구는 정말 교양이 없었어! 당신 그와 함께 살면서 행복하지 않았지?"

그녀가 대답했다. "그래요, 매일 즐겁지는 않았어요."

뢰예는 아내의 예전의 상황과 지금의 상황을 비교할 때 모든 것이 자신의 우위를 증명해 주는 것 같아서 매우 기분이 좋았다.

그는 잠시 말없이 있다가 즐거운 흥분에 다시 사로잡혀서 아내에게 물었다.

"이봐요, 여보."

"왜요?"

"당신 나에게 솔직하게, 정말로 솔직하게 대답해 줄 수 있소?"

"물론이죠, 여보."

"그럼 말해 봐요. 당신 그 친구를…… 그 얼간이 같은 수리를 속이려고 한 적이 한 번도 없소?"

뢰예 부인이 작은 소리로 수줍게 "오!" 하고 외쳤다. 그러고는 남편의 품 안에 훨씬 더 단단히 몸을 숨겼다. 그는 그녀가 웃고 있는 것을 눈치 챘다.

그가 물었다. "정말로 털어놓을 수 있소? 그 짐승 같은 친구는 너무도 얼간이 같았소! 그러니 너무나 우스꽝스러웠을 거야, 우스꽝스러웠을 거라고! 그 선량한 수리 말이오. 자, 자, 여보. 당신 나에게, 나에게만은 진실을 말해 줄 수 있겠지."

그는 그녀에게 수리를 속이고자 하는 마음이 조금 있었다면 바로 자기 때문이었을 거라고 생각하며 '나에게만은'이라고 고집을 부렸다. 그 고백을 기다리며 그녀가 정숙한 여자가 아니었어도 아내로 삼았을 거라고 확신했다.

하지만 그녀는 대답하지 않았다. 무척 재미있는 어떤 것을 추억하듯 계속 웃기만 할 뿐이었다.

뢰예는 자신이 수리를 배신당하게 만들 수도 있었을 거라는 생각에 웃기 시작했다! 그랬다면 얼마나 고소했겠는가! 얼마나 재미있었겠는가! 아, 그렇다. 정말로 재미있는 소극笑劇이었을 것이다!

그는 자신이 느끼는 즐거움에 몹시 흥분되어 더듬더듬 말했다. "가여운 수리, 가여운 수리. 아, 그래. 그는 그럴 만한 작자였어. 그래, 그래!"

이제 뢰예 부인은 이불 속에서 몸을 비틀며, 거의 비명을 질러 대며 눈물이 날 정도로 웃고 있었다.

뢰예가 되풀이해 말했다. "자, 털어놔 봐요, 여보. 털어놔 보라고. 솔직하게. 내가 그 말을 들어도 별로 기분 나빠하지 않을 거라는 걸 당신도 잘 알잖소."

그러자 그녀가 숨 막혀 하며 우물거렸다. "네, 그래요."

뢰예가 재촉했다. "그래, 뭐요? 전부 말해 봐요."

그녀는 더 이상 웃지 않고 조심스러운 표정으로, 기분 좋은 비밀을 기대하는 뢰예의 입이 귀까지 올라가게 하며 중얼거렸다. "그래요…… 나는 그 사람을 속였어요."

순간 그는 차가운 전율이 뼛속에 흐르는 것을 느꼈다. 그는 이성을 잃고 불분명한 소리로 중얼거렸다. "당신…… 당신이 그 사람을…… 속였다고? ……완벽하게?"

그녀는 뢰예가 그 일을 무척이나 재미있어한다고 여기고는 이렇게 대답했다. "그래요, 완벽하게…… 완벽하게요."

그는 침대 속에 주저앉았다. 그 정도로 충격을 받았던 것이다. 그는 당황한 나머지 마치 자신이 배반을 당한 듯 숨이 막혔다.

처음에 그는 아무 말도 하지 않았다. 이윽고 몇 초가 지나자 이렇게만 외쳤다. "아!"

그녀도 자신의 실수를 뒤늦게 알아채고 웃음을 그쳤다.

뢰예가 물었다. "상대가 누구였소?"

그녀는 할 말을 찾으며 말없이 가만히 있었다.

그가 다시 물었다. "누구였소?"

그녀가 대답했다. "젊은 남자요."

그가 그녀 쪽으로 불쑥 몸을 돌리고는 메마른 목소리로 말했다. "여자 요리사랑 그러진 않았겠지. 그래, 어떤 젊은 남자였소?"

그녀는 대답하지 않았다. 그러자 뢰예는 그녀가 덮고 있는 이불을 움켜쥐어 침대 한가운데로 던지면서 말했다.

"난 당신이 어떤 젊은 남자와 그랬는지 알고 싶소. 내 말 알아듣겠소?"

그러자 그녀는 간신히 이렇게 대답했다. "그냥 웃자고 한 말이에요."

그는 분노로 몸을 떨면서 대꾸했다. "뭐라고? 웃자고 한 말이라고? 당신 나를 놀리는 거요? 그런 핑계는 통하지 않아요, 내 말 알겠소? 그 젊은 남자의 이름이 뭐지?"

그녀는 꼼짝 않고 누운 채 대꾸하지 않았다.

뢰예가 그녀의 팔을 붙잡고 세게 힘을 주었다. "내 말이 무슨 뜻인지 알아듣겠소? 내가 당신에게 뭘 물으면 대답을 하란 말이오."

그러자 그녀가 신경질적으로 대꾸했다. "내가 보기엔 당신은 이성을 잃은 것 같아요. 날 좀 내버려 둬요!"

뢰예는 더 이상 뭐라고 말해야 할지 알지 못해 화가 나서 몸을 떨었다. 그는 온 힘을 다해 그녀를 흔들며 되풀이해 말했다. "내 말 알아들었어? 내 말 알아들었냐고!"

그녀가 그의 손에서 빠져나가려고 격한 몸짓을 하다가 손가락 끝으로 남편의 코를 쳤다. 그러자 그는 자신이 맞았다고 생각해 격노해서는 훌쩍 몸을 날려 그녀의 몸을 찍어 눌렀다.

이제 그녀는 그의 몸 밑에 있었다. 그는 온 힘을 다해 그녀의 뺨을 때리며 큰 소리로 외쳤다. "이런, 이런. 바로 여기에 화냥년이 있었군. 행실 나쁜 창녀 같으니!"

이윽고 그는 힘이 빠져 숨을 헐떡이며 침대에서 일어나, 오렌지 꽃을 넣은 설탕물을 한 잔 만들려고 서랍장 쪽으로 다가갔다. 몹시 피로해서 정신을 잃을 것 같았기 때문이다.

그녀는 자신의 실수 때문에 행복이 모두 끝장났다고 생각해 커다란 흐느낌을 토해 내며 침대 속에서 울고 있었다.

그녀가 눈물을 흘리며 더듬더듬 말했다. "내 말 좀 들어봐요, 앙투안. 이리 와요. 실은 내가 당신에게 거짓말을 했어요. 들어 보면 당신도 이해가 될 거예요. 좀 들어 봐요."

그녀는 스스로를 변호할 준비를 하고 책략들로 무장한 채 두건을 쓴 머리를, 머리카락이 온통 헝클어진 머리를 조금 들어 올렸다.

한편 뢰예는 아내에게 얻어맞은 것을 창피해하며, 수리라는 친구를 속인 그 여자에 대한 한없는 증오가 마음 깊숙한 곳에 살아 숨 쉬는 것을 느끼며 그녀 쪽으로 다가왔다.

기다림
L'Attente

우리 남자들은 저녁 식사를 한 뒤 흡연실에서 수다를 떨고 있었다. 예상하지 못했던 유산을 상속받게 되는 경우에 대해 이야기를 나누었다. 존경받는 지도층이자 유명한 변호사인 르 브뤼망 씨가 벽난로로 다가와 등을 기대며 말했다.

"나는 매우 고약한 상황에서 사라져 버린 상속자를 찾아야 합니다. 가정생활의 잔인한 비극 때문에 일어난 일이지요. 우리 주변에서 매일같이 일어날 수 있는 일이지만, 내가 아는 가장 무서운 이야기 중 하나랍니다. 그 이야기를 들려 드리지요."

*

지금으로부터 약 여섯 달 전, 나는 한 죽어 가는 여자 곁으로 와달라는 부름을 받았습니다. 내가 찾아가자 그녀가 나에게 말하더군요.

"변호사님, 저는 무척 까다롭고, 어렵고, 시간이 오래 걸릴 일을 변호사님께 의뢰하고 싶어요. 제 유언장을 검토해 주세요. 저기, 저 탁자 위에 있답니다. 변호사님이 성공하지 못할 경우 수임료로 5천 프랑을 드릴게요. 성공하면 10만 프랑을 받으실 수 있고요. 저의 의뢰는 제가 죽은 뒤 제 아들을 찾아 달라는 것입니다."

그녀는 이야기를 수월하게 할 수 있도록 침대에 일어나 앉게 도와 달라고 나에게 부탁했습니다. 목소리가 단속적으로 끊기고, 숨이 헐떡거리고, 목구멍에서 쉭쉭거리는 소리가 났기 때문이지요.

그 집은 대단한 부잣집이었어요. 방도 호화로웠습니다. 단순하면서도 호화로움이 잘 느껴졌지요. 두툼한 직물을 벽에 누벼 놓았는데, 눈으로 보기에도 무척 부드러워서 마치 그것을 어루만지는 듯한 느낌이 들었습니다. 벽을 그렇게 한 덕분에 방 안이 너무나 조용했답니다. 말을 하면 그 말이 벽 속으로 들어가 사그라지는 것 같았어요.

그 여자분이 이어서 말했습니다.

"지금껏 아무에게도 하지 않은 내 마음 아픈 사연을 변호사님께 말씀드릴게요. 끝까지 이야기할 수 있도록 힘을 내야겠네요. 내가 알기로 변호사님은 신사이고 마음씨가 고운 분이니, 아무것도 소홀히 여기지 않고 모든 능력을 발휘해 성실하게 나를 도와주시리라 믿어요.

내 이야기를 잘 들어 보세요.

결혼하기 전 나는 한 청년을 사랑했어요. 하지만 우리 가족은 그 청년의 구혼을 거절했지요. 그 청년이 별로 부자가 아니라는 이유로요. 그러고 얼마 안 있어 나는 굉장히 부자인 어떤 남자와 결혼했답니다. 결혼

적령기의 젊은 여자들이 흔히 그러듯, 알지 못할 두려움에 싸여 부모 뜻에 복종하느라 무기력하게 그 남자와 결혼했어요.

나는 아이를 하나 낳았어요. 사내아이였죠. 그리고 몇 년 뒤 남편이 세상을 떠났답니다.

내가 사랑했던 남자도 결혼했어요. 내가 과부가 된 것을 알자 그 남자는 자신이 자유로운 처지가 아닌 기혼자라 몹시 괴로워했지요. 그는 나를 만나러 와서는 내 앞에서 눈물을 흘리며 흐느꼈고, 그 모습을 보는 나는 가슴이 찢어질 듯했어요. 우리는 친구로 지내기로 했답니다. 아마도 그때 나는 그를 친구로 받아들이지 말아야 했을 거예요. 하지만 내가 어떻게 그럴 수 있었겠어요? 그때 나는 혼자였고, 너무나 슬펐고, 너무나 외로웠고, 너무나 절망스러웠어요! 그리고 여전히 그를 사랑하고 있었어요. 이따금 너무나 고통스러울 때가 있잖아요!

나에겐 오로지 그 사람뿐이었어요. 부모님도 이미 세상을 떠나신 상황이었거든요. 그는 자주 나를 찾아왔어요. 내 곁에서 꼬박 밤 시간을 보낸 일도 여러 번이었죠. 그가 기혼자였으니 너무 자주 나를 찾아오지 못하게 만류해야 했을 거예요. 하지만 나는 그를 만류할 힘이 없었답니다.

변호사님께 뭐라고 말해야 할까요? ……그는 내 애인이 되었어요! 어떻게 그런 일이 일어났느냐고요? 내가 그것을 알까요? 우리가 그것을 알까요! 변호사님은 사랑하는 두 존재가 저항할 수 없는 힘에 의해 서로에게 이끌릴 때 막을 방법이 있다고 생각하시나요? 기도로, 애원으로, 눈물로, 걱정스럽게 하는 말로 무릎을 꿇고 격정적으로 부탁하는데 계속 저항하고, 투쟁하고, 거부할 수 있다고 생각하시나요? 세상에서 말하는 명예라는 것을 지키기 위해 자신이 사랑하는 남자를, 아주 작은 소망만 들어줘도 행복해하는 남자를, 가능한 한 모든 기쁨을 베풀어 주고 싶은 남자를, 나 때문에 낙담하는 남자를 거부할 수 있다고 생각하세요? 그러려면 얼마나 대단한 힘이 필요할까요. 얼마나 행복을 포기해야 할까요. 얼마나 희생해야 할까요. 그리고 얼마나 이기적으로 정숙을 고집해야 할까요. 그렇지 않아요?

그래요, 변호사님. 마침내 나는 그의 정부가 되었답니다. 그리고 행복했어요. 12년 동안 행복했어요. 그리고 이건 내가 저지른 가장 큰 과오이자 비겁한 행동인데, 나는 그의 아내와도 친구가 되었어요.

나는 그 남자와 함께 내 아들을 키웠어요. 그 아이를 남자로, 지적이고 감수성과 의지가 넘치고 마음이 관대하고 대범한 진정한 남자로 만들었어요. 그렇게 그 아이는 열일곱 살이 되었지요.

그 아이는 내가 내 애인을 사랑하는 것만큼이나 내…… 내 애인을 사랑했어요. 우리 두 사람이 똑같이 그 아이를 소중히 여기고 돌보았기 때문이지요. 그 아이는 내 애인을 '좋은 친구'라고 불렀어요. 그로부터 현명한 가르침을 받았고 그의 모습에서 공정함, 명예, 올바름의 모범만을 보았기에 그를 무한히 존경했답니다. 그 아이는 그를 나이 든 친척 같은 존재로, 어머니의 충실하고 헌신적인 친구로, 정신적 아버지로, 후견인으로, 보호자로 여겼어요.

아주 어릴 때부터 그 남자가 우리 집에, 내 곁에, 자기 곁에 있으면서 끊임없이 신경 써주는 것에 익숙해서, 아이는 우리 관계에 대해 아무것도 묻지 않았지요.

어느 날 저녁, 우리는 셋이서 저녁을 먹기로 했어요(내가 무척 중요하게 여기는 축일이었죠). 나는 누가 먼저 올지 궁금해하며 두 사람을 기다렸어요. 마침내 문이 열렸어요. 내 애인이었죠. 나는 두 팔을 벌리고 그에게 다가갔고, 그는 내 입술에 열정적인 키스를 오랫동안 해주었답니다.

그런데 갑자기 어떤 소리가, 뭔가 스치는 소리가 났어요. 그 수수께끼 같은 소리는 아무래도 인기척 같았어요. 우리는 그 소리에 소스라치고 충격을 받았어요. 바로 내 아들 장이 낸 소리였기 때문이죠. 장은 우뚝 서서 창백한 낯빛으로 우리를 바라보고 있었답니다.

나는 다시 한 번 극심한 동요를 느꼈어요. 기도라도 하듯 아들을 향해 손을 내밀면서 뒷걸음쳤지요. 잠시 후, 그 아이의 모습이 보이지 않았어요. 떠나 버린 거예요.

우리는 무척 놀라서 뭐라고 말도 못 하고 서로의 얼굴을 마주 보며 그 자리에 머물러 있었죠. 나는 안락의자 위로 쓰러졌어요. 그리고 도망치고 싶은, 어둠 속으로 나가고 싶은, 영원히 사라지고 싶은 막연하면서도 강렬한 욕구를 느꼈답니다. 이윽고 발작적인 흐느낌이 내 목구멍을 가득 채웠고, 나는 경련을 일으키며 울었어요. 돌이킬 수 없는 불행이 가져다주는 그 지독한 느낌에, 어머니로서 느끼는 엄청난 수치심에 마음이 찢어지고 신경이 모조리 뒤틀리는 것 같았죠.

그는…… 감히 나에게 다가오지 못하고, 말을 건네지도 못하고, 나를 만지지도 못한 채 아이가 돌아오지 않을까 봐 겁에 질려 내 앞에 머물러 있었지요. 마침내 그가 말했어요.

'내가 아이를 찾아볼게요…… 아이에게 말할게요…… 이해시킬게요…… 어쨌든 내가 아이를 만나 봐야 해요…… 아이가 알아야 해요……'

그러고는 밖으로 나갔어요.

나는 기다렸어요…… 두려움에 사로잡혀 아주 작은 소리에도 소스라치게 놀라며 필사적으로 기다렸어요. 벽난로 안의 불꽃이 조그맣게 타 닥거리는 소리에도 말로 표현할 수 없는 감정이 일어나 견딜 수 없어하 며 기다렸답니다.

미지의 공포가, 불안이 마음속에서 커지는 것을 느끼며 그렇게 한 시 간, 두 시간을 기다렸어요. 그 순간엔 흉악한 범죄자가 위협했다 해도 나는 단 10분도 애걸하지 않았을 거예요. 기다리면서 내 아이는 어디 있을까, 지금 무엇을 하고 있을까, 하는 생각만 했답니다.

자정쯤에 심부름꾼이 내 애인이 보낸 쪽지를 가지고 왔어요. 나는 그 내용을 아직도 외우고 있답니다.

'혹시 당신 아들이 돌아왔소? 나는 당신 아들을 찾아내지 못했다오. 나는 아래층에 있소. 이 시간에는 위층으로 올라갈 수가 없어서.'

나는 그 종이 위에 연필로 이렇게 답장을 썼지요.

'장은 돌아오지 않았어요. 당신이 그 아이를 찾아내야 해요.'

나는 안락의자에 앉아 기다리며 밤을 꼬박 새웠어요.

나는 미쳐 가고 있었어요. 울부짖고 싶고, 달리고 싶고, 바닥에 데굴 데굴 구르고 싶었어요. 하지만 그저 기다리기만 하면서 아무것도 하지 못했죠. 대체 무슨 일이 일어난 걸까? 나는 예측해 보려고 애썼습니다. 하지만 노력했음에도 불구하고 몹시 괴롭기만 할 뿐 전혀 예측할 수가 없었어요!

시간이 흐르자 두 남자가 만나는 것이 두려워지더군요. 그들이 만나 서 무엇을 할까? 아이가 무슨 짓을 할까? 온갖 무서운 의심과 지독한 가설들이 내 가슴을 찢어 놓았어요.

변호사님도 이해가 되시죠? 안 그런가요, 변호사님?

아무것도 모르고 아무것도 이해하지 못하는 하녀가 내가 미친 것이 아닌가 생각해 자꾸만 와서 상태를 살폈어요. 나는 짧은 말이나 몸짓으로 하녀를 물렸지요. 하녀는 의사를 부르러 갔어요. 의사는 신경발작으로 내 머리가 이상해졌다고 생각했지요.

의사는 나를 침대에 누워 있게 했어요. 열이 심하게 났거든요.

오랫동안 아픈 뒤 다시 정신을 차렸을 때, 침대 곁에는 내…… 애인이 혼자 있더군요. 나는 그에게 외쳐 물었지요. '내 아들은? ……내 아들은 어디 있어요?' 그는 대답하지 않았어요. 나는 더듬더듬 물었어요.

'죽…… 죽었나요? ……그 애가 자살했어요?'

그가 대답했어요.

'아니, 아니요. 맹세해요. 하지만 아무리 애를 써도 그 아이를 찾을 수가 없었소.'

나는 화가 나서, 격분해서 그에게 못된 말을 퍼부어 댔어요. 사람이란 설명할 수 없고 사리에 어긋나는 분노를 느낄 때가 있잖아요.

'다시는 나를 찾아오지 마요. 내 아들을 찾아내지 못하는 한 다시는 나를 보러 오지 말라고요. 썩 꺼져요.'

그는 밖으로 나갔어요.

그 일 이후 나는 아들도 애인도 다시 보지 못했답니다. 그렇게 20년을 살았어요.

변호사님은 이런 상황이 납득이 되시나요? 그 엄청난 괴로움이, 어머니로서 그리고 여자로서의 그 느리고 지속적인 비통함이, 고약하고 끝없는 기다림이 이해가 되세요? 이 끝없는 기다림이! ……이해하지 못하시겠지요. 이제 이 기다림도 끝날 거예요…… 내가 죽어 가고 있으니까요. 그 두 남자를 다시는 보지 못한 채 죽어 가고 있으니까요…… 아들도…… 애인도!

애인은 20년 동안 매일같이 나에게 편지를 써 보냈어요. 하지만 나는 절대로 그를 맞아들이고 싶지 않았죠. 단 1초도 그러고 싶은 마음이 들지 않았어요. 내가 아들을 다시 만나는 그 순간이 그가 나를 다시 만날 수 있는 순간이라고 생각했으니까요! 아들! 내 아들! 그 아이는 죽었을까요, 아니면 살아 있을까요? 그 아이는 대체 어디에 숨었을까요? 저쪽, 넓은 바다 건너편에, 너무나 멀어서 내가 이름조차 알지 못하는 나라에 숨어 있는 걸까요? 그 아이가 내 생각을 하기는 할까요? ……오! 그 아이가 알면 좋으련만! 아이들이란 얼마나 잔인한지! 자기가 나를 얼마나 무시무시한 고통에 몰아넣었는지 그 아이는 알까요? 자신이 아직 젊은 어머니를, 절절한 모성을 다해 자기를 사랑하는 어머니를 마지막 날까지 어떤 절망 속에, 어떤 괴로움 속에 던져 넣었는지 이해할까요? 그건 너무나 잔인한 일이에요, 안 그래요?

이 모든 것을 그 아이에게 말해 주세요, 변호사님. 내가 남기는 이 마지막 말들을 그 아이에게 되풀이해 들려주세요.

애야, 내 사랑하는 아들아. 가련한 존재들에게 좀 덜 가혹하게 굴려무나. 네가 그러지 않아도 인생은 충분히 폭력적이고 잔혹하단다! 사랑하는 아들아, 네가 떠나 버린 후 네 불쌍한 어머니의 삶이 어떠했을지 생각해 다오. 사랑하는 아들아, 이제 네 어머니는 죽어 가고 있으니 그만 용서해 다오. 그리고 사랑해 다오. 네 어머니는 가장 끔찍한 형벌을 받았단다."

그녀는 마치 자기 앞에 서 있는 아들에게 직접 이야기하는 것처럼 몸을 떨고 숨을 헐떡거렸습니다. 그녀가 덧붙였어요.

"그 아이에게 이것도 말해 주세요, 변호사님. 내가 그 일 이후 그 남자를…… 한 번도 만나지 않았다는 것을요."

그녀는 입을 다물었습니다. 그런 다음 몹시 낙심한 목소리로 다시 말했어요.

"이제 나를 내버려 두세요, 선생님. 그들이 내 곁에 없는 이상 나는 혼자 죽고 싶어요."

*

르 브뤼망 씨가 덧붙였다.

"나는 짐승처럼 울면서 밖으로 나갔답니다. 내가 너무 심하게 울어서 마부가 몸을 돌려 나를 쳐다보았어요.

매일 우리 주위에서 이런 비극들이 얼마나 많이 일어나고 있는지요!

나는 그 아들을…… 그 여자분의 아들을…… 찾아내지 못했습니다. 이 이야기에 대해서는 각자 원하는 대로 생각하세요. 하지만 나는 그 아들이…… 죄인이라고 생각합니다."

훈장!
Décoré!

　우월한 본능을 가지고 태어난 사람들, 어떤 사명 혹은 간단히 말해 어떤 욕망이 일찍부터 싹튼 사람들은 말을 시작하자마자 생각을 한다.

　사크르망 씨는 어린 시절부터 훈장을 받겠다는 생각만 했다. 아주 어릴 때 그는 다른 아이들이 군모를 쓰고 다니듯 아연으로 된 가짜 레지옹 도뇌르 십자 훈장을 달고 다녔다. 붉은 리본과 금속 별로 이루어진 그 훈장이 달린 작은 가슴을 잔뜩 부풀리며, 자랑스러운 표정으로 어머니와 악수를 하기도 했다.

　변변치 못했던 공부를 마친 뒤 그는 대학 입학 자격시험에 실패해 앞으로 무엇을 해야 할지 알지 못했지만, 재산이 좀 있었던 덕분에 예쁜 아가씨와 결혼했다.

　그는 부유한 부르주아들처럼 파리에 살면서 그들과 섞이지는 않은 채 그들의 세계에 드나들었다. 장관까지 지낸 어느 국회의원과의 친분을 자랑스러워했고, 행정 부서의 우두머리 두 명과 친구로 지냈다.

하지만 사크르망 씨의 마음속에는 어릴 때 품었던 꿈이 떠나지 않고 머물러 있었고, 자신은 프록코트에 훈장을 달고 다닐 수 없다는 사실에 계속 괴로워했다.

길에서 훈장 단 사람들을 만나면 마음이 산란해졌다. 극도의 질투를 느끼며 곁눈질로 그들을 바라보았다. 때때로 할 일 없이 긴 오후를 보낼 때면 훈장 단 사람들의 수를 헤아려 보기도 했다. 그는 속으로 이렇게 생각했다. '이것 보라지. 마들렌 성당에서 드루오 거리까지 훈장 단 사람들이 정말 많군.'

그는 작고 붉은 그 훈장을 멀리서 식별하려고 사람들의 가슴팍을 주의 깊게 살펴보며 천천히 걸어갔다. 그리고 산책이 끝날 때쯤이면 언제나 그 숫자에 놀라는 것이었다. '장교가 여덟 명, 기사가 열일곱 명이군. 많기도 해라! 저런 식으로 십자 훈장을 낭비하는 건 바보 같은 짓이야. 돌아가는 길에도 이만큼 많이 발견할지 보자.'

그는 유감스러운 마음으로 천천히 걸어서 돌아갔다. 행인들에게 다그침을 받은 사람이 그의 조사를 방해해서 훈장 단 사람의 숫자를 잊어버리는 일도 있었다.

그는 훈장 단 사람들이 많이 지나다니는 구역들을 알고 있었다. 팔레 루아얄이 그랬다. 오페라 대로는 라페 거리만 못했다. 큰길의 왼쪽보다 오른쪽이 훈장 단 사람들의 통행이 많았다.

그들은 일정한 카페들과 극장들을 선호하는 것 같았다. 보도 한가운데 멈춰 서서 통행을 방해하는 백발의 늙은 신사 무리를 발견할 때마다 사크르망 씨는 속으로 이런 생각을 했다. '레지옹 도뇌르 훈장 수훈자들이로군!' 그리고 그들에게 인사하고 싶은 욕구를 느꼈다.

훈장 수훈자들은 단순한 기사들과는 다른 태도를 보여 주었다(그는 자주 그것에 주목했다). 그들이 머리를 두는 모습은 어딘지 달랐다. 더 높은 존경과 폭넓은 신망을 공식적으로 받고 있다는 것이 잘 느껴졌다.

이따금 사크르망 씨는 격분에 사로잡히기도 했다. 훈장을 받은 모든 사람들에 대한 격분이었다. 그는 그들에 대하여 사회주의자의 증오를 느꼈다.

그래서 너무나 많은 십자 훈장들을 만난 탓에 흥분했을 때는 가난하고 굶주린 사람이 커다란 식료품점 앞을 지나간 뒤에 그러듯이 집으로 돌아가면서 큰 목소리로 이렇게 말했다. "그 사람들 언제 이 더러운 정부를 몰아내려는 거지?" 그의 아내가 놀라서 물었다. "대체 오늘 무슨 일이 있었던 거예요?"

그러면 그는 대답했다. "도처에 횡행하는 부당함을 보고 분개한 것뿐이야. 아! 파리 코뮌 가담자들이 옳았어!"

하지만 그는 저녁을 먹은 뒤 다시 밖에 나가서 훈장 관련 상품을 파는 상점들을 둘러보았다. 다양한 형태와 색깔의 기장들을 면밀히 조사했다. 그는 그것들을 전부 가지고 싶었을 것이다. 공공 행사에서, 경탄하는 사람들이 가득한 거대한 홀 안에서 훈장을 줄줄이 겹쳐 단 가슴을 번쩍이며 행렬 선두에서 걷고, 팔 밑에 큰 예모를 긴 채 감탄하는 수군거림 한가운데를, 존경의 웅성거림 한가운데를 별처럼 빛을 내며 엄숙하게 지나가고 싶었을 것이다.

하지만 그는 그 어떤 훈장도 갖고 있지 않았다.

그는 생각했다. '공직 생활을 전혀 하지 않은 사람이 레지옹 도뇌르 훈장을 받기는 정말이지 너무 힘들어. 교육 공로 훈장이라도 받도록 노

력해야 할까?'

하지만 그 훈장을 받으려면 어떻게 해야 하는지 알지 못했다. 그는 어리둥절해 있는 아내에게 그 이야기를 했다.

"교육 공로 훈장을 받는다고요? 당신이 그럴 만한 무슨 일을 했는데요?"

그가 성을 냈다. "내 말뜻을 잘 파악해야지. 그러니까 그러기 위해 필요한 일을 찾으려는 거 아니야. 당신은 가끔 바보 같을 때가 있다니까."

그녀가 빙그레 웃음을 지었다. "그러네요, 당신 말이 옳아요. 하지만 나는 그 일이 뭔지 잘 모르겠어요!"

그에게 좋은 생각이 떠올랐다. "당신이 국회의원 로슬랭 씨에게 이야기하면 그분이 나에게 훌륭한 조언을 해줄 수 있을 거야. 당신도 이해하겠지만 나는 감히 그분에게 직접 그런 질문을 할 수가 없어. 그건 꽤 까다롭고 어려운 문제거든. 당신이 시작하면 일이 아주 자연스러울 거야."

사크르망 부인은 그가 부탁한 대로 했고, 로슬랭 씨는 그것에 대해 장관과 이야기해 보겠다고 약속했다. 그러자 사크르망 씨는 그를 재촉하며 귀찮게 했다. 마침내 국회의원이 그에게 대답했다. 그가 이룬 업적이나 지위들이 필요하다고.

업적이나 지위? 맙소사, 그는 대학 입학 자격조차 없었다.

그래서 그는 일을 시작했고, '민중의 권리에서 교육까지'라는 의미 있는 소책자를 만들기 시작했다. 하지만 사고의 부족으로 그것을 완성하지 못했다.

그는 좀 더 쉬운 여러 주제에 계속적으로 접근했다. 처음의 주제는 이러했다. '눈을 통한 어린이 교육.' 그는 어린이들을 위해 가난한 구역들에 무료 극장을 세울 것을 제안했다. 아주 어린 나이만 지나면 부모들이 아이들을 거기 데려오게 하는 것이다. 거기서 환등기를 사용해 아이들에게 인간의 모든 지식의 기초를 보여 줄 것이다. 그것은 진정한 교육이 될 것이다. 시각이 뇌를 깨우칠 것이고, 환등기로 보여 준 이미지들은 학문을 시각적으로 만들면서 기억 속에 새겨질 것이다.

그것이 세계사, 지리, 박물학, 식물학, 동물학, 해부학 등등을 가르치는 것보다 더 간단한 교육이 아닐까?

그는 이런 구상을 출판물로 만들었고, 그 출판물을 모든 국회의원들에게 한 권, 장관들에게 열 권, 공화국 대통령에게 쉰 권, 파리의 신문사들에 각각 열 권, 지방 신문사들에는 다섯 권씩 보냈다.

그런 다음에는 국가가 오렌지 행상 마차와 비슷한, 책을 가득 실은 조그만 마차를 거리에 운행하면 좋을 거라고 제안했다. 소위 '거리의 도서관' 구상이었다. 주민들은 각자 구독료 1수를 내고 한 달에 책 열 권을 빌리게 된다.

사크르망 씨는 말했다. "국민들은 쾌락을 추구하느라 탈이 납니다. 국민들이 스스로 교육을 받지 않는다면, 교육이 국민들을 찾아가야 합니다."

이런 시도들은 아무런 반응도 불러일으키지 못했다. 그래서 그는 청원을 했다. 담당자들은 의견서를 작성해 통지하겠다고 대답했다. 그는 성공을 확신했다. 그리고 기다렸다. 하지만 아무런 통지도 오지 않았다.

그러자 그는 개인적으로 교섭하기로 결심했다. 교육부 장관과의 면담을 신청했다. 그리고 매우 젊고 근엄하며 거드름을 피우는 비서실 담당관을 만났다. 담당관은 마치 피아노를 치듯 조그맣고 하얀 버튼들을 연주해 수위와 대기실의 사환 그리고 하급 직원을 불렀다. 담당관은 그에게 청원한 안건이 순조롭게 처리되는 중이라고 대답하고, 그 훌륭한 작업을 계속하라고 조언했다.

사크르망 씨는 다시 작업에 착수했다.

국회의원 로슬랭 씨도 이제는 그의 성공에 많은 관심을 갖는 것 같았다. 그에게 훌륭하고 구체적인 여러 조언을 해주기까지 했다. 덕분에 그는 명확한 이유도 밝혀지지 않은 채 교육 공로 훈장을 받았다.

로슬랭 씨는 이제 새로운 연구에 착수하라고 사크르망에게 조언했고, 명예를 얻게 할 의도로 모호한 학문적 쟁점들을 다루는 학자들의 협회에 그를 소개했다. 내각에 추천해 주기까지 했다.

어느 날 사크르망이 친구 집에 점심을 먹으러 가는데(그는 여러 달 전부터 그 친구 집에서 자주 식사를 했다), 로슬랭 씨가 그의 손을 잡으며 낮은 목소리로 말했다. "방금 당신에게 매우 우호적인 소식을 입수했소. 역사 연구 위원회가 당신에게 임무를 하나 맡기려 하고 있어요. 프랑스에 있는 각양각색의 도서관에서 조사를 하는 임무요."

사크르망은 기력이 쇠하여 먹지도 마시지도 못했다. 그러나 일주일 뒤에 출발했다.

그는 이 도시에서 저 도시로 이동하며 카탈로그를 연구하고, 도서관 사서들의 반감에 시달리며 먼지투성이의 책들이 가득한 책 창고들을 파헤쳤다.

그렇게 루앙에 있던 어느 날 밤, 그는 일주일 동안 보지 못한 아내를 안으러 집에 가고 싶었다. 그래서 9시 기차를 탔다. 그 기차를 타면 자정에는 집에 도착할 터였다.

그는 집 열쇠를 갖고 있었고, 기쁨에 몸을 떨며 소리 없이 집 안으로 들어갔다. 아내가 깜짝 놀라리라는 생각에 몹시도 행복했다. 그녀는 집 안에 틀어박혀 있으니 얼마나 지루하겠는가! 그는 문 너머로 소리를 질렸다. "잔, 나야!"

그녀는 무척 두려움을 느낀 것 같았다. 침대에서 솟구쳐 일어나 마치 꿈을 꾸는 것처럼 혼자서 이야기를 했으니 말이다. 잠시 후 그녀는 화장실로 달려가 문을 열었다가 다시 닫았고, 가구들이 흔들릴 정도로 맨발로 빠르게 여러 번 침실을 가로질렀다. 찬장 안에 들어 있는 유리 제품들이 달그락달그락 소리를 냈다. 잠시 후 마침내 그녀가 물었다. "정말 당신이에요, 알렉상드르?"

그가 대답했다. "그래 맞아, 나야. 그러니 어서 문 열어!"

문이 열렸고, 아내가 그의 가슴으로 몸을 던지며 우물우물 말했다. "오! 얼마나 무서웠던지! 그리고 지금은 얼마나 놀라운지! 얼마나 기쁜지!"

그는 매사에 그러듯이 체계적으로 옷을 벗기 시작했다. 그러고는 의자 위에 놓아둔 외투를 습관대로 현관에 걸려고 도로 집어 들었다. 하지만 갑자기 아연실색해서 가만히 있었다. 외투 가슴에 붉은 훈장이 달려 있었던 것이다!

그가 더듬더듬 말했다. "이…… 이…… 외투에 레지옹 도뇌르 훈장이 달려 있어!"

그러자 아내가 껑충 뛰어 그에게 덤벼들어서는 그의 손에서 외투를 낚아채며 말했다. "아니에요…… 이건 나에게 주세요."

하지만 그는 옷을 손에서 놓지 않고 한쪽 소맷부리를 계속 붙잡은 채 일종의 정신 나간 상태로 되뇌었다. "뭐라고? ……왜? ……나에게 설명을 해봐…… 이게 누구 외투지? ……이건 내 외투가 아니야. 레지옹 도뇌르 훈장이 달려 있잖아?"

그녀는 당황해서 더듬더듬 말하며 그의 손에서 외투를 빼내려고 했다. "내 말을 들어 봐요…… 내 말 좀 들어 봐요…… 그걸 나한테 줘요…… 난 당신에게 말할 수 없어요…… 그건 비밀이니까요…… 여보, 내 말 좀 들어 봐요."

하지만 그는 화를 냈고 얼굴이 창백해졌다. 그가 말했다. "난 어떻게 이 외투가 여기에 있는지 알고 싶어. 이건 내 외투가 아니잖아."

그러자 그녀는 그의 얼굴에 대고 외쳤다. "당신 외투 맞아요. 그러니 입 좀 다물어요. 조용히 하겠다고 나한테 맹세해요…… 잘 들어요…… 알겠어요? 당신이 레지옹 도뇌르 훈장을 받았다고요!"

그는 충격을 너무 심하게 받은 나머지 외투를 손에서 놓고 안락의자에 쓰러졌다.

"그러니까 당신 말은…… 내가…… 내가…… 레지옹 도뇌르 훈장을 받았다는 거로군."

"그래요…… 하지만 이건 비밀이에요. 중요한 비밀이라고요……"

그녀는 그 명예로운 옷을 옷장 안에 넣고 창백한 얼굴로 몸을 떨면서 남편에게 다시 돌아왔다. 그녀가 말했다. "그래요, 저건 내가 당신을 위해 짓게 한 새 외투예요. 실은 당신에게 아무 말도 하지 않겠다고 약속했어요. 한 달 혹은 6주가 지난 뒤에 공식적으로 발표될 테니까요. 당신은 임무를 완수해야 해요. 그런 다음 돌아와서 이 사실을 알아야 한다고요. 로슬랭 씨가 당신을 위해 이걸 얻어 줬어요……"

사크르망은 기운이 빠져서 더듬거렸다. "로슬랭…… 그 사람이 나에게 훈장을 받게 해줬군…… 그 사람이…… 아!"

그는 마음을 진정시키기 위해 물 한 잔을 마셔야만 했다.

조그만 종이 한 장이 바닥에 떨어져 있었다. 외투 호주머니에서 떨어진 것이었다. 사크르망은 그 종이를 집어 들었다. 그것은 명함이었다. 그가 읽었다. "로슬랭, 국회의원."

"이제 알았죠?" 아내가 말했다.

그러자 그는 기쁨에 겨워 울기 시작했다.

일주일 뒤 〈로피시엘〉은 사크르망 씨가 훌륭한 봉사 덕분에 레지옹 도뇌르 훈장 수훈자로 임명되었다고 보도했다.

아버지
Le Père

프랑수아 테시에는 교육부 직원으로 일하며 바티뇰에 살 때, 매일 아침 승합마차를 타고 사무실에 출근했다. 어느 아가씨 맞은편에 앉아 매일 아침 파리 도심까지 여행했고, 그 아가씨를 사랑하게 되었다.

그녀는 매일 같은 시간에 자신이 일하는 가게에 출근했다. 그녀는 갈색 머리카락의 자그마한 아가씨로, 눈이 무척 검어서 마치 얼룩처럼 보였으며, 얼굴은 상아처럼 빛이 났다. 그녀는 항상 똑같은 거리 모퉁이에 모습을 드러냈고, 육중한 마차를 잡아타기 위해 뛰어왔다. 그녀는 시간에 쫓기면서도 유연하고 우아한 태도로 달렸다. 그러고는 말들이 완전히 멈추기도 전에 발판 위로 뛰어오른 다음 숨을 조금 몰아쉬며 마차 안으로 들어와 자리에 앉아서는 주변에 눈길을 던졌다.

처음 그녀를 보았을 때 프랑수아 테시에는 그녀의 얼굴이 매우 마음에 들었다. 남자는 이따금 잘 알지도 못하지만 정신없이 품에 끌어안고 싶은 여자를 만나는 법이다. 그녀는, 그 아가씨는 그의 내밀한 욕망에, 비밀스러운 기대에, 마음속 깊은 곳에 품은 사랑의 이상에 부응했다.

그는 자기도 모르게 그녀를 줄기차게 바라보았다. 그녀는 그 뜨거운 눈길에 불편한 느낌이 들어서 얼굴이 붉어졌다. 그것을 눈치챈 그는 그녀에게서 눈길을 돌리려 했다. 하지만 다른 곳을 보려고 애써도 자꾸만 그녀에게로 눈길이 되돌아가곤 했다.

며칠이 지나자 그들은 이야기를 나눈 적은 없지만 서로를 알아보았다. 마차 안이 만원이면 그는 그녀에게 자기 자리를 양보했고, 괴로운 일이지만 지붕 위 좌석으로 올라갔다. 시간이 지나자 그녀는 엷은 미소를 지으며 그에게 인사를 했고, 그는 강렬한 눈길을 보내지 않으려고 눈을 내리깔았다. 하지만 그녀는 그가 자기를 응시하는 것에 더 이상 화내지 않는 것 같았다.

마침내 그들은 이야기를 나누게 되었다. 그러자 빠른 친밀감이 그들 사이에 형성되었다. 하루 30분의 친밀감이었다. 그것은 확실히 그의 인생에서 가장 매혹적인 30분이었다. 나머지 시간에는 내내 그녀 생각을 했다. 집요하게 따라다니는 사랑하는 여자의 얼굴에 붙잡히고, 씌고, 사로잡혀, 사무실의 긴 회의 시간 동안 끊임없이 그녀의 얼굴을 떠올렸다. 그 자그마한 여자를 온전히 소유하는 것은 그에게는 거의 인간의 영역을 넘어서는 미친 듯한 행복일 터였다.

이제 그녀는 매일 아침 그와 악수를 나누었고, 그는 그 접촉의 느낌을, 자신의 손에 느껴지는 그 조그만 손가락들의 연약한 압력을 저녁까지 간직했다. 자신의 손에 그 흔적이 남아 있는 것만 같았다.

그는 그 짧은 마차 여행을 매일 초조하게 기다렸다. 사무실에 출근하지 않는 일요일이 한탄스럽게 느껴졌다.

그녀 역시 그를 사랑하는 것이 틀림없었다. 봄날의 어느 토요일 그녀가 내일 함께 메종라피트로 점심을 먹으러 가자는 그의 제안을 받아들였기 때문이다.

그녀는 먼저 도착해 기차역에서 그를 기다리고 있었다. 그는 놀랐다. 그런데 그녀가 그에게 말했다.

"출발하기 전에 당신에게 할 말이 있어요. 내가 당신과 함께 보낼 수 있는 시간은 딱 20분이에요. 필요 이상의 시간이지요."

그녀는 그의 팔에 매달려 눈을 내리깔고 창백한 뺨으로 몸을 떨었다. 그러고는 다시 말했다.

"나를 오해하면 안 돼요. 나는 정숙한 여자이고, 당신이 나에게 약속을 해야만, 적절······ 하지 않은······ 일은 아무것도 하지 않겠다고 맹세를 해야만 거기에 갈 거예요.······"

갑자기 그녀의 얼굴이 개양귀비보다 더 붉어졌다. 그녀는 입을 다물었다. 그는 행복한 동시에 낙담해서 뭐라고 대답해야 할지 알지 못했다. 아마도 마음속 깊은 곳에서는 그런 일을 하게 되기를 바랐는지도 모른다. 하지만 그는 전날 밤 자신의 혈관에 불을 놓은 몽상들을 잊기로 하고 마음을 달랬다. 그녀가 행실이 가벼운 여자였다면 그는 그녀를 덜 사랑했을 테니까. 하지만 그 일은 너무나 매혹적이고 감미로울 터였다! 사랑할 때 남자들이 하는 온갖 이기적인 계산이 그의 머릿속에서 일어났다.

그가 아무 말도 하지 않았으므로, 그녀는 눈꺼풀 한구석에 눈물이 맺힌 채 흥분한 목소리로 다시 말하기 시작했다.

"당신이 나를 존중하겠다고 약속해 주지 않으면 나는 집으로 다시 돌아가겠어요."

그러자 그가 그녀의 팔을 다정하게 붙잡고는 이렇게 대답했다.

"약속할게요. 당신은 당신이 하고 싶은 대로만 해요."

그 말을 듣자 그녀는 안도한 것 같았다. 그녀가 빙그레 웃으며 물었다.

"그게 정말이에요?"

그는 그녀의 눈을 깊숙이 들여다보며 말했다.

"맹세하겠소!"

"그럼 기차표를 끊어요." 그녀가 말했다.

기차를 타고 가는 동안 그들은 별로 이야기를 나누지 못했다. 기차 안이 만원이었던 것이다.

메종라피트에 도착하자 그들은 센 강 쪽으로 향했다.

포근한 바람이 몸과 마음을 부드럽게 만들었다. 강물에, 나뭇잎과 잔디밭에 내리쬐는 햇빛이 몸과 마음에 기쁨의 영상들을 비추었다. 그들은 떼를 지어 물속을 헤엄쳐 가는 작은 물고기들을 내려다보며 손을 잡고 둑을 따라 걸었다. 격렬한 기쁨을 느끼며 땅에서 들어 올려진 것 같은 행복에 잠겨 걸어갔다.

마침내 그녀가 말했다.

"당신은 내가 미쳤다고 생각하겠죠."

그가 물었다.

"왜 그런 말을 하는 거요?"

그녀가 다시 말했다.

"당신하고 단둘이 여기까지 오다니 미친 여자 아니에요?"

"그럴 리가요! 이건 아주 자연스러운 일이오."

"아니요! 아니에요! 나에게 이건 자연스러운 일이 아니에요. 유혹에 넘어가기 싫거든요. 이건 유혹에 넘어가는 일이에요. 당신이 알면 좋으련만! 나는 한 달 내내, 1년 열두 달 매일같이 너무 슬퍼요. 나는 엄마와 단둘이 살고 있어요. 엄마는 무척이나 슬픈 일들을 겪으셨기 때문에 그리 쾌활하지 못하시죠. 나는 그래도 웃으려고 있는 힘을 다해 노력해요. 하지만 항상 성공하는 건 아니에요. 어쨌든 불행은 찾아오게 되어 있으니까요. 적어도 당신은 나를 원망하지 않겠죠?"

이 말에 대한 대답으로 그는 그녀의 귀에 재빨리 입을 맞추었다. 그러나 그녀는 격렬한 몸짓으로 그에게서 몸을 떼고는 화를 냈다.

"오! 프랑수아 씨! 아까 맹세하셨으면서."

그들은 메종라피트 쪽으로 돌아갔다.

물가에 있는 커다란 포플러 네 그루 밑에 파묻힌 나지막한 건물인 프티 아브르에서 점심을 먹었다.

신선한 공기, 열기, 백포도주 조금, 그리고 서로의 곁에서 느끼는 동요가 그들의 얼굴을 붉어지게 하고, 호흡을 곤란하게 하고, 조용하게 했다.

그러나 커피를 마시자 급격한 기쁨이 그들을 사로잡았고, 그들은 센강을 건넌 뒤 강기슭을 따라 라프레트 마을 쪽으로 다시 출발했다.

갑자기 그가 물었다.

"당신 이름이 뭐죠?"

"루이즈예요."

그가 되뇌었다. 루이즈. 그러고는 더 이상 아무 말도 하지 않았다.

강은 멀리서 긴 곡선을 그리며 늘어서서 수면에 거꾸로 비치는 하얀 집들을 에워싸고 흘러갔다. 루이즈가 데이지 꽃을 꺾어 목가적인 커다란 꽃다발을 만들었고, 그는 풀밭에 막 풀어 놓은 어린 말처럼 흥분해서 목청껏 노래를 불렀다.

그들 왼쪽에 포도나무가 있는 작은 언덕이 강물을 따라 펼쳐져 있었다. 갑자기 프랑수아가 놀라서 걸음을 멈추고 말했다.

"오! 저길 봐요."

포도밭이 끝났고, 이제는 언덕 전체가 꽃이 만발한 라일락 나무로 덮여 있었다. 보라색의 숲이었다! 넓은 보랏빛 양탄자가 2, 3킬로미터 떨어진 저쪽 마을까지 땅 위에 죽 펼쳐져 있었다.

루이즈 역시 충격을 받고 감동해서 가만히 있었다. 그녀가 중얼거렸다.

"오! 예쁘기도 해라!"

그들은 들판을 건너 그 아름다운 언덕을 향해 달려갔다. 그 언덕에서 피는 라일락들은 매년 파리를 가로질러 작은 순회 행상 마차들에게 제공되었다.

좁은 오솔길이 소관목 아래로 자취를 감추었다. 그들은 그 길로 접어들었고, 빈터가 나오자 거기에 앉았다.

그들의 머리 위에서 파리 떼가 윙윙거렸다. 감미롭게 부르릉거리는 소리를 계속 공중에 피워 올렸다. 산들바람조차 불지 않는 한낮의 강렬한 햇빛이 꽃이 핀 언덕 위로 쏟아지고, 작은 숲에는 강렬한 향기가, 싱그러운 바람이, 꽃향기가 풍겼다.

멀리서 교회 종소리가 울렸다.

그들은 아주 천천히 입을 맞추고, 풀밭에 누워 자신들의 입맞춤 말고는 아무것도 의식하지 못한 채 포옹을 했다. 그녀는 눈을 감았다. 그리고 그를 두 팔로 붙잡고 아무 생각 없이, 이성을 잃고 머리에서 발끝까지 열정적인 기대에 마비되어 미친 듯이 끌어안았다. 그리고 자기가 무엇을 하는지도 알지 못한 채, 그에게 몸을 허락하고 있다는 사실도 깨닫지 못한 채 자신을 통째로 주었다.

잠시 후 그녀는 큰 불행에 대한 불안감을 느끼며 정신을 차렸고, 고통으로 신음하며 두 손으로 얼굴을 가리고 울기 시작했다.

그가 그녀를 달래려고 했다. 하지만 그녀는 돌아가기를, 즉시 돌아가기를 원했다. 그녀는 성큼성큼 걸으며 끊임없이 되뇌었다.

"세상에! 세상에!"

그가 그녀에게 말했다.

"루이즈! 루이즈! 부탁이니 제발 좀 멈춰요."

그녀는 광대뼈가 붉어졌고 눈이 움푹 들어가 있었다. 파리 역에 도착하자마자 그녀는 작별 인사조차 하지 않고 그를 떠나가 버렸다.

다음 날 승합마차 안에서 다시 만났을 때, 그의 눈에는 그녀가 달라 보였다. 매우 수척해 보였다. 그녀가 그에게 말했다.

"당신과 이야기를 좀 해야겠어요. 우리 큰길에서 내려요."

보도에 단둘이 서자마자 그녀가 말했다.

"우리 그만 헤어져야 할 것 같아요. 그런 일이 일어났는데 당신을 계속 만날 수는 없어요."

그가 더듬더듬 물었다.

"이유가 뭐죠?"

"내가 그럴 수가 없으니까요. 난 죄책감이 들어요. 더 이상은 그럴 수가 없어요."

그러자 그는 욕망에 고통스러워하며, 그녀를 소유하고 싶은 마음에 미칠 지경이 되어, 사랑의 밤들에 대한 맹목적인 갈망 때문에 그녀에게 간청하고 애원했다.

그녀는 고집스럽게 대답했다.

"아뇨, 나는 그럴 수 없어요. 그럴 수 없어요."

그는 더욱 격앙하고 흥분했다. 그녀와 결혼하겠다고 맹세했다. 하지만 그녀는 계속 말했다.

"아니에요."

그리고 그를 떠나갔다.

그는 8일 동안 그녀를 보지 못했다. 그녀를 만날 수 없었다. 그는 그녀의 주소를 알지 못했으므로, 그녀를 영원히 잃었다고 생각했다.

9일째 되던 날 밤, 누가 그의 집 초인종을 눌렀다. 그는 문을 열어 주러 나갔다. 그녀였다. 그녀는 그의 품 안으로 뛰어들었고 더는 저항하지 않았다.

석 달 동안 그녀는 그의 애인이 되었다. 그리고 그녀가 임신한 사실을 알리자 그는 그녀를 방임하기 시작했다. 그의 머릿속에는 한 가지 생각뿐이었다. 어떻게 해서든 그녀와 관계를 끊고 싶었다.

그러나 그는 어떻게 해야 할지 몰라, 뭐라고 말해야 할지 몰라 염려 때문에 미칠 지경이 되었고, 하루하루 자라 가는 아이에 대한 두려움 때문에 최후의 결심을 했다. 그는 갑자기 이사를 했다. 자취를 감추어 버렸다.

충격이 너무나 컸던 그녀는 자신을 그런 식으로 버린 그 남자를 찾지 않았다. 그녀는 어머니의 무릎에 몸을 던지고 자신의 불행을 털어놓았다. 그리고 몇 달 후 사내아이를 출산했다.

몇 년이 흘렀다. 프랑수아 테시에는 인생의 아무런 변화도 겪지 않은 채 나이가 들어 갔다. 희망도 기대도 없이 단조롭고 음울한 관료의 삶을 살고 있었다. 매일 같은 시간에 일어나 똑같은 길을 따라가서 똑같은 수

위 앞에서 똑같은 문을 지나 똑같은 사무실 안으로 들어간 뒤 똑같은 자리에 앉았고 똑같은 일을 했다. 그는 세상에서 혼자였다. 낮에는 무심한 동료들 속에서 혼자였고, 밤에는 숙소에서 혼자였다. 그는 노후를 위해 한 달에 100프랑을 저축했다.

일요일이면 우아한 남자들, 말과 마차들, 그리고 예쁜 여자들이 지나가는 것을 보기 위해 샹젤리제를 한 바퀴 둘러보았다.

다음 날이 되면 막노동꾼 친구에게 말했다.

"어제 불로뉴 숲에서 돌아오는데 참 근사했어."

어느 일요일, 프랑수아 테시에는 우연히 새로운 길을 따라가다가 몽소 공원 안으로 들어갔다. 청명한 여름 아침이었다.

하녀들과 엄마들이 산책로에 앉아서 아이들이 노는 것을 보고 있었다.

갑자기 그가 몸을 떨었다. 어떤 여자 하나가 두 아이의 손을 잡고 지나갔던 것이다. 하나는 열 살쯤 된 남자아이였고, 또 하나는 네 살가량의 여자아이였다. 아이들의 손을 잡은 여자는 바로 그녀였다.

그는 숨이 막혀 백 걸음 정도 더 걸어가 의자 위에 쓰러졌다. 그녀는 그를 알아보지 못했다. 그래서 그는 한 번 더 그녀를 보려고 그곳으로 되돌아갔다. 그녀는 이제 의자에 앉아 있었다. 남자아이는 그녀 옆에 얌전히 있었고, 여자아이는 흙으로 파이를 만들고 있었다. 그녀였다. 그녀가 틀림없었다. 부인다운 진지한 얼굴에 소박한 치장을 한 그녀는 자신 있고 품위 있는 모습이었다.

그는 감히 다가가지 못하고 멀리서 그녀를 바라보았다. 소년이 고개를 들었다. 프랑수아 테시에는 몸이 떨렸다. 그 소년은 틀림없이 그의 아들이었다. 그는 소년을 찬찬히 살펴보았다. 그리고 소년의 모습이 옛날에 찍은 어느 사진 속의 자기 모습을 그대로 빼닮았다고 생각했다.

그는 그녀가 자리를 뜨기를 기다리며 나무 뒤에 숨어 있다가 그녀의 뒤를 밟았다.

그날 밤 그는 잠을 이루지 못했다. 그 소년에 대한 생각이 그를 괴롭혔다. 내 아들일까! 아! 확실히 알 수만 있다면! 하지만 어떻게 해야 할까?

그는 그녀의 집이 어디인지 알아내고 다른 정보도 얻었다. 그녀가 그녀의 상처를 마음 아파한 품행이 방정한 이웃 신사와 결혼했다는 것, 그 남자는 그녀의 과오를 알고도 용서했으며 심지어 프랑수아 테시에의 아이를 자기 아이로 인정하기까지 했다는 것을.

프랑수아 테시에는 매주 일요일 몽소 공원에 가서 그녀를 보았고, 그때마다 그녀와 함께 있는 아들을 품에 안고 입맞춤을 퍼붓고 싶은 욕구에, 아들을 빼앗아 훔쳐 가고 싶은 미칠 듯한 욕구에 사로잡혔다.

그는 사랑 없는 노총각의 비참한 고독 속에서 지독히 고통받았다. 잔혹한 고통에 몹시도 괴로웠다. 회한, 욕구, 질투, 자연이 존재의 깊숙한 곳에 만들어 놓은 자기 아이를 사랑하고자 하는 부성애에 마음이 찢기는 것 같았다.

마침내 그는 필사적인 시도를 했다. 그래서 어느 날 그녀가 공원으로 들어올 때 그녀에게 다가가 길 한가운데에 우뚝 서서 납빛이 된 얼굴로 입술을 바들바들 떨며 말했다.

"당신 나를 알아보겠소?"

그녀는 눈을 들어 그를 바라보더니, 두려움과 공포에 찬 비명을 질렀다. 그러고는 두 아이의 손을 잡고 달아나 버렸다.

그는 집에 돌아와 울었다.

몇 달이 더 흘러갔다. 그는 더 이상 그녀를 보지 못했다. 하지만 그는 부성애에 삼켜지고 부식되어 밤낮으로 고통받았다.

아들을 품에 안아 볼 수만 있다면 죽어도 될 것 같았다. 죽을 수도 있을 것 같았다. 무슨 일이라도 할 수 있을 것 같고, 무슨 위험이라도 무릅쓸 수 있을 것 같았다. 그 어떤 과감한 일이라도 시도할 수 있을 것 같았다.

그는 그녀에게 편지를 썼다. 하지만 그녀는 답장을 하지 않았다. 스무 통의 편지를 보낸 뒤, 그는 그녀의 마음을 누그러뜨릴 희망을 가질 수 없다는 것을 깨달았다. 그래서 절박한 결심을 했다. 필요하다면 심장에 총알을 맞을 각오까지 했다. 그는 그녀의 남편에게 짤막한 편지를 보냈다.

선생,
제 이름을 듣는 것은 선생에게 껄끄러운 일이겠지요. 하지만 저는 너무나 비참하고 슬픔으로 고통받고 있어서 이제 선생 말고는 누구에게도 희망을 걸 수가 없습니다.
그래서 10분만 만나서 저와 이야기를 해주십사 감히 부탁을 드립니다.
이만 인사드립니다.

다음 날 그는 답장을 받았다.

선생,
화요일 5시에 기다리겠습니다.

프랑수아 테시에는 계단 한 단을 오를 때마다 걸음을 멈추었다. 심장이 너무나 거칠게 뛰었던 것이다. 심장이 마치 빠르게 달리는 짐승처럼 그의 가슴 속에서 둔탁하고 격렬한 소리를 내며 급격히 뛰었다. 애를 써

야만 숨을 쉴 수 있었고, 넘어지지 않기 위해 난간을 붙잡고 올라갔다.

4층에 이르자 그는 초인종을 눌렀다. 하녀가 나와서 문을 열어 주었다. 그가 물었다.

"플라멜 씨 계십니까?"

"예, 선생님. 들어오세요."

그는 부르주아의 거실 안으로 들어갔다. 그 혼자였다. 그는 재앙 한가운데에 있는 것처럼 혼이 빠져서 기다렸다.

문이 열리고 한 남자가 모습을 드러냈다. 키가 크고 엄숙한 얼굴에 검은 프록코트를 걸친 조금 뚱뚱한 남자였다. 그가 손으로 의자를 가리켰다.

프랑수아 테시에는 의자에 앉았고, 헐떡이는 목소리로 말했다.

"선생…… 선생이 제 이름을 아시는지 저는 모릅니다만…… 만약 알고 계시다면……"

플라멜 씨가 그의 말을 자르고 대꾸했다.

"그런 말은 불필요합니다, 선생. 나는 알고 있어요. 아내가 당신에 대해 이야기했습니다."

그는 엄격하게 보이려는 선한 남자에게 어울리는 어조와 부르주아 신사다운 위풍당당함을 갖고 있었다. 프랑수아 테시에가 다시 말했다.

"아, 그렇군요, 선생. 저는 슬픔과 회한으로, 부끄러움으로 죽을 지경입니다. 하지만 한 번만, 딱 한 번만…… 아이를 안아 보고 싶습니다……"

플라멜 씨가 자리에서 일어나 벽난로 쪽으로 다가가더니 벨을 눌렀다. 곧 하녀가 모습을 드러냈다. 그가 하녀에게 말했다.

"가서 루이를 데려와요."

하녀는 밖으로 나갔다. 두 남자는 아무 말도 하지 않고 말없이 얼굴을 마주하며 기다렸다.

갑자기 열 살 난 소년이 거실 안으로 뛰어 들어와 아버지라고 믿고 있는 사람에게 달려갔다. 하지만 낯선 아저씨가 옆에 있는 것을 보고 혼란스러워 걸음을 멈추었다.

플라멜 씨는 아이의 이마에 입을 맞추고는 이렇게 말했다.

"얘야, 이제 아저씨에게도 뽀뽀해 드리렴,"

아이는 낯선 아저씨를 바라보며 얌전히 다가갔다.

프랑수아 테시에가 넘어질 듯 자리에서 일어났다. 그런 바람에 모자를 떨어뜨렸다. 그는 자기 아들을 물끄러미 바라보았다,

플라멜 씨가 점잖게 고개를 돌리고 창문 너머로 거리를 바라보았다.

소년은 놀라서 기다리다가 모자를 집어 낯선 아저씨에게 건네주었다. 그러자 프랑수아 테시에는 소년을 품에 끌어안고 얼굴 전체에, 눈, 뺨, 입, 머리카락에 미친 듯이 입을 맞추었다.

소년은 그 입맞춤 세례에 겁을 먹고 몸을 피하려고 했다. 고개를 돌리며 조그만 두 손으로 남자의 게걸스러운 입술을 떼어 놓으려 했다.

프랑수아 테시에가 갑자기 아이를 바닥에 다시 내려놓고 외쳤다.

"잘 있거라! 잘 있거라!"

그리고 마치 도둑처럼 달아나 버렸다.

노끈

La Ficelle

해리 알리스에게

장날이었으므로 고데르빌 주변의 모든 길에서 농부들과 그 아내들이 읍을 향해 가고 있었다. 남자들은 고된 노동, 왼쪽 어깨를 올라가게 하고 허리를 휘게 하는 쟁기질과 단단히 균형을 잡기 위해 무릎을 벌려야 하는 밀 베기 등 시골에서 하는 모든 힘든 일들로 인해 비틀리고 변형된 긴 다리를 움직이며, 몸을 앞으로 내밀고 조용히 걸어갔다. 그들은 파란 작업복을 입고 있었다. 풀 먹인 깃은 니스를 바른 것처럼 번쩍이고, 손목 부분에는 하얀 실로 수놓은 조그만 문양이 있었으며, 뼈가 드러난 상반신 부분은 부풀어 올라 마치 날아갈 준비가 된 풍선처럼 보였다. 그 작업복에서 머리와 두 팔, 두 발이 나와 있었다.

그들은 암소 한 마리, 송아지 한 마리를 줄 끝에 묶어 끌고 있었다. 그리고 아내들은 뒤에서 그 짐승들의 걸음을 재촉하려고 아직 나뭇잎이 달린 나뭇가지로 놈들의 옆구리에 채찍질을 했다. 여자들은 팔에 커다란 바구니를 끼고 있었는데, 그 바구니 이쪽에는 병아리들의 머리가, 저쪽에는 오리들의 머리가 튀어나와 있었다. 그녀들은 남자들보다 더 짧고 빠른 걸음으로 걸어갔다. 야윈 허리를 곧게 세운 그녀들은 몸에 꼭 끼는 작은 숄을 납작한 가슴 위에 핀으로 고정하고, 머리에는 하얀 리넨 머릿수건을 팽팽히 두른 뒤 그 위에 두건을 쓰고 있었다.

잠시 후 조랑말 한 마리가 끄는 하얀 짐수레 한 대가, 나란히 앉은 두 남자와 수레 깊숙한 곳에 앉은 한 여자를 불규칙하게 흔들며 급히 지나갔다. 그 여자는 수레의 딱딱한 덜그럭거림을 완화하기 위해 수레 가장자리를 붙잡고 있었다.

고데르빌 광장에는 군중과 짐승의 무리가 뒤죽박죽 섞여 있었다. 황소의 뿔, 부유한 농부들이 쓴 긴 깃털이 달린 높다란 모자, 농부 아낙네들의 머리쓰개가 공중에 떠올라 있었다. 날카롭고 찢어질 듯한 시끄러운 목소리들이 연속적이고 야만적인 아우성을 이루었다. 쾌활한 시골 사람들의 건강한 가슴 속에서 나온 큰 폭발음이, 혹은 집 담벼락에 매어 놓은 암소의 긴 울음소리가 이따금씩 그 아우성을 덮었다.

모든 것에서 외양간 냄새, 우유와 퇴비 냄새, 건초와 땀 냄새가 났다. 시골 사람들에게서 나는 인간과 짐승의 시큼하고 고약한 냄새였다.

브레오테에 사는 오슈코른 영감이 방금 고데르빌에 도착했다. 그는 광장 쪽으로 향하다가 땅바닥에 작은 노끈 하나가 떨어져 있는 것을 발견했다. 노르망디 사람답게 검소한 오슈코른 영감은 그것을 주워 두면 뭔가 쓸모가 있을 거라 생각했다. 그래서 고생스럽게 몸을 숙였다. 류머티

즘을 앓고 있었기 때문이다. 그는 그 가느다란 노끈 조각을 땅바닥에서 집어 들어 조심스럽게 돌돌 말려고 했다. 그때 마구 제조인 말랑맹 영감이 자기 집 문지방에 서서 자신을 보고 있는 것을 알아챘다. 그들은 예전에 고삐 제작 건으로 거래 관계가 있었고, 그 일이 틀어져 앙심을 품은 채 서로 화가 나 있었다. 오슈코른 영감은 적에게 그런 모습을 보인 것이 부끄럽게 느껴져 주운 노끈 조각을 작업복 밑에 달린 바지 주머니 속에 숨겼다. 그런 다음 찾아내지 못한 뭔가를 계속 땅바닥에서 찾는 척했다. 그런 뒤 통증 때문에 몸을 구부리고 머리를 앞으로 내민 채 장터로 향했다.

그는 끝없이 흥정을 하느라 흥분해서 시끄러운 군중 속으로 모습을 감추었다. 농부들은 암소를 만져 보고 갔다가 바가지를 쓰지 않을까 하는 염려에 난처해하며 다시 돌아왔다. 그러면서도 감히 마음을 정하지는 못하고 파는 사람의 눈으로 탐색하고 그 사람의 속임수와 짐승의 결점을 간파하려고 끊임없이 애썼다.

여자들은 커다란 바구니를 발밑에 내려놓은 뒤, 발이 묶인 채 겁에 질린 눈으로 바구니 바닥에 누워 있는 진홍색 볏의 가금류를 끄집어 내 땅바닥에 놓았다.

그녀들은 메마른 표정과 태연한 얼굴로 거래 제안을 경청하고 자기들이 생각하는 가격을 말했다. 혹은 생각해 둔 것보다 낮은 가격에 팔기로 갑자기 마음을 정하고는, 멀어져 가는 손님 뒤에 대고 이렇게 외치기도 했다.

"좋아요, 앙팀 영감님. 그 가격에 드릴게요."

광장이 조금씩 비어 갔고, 삼종기도 종소리가 정오를 알렸다. 먼 곳에서 온 사람들이 여인숙들로 흩어졌다.

주르댕 여인숙의 커다란 식당이 손님들로 가득 차 있었다. 넓은 뜰은 수레, 1두 이륜마차, 의자 달린 짐수레, 의자 달린 쟁기, 짐승 똥으로 누렇게 망가지고 누덕누덕 기웠으며 하늘을 향해 손잡이가 들린, 혹은 바닥에 코를 박고 뒤꽁무니를 하늘로 쳐든 소형 이륜 포장마차 등 온갖 종류의 운송 수단으로 가득 차 있었다.

식탁에 둘러앉은 손님들 가까이에는 환한 불길이 타오르는 커다란 벽난로가 오른쪽 줄에 앉은 사람들의 등 뒤에 맹렬한 열기를 쏟아 내고 있었다. 병아리 고기, 비둘기 고기, 양 넓적다리 고기가 꽂힌 쇠꼬챙이 세 개가 돌아갔다. 노랗게 구워진 고기 위로 흘러내리는 맛있는 육즙 냄새가 아궁이 위로 피어올라 사람들을 유쾌하게 만들고 입에 침이 고이게 했다.

경작지를 가진 모든 귀족들이 여인숙 운영과 가축 매매를 겸하는 돈푼깨나 있는 교활한 남자 주르댕 영감의 여인숙에서 음식을 먹고 있었다.

음식 접시들이 지나가고, 사과술 병이 비워졌다. 각자가 자신의 거래에 대해, 자신의 구매와 판매에 대해 이야기했다. 수확에 대한 소식들을 듣기도 했다. 날씨가 좋아서 녹색 채소는 농사가 잘됐지만 밀 농사를 짓기에는 습기가 좀 많았다는 얘기였다.

갑자기 여인숙 앞 뜰에서 북 치는 소리가 들렸다. 몇몇 무심한 사람들을 제외하고 모두들 벌떡 몸을 일으켰다. 그들은 입안에 아직 음식이 들어 있고 손에 냅킨을 쥔 채로 문가로, 창가로 달려갔다.

북 치는 사람이 북 치기를 멈추자, 포고 사항을 공고하는 관원이 급격하고 불규칙한 목소리로 포고문을 또박또박 읽었다.

"고데르빌 주민들과 여자들, 장터에 있는 사람들에게 오늘 아침 9시에서 10시 사이 뵈즈빌로 가는 길에서 500프랑과 거래 문서가 든 검은 가죽 지갑이 분실된 것을 알리는 바이다. 지갑을 찾는 사람은 즉시 군청이나 만빌에 사는 포르튀네 울브레크 영감에게 알리기 바란다. 신고하는 사람에게는 사례비로 20프랑을 지급할 것이다."

그러고 나서 관원은 가버렸다. 멀리서 둔탁한 북소리와 관원의 목소리가 작게 한 번 더 들렸다.

사람들은 울브레크 영감이 지갑을 되찾거나 되찾지 못할 가능성들을 열거하면서 그 사건에 대해 이야기하기 시작했다.

식사가 끝났다.

헌병대 대장이 문가에 나타났을 때 사람들은 커피를 마저 마시고 있었다.

그가 물었다.

"브레오테에 사는 오슈코른 영감 여기 있습니까?"

탁자의 다른 쪽 끝에 앉아 있던 오슈코른 영감이 대답했다.

"여기 있소."

그러자 헌병대 대장이 다시 말했다.

"오슈코른 영감님, 나와 같이 군청까지 좀 가주시겠습니까? 군수님이 이야기할 것이 있다고 하십니다."

오슈코른 영감은 놀라고 걱정이 되어 작은 유리잔에 담긴 음료를 단숨에 삼키고 일어나서는 아침보다 더 깊이 몸을 구부린 채(휴식을 취한 뒤의 처음 몇 걸음이 특히 더 힘들기 때문에) 길을 나서며 되뇌었다.

"여기 있소, 여기 있어요."

그는 헌병대 대장을 따라갔다.

군수는 안락의자에 앉아 그를 기다리고 있었다. 그 고장의 공증인이기도 한 군수는 뚱뚱하고 근엄하고 거드름 피우는 말투를 구사하는 남자였다.

"오슈코른 영감님." 그가 말했다. "사람들이 오늘 아침 뵈즈빌로 가는 길에서 당신이 울브레크 영감의 지갑을 줍는 것을 봤다고 하더군요."

오슈코른 영감은 자기가 혐의를 받고 있다는 사실에 어안이 벙벙하고 겁이 나서 군수를 바라보았다.

"아, 그러니까 내가 그 지갑을 주웠다고요?"

"예, 그렇습니다."

"내 명예를 걸고 말하는데, 난 전혀 모르는 일이오."

"사람들이 영감님을 봤대요."

"사람들이 나를 봤다고? 그 사람이 대체 누구요?"

"마구 제조인 말랑댕 씨입니다."

그러자 오슈코른 영감은 아침의 일을 떠올렸고, 이내 상황을 파악하고는 분노로 얼굴이 붉어졌다.

"아! 그 상스러운 작자가 나를 보았군! 그 작자가 노끈 조각을 줍는 내 모습을 본 거요. 그래요, 군수 양반."

그는 주머니 속을 뒤져 조그만 노끈 조각을 끄집어냈다.

하지만 군수는 의심스러워하며 고개를 흔들었다.

"오슈코른 영감님, 믿을 만한 분인 말랑댕 씨가 그 노끈을 지갑으로 착각했다고 말씀하시는 겁니까?"

오슈코른 영감은 화가 나서 한 손을 들어 올리고는 자신의 명예를 증명하기 위해 한쪽에 침을 뱉은 뒤 되풀이해 말했다.

"하지만 이건 선하신 하느님의 진실이오. 성스러운 진실이란 말이오, 군수 양반. 내 영혼을 걸고 맹세할 수 있소."

군수가 다시 말했다.

"영감님은 그 물건을 주워 든 뒤에도 거기서 동전이라도 떨어진 것처럼 오랫동안 진창 속에서 뭔가를 찾았다던데요."

오슈코른 영감은 분노와 두려움으로 숨이 막힐 지경이 되었다.

"그런 말을 하다니! 그런 거짓부렁을 늘어놓아 정직한 사람을 곡해하다니! 그런 말도 안 되는 소리를 하다니!"

그는 항의했지만 소용없었다. 사람들은 그를 믿어 주지 않았다.

그는 말랑댕 씨와 대면했지만, 말랑댕 씨는 자신이 했던 말을 되풀이해 주장할 뿐이었다. 그들은 한 시간 동안 서로 욕설을 퍼부었다. 오슈코른 영감 본인의 요청에 따라 사람들이 그의 몸수색을 했다. 그러나 아무것도 찾아내지 못했다.

군수는 몹시 난처해하며 검찰관을 찾아 조치를 취하겠다고 말하고는 그를 돌려보냈다.

소문이 퍼져 나갔다. 군청 출구에서 오슈코른 영감은 호기심에 가득 찬 사람들에게 둘러싸여 진지하거나 빈정대는 질문을 받았다. 하지만 오슈코른 영감은 분노하지 않고 노끈 이야기를 했다. 그래도 사람들은 믿지 않고 웃었다.

오슈코른 영감은 자기가 아는 사람들을 붙잡고 아무것도 들어 있지 않다는 것을 증명하기 위해 호주머니를 뒤집어서 보여 준 뒤 자기 이야기를 다시 하고 항의했다.

그러자 사람들이 말했다.

"저런 교활한 늙은이 같으니!"

오슈코른 영감은 사람들이 자기 말을 믿어 주지 않는 것이 유감스러워 화가 나고 흥분했다. 그러나 어떻게 하면 좋을지 알 수 없어서 계속 자기 이야기를 했다.

어둠이 내리기 시작했다. 이제 떠나야 했다. 그는 이웃 세 명과 함께 길을 나섰다. 길을 가면서 자기 이야기를 계속했다.

저녁이 되자 그는 브레오테 마을을 순방하며 모든 사람들에게 자기 입장을 이야기했다. 하지만 그가 만난 사람들은 그의 말을 믿지 않는 눈치였다.

그는 밤새도록 앓았다.

다음 날 오후 1시경, 이모빌에서 농사를 짓는 브르통 영감의 하인 마리우스 포멜이 지갑과 그 안에 들어 있던 내용물을 올브레크 영감에게 돌려주었다.

그 하인은 길에서 그 지갑을 발견했다고 주장했다. 하지만 글을 읽을 줄 몰랐기에 그것을 집으로 가져가 자기 주인에게 주었다는 것이다.

그 소문이 주변으로 퍼져 나갔다. 오슈코른 영감도 그 소문을 들었다. 그는 즉시 주변을 돌아다니며 누명을 썼다가 다행스러운 대단원을 맞이한 자기 이야기를 사람들에게 늘어놓았다. 그가 승리한 것이다.

"당신들도 이해하겠지만, 나를 그토록 슬프게 한 건 상황 자체가 아니라 그 말이 거짓부렁이었다는 거요. 거짓부렁 때문에 지탄을 받는 것만큼 사람을 캄캄하게 만드는 것도 없을 거요."

그는 하루 종일 자기 이야기를 했다. 길을 지나가는 사람들에게 이야기했고, 선술집에서 술을 마시는 사람들에게도 이야기했으며, 일요일에 교회 출구에서도 이야기했다. 그 이야기를 하려고 낯선 사람을 불러 세우기도 했다. 그는 평온해졌다. 그런데 정확히 무엇인지 알 수 없는 뭔가가 그를 불편하게 했다. 사람들이 그의 이야기를 들으며 그를 조롱하는 것 같았다. 납득하는 것처럼 보이질 않았다. 그가 배후에 뭔가 숨기고 있다고 여기는 듯했다.

그다음 주 화요일, 그는 오직 자기 이야기를 해야겠다는 생각에 고데르빌 장터에 갔다.

말랑댕이 자기 집 문가에 서 있다가 그가 지나가는 것을 보더니 웃기 시작했다. 왜일까?

그는 크리크토의 한 농장주에게 다가갔다. 하지만 그는 그가 이야기를 마치도록 내버려 두지 않았다. 그는 그의 배를 한 대 치면서 얼굴에 대고 외쳤다. "이런 교활한 뚱보 같으니!" 그런 다음 그에게서 몸을 돌려 가버렸다.

오슈코른 영감은 얼이 빠져서 가만히 있다가 차츰 걱정이 되었다. 왜 사람들이 자신을 '교활한 뚱보'라고 부른단 말인가?

그는 주르댕 여인숙의 탁자 앞에 앉아 그 사건을 다시 설명하기 시작했다.

그러자 몽티빌리에의 마필 매매상이 그에게 외쳤다.

"자, 자, 이 늙은 악당 양반, 나는 당신의 노끈 이야기를 알아요!"

오슈코른 영감은 어물어물 말했다.

"결국 그 지갑이 발견되었단 말이오!"

하지만 상대방은 다시 이렇게 말했다.

"영감님, 그만 입 다물어요. 발견한 사람이 있으면 다시 갖다 놓은 사람도 있을 거 아닙니까. 하지만 내가 직접 보지는 못했으니 그만하겠습니다."

오슈코른 영감은 숨이 막혀서 가만히 있었다. 마침내 사태가 파악되었다. 사람들은 그가 공모자를 시켜 그 지갑을 다시 길에 갖다 놓았다고 생각하고 있었다.

그는 항의하고 싶었다. 하지만 여인숙 식당에 앉아 있는 사람들이 모두 웃기 시작했다.

그는 식사를 마치지 못하고 조롱 속에서 자리를 떴다.

오슈코른 영감은 창피함과 분노와 당혹감에 목이 멘 채 집으로 돌아갔다. 자신이 노르망디 사람다운 교활함으로 비난받아 마땅한 일을 한 뒤 깜찍한 속임수까지 쓴 사람으로 여겨지는 것이 너무도 놀라웠다. 그는 그런 부당한 의심에 큰 충격을 받았고, 교활하다고 만천하에 까발려진 이상, 자신의 결백을 증명하기가 더욱 어려울 것 같았다.

그래서 그는 매일 자기 이야기를 더 길게 늘여 다시 말하기 시작했다. 매번 새로운 이유를, 더 힘 있는 항의를, 더 엄숙한 맹세를 덧붙였다. 쓸쓸하게 혼자 있는 시간에도 노끈 이야기에만 사로잡혀 자기변호를 준비했다. 하지만 자기변호가 복잡해지고 논증이 치밀해질수록 사람들은 그의 말을 믿지 않았다.

사람들은 등 뒤에서 이렇게 말했다. "저건 거짓말쟁이가 내세우는 이유야."

그는 피가 마르는 것 같았지만, 계속해서 쓸데없는 노력에 온 힘을 쏟아부었다.

그의 몸은 눈에 띄게 쇠약해졌다.

이제 익살꾼들은 참전용사에게 전쟁 이야기를 하게 하듯 그로 하여금 '노끈' 이야기를 하게 했다. 그의 정신도 깊이 상처받아 쇠약해져 갔다.

12월 말경, 그는 몸져누웠다.

그리고 1월 초에 세상을 떠났다. 그는 단말마의 정신착란 속에서 다음과 같이 되뇌며 자신의 결백을 증명했다.

"노끈…… 노끈…… 자, 바로 이거라오, 군수 양반."

손
La Main

사람들이 예심판사 베르뮈티에 씨 주변에 모여 있었다. 베르뮈티에 씨는 생클루에서 일어난 이상한 사건에 관해 자신의 의견을 말하고 있었다. 그 설명할 수 없는 범죄가 한 달 전부터 파리를 몹시 불안하게 만들었다. 아무도 그 사건에 관해 이해하지 못했다.

베르뮈티에 씨는 벽난로를 등지고 서서 자신이 모은 증거들을 근거로 다양한 의견을 내놓았다. 하지만 결론을 내지는 못했다.

여자 여러 명이 근엄한 말들이 흘러나오는 사법관의 입에 눈을 고정하고 가만히 서 있었다. 그녀들은 야릇한 두려움에, 그녀들의 영혼 속을 드나들면서 굶주림처럼 그녀들을 고문하는 탐욕스럽고 만족할 줄 모르는 공포심에 마비되어 전율하고 있었다.

그녀들 중 안색이 한층 더 창백한 여자가 침묵을 깨고 말했다.

"끔찍해라. 이건 '초자연적인' 사건이야. 우린 절대 아무것도 알지 못할 거야."

사법관이 그녀 쪽으로 몸을 돌리고 말했다.

"그렇습니다, 부인. 아마도 우린 아무것도 알 수 없을 겁니다. 그러나 부인께서 방금 말씀하신 '초자연적'이라는 단어는 이 사건과 아무 상관이 없습니다. 우리가 지금 마주한 사건은 교묘하게 계획되어 행해졌으며, 그것을 둘러싼 정황으로부터 사건의 열쇠를 끌어낼 수 없는, 수수께끼로 잘 포장된 중범죄입니다. 나는 예전에도 불가사의한 사건을 조사한 적이 있습니다. 도무지 밝혀낼 방법이 없어서 결국 포기해야 했지만요."

예심판사가 이렇게 말하자 여러 여자가 동시에 입을 열었다. 말이 너무 빨라서 하나의 목소리처럼 들렸다.

"오! 그 사건 이야기를 해주세요."

베르뮈티에 예심판사는 판사는 그래야 한다는 듯 엄숙한 태도로 빙그레 웃음 짓고는 말했다.

"내가 한때 그 사건에서 초인적인 뭔가를 가정했다고 생각하지는 마십시오. 나는 정상적인 동기들만을 믿을 뿐입니다. 우리가 이해하지 못하는 어떤 것을 표현하기 위해 '초자연적'이라는 단어를 사용하는 대신 '설명할 수 없는'이라는 단어를 사용한다면, 더 큰 가치가 있을 겁니다. 어쨌든 내가 여러분에게 이야기하려는 사건에서 나에게 충격을 준 것은 특히 사건을 둘러싼 정황이었습니다. 이제 그 사건을 말씀드리겠습니다."

*

그때 나는 높은 산들이 병풍처럼 주변을 둘러싼 만灣 가장자리에 있는 작고 하얀 마을 아작시오에서 예심판사를 하고 있었습니다.

그곳에서 나는 벤데타* 사건들을 많이 추적했지요. 그 고장은 매우 웅장하고, 비극적이고, 잔혹하고, 영웅적인 면이 있답니다. 거기서는 우리가 꿈꿀 수 있는 매우 아름다운 복수의 주제들이, 잠시 진정되지만 결코 꺼지지 않는 해묵은 증오들이, 가증스러운 술수들이, 살인을 거의 명예로운 행위로 만들어 버리는 사건들이 발견돼요. 거기서 일하는 2년 동안 나는 피의 대가를 치러야 한다는 이야기만, 모욕을 받으면 당사자뿐 아니라 그 후손과 친족에게까지 반드시 복수해야 한다는 코르시카 사람들의 지독히도 편견에 찬 이야기만 들었답니다. 나는 노인들, 아이들, 사촌들이 원수의 목을 베는 것을 보았고, 내 머릿속은 그 이야기들로 가득 찼지요.

그러던 어느 날 한 영국인이 만 깊숙한 곳에 작은 별장 한 채를 몇 년 동안 세내었다는 사실을 알게 되었어요. 그는 오는 길에 마르세유에서 프랑스인 하인 한 명을 만나 데리고 왔지요.

얼마 지나지 않아 모든 사람들이 그 이상한 남자에게 관심을 갖게 되었답니다. 그 사람은 별장 안에 혼자 살면서 사냥과 낚시를 할 때만 밖에 나왔어요. 아무와도 이야기를 하지 않았고, 시내에 나오는 일도 없답니다. 그리고 매일 아침 한두 시간 정도 권총과 소총으로 사격 연습을 했어요.

그를 둘러싼 소문이 돌기 시작했습니다. 사람들은 그가 정치적 이유 때문에 조국에서 도망 온 지체 높은 사람이라고 주장했어요. 그다음에

---

*코르시카. 시칠리아 섬 등에서 살상에 기인하여 대대로 이어지는 복수.

는 그가 무시무시한 죄를 저지른 뒤 몸을 숨기고 있다고 단언했지요. 사람들은 무척 소름 끼치는 상황들을 묘사하기까지 했답니다.

나는 예심판사로서 그 남자에 관한 정보를 좀 얻고 싶었지요. 하지만 아무것도 알아낼 수가 없었답니다. 그 남자의 이름이 존 로웰 경이라는 것 말고는요.

나는 가까이서 그 남자를 감시하게 하는 것으로 만족했습니다. 하지만 내 아랫사람들은 그에 관한 수상쩍은 단서를 나에게 알려 주지 못했어요.

하지만 그에 대한 소문들이 나날이 커져 가고 기정사실화되자, 나는 그 이상한 남자를 직접 살펴보기로 결심했습니다. 그래서 그 남자가 사냥하는 곳 근처에서 정기적으로 사냥을 하기 시작했어요.

나는 오랫동안 기회를 엿보았습니다. 마침내 자고새 덕분에 기회가 찾아왔어요. 내가 자고새를 쏘아 그 영국인의 코앞에 떨어지게 한 겁니다. 내 사냥개가 그 새를 나에게 물고 왔습니다. 하지만 나는 즉시 그 사냥감을 들고 존 로웰에게 다가가 내 무례함에 대해 용서를 구하며 그 새를 받아 달라고 부탁했어요.

그는 키와 체격이 크고 머리카락과 턱수염이 붉은, 온화하고 예의 바른 헤라클레스 같은 남자였습니다. 소위 영국 사람다운 뻣뻣함은 그에게서 찾아볼 수 없었어요. 그는 영국 사람의 악센트로 프랑스 사람다운 내 섬세함에 재빨리 고마움을 표했어요. 우리는 한 달 동안 대여섯 번 만나 이야기를 나누었지요.

어느 날 밤 나는 그의 집 문 앞을 지나다가, 정원 의자에 앉아 파이프 담배를 피우는 그를 보았습니다. 내가 그에게 인사를 하니, 그는 맥주나 한잔하자고 하더군요. 나는 그가 두 번 말하게 하지 않았습니다.

그는 영국인다운 세심하고 정중한 태도로 나를 집으로 들이며 프랑스와 코르시카를 찬양하는 말을 한 뒤, 자신이 이 고장을, 이 해안을 무척 좋아한다고 하더군요.

나는 매우 조심스럽게, 그리고 매우 강렬한 관심을 표하며 그가 살아온 삶과 앞으로의 계획에 대해 몇 가지 질문을 했어요. 그러자 그는 당황하지 않고 대답하더군요. 자신은 아프리카, 인도, 미국 등지로 많은 여행을 했다고 말입니다. 그가 웃으며 이렇게 덧붙였어요.

"나는 많은 모험을 했습니다. 오! 그래요."

이윽고 내가 사냥에 대한 이야기를 시작하자 그는 하마, 호랑이, 코끼리, 심지어 고릴라 사냥에 대한 신기한 이야기들을 해주었습니다.

내가 말했지요.

"모두 무서운 짐승들이네요."

그가 빙그레 웃으며 말하더군요.

"아닙니다! 가장 무서운 건 인간이지요."

그는 기분 좋은 뚱뚱한 영국인의 웃음으로 호탕하게 웃기 시작했습니다.

"나는 인간 사냥도 많이 했답니다."

그런 다음 그는 무기에 대해 이야기했고, 다양한 형태의 총들을 보여줄 테니 거실로 가자고 청했습니다.

그의 거실에는 금실로 수를 놓은 검은 실크 커튼이 드리워져 있었습니다. 커다란 금색 꽃들이 그 짙은 색의 직물 위에서 불꽃처럼 반짝이더군요.

그가 말했습니다.

"이건 일본산 직물입니다."

하지만 내 눈을 끌어당긴 건 널찍한 화판 위에 있는 이상한 물체였습니다. 붉은 벨벳으로 된 네모난 판 위에 검은 물체 하나가 뚜렷이 드러나 있었어요. 나는 그쪽으로 다가갔습니다. 그것은 사람의 손이었습니다. 하얗고 깔끔한 골격의 손이 아니라 누런 손톱들이 달려 있고 근육들이 드러난, 땟자국 같은 오래된 핏자국으로 거무스름한 손이었어요. 팔뚝 한가운데에 도끼질을 해서 뼈까지 단숨에 잘라 낸 듯한 손이었지요.

손목 주변에는 코끼리도 붙들어 맬 수 있을 듯한 튼튼하고 커다란 쇠사슬이 용접되어 있었고, 그것의 고리는 벽에 고정되어 있었습니다.

내가 물었지요.

"이게 뭡니까?"

그러자 그 영국인이 침착하게 대답하더군요.

"이것은 내 가장 막강했던 적의 것입니다. 그 사람은 미국 출신이었지요. 그는 검에 베임을 당하고 예리한 돌멩이로 피부가 벗겨진 채 8일 동안 햇볕에 말라 갔어요. 오, 나에게는 아주 좋은 일이었답니다."

나는 한때는 틀림없이 어느 거인의 것이었을, 그 인체의 일부를 만져보았습니다. 비정상적일 정도로 긴 손가락들이 거대한 힘줄들에 의지해 손에 붙어 있더군요. 가죽끈처럼 가늘게 남아 있는 피부가 군데군데에서 그 힘줄들을 지탱하고 있었지요. 피부가 벗겨진 그 손은 보기에도 끔찍했습니다. 그것을 보니 자연스럽게 잔인한 복수가 생각나더군요.

내가 말했습니다.

"이 남자는 힘이 아주 셌던가 봅니다."

그러자 그 영국인이 말했습니다.

"아, 그렇습니다. 하지만 내가 더 셌죠. 그러니까 이 손을 쇠사슬에 감아 고정시켜 놓았죠."

나는 그가 농담을 한다고 생각하고 이렇게 말했습니다.

"이젠 저 쇠사슬이 필요 없을 것 같은데요. 손이 도망갈 것도 아니잖습니까."

그러자 존 로웰 경이 엄숙한 어조로 말하더군요.

"저 손은 언제나 도망가고 싶어 합니다. 그래서 저 쇠사슬이 꼭 필요해요."

나는 재빨리 눈을 돌려 의문스러운 표정으로 그의 얼굴을 바라보았습니다. 속으로 이렇게 생각하면서요.

'이 남자는 미치광이인 건가, 아니면 악의적인 농담을 하는 건가.'

하지만 그의 얼굴은 헤아릴 수 없을 정도로 평온하고 호의적일 뿐이었습니다. 나는 다른 이야기를 했고, 총들을 보며 감탄하기도 했습니다.

총은 모두 세 개였고 가구 위에 놓여져 있었습니다. 그런데 그는 공격당할지도 모른다는 두려움 속에서 살고 있는 것처럼, 그 총들을 모두 장전해 놓고 있었습니다.

그 후로도 나는 그의 집을 여러 번 방문했지만 언제부턴가 더 이상 가지 않게 되었지요. 나를 포함한 그 고장 사람들은 그의 존재에 익숙해졌고, 이내 그는 사람들의 관심에서 멀어졌지요.

꼬박 1년이 흘러 11월 말경의 어느 날 아침, 하인이 나를 깨우더니 간밤에 존 로웰 경이 살해되었다고 알렸습니다.

30분 뒤, 나는 경찰서장과 헌병대 대장을 대동하고 그 영국인의 집으로 갔습니다. 혼이 나가고 절망한 하인이 문 앞에서 울고 있더군요. 나는 우선 그 하인을 의심했습니다. 하지만 하인은 결백했어요.

범인의 정체는 오리무중이었지요.

존 경의 거실로 들어가니, 바닥 한가운데에 등을 대고 반듯이 누워 있는 시체가 먼저 눈에 띄더군요.

조끼가 찢겨 있고 소맷부리도 찢겨 나간 상태였어요. 모든 정황이 지독한 몸싸움이 벌어졌음을 말해 주었습니다.

그 영국인은 교살되었더군요! 검고 끔찍하게 부풀어 있는 얼굴이 공포스러웠습니다. 그는 잇새에 뭔가를 악물고 있었고, 피투성이의 목에는 다섯 개의 구멍이 뚫려 있었지요. 마치 쇠침으로 만들어 놓은 구멍 같았어요.

의사 한 명도 왔습니다. 그는 시체의 피부에 생긴 손가락 자국들을 오랫동안 살펴보고는 이상한 말을 했어요.

"이 사람은 마치 해골에게 교살된 것 같군요."

그 말을 듣자 내 등골에 전율이 흘렀습니다. 나는 벽을, 피부가 벗겨진 끔찍한 손이 걸려 있던 벽을 쳐다보았습니다. 그 손은 거기 없었어요. 부서진 사슬만 매달려 있었지요.

나는 눈길을 돌려 다시 시체를 내려다보았습니다. 그리고 그의 악다문 입속에서 무언가를 발견했습니다. 정확히 말하자면 사라진 그 손의 집게손가락이었습니다.

잠시 후 우리는 사건을 밝힐 증거를 찾았지만, 아무것도 발견하지 못했어요. 문에는 강제로 연 흔적이 전혀 없었고, 창문에도 가구에도 아무런 증거가 없었지요. 하인은 집을 지키는 개 두 마리도 깬 적이 없다고 했어요.

다만 하인은 다음과 같은 요지의 말을 했습니다.

'한 달 전부터 주인은 불안한 것처럼 보였다. 그는 많은 편지를 받았는데 받는 족족 그 편지들을 불태웠다.

분노에 가득 차 승마용 채찍을 들고, 벽에 고정되어 있는 말라비틀어진 손을 미친 사람처럼 후려갈기는 일도 자주 있었다. 어떻게 된 일인지는 모르지만, 사건 발생 이후에 보니 그 손은 사라져 있었다.

　당시 주인은 무척 늦은 시간에 잠자리에 들었고, 주의 깊게 방문을 잠갔다. 항상 손 닿는 곳에 무기들을 놓아두었다. 밤이면 누군가와 다투기라도 하는 양 큰 소리를 내기도 했다.'

　하인은 그날 밤엔 우연인지 주인이 아무런 소리도 내지 않았다고 했습니다. 창문을 열러 갔다가 살해된 주인을 발견했을 뿐이라고 했지요. 의심 가는 사람도 없다고 했습니다.

　나는 시신에 관해 내가 아는 것들을 행정관과 경찰 간부들에게 이야기했습니다. 그리고 섬 전체를 샅샅이 수색했습니다. 하지만 아무것도 발견하지 못했어요.

　사건이 일어나고 석 달이 지난 어느 날 밤, 나는 끔찍한 악몽을 꾸었습니다. 꿈에 그 손이, 그 끔찍한 손이 전갈처럼 혹은 거미처럼 내 방 커튼과 벽을 따라 기어 다녔어요. 나는 그 꿈에서 깨어났다가 다시 잠들었는데, 그 흉측한 손이 손가락들을 앞발처럼 움직이며 내 방 여기저기를 질주하는 모습을 또다시 꿈에서 보았습니다. 그날 밤 그런 꿈을 세 번이나 꾸었지요.

　다음 날 그 손이 발견되었습니다. 우리는 존 로웰 경의 가족들을 찾지 못해 그를 그 마을 묘지에 매장했는데, 마을 사람들이 그의 묘지 위에서 그 손을 발견한 겁니다. 사람들은 그 손을 나에게 가져왔고, 그 손에는 집게손가락이 없었습니다.

　자, 여성 여러분. 이게 바로 내가 들려 드리고 싶었던 이야기입니다. 나는 이 이상의 사실은 전혀 모릅니다.

여자들은 얼이 빠져서 창백한 얼굴로 몸을 떨고 있었다. 여자들 중 한 명이 외쳤다.

"그 사건이 어떻게 해결되었는지는 왜 설명을 안 해주세요? 그걸 못 들으면 우리는 오늘 밤 잠을 이루지 못할 거예요."

그러자 사법관은 엄숙한 얼굴에 슬며시 미소를 짓고는 말했다.

"여성 여러분! 확실히 내가 여러분의 밤잠을 망치게 되겠군요. 난 그 저 그 손의 합법적인 주인이 실은 죽지 않았다고, 그래서 존 로웰 경이 보관하고 있던 자기 손을 찾으러 온 거라고 생각한답니다. 일종의 벤데 타였다고요. 하지만 정확한 진상은 모릅니다."

여자들 중 하나가 중얼거렸다.

"아니에요, 그건 아닐 거예요."

그러자 예심판사가 여전히 미소를 띤 채 말했다.

"내 설명이 여러분 마음에 들지 않을 거라고 예상하고 있었습니다."

늙은이
Le Vieux

포근한 가을 햇볕이 도랑의 키 큰 너도밤나무 너머로 농장 뜰에 내리쬐었다. 암소들이 뜯어 먹은 풀밭 아래의 흙은 최근에 내린 빗물에 젖어 있어서 발로 밟으면 푹푹 빠지며 절벅거리는 소리를 냈다. 사과나무들은 흐릿한 초록색의 열매들을 짙은 초록색의 풀밭 위에 뿌려 놓았다.

암송아지 네 마리가 줄에 묶여 지나가며 이따금씩 집 쪽을 향해 음매 하고 울었다. 가금류들은 축사 앞 퇴비 위에서 활기 넘치는 몸짓을 했다. 몸을 문지르고, 움직이고, 꼬꼬댁거렸다. 수탉 두 마리는 쉬지 않고 울어 대며 지렁이를 찾고는, 힘차게 꽥꽥거리며 암탉들을 불렀다.

나무 울타리는 열려 있었다. 남자 하나가 들어왔다. 마흔 살쯤이었지만 겉모습은 예순 살쯤으로 보였다. 주름이 많고 몸이 굽었으며, 밀짚이 가득 든 무거운 나막신의 무게 때문에 둔하고 느린 걸음으로 걸었다. 몸

양쪽에는 지나치게 긴 팔이 달려 있었다. 그가 농장으로 다가가자, 개집으로 사용되는 작은 통 옆 커다란 배나무에 묶여 있는 노란 발바리가 반갑게 꼬리를 흔들며 낑낑대기 시작했다. 남자가 외쳤다.

"앉아, 피노!"

개가 입을 다물었다.

농부 아낙네 한 명이 집에서 나왔다. 널찍하고 평평한 골격이 허리를 죄는 모직 윗도리에 감추어져 있었다. 회색 치마는 파란 스타킹에 감싸인 정강이 절반까지 내려왔다. 그녀 역시 밀짚이 가득 든 나막신을 신고 있었다. 누렇게 되어 버린 하얀 두건이 정수리에 달라붙은 머리카락을 덮고 있었고, 야위고 못생기고 이가 빠진 갈색 얼굴은 농부들에게서 많이 볼 수 있는 야만적이고 교양 없는 생김새를 보여 주었다.

남자가 물었다.

"그래, 어쩌고 계셔?"

여자가 대답했다.

"신부님이 그러시는데 이제 끝일 거래요. 오늘 밤을 넘기지 못할 거라네요."

부부는 집 안으로 들어갔다.

그들은 부엌을 통과한 뒤, 나지막하고 컴컴하며 유리창 하나를 통해 겨우 빛이 들어오는 방 안으로 들어갔다. 방 앞에는 노르망디 옥양목 천 한 장이 떨어져 있었다. 세월의 흐름과 연기로 거무스름해진 천장의 커다란 들보가 다락의 얇은 바닥을 지탱해 주고 있었다. 다락에는 밤낮으로 쥐들이 돌아다녔다.

흙바닥은 울퉁불퉁하고 축축하고 기름져 보였다. 방에는 희미한 하얀 얼룩처럼 보이는 침대가 놓여 있었다. 침대에는 농부 아낙네의 아버지인 늙은이가 누워 있었다. 규칙적이고 거친 소음, 힘겹게 몰아쉬는 헐떡임이 망가진 펌프에서 나는 듯한 꾸르륵거리는 소리와 함께 암흑에 감싸인 침대에서 흘러나오고 있었다.

부부는 침대로 다가가 온화하고 체념한 눈으로 빈사 상태의 병자를 바라보았다.

남편이 말했다.

"이번엔 정말 끝일 거야. 밤까지 가지도 않을 거야."

아내가 말했다.

"점심때부터 저렇게 숨을 몰아쉬시네요."

그리고 그들은 입을 다물었다. 눈을 감고 있는 늙은이는 얼굴이 흙빛이었다. 너무나 메말라서 마치 나무로 된 것처럼 보였다. 반쯤 열린 입으로 그의 힘겨운 숨결이 찰랑거리며 드나들었다. 회색 이불은 병자가 호흡할 때마다 가슴 위에서 오르락내리락했다.

긴 침묵 뒤에 남편이 말했다.

"이제 장인어른과 헤어져야 해. 우리는 아무것도 할 수 없어. 게으른 사람들에겐 성가신 일이지만, 날씨가 좋으니 오늘부터 슬슬 시작해야 할 거야."

그의 아내는 그 생각에 염려하는 듯했다. 그녀는 잠시 곰곰이 생각하다가 말했다.

"돌아가신다 해도 토요일 전에는 아버지를 매장하지 않을래요. 그리고 게으른 사람들에게는 내일이 있잖아요."

농부는 심사숙고한 뒤 대답했다.

"그래, 하지만 장례 전 모임은 내일 해야 할 거야. 그러니 나는 대여섯 시간 동안 투르빌에서 마느토까지 사람들 집을 돌아다니며 알려야 해."

여자가 2, 3분 동안 깊이 생각한 뒤 말했다.

"세 시간도 걸리지 않을 거예요. 그 시간 동안 아버지가 돌아가실 거라는 소식을 충분히 알릴 수 있어요."

남자는 당황해서 잠시 가만히 서서, 그 생각의 논리적 귀결과 이점들을 헤아려 보았다. 마침내 그가 말했다.

"그래도 지금 가봐야 해."

그는 밖으로 나갔다. 그리고 잠시 망설인 뒤 다시 돌아와서 말했다.

"당신은 할 일이 없을 테니 사과를 따. 그리고 그 사과로 두용* 네 다스를 만들어 장례 전에 오는 사람들에게 대접하게. 압착기 창고 아래에 있는 나뭇단으로 화덕에 불도 피우고. 나뭇단이 잘 말랐을 거야."

그는 방에서 나가 부엌으로 가서 찬장을 열어 6파운드짜리 빵을 꺼내 조심스럽게 자르고, 선반에서 떨어진 빵 부스러기들을 손에 담아 입 안에 털어 넣었다. 그러고는 갈색 사기 단지에서 가염 버터를 조금 떼어 내 빵에 펴 바른 뒤 매사에 그러듯 천천히 빵을 먹었다.

그런 후 뜰로 나갔다. 개가 낑낑댔지만, 그는 개를 진정시킨 후 도랑을 따라 길게 이어진 길을 나섰다. 그는 투르빌 방향으로 멀어져 갔다.

혼자 남은 여자는 일을 시작했다. 밀가루 상자를 찾아내 두용 반죽을 준비했다. 뒤집고 다시 뒤집으며 짓누르고 으깨면서 오랫동안 반죽을 했다. 그 노르스름한 기가 감도는 하얗고 커다란 공 모양의 반죽 여러 개를 탁자 한구석에 놓아두었다.

그런 다음 사과를 따러 갔다. 나무에 상처를 내지 않기 위해 발판을

---

*밀가루 반죽에 사과나 배를 넣어 익힌 노르망디 지방의 과자.

이용해 나무에 올라갔다. 그리고 잘 익은 사과만 골라 앞치마에 담았다.

길에서 누가 그녀를 불렀다.

"여어, 시코 부인!"

그녀는 뒤를 돌아보았다. 이웃에 사는 이장 오심 파베 영감이었다. 그는 자기 땅에 비료를 주러 가는 일이었다. 비료 화차 위에 다리를 늘어뜨리고 앉아 있었다. 그녀는 그에게 말했다.

"일은 잘되어 가나요, 오심 영감님?"

"아버님은 상태가 어떠세요?"

"거의 가시려고 해요. 토요일 7시에 장례 전 절차를 치르려고요. 게으른 사람들은 그 시간에 맞춰 우리 집에 오려면 분주하겠지만요."

오심 영감이 대꾸했다.

"알았소. 행운을 빌어요! 잘 지내고요."

그녀는 공손하게 대답했다.

"고마워요. 영감님도요."

그런 다음 다시 사과를 따기 시작했다.

집에 돌아오자마자 그녀는 아버지가 돌아가셨기를 기대하며 아버지를 보러 갔다. 하지만 문가에서 시끄럽고 단조로운 숨소리를 듣자마자 아버지의 침대로 갈 필요가 없다고 판단하고 두용을 준비하기 시작했다. 시간을 낭비하기 싫었다.

얇은 밀가루 반죽으로 과일을 하나하나 감싼 뒤 탁자 가장자리에 줄지어 얹어 놓았다. 그렇게 마흔여덟 개의 반죽을 만들어 열두 개씩 나란히 놓은 뒤, 저녁 식사를 준비했다. 냄비에 감자를 삶았다. 오늘 화덕에 불을 피우는 것은 쓸데없는 일이라고 생각하면서.

5시경에 그녀의 남편이 돌아왔다. 그는 문지방을 넘자마자 물었다.

"돌아가셨어?"

그녀가 대답했다.

"아직 아니에요. 계속 꾸르륵거리는 소리만 나요."

그들은 노인을 보러 갔다. 노인은 확실히 똑같은 상태였다. 시계처럼 규칙적인 거친 숨소리가 더 빨라지지도, 더 느려지지도 않았다. 숨소리는 톤만 조금 달리하면서 시시각각 계속되었고, 노인의 가슴 속으로 공기가 들어갔다 나왔다 했다.

남편이 장인을 바라보다가 말했다.

"우리가 눈치채지 못하는 사이에 돌아가실 거야. 마치 촛불처럼 말이야."

그들은 부엌으로 돌아갔고, 말없이 저녁을 먹기 시작했다. 수프를 마신 다음 버터 바른 빵을 먹었고, 즉시 설거지를 한 뒤 다시 병자의 방으로 갔다.

여자는 심지에서 연기가 나는 작은 램프를 손에 들고 가서 아버지의 얼굴 앞에 비추어 보았다. 병자가 숨을 쉬지 않는다면 그것으로 병자의 숨이 완전히 끊어진 것을 확인할 수 있을 터였다.

부부의 침대는 방 다른 쪽 끝에, 움푹 들어간 공간에 숨겨져 있었다. 그들은 한마디도 하지 않고 침대에 누워 불을 끄고 눈을 감았다. 얼마 지나지 않아 두 사람의 코 고는 소리가 들려왔다. 한 사람의 소리는 더 깊숙하고, 다른 사람의 소리는 더 날카로웠다. 그 소리들이 죽어 가는 병자의 끊임없는 헐떡임 소리와 어우러졌다.

다락에서는 쥐들이 뛰어다녔다.

아침이 밝자마자 남편이 깨어났다. 장인은 아직 살아 있었다. 그는 노인의 저항에 걱정이 되어 아내를 흔들어 깨웠다.

"맙소사, 페미. 장인어른이 도무지 가질 않으시네. 어떻게 하지?"

그는 그녀에게서 훌륭한 조언을 기대했다.

그녀가 대답했다.

"오늘 낮에는 가지 않으실 것 같아요. 하지만 걱정할 건 전혀 없어요. 내일 시신을 매장하는 것을 이장님이 반대하지만 않는다면 레나르 영감님에게 매장을 부탁할 수 있을 거예요."

그는 그 추론의 명확함에 설득되었고, 이내 밭으로 나갔다.

그의 아내는 두용을 굽고 농장의 온갖 일거리를 해치웠다.

정오에도 노인은 죽지 않았다. 매장을 돕기로 한 일꾼들이 무리지어 와서, 시간을 끌면서 아직 세상을 뜨지 않고 있는 병자를 살펴보았다. 그들은 각자 하고 싶은 말을 하고는 다시 밭으로 떠났다.

6시에 일꾼들이 다시 왔을 때도 노인은 아직 숨을 쉬고 있었다. 남편이 마침내 두려워하며 말했다.

"이 시간까지 그대로 계셔. 어떻게 하면 좋지, 페미?"

아내도 해결책을 알지 못했다. 그들은 이장을 만나러 갔다. 이장은 노인이 오늘 안에 눈을 감기만 하면 내일 매장하는 것을 허락해 주겠다고 약속했다. 그들은 보건소 소장도 만나러 갔다. 그 역시 망자의 사망 증명서를 실제 날짜보다 앞당겨 쓰도록 조치해 주겠다고 약속했다. 부부는 조용히 집으로 돌아왔다.

그들은 잠자리에 들었고, 전날처럼 노인의 약해진 숨소리와 그들의 잘 울려 퍼지는 숨소리가 섞였다.

다음 날 그들이 잠에서 깨어났을 때도, 노인은 여전히 죽지 않고 있었다.

그들은 당황하여 노인의 침대 머리맡에 우두커니 서서 마치 그가 그들에게 몹쓸 장난이라도 친 것처럼, 그들을 속이기라도 한 것처럼, 재미로 그들을 언짢게 하기라도 한 것처럼 경계하는 눈초리로 살펴보았다. 특히 그들의 시간을 허비하게 한 것 때문에 그를 원망했다.

남편이 물었다.

"이제 어떻게 해야 하지?"

아내도 알 수가 없었다.

"이것 참 난처하네요!"

지금 손님들에게 사실을 알릴 수는 없었다. 손님들은 정시에 도착할 것이다. 두 사람은 그들을 기다리고 있다가 그들이 오면 상황을 설명하기로 했다.

7시 10분 전쯤 손님 몇 명이 처음 모습을 드러냈다. 여자들은 검은 옷을 입고 머리에 커다란 베일을 드리운 채 슬픈 표정으로 왔다. 남자들은 나사羅絲 저고리를 입고 난처한 표정으로 두 명씩 짝을 지어 상황에 대해 이야기를 나누며 결연한 몸짓으로 다가왔다.

시코 씨와 그의 아내는 겁에 질려 가슴 아파하면서 그들을 맞이했다. 두 사람은 맨 처음에 들어온 무리에게 동시에 다가가 울기 시작했다. 상황을 설명하면서 자기들이 느끼는 당황스러움을 이야기했다. 의자를 권하고, 몸을 움직이고, 변명했다. 누구라도 그들처럼 했으리라는 걸 증명하고 싶어서 갑자기 수다스러워져 끊임없이 이야기를 했지만 아무도 그들에게 대꾸하지 않았다.

손님들은 서로에게 다가가 수군거렸다.

"난 저 말을 믿지 않아요. 저 늙은이가 그렇게 시간을 끌었다는 건 믿어지지 않아요!"

손님들은 기다렸던 절차가 진행되지 않는다는 것을 알고는 당황하거나 실망한 채 어찌해야 할지를 몰라서, 가만 앉아 있거나 서 있었다. 몇몇 사람들은 자리를 뜨고 싶어 했다. 시코 씨가 그들을 만류했다.

"그래도 식사 대접을 할게요. 두용을 좀 만들어 놓았어요. 꼭 먹고 가세요."

그러자 사람들의 얼굴이 환해졌다. 사람들은 낮은 목소리로 이야기를 나누기 시작했다. 뜰이 차츰 가득 찼다. 먼저 온 사람들이 새로 도착한 사람들에게 소식을 말해 주었다. 모든 사람들이 두용 생각에 흥겨워져서 쑥덕거리며 이야기를 나누었다.

여자들이 병자를 보려고 방으로 들어갔다. 그녀들은 침대 옆에서 성호를 긋고 기도문을 읊조린 뒤 다시 나왔다. 남자들은 그 장면을 보는 것이 꺼려져서 열린 창문 쪽으로 눈길을 돌렸다.

시코 부인이 설명했다.

"이 상태가 되신 지 더도 덜도 아니고, 더하지도 빼지도 않고 이틀이 되었어요. 더 이상 물을 퍼낼 수 없는 펌프 같지 않아요?"

죽어 가는 병자를 보고 나오자 사람들은 간식 생각이 났다. 하지만 부엌에서 간식을 먹기에는 사람들 수가 너무 많아서 문 앞으로 탁자를 내왔다. 커다란 접시 두 개에 놓인 금빛이 도는 먹음직한 두용 네 다스가 눈길을 끌었다. 두용의 양이 충분하지 못할까 봐 모두가 팔을 뻗어 두용을 집어 들었다. 하지만 네 개가 남았다.

시코 씨가 두용이 가득 찬 입으로 말했다.

"장인어른이 우리 모습을 보면 안타까워하실 거예요. 두용을 좋아하시거든요."

몸집이 뚱뚱하고 유쾌한 농부 한 명이 선언했다.

"어차피 지금 그분은 드시지 못해요. 각자 자기 차례가 있는 거죠."

그 생각은 손님들을 슬프게 하기는커녕 즐겁게 만드는 것 같았다. 지금은 그들 차례, 그들이 두용을 먹을 차례였다.

시코 부인이 비용 지출을 안타까워하며 지하 저장고에 가서 연거푸 사과술을 가져왔다. 잔들이 차례로 비워졌다. 이제 사람들은 웃고, 큰 소리로 이야기하고, 평소 식사 때 하는 것처럼 큰 소리로 외치기 시작했다.

병자 옆에 머물러 있던 늙은 농부 아낙네가 자기에게도 곧 닥쳐올 그 상황에 대한 탐욕스러운 두려움에 사로잡혀 창가에 나타나 날카로운 목소리로 외쳤다.

"이분이 돌아가셨어요! 돌아가셨다고요!"

모두들 입을 다물었다. 여자들이 벌떡 일어나 병자를 보러 갔다.

노인은 정말로 죽어 있었다. 거칠었던 숨결이 멎어 있었다. 남자들은 마음이 불편해져서 서로를 바라보고 눈을 내리깔았다. 그들은 두용을 계속 씹어 먹던 참이었다. 불한당 같은 망자가 시간을 잘못 고른 것이다.

시코 부부는 울지도 않았다. 이제야 다 끝난 것이다. 그들은 고요했다. 오늘 밤 안으로 돌아가실 것을 알았다면 이 모든 성가신 일이 일어나지 않았을 것을.

그러나 어쨌든 다 끝났다. 망자는 월요일에 매장될 것이다. 더 이상의 말은 필요 없었다. 그리고 사람들은 다시 두용을 먹을 것이다.

손님들은 어쨌거나 망자를 본 것에 대해, 그리고 간단한 식사를 한 것에 대해 만족하며 자리를 떴다.

부부 두 사람만 남게 되자, 시코 부인이 불안한 얼굴로 말했다.

"그래도 두용 네 다스를 다시 구워야 하지 않을까요? 아버지가 오늘 밤에 돌아가실 것을 알았다면 좋았을 텐데!"

그러자 남편이 체념한 얼굴로 대꾸했다.

"꼭 그래야 하는 건 아니야."

목가
Idylle

모리스 르루아르에게

기차는 막 제노바를 떠나 마르세유를 향해 가고 있었다. 바위투성이의 굽이진 긴 해안을 따라가기도 하고, 바다와 산 사이를 뱀처럼 빠져나가기도 하면서, 잔잔한 물결이 은실처럼 가장자리를 두른 황금빛 모래해변 위로 기어갔다. 짐승들이 자신의 굴속으로 들어가듯이 갑자기 터널의 검은 입속으로 들어가기도 했다.

기차의 맨 마지막 칸에 뚱뚱한 여자와 젊은 남자가 말없이, 이따금 서로를 바라보면서 마주 앉아 있었다. 여자는 스물다섯 살쯤 되어 보였다. 그녀는 창가에 앉아 바깥 풍경을 내다보고 있었다. 그녀는 검은 눈과 풍만한 가슴, 통통한 뺨을 가진 피에몬테 지방의 건강한 농부 아낙네였다.

그녀는 나무 의자 밑에 꾸러미 몇 개를 밀어 넣고, 무릎 위에는 바구니 하나를 올려놓고 있었다.

젊은이는 스무 살쯤 되어 보였다. 야위고 햇볕에 그을린 것이, 뙤약볕 밑에서 밭일을 하는 사람들의 거무스레한 얼굴을 하고 있었다. 옆에 있는 보따리 속에는 구두 한 켤레, 셔츠 하나, 짧은 바지 하나와 윗옷 등 그의 전 재산이 들어 있었다. 그도 의자 밑에 뭔가를 숨겨 놓았다. 끈으로 함께 묶어 놓은 작은 삽과 곡괭이였다. 그는 일자리를 구하러 프랑스에 가는 길이었다.

하늘의 해가 비를 퍼붓듯 해안에 빛을 쏟아 부었다. 5월 말이었고, 열려 있는 유리창을 통해 달콤한 향기가 객차 안으로 들어왔다. 꽃이 핀 오렌지 나무와 레몬 나무가 고요한 하늘에 내뿜는 너무나 기분 좋고, 너무나 진하고, 너무나 관능적이고 달콤한 향기였다. 그 냄새가 장미 냄새와 뒤섞였다. 장미는 길 가장자리, 화려한 정원, 오두막집의 문 앞, 그리고 들판 등 이곳저곳에 잡초처럼 피어 있었다.

해안 어디에나 장미들이 만발해 있었다! 장미는 강렬하면서도 상큼한 향기로 들판을 가득 채우고 공기를 달콤하게 만들었다. 장미에는 포도주보다 더 풍미 있고 사람을 도취하게 하는 뭔가가 있었다.

기차는 이 아름다운 정원 속에서, 이 부드러움 속에서 지체하려는 것처럼 천천히 가고 있었다. 작은 역에서, 몇 채의 하얀 집 앞에서 몇 번씩 멈추었다가, 오랫동안 기적을 울린 후 다시 평온하게 출발하곤 했다. 기차에 타는 사람은 아무도 없었다. 세상 전체가 졸고 있는 것 같았고, 이 따스한 봄날 아침에 위치를 바꿔 볼 결심을 하지 못하는 것 같았다.

뚱뚱한 여자는 가끔씩 눈을 감았고, 무릎 위에서 바구니가 미끄러져 떨어지려고 하면 다시 눈을 번쩍 떴다. 그녀는 재빠른 몸짓으로 그것을 붙잡았고, 얼마 동안 밖을 내다보다가 다시 졸았다. 이마에 땀방울이 맺혔고, 그녀는 가슴이 답답해서 괴로운 것처럼 간신히 숨을 내쉬곤 했다.

젊은이는 고개를 숙인 채 시골 사람다운 깊은 잠에 빠져 있었다.

작은 역 하나를 벗어났을 때 그 농부 아낙네가 갑자기 잠에서 깨어났다. 그녀는 바구니를 열고 빵 한 조각과 삶은 달걀 몇 개, 작은 포도주 병 하나, 빨갛고 예쁜 자두 몇 개를 꺼냈다. 그리고 먹기 시작했다.

남자가 갑자기 잠에서 깨어나 그녀를 바라보았다. 무릎에서 입으로 가져가는 한 입 한 입을 모두 바라보았다. 그는 팔짱을 끼고 뺨을 오므리고 입을 꽉 다문 채 그녀의 몸짓을 응시했다.

그녀는 뚱뚱한 여자답게 게걸스럽게 먹어 대면서, 삶은 달걀을 넘기기 위해 매번 포도주를 마셨다. 잠깐씩 먹는 것을 멈추고 한숨 돌리기도 했다.

그녀는 빵, 달걀, 자두, 포도주, 이 모든 것을 순식간에 먹어 치웠다. 그녀가 식사를 끝내자 젊은이는 즉시 눈을 감았다. 배가 불러 속이 조금 불편했는지 그녀가 블라우스 앞섶을 풀어 헤쳤다. 그러자 남자가 갑자기 다시 그녀를 바라보았다.

하지만 그녀는 신경 쓰지 않고 계속 블라우스 단추를 풀었다. 가슴을 짓누르던 옷이 벌어지자, 두 옷자락 사이의 벌어진 틈새로 흰 속옷과 살이 조금 보였다.

한결 편해지자 여자가 이탈리아어로 말했다. "너무 더워서 숨 쉬기가 힘드네요."

젊은 남자도 이탈리아어로 대답했다. "여행하기에는 좋은 날씨지요."

그녀가 물었다. "피에몬테 출신인가요?"

"아스티 출신입니다."

"난 카잘레 출신이에요."

그들은 이웃 사람들이었고 이야기를 나누기 시작했다.

서민층 사람들이 끊임없이 되풀이하는 평범한 이야기들을 길게 늘어놓았다. 재치가 별로 없고 시야가 좁은 시골 사람들이 나눌 만한 이야기들이었다. 그들은 자기들이 사는 고장에 대해 이야기했다. 그들이 똑같이 아는 사람들이 있었다. 그들의 이름을 정확히 댔다. 두 사람 모두 만난 적이 있는 사람들을 찾아낼 때마다 조금 더 친숙해지는 것 같았다. 단어들이 빠르고 급하게 그들의 입에서 튀어나왔는데, 그 단어들은 유성有聲의 어미를 갖고 있어서 마치 이탈리아 가요 같았다. 잠시 후 그들은 서로에 대해 질문했다.

그녀는 유부녀였다. 아이가 셋 있는데 여동생에게 맡겼다고 했다. 마르세유의 어느 프랑스 부인 댁에 좋은 일자리를, 유모 자리를 구했기 때문이라고 했다.

젊은이는 일자리를 찾고 있었다. 그 역시 마르세유에서 일자리를 찾을 수 있을 거라는 말을 사람들에게서 들었다. 그곳에서는 건물을 많이 짓기 때문이다.

잠시 후 그들은 입을 다물었다.

더위가 점점 심해지고, 뜨거운 햇볕이 기차 지붕 위에 비 오듯 내리쬐었다. 구름 같은 먼지가 바람에 흩날려 기차 안으로 들어왔다. 오렌지 나무와 장미의 향기는 더욱 강렬한 향기를 풍겼다. 향기가 더 진해지고 무거워지는 것 같았다.

두 여행자는 다시 잠이 들었다.

그리고 거의 동시에 다시 눈을 떴다. 해는 이제 바다 쪽으로 기울어 푸른 수면을 소나기 같은 빛으로 비추고 있었다. 공기도 한결 시원하고 가벼워진 것 같았다.

여자는 블라우스를 풀어 헤친 채 뺨이 느른해지고 눈이 흐릿해져서 숨을 헐떡이고 있었다. 그녀가 짓눌린 목소리로 말했다.

"어제부터 젖을 물리지 않았어요. 그래서 기절할 것처럼 어지럽네요."

젊은이는 대답하지 않았다. 무슨 말을 해야 할지 알 수 없었던 것이다. 그녀가 다시 말했다. "나처럼 젖이 많이 나오는 사람은 하루에 세 번 젖을 줘야 해요. 그러지 않으면 몹시 거북하거든요. 마치 가슴 속에 딱딱한 뭔가가 들어 있는 것 같아요. 그 무게가 심장을 짓눌러 숨을 제대로 쉴 수 없고 팔다리가 부서질 듯 아파요. 이렇게 젖이 많이 나오는 것도 불행한 일이에요."

그가 말했다. "그래요, 불행한 일이네요. 당신이 이렇게 괴로워하는 것을 보면 말입니다."

사실 그녀는 굉장히 고통스러워 보였고, 기진맥진해서 금방이라도 기절할 것 같았다. 그녀가 중얼거렸다. "가슴을 누르기만 하면 젖이 샘물처럼 솟아요. 정말로 신기해 보이죠. 믿지 못할 거예요. 카잘레에서는 이웃 사람들이 모두 보러 오곤 했어요."

그가 말했다. "아! 정말인가요?"

"네, 정말이에요. 보여 드릴 수도 있어요. 하지만 누르기만 해서는 아무 소용도 없어요. 그런 방법으로는 젖이 많이 나오게 할 수 없거든요."

그리고 그녀는 입을 다물었다.

열차가 작은 역에서 멈추었다. 한 여자가 우는 어린아이를 품에 안고 울타리 옆에 서 있었다. 그 여자는 바싹 야위었으며 누더기를 걸치고 있었다.

뚱뚱한 여자가 그 여자를 바라보았다. 그리고 동정 어린 어조로 말했다. "저기 내가 도와줄 수 있는 사람이 하나 있네요. 저 아이는 나를 도와줄 수 있을 테고요. 그래요, 난 부자가 아니에요. 일자리를 얻기 위해 내 집과 가족 그리고 내가 사랑하는 막내아들을 버려두고 떠나니까요. 하지만 저 아이를 10분 동안만 안고 젖을 줄 수 있다면 저 아이도 조용해지고 나도 그렇게 될 텐데. 그렇게만 할 수 있다면 다시 태어나는 것 같을 텐데."

그녀는 다시 입을 다물었다. 그런 다음 뜨거운 손으로 땀이 흐르는 이마를 몇 번이고 닦았다. 마침내 그녀가 신음을 토해 냈다. "더는 못 견디겠어요. 죽을 것 같아요." 그러고는 무의식적인 몸짓으로 옷섶을 완전히 열어젖혔다.

오른쪽 젖가슴이 드러났다. 그것은 엄청나게 크고 불룩 솟아 있었으며 딸기 같은 갈색 젖꼭지가 달려 있었다. 가여운 여자가 울부짖었다. "아! 어쩌지! 아! 어쩌지! 어떻게 해야 하지?"

기차가 다시 움직이기 시작했다. 기차는 아련한 숨결을 포근한 저녁 공기에 뿜어내는 꽃들 사이를 계속 달려갔다. 이따금 파란 바다 위에 잠들어 있는 듯한 고기잡이배 한 척이 보였다. 하얀 돛을 단 그 배는 다른 배들처럼 머리를 숙이고 물에 제 모습을 비추며 꼼짝 않고 있었다.

젊은이는 당황해서 더듬더듬 말했다. "저…… 부인…… 제가 부인을…… 도와 드릴 수 있을 것 같은데요."

그녀가 몹시 피로한 목소리로 대답했다. "그래요, 당신이 원한다면요. 당신은 나를 도와줄 수 있을 거예요. 나는 더 이상 견딜 수가 없어요. 더 이상은요."

그는 여자 앞에 무릎을 꿇었다. 그러자 여자가 그에게로 몸을 굽혀, 유모가 아기에게 하듯 자기의 짙은 젖꼭지를 그의 입으로 가져갔다. 그녀가 남자에게 젖꼭지를 내밀기 위해 두 손으로 젖가슴을 쥐는 순간 우윳빛 젖 방울이 줄줄 흘러내렸다. 젊은이는 자기 입술 앞에 있는 그 묵직한 젖가슴을 과일처럼 붙잡고 재빨리 마셨다. 그런 다음 게걸스럽게 규칙적으로 젖을 빨기 시작했다.

그는 여자의 허리에 두 팔을 두르고 자기 쪽으로 가까이 끌어당겼다. 그러고는 어린애처럼 목을 움직이면서 천천히 한 모금 한 모금 마셨다.

갑자기 그녀가 말했다. "자, 이쪽은 됐어요. 이제는 다른 쪽을 빨아요."

그러자 그는 순순히 다른 쪽 젖가슴을 손에 쥐었다.

여자는 자기의 두 손을 젊은이의 등 위에 올려놓았다. 그런 다음 힘차고 행복하게 숨을 내쉬면서, 기차의 움직임에 따라 객차 안으로 불어 들어오는 바람에 섞인 짙은 꽃향기를 음미했다.

그녀가 말했다. "이곳에서는 좋은 냄새가 나네요."

그는 대답하지 않았다. 맛을 잘 음미하려는 듯 두 눈을 감고 그 육체의 샘물을 계속 마시고 있었다.

그녀가 천천히 그를 떼어 놓았다.

"이제 됐어요. 기분이 나아졌어요. 몸이 한결 좋아진 것 같아요."

젊은이는 손등으로 입을 닦으면서 일어났다.

여자는 살아 있는 두 개의 수통을 옷 속으로 집어넣어 가슴을 부풀리면서 그에게 말했다.

"당신은 내게 큰 도움을 주었어요. 정말 고마워요."

그러자 그가 황송해하는 어조로 대답했다.

"고마워할 사람은 바로 저예요, 부인. 이틀 동안 아무것도 먹지 못했거든요!"

목걸이
La Parure

가난한 월급쟁이를 가장으로 둔 집안에 운명의 신이 잘못 판단해 태어났다고 생각할 수밖에 없는 세련되고 아름다운 여자들이 태어나는 경우가 있다. 그녀도 그런 여자들 가운데 한 명이었다. 결혼할 때 그녀에게는 지참금도 없었고, 물려받을 유산도 없었다. 돈 많고 멋진 남자와 사랑해 청혼을 받을 방법은 더더욱 없었다. 그래서 그녀는 교육부에서 근무하는 사무원과 결혼했다.

그녀는 화려하게 몸치장을 할 수 없어서 소박한 차림새로 지냈고, 사회적으로 낙오된 것 같아 늘 불행했다. 왜냐하면 여자란 신분이나 집안 같은 것은 아무 소용이 없고 오직 미모, 우아함 그리고 매력만이 신분과 가문을 대신하기 때문이다. 타고난 섬세함, 본능적인 우아함, 유연한 기질, 이러한 요소들이 여자를 평가하는 기준이고 보면, 이런 요소들만

갖추었다면 평범한 집안의 아가씨라도 좋은 조건의 남자를 만나 귀부인이 될 수도 있는 것이다.

그녀는 자신이 실은 온갖 섬세함과 화려함을 위해 태어난 여자라는 생각에 시도 때도 없이 마음이 괴로웠다. 누추한 집과 빈약한 벽, 낡은 의자와 더러운 카펫이 늘 그녀를 힘들게 했다. 비슷한 처지의 다른 여자라면 마음에도 두지 않을 일들에 매번 괴로워하고 화를 내는 것이었다. 브르타뉴 출신의 하녀가 보잘것없는 가구를 손질하는 것을 볼 때면 마음속에 서글픈 미련과 격렬한 꿈이 되살아나곤 했다. 그녀는 동양풍의 벽지에 높은 청동 촛대가 빛을 비추고 있고, 반바지 차림의 하인 두 명이 난방장치의 무거운 열기에 졸음을 느껴 커다란 안락의자에 앉아 잠들어 있는 조용한 대기실을 늘 꿈꾸었다. 또한 벽이 실크로 장식되어 있고 값을 매길 수 없는 골동품들이 놓인 고급 가구들이 있는 넓은 응접실과, 자신이 모든 여자들의 선망과 주목의 대상이 되어 친한 친구들 및 명망 있는 남자들과 함께 몇 시간이고 즐거운 이야기를 나눌 수 있도록 꾸며진 분위기 좋고 향기로운 자그마한 살롱을 꿈꾸었다.

저녁 식사를 하기 위해 사흘째 빨지 못한 식탁보가 덮인 둥근 식탁 앞에 앉았을 때 맞은편의 남편이 수프 그릇 뚜껑을 열면서 "아, 맛있는 포토푀*로군! 이거보다 더 좋은 건 없지……"라고 기쁜 목소리로 외칠 때면, 호화롭게 차린 만찬, 번쩍이는 은식기들, 요정들의 숲을 배경으로 고대의 인물들과 이국의 새들을 수놓은 장식 융단을 떠올렸다. 멋진 그릇에 담겨 나오는 맛 좋은 요리, 잉어의 분홍빛 살이나 맛있는 들꿩 고기를 먹으며 스핑크스의 미소와 함께 우아하게 오가는 대화를 상상했다.

---

*고기와 야채를 끓여 만든 스튜.

그녀에게는 좋은 옷이나 보석이 전혀 없었다. 그런데도 그녀는 그런 것만 좋아했다. 가끔씩 자신은 그런 것을 위해 태어났다고 스스로 느낄 정도였다. 그 정도로 그녀는 향락을 좋아했고, 선망의 대상이 되고 싶었고, 남자들의 주목을 받고 싶었다.

그녀에게는 수녀원 학교 동창인 부자 친구가 한 명 있었다. 하지만 이제는 그 친구를 만나려고 하지 않았다. 그 친구를 만나는 것은 그녀에게 괴로운 일이었기 때문이다. 어쩌다 그 친구를 만나고 오는 날이면 서글픔과 미련, 절망과 비관으로 며칠 동안 눈물을 흘렸다.

어느 날 저녁, 그녀의 남편이 손에 큰 봉투를 하나 들고 의기양양한 얼굴로 돌아왔다.

그가 말했다. "자, 당신을 위해서 가져온 거요."

그녀는 재빨리 봉투를 찢고 글씨가 인쇄된 초대장을 꺼냈다. 초대장에는 이런 말이 적혀 있었다.

'1월 18일 월요일 저녁 교육부 장관 조르주 랑포노 부부가 장관 관저에서 파티를 개최하오니 루아젤 부부께서는 참석해 주시기 바랍니다.'

그런데 그녀는 남편이 기대했던 것처럼 기뻐하지 않고, 오히려 화가 난 듯 초대장을 식탁 위에 올려놓으며 중얼거렸다.

"이걸 나더러 어쩌란 말이에요?"

"아니 여보, 나는 당신이 기뻐할 줄 알았는데! 당신은 제대로 된 외출 한 번 한 적이 없으니 이번이 좋은 기회잖소! 이 초대장을 얻으라 무척 힘들었소. 모두들 초대장을 얻으려고 했소. 그래서 경쟁이 몹시 치열했지. 사무원들에게는 몇 장 주지도 않았소. 그날 파티에서 고위직 인사들을 많이 볼 수 있을 거요."

그녀는 화난 눈으로 남편을 쳐다보더니, 신경질적인 어조로 말했다.

"그러니까 거기에 무슨 옷을 걸치고 가라는 말이에요?"

남편은 그런 생각은 하지 못했기 때문에 더듬더듬 말했다.

"당신이 극장에 갈 때 입는 옷 있잖소. 내가 보기에는 당신한테 아주 잘 어울리던데……"

다음 순간 그는 아내가 눈물을 흘리는 것을 보고는 놀라고 얼이 빠져서 입을 다물고 말았다. 두 줄기 굵은 눈물이 그녀의 눈가에서 입가로 천천히 흘러내리고 있었다. 그는 어쩔 줄 몰라 하며 물었다.

"당신 왜 그래, 응? 왜 그러는 거야?"

그러자 그녀는 애써서 간신히 마음을 가라앉힌 뒤, 눈물에 젖은 뺨을 닦으며 조용한 목소리로 대답했다.

"아무것도 아니에요. 그저 입고 갈 옷이 없으니 이 파티에 갈 수 없을 뿐이에요. 초대장은 나보다 좋은 옷이 많은 부인을 둔 당신 동료들에게 주세요."

그는 미안한 마음이 들어서 다시 말했다.

"이봐요, 마틸드. 적당한 옷 한 벌 맞추는 데 얼마나 드오? 다른 용도로도 입을 수 있고, 수수한 것으로 말이오."

그녀는 잠시 생각에 잠겼다. 값을 계산해 보기도 하고, 얼마 정도로 말해야 남편이 단칼에 거절하거나 놀라서 비명을 지르지 않을지 생각해 보기도 했다.

마침내 그녀가 망설이면서 대답했다.

"확실히는 모르겠어요. 하지만 400프랑이면 되지 않을까 싶어요."

그의 얼굴이 조금 창백해졌다. 돌아오는 여름에 일요일이면 종달새 사냥을 하는 친구들과 함께 낭테르 평원으로 사냥을 가기로 되어 있었고,

그래서 엽총을 사기 위해 딱 400프랑을 저축해 두었기 때문이다.

하지만 그는 이렇게 말했다.

"좋아요. 400프랑을 줄 테니 좋은 옷을 사도록 해요."

파티 날이 다가오고 있었다. 옷은 준비가 되었지만 루아젤 부인은 슬프고, 걱정이 있는 듯하고, 불안해 보였다. 어느 날 저녁 남편이 그녀에게 물었다.

"무슨 일이 있소? 며칠 전부터 당신 표정이 이상한데."

그러자 그녀가 대답했다.

"저는 보석도, 패물도, 몸에 장식할 것이라고는 아무것도 없으니 고민스러워서 그래요. 그런 모습으로 파티에 가면 얼마나 초라해 보이겠어요. 그럴 바에는 파티에 가지 않는 게 낫겠어요."

남편이 다시 말했다.

"그럼 생화를 달고 가면 어떻겠소. 요즘에는 그게 아주 멋있어 보이던데. 10프랑이면 예쁜 장미꽃 두세 송이는 살 수 있을 거요."

그러나 그녀는 꿈쩍도 하지 않았다.

"싫어요…… 돈 많은 여자들 틈에서 가난해 보이는 것처럼 모욕적인 일이 또 어디 있겠어요?"

그러자 남편이 큰 소리로 외쳤다.

"당신 정말 바보로군! 당신 친구 포레스티에 부인을 찾아가 보석을 좀 빌려 달라고 부탁해 보구려. 그런 부탁쯤은 해도 되는 사이 아니오."

그 말을 듣고 그녀는 기뻐서 큰 소리로 대꾸했다.

"정말 그렇네요. 그 생각을 미처 못 했어요."

다음 날, 그녀는 친구를 찾아가 자신의 딱한 사정을 이야기했다.

포레스티에 부인은 거울이 달린 옷장 앞으로 가더니, 큰 상자 하나를 가져와서 열어 보이고는 루아젤 부인에게 말했다.

"자, 골라 봐."

그녀는 우선 반지 몇 개를 보았다. 그다음에는 진주 목걸이, 그 뒤에는 베네치아산 십자가, 정교한 솜씨로 만든 금과 보석들을 보았다. 그녀는 거울 앞에서 그것들을 몸에 걸쳐 보았지만, 다시 벗어 놓지도 돌려주지도 못한 채 결정을 하지 못했다. 그녀는 이렇게 물었다.

"다른 건 더 없어?"

"더 있지. 골라 봐. 어느 것이 네 마음에 들지 알 수가 없으니 말이야."

순간 그녀는 검은 새틴으로 둘러싼 상자 속에 눈부신 다이아몬드 목걸이가 들어 있는 것을 발견했다. 그녀의 가슴이 걷잡을 수 없는 욕망으로 마구 뛰기 시작했다. 그녀는 떨리는 손으로 그것을 들어 올렸다. 그것을 목에 걸고는 자기 모습 앞에서 스스로 황홀해했다.

이윽고 그녀는 불안에 가득 차 망설이며 물었다.

"이걸 빌려 줄 수 있겠니? 다른 것은 됐고."

"응, 좋아. 그렇게 해."

그녀는 친구의 목을 얼싸안으며 격하게 입맞춤을 하고는 그 보석을 들고 들뜬 마음으로 돌아왔다.

드디어 파티 날이 되었다. 루아젤 부인은 성공을 거두었다. 그녀는 누구보다도 아름답고 우아하고 매력 있었으며, 기쁨에 도취되어 미소 짓고 있었다. 모든 남자들이 그녀를 바라보았고, 이름을 물었으며, 소개받기를 원했다. 모든 직원들이 그녀와 춤추고 싶어 했다. 장관도 그녀에게 주목했다.

그녀는 흥분 속에서 도취해 춤을 추었다. 자신의 아름다움에 의기양양해지고, 엄청난 행복감과 성공이 가져다주는 영광, 모든 사람들이 바치는 경의와 찬미에 둘러싸여 욕망이 한껏 되살아났다. 여자들의 마음을 달콤하고 완벽하게 채워 주는 승리감에 취해 아무것도 생각하지 못했다.

그녀는 새벽 4시경에야 무도회장을 나섰다. 남편은 인적 없는 작은 응접실에서 다른 세 명의 친구와 함께 자정부터 잠들어 있었고, 그들의 부인들은 무척 재미있게 시간을 보내고 있었다.

남편이 나갈 때를 대비해 평소에 입던 검소한 겉옷을 아내의 어깨에다 걸쳐 주었다. 화려한 파티복과는 너무나 대조를 이루는 초라한 옷이었다. 그것을 느끼자 그녀는 값비싼 모피 옷으로 몸을 감싼 다른 여자들의 눈에 띄지 않으려고 몸을 피하려 했다.

루아젤 씨가 그녀를 만류했다.

"그러면 조금만 기다려요. 이대로 밖에 나가면 감기가 들 거야. 내가 가서 마차를 불러오리다."

그러나 그녀는 남편의 말을 귀담아듣지 않고 급히 층계를 내려갔다. 그들이 거리에 나섰을 때 마차는 한 대도 보이지 않았다. 멀리 지나가는 마차를 소리쳐 불러 잡으려고 했지만 소용없었다.

그들은 실망한 채 몸을 떨며 센 강 쪽으로 걸어갔다. 마침내 그들은 강변에서 밤에만 파리 시내를 다니는 낡고 볼품없는 마차 한 대를 발견했다. 낮에는 초라한 꼴을 보이기가 부끄럽다는 듯 밤에만 다니는 마차였다.

마차가 마르티르 가에 있는 그들의 집 문 앞에 그들을 데려다 주었고, 그들은 서글픈 마음으로 계단을 올라갔다. 그녀에게는 모든 것이 끝난 셈이었다. 루아젤 씨는 10시까지 사무실에 출근해야겠다고 생각하고 있었다.

그녀는 자신의 화려한 모습을 한 번 더 보려고 거울 앞으로 가서 어깨에 걸치고 있던 겉옷을 벗었다. 순간 그녀는 비명을 질렀다. 목에 걸려 있던 목걸이가 사라지고 없었던 것이다!

벌써 옷을 반쯤 벗은 남편이 물었다.

"무슨 일이오?"

그녀는 얼이 빠져서 남편을 돌아보았다.

"그게…… 그게…… 포레스티에 부인의 목걸이가 없어졌어요."

남편 역시 얼이 빠져서 벌떡 몸을 일으켰다.

"뭐라고! ……세상에! ……그럴 리가 있나!"

그들은 옷자락, 외투 자락, 호주머니 속 등 곳곳을 샅샅이 뒤져 보았다. 그러나 목걸이를 찾지 못했다.

남편이 물었다.

"무도회에서 나올 때 있었던 것은 확실하오?"

"네, 장관님 댁 현관에서 손으로 만져 봤어요."

"하지만 길에서 떨어뜨렸다면 소리가 났을 텐데. 아무래도 마차 안에 떨어뜨린 것 같소."

"네, 그런 것 같아요. 당신 마차 번호 기억나요?"

"아니. 당신은, 당신은 번호를 보았소?"

"아니요."

그들은 큰 충격을 받고 서로를 바라보았다. 결국 루아젤이 다시 옷을 입었다.

"혹시 목걸이를 발견할지도 모르니, 내가 가서 우리가 온 길을 되짚어 봐야겠소."

그러고는 밖으로 나갔다. 그녀는 파티복을 그대로 입은 채 자리에 누울 힘도 없이, 불도 피우지 않고 멍하니 의자에 앉아 있었다.

남편은 7시경에 돌아왔다. 목걸이는 찾지 못했다.

그는 현상금을 걸기 위해 경찰서, 신문사에 갔고, 마차 회사에도 찾아갔다. 찾을 가능성이 조금이라도 있는 곳은 모조리 찾아가 보았다.

그녀는 이 끔찍한 재앙 앞에서 질겁한 채 하루 종일 남편을 기다렸다.

루아젤은 저녁마다 움푹 패고 파리해진 얼굴로 돌아왔다. 아무런 단서도 찾아내지 못한 것이다.

"목걸이 고리가 부러져서 수선을 한다고 당신 친구에게 편지를 써야겠소. 그러면 돌려주기까지 시간 여유가 생길 것 아니오." 그가 말했다.

그녀는 남편이 부르는 대로 편지를 받아썼다.

일주일이 지나자, 모든 희망을 잃어버렸다.

5년은 늙어 버린 루아젤이 선언했다.

"똑같은 목걸이를 구해 돌려주는 수밖에 없지."

다음 날 그들은 목걸이가 들어 있던 상자를 가지고 상자 속에 적힌 상점을 찾아갔다. 보석상은 장부를 들춰 보고는 말했다.

"그 목걸이는 우리 가게 것이 아닙니다, 부인. 우리 가게에서는 상자만 제공해 드린 것 같군요."

그래서 그들은 똑같은 목걸이를 찾으려고 기억을 더듬어 가며 이 가게 저 가게를 돌아다녔다. 두 사람 다 슬픔과 불안 때문에 아픈 사람처럼 보였다.

마침내 그들은 팔레 루아얄의 어느 보석상에서 찾고 있던 것과 똑같아 보이는 다이아몬드 목걸이를 찾아냈다. 값은 4만 프랑이었다. 보석상 주인은 3만 6천 프랑까지 해주겠다고 했다.

부부는 보석상에게 사흘 뒤까지는 다른 사람에게 팔지 말아 달라고 사정했다. 그리고 혹시라도 2월 말 안으로 잃어버린 목걸이를 되찾게 된 다면 3만 4천 프랑에 되파는 조건으로 계약을 했다.

루아젤에게는 아버지에게서 물려받은 1만 8천 프랑의 유산이 있었다. 나머지는 빚을 내기로 했다.

그는 이 사람에게서 1천 프랑, 저 사람에게서 500프랑, 이곳에서 5루이, 저곳에서 3루이 하는 식으로 닥치는 대로 빚을 얻었다. 증서를 쓰고, 전 재산을 저당 잡히고, 고리대금은 물론 질이 좋지 않은 사채업자와도 거래를 했다. 돈을 빌리기 위해 인생의 모든 목표를 위태롭게 했으며, 확실히 갚을 수 있을지도 모르면서 차용증에 서명을 했다. 장차 닥쳐올 불행에 대한 걱정과 곧 다가올 비참한 검은 그림자, 앞으로 겪게 될 온갖 물질적 어려움과 정신적인 괴로움에 대한 생각에 몸을 떨면서 보석상 카운터 위에 3만 6천 프랑을 올려놓았다.

마침내 루아젤 부인이 목걸이를 가지고 찾아가자, 포레스티에 부인은 얼굴을 조금 찡그리며 말했다.

"좀 더 빨리 갖다 줬어야지…… 내가 쓸 일이 생겼을 수도 있잖아."

하지만 포레스티에 부인은 상자를 열어 보지도 않았다. 루아젤 부인은 친구가 상자를 열어 볼까 봐 조마조마했다. 물건이 바뀐 것을 알면 친구가 어떻게 생각할까? 뭐라고 할까? 나를 도둑으로 여기지는 않을까?

얼마 지나지 않아 루아젤 부인은 가난한 생활이 얼마나 끔찍한지를 깨달았다. 그래서 그녀는 결연한 태도로 결심을 했다. 그 무시무시한 빚을 어떻게 해서든지 갚아야 했다. 그녀가 갚을 것이다. 그들은 하녀를 내보냈고, 집도 이사했다. 지붕 밑 방을 새로 얻었다.

그녀는 집안일이 얼마나 고된지, 부엌일이 얼마나 손이 많이 가는지 알게 되었다. 그녀는 사기그릇과 냄비 바닥에 장밋빛 손톱을 망가뜨리며 설거지를 했다. 더러운 행주, 셔츠, 걸레를 빨아서 줄에 널었다. 매일 아침 쓰레기를 들고 거리로 내려갔다. 물을 길어 오느라 층계마다 쉬면서 숨을 헐떡여야 했다. 같은 처지의 여느 부인들처럼 팔에 장바구니를 끼고 채소 가게나 식료품점, 정육점을 드나들며 값을 깎다가 욕까지 먹으면서 힘들게 한 푼 한 푼 저축했다.

매달 꼬박꼬박 빚을 갚아야 했다. 돈이 모자라면 차용증을 다시 쓰면서 시간을 벌었다.

남편도 열심히 일했다. 저녁이면 상인들의 장부를 정리해 주고, 밤에는 장당 5수씩 받고 서류 작성을 하기도 했다.

이런 생활이 10년 동안 이어졌다.

10년이 지나자 마침내 빚을 다 갚았다. 고리대금 이자와 쌓이고 쌓인 이자까지도 모두 갚았다.

이제 루아젤 부인은 많이 늙어 보였다. 때로는 강하고 단단하고 때로는 거친, 가난한 집 주부가 되어 있었다. 머리는 아무렇게나 빗어 넘기고, 치마는 비스듬히 걸쳐 입었으며, 손은 빨갛게 텄다. 큰 목소리로 말을 했고, 물을 첨벙거리며 마룻바닥을 닦았다. 하지만 남편이 출근하고 나면 이따금 창가에 앉아 옛날의 그 파티, 자신이 너무나 아름다웠고 그토록 찬미받았던 그 밤을 떠올렸다.

그 목걸이를 잃어버리지 않았다면 어떻게 되었을까? 누가 알겠는가? 인생이란 참 기묘하고 변화무쌍하다! 아무것도 아닌 일이 사람을 파멸시키기도 하고 구원하기도 하니 말이다!

　어느 일요일, 그녀는 일주일간 고된 일로 쌓인 피로를 풀기 위해 샹젤리제를 한 바퀴 돌고 돌아가는 길에 어린아이를 데리고 산책하는 한 부인을 우연히 발견했다. 포레스티에 부인이었다. 그녀는 여전히 젊고, 아름답고 매력 있었다.

　루아젤 부인은 감정이 복받치는 것을 느꼈다. 가서 말을 걸까? 그래, 그러자. 이제 빚을 다 갚았으니 그녀에게 다 말하자. 못 할 이유가 무엇인가?

　그녀는 가까이 다가가 말을 걸었다.

　"오랜만이야, 잔!"

　그러나 포레스티에 부인은 그녀를 전혀 알아보지 못했고, 그런 부르주아 여자가 자기를 친근하게 부르는 것에 놀라 중얼거렸다.

　"하지만 부인…… 저는 당신을 모르겠는데요…… 사람을 잘못 보신 것 같아요."

　"아니야. 나 마틸드 루아젤이야."

　그녀의 친구가 외마디 소리를 내뱉었다.

　"오! 가여운 마틸드…… 너 많이 변했구나!"

　"그래, 고생 참 많이 했어. 우리가 마지막으로 만난 후로. 고달픈 일이 참 많았지…… 그런데 그게 다 너 때문이었어!"

　"나 때문이었다니…… 왜?"

　"내가 장관 댁 파티에 가려고 너에게 빌렸던 그 다이아몬드 목걸이 기억나?"

　"응, 그런데 그게 왜?"

"그때 그걸 잃어버렸거든."

"뭐라고? 네가 나한테 돌려줬잖아!"

"내가 돌려준 목걸이는 똑같지만 다른 물건이었어. 그걸 산 돈을 갚는 데 10년이 걸렸지. 빈털터리였던 우리에게 그게 쉽지 않은 일이었다는 건 너도 짐작할 수 있을 거야…… 하지만 이제 다 해결되었어. 그래서 마음이 아주 가뿐해."

포레스티에 부인이 걸음을 멈추었다.

"그러니까 내 것 대신 다른 다이아몬드 목걸이를 사 왔단 말이야?"

"그래. 아직까지 몰랐구나, 응? 하긴, 모양이 정말 똑같았으니까."

그녀는 자랑스러우면서도 순박해 보이는 기쁨의 미소를 지었다.

포레스티에 부인이 감정이 격해져서 친구의 두 손을 붙잡았다.

"오! 가여운 마틸드! 내 목걸이는 가짜였어. 기껏해야 500프랑밖에 나가지 않는!"

소바주 아주머니
La Mère Sauvage

조르주 푸셰에게

1

나는 15년 전부터 비를로뉴에 간 적이 없다. 올해 가을에야 사냥을 하러 친구 세르발의 집을 방문했다. 그 친구가 프로이센군이 파괴했던 성관城館을 마침내 새로 지었던 것이다.

나는 그 고장을 무척이나 좋아했다. 세상에는 시각적으로 기분 좋고 관능적인 매력을 지닌 곳들이 있다. 사람들은 그런 곳을 감각적인 애정으로 사랑한다. 지상의 풍광에 매혹되는 우리 같은 사람들은 종종 자신을 감동시킨 샘, 숲, 연못, 언덕에 대한 행복한 추억들을 간직한다. 화창한 날이면 이따금 단 한 번 본 숲의 한적한 구석이나 벼랑 끝, 또는 꽃가루 흩날리던 과수원을 머릿속에 떠올리기도 한다. 그것들은 어느 봄날 아침에 거리에서 만난 얇고 투명한 옷차림의 여인들이 우리의 마음과 육체에 진정되지 않고 잊히지 않는 욕망과 스쳐 가는 행복의 느낌을 남겨 놓듯이, 우리의 마음속에 남는다.

나는 키 작은 나무들이 자라고 개울이 핏줄처럼 대지 위를 가로질러 땅속으로 흐르는 비를로뉴의 모든 들판을 사랑했다. 사람들은 개울 속에서 가재, 송어, 뱀장어들을 낚아 올렸다! 얼마나 숭고한 행복인가! 이곳저곳에서 미역을 감을 수도 있고, 가느다랗게 물이 흐르는 개울 기슭에 돋아난 긴 수풀 속에서는 이따금 도요새가 보이도 했다.

나는 내 앞에서 숲을 뒤지는 개 두 마리를 바라보면서 염소처럼 경쾌하게 걸어갔다. 내 오른쪽 100미터쯤 되는 곳에서는 세르발이 개자리밭을 휘젓고 있었다. 소드르 숲의 경계를 이루는 덤불을 돌아가자 폐허가 된 초가집 한 채가 보였다.

갑자기 1869년에 마지막으로 보았던 그 집이 기억 속에 떠올랐다. 그때는 무척 깨끗하고 포도덩굴에 덮여 있었으며, 문 앞에는 암탉들이 있었다. 황폐하고 음산하게 뼈대만 남은 채 쓰러져 가는 집보다 더 서글픈 것이 있을까?

나는 몹시 피곤하던 어느 날, 한 착한 부인이 그 초가집 안에서 포도주 한 잔을 마시게 해주었던 일과 그때 세르발이 그 집 사람들에 대해 해주었던 이야기가 생각났다. 밀렵꾼이었던 그 집 아버지는 헌병들에게 사살되었고, 전에 한 번 본 적이 있는, 키 크고 마른 그 집 아들 역시 굉장한 사냥꾼으로 인정받고 있었다. 사람들은 그들을 '소바주'*라고 불렀다.

그것은 이름이었을까, 별명이었을까?

나는 세르발을 소리쳐 불렀다. 그러자 그는 가늘고 긴 다리로 성큼성큼 걸어 나에게 다가왔다.

나는 그에게 물었다.

"저 집 사람들은 어떻게 되었어?"

그러자 그가 나에게 뜻밖의 이야기를 들려주었다.

2

전쟁이 일어났을 때, 당시 서른세 살이었던 아들 소바주는 집에 어머니만 남겨 둔 채 자원입대했다. 사람들은 소바주 아주머니에게 돈이 있다는 것을 알고 있었기에 그녀를 그다지 불쌍하게 여기지는 않았다.

그녀는 마을에서 멀리 떨어진 숲 기슭에 외따로 서 있는 그 집에 혼자 남았다. 그녀 역시 집의 남자들과 똑같은 기질을 갖고 있어서 무서워하지 않았다. 그녀는 키가 크고 몸이 야위고 성미가 사나운 할머니로, 웃는 일이 별로 없었고 사람들 역시 그녀와 별로 농담을 주고받지 않았다. 하긴 시골 여자들은 거의 웃지 않는다. 그것은 남자들이 할 일인 것이다! 단조롭고 답답한 생활을 하기 때문에 여자들은 음울하고 좁은 마음을 지니고 있다. 남자들은 술집에서 술을 마시며 떠들썩한 즐거움을 어느 정도 누리지만, 여자들은 하나같이 딱딱하고 진지한 표정으로 집 안에서 지낸다. 그녀들의 얼굴 근육은 웃는 동작을 전혀 배우지 못

*야만인이라는 뜻.

하는 것이다.

소바주 아주머니는 자신의 초가집에서 평소와 다름없는 생활을 계속했고, 그 집은 얼마 가지 않아 눈에 덮여 버렸다. 그녀는 일주일에 한 번 약간의 빵과 고기를 사기 위해 마을에 갔다가 초가집으로 돌아오곤 했다. 늑대가 출몰한다는 소문 때문에, 그녀는 등에 총을 메고 외출했다. 아들의 총으로, 녹이 슬고 개머리판이 손의 마찰 때문에 닳아 빠져 있었다. 키가 큰 소바주 아주머니가 아무도 본 적 없는 하얗게 센 머리카락을 머리에 꼭 맞는 모자 안에 욱여넣은 채 총신이 튀어나온 허리를 조금 숙이고 눈 때문에 느릿느릿 걷는 모습은 기묘하게 보였다.

어느 날 프로이센군이 도착했다. 그들은 재산과 재력에 따라 각각의 주민들에게 적절히 배정되었다. 소바주 아주머니는 부자로 알려져 있어서 프로이센군 네 명을 할당받았다.

그들은 금색 피부에 금색 수염을 기른 뚱뚱한 네 젊은이였다. 파란 눈은 그때껏 겪어 온 심한 피로에도 불구하고 윤기가 돌았다. 정복 국가 출신이지만 선량한 젊은이들이었다. 그들은 이 나이 든 아주머니가 혼자 살고 있다는 걸 알고 많은 친절을 베풀었다. 힘닿는 대로 그녀의 고된 일을 도와주고 비용도 절약하게 해주었다. 아침이면 네 청년이 우물가에서 셔츠 소매를 적시며 세수하는 모습이 보였다. 눈이 많이 내린 날에는 북쪽 나라 출신다운 희고 분홍빛 도는 피부를 물에 흠뻑 적시기도 했다. 그러는 동안 소바주 아주머니는 왔다 갔다 하면서 수프를 준비했다. 그들은 부엌을 깨끗이 청소하고, 유리창을 닦고, 나무를 패고, 감자 껍질을 벗기고, 속옷을 빨면서 어머니를 모시는 착한 네 아들처럼 모든 집안일을 도와주었다.

하지만 그녀는 아들을, 키가 크고 야위었으며 매부리코에 갈색 눈을 한, 그리고 입술 위에 짙은 콧수염이 있는 자기 아들을 끊임없이 생각했다. 그래서 자기 집에 자리 잡은 프로이센 병사 한 사람 한 사람에게 매일 이렇게 물었다.

"프랑스 보병 23연대가 어디로 갔는지 아시오? 내 아들이 거기에 있는데."

그러면 그들은 이렇게 대답했다. "아니요, 몰라요. 전혀 몰라요." 그들도 고향에 어머니가 있기에 그녀의 고통과 염려를 이해하면서 소소한 일들을 살펴 주었다. 그녀도 그들을, 네 명의 적군을 매우 좋아했다. 농부들은 애국심에서 나온 증오 같은 것은 별로 가지고 있지 않기 때문이다. 그런 것은 지배계급의 전유물이다. 비천한 사람들은 가난한 데다 온갖 새로운 의무들에 짓눌리기 때문에 가장 큰 희생을 당하며, 수가 많기 때문에 대포에 몸을 내놓고 떼죽음을 당한다. 또한 가장 약하고 잘 저항하지 않기 때문에 잔인한 전쟁의 비극을 가장 처참하게 겪어야 한다. 그들은 호전적인 열정이나 명예와 관련된 흥분하기 쉬운 일들 혹은 패전국과 똑같이 승전국도 여섯 달이면 지쳐 버리는, 소위 정치적 책략 같은 것을 거의 이해하지 못한다.

그 고장 사람들은 소바주 아주머니 집에 있는 독일인들에 대해 이렇게 이야기했다.

"그 네 사람은 좋은 거처를 구했어."

그러던 어느 날 아침, 소바주 아주머니가 집에 혼자 있는데 멀리 벌판에서 그녀의 집 쪽으로 한 남자가 오는 것이 보였다. 편지를 배달하는 집배원이었다. 그는 그녀에게 접은 종이 한 장을 건네주었다. 그녀는 바느질할 때 쓰는 안경을 안경집에서 꺼낸 뒤 그것을 읽었다.

소바주 부인, 부인에게 슬픈 소식을 전하게 되었습니다. 부인의 아들 빅토르는 어제 포탄에 맞아 전사했습니다. 포탄이 그를 두 동강 냈지요. 저는 그와 아주 가까운 곳에 있었습니다. 중대에서 함께 지냈거든요. 그는 만일 자기에게 불행한 일이 생기면 꼭 어머니에게 알려 달라고 부탁했습니다.

저는 전쟁이 끝나면 부인께 전해 드리려고 빅토르의 주머니 속에 들어 있던 시계를 맡아 가지고 있습니다.

그럼 안녕히 계십시오.

보병 제23연대 이등병 세제르 리보

편지에는 3주 전의 날짜가 적혀 있었다.

그녀는 눈물 한 방울 흘리지 않았다. 넋이 나간 듯 가만히 앉아 있기만 했다. 너무나 놀라고 얼이 빠져서 고통조차 느낄 수가 없었다. 그녀는 생각했다. '이제 빅토르가 죽고 없단 말이지.' 그러자 눈에 눈물이 조금씩 차올랐고, 고통이 가슴속으로 격렬하게 밀려들었다. 끔찍하고 고통스러운 생각들이 하나하나 머릿속에 떠올랐다. 이제 다시는 자식을, 어른이 다 된 자식을 끌어안을 수 없는 것이다! 헌병들은 남편을 죽였고, 프로이센 군인들은 아들을 죽였다. 아들은 포탄에 맞아 몸이 두 동강 났다. 그것이, 그 소름 끼치는 장면이 눈앞에 보이는 듯했다. 아들이 눈을 부릅뜬 채 고개를 떨구고 화를 낼 때처럼 무성한 콧수염 끝을 깨물고 있는 모습이.

죽은 다음 시신은 어떻게 했을까? 이마 한가운데에 총알이 박힌 남편을 헌병들이 돌려준 것처럼 그녀의 자식을 돌려주기만 한다면!

그때 그녀의 귀에 사람 목소리가 들렸다. 마을에서 돌아오는 프로이센 군인들의 소리였다. 그녀는 편지를 얼른 주머니 속에 감추었다. 그리고 눈가의 눈물을 닦고 보통 때와 똑같은 얼굴로 조용히 그들을 맞이했다.

네 병사는 모두 기쁜 듯이 웃고 있었다. 훔친 것이 틀림없는 예쁜 토끼 한 마리를 가져왔기 때문이다. 그들은 맛있는 것을 먹게 될 거라고 노파에게 손짓했다.

그녀는 점심 식사를 위해 요리를 시작했다. 토끼를 죽여야 할 때가 왔을 때 마음이 불편했다. 하지만 이런 일이 처음도 아니지 않은가! 병사 한 명이 토끼의 귀 뒤쪽을 한 대 갈겨 죽여 버렸다.

일단 토끼가 죽자, 그녀는 토끼의 가죽을 벗겨 붉은 살을 끄집어냈다. 그러나 자신의 손에 잔뜩 묻은 선명한 피를 보자, 그 미지근한 피가 식어서 엉기는 것을 느끼자, 머리에서 발끝까지 전율이 일었다. 시뻘건 피투성이가 된 채 아직도 맥박이 뛰고 있는 그 짐승처럼 두 동강 났을 아들의 모습이 눈앞에 보이는 것만 같았다.

그녀는 프로이센 병사들과 함께 식탁에 앉았다. 그러나 단 한 입도 먹을 수가 없었다. 그들은 그녀는 아랑곳하지 않고 토끼고기를 게걸스럽게 먹어 댔고, 그녀는 무언가를 궁리하며 말없이 그들을 곁눈질로 바라보았다. 그녀가 너무 태연한 표정이어서 그들은 아무것도 눈치채지 못했다.

갑자기 그녀가 물었다. "그러고 보니 자네들 이름조차 모르고 있네. 우리가 함께 지낸 지가 한 달이나 되었는데 말이야." 그러자 그들은 그녀가 원하는 것이 무엇인지 간신히 이해하고 자기들의 이름을 알려 주었다. 그것으로도 충분하지 않아서 그녀는 종이에 그들의 집 주소를 쓰게 했다. 그런 다음 커다란 코에 안경을 걸치고 알 수 없는 그 글자들을 들여다보았다. 잠시 후 그녀는 종이를 접어 호주머니 속에 넣었다. 그 호주머니 속에는 아들의 죽음을 알려 준 종이쪽지가 들어 있었다.

식사가 끝나자 그녀가 그들에게 말했다.

"나는 자네들을 위해 일을 하러 가겠네."

그러고는 그들이 자는 다락방에 건초를 올려다 놓기 시작했다.

그 모습을 보고 그들이 놀라자, 그녀는 그들이 춥지 않게 하려고 그런다고 설명했다. 그들은 그녀를 도왔다. 푹신한 짚단을 초가지붕에 닿도록 쌓아 올렸다. 그렇게 벽 네 개가 있는 따뜻하고 향기롭고 넓은 방 하나를 만들었다. 거기에서는 잠이 아주 잘 올 것 같았다.

저녁 식사 때 그들 중 한 사람이 그녀가 전혀 먹지 않는 것을 보고 걱정했다. 그러자 그녀는 위경련이 나서 그런다고 잘라 말했다. 잠시 후 그녀는 집을 덥히려고 불을 넉넉히 지폈다. 독일인 네 사람은 매일 밤 이용해 온 사다리를 타고 그들의 거처로 올라갔다.

다락방의 문이 닫히자마자, 노파는 사다리를 치워 버렸다. 그런 다음 소리 없이 바깥의 문을 열고 짚단을 가지고 와서 부엌을 가득 채웠다. 맨발로 눈 위를 너무나 조심스럽게 걸었기 때문에 아무 소리도 들리지 않았다. 이따금 그녀는 잠든 네 병사가 내는, 고르지 않게 울려 퍼지는 코 고는 소리에 귀를 기울였다.

충분히 준비가 되었다고 판단되자, 그녀는 짚 한 단을 화덕에 던져 넣었다. 짚단이 바싹 말라 있어서 금세 불이 붙었다. 그녀는 그것을 다른 짚단 위에 흩어 놓고 밖으로 나와 집을 바라보았다.

순식간에 맹렬한 불빛이 초가집의 내부를 비추었다. 잠시 후 초가집은 벌겋게 단 숯불이 되었고, 타오르는 거대한 화덕이 되었다. 번쩍이는 불빛이 좁은 창문 밖으로 새어 나와 새하얀 눈 위에 한 줄기 선명한 빛을 던졌다.

잠시 후, 커다란 비명 소리가 집 꼭대기에서 들려왔다. 이어서 시끄럽게 울부짖는 소리와 불안과 공포로 비통하게 고함치는 소리가 들렸다. 뚜껑문이 집 안쪽에서 무너졌고 불의 소용돌이가 다락방으로 치솟아 초가지붕을 뚫고 거대한 화염처럼 하늘로 올라갔다. 이내 초가집 전체가 불꽃을 피워 올리며 활활 타올랐다.

이제 집 안에서는 타닥거리며 불이 타오르는 소리, 삐걱거리는 소리, 대들보가 무너지는 소리 말고는 아무 소리도 들리지 않았다. 갑자기 지붕이 무너졌고, 타오르는 집의 뼈대는 공중으로, 구름 같은 연기 한가운데로 깃털 장식 같은 커다란 불티를 던지고 있었다.

불빛으로 환해진 하얀 들판이 붉은빛을 띤 은빛 상보처럼 빛났다.

멀리서 종이 울리기 시작했다.

소바주 아주머니는 프로이센 병사가 한 명이라도 빠져나올까 봐, 아들의 총을 든 채 허물어져 가는 자기 집 앞에 그대로 서 있었다.

모든 것이 끝났다는 것을 알게 되자, 그녀는 손에 든 총을 벌겋게 단 숯불에 던졌다. 요란한 포성이 울려 퍼졌다.

사람들이, 농부들과 프로이센 군인들이 왔다.

그들은 만족스러운 표정으로 나뭇둥걸 위에 조용히 앉아 있는 부인을 발견했다.

독일인 장교가 프랑스 젊은이처럼 프랑스어로 그녀에게 물었다.

"당신 집에 있던 군인들은 어디 있소?"

그녀는 사위어 가는 불그레한 잿더미 쪽으로 한쪽 팔을 내밀었다. 그러고는 큰 목소리로 대답했다.

"저 안에!"

사람들이 그녀 주위로 몰려들었다. 프로이센 장교가 물었다.

"어떻게 해서 불이 났지요?"

그녀가 말했다.

"내가 불을 질렀어요."

사람들은 그녀의 말을 믿지 않았다. 급작스럽게 재난을 당해 머리가 돌아 버린 거라고 생각했다. 사람들이 모두 그녀를 에워싸고 있었기 때문에, 그녀는 사건을 처음부터 끝까지 모두 이야기했다. 편지가 도착한 일부터 집과 함께 태운 사람들이 마지막 비명을 지른 일까지, 자기가 저지른 것, 느낀 것을 하나도 빼놓지 않고 세세하게 이야기했다.

이야기가 끝나자, 그녀는 호주머니에서 종이 두 장을 꺼냈다. 그리고 안경을 쓰고 마지막 불빛에 그것을 비추어 본 뒤 종이 한 장을 내보이며 말했다. "이것이 빅토르의 죽음을 알린 편지요." 그런 다음 다른 종이를 보여 주고는 붉게 타고 있는 집을 고갯짓으로 가리키며 덧붙였다. "이건 그 사람들의 이름이야. 그들 집에 편지로 알리려고 적어 놓았지." 그녀는 자신의 양어깨를 붙잡고 있는 장교에게 종이를 조용히 내밀었다. 그러고는 다시 말했다.

"그들에게 어떤 일이 일어났는지 편지하시오. 그리고 내가 그랬다고 그들의 부모에게 말해요. 소바주 부인, 빅투아르 시몽이 그랬다고요! 잊지 마요."

장교는 독일어로 크게 명령을 외쳤다. 군인들이 그녀를 붙잡아 아직 따스한 불기가 남아 있는 그녀의 집 벽에 밀어붙였다. 열두 명의 군인이 그녀 앞 20미터쯤 되는 곳에 재빨리 정렬했다. 그녀는 전혀 움직이지 않았다. 사태를 간파한 것이다. 그녀는 그저 기다리고 있었다.

명령이 울려 퍼졌고, 곧 긴 총성이 뒤따랐다. 다른 총성들이 들린 후 뒤늦은 한 방의 총소리가 다시 들렸다.

노파는 쓰러지지 않았다. 누군가가 다리를 걸어 넘어뜨린 것처럼 주저 앉았을 뿐이다.

프로이센 장교가 그녀에게 다가갔다. 그녀의 몸은 거의 두 동강이 나 있었다. 아직 경련이 이는 그녀의 손에 피가 흥건한 편지가 쥐어 있었다.

내 친구 세르발이 덧붙였다.

"그 보복으로 독일인들이 마을에 있는 내 성관을 파괴한 거야."

나는 그 초가집 안에서 타 죽은 네 명의 온순했던 젊은이의 어머니들을 생각했고, 그 벽에 몸을 기댄 채 총살당한 또 다른 어머니의 처참한 영웅적 행위에 대해 생각했다.

그리고 불 때문에 그때까지도 거무스름한 작은 돌 하나를 땅에서 주워 들었다.

행복

Le Bonheur

램프에 불을 밝히기 전 차 마시는 시간이었다. 별장은 바다를 굽어보고 있었다. 지는 해가 하늘을 온통 장밋빛으로 물들이고 금가루를 뿌린 듯 환히 빛나게 했다. 지중해는 잔물결 없이, 가벼운 흔들림도 없이, 사위어 가는 햇빛 아래에서 잔잔하게 반짝이고 있었다. 마치 윤기 나는 드넓은 금속판 같았다.

오른쪽 멀리에는 들쭉날쭉한 산봉우리들이 창백한 자줏빛 황혼 위에 검은 윤곽을 그리고 있었다.

사람들은 사랑에 대해 이야기했다. 그 오래된 주제에 관해 토론했다. 이미 자주 말했던 것들을 다시 이야기했다. 황혼이 가져다주는 감미로운 우울감 때문에 이야기들이 느리게 진행되었고, 사람들의 마음속에는 연민이 일렁였다. '사랑'이라는 단어가 끊임없이 등장했다. 때로는 남자의 힘 있는 목소리가 사랑을 말했고, 때로는 여자의 가볍고 낭랑한 목소리가 사랑을 말했다. 사랑이라는 단어가 작은 응접실을 가득 채웠고, 새처럼 이리저리 날아다녔고, 요정처럼 활공했다.

우리는 한 상대를 아주 오랫동안 사랑할 수 있을까요?

"그렇죠." 사람들이 주장했다.

"아니에요." 다른 사람들이 단언했다.

우리는 그런 경우들을 찾아내고, 그 예들을 이야기했다. 그러고는 남자와 여자 모두의 마음속에 아련한 추억이 불쑥 떠올랐지만, 그들은 입술까지 차오르는 그 추억을 차마 입 밖에 내지 못하고 감동에 젖기만 했다. 그 후 평범하고 설득력 있는 사랑에 대해서만, 깊은 감정과 열렬한 관심이 동반된 두 사람 간의 다정하고 수수께끼 같은 일치에 대해서만 이야기했다.

갑자기 누군가가 먼 곳을 응시하며 외쳤다.

"오! 저기 좀 보세요. 저게 뭐죠?"

바다 위 수평선 깊숙한 곳에 커다랗고 희미한 잿빛 덩어리가 솟아오르고 있었다.

여자들이 자리에서 일어나 지금껏 한 번도 보지 못한 그 놀라운 것이 대체 무엇인지 궁금해하며 그 모습을 바라보았다.

누군가가 말했다.

"저건 코르시카예요! 1년에 두세 번쯤 특별한 대기 조건에서 공기가 아주 맑을 때, 먼 곳을 늘 가리던 수증기와 안개가 예외적으로 시야를 가리지 않을 때, 저렇게 보이는 일이 있어요."

우리는 섬의 꼭대기 부분을 어렴풋하게 식별할 수 있었다. 그 꼭대기에 쌓인 눈이 보이는 것 같았다. 한 세계의 그 돌연한 출현에, 바다에서 튀어나온 그 유령 같은 모습에, 모두들 놀라고 동요하고 조금 겁에 질려 가만히 있었다. 콜럼버스처럼 미답의 대양을 향해 떠난 사람들은 아마도 그 기묘한 모습을 본 적이 있을 것이다.

그때, 아직 한마디도 하지 않고 있던 늙은 남자 하나가 이렇게 말했다.

"나는 우리 앞에 보이는 저 섬에 가봤다오. 저 섬은 우리가 하던 토론에 대답하려는 듯 우뚝 솟아 있군. 그러고 보니 추억 하나가 떠오르오. 오랜 세월 동안 변하지 않은 경탄스러운 사랑 이야기라오. 이 세상에 존재하지 않을 듯한 행복한 사랑 이야기지.

그 이야기를 들려 드리겠소."

*

지금으로부터 5년 전, 나는 코르시카 섬을 여행했다오. 그 황량한 섬은 오늘처럼 때때로 프랑스 해안에서 보이기도 하지만, 우리는 그곳을 미국보다 잘 모르고 그저 멀게만 느낀다오.

아직 혼돈 속에 싸여 있는 그 섬을 상상해 보시오. 격류가 흐르는 좁다란 협곡들이 산봉우리에 내리치는 폭풍우를 갈라놓소. 그 섬에는 평원이 없다오. 물결치는 거대한 화강암과 잡목림이 있고, 구불거리며 굽이치는 땅 위에 밤나무나 소나무로 이루어진 숲만 펼쳐져 있다오. 때때로 산꼭대기에 바윗덩어리를 닮은 마을이 보이기는 하지만, 그곳은 처녀지, 불모의 땅, 황량한 땅이라오. 문화도, 산업도, 예술도 없소. 문양이 조각된 나뭇조각 하나, 돌멩이 하나 만나지 못한다오. 우아하고 아름다운 것에 대한 조상들의 유치하거나 세련된 기념물 하나 만나지 못한다오. 그것은 그 당당하고 혹독한 고장이 지닌 가장 충격적인 측면이기도 하오. 어떻게 생각하면 그것은 우리가 예술이라고 부르는 매혹적인 것들을 찾기 이전 과거로부터 내려오는 초연함인지도 모르겠소.

이탈리아는 모든 궁전들이 걸작으로 가득하고, 나라 자체가 걸작이지요. 그곳의 대리석, 목재, 청동, 강철, 금속, 석재는 인간의 천재성을 보여 준다오. 거기서는 오래된 집들 안에 굴러다니는 매우 작은 물건들조차 우리가 사랑하는 우아함에 대한 그들의 신성한 관심을 드러내지요. 그것은 창조적 지성이 해온 노력을, 위대함을, 강력함과 승리를 우리에게 보여 주고 증명한다오.

하지만 이탈리아 맞은편에 있는 야생의 땅 코르시카는 원시 상태로 그렇게 머물러 있소. 그곳 사람들은 조잡한 집 안에서 자신의 삶이나 가족 사이의 다툼 외에는 모든 것에 무관심하게 살고 있소. 교양 없고, 난폭하고, 증오에 차 있고, 잔혹하고, 무분별하지만, 동시에 손님을 극진히 맞이하고, 너그럽고, 헌신적이고, 순박하고, 행인에게 기꺼이 문을 개방하고, 아주 작은 호감의 표시에도 진실된 우정으로 보답한다오. 단점과 장점을 동시에 가진 사람들이지요.

어쨌든 나는 세상 끝에 와 있다는 느낌에 빠져 그 멋진 섬을 한 달 동안 유랑하고 있었다오. 그곳엔 여인숙도 없고, 선술집도 없고, 제대로 된 도로도 없었소. 사람들이 노새가 다니는 오솔길로 다니고, 산비탈에는 작은 마을들이 다닥다닥 붙어 있었소. 그 산비탈들 밑에는 저녁이면 지속적인 소리가, 격류가 내는 깊고 희미한 소리가 올라오는 굽이진 심연이 있었소. 여행자들은 그곳 집들의 문을 두드린다오. 그런 식으로 밤을 보내기 위한 피난처와 다음 날까지 먹을 음식을 구하는 거요. 그런 집들의 보잘것없는 식탁 앞에 앉고, 보잘것없는 지붕 밑에서 잠을 잔다오. 다음 날 아침이면 집주인이 마을 경계까지 여행자를 배웅해 주고는 손을 내밀어 악수를 하오.

어느 날 저녁 나는 열 시간을 걸은 뒤, 1리외만 더 가면 바다가 나오는 좁다란 골짜기 깊숙한 곳에 외따로 서 있는 조그만 집 앞에 다다랐다오. 잡목림, 무너진 바위, 키 큰 나무들로 덮인 경사 급한 비탈 두 개가 그 비통하고 구슬픈 골짜기를 어두운 성벽처럼 둘러싸고 있었소.

그 초가집 주변에는 포도밭이 조금 있고, 조그만 정원이 있고, 좀 더 멀리에는 키 큰 밤나무 몇 그루가 있고, 다른 먹을거리도 조금 있었다오. 그만하면 가난한 고장치고는 상당한 재산이었지.

늙고, 엄격하고, 매우 깔끔한 노파가 나를 맞아 주었소. 짚으로 된 의자에 앉아 있던 바깥노인이 일어나서 나에게 인사를 했소. 그런 다음 한마디 말도 없이 다시 의자에 앉더군. 노파가 나에게 말했소.

"이해하세요. 저 사람은 지금 귀가 안 들려요. 나이가 여든두 살이랍니다."

그녀는 프랑스 본토박이의 프랑스어로 이야기했소. 그래서 나는 꽤나 놀랐소.

내가 그녀에게 물었소.

"당신은 코르시카 사람이 아니군요?"

그녀가 대답했소.

"그래요. 우리는 육지에서 왔어요. 하지만 벌써 여기서 산 지 50년이 되었죠."

그들이 사람들이 사는 도시로부터 멀리 떨어진 그 어두운 골짜기에서 50년의 세월을 보냈다고 생각하니, 불안감과 두려움이 나를 사로잡았소. 그때 나이 든 목동 한 명이 밖에서 돌아왔고, 우리는 식사를 시작했소. 요리가 하나뿐인 저녁 식사였다오. 걸쭉한 수프였는데, 그 속에 구운 감자와 돼지비계, 양배추가 들어 있었소.

간단한 저녁 식사가 끝나자, 나는 구슬픈 경치가 안겨 주는 우울감 때문에 조여드는 마음으로, 슬픈 밤 황량한 장소에서 이따금 여행자들을 사로잡는 비탄에 잠겨 문 앞에 가서 앉았소. 모든 것이, 삶과 우주가 끝나려는 것 같았소. 갑자기 삶의 지독한 비참함이, 모든 것으로부터의 고립감이, 만사의 허무함이, 스스로를 위로하고 착각하게 하는 쓸쓸한 우울감이 느껴졌다오.

노파가 나에게 다가왔소. 그녀는 매우 신중한 사람들의 마음속에도 존재하는 호기심에 자극되어 나에게 물었소.

"그래, 당신은 프랑스에서 오셨나요?"

"예, 소일 삼아 여행 중입니다."

"아마도 파리 출신이겠지요."

"아닙니다. 낭시 출신입니다."

노파는 내 대답에 감정이 좀 흔들린 것 같았소. 내가 어떻게 그것을 알았을까, 아니 느꼈을까, 그건 나도 모르겠소.

노파가 느릿한 어조로 다시 물었소.

"낭시 출신이라고요?"

바깥노인이 문가에 모습을 나타냈소. 귀가 들리지 않는 사람들이 흔히 그렇듯 무감각한 표정이었소.

노파가 다시 말했소.

"괜찮아요. 저 사람은 듣지 못해요."

그렇게 몇 초가 흘렀소.

"그러면 낭시 사람들을 잘 알겠네요?"

"그럼요. 거의 모든 사람들을 알죠."

"생트알레즈 집안 사람들도요?"

"예, 아주 잘 압니다. 제 아버지의 친구분들이니까요."

"당신 이름이 어떻게 되세요?"

그래서 나는 내 이름을 말했다오. 그러자 노파는 한동안 나를 뚫어져라 바라보더니, 기억들을 일깨우는 낮은 목소리로 말했소.

"그래, 그래요. 기억나요. 브리즈마르 집안은요? 그 사람들은 어떻게 되었나요?"

"모두 세상을 떠났답니다."

"아! 시르몽 집안은요? 그 집안 사람들도 아시나요?"

"예, 마지막 후손이 장군이었죠."

그러자 노파는 불안에, 알 수 없는 어떤 불분명한 감정에, 강력하고 존엄한 감정에 사로잡혔다오. 그녀는 내가 알지 못하는 어떤 것을 고백해야 할 필요에, 그때껏 마음속 깊은 곳에 가둬 놓은 것들을 말해야 할 필요에, 이름을 듣고 마음이 어지러워지는 사람들에 대해 이야기해야 할 필요에 몸을 떨면서 입을 열었다오.

"그래요, 앙리 드 시르몽. 나는 그 사람을 잘 알아요. 내 남동생이랍니다."

나는 놀라움에 당황해서 눈을 들어 그녀를 바라보았소. 이윽고 기억 하나가 내 머릿속에 떠올랐다오.

그 일은 과거 로렌의 귀족 사회에서 일어난 엄청난 추문이었다오. 아름다운 부잣집 아가씨 쉬잔 드 시르몽이 자기 아버지가 지휘하는 연대의 경기병 하사관에게 납치를 당한 거요.

그 하사관은 농부의 아들로 잘생긴 청년이었소. 파란 줄무늬 군복이 잘 어울렸지. 그 병사가 자기 연대장의 딸을 유혹한 거요. 그녀는 그를 보았고, 그에게 주목했고, 대대가 분열행진하는 것을 보면서 그에게 반했을 거요. 하지만 어떻게 그녀가 그에게 이야기를 건넸을까? 그들이 어떻게 만나고 서로 뜻이 통했을까? 어떻게 그녀가 자신이 그를 사랑한다는 것을 그에게 말했을까? 그것은 절대 알 수 없었다오.

사람들은 아무것도 알아내지 못했고, 아무것도 예측하지 못했소. 어느 날 저녁, 그 병사가 하루 일과를 마친 뒤 그녀와 함께 사라졌소. 사람들이 그들을 찾았지만 발견하지 못했지. 이후 그들의 소식을 들을 수 없었고, 사람들은 그녀가 죽은 것으로 간주했다오.

그런데 코르시카의 그 음울한 골짜기에서 내가 그녀를 만나게 된 거요.

이번에는 내가 그녀에게 말했소.

"그래요, 기억합니다. 당신은 쉬잔 양이죠."

노파가 고개를 끄덕여 그렇다고 말했소. 그녀의 눈에서 눈물이 흘러내렸소. 그런 다음 오막살이의 문지방에 꼼짝 않고 앉아 있는 남편을 눈짓으로 가리키며 나에게 말했소.

"저 사람이에요."

그 순간 나는 그녀가 그를 여전히 사랑한다는 것을, 여전히 매혹된 눈길로 그를 바라본다는 것을 깨달았소.

내가 물었소.

"두 분은 그동안 행복했습니까?"

그녀가 마음속에서 우러난 목소리로 대답했소.

"오, 그럼요! 무척 행복했어요. 저 사람이 나를 무척 행복하게 해줬어요. 나는 아무것도 후회하지 않는답니다."

나는 그 강력한 사랑에 슬프고, 놀라고, 감탄해서 그녀를 응시했다오! 그 부잣집 여자가 모든 것을 버리고 그 보잘것없는 남자를 따라온 거요.

그렇게 스스로 농부 아낙네가 된 거요. 스스로 자기 삶을 매력 없게 만들고, 화려함과 우아함을 모두 버리고, 남편의 소박한 습관들에 굴복한 거요. 그리고 여전히 그를 사랑했소. 그녀는 두건을 쓰고 베로 된 치마를 입은 시골 여자가 되어 짚으로 된 의자에 앉아 나무 식탁에서 질그릇에 양배추와 감자와 돼지비계를 넣어 만든 수프를 먹었소. 그리고 짚을 넣은 매트 위에서 그와 함께 잠을 잤소.

그녀는 그 말고는 아무것도 생각하지 않았소! 몸치장에도, 옷에도, 고상하게 꾸미는 데도, 푹신한 의자에도, 고급 벽지를 바른 향기 나는 포근한 방에도, 몸을 푹 파묻고 휴식을 취할 수 있는 부드러운 소파에도 미련이 없었다오. 남편 말고는 아무것도 필요로 하지 않았소. 그가 곁에 있는 한 그녀는 아무것도 바라지 않았다오.

그녀는 아주 젊을 때 삶을, 세상을, 자신을 기르고 사랑해 준 사람들을 포기했소. 그리고 그와 단둘이 그 야생의 골짜기로 왔소. 그는 그녀에게 모든 것, 그녀가 바라는 모든 것, 꿈꾸는 모든 것, 쉼 없이 기다리는 모든 것, 무한히 바라는 모든 것이었다오. 그는 그녀의 삶을 처음부터 끝까지 행복으로 채워 주었다오.

그녀가 그 이상으로 행복할 수는 없었을 거요.

나는 초라한 침대에 누워 그 먼 곳까지 자기를 따라온 아내 곁에 누운 늙은 병사의 쉭쉭거리는 숨소리에 밤새도록 귀 기울이며, 그 기이하고도 소박한 사랑에 대해, 유례를 찾기 힘든 행복에 대해 생각했다오.

그리고 다음 날 새벽, 그 노부부와 악수를 한 뒤 길을 나섰소.

*

노신사가 입을 다물었다. 그러자 한 여자가 말했다.

"그 여자는 지나치게 손쉬운 이상과 지나치게 원초적인 필요를, 그리고 지나치게 소박한 요구들을 갖고 있었네요. 어리석은 여자일 뿐이에요."

그러자 또 다른 여자가 느릿한 어조로 말했다.

"아무러면 어때요! 어쨌든 그 여자는 행복했잖아요."

그때 저쪽에서, 수평선 깊숙한 곳에서 코르시카 섬이 어둠 속으로 다시 가라앉으며 천천히 모습을 감추었다. 자신의 가슴으로 피신한 보잘것없는 연인의 이야기를 하려는 듯, 바다에 드리웠던 커다란 그림자를 서서히 지웠다.

술통
Le Petit Fût

아돌프 타베르니에에게

에프르빌의 여인숙 주인 시코 씨가 마글루아르 할머니의 농장 앞에 이륜 경마차를 세웠다. 시코 씨는 키가 크고 머리카락이 붉고 배가 나온 마흔 살의 원기 왕성한 남자였고, 상당히 영리한 사람으로 통했다.

그는 울타리의 말뚝에 말을 붙들어 맸다. 그런 다음 뜰 안으로 들어갔다. 그는 마글루아르 할머니의 농장 옆에 토지를 갖고 있었고, 오래전부터 할머니의 농장을 탐내었다. 그래서 여러 번 그 농장을 팔라고 제안했지만 마글루아르 할머니는 고집스럽게 거절했다.

"나는 여기서 태어났고, 여기서 죽을 거우." 할머니는 말했다.

그가 뜰에 들어섰을 때 마글루아르 할머니는 집 문 앞에서 감자 껍질을 벗기고 있었다. 일흔두 살인 그녀는 야위고 주름살투성이에 몸이 굽었지만, 젊은 여자처럼 지칠 줄을 몰랐다. 시코는 다정한 몸짓으로 할머니의 등을 두드린 뒤, 할머니 옆 나무 의자에 앉았다.

"야, 할머니! 건강은 여전히 좋으시죠?"

"그리 나쁘진 않아. 자네는 어때, 프로스페?"

"예! 조금 아파요. 그것만 아니면 아주 좋을 텐데 말이에요."

"저런, 그래도 그만한 게 다행이군!"

그리고 할머니는 아무 말도 하지 않았다. 시코는 할머니가 일을 마치는 모습을 바라보았다. 갈고리 모양으로 굽고, 마디가 생기고, 게의 발처럼 딱딱한 그녀의 손가락들이 커다란 버들 광주리에 담긴 회색의 덩이줄기를 집게처럼 움켜쥐었다. 그 덩이줄기를 다른 손에 쥔 오래된 칼날 밑에서 민첩하게 돌리며 껍질을 길게 깎아 냈다. 감자들이 노란 속살을 드러내면 물 양동이 속에 던져 넣었다. 대담한 암탉 세 마리가 차례로 그녀에게 다가와 벗겨 낸 감자 껍질을 치마폭에서 훔쳐 내 입에 물고 바삐 달아났다.

시코는 할 말이 입가에서 맴돌지만 쉽게 입 밖으로 나오지 않아 불편하고, 주저되고, 불안한 것 같았다. 마침내 그가 결심을 하고 말했다.

"저기요, 마글루아르 할머니……"

"왜, 나한테 뭐 부탁할 일이라도 있나?"

"이 농장 말입니다. 저에게 팔 생각이 여전히 없으신가요?"

"그 일이라면 생각 없네. 꿈에도 기대하지 말게. 이미 여러 번 말하지 않았나. 그 이야기는 다시는 꺼내지 말라고."

"그래서 제가 그 거래를 성사시킬 좋은 조정안을 찾아냈어요."

"그게 뭔데?"

"바로 이거예요. 이 농장을 저에게 파시되 계속 갖고 계세요. 그러면 할머니는 손해 보실 것 없잖아요? 제 제안대로 하세요."

노파는 감자 깎던 손길을 멈추고 주름진 눈꺼풀 밑의 날카로운 눈으로 여인숙 주인을 응시했다.

그가 다시 말했다.

"설명해 드릴게요. 제가 매달 할머니에게 150프랑을 드릴 거예요. 무슨 말인지 아시겠죠? 매달 제가 이륜 경마차를 타고 와서 할머니에게 30에퀴를 드릴게요. 그러면 달라지는 게 아무것도 없는 거예요. 전혀 아무것도요. 할머니는 할머니 집에 계속 사시는 거고, 저에게 전혀 신경 쓰실 것 없어요. 저에게 빚지는 게 아무것도 없다고요. 제가 드리는 돈만 받으시면 돼요. 어때요, 괜찮으시죠?"

그는 이 말을 한 뒤 즐거운 표정으로, 기분 좋은 표정으로 노파를 바라보았다.

노파는 뭔가 함정이 숨겨져 있지 않은지 헤아리며 경계하는 기색으로 그를 응시했다. 그러다가 물었다.

"나야 괜찮지. 하지만 자네는? 자네 말대로 하면 이 거래는 자네에게 득 될 게 전혀 없잖아."

그가 대답했다.

"그런 걱정은 하지 마세요. 선하신 하느님께서 할머니를 살아 있게 해주시는 한 할머니는 계속 여기서 사시면 돼요. 할머니 집에 계속 사시는 거예요. 다만 한 가지, 할머니가 돌아가신 뒤에 이 농장이 저한테 오도록 공증인한테 가서 서류 한 장만 만들어 주시면 돼요. 할머니는 별로 가깝지 않은 조카들 말고는 자식도 없으시잖아요. 괜찮으시죠? 할머니는 여생 동안 할머니의 재산을 지키시고, 저는 할머니에게 매달 30에퀴를 드리는 거예요. 할머니에겐 꽤나 이득이라고요."

노파는 놀라고 불안했지만 한편으로 솔깃해서 가만히 있었다. 노파가 대꾸했다.

"거절하겠다고는 안 하겠네. 사실 나도 그만 포기하고 받아들이고 싶어. 일주일 후에 다시 이야기하러 오게나. 생각해 보고 그때 내 대답을 말해 줄 테니."

노파의 대답에 시코 씨는 제국 하나를 정복한 왕처럼 흡족해져서 자리를 떴다.

마글루아르 할머니는 생각에 잠겼다. 그날 밤 그녀는 잠을 이루지 못했다. 나흘 동안 지독히도 망설였다. 그 제안에서 자기에게 불리한 뭔가를 냄새 맡았지만, 한 달에 30에퀴를 받는다고 생각하니, 아무것도 하지 않는데 그 적지 않은 현금이 하늘에서 떨어진 것처럼 자신의 앞치마 속으로 굴러 들어온다고 생각하니, 욕심이 굴뚝같았던 것이다.

그래서 노파는 공증인을 찾아가 그 건을 상의했다. 공증인은 시코의 제안을 받아들이라고 조언했다. 하지만 30에퀴가 아니라 50에퀴를 요구하라고 했다. 그녀의 농장은 못해도 6만 프랑은 나간다면서 말이다. 공증인이 말했다.

"할머니가 앞으로 15년을 사실 경우, 그런 식으로 계산하면 시코 씨는 할머니에게 4만 5천 프랑만 지불하게 되는 셈이니까요."

노파는 한 달에 50에퀴를 받을 수 있다는 생각에 몸을 떨었다. 하지만 예측할 수 없는 수많은 것들을, 숨겨진 계략들을 염려하며 여전히 경계했다. 다시 상의하기로 한 날 저녁까지도 마음을 정하지 못하고 있었다. 마침내 마음을 정했고, 그녀는 새 사과술 네 단지는 마신 것처럼 흥분해서 돌아왔다.

시코가 대답을 들으러 오자, 노파는 그가 50에퀴를 달라는 새로운 제안을 절대 받아들이지 않을 거라는 생각에 마음이 괴로워, 자신은 그러기 싫다며 오랫동안 그의 부탁을 들어주지 않았다. 그래도 그가 계속 졸라 댔으므로 그녀는 결국 자신의 의도를 말했다.

시코는 깜짝 놀라고 낙담해서 그 새로운 제안을 거절했다.

그러자 노파는 그를 설득하기 위해 자기가 앞으로 몇 년을 더 살지 추론하기 시작했다.

"나는 앞으로 5, 6년도 못 살 거야. 곧 일흔세 살이 되고, 그 나이에는 건강할 수가 없어. 지난번에는 금방이라도 저세상으로 갈 것 같았어. 기운이 하나도 없어서 이웃 사람의 부축을 받고서야 침대에 누울 수 있었다니까."

하지만 시코는 좀처럼 걸려들지 않았다.

"이런, 실리적이기도 하시지. 할머니는 교회 종탑처럼 정정하시잖아요. 최소한 110세까지는 사실 거예요. 오히려 제가 할머니가 지켜보는 가운데 눈을 감을 걸요."

토론을 벌이는 가운데 하루가 또 통째로 지나가 버렸다. 하지만 노파가 양보하지 않았으므로, 여인숙 주인은 마침내 50에퀴를 지불하는 안에 동의했다.

그들은 다음 날 서류에 서명했다. 마글루아르 할머니는 거래가 성사된 것을 축하하는 의미로 10에퀴를 요구했다.

3년이 흘렀다. 마글루아르 할머니는 무척이나 건강하게 지내고 있었다. 그때로부터 단 하루도 나이를 먹지 않은 것처럼 보였다. 시코는 낙담했다. 마치 50년 전부터 돈을 지불해 온 것 같았다. 자신이 잘못 생각했고, 속았고, 망했다는 느낌이 들었다. 그는 7월에 밀이 낫질을 할 만큼 잘 익었는지 보러 밭에 가는 사람처럼 마글루아르 할머니를 이따금 방문했다. 그때마다 할머니는 짓궂은 눈빛으로 그를 맞이했다. 멋진 책략으로 그를 속여 넘긴 것에 기분 좋아하는 것 같았다. 그는 자신의 이륜 경마차에 재빨리 다시 올라타며 중얼거렸다.

"저 해골 할망구, 웬만해선 세상을 뜨지 않겠군!"

그는 어떻게 해야 좋을지 알 수 없었고, 그녀를 보면 목을 조르고 싶었다. 도둑맞은 농부의 증오심으로, 사납고 음험하게 그녀를 증오했다.

그래서 방법을 찾기 시작했다.

마침내 어느 날, 그는 그녀를 만나러 가서는 처음 그녀에게 거래를 제안했을 때처럼 두 손을 비볐다.

그리고 몇 분 동안 잡담을 나눈 뒤 이렇게 말했다.

"이보세요, 할머니. 에프르빌에 오실 때 왜 우리 집에 들러 식사하지 않으세요? 사람들이 그 이야기를 하면서 수군댄다고요. 사람들은 우리가 친한 사이라고 알고 있는데 할머니가 식사하러 오시지 않으니 섭섭합니다. 아시겠지만 할머니는 우리 집에서 돈을 내실 필요가 없어요. 저는 식사 한 번 대접하는 데 인색하게 구는 사람이 아니라고요. 마음이 동하시면 주저 말고 오세요. 그건 저에게도 기쁜 일이니까요."

마글루아르 할머니는 그가 두 번 말하게 하지 않았다. 다음다음 날, 그녀는 하인 셀레스탱이 모는 소형 이륜 포장마차를 타고 시장에 간 길에 시코 씨의 여인숙에 들러 거리낌 없이 말을 마구간에 넣게 한 뒤 약속된 식사를 요구했다.

여인숙 주인은 반색하며 귀부인 맞이하듯 그녀를 맞아들이고, 영계 요리, 순대, 소시지, 양 넓적다리 고기, 양배추 고기말이를 대접했다. 하지만 그녀는 거의 먹지 않았다. 그녀는 어린 시절부터 식생활이 매우 검소해서 수프 조금과 버터 바른 빵만 먹고 살았던 것이다.

실망한 시코가 음식을 자꾸 권했지만, 그녀는 포도주도 마시지 않았고 커피도 거절했다.

시코가 말했다.

"조금이라도 맛보세요."

"아! 그렇다면 좋아. 거절하지 않겠네."

그러자 그는 여인숙을 가로질러 목청을 다해 큰 소리로 외쳤다.

"로잘리, 코냑을 가져와. 특상품으로, 특상품 코냑으로."

이윽고 하녀가 종이로 만든 포도 잎이 장식된 긴 술병을 들고 나타났다.

그가 잔 두 개에 술을 채웠다.

"자, 맛 좀 보세요, 할머니. 맛이 아주 좋은 술이에요."

마글루아르 할머니는 코냑을 조금씩 홀짝거려 기쁨을 지속시키며 천천히 마시기 시작했다. 자기 잔을 한 방울도 남기지 않고 다 비운 뒤 할머니는 이렇게 말했다.

"그래, 고급 코냑이로군."

그녀가 말을 끝마치기도 전에 시코가 두 잔째 코냑을 따라 주었다. 그녀는 거절하고 싶었지만 너무 늦었다. 그녀는 첫째 잔 때 그랬던 것처럼 오랫동안 술을 음미했다.

그는 세 번째 잔을 마시게 하고 싶었다. 하지만 그녀는 거절하려 했다. 그러자 그가 고집스럽게 권했다.

"뭘 그러세요. 이건 우유나 마찬가지예요. 보세요. 저는 이걸 열 잔, 열두 잔 거리낌 없이 마셔요. 설탕처럼 넘어가요. 배에도 머리에도 아무것도 남지 않아요. 마치 혀끝에서 기화하는 것 같죠. 건강에는 이것만 한 게 없다니까요."

그것을 꽤나 마시고 싶었으므로 그녀는 굴복했다. 하지만 잔을 절반만 비웠다.

이윽고 시코는 후한 인심을 베풀며 외쳤다.

"자, 이 술이 할머니 마음에 드시는 것 같으니, 우리가 언제나 좋은 친구 사이라는 것을 보여 드리기 위해 이 술을 한 통 드릴게요."

노파는 사양하지 않았고, 조금 술이 취한 채 자리를 떴다.

다음 날 여인숙 주인은 마글루아르 할머니의 집을 다시 찾아갔고, 자신이 타고 온 마차 깊숙한 곳에서 쇠붙이가 둘린 작은 통 하나를 꺼냈다. 그 통 안에 든 술 역시 고급 코냑이라는 것을 증명하기 위해 그녀에게 그것을 맛보게 했다. 각자 석 잔을 마신 뒤, 그는 이렇게 말하고 자리를 떴다.

"이 술을 다 드셨든 조금 남아 있든 주저 말고 저에게 말씀하세요. 저는 인색한 사람이 아니니까요. 다 떨어지기 전에 말씀하세요. 그러면 저도 기쁠 거예요."

그러고는 자신의 이륜 경마차에 다시 올랐다.

그는 나흘 뒤에 다시 노파를 찾아갔다. 노파는 집 문 앞에서 수프와 함께 먹을 빵을 자르고 있었다.

그는 다가가서 그녀에게 인사한 뒤, 코를 들이밀고 그녀의 숨결을 맡아 보았다. 숨결에서 술 냄새가 났다. 그러자 그의 얼굴이 환해졌다.

"저한테도 한 잔 주시겠어요?" 그가 말했다.

그들은 두세 번 건배를 했다.

얼마 지나지 않아 마글루아르 할머니가 혼자 술을 퍼마신다는 소문이 그 고장에 퍼졌다. 사람들은 술에 취해 쓰러진 그녀를 부엌에서 발견하기도 하고, 뜰에서 발견하기도 하고, 주변의 길가에서 발견하기도 했다. 그때마다 시체처럼 꼼짝 않고 누워 있는 그녀를 집으로 옮겨다 주어야 했다.

시코는 더 이상 그녀의 집에 가지 않았다. 사람들이 그 노파에 대해 이야기하면, 그는 슬픈 얼굴로 중얼거렸다.

"그 나이에 그런 습관이 생기다니 불행한 일 아닙니까? 생각해 보세요. 나이가 들면 버텨 낼 힘이 없잖아요. 그 할머니 그러다가 혼쭐이 날 겁니다!"

실제로 그녀는 혼쭐이 났다. 그해 겨울 크리스마스 즈음 술이 취해 쓰러져 눈 속에서 죽은 것이다.

시코 씨는 할머니의 농장을 상속받고는 이렇게 말했다.

"그 시골뜨기 할머니가 술만 마시지 않았다면 그 농장을 10년은 더 갖고 계셨을 텐데 말입니다."

29호 침대
Le lit 29

에피방 대위가 길을 지나가면 여자들이 모두 돌아보았다. 그는 참으로 잘생긴 경기병 장교였다. 그는 늘 자기 넓적다리, 허리, 콧수염에 신경을 썼고, 자랑스러운 마음으로 뽐내며 걸어 다녔고, 쉬지 않고 으스댔다. 그의 콧수염, 허리, 넓적다리는 근사했다. 콧수염은 금빛이고 매우 견고했으며, 잘 익은 밀 빛깔의 아름다운 똬리를 이루며 섬세하고 세밀하게 말려 입술 위로 과감하게 흘러내렸다. 그런 다음 입 양쪽에서 무척이나 위풍당당한 두 개의 털 줄기를 이루며 뻗어 내려갔다. 허리는 코르셋을 입은 것처럼 날씬했고, 그 위에는 활처럼 부풀어 오르고 흰 남자답고 건장한 가슴이 있었다. 넓적다리 역시 경탄할 만했다. 착 달라붙는 빨간 나사 바지 밑에서 모든 움직임이 마치 그림처럼 모습을 드러내는, 체조 선수나 무용수 같은 근육질의 넓적다리였다.

그는 오금을 팽팽하게 당기고 발과 팔을 벌려 가며 기사다운 균형 잡힌 걸음걸이로 걸었다. 그 걸음걸이는 다리와 상반신을 돋보이게 했고 제복 입은 그의 모습을 의기양양하게 만들어 주었지만, 프록코트 차림을 했을 때는 다소 평범해 보였다.

많은 장교들이 그렇듯이 에피방 대위는 민간인 복장이 잘 어울리지 않았다. 특히 회색이나 검은색 옷을 입으면 상점 점원처럼 보였다. 하지만 제복을 입으면 근사했다. 게다가 얼굴까지 잘생겼다. 콧날이 날씬하고 우아하게 빠졌으며, 눈이 파랗고, 이마가 좁았다. 그렇기는 하지만 머리가 대머리였다. 그는 머리카락이 왜 빠지는지 결코 이해하지 못한 채 조금 벗어진 정수리가 큼직한 콧수염과 꽤 잘 어울리는 것으로 위안을 삼았다.

그는 대부분의 사람들을 무척 무시하고 멸시했다.

우선 그에게 부르주아들은 존재하지 않는 것이나 마찬가지였다. 그는 사람이 동물을 보듯 그들을 바라보았고, 그들에게 참새나 암탉 이상으로 주의를 기울이는 법도 없었다. 오직 장교들만 중요했다. 하지만 모든 장교들에게 똑같은 평가를 내리지는 않았다. 요컨대 그는 잘생긴 장교들만 존중했다. 그가 생각하는 군인의 진정하고 유일한 자질은 당당한 풍채였다. 군인이란 건장한 남자였다. 전쟁과 사랑을 하기 위해 창조된 키 크고 건장한 남자, 더도 덜도 아닌, 억세고 굳건한 남자였다. 그는 프랑스 군대의 장군들을 키, 옷차림, 얼굴에 따라 분류했다. 그의 눈에는 부르바키가 현대의 가장 위대한 군인으로 보였다.

그는 키가 작고 뚱뚱하며 숨을 몰아쉬면서 걷는 일선 장교들을 많이 비웃었다. 하지만 이공과 대학을 졸업한 가련하고 왜소한 남자들에 대해서는 혐오에 가까운 숨길 수 없는 경멸감을 느꼈다. 키가 작고 야위고 안경을 꼈으며 어색하고 서투른 그 남자들이 제복을 입은 모습은, 마치 미사에 쓰는 토끼처럼 보인다고 단언했다. 그러면서 군대가 다리가 가느 다랗고 왜소한 그 남자들을 참아 주는 것에 대해 분개했다. 그 남자들은 게처럼 걸었고, 술을 마시지 않았고, 음식을 별로 먹지 않았고, 예쁜 여자보다는 방정식을 더 좋아하는 것 같았다.

에피방 대위는 여자들에게 꾸준히 승리를 거두어 왔다.

여자와 함께 저녁 식사를 할 때마다 자신이 그 여자와 한 침대에서 머리를 나란히 하고 밤을 보내게 되리라 확신했다. 극복할 수 없는 장애물이 그날 밤의 승리를 방해할 경우에는 적어도 '내일 계속되리라' 확신했다. 동료들은 그가 자기의 애인을 만나는 것을 좋아하지 않았고, 상점 카운터에 예쁜 아가씨를 앉혀 놓은 상인들은 그를 두려워하고 미워했다.

그가 지나가면 여자 상인들은 자기도 모르게 진열창 너머로 그와 눈길을 주고받았다. 그것은 상냥한 말보다 더 가치 있는 눈길이었다. 그 속에는 부름과 대답, 욕망과 고백이 담겨 있었다. 그럴 때면 본능적으로 위기감을 느낀 그녀의 남편이 불현듯 뒤를 돌아보며 에피방 대위의 자부심 넘치고 활처럼 휜 실루엣에 격분한 눈길을 던졌다. 대위가 자신이 자아낸 효과에 만족해 빙그레 미소 지으며 지나가면, 상인은 자기 앞에 펼쳐진 물건들을 신경질적인 손짓으로 뒤엎으며 이렇게 말했다. "키 크고 거드름 피우는 저 남자였군. 무기를 차고 길거리를 어슬렁거리는 저 아무짝에도 쓸모없는 사람들을 도대체 언제까지 먹여 살려야 할까? 나는 군인보다 푸줏간 주인이 더 좋아. 푸줏간 주인도 앞치마에 피를 묻히지만 그건 짐승의 피지. 쓸모라도 있어. 푸줏간 주인이 칼을 다루는 건 사람을 죽이려 해서가 아니야. 저 공공의 학살자들이 살인 도구를 가지고 다녀도 사람들이 참아 주는 것이 나는 이해되지 않아. 물론 그건 필요하지. 나도 알아. 하지만 적어도 그걸 감춰야 하고, 가장무도회에서 붉은 반바지와 파란 조끼와 함께 과시하지는 말아야 해. 평범한 사람들이 사형집행인 복장을 하지는 않잖아, 안 그래?"

여자 상인은 대꾸하지 않고 감지할 수 없을 만큼 어깨를 조금 으쓱했다. 그러면 남편은 그녀를 보지 않고도 그 몸짓을 간파하며 이렇게 외쳤다.

"그런 수상쩍은 녀석들이 으스대는 것을 보며 좋아하는 사람은 어리석기 짝이 없는 사람이라고."

게다가 여자를 정복하는 에피방 대위의 명성은 프랑스 군대 전체에 자자했다.

1868년 그의 연대인 102 경기병 연대가 루앙에 주둔하게 되었다.

그는 곧 루앙에서 유명해졌다. 그는 매일 저녁 5시경 부아엘디외 산책로에 모습을 드러냈다. 카페 드 라 코메디에서 압생트를 마시기 위해서였다. 하지만 카페 안에 들어가기 전에 자신의 다리, 허리 그리고 콧수염을 보여 주기 위해 산책로를 정성 들여 한 바퀴 돌았다.

거래에 몰두하거나 물가 인상과 하락에 대해 이야기를 나누며 뒷짐지고 산책하던 루앙의 상인들이 그를 보고 중얼거렸다.

"야, 잘생긴 남자가 있군."

그런 다음 그를 알아보고는 이렇게 말했다.

"저런, 에피방 대위잖아! 참 유쾌한 남자지!"

여자들은 그를 만나면 스스로가 연약하게 느껴지거나 옷을 홀딱 벗고 있는 것처럼 느껴지는 듯 무척 야릇한 몸짓으로 머리를 조금 움직였고, 부끄러움의 전율을 느꼈다. 입가에 흐릿한 미소를 띤 채 머리를 조금 숙였고, 그에게 매력적으로 보이고픈 욕망과 그의 눈길을 받고 싶은 욕망을 느꼈다. 그가 동료와 함께 산책을 할 때면 그 동료는 매번 부러움과 질투심을 느끼며 이렇게 중얼거렸다.

"에피방 이 녀석은 운도 좋다니까."

누가 그를 차지할 것인가를 두고 그 도시의 노는 여자들 사이에 경쟁이 일어났다. 그녀들 모두는 장교들이 모습을 드러내는 오후 5시에 부아엘디외 산책로에 와서는 둘씩 짝을 지어 산책로 한쪽 끝에서 다른 쪽 끝까지 치마를 끌고 다녔다. 중위, 대위, 소령 들도 둘씩 짝을 지어 보도 위에 검을 끌면서 카페 안으로 들어갔다.

그러던 어느 날, 사람들 말에 따르면 부유한 공장주 탕플리에 파퐁 씨의 정부인 미녀 이르마가 카페 앞에 마차를 세우고 내렸다. 폴라르 씨의 상점에 들러 종이를 사거나 명함을 주문하려는 것 같았다. 하지만 알고 보니 장교들이 앉은 탁자 앞을 지나가면서 에피방 대위에게 '언제 한 번 만나요'라는 의미의 눈길을 던지기 위해서였다. 그녀의 눈길에 담긴 의미가 너무 뚜렷해서, 동료와 함께 초록색 독주를 마시던 프룅 대령은 이렇게 투덜거렸다.

"제기랄, 저 녀석은 운도 좋지!"

대령은 그 말을 되뇌었다. 그러자 에피방 대위는 그 칭찬에 감격해서 다음 날 성장을 하고 그 미녀의 방 창문 아래를 지나갔다. 연이어 여러 번 그렇게 했다.

그녀는 그를 보고 모습을 드러냈고, 빙그레 웃었다.

바로 그날 밤, 그는 그 여자의 연인이 되었다.

그들은 사람들의 눈에 띄는 것을 꺼리지 않고 공공연히 함께 모습을 드러냈으며, 둘 다 그 연애를 자랑스러워하며 위험한 관계에 빠져들었다.

루앙 사람들은 아름다운 이르마와 에피방 대위의 사랑 이야기를 떠들어 댔지만, 정작 탕플리에 파퐁 씨는 그것을 알지 못했다.

에피방 대위는 의기양양한 태도로 얼굴을 환히 빛내며 이렇게 말하곤 했다.

"이르마가 아까 내게 이렇게 말했어", "어젯밤 이르마가 내게 이런 이야기를 했어", "어제 이르마와 함께 저녁을 먹는데"……

그는 1년 넘게 그 사랑을 적에게서 빼앗은 깃발처럼 끌고 다니고, 펼치고, 과시했다. 남들의 부러움을 사는 그 정복을 통해 자신이 커졌다고 느꼈고, 자신의 미래를, 그토록 바라던 십자 훈장을 더욱 확신했다. 모든 사람들이 그를 주목했기 때문이다. 사람들에게 잊히지 않으려면 눈에 잘 띄면 되었다.

그러나 전쟁이 발발하자 에피방 대위가 속한 연대는 최전방 중 한 곳인 국경 지대로 옮겨 가게 되었다. 작별은 가슴 아팠다. 하룻밤 내내 작별 인사가 이어졌다.

방바닥에 검, 붉은 반바지, 군모가 흩어져 있고, 의자 등받이에는 줄무늬 군복이 뒤집혀서 걸려 있었다. 드레스, 치마, 실크 스타킹도 제복과 뒤섞여 엉망이 된 채 양탄자 위에 흩어져 있었다. 방은 전투가 벌어진 뒤처럼 엉망진창이었고, 이르마는 제정신이 아닌 채 머리를 풀어 헤친 모습으로 절망스럽게 두 팔을 벌려 에피방의 목을 꼭 끌어안았다. 그런 다음 그를 놓아주고는 바닥에 나뒹굴고, 가재도구들을 뒤엎고, 안락의자의 술 장식을 쥐어뜯고, 안락의자 다리를 물어뜯었다. 그 모습을 본 대위는 감정이 몹시 격해졌지만 여자를 위로하는 데 서툴러서 이 말만 되풀이했다.

"이르마, 사랑스러운 이르마. 어쩔 수 없소. 가야만 한다오."

그러고는 눈가에 맺힌 눈물을 이따금 손가락 끝으로 닦아 냈다.

그들은 해가 뜰 때 헤어졌다. 그녀는 첫 번째 숙영지까지 마차를 타고 에피방 대위를 따라왔다. 이별의 순간, 그들은 연대 바로 앞에서 입맞춤을 했다. 그들은 그것이 매우 다정하고, 품위 있고, 훌륭하다고 생각하기까지 했다. 동료들은 대위의 손을 잡으며 이렇게 말했다.

"이 운 좋은 사람, 저 여자는 정말로 사랑스럽고 마음씨가 곱군그래."

그들은 그녀에게서 애국심 넘치는 어떤 것을 보았던 것이다.

대위의 연대는 원정 기간 동안 매우 고생을 했다. 대위는 영웅적으로 행동했고, 마침내 십자 훈장을 받았다. 그리고 전쟁이 끝나자 루앙 주둔지로 돌아왔다.

그는 돌아오자마자 이르마의 소식을 물었다. 그러나 아무도 그녀의 정확한 소식을 알려 주지 못했다.

어떤 사람들은 그녀가 이브토 근처에서 농사를 짓는 부모님 집으로 내려갔다고 했다.

그는 시청에 행정명령을 내려 사망 기록부를 열람하기까지 했다. 하지만 이르마의 이름은 발견되지 않았다.

그는 큰 슬픔을 느꼈고, 그것을 드러냈다. 자신의 불행을 적들 탓으로 돌렸다. 이르마가 사라진 것을 루앙을 점령했던 프로이센 사람들 탓으로 돌렸다. 그리고 이렇게 단언했다.

"그 불한당들은 다음번 전쟁에서 나에게 그 빚을 갚아야 할 거야."

그런데 어느 날 그가 아침 식사를 하러 식당에 들어가는데, 식당에서

심부름을 하는, 작업복 차림에 밀랍 먹인 챙 달린 모자를 쓴 늙은 남자
가 그에게 편지 봉투 하나를 건네주었다. 그는 봉투를 열고 편지를 읽
었다.

자기,
　나는 병원에 있어요. 몸이 많이 아파요. 나를 보러 와줄래요? 그렇게
해주면 난 너무나 기쁠 거예요!

이르마

대위의 얼굴이 창백해졌다. 그는 연민에 휩싸여 이렇게 말했다.
"가여운 여자 같으니. 아침을 먹자마자 가봐야겠군."
그리고 함께 식사하는 내내 장교들에게 이르마가 지금 병원에 있으며,
오늘 아침 자신이 그녀를 거기서 빼올 거라고 되풀이해 말했다. 그것 역
시 그 빌어먹을 프로이센 놈들의 잘못이었다. 그녀는 돈 한 푼 없이 죽
을 만큼 고통당하며 혼자 비참하게 지냈을 것이다. 틀림없이 그들이 그
녀의 재산을 약탈했을 테니까.
"아! 더러운 놈들!"
모두들 감정이 격해져 그의 말에 귀 기울였다.
그는 냅킨을 둥글게 말아 나무로 된 둥근 틀 안에 집어넣자마자 자리
에서 일어나, 외투걸이에서 자신의 검을 뽑아낸 뒤 날씬하게 보이기 위
해 가슴을 부풀렸다. 그러고는 혁대를 채운 뒤 빠른 걸음으로 시립병원
으로 향했다.
병원 건물 앞에 도착해 즉시 들어가려 했지만 엄격하게 제지당했다.
그래서 그는 자신의 상사인 대령을 찾아가 사정을 설명하고 병원장 앞

으로 보내는 짤막한 서신 한 장을 얻어 냈다.

병원장은 잘생긴 대위를 대기실에 잠시 앉혀 놓은 뒤, 차갑고 난색을 표하는 인사와 함께 마침내 병실 안으로 들어가도록 허락해 주었다.

비참함, 고통 그리고 죽음의 냄새가 풍기는 병동 앞에 도착하자마자 그는 불편한 감정을 느꼈다. 심부름하는 소년이 그를 안내해 주었다.

그는 소리를 내지 않기 위해 발끝으로 서서 긴 복도를 걸어갔다. 복도에는 곰팡이, 질병 그리고 약품 냄새가 엷게 떠돌았다. 때때로 수군거리는 목소리가 거대한 침묵을 교란했다.

이따금씩 병실 문이 열렸고, 침대들이 일렬로 놓여 있는 공동 침실이 대위의 눈에 들어왔다. 환자의 몸 형태 때문에 이불들이 솟아올라 있었다. 회복 중인 여자 환자들은 회색 아마포 환자복 차림에 챙 없는 하얀 모자를 쓰고 침대 발치에 놓인 의자에 앉아 바느질을 하고 있었다.

환자들로 가득한 그 복도들 중 하나에서 심부름꾼 소년이 갑자기 걸음을 멈추었다. 앞에 보이는 문에는 커다란 글씨로 '매독 환자'라고 적혀 있었다. 대위는 몸을 떨었고 얼굴이 붉어졌다. 간호사 한 명이 입구에 있는 조그만 나무 탁자에 약을 준비하고 있었다. 그녀가 말했다.

"제가 안내해 드릴게요. 29호 침대예요."

그녀는 대위 앞에서 걷기 시작했다.

잠시 후 그녀가 간이침대 하나를 가리켰다.

"여기예요."

그곳에는 불룩 튀어나온 이불 말고는 아무것도 보이지 않았다. 머리도 이불 밑에 감추어져 있었다.

곳곳의 침대들 위로 얼굴들이 솟아나와 있었다. 놀란 창백한 얼굴들이 그의 군복을 바라보았다. 젊은 여자, 늙은 여자의 얼굴들이. 그 얼굴들은 규정에 따른 보잘것없는 환자복 위에서 무척 추하고 상스럽게 보였다.

무척 동요한 대위는 한 손으로 검을 붙잡고 다른 손에는 군모를 쥔 채 중얼거렸다.

"이르마."

침대 속에서 커다란 움직임이 일더니, 그의 애인의 얼굴이 나타났다. 하지만 그녀의 얼굴이 너무 변해서, 너무나 피곤해 보이고 야위어서, 그는 그 얼굴을 알아보지 못했다.

그녀는 복받치는 감정에 숨이 막혀 헐떡거렸다. 그녀가 말했다.

"알베르! ……알베르! ……당신이군요! 아! 좋아요…… 너무 좋아요……"

그녀의 눈에서 눈물이 흘러내렸다.

간호사가 의자를 가져와서 말했다.

"여기 앉으세요."

그는 의자에 앉았다. 그리고 그 창백한 얼굴을 바라보았다. 너무나 아름답고 신선한 모습으로 그와 헤어졌던 여자가 지금은 너무나 비참한 모습을 하고 있었다.

그가 물었다.

"무슨 일이 있었던 거요?"

그녀가 울면서 대답했다.

"당신도 봤잖아요. 문에 적혀 있는 걸."

그런 다음 이불자락으로 눈을 가렸다.

그는 얼빠지고 부끄러운 기분으로 다시 물었다.

"가여운 사람, 어쩌다가 이런 병에 걸린 거요?"

그녀가 중얼거렸다.

"더러운 프로이센 놈들 때문이죠. 그놈들이 반 강제로 나를 범하고 나에게 병을 옮겼어요."

그는 더 이상 할 말을 찾지 못했다. 그는 그녀를 바라보았고, 무릎 위에 놓은 군모를 이리저리 돌렸다.

다른 여자 환자들이 그를 유심히 뜯어보았다. 그는 역겹고 끔찍한 병에 걸린 여자들이 가득한 그 공동 침실에서 부패의 냄새가, 썩은 살 냄새가, 파렴치한 냄새가 난다고 느꼈다.

그녀가 중얼거렸다.

"아무래도 병이 나을 것 같지 않아요. 의사 선생님 말이 상태가 심각하대요."

잠시 후 그녀는 그의 가슴에 십자 훈장이 달려 있는 것을 보고 큰 소리로 외쳤다.

"오! 당신 훈장을 받았네요. 기쁘기도 해라! 정말 기뻐요! 오! 당신에게 키스해도 돼요?"

키스할 생각을 하자, 공포와 혐오의 전율이 대위의 피부에 흘러내렸다.

그는 그만 자리를 뜨고 싶었다. 솔직히 말해 이 여자를 더는 보고 싶지 않았다. 하지만 어떤 식으로 자리에서 일어나고 작별 인사를 해야 할지 알 수 없어서 그대로 머물러 있었다. 그가 더듬더듬 말했다.

"병에 걸린 것을 알고 바로 치료를 받지 않은 거요?"

이르마의 눈 속에서 불꽃이 튀었다. "맞아요. 내가 이 병으로 죽을 테니 복수하고 싶었어요! 그래서 나도 그들에게 병을 옮겼죠. 할 수 있는 한 모두에게요. 그놈들이 루앙에 있는 동안 나는 일부러 치료를 받지 않았어요."

그 말을 듣고 그는 약간의 즐거움이 묻어나는 불편한 어조로 말했다.

"그랬다면 잘한 일이군."

그녀가 뺨을 붉히고는 재미있어하며 대꾸했다.

"오, 그래요. 나 때문에 여러 녀석이 죽었어요. 내가 복수를 한 거죠."

그가 다시 말했다.

"아주 잘됐군."

잠시 후, 그가 의자에서 일어서며 말했다.

"4시까지 대령님께 가봐야 해서 그만 일어나겠소."

그러자 그녀가 격렬한 감정을 토해 냈다.

"벌써요! 벌써 나와 헤어진다고요! 오! 방금 왔잖아요!"

하지만 그는 어떻게 해서든 자리를 뜨고 싶어서 이렇게 말했다.

"당신 말이 맞아요. 나는 방금 왔소. 하지만 4시까지 반드시 대령님께 가봐야 해요."

그녀가 물었다.

"예전의 그 프뢴 대령님 말이에요?"

"맞소, 그분이오. 그분은 두 번 부상을 입었소."

그녀가 다시 물었다.

"당신 동료들은요? 그 사람들 중에도 죽은 사람이 있어요?"

"있소. 생 티몽, 사바냐, 폴리, 사프르발, 로베르, 드 쿠르종, 파자필, 상탈, 카라방 그리고 푸아브랭이 죽었지. 사엘은 팔 한쪽이 날아갔고, 쿠르부아쟁은 다리 한쪽이 으스러졌소. 파케는 오른쪽 눈을 잃었고."

그녀는 흥미를 느끼며 귀를 기울였다. 그러더니 갑자기 어물어물 말했다.

"저기, 헤어지기 전에 나에게 키스해 줄래요? 옆에 랑글루아 부인도 없어요."

그는 입술까지 차오르는 역겨움에도 불구하고 그녀의 창백한 입술에 자기 입술을 포갰고, 그녀는 그에게 팔을 두른 채 그의 파란 줄무늬 군복 위에 미친 듯이 키스를 퍼부었다.

그녀가 말했다.

"당신 또 올 거죠? 말해 봐요, 또 올 거죠? 또 오겠다고 약속해 줘요."

"그래, 약속할게."

"언제요? 목요일에 올 수 있어요?"

"그래, 목요일."

"목요일 2시요."

"그래, 목요일 2시."

"약속하는 거예요?"

"약속할게."

"잘 가요, 자기."

"잘 있어."

그는 다른 여자 환자들의 시선을 받으며, 큰 키가 작아 보이도록 허리를 굽히며 혼란스러운 기분으로 자리를 떴다. 거리로 나서자 크게 숨을 내쉬었다.

그날 저녁, 동료들이 그에게 물었다.

"그래, 이르마는 어때?"

그가 난처한 어조로 대답했다.

"폐렴에 걸렸어. 많이 아파."

하지만 키 작은 중위 한 명이 그의 표정에서 뭔가 냄새를 맡고 상황을 알아보러 갔다. 다음 날 에피방 대위가 식당에 들어가자, 웃음과 농담의 일제사격이 그를 맞이했다. 동료들이 마침내 보복을 한 것이다.

게다가 그들은 이르마가 프로이센 참모부 군인들과 광적으로 방탕한 생활을 했다는 것을, 그녀가 경기병 대령 한 명 및 많은 군인들과 함께 말을 타고 그 지역 곳곳을 돌아다녔다는 것을 알게 되었다. 루앙 사람들이 모두 그녀를 '프로이센인의 여자'라고 불렀다는 것도.

대위는 일주일 동안 연대에서 놀림을 받았다. 그는 우편으로 폭로의 편지들을 받았고, 전문의들의 조언을 받았다. 심지어 포장 위에 용도가 기록된 약을 받기도 했다.

대령이 사정을 알고 엄격한 어조로 말했다.

"그래, 에피방 대위가 이번에 좋은 교훈을 얻었군. 그 친구를 치하해 줘야겠어."

열흘쯤 흐른 뒤, 그는 이르마가 보낸 두 번째 편지를 받았다. 그는 격분하며 편지를 찢어 버렸고 답장도 하지 않았다.

일주일 뒤, 그녀는 자신이 무척 아프다고, 마지막으로 작별 인사를 하고 싶다고 그에게 다시 편지를 보내왔다.

그는 답장하지 않았다.

며칠이 더 흐른 뒤, 병원의 부속 사제가 그를 찾아왔다.

병상에서 죽어 가는 이르마 파볼랭 자매가 그가 와주기를 간청하고 있다고 했다.

그는 차마 거절할 수 없어서 부속 사제를 따라갔지만, 마음속에는 심술궂은 원한, 상처받은 허영심, 모욕당한 자존심이 마구 부글거렸다.

병실에 들어간 그는 그녀가 달라진 것이 별로 없다고 생각했고, 그녀가 자기를 놀린다고 믿었다.

"나한테 원하는 게 뭐요?" 그가 물었다.

"당신에게 작별 인사를 하고 싶었어요. 아무래도 내 목숨이 다 된 것 같아요."

하지만 그는 그녀의 말을 믿지 않았다.

"내 말을 잘 들으시오. 당신은 나를 연대의 웃음거리로 만들었소. 그리고 나는 그것이 계속되기를 원치 않소."

그녀가 물었다.

"내가 당신에게 무슨 짓을 했는데요?"

그는 대답할 말이 없어서 화를 냈다.

"내가 다시 여기를 찾아와 모든 사람들에게 조롱거리가 되는 걸 기대하지 마시오!"

그녀는 움푹 들어간 눈으로 그를 바라보았다. 그 눈에는 분노의 불이 타오르고 있었다. 그녀가 되뇌었다.

"내가 당신에게 무슨 짓을 했는데요? 우리는 다정하게 지내지 않았나요? 내가 당신에게 뭔가 요구하기라도 했어요? 당신만 아니었다면 나는 탕플리에 파퐁 씨와 계속 함께 지냈을 테고, 지금 이곳에 와 있지도 않을 거예요. 아뇨, 다른 사람들이 내 행동을 비난할 수는 있어도 당신은 그러면 안 돼요."

그가 떨리는 어조로 대꾸했다.

"난 당신을 비난하지 않소. 하지만 당신이 프로이센 놈들과 한 행동은 도시 전체의 수치이기 때문에 당신을 보러 계속 여기에 올 수는 없어요."

그녀는 충격을 받고 침대에서 일어나 앉았다.

"내가 프로이센 놈들과 한 행동? 하지만 그놈들이 나를 범했다고 내가 말했잖아요. 병에 걸렸지만 치료를 받지 않았고, 그 이유는 그놈들에게 병을 옮기고 싶어서였다고 당신에게 말했잖아요. 낫기를 원했다면 어렵지 않았을 거예요! 하지만 난 그들을 죽이고 싶었어요. 그래서 그 병으로 그들을 죽였다고요!"

그는 여전히 선 채로 말했다.

"어쨌든 그건 수치스러운 일이오."

그녀는 일종의 호흡곤란을 겪었다. 잠시 후 그녀가 숨을 가다듬고 다시 말했다.

"수치스러운 게 뭔데요? 그 사람들을 죽이기 위해 죽음을 자초한 게 수치스러운 일인가요? 네? 잔 다르크 가의 내 집에 찾아올 때 당신은 이런 식으로 말하지 않았어요. 아! 바로 이런 게 수치스러운 일이에요! 십자 훈장까지 받은 사람이 이렇게 말하면 안 되죠! 당신보다는 내가 그 훈장을 받을 자격이 있어요. 알겠어요? 당신보다 내가 더 자격이 있다고요. 나는 프로이센 놈들을 당신보다 더 많이 죽였으니까요!"

이제 그는 분노에 몸을 떨면서 아연실색한 모습으로 그녀 앞에 서 있었다.

"아! 입 다물어…… 알겠어…… 입 다물라고…… 이런 짓거리는…… 이런 짓거리를 하는 건…… 내가 허락하지 않으니까……"

하지만 그녀는 그의 말을 거의 듣고 있지 않았다.

"그렇게 해서 프로이센 놈들에게 많은 해를 끼쳤잖아요! 그놈들이 루앙에 들어오지 못하게 당신들이 막았다면 이런 일이 일어났겠어요? 네? 당신도 알겠지만 그놈들을 막아야 했던 사람은 당신들이에요. 그런데 내가 그놈들에게 당신보다 더 많은 피해를 끼쳤어요. 그래요, 더 많은 피해를. 내가 죽어 가는 동안, 당신이 검을 차고 어슬렁거리는 동안, 당신이 여자들을 농락하기 위해 우쭐대는 동안……"

침대들 위로 머리가 하나씩 솟아올랐고, 모든 눈들이 어쩔 줄 몰라 하는 군복 차림의 그 남자를 바라보았다.

"입 다물어…… 알겠어…… 그만 입 다물라고……"

하지만 그녀는 입을 다물지 않았다. 그녀가 외쳤다.

"아! 당신은 잘난 척하고 있어. 난 당신을 잘 알아. 그래. 난 당신을 잘 안다고. 내가 당신보다 그들에게 더 많은 피해를 끼쳤다고 했지? 내가 당신의 연대 전체를 합친 것보다 그놈들을 더 많이 죽였다고…… 그러니 그만 꺼져, 이 겁쟁이야!"

그는 그곳을 떴다. 성큼성큼 걸어 매독에 걸린 여자 환자들이 동요하고 있는 두 줄의 침대 사이를 지나 도망쳤다. 쉭쉭거리고 헐떡이는 이르마의 목소리가 들렸다. 그 목소리가 그를 쫓아왔다.

"당신보다 많이. 그래, 내가 당신보다 많이 죽였어. 당신보다 더 많이……"

그는 계단을 네 단씩 급히 뛰어 내려갔다. 그리고 집으로 달려가 틀어박혔다.

다음 날 그는 그녀가 죽었다는 소식을 들었다.

귀향
Le Retour

짧고 단조로운 파도가 해안을 후려쳤다. 작고 하얀 구름들이 바람에 떠밀려 넓고 푸른 하늘을 새 떼처럼 빠르게 지나갔다. 바다를 향해 뻗어 내려가는 작은 골짜기 사이에 자리한 그 마을은 따뜻한 햇살을 받고 있었다.

마을 끄트머리 길가에 마르탱 레베스크의 집이 외따로 떨어져 있었다. 진흙으로 벽을 쌓아 올린 초라한 어부의 집이었지만, 초가지붕 위에 파란 붓꽃이 피어 있었다. 문 앞에 있는 손수건만 한 뜰에는 양파, 양배추, 파슬리 같은 채소들이 가득했다. 울타리가 길을 따라 그 정원을 둘러싸고 있었다.

남편은 고기잡이를 나갔고, 아내는 집 앞에서 벽에 갈색 어망을 걸어 놓고 어망의 뚫어진 코를 깁고 있었다. 어망은 거대한 거미줄처럼 벽을 감싸고 있었다. 뜰에 나와 있던 열네 살 난 계집아이가 짚으로 만든 의자에 앉더니, 울타리에 등을 기대고 몸을 뒤로 젖힌 채 벌써 몇 번이나 기운 속옷을 또다시 기웠다. 그 계집애보다 한 살 아래인 또 다른 계집애는 몸을 움직이기는커녕 아직 말도 못 하는 아주 작은 갓난아기를 팔에 안고 어르고 있었다. 그 옆에서는 두세 살쯤 돼 보이는 어린애 둘이 코를 맞대고 땅바닥에 주저앉아 서툰 손짓으로 흙장난을 하고 있었다. 간혹 흙을 한 줌 그러모아 상대의 얼굴에 던지곤 했다.

아무도 이야기를 하지 않았다. 계집애가 재우고 있는 갓난아기만이 날카로우면서도 가냘픈 목소리로 계속 칭얼댔다. 고양이 한 마리가 창가에 앉아 졸고 있었고, 담장 밑에는 활짝 핀 하얀 꽃무 위로 파리 떼가 붕붕거리는 소리를 내며 모여들었다.

문 가까이에서 옷을 깁고 있던 계집애가 갑자기 큰 소리로 말했다.

"엄마!"

어머니가 대답했다.

"왜 그러니?"

"그 사람 또 왔어."

그들 모녀는 아침부터 염려하고 있었다. 한 남자가 집 주위를 서성거렸기 때문이다. 가난한 부랑자처럼 보이는 늙은 남자였다. 그녀들은 배를 타고 고기잡이를 나가는 가장을 배웅하러 갔다가 처음 그 남자를 보았다. 그 남자는 이 집 문이 정면으로 보이는 도랑에 앉아 있었다. 그녀들이 바닷가에서 돌아올 때도 그 남자는 그곳에 앉아서 이 집을 바라보고 있었다.

그는 몸이 아픈 듯했고 매우 불쌍해 보였다. 한 시간이 넘게 그 자리에서 움직이지 않고 있다가, 그녀들이 수상한 사람으로 여기는 듯하자

도랑에서 일어나 다리를 끌면서 사라졌다.

하지만 얼마 지나지 않아 무겁고 지친 걸음걸이로 다시 돌아오더니, 이번에는 그 집의 동정을 살피려는 듯 조금 더 떨어진 곳에 자리를 잡고 앉았다.

어머니와 딸들은 무서워졌다. 특히 어머니는 몸을 바들바들 떨었다. 본래 겁이 많은 성격인 데다, 남편 레베스크가 해가 떨어진 뒤에나 바다에서 돌아올 것이기 때문이었다.

사람들은 그녀의 남편을 레베스크라고 불렀고, 그녀는 마르탱이라고 불렀다. 그리고 그들 부부를 마르탱 레베스크라고 불렀다. 그 이유는 이랬다. 그녀는 해마다 여름이 되면 뉴펀들랜드까지 대구를 잡으러 나가는 마르탱이라는 이름의 선원과 첫 번째 결혼을 했다.

결혼하고 2년이 지나 그들 사이에 딸 하나가 있고 그녀가 임신 6개월이 되었을 때, 그녀의 남편 마르탱을 태우고 디에프 항을 출발한 삼범선三帆船 '두 자매 호'가 행방불명되었다.

소식을 전혀 들을 수 없었다. 그 배에 탔던 선원들 중에서 돌아온 사람은 없었다. 그래서 사람들은 배가 완전히 침몰해 버렸다고 여겼다.

그녀는 10년 동안 남편을 기다리며 힘들게 두 아이를 키웠다. 그 고장의 어부이며 아들 하나를 둔 홀아비인 레베스크라는 남자가 그녀의 강인하고 선량한 성품을 눈여겨보고 그녀에게 청혼을 했다. 그녀는 그와 결혼했고, 3년이 지난 지금 그와의 사이에서 두 아이를 더 낳았다.

그들은 고생스럽게 열심히 일했다. 하지만 빵은 비쌌고, 고기는 구경조차 하기 힘들었다. 몇 달이고 돌풍이 부는 겨울에는 빵집에 빚을 지는 일이 많았다. 그래도 아이들은 건강하게 잘 자랐다. 마을 사람들은 그것을 두고 이렇게 말하곤 했다.

"마르탱 레베스크 부부는 훌륭한 사람들이야. 마르탱 부인은 어떠한 고생이 닥쳐도 단단하고, 레베스크는 고기잡이에서 견줄 사람이 없으니 말이야."

울타리에 등을 대고 앉아 있던 계집아이가 다시 말했다.

"아무래도 저 사람이 우리를 아는 것 같아요. 어쩌면 에프르빌이나 오즈보스크에서 온 가난한 사람인지도 몰라요."

하지만 마르탱 부인은 착각하지 않았다. 아니었다. 그 사람은 틀림없이 이 지방 사람이 아니었다!

그 남자가 말뚝처럼 꼼짝 않고 앉아 자신의 집만 고집스럽게 바라보자, 마르탱 부인은 화가 치밀었다. 무서움이 그녀를 용감하게 만들었다. 그녀는 삽을 들고 문 앞으로 뛰어나갔다.

"당신 거기서 뭘 하는 거죠?" 그녀는 그 부랑자에게 외쳤다.

그가 쉰 목소리로 대답했다.

"바람 좀 쐬고 있습니다! 그쪽에 해되는 거라도 있나요?"

그녀가 다시 말했다.

"그런데 왜 우리 집 앞에서 기웃거리는 거죠?"

남자가 대꾸했다.

"누구에게도 해 끼칠 생각은 없습니다. 그냥 길에 앉아 있는 것뿐이에요."

그녀는 할 말을 찾지 못했고, 그냥 집으로 돌아왔다.

그날 낮은 시간이 천천히 흘렀다. 정오쯤 남자는 사라졌다. 그러나 5시경에 다시 나타났고, 저녁이 되어서야 자취를 감추었다.

밤이 되어 레베스크가 돌아왔다. 그들은 그에게 낮에 있던 일을 말했고, 그는 이렇게 결론을 내렸다.

"좀 별난 사람이거나 아니면 짓궂은 사람인가 보지."

그러고는 걱정 없이 자리에 누웠다. 하지만 마르탱 부인은 자신을 바라보던 그 남자의 그 묘한 눈길이 자꾸만 생각났다.

다음 날이 밝았다. 그날은 바람에 몹시 불었기에 레베스크는 바다에 나갈 수 없겠다고 판단하고 그물 깁는 아내를 거들어 주었다.

9시경, 빵을 사러 갔던 맏딸이 겁에 질린 얼굴로 뛰어 들어오더니 이렇게 외쳤다.

"엄마, 그 사람이 또 왔어요."

마르탱 부인은 동요해서 얼굴이 창백하게 질렸다. 그녀는 남편에게 말했다.

"여보, 저 사람이 이렇게 우리를 염탐하지 못하도록 가서 한마디 해줘요. 불안해서 못 견디겠어요."

얼굴빛이 구릿빛이고 붉은 수염이 무성하며 꿰뚫는 듯한 파란 눈과 단단한 목덜미를 가진 어부 레베스크는 밖으로 나갔다. 그는 바다에서 불어오는 거친 비바람을 막기 위해 늘 양털 스웨터를 걸치고 다녔다. 그는 조용히 밖으로 나가 그 부랑자를 향해 다가갔다.

그들이 이야기를 하기 시작했다.

어머니와 아이들은 불안하고 떨리는 심정으로 멀리서 그들을 바라보고 있었다.

갑자기 그 낯선 남자가 일어서서 레베스크와 함께 집 쪽으로 걸어왔다.

겁에 질린 마르탱 부인은 뒤로 물러섰다. 남편이 그녀에게 말했다.

"이 사람에게 빵과 사과술 한 잔을 줘. 그저께부터 아무것도 먹지 못한 모양이야."

두 사람이 집 안으로 들어가자, 마르탱 부인과 아이들도 뒤따라 들어갔다. 부랑자는 자리에 앉더니, 모두가 지켜보는 가운데 고개를 숙이고 음식을 먹기 시작했다.

마르탱 부인이 선 채로 그를 뜯어보았다. 맏딸과 갓난아기를 안은 둘째 딸은 방문에 몸을 기댄 채 호기심 가득 찬 눈초리로 그 남자를 주시했다. 벽난로의 잿더미 속에 앉아 거무스름한 냄비를 가지고 놀던 어린 두 아이도 놀이를 멈추고 그 낯선 남자를 쳐다보았다.

레베스크가 의자에 앉으며 그 남자에게 물었다.

"당신은 멀리서 왔겠군?"

"세트에서 왔소."

"걸어서 왔소?"

"그렇소, 걸어서. 다른 방법이 없어서 그래야 했소."

"그래, 목적지는 어디요?"

"여기로 왔잖소."

"여기에 아는 사람이라도 있소?"

"그럴 수도 있지."

두 남자는 입을 다물었다. 배가 몹시 고플 텐데도, 그 남자는 빵을 한 입 먹을 때마다 사과술 한 모금을 마시는 식으로 천천히 먹었다. 지쳐 보이는 얼굴은 주름투성이에 움푹 패어 있었다. 고생을 많이 한 것 같았다.

레베스크가 그에게 불쑥 물었다.

"당신 이름이 뭐요?"

그는 고개를 들지 않고 대답했다.

"마르탱이오."

그 말을 듣는 순간 기묘한 전율이 마르탱 부인을 뒤흔들었다. 그녀는 그 부랑자를 좀 더 가까이서 보려는 듯 한 걸음 앞으로 다가갔다. 그러고는 두 팔을 늘어뜨리고 입을 벌린 채 그 남자 앞에 서 있었다. 아무도 입을 열지 않았다. 마침내 레베스크가 다시 물었다.

"당신 이 고장 출신이오?"

남자가 대답했다.

"그렇소."

남자가 마침내 고개를 들었고, 그의 눈과 마르탱 부인의 눈이 만났다. 두 사람의 눈길은 고정된 채 움직일 줄 몰랐다. 서로 뒤얽혀 섞여 버린 듯했다.

그녀가 아까와 달라진, 낮고 떨리는 목소리로 말했다.

"여보, 당신이에요?"

그가 천천히 대답했다.

"그렇소. 나요."

남자는 움직이지 않고 계속 빵을 씹고 있었다.

레베스크는 너무 놀라고 충격을 받아서 어물어물 말했다.

"그럼 당신이 마르탱인가요?"

남자가 간단히 대답했다.

"그렇소, 내가 마르탱이오."

두 번째 남편 레베스크가 다시 물었다.

"그래, 대체 어디서 온 거요?"

첫 번째 남편이 대답했다.

"아프리카 해안에서 오는 길이오. 우리가 탔던 배가 암초에 걸리는 바람에 바닷속으로 가라앉았소. 살아남은 사람은 피카르, 바티넬, 나, 이렇게 셋뿐이었소. 우리는 12년 동안 그곳 원주민들에게 붙잡혀 있었다오. 피카르와 바티넬은 그곳에서 죽었고, 나는 근처를 지나가던 영국인 여행 자에게 구조되었소. 그 사람이 세트까지 데려다 줘서 이렇게 돌아왔소."

마르탱 부인은 앞치마에 얼굴을 묻고 울기 시작했다.

레베스크가 말했다.

"이제 어떻게 해야 하지……"

마르탱이 물었다.

"당신이 저 여자의 남편이오?"

레베스크가 대답했다.

"그렇소."

두 남자는 서로의 얼굴을 빤히 바라보다가 말문이 막혀 입을 다물 었다.

마르탱은 자기 주위에 둥글게 둘러선 아이들을 바라보다가, 두 계집아 이를 가리키며 물었다.

"저 애들이 내 딸들이오?"

레베스크가 대답했다.

"그렇소, 당신 딸들이오."

하지만 마르탱은 자리에서 일어나지 않았다. 아이들에게 입맞춤을 하 려고 하지도 않았다. 그저 이렇게 말할 뿐이었다.

"저런, 많이 자랐군!"

레베스크는 되풀이해 말했다.

"이제 어떻게 하면 좋겠소?"

마르탱도 당황스러워 어떻게 해야 좋을지 알 수 없었다. 마침내 그가 용단을 내린 듯 말했다.

"당신이 원하는 대로 하겠소. 당신에게 폐를 끼치고 싶은 생각은 조금도 없소. 이 집 상황을 보니 좀 난처하긴 하지만, 내 자식이 둘이고 당신 자식이 셋이니 각자 자기 아이들을 키우면 될 것 같소. 아내는 당신이 데려가야 할까, 내가 데려가야 할까? 그건 당신 뜻에 따르겠소. 하지만 이 집으로 말하면 아버지에게 물려받은 것이고 내가 태어난 곳이니 내가 가져야 할 듯하오. 공증인의 문서에도 내 것으로 기록되어 있을 거요."

마르탱 부인은 파란 앞치마 속에 얼굴을 파묻은 채 나지막한 소리로 계속 울고 있었다. 두 딸들이 가까이 다가와 염려스러운 얼굴로 자신들의 친아버지를 바라보았다.

식사를 마치자 마르탱이 말했다.

"그래, 내 제안이 어떻소?"

레베스크가 좋은 생각을 해냈다.

"같이 신부님을 찾아갑시다. 그분이 좋은 결정을 내려 줄 거요."

마르탱이 일어나 아내 쪽으로 다가가자, 그녀는 그의 가슴에 몸을 던지고 흐느껴 울었다.

"여보! 당신이 돌아왔군요! 가여운 마르탱, 당신이 돌아왔어요!"

그녀는 두 팔을 벌려 그를 꼭 끌어안았다. 그러자 불현듯 지난 12년 동안의 기억과 처음에 그와 함께했던 행복한 순간들이 한꺼번에 떠올라 심경이 몹시 동요되었다.

마르탱도 감정이 복받쳐 그녀의 머릿수건 위에 입을 맞췄다. 벽난로의 잿더미 속에서 놀던 두 아이는 엄마가 우는 것을 보자 울음을 터뜨렸고, 마르탱의 둘째 딸이 안고 있던 갓난아기도 요란하고 날카로운 목소리로 울어 댔다.

서서 기다리고 있던 레베스크가 말했다.

"자, 갑시다. 일을 해결해야지요."

마르탱은 아내를 놓아준 뒤 자신의 두 딸을 바라보았다. 그러자 마르탱 부인이 딸들에게 말했다.

"아빠에게 입맞춤이라도 해드리려무나."

두 딸이 동시에 다가왔다. 두 아이는 눈물을 흘리지 않았다. 놀라고 조금 무서워하고 있었다. 마르탱은 두 딸의 뺨에 차례로 입을 맞추었다. 시골 사람다운 가벼운 입맞춤이었다. 낯선 남자가 가까이 다가오자 갓난아기는 발작하듯 찢어지는 목소리로 울어 댔다.

이윽고 두 남자는 함께 밖으로 나갔다.

코르메스 카페 앞을 지날 때 레베스크가 물었다.

"어떻소, 한잔하겠소?"

"나야 좋지요." 마르탱이 대답했다.

두 남자는 안으로 들어가 아직 비어 있는 홀 안에 앉았다. 레베스크가 외쳤다.

"어이, 시코! 여기 코냑 두 잔만 주게. 좋은 것으로. 마르탱이 돌아왔거든. 우리 집사람의 남편 말이야. 자네도 알지? 실종된 '두 자매 호'에 타고 있던 마르탱 말이야."

그러자 배가 나오고 혈색이 붉고 뚱뚱한 주인이 한 손에 술잔 세 개, 다른 손에는 술병을 들고 두 사람이 앉아 있는 곳으로 다가왔다. 그리고 태연한 표정으로 말했다.

"저런! 마르탱, 자네가 돌아왔군!"

마르탱이 대답했다.

"그래, 돌아왔어!"

포로
Les Prisonniers

숲에서는 나무에 내리는 눈송이가 가볍게 떨리는 소리 말고는 아무
런 소리도 나지 않았다. 눈은 정오부터 내렸다. 작고 고운 눈송이들이 차
가운 거품처럼 나뭇가지를 감싸고, 덤불숲의 낙엽을 은빛 지붕으로 얇
게 덮어 놓았다. 눈송이들은 폭신한 흰 양탄자처럼 길을 따라 펼쳐져 있
었다. 빽빽한 나무들이 숲의 깊은 침묵을 더욱 두텁게 했다.

삼림 관리인의 집 문 앞에서 젊은 여자 하나가 팔을 걷어붙인 채 돌
위에 놓인 장작을 도끼로 패고 있었다. 그녀는 삼림 관리인의 딸이자
또 다른 삼림 관리인의 아내로, 키가 크고 야위었으며 힘이 센 숲의 여
자였다.

집 안에서 목소리가 들려왔다.

"오늘 저녁엔 우리뿐이야, 베르틴. 곧 밤이 될 테니 그만 들어와. 밤이

되면 프로이센 놈들이랑 늑대들도 돌아다닐 거야."

장작을 패는 젊은 여자가 팔을 들어 올릴 때마다 가슴이 불룩 솟아올랐다. 그녀는 팔을 크게 휘둘러 나무를 쪼개면서 대답했다.

"다 했어요, 엄마. 그리고 나 여기 있어요. 여기 있으니까 무서워할 것 없어요. 아직 날도 저물지 않았고요."

그런 다음 나뭇단과 장작들을 가지고 집 안으로 들어가 벽난로 옆에 쌓아 놓은 뒤 다시 밖으로 나가 덧창을 닫았다. 커다란 떡갈나무 덧창이었다. 그리고 다시 들어와서는 문에 달린 육중한 빗장을 질렀다.

그녀의 어머니가 불 옆으로 피신했다. 나이가 들어 겁이 많아진, 주름이 자글자글한 노파였다. 어머니가 말했다.

"난 아버지가 밖에 계시는 게 싫다. 여자 둘이 있으면 힘이 없어."

젊은 여자가 대답했다.

"염려 마세요! 늑대든 프로이센 놈이든 내가 죽일 테니까요."

그리고는 난로 위에 걸린 커다란 권총 한 자루를 눈짓으로 가리켰다.

젊은 여자의 남편이 프로이센군 침략 초기에 입대하자, 집에는 두 여자와 일명 장다리라고 불리는 늙은 삼림 관리인 니콜라 피숑만 남겨졌다. 젊은 여자의 아버지인 니콜라 피숑은 숲을 떠나 도시에 가서 살자는 가족의 제안을 고집스럽게 거부했다.

숲에서 가장 가까운 도시는 바위 위에 자리 잡은 오래되고 강력한 도시 르텔이었다. 르텔 사람들은 애국자였다. 그곳의 부르주아들은 침입자들에 맞서 저항하기로, 집을 떠나지 않기로, 전통에 따라 도시를 방어하기로 결정했다. 그곳 주민들은 이미 두 번, 즉 앙리 4세 때와 루이 14세 때 적에 맞서 영웅적으로 도시를 방어한 적이 있었다. 제기랄, 그러니 이번에도 그렇게 할 것이다! 그러지 않으면 적들이 그들을 성 안에 모아 놓고 불태워 버릴 테니까.

그들은 대포와 총을 구입하고, 민병대를 조직해 부대를 구성했다. 그
런 다음 하루 종일 부대 집결지에서 훈련을 했다. 빵집 주인, 식료품점
주인, 푸줏간 주인, 공증인, 소송 대리인, 소목장이, 서점 주인, 약사 등
이 번갈아 당번을 맡아 보초를 섰다. 그들의 지휘를 맡은 라비뉴 씨는
용기병 하사관 출신으로, 라보당 씨의 상속자인 맏딸과 결혼해 지금은
수예상을 하고 있었다.

젊은 남자들은 모두 군에 입대해 마을을 떠난 상태였고, 라비뉴 씨는
남은 남자들 모두가 가입한 민병대를 대상으로 마을 방위를 위한 훈련
을 실시했다. 그래서 뚱뚱한 남자들은 폐활량을 늘리고 군살을 빼려고
구보로 길거리를 지나다녔고, 허약한 남자들은 근육을 강화하기 위해
무거운 짐을 날랐다.

그러면서 프로이센군을 기다렸지만, 멀지 않은 곳에 있는데도 불구하
고 그들은 나타나지 않았다. 하지만 프로이센 정찰병들은 숲을 지나 일
명 장다리라 불리는 삼림 관리인 니콜라 피숑의 집에 두 번이나 접근해
왔다.

늙은 삼림 관리인은 여우처럼 날쌔게 달려가 그 사실을 시에 알렸다.
사람들은 대포를 조준했다. 그러나 적은 도무지 모습을 드러내지 않았다.
장다리 니콜라의 집은 아블린 숲의 전초前哨가 되었고, 그는 일주일
에 두 번 장을 보러 갈 때 도시의 부르주아들에게 야전 소식을 알려 주
었다.

그날 니콜라는 프랑스어를 잘하는 하사관이 지휘하는 독일 보병 분
견대가 그저께 오후 2시경 그의 집 앞에 왔다가 다시 떠났다는 소식을

570

알리러 집을 나섰다.

니콜라 영감은 사나워진 늑대들이 염려되어 사자 같은 주둥이를 가진 몰로스 개 두 마리를 데리고 나가면서, 두 여자에게 날이 어두워지면 밖에 나오지 말고 집 안에만 있으라고 말했다.

젊은 딸은 두려워하지 않았지만, 늙은 아내는 여느 때처럼 벌벌 떨면서 이렇게 말했다.

"아무래도 일이 불행하게 끝날 것 같아요. 당신도 알잖아요."

그날 저녁 그녀는 평소보다 훨씬 더 전전긍긍하며 딸에게 물었다.

"네 아버지는 몇 시에 돌아오실까?"

"11시 전에는 돌아오지 못하실 거예요. 지휘관 집에서 저녁을 드시면 언제나 밤늦게 돌아오시잖아요."

딸은 이렇게 대답하고는 간단한 저녁 식사를 만들기 위해 불 위에 냄비를 올렸다. 그때 벽난로와 연결된 관에서 희미한 소음이 들려 그녀는 동작을 멈추고 중얼거렸다.

"숲에서 누가 걸어 다니네요. 적어도 일고여덟 명은 되는 것 같아요."

그 말을 들은 어머니는 겁에 질려 물레질을 멈추고 더듬더듬 말했다.

"오! 세상에! 혹시 네 아버지도 거기 계신 게 아닐까!"

그녀가 말을 마치기도 전에 난폭한 노크 소리가 대문을 뒤흔들었다.

그녀들이 대답하지 않자, 커다란 목소리가 쩌렁쩌렁 들려왔다.

"열어요!"

잠시 침묵이 흐른 뒤, 똑같은 목소리가 다시 말했다.

"문을 열라고. 안 열면 부술 거요!"

베르틴은 벽난로 위에 걸린 커다란 권총을 떼어 내 치마 주머니에 집어넣은 뒤 문으로 다가가 한쪽 귀를 갖다 대고 물었다.

"누구시죠?"

문 밖에서 대답하는 소리가 들렸다.

"요전에 왔던 분견대 대원이오."

베르틴이 다시 물었다.

"무슨 일인데요?"

"오늘 아침에 길을 잃었어요. 다른 대원들도 함께 있소. 어서 문 열어요. 안 그러면 내가 문을 부술 테니까."

베르틴에게는 선택의 여지가 없었다. 그녀는 육중한 잠금장치를 벗긴 뒤 무거운 문짝을 잡아당겼다. 눈 때문에 어슴푸레한 어둠 속에 여섯 명의 프로이센 병사가 보였다. 그저께 왔던 병사들과 똑같은 사람들이었다. 그녀는 단호한 어조로 말했다.

"이 시간에 뭘 하러 여기 온 거죠?"

하사관이 되풀이해 말했다.

"길을 잃었어요. 완전히 잃었다고. 그러다가 이 집을 발견했소. 아침부터 아무것도 먹지 못했어요. 내 대원들도 마찬가지고."

"오늘 밤 이 집에는 나와 어머니 둘뿐이에요."

베르틴이 말했다.

그러자 선량해 보이는 그 군인이 대답했다.

"상관없소. 해는 끼치지 않을 테니 먹을 것만 좀 만들어 줘요. 굶주림만 면하게 해주면 귀찮게 하지 않겠소."

베르틴이 뒤로 물러서서 말했다.

"들어오세요."

그들이 눈을 잔뜩 맞은 행색으로 들어왔다. 눈이 거품을 낸 크림처럼 그들의 군모에 내려앉아 있었다. 그래서 군모가 마치 머랭*처럼 보였다.

그들은 지치고 기진맥진한 모습이었다.

베르틴은 커다란 탁자 양쪽에 놓인 나무 벤치를 그들에게 가리켰다.

그러고는 말했다. "앉으세요. 수프를 좀 만들어 드릴게요. 당신들 정말
로 지쳐 보이네요."

그런 다음 문을 다시 잠갔다.

냄비 안에 물을 붓고 버터와 감자를 넣은 뒤, 벽난로 속에 걸려 있는
돼지비계 한 조각을 떼어 내 절반을 잘라 그 속에 넣었다.

여섯 남자는 시장기로 눈을 반짝이며 그녀의 일거수일투족을 눈으로
좇았다. 총과 군모를 한쪽 구석에 내려놓고, 학교 의자에 앉은 어린 학
생들처럼 얌전히 기다렸다.

어머니는 침입자인 그 군인들을 얼빠진 눈길로 응시하며 구석에 숨었
다. 물레 돌아가는 희미한 소리와 벽난로의 불길이 타닥거리는 소리 그
리고 냄비 속의 물이 불 위에서 끓으면서 부글거리는 소리 말고는 아무
소리도 들리지 않았다.

갑자기 낯선 소음이 들려와 그들 모두를 소스라치게 했다. 문 밑에서
나는 것 같은 걸걸한 숨소리로, 힘센 짐승이 코를 고는 소리와 흡사했다.

독일 하사관이 용수철처럼 뛰어 올라 총에 손을 뻗었다. 하지만 베르
틴이 손짓으로 그를 제지한 뒤 미소를 띠며 말했다.

"늑대예요. 저놈들도 당신들하고 비슷해요. 바깥을 어슬렁거리며 돌아
다니고 배고파하죠."

남자는 미심쩍어하며 눈으로 직접 보고 싶어 했다. 문을 열자마자 커
다란 회색 짐승 두 마리가 급히 달아나더니 성큼성큼 걸어갔다.

---

*달걀흰자에 설탕을 넣고 휘저어 거품을 낸 것. 파이, 푸딩 등에 얹어 먹는다.

그가 돌아와서 다시 앉으며 중얼거렸다.

"보지 않았다면 믿지 못했을 거요."

그리고 수프가 준비되기를 기다렸다.

그들은 많이 먹으려고 입을 귀까지 크게 벌리고 게걸스럽게 먹었다. 눈을 휘둥그레 뜨고 턱을 벌린 채 빗물받이 홈통으로 빗물이 내려가는 것 같은 꾸르륵꾸르륵 소리를 내며 먹었다.

두 여자는 붉고 무성한 턱수염들의 빠른 움직임을 말없이 바라보았다. 마구 움직이는 그 텁수룩한 수염 속으로 감자가 들어가 박히는 것 같았다.

그들이 목말라하자, 베르틴은 사과술을 가져오려고 지하실로 내려갔다. 그녀는 지하실에 오랫동안 머물렀다. 그곳은 천장이 둥근 작은 지하 저장고로, 혁명 동안 감옥 및 은신처로 사용되었다. 부엌 깊숙한 곳에 뚜껑문이 하나 있고, 그 뚜껑문과 연결된 나선형의 좁은 계단을 통해 그곳으로 내려갈 수 있었다.

다시 부엌으로 돌아왔을 때 그녀는 웃고 있었다. 혼자서 엉큼한 표정으로 웃고 있었다. 그녀는 독일인들에게 사과술 단지를 건네주었다.

그녀도 부엌 한쪽에서 어머니와 함께 저녁을 먹었다.

군인들이 저녁 식사를 마쳤다. 그리고 여섯 명 모두 탁자 주위에서 잠이 들었다. 이따금씩 누군가의 이마가 둔탁한 소리를 내며 탁자 널판에 떨어졌고, 그러면 그 남자는 잠에서 깨어나 벌떡 일어서곤 했다.

베르틴이 하사관에게 말했다.

"불 앞으로 가서 누워요. 여섯 명이 함께 누울 만한 공간이 있으니까. 나는 엄마와 함께 방으로 올라갈게요."

두 여자는 2층으로 올라갔다. 열쇠로 문을 잠그고 방 안을 잠시 걸어

다니는 소리가 들렸다. 이윽고 그녀들은 아무 소리도 내지 않았다.

프로이센 군인들은 외투를 둘둘 말아 머리를 받치고 발을 불 쪽으로 향한 채 바닥에 몸을 뉘었다. 그리고 곧 서로 다른 여섯 가지 톤으로, 날카롭거나 잘 울리는 소리로, 하지만 지속적이고 어마어마한 소리로 코를 골았다.

그들이 잠들고 오랜 시간이 지났을 때, 갑자기 총소리가 울려 퍼졌다. 그 소리가 너무 커서 이 집 벽에 대고 쏜 것처럼 느껴졌다. 군인들은 벌떡 일어났다. 다시 두 발의 총소리가 울려 퍼졌고, 세 발의 또 다른 총소리가 뒤를 이었다.

2층의 문이 열렸고, 맨발에 슈미즈와 짧은 치마 차림의 베르틴이 손에 촛불을 들고 겁에 질린 표정으로 모습을 드러냈다. 그녀가 우물우물 말했다.

"프랑스군이에요. 적어도 2백 명은 되는 것 같아요. 그들이 당신들을 발견하면 이 집을 불태울 거예요. 그러니 빨리 지하실로 내려가요. 소리 내지 말고요. 소리를 내면 끝장이에요."

하사관이 놀라서 중얼거렸다.

"나도 그러고 싶소. 그러고 싶어요. 어디로 내려가야 합니까?"

베르틴이 네모난 뚜껑문을 조심스럽게 들어 올렸다. 여섯 남자는 발판을 잘 디디기 위해 더듬더듬 뒷걸음을 치며 지하로 통하는 나선형의 좁은 계단 밑으로 하나씩 모습을 감추었다.

마지막 군모 끄트머리가 모습을 감추자, 베르틴은 벽처럼 두껍고 강철처럼 단단한, 그리고 경첩과 자물쇠가 달린 육중한 떡갈나무 뚜껑문을 닫은 뒤 확실하게 잠갔다. 그런 다음 웃기 시작했다. 소리는 나지 않지만 몹시 즐거운 웃음이었다. 그녀는 포로들의 머리 위에서 춤이라도 추고 싶었다.

군인들은 돌로 된 견고한 상자 같은 지하실에 갇힌 채 조용히 있었다. 지하실에는 쇠막대 여러 개를 지른 채광창이 하나 있었다.

베르틴은 화덕에 다시 불을 피우고 냄비를 올려놓았다. 그러고는 다시 수프를 만들면서 중얼거렸다.

"이런 밤엔 아버지가 피곤하시겠네."

그런 다음 의자에 앉아서 기다렸다. 째깍거리는 괘종시계 소리만이 침묵을 규칙적으로 휘저었다.

이따금 그녀는 시계 문자판에 눈길을 던졌다. 그녀의 초조한 눈길은 이렇게 말하는 듯했다.

'일이 빨리 끝나지 않을 것 같네.'

얼마 지나지 않아 그녀의 발밑에서 프로이센 군인들이 뭐라고 중얼거리는 것 같았다. 작은 소리로 속삭이는 불명료한 소리들이 돌로 된 지하실의 둥근 천장을 지나 그녀의 귀에 와 닿았다. 프로이센 군인들이 그녀의 술책을 간파한 것이다. 하사관이 좁은 계단을 다시 올라와 주먹으로 뚜껑문을 치면서 외쳤다.

"열어요."

그녀는 의자에서 일어나 뚜껑문으로 다가가서는 그의 프랑스어 악센트를 흉내 내며 말했다.

"원하는 게 뭐예요?"

"문 열어요."

"열지 않을 거예요."

남자가 화를 냈다.

"열어요. 안 그러면 문을 부수겠소."

그녀는 웃음을 터뜨렸다.

"부숴요, 아저씨. 어디 한번 부숴 보라고요."

그러자 그가 총 개머리판으로 머리 위에 굳게 닫힌 떡갈나무 뚜껑문을 두들기기 시작했다. 하지만 그녀는 꿈쩍도 하지 않았다.

그가 계단을 도로 내려가는 소리가 들렸다. 잠시 후 군인들이 한 명씩 와서 차례로 자기 힘을 시험해 보고 잠긴 뚜껑문의 상태를 살폈다. 하지만 그 시도가 무익하다고 판단하고는 지하실로 내려가 자기들끼리 이야기를 나누기 시작했다.

그녀는 그들의 이야기를 듣다가 밖으로 나가 문을 열고 어둠 속에 귀를 기울였다.

멀리서 개 짖는 소리가 들렸다. 그러자 그녀는 사냥꾼이 하는 것처럼 휘파람을 불었다. 커다란 개 두 마리가 그늘 속에서 모습을 드러내더니, 좋아서 깡충깡충 뛰며 그녀에게 뛰어올랐다. 그녀는 개들의 목덜미를 붙잡고 뛰지 못하게 제지했다. 그런 다음 온 힘을 다해 외쳤다.

"아버지!"

그러자 아주 멀리서 대답이 들려왔다.

"그래, 베르틴."

그녀는 조금 기다렸다가 다시 불렀다.

"아버지."

이번엔 좀 더 가까운 곳에서 대답이 들렸다.

"그래, 베르틴."

베르틴이 말했다.

"채광창 앞을 지나가지 마세요. 지하실에 프로이센 군인들이 있어요."

갑자기 왼쪽에, 나무 두 그루 사이에 남자의 커다란 윤곽이 나타났다. 아버지였다. 그가 걱정 어린 목소리로 물었다.

"프로이센 놈들이 지하실에 있다고? 그놈들이 무슨 짓을 했느냐?"

베르틴은 웃음을 터뜨렸다.

"어젯밤에 여기 왔어요. 숲에서 길을 잃었대요. 제가 지하실에 가둬 놨어요."

그녀는 자신이 한 일을 자랑스럽게 이야기했다. 자신이 어떻게 권총으로 그들에게 겁을 주어 지하실에 집어넣었는지.

노인은 여전히 진지한 목소리로 물었다.

"이 시간에 내가 어떻게 하면 좋겠니?"

그녀가 대답했다.

"라비뉴 씨에게 가서 부대를 데리고 오라고 하세요. 그분이 저 사람들을 포로로 삼을 거예요. 이 소식을 들으면 기뻐할걸요."

피숑 영감이 미소 지었다.

"그래, 그 사람이 기뻐할 게다."

베르틴이 다시 말했다.

"수프를 만들어 놨으니, 드시고 다시 출발하세요."

삼림 관리인 노인은 식탁 앞에 앉아 음식이 담긴 접시 두 개를 개들을 위해 바닥에 놓은 뒤 수프를 먹기 시작했다.

이야기를 하던 프로이센 군인들은 이제 조용해졌다.

15분 뒤 장다리 노인은 다시 길을 나섰다. 그리고 베르틴은 두 손에 얼굴을 묻고 기다렸다.

포로들이 다시 동요하기 시작했다. 이제는 고함을 치고, 큰 소리로 외치고, 격분한 나머지 지하실의 견고한 뚜껑문을 총 개머리판으로 끊임없이 두들겼다.

이윽고 그들은 혹시라도 독일군 분견대가 근처를 지나가면 소리를 들을 거라는 희망에 채광창 너머로 총을 쏘기 시작했다.

베르틴은 움직이지 않고 가만히 있었다. 그들이 내는 시끄러운 소음이 그녀를 짜증나게 하고 화나게 했다. 마음속에 심술궂은 분노가 피어올랐다. 그녀는 그들을, 그 비열한 놈들을 죽여 조용하게 만들고 싶었다.

초조함이 커져 갔다. 그녀는 괘종시계를 바라보며 1분 또 1분이 흐르는 것을 헤아리기 시작했다.

아버지가 출발한 지 한 시간 반이 되었다. 지금쯤 시내에 도착했을 것이다. 아버지가 라비뉴 씨에게 상황을 이야기하고, 라비뉴 씨가 감격으로 얼굴이 창백해져서는 하녀를 불러 군복과 무기를 가져오게 하는 모습이 눈앞에 보이는 것 같았다. 길거리에 북소리가 퍼져 나가면서 겁에 질린 얼굴들이 창가에 나타나고, 시민군들이 서둘러 옷을 갖춰 입고 집에서 나와 숨을 헐떡거리며 혁대를 채우고는 지휘관의 집을 향해 구보로 출발하는 모습도 보이는 것 같았다.

부대는 장다리 영감을 선두로 해 눈 속에서 어두운 숲을 향해 출발했다.

그녀는 괘종시계를 바라보았다. "한 시간 후면 도착할 거야."

신경질적인 초조감이 그녀를 덮쳐 왔다. 1분 또 1분이 끝나지 않는 긴 시간처럼 느껴졌다. 시간이 어찌나 더디 흐르는지!

마침내 시곗바늘이 그들이 도착할 거라고 그녀가 예상한 바로 그 시각을 알렸다.

그녀는 사람들이 오는 소리를 들으려고 문을 열었다. 그리고 그림자 하나가 조심스럽게 다가오는 것을 발견했다. 그녀는 무서워서 외마디 소리를 질렀다. 그 그림자는 다름 아닌 니콜라 피숑 영감이었다.

그가 말했다.

"상황이 변하지 않고 그대로인지 알아보라고 해서 왔다."

그녀가 대답했다.

"네, 아무것도 변하지 않았어요."

그러자 그는 날카롭게 끄는 호각 소리를 내며 어둠 속으로 달려갔다. 얼마 지나지 않아 나무 밑에서 갈색의 무더기가 천천히 다가왔다. 열 명의 남자로 구성된 전초부대였다.

장다리가 여러 번 되풀이해 말했다.

"채광창 앞으로는 지나가지 마요."

먼저 도착한 사람들이 새로 도착한 사람들에게 조심해야 할 채광창을 가리켜 알려 주었다.

마침내 대규모의 부대가 모두 모습을 드러냈다. 전부 합쳐 2백 명의 남자들이 200발의 실탄을 가져왔다.

지휘관 라비뉴 씨가 흥분으로 몸을 떨면서, 곳곳에서 집 안으로 침투할 수 있도록 사람들을 배치했다. 지하실 채광창 앞의 지면에는 넓은 공간을 남겨 두었다.

라비뉴 씨는 집 안으로 들어가 적의 병력과 상태를 알아보았다. 하지만 적들은 너무나 조용해서 사라져 버렸거나, 기절했거나, 채광창을 통해 날아가 버린 것 같았다.

라비뉴 씨는 발로 뚜껑문을 두들기며 물어보았다.

"프로이센 장교 거기 있소?"

그러나 그는 대답하지 않았다.

라비뷰 씨가 다시 물었다.

"프로이센 장교 거기 있소?"

하지만 소용없었다. 라비뷰 씨는 대답 없는 그 장교에게 무기와 짐을 가지고 나오라고, 그러면 그와 그의 병사들의 목숨을 보전해 주고 군인으로서의 명예도 지켜주겠다고 20분 동안 설득했다. 그러나 동의의 신호도, 적대적인 신호도 받지 못했다. 일이 까다로워졌다.

시민군은 눈 속에서 발을 구르고, 마부들이 몸을 덥히기 위해 하는 것처럼 팔을 크게 움직이고 어깨를 쳤다. 그 앞으로 지나가고 싶은 어린애 같은 욕구가 커지는 것을 느끼며 채광창을 바라보기도 했다.

마침내 시민군 중 몸이 매우 유연한 포드뱅이라는 남자가 대담하게 나섰다. 그는 사슴처럼 껑충껑충 달려 채광창 앞을 지나갔다. 아무 일도 일어나지 않았다. 포로들이 죽은 것 같았다.

누군가가 외쳤다.

"저 안에 아무도 없나 봐."

다른 시민군 하나가 그 위험한 구멍 앞을 가로질렀다. 그것은 마치 게임 같았다. 시민군들은 어린아이들이 술래잡기를 하듯 한 사람씩 뛰어나가 채광창 앞을 지나갔다. 눈덩이가 튀어서 발을 재빠르게 놀려야 했다. 몸을 따뜻하게 덥히기 위해 나뭇가지들을 모아 불을 크게 피웠다. 뛰어가는 시민군들의 윤곽이 환한 모닥불 불빛을 받으며 오른쪽에서 왼쪽으로 움직였다.

누군가가 외쳤다.

"자네 차례야, 말루아종!"

말루아종은 배가 나와서 동료들에게 웃음을 주는 뚱뚱한 빵집 주인이었다.

말루아종이 망설였다. 그러자 사람들은 그를 놀렸다. 마침내 말루아종이 결심을 하고 종종걸음의 구보로 헐떡거리며 출발했다. 그의 뚱뚱한 배가 흔들렸다.

시민군 전체가 눈물이 날 정도로 웃어 대며 소리 질러 그를 격려했다.

"브라보, 브라보, 말루아종!"

말루아종이 목적지의 3분의 2 지점에 도착했다. 바로 그때, 채광창에서 기다랗고 붉은 불꽃이 솟아오르며 폭음이 울려 퍼졌다. 거대한 몸집의 빵집 주인은 크게 비명을 지르며 코를 박고 쓰러졌다.

말루아종을 구하기 위해 달려가는 사람은 아무도 없었다. 말루아종은 신음하며 눈밭을 네 발로 기었고, 지독했던 여정에서 벗어나자 정신을 잃었다.

말루아종은 지방이 많은 넓적다리 위쪽에 총을 맞았다.

최초의 놀라움과 공포가 지나가자, 웃음소리가 다시 높아졌다.

잠시 후, 지휘관 라비뉴 씨가 집 밖에 모습을 드러냈다. 방금 공격 계획을 수정한 것이다. 그가 떨리는 목소리로 외쳤다.

"아연공 플랑슈와 그 일꾼들!"

그러자 남자 세 명이 다가왔다.

"이 집의 빗물받이 홈통을 개봉하도록."

15분 뒤, 그들은 20미터 길이의 빗물받이 홈통을 라비뉴 씨에게 가져왔다.

라비뉴 씨는 뚜껑문 가장자리에 신중을 기해 동그랗고 작은 구멍을 파게 했다. 그리고 펌프 수도관을 그 구멍에 대고는 기쁜 표정으로 말했다.

"독일군 나리들에게 마실 것을 제공하자고."

그 말에 열광적인 환호성이 터져 나왔고, 이어서 기쁨의 외침 소리와 격렬한 웃음소리가 이어졌다. 라비뉴 씨는 조를 편성해 5분마다 교대로 작업하게 했다. 마침내 그가 명령을 내렸다.

"펌프질을 해."

쇠로 된 손잡이가 장착되었고, 물이 작은 소음을 내며 관을 따라 내려가 지하실로 흘러들었다. 폭포 같은 소리, 금붕어들이 사는 바위 가에서 나는 소리가 났다.

시민군들은 기다렸다.

한 시간이 흘렀다. 두 시간, 세 시간이 흘렀다.

라비뉴 씨는 열에 들떠 부엌 안을 왔다 갔다 하고, 적들이 항복할지, 어떻게 하고 있는지 파악하기 위해 때때로 바닥에 귀를 대보았다.

적들은 동요하고 있었다. 그들이 큰 통을 움직이는 소리, 이야기하는 소리, 물이 찰랑거리는 소리가 들렸다.

드디어 아침 8시경, 채광창에서 목소리가 새어 나왔다.

"프랑스군 장교와 이야기하고 싶소."

라비뉴 씨는 머리를 지나치게 들이밀지는 않은 채 채광창에 대고 말했다.

"당신 거기 있는 거요?"

"여기 있소."

"그러면 총을 밖으로 건네시오."

총 하나가 구멍 밖으로 나와 눈 속에 떨어지는 것이 보였다. 이윽고 두 개, 세 개, 그들의 총이 전부 밖으로 나왔다. 아까와 똑같은 목소리가 말했다.

"이제 우리에겐 무기가 없소. 그러니 서둘러 조치해 주시오. 이러다 익사하겠소."

지휘관이 명령했다.

"멈춰."

펌프 손잡이가 작동을 멈추었다.

라비뉴 씨는 시민군들을 부엌 안으로 불러들여 무기를 발치에 내려놓고 기다리게 한 뒤, 떡갈나무 뚜껑문을 천천히 들어 올렸다.

물에 젖은 머리 네 개가, 창백한 금발의 머리 네 개가 나타났다. 독일군 여섯 명이 물을 줄줄 흘리고 벌벌 떨면서 겁에 질린 얼굴로 한 사람씩 모습을 드러냈다.

그들은 체포되고 결박되었다. 독일군의 기습 공격이 염려되었으므로, 즉시 두 무리로 나누어 출발했다. 한 무리는 포로들을 끌고 갔고, 다른 무리는 말루아종이 누운 매트리스를 막대 위에 실어 옮겼다.

그들은 개선장군처럼 르텔로 돌아갔다.

라비뉴 씨는 프로이센 전초부대를 사로잡은 공로로 훈장을 받았고, 뚱뚱한 빵집 주인은 적과 싸우느라 부상을 입은 공으로 군사 메달을 받았다.

투안 영감

Toine

1

사방 10리외 안에 사는 사람들은 투른방의 술집 주인 앙투안을, '뚱보 투안'이나 '내 코냑 투안' 혹은 '화주火酒'라고도 불리는 투안 영감을 잘 알고 있었다.

그가 바다를 향해 내려가는 작은 골짜기 깊숙한 곳에 처박힌 그 작은 마을을 유명하게 만들었기 때문이다. 그 마을은 구덩이와 나무들로 둘러싸인 노르망디 양식의 집 열 채로 이루어진 초라한 농촌 마을이었다.

집들은 투른방이라 불리는 굽이 뒤, 잡초와 가시양골담초로 덮인 골짜기 속에 웅크려 있었다. 폭풍우 치는 날 새들이 혹독하고 짠 바닷바람에 맞서 밭고랑 속에 몸을 숨기듯, 마치 그 골짜기 속에서 피난처를 찾은 것 같았다. 폭풍우 때 불어오는 바닷바람은 불처럼 주변을 부식시키고, 태우고, 겨울의 서리처럼 주변을 메마르게 하고 파괴한다.

마을 전체가 앙투안 마슈블레, 일명 '화주'의 소유 같았다. 사람들이 그 투안 영감을 자주 '내 코냑' 투안이라고 부르는 것은 그가 그 말을 입에 달고 살았기 때문이다.

"내 코냑은 프랑스에서 최고야."

물론 그가 파는 코냑을 뜻하는 말이었다.

그는 20년 전부터 코냑과 화주를 그 고장에 공급했다. 사람들이 "뭘 마시면 좋을까요, 투안 영감님?" 하고 물을 때마다 그는 한결같이 이렇게 대답했다.

"화주를 마셔야지, 사위님. 화주는 위장을 덥히고 머리를 깨끗이 비워 주거든. 그것만큼 몸에 좋은 것이 없지."

그는 결혼한 딸도 결혼시킬 딸도 없음에도 불구하고 모든 사람을 '사위님'이라고 부르는 습관이 있었다.

아! 그랬다. 사람들은 그 면에서, 아니 그 군에서 가장 뚱뚱한 남자인 화주 투안을 잘 알고 있었다. 그의 조그만 집은 그가 들어가 살기에는 터무니없이 좁고 낮아 보였다. 그가 자기 집 앞에 서서 하루 온종일을 보내는 것을 볼 때면, 사람들은 어떻게 그가 자기 집 안으로 들어갈 수 있는지 궁금해했다. 손님이 오면 내 코냑 투안은 집 안으로 들어갔다. 손님들이 그의 술집에 와서 술을 마실 때마다 작은 잔으로 한 잔 마시라고 그에게 권유했기 때문이다.

그의 술집은 마을의 간판 구실을, '약속 장소' 역할을 했다. 그리고 투안 영감은 그 고장 모든 사람들의 친구였다. 페캉과 몽티빌리에 사람들도 그를 만나 이야기를 듣고 농담을 나누려고 찾아왔다. 그 뚱뚱한 남자는 묘석까지도 웃게 하는 사람이었기 때문이다. 그는 사람들을 화나게 하지 않고 농담하는 법을 알았고, 말로 하지 않은 것을 표현하기 위해 눈을 깜박거릴 줄 알았으며, 유쾌한 기분으로 자신의 넓적다리를 두들겨 상대방의 의사와 상관없이 뱃속으로부터 웃음을 끌어낼 줄 알았다. 게다가 그가 술을 마시는 광경은 신기함 그 자체였다. 그가 술을 하도 잘 마셔서 손님들은 그에게 온갖 종류의 술을 조금씩 사주었는데, 그럴 때면 그는 즐거움이 담긴 꾀바른 눈빛을 했다. 그 즐거움은 그가 느끼는 두 가지 기쁨에서 왔다. 하나는 좋아하는 것을 마음껏 즐기는 기쁨, 또 하나는 좋아하는 것을 즐기며 돈을 버는 기쁨이었다.

마을의 익살꾼들이 그에게 물었다.

"바닷물은 왜 마시지 않는 거요, 투안 영감?"

그러면 그는 이렇게 대답했다.

"내가 바닷물을 마시지 않는 데는 두 가지 이유가 있다오. 첫째는 맛이 짜서이고, 둘째는 그 물을 마실 수 있을 만큼 내 배가 홀쭉하지 않아서이지. 그래서 바닷물은 그냥 병에 담아 놓는다오!"

그런 다음에는 아내와 말다툼을 했다! 그 모습이 너무나 우스워서 사람들은 기꺼운 마음으로 자릿값을 지불하려 했다. 그들은 30년 전 결혼한 이후 매일같이 말다툼을 했다. 투안 영감은 매사에 농담만 했고, 그러면 그의 부르주아 아내는 화를 냈다. 그녀는 키 큰 시골 아낙네였다. 가늘고 긴 다리로 성큼성큼 걸어 다녔고, 야위고 납작한 몸 위에 화난 야행성 맹금류 같은 머리가 얹혀 있었다. 그녀는 술집 뒤에 있는 조그만 뜰에서 암탉들을 키우며 시간을 보냈다. 그녀는 닭을 통통하게 살찌우는 방법을 잘 아는 것으로 유명했다.

페캉의 상류계급 사람들은 집에서 식사를 할 때 투안 할멈이 키운 닭을 식탁에 올렸다.

하지만 그녀는 타고난 성품이 심술궂어서, 매사가 늘 불만이었다. 세상 전체에 화를 냈고 주로 남편을 원망했다. 그녀는 남편의 기질이 유쾌한 것을, 남편이 마을에서 유명한 것을, 남편의 건강 상태를, 남편이 살이 찐 것을 원망했다. 아무것도 하지 않으면서 돈을 번다는 이유로 그를 무능한 사람 취급했고, 보통 사람 열 명 몫만큼 먹고 마신다는 이유로 그를 식충이 취급했다. 그녀는 화난 표정으로 이렇게 말하지 않고는 단하루도 그냥 넘어가지 않았다.

"그렇게 먹어 대면 돼지우리에 있는 것보다 나을 게 없어! 몸에 기름기가 끼고 심장에 병이 생긴다고!"

그녀는 그의 면전에 대고 이렇게 외치기도 했다.

"내가 바라는 게 딱 하나 있어. 머지않아 그 일이 일어날 거야. 일어날거라고! 당신의 그 뚱뚱한 배때기가 곡식 자루처럼 뻥 터져 버릴 거라고!"

그러면 투안 영감은 자기 배를 두들기며 껄껄 웃고는 이렇게 대답하는 것이었다.

"오, 이 말라깽이! 암탉 할멈! 당신은 닭들 살찌우는 데나 신경 써. 당신이 말한 건 어떻게 되는지 한번 두고 보자고."

그러고는 통통한 팔뚝 위로 소매를 걷어붙이고는 이렇게 덧붙이는 것이었다.

"여기 팔뚝 하나 있어, 아줌마. 팔뚝 하나 있다고."

그러면 손님들은 너무나 즐거워서 몸을 비비 꼬며 주먹으로 탁자를 두들기고, 우스워서 미칠 지경이 되어 발을 구르고 바닥에 침을 뱉는 것이었다.

투안 할멈은 격분해서 다시 말했다.

"내가 바라는 게 하나, 딱 하나 있어…… 그 일은 일어나고 말 거야. 그 배가 곡식 자루처럼 터져 버릴 거라니까……"

그러고는 술꾼들이 와 하고 웃는 가운데 화난 채로 나가 버렸다.

사실 투안 영감의 모습은 보기에도 놀라웠다. 몸이 너무나 두텁고, 뚱뚱하고, 빨갛고, 엄청나게 뚱뚱했던 것이다. 그는 유쾌하고 익살스러운 외양으로 죽음의 술책에 놀림받는 거대한 남자였다. 그의 몸은 천천히 파괴적으로 변해 갔지만, 겉으로 볼 때는 견딜 수 없을 정도로 우스꽝스럽기만 했다. 다른 사람들은 흰머리가 나고, 몸이 야위고, 주름살이 생기고, 점점 쇠약해져서 "맙소사, 저 사람 엄청 변했군!"이라는 말을 듣는데 말이다. 그의 아내는 그를 살찌우는 데서, 그를 괴물처럼 만들고 우스꽝스럽게 만드는 데서, 그를 울긋불긋하게 채색하는 데서, 그를 파괴하는 데서, 그에게 초인적인 외양을 부여하는 데서 기쁨을 느꼈다. 하지만 그녀가 부과한 몸의 왜곡이 그에게는 불길하고 딱한 것이 아니라 우스꽝스러운 것, 익살스러운 것, 재미있는 것이 되었다.

투안 할멈이 말했다. "내가 바라는 게 딱 하나 있어. 머지않아 그 일이 일어날 거야."

2

마침내 투안 영감이 병이 나서 몸이 마비되어 버렸다. 사람들은 술집 안에서 손님들이 이야기하는 것을 들을 수 있도록, 그리고 손님들과 수다를 떨 수 있도록 그 뚱뚱한 남자를 술집 칸막이벽 뒤 조그만 방 안에 눕혀 놓았다. 그는 혼자 일어설 수도 없을 정도로 꼼짝을 못했지만 머리는 자유롭게 움직일 수 있었다. 처음에 사람들은 그의 통통한 다리에 다시 힘이 생기기를 바랐다. 하지만 그 희망은 곧 사라져 버렸고, 내 코냑 투안은 밤낮으로 침대에 누워 지냈다. 일주일에 한 번씩 이웃 사람네 명이 그의 팔다리를 들어 올려 짚을 넣은 매트리스를 뒤집어 주었다.

그는 누워 지내면서도 유쾌해 보였지만, 그것은 하루 종일 푸념을 늘어놓는 아내 앞에서 느끼는 어린아이 같은 두려움을 감추려는 위장이었다.

"맙소사, 이 뚱뚱한 식충이 같으니. 아무짝에도 쓸모없는 작자 같으니. 게으름뱅이, 뚱뚱한 술주정뱅이 같으니! 이건 말도 안 돼. 말도 안 된다고!"

그는 대꾸하지 않았다. 늙은 아내의 등 뒤에서 눈을 껌벅이고는 침대 위에서 돌아누웠을 뿐이다. 그것이 그가 할 수 있는 유일한 동작이었다. 그는 그 운동을 '북쪽으로 가기' 또는 '남쪽으로 가기'라고 불렀다.

이제 그의 유일한 소일거리는 벽을 통해 들려오는 술집 손님들의 대화에 귀 기울이는 것이었다. 그 대화에서 친구들의 목소리를 알아차리면 이렇게 외쳤다.

"여, 사위님! 자네 셀레스탱이지?"

그러면 셀레스탱 말루아젤이 대답했다.

"그래요. 나예요, 투안 영감님. 살찐 토끼처럼 빨리 여기로 돌아오셔야죠."

내 코냑 투안은 이렇게 대답했다.

"토끼처럼 빨리 뛰는 건 아직 무리야. 하지만 난 전혀 살이 빠지지 않았다네. 여전히 가슴팍이 두툼해."

얼마 지나지 않아 친한 사람들이 그의 방으로 찾아왔다. 그 없이 술 마시는 걸 그가 가슴 아파해서 친구들이 그를 찾아가 고독을 달래 주기로 한 것이다. 그가 말했다.

"사위님, 내 코냑을 맛보지 못한다는 건 참 슬픈 일이지, 빌어먹을. 나머지는 다 즐거워. 술을 마실 수 없다는 게 슬플 뿐이야."

그때 투안 할멈의 야행성 맹금류 같은 머리가 창가에 나타났다. 그녀가 외쳤다.

"그 사람을 감시해요. 그 사람을 감시하라고요. 이 시간이면 그 뚱뚱한 게으름뱅이가 돼지처럼 먹고 몸도 씻어야 하니까."

투안 할멈이 모습을 감추자, 깃털이 빨간 수탉 한 마리가 창문 위로 튀어 올라 동그랗고 호기심 어린 눈으로 방 안을 살펴보고는 요란한 소리로 울어 댔다. 때로는 암탉 한두 마리가 그의 침대 발치까지 날아와 바닥에 부리를 대고 모이를 찾기도 했다.

내 코냑 투안의 친구들은 얼마 지나지 않아 매일 오후 술집의 홀 대신 그 뚱뚱한 남자의 침대 곁으로 찾아와 수다를 떨었다. 익살꾼 투안 영감은 침대에 몸져누워 있으면서도 여전히 친구들을 웃겨 주었다. 그 꾀바른 영감은 악마가 찾아와도 웃겼을 것이다. 매일 찾아오는 친구는 세 명이었다. 키가 크고 야위었으며 사과나무 줄기처럼 몸이 조금 비틀린 셀레스탱 말루아젤, 키가 작고 야위고 코가 족제비처럼 생겼으며 여우처럼 장난을 좋아하고 약삭빠른 프로스페 오를라빌, 그리고 말수가 별로 없지만 재미있는 세제르 포멜이었다.

그들은 뜰에서 널판 하나를 가져와 침대 가장자리에 얹어놓고 도미노 게임을 했다. 오후 2시부터 6시까지 오랫동안 게임을 했다.

하지만 투안 할멈은 그것을 견딜 수 없어했다. 뚱뚱한 게으름뱅이 남편이 침대에서 도미노 게임을 하며 즐거워하는 것을 참지 못했다. 그녀는 게임이 시작되는 것을 볼 때마다 격분해서 달려와 널판을 뒤엎고 게임 도구를 압수해 술집 안으로 가져가서는, 아무 일도 하지 않는 저 뚱뚱한 기름 덩어리가 하루 종일 일하는 불쌍한 사람들을 비웃듯 희희낙락하는 꼴은 보기도 싫다고, 먹여 주는 것만으로도 충분하다고 말했다.

셀레스탱 말루아젤과 세제르 포멜이 머리를 숙였다. 하지만 프로스페 오를라빌은 투안 할멈을 자극해 화나게 만드는 것을 재미있어했다.

어느 날 투안 할멈이 평소보다 더 화가 나 있는 것을 보고 프로스페 오를라빌이 말했다.

"여, 아주머니. 제가 아주머니 입장이라면 어떻게 할지 아세요?"

투안 할멈은 올빼미 같은 눈을 고정한 채 그가 더 말하기를 기다렸다. 그가 다시 설명했다.

"투안 영감님은 몸이 화덕처럼 뜨거운 분이에요. 하지만 침대 밖으로 전혀 나가질 못하죠. 저 같으면 영감님에게 알을 품게 하겠어요."

투안 할멈은 그가 자기를 놀린다고 생각하고 어리둥절해져서, 그 농부의 야위고 꾀바른 얼굴을 찬찬히 뜯어보며 가만히 있었다. 그가 계속 설명했다.

"제가 암탉이 낳은 달걀을 한쪽 팔 밑에 다섯 개, 다른 쪽 팔 밑에 다섯 개 갖다 놓을게요. 그것들은 암탉이 품을 때와 마찬가지로 부화할 거예요. 그것들이 부화해서 병아리가 되면 아주머니의 암탉이 키우도록 옮겨다 줄게요. 닭 키우는 재미가 한층 더할 거예요, 아주머니!"

투안 할멈은 어안이 벙벙해져서 물었다.

"그게 가능한 일이야?"

남자가 다시 말했다.

"가능한 일이냐고요? 불가능할 게 뭐 있어요? 달걀을 따뜻한 상자 안에 넣어놓으면 잘 부화하잖아요. 그러니 침대 속에서도 부화할 수 있죠."

그녀는 이 말에 충격을 받고 침착한 마음으로 생각에 잠겨 자리를 떴다.

일주일 뒤, 그녀는 앞치마에 달걀을 가득 담아 투안 영감의 방으로 들어가서 말했다.

"방금 알 열 개를 품으라고 둥지 안에 노랑이를 넣어 뒀어요. 이 달걀 열 개는 당신이 품어요. 깨뜨리지 않도록 조심해요."

투안 영감은 얼이 빠져서 물었다.

"그게 대체 무슨 소리요?"

그녀가 대답했다.

"이 달걀들을 부화시키라고요, 아무짝에도 쓸모없는 양반아."

처음에 투안 영감은 웃었다. 하지만 그녀가 진지하게 나오자 그는 화를 냈다. 아내에게 저항하면서 장차 병아리가 될 알들을 자신의 통통한 팔 밑에서 부화시키는 것을 단호하게 거부했다.

투안 할멈은 화를 내며 단언했다.

"이 달걀들을 품지 않으면 앞으로 음식은 못 얻어먹을 줄 알아요. 어떻게 되는지 두고 봐요."

투안 영감은 걱정이 되어 대답하지 않았다.

시계가 정오를 알리자 그가 아내를 불렀다.

"어이, 할멈! 식사 준비되었나?"

투안 할멈이 부엌에서 외쳤다.

"당신에게 줄 음식 따위는 없어, 이 뚱뚱한 게으름뱅이야!"

그는 아내가 농담을 한다고 여기고 기다렸다. 아내가 오지 않고 계속 시간이 흐르자, 그는 부탁하고, 애원하고, 욕설을 하고, 절망스러운 기분으로 '북쪽으로 갔다 남쪽으로 갔다' 하고, 주먹으로 벽을 마구 두들겼다. 결국 체념하고 자기 침대 안, 왼쪽 옆구리 밑에 달걀 다섯 개를 들여오게 했다. 그렇게 한 뒤에야 음식을 먹을 수 있었다.

친구들이 찾아왔다. 그들은 그의 상태가 몹시 나빠졌다고 생각했다. 그 정도로 안색이 불편하고 우스꽝스러워 보였던 것이다.

그들은 매일 하는 도미노 게임을 시작했다. 하지만 투안 영감은 게임에서 아무런 즐거움을 느끼지 못하는 것 같았다. 무척 조심하면서 천천히 손을 뻗을 뿐이었다.

"그러니까 팔이 묶여 있는 건가요?" 오를라빌이 물었다.

"그래, 어깨에 통증이 느껴질 지경이라네"

투안 영감이 대답했다.

갑자기 누군가 술집 안으로 들어오는 소리가 들렸고, 게임하던 사람들은 입을 다물었다.

면장과 그의 비서였다. 그들은 코냑 두 잔을 주문한 뒤 그 고장의 일들에 대해 이야기를 나누기 시작했다.

그들이 낮은 목소리로 이야기했기 때문에, 화주 투안은 벽에 귀를 바싹 붙이고 싶었다. 그런데 달걀을 품고 있는 것을 잊어버리고 급히 '북쪽으로 가'다가 달걀이 깨지는 바람에 오믈렛 위에 누운 꼴이 되고 말았다.

그가 투덜거리는 소리를 듣고 투안 할멈이 달려왔다. 그녀는 재앙이 일어난 것을 알아차렸고, 그의 모습을 보고 충격을 받았다. 처음에는 꼼짝 않고 있다가 나중에 격분을 터뜨렸다. 숨이 막힌 나머지 남편의 옆구리에 질척하고 노란 액체가 들러붙어 있는 것을 보고도 말을 하지 못할 정도였다.

잠시 후, 그녀는 격분해 몸을 떨면서 투안 영감에게 돌진해 물가에서 빨래를 할 때처럼 그의 배를 마구 두들기기 시작했다. 그녀의 손이 둔탁한 소리를 내며, 북을 두드리는 토끼의 앞발처럼 빠르게 내리꽂혔다.

투안 영감의 세 친구는 숨이 막히도록 웃어 대고, 기침을 하고, 재채기를 하고, 비명을 질러 댔다. 겁에 질린 투안 영감은 다른 쪽 옆구리에 품고 있는 달걀 다섯 개마저 깨뜨리지 않기 위해 아내의 공격을 조심스럽게 막아 냈다.

3

투안 영감은 굴복했다. 그는 꼼짝 없이 달걀을 품어야 했다. 도미노 게임을 포기해야 했고, 모든 움직임을 포기해야 했다. 그가 달걀을 한 개 깨뜨릴 때마다 투안 할멈이 가차 없이 그에게 음식을 주지 않았기 때문이다.

그는 천장을 바라보고 반듯하게 누워 움직이지 않았다. 두 팔을 날개처럼 펼치고 하얀 껍데기 속에 갇혀 있는 병아리의 배胚를 따뜻하게 덥혔다.

그는 시끄러운 소리나 움직임마저 두려운 듯 작은 소리로만 이야기했다. 그리고 닭장 안에서 자기와 똑같은 일을 하고 있는 노란 암탉을 걱정했다.

그가 아내에게 물었다.

"노랑이는 모이를 먹었어?"

그러자 투안 할멈은 남편의 침대와 닭의 둥지 안에서 자라고 있는 조그만 병아리들에 대한 염려에 사로잡혀 닭에서 남편으로, 남편에서 닭으로 정신없이 왔다 갔다 했다.

마을 사람들이 이 이야기를 전해 듣고 신기해하며 투안 영감의 소식을 알기 위해 진지한 얼굴로 찾아왔다. 그들은 환자의 집에 병문안을 오듯 가벼운 발걸음으로 들어와 흥미를 느끼며 소식을 물었다.

"저런! 잘돼 가요?"

투안 영감이 대답했다.

"지금까지는 좋아. 하지만 달걀들 때문인지 몸이 근질근질해. 피부에 소름이 좌르륵 돋기도 하고."

그러던 어느 날 아침, 투안 할멈이 감격스러운 표정으로 들어와서 말했다.

"노랑이가 품던 달걀 일곱 개가 부화했어요. 나머지 세 개는 실패한 것 같고요."

투안 영감의 가슴이 두근거렸다. 내 것은 몇 마리나 부화할까?

그가 물었다.

"내 달걀에서도 병아리가 나올까?" 그는 어머니가 될 산모 같은 불안감을 느끼며 말했다.

투안 할멈은 혹시라도 실패할까 걱정이 되어 초조하고 화난 표정으로 대답했다.

"그럴 거라고 믿어야죠!"

그들은 기다렸다. 병아리가 나올 때가 거의 되었다는 것을 알고 친구들도 염려가 되어 찾아왔다.

그들은 자기 집에서 이 일에 대해 수군거렸고, 이웃집에 찾아가 소식을 듣기도 했다.

오후 3시경, 투안은 선잠에 빠졌다. 이제 그는 하루의 절반을 잠으로 보냈다. 오른쪽 팔 밑이 평소와 다르게 간질거려서 그는 갑자기 잠에서 깨어났다. 그리고 거기서 노란 깃털에 뒤덮인 작은 병아리 한 마리를 집어 올렸다. 병아리가 그의 손가락 안에서 꿈틀거렸다.

너무나 감격스러워서 그는 외마디 소리를 질렀다. 손에서 놓아주자 병아리는 그의 가슴 위를 뛰어다녔다. 사람들로 꽉 차 있던 술집에서 술 마시던 사람들이 급히 달려와 투안 영감의 방 안으로 몰려들었다. 그들은 곡예사를 둘러싸듯 투안 영감의 침대 주위를 둥그렇게 둘러쌌다. 투안 할멈이 와서 남편의 턱수염 밑에 웅크리고 있는 병아리를 조심스럽게 주워 올렸다.

모두들 입을 열지 않고 조용히 있었다. 4월의 어느 따뜻한 날이었다. 노란 암탉이 갓 태어난 병아리들을 부르며 꼬꼬댁거리는 소리가 열린 창문을 통해 들려왔다.

투안 영감은 감동과 불안과 염려로 땀을 뻘뻘 흘리고 있었다. 그가 중얼거렸다.

"왼쪽 팔 밑에도 한 마리 있어."

투안 할멈이 크고 야윈 손을 침대로 뻗어 산파처럼 조심스러운 동작으로 두 번째 병아리를 주워 올렸다.

이웃 사람들이 병아리들을 보고 싶어 했다. 그들은 신기한 현상이라도 일어난 듯 다가와서 주의 깊게 살펴보았다.

이후 20분 동안 한 마리도 알을 까고 나오지 않다가, 네 마리가 동시에 껍데기를 깨고 나왔다.

구경하던 사람들 사이에 커다란 웅성거림이 일었다. 투안 영감은 자신이 성공했다는 사실에 기분 좋아서 미소를 지었고, 기묘한 부성에 의기양양해졌다. 그것은 흔히 볼 수 있는 광경이 아니었다! 투안 영감은 정말이지 별난 사람이었다!

그가 말했다.

"이야, 모두 여섯 마리야. 이름을 뭐라고 짓지?"

지켜보던 사람들 사이에서 웃음소리가 높아졌다. 다른 사람들은 술집 안을 가득 채웠다. 또 다른 사람들은 문 앞에서 기다렸다. 그들이 서로 물었다.

"모두 몇 마리 나왔대요?"

"여섯 마리래요."

투안 할멈이 이 새로운 가족들을 암탉에게 데려다 주었고, 암탉은 정신없이 꼬꼬댁거리고 깃털을 곤두세우며, 점점 늘어나는 새끼들을 보호하려고 날개를 활짝 펼쳤다.

"한 마리 또 나왔어!" 투안 영감이 외쳤다.

하지만 그의 말은 틀렸다. 세 마리가 나왔다! 그야말로 대단한 성과였다! 저녁 7시에 마지막 병아리가 껍데기를 깨고 나왔다. 달걀들이 모두 부화한 것이다! 투안 영감은 기쁘기도 하고 마침내 해방되어 후련하고 의기양양하기도 해서 가냘픈 병아리의 등에 입을 맞추다가 하마터면 병아리를 질식시킬 뻔했다. 자신이 태어나게 한 그 조그만 생명에 대한 어머니 같은 애정에 사로잡혀 다음 날까지 침대 속에 데리고 있고 싶어 했다. 하지만 투안 할멈은 남편의 애원을 묵살하고 다른 병아리들처럼 그 병아리도 데려가 버렸다.

그 광경을 구경하던 사람들은 이런저런 한담을 나누며 몹시 기쁜 표정으로 떠나갔다. 마지막까지 남아 있던 오를라빌이 물었다.

"이봐요, 투안 영감님. 맨 처음에 깨어난 놈으로 프리카세*를 만들 때 나를 초대할 거죠, 네?"

프리카세를 만든다는 생각에 투안 영감의 얼굴이 환해졌다. 그가 대답했다.

"틀림없이 초대하겠네, 사위님."

---

*고기를 잘게 썰어 버터에 살짝 구운 다음 야채와 함께 끓이고 화이트소스를 곁들인 요리.

세례
Le Baptême

"박사님. 코냑을 좀 더 드세요."

"그러지요."

늙은 해군 군의관은 작은 술잔을 내밀고 금빛으로 반짝이는 예쁜 액체가 잔 가장자리를 따라 차오르는 모습을 바라보았다.

그리고 눈높이로 잔을 들어 올려 램프 불빛에 비춰 본 뒤, 냄새를 맡고 몇 모금 마셨다. 오랫동안 혀 위에 굴리고 입천장을 적시며 음미했다. 그런 다음 말했다.

*

오, 매력적인 독이여! 유혹적인 살인자여, 달콤한 파괴자여!

여러분은 내 말이 무슨 뜻인지 알지 못할 거요. 아마도 여러분은 『목로주점』이라는 경탄스러운 소설을 읽어 보았겠지요. 하지만 술이, 불룩한 통에 담아 하역한 술이 영국인 선원에서 붉은 수염에 이르기까지 야만적인 한 일족을, 조그만 흑인 왕국을 몰살시키는 모습은 보지 못했을 거요.

나는 여기서 매우 가까운 퐁라베 근처의 작은 브르타뉴 마을에서 술로 인해 일어난 무척 기묘하고 충격적인 사건을 내 눈으로 직접 보았다오.

그때 나는 1년간 휴가를 받아 아버지가 물려주신 별장에서 지내고 있었소. 가시양골담초 속으로 밤낮으로 바람이 불어오는 그 평평한 언덕을 여러분도 잘 알 거요. 그곳에는 군데군데 석상 같은 커다란 돌들이 서 있거나 누워 있는 모습이 보이는데, 그 돌들의 자세와 외양 속에는, 그 형태 속에는 염려스러운 어떤 것이 깃들어 있다오. 나는 항상 그 돌들이 살아 움직일 것만 같은 기분이 들었소. 그래서 그 돌들이 느리고 육중한 걸음걸이로, 거대한 화강암다운 걸음걸이로 들판에서 출발하는 모습을, 혹은 돌로 된 거대한 날개를 펼쳐 드루이드 사제*들의 천국을 향해 날아가는 모습을 보러 갔다오.

바다는 닫혀 있고 수평선을 굽어보고 있었소. 꼭대기가 검은 암초들이 가득한 요동치는 바다는 침 같은 거품에 늘 둘러싸여 있었다오. 암초들의 모습은 마치 어부들을 기다리는 개들 같았소.

사람들은 그 혹독한 바다로 나섰다가 푸르스름한 수평선 너머로 그들을 꿀꺽 삼켜 버리는 바다의 실상에 충격을 받고 배를 돌렸다오. 하

---

*켈트족과 골족 사회에서 종교, 교육, 사법 기능을 담당했다.

지만 어떤 사람들은 작은 배를 타고 밤낮으로 바다를 향해 떠났지. 대담하게 혹은 걱정하며 혹은 술에 취해서. 하지만 술에 취해 있을 때가 가장 많았다오. 그들은 이렇게 말했소. "술병이 가득 차면 암초가 보인다. 하지만 술병이 비면 암초가 보이지 않는다."

그 고장의 집들을 찾아가 보시오. 결코 그 집의 가장을 만나지 못할 거요. 그 집 여자에게 남편이 어떻게 되었느냐고 물으면, 그녀는 해안을 따라 으르렁거리며 하얀 침을 뱉어 내는 어두운 바다를 손으로 가리킬 거요. 남편은 술을 많이 마신 어느 날 밤 그 속에 들어가 영영 나오지 않고 있는 거지요. 그녀의 맏아들 역시. 그녀에겐 아직 네 명의 아들이 있다오. 키 크고 힘이 세고 금발인 네 아들이. 머지않아 그들 차례가 될 거라오.

나는 퐁라베 근처의 별장에 살고 있었소. 예전에 선원이었던 하인 한 명과 단둘이 살았지. 내가 부재중일 때는 브르타뉴 사람들인 어느 가족이 그 별장을 관리했다오. 그 가족은 전부 세 명이었소. 두 자매와 그들 중 한 명의 남편이었지. 그 남자가 내 별장 정원을 돌봐 주었소.

그해 크리스마스 즈음에 그 정원사의 아내가 사내아이를 출산했소.

정원사가 나를 찾아와 대부가 되어 달라고 부탁했다오. 나는 거절할 수 없어서 그러마고 수락했소. 그러자 그는 교회에 세례 비용을 지불해야 한다며 내게서 10프랑을 빌려 갔소.

세례식은 1월 2일로 정해졌소. 그 일주일 전부터 주변은 눈에 덮여 있었다오. 창백하고 혹독하고 드넓은 양탄자가 그 평평하고 낮은 고장에 한없이 펼쳐져 있는 것 같았소. 하얀 설원 뒤 저 멀리에 검은 바다가 보였소. 바다는 그 창백한 이웃에게 덤벼들고 싶은 듯 요동치고, 허리를 추켜올리고, 파도를 굴려 왔소. 하지만 설원은 쥐 죽은 듯 고요했다오. 너무나 잠잠하고, 너무나 적막하고, 너무나 차가웠다오.

아침 9시에 아기 아버지 케랑데크가 아기 이모인 키 큰 케르마강 그리고 이불에 싼 아기를 안은 산후 도우미와 함께 내 집 문 앞에 도착했소.

우리는 교회를 향해 출발했소. 돌이 쩍쩍 갈라질 만큼 날씨가 추웠다오. 피부가 트고 얼음에 손이 닿기라도 하면 지독히 아픈, 살을 에듯 추운 날이었소. 나는 앞에서 가고 있는 조그만 아기가 걱정되었소. 날씨가 이렇게 혹독한데 갓 태어난 아기를 바깥에 데리고 나오다니, 그 브르타뉴 종족은 강철로 만들어진 게 아닌가 하는 생각마저 들었지.

마침내 교회 앞에 도착했다오. 하지만 문이 닫혀 있었소. 사제가 아직 오지 않은 거요.

산후 도우미가 문 가까이에 있는 경계석에 앉아 아기의 옷을 벗기기 시작했소. 처음에 나는 아기가 오줌을 싼 줄 알았소. 하지만 산후 도우미는 아기의 옷을 모조리 벗겼소. 가여운 아기는 차디찬 공기 속에서 완전히 알몸이 되었다오. 나는 그 무분별한 행동에 화가 나서 산후 도우미에게 말했소.

"당신 미쳤소? 그러다 아기를 죽이겠소!"

그러자 아기 이모가 아무렇지도 않은 표정으로 대답했소. "오, 아니에요, 선생님. 이 아기는 완전히 벌거벗은 채로 하느님을 기다려야 해요."

아기 아버지와 이모는 태연하게 아기의 모습을 보고 있었소. 그것이 그 고장의 관례였던 거요. 내가 함께 가지 않았다면 아기에게 불행한 일이 일어났을 거요.

나는 화가 나서 아기 아버지에게 욕설을 퍼부었소. 이런 식으로 나오면 가버리겠다고 위협했소. 그 가냘픈 아기에게 억지로라도 이불을 덮어주고 싶었소. 하지만 소용없었소. 산후 도우미가 아기를 안고 눈 속으로 뛰어갔으니까. 아기의 몸은 곧 보랏빛이 되었지.

그 야만적인 사람들에게서 떠나려고 할 때, 사제가 성당 관리인과 그 고장의 어린아이 하나를 대동하고 들판을 가로질러 오는 것이 보였소.

나는 사제에게 달려가 흥분한 어조로 내 분노를 쏟아 놓았소. 하지만 사제는 전혀 놀라지 않았고 걸음을 재촉하지도 않았소. 서두르는 기색이 전혀 없었소. 그가 나에게 대꾸했다오.

"대체 왜 그러십니까, 선생? 그건 이 고장의 관례입니다. 모두들 그렇게 합니다. 우리도 신자들이 그렇게 하는 걸 막지 않아요."

"그래도 서둘러 주십시오." 내가 외쳤다오.

그러자 그가 말했소.

"더 빠르게 갈 수가 없어요."

마침내 사제가 제의실祭衣室로 들어갔소. 그동안 우리는 성당 문가에 서 있었다오. 나는 살을 에는 추위에 울어 대는 가여운 어린애보다 더 괴로웠소.

세례식 준비가 끝났고, 우리는 안으로 들어갔소. 하지만 아기는 의식이 진행되는 내내 벌거벗은 채로 있어야 했소.

의식은 끝날 줄을 몰랐다오. 사제의 입에서 라틴어 음절들이 박자에 맞춰 쏟아져 나왔소. 그는 성스러운 거북이처럼 천천히 걸었소. 그가 걸친 하얀 사제복이 무자비하고 야만적인 신의 이름으로 고통을 주기 위해 우리를 둘러싸고 있는 눈처럼 내 심장을 얼어붙게 했다오. 아기는 추워서 비명을 지르듯 울어 댔소.

의례에 따른 세례식이 마침내 끝났고, 산후 도우미는 차갑게 얼어붙은 채 날카롭고 고통스러운 목소리로 울어 대는 아기를 이불로 다시 감쌌다오.

사제가 나에게 말했소. "와서 기록부에 서명하시겠습니까?"

나는 아기 아버지를 돌아보며 말했소. "이제 빨리 돌아가서 아기의 몸을 따뜻하게 해줘요." 아직 시간이 있었으므로, 나는 아기가 폐렴에 걸리지 않도록 그에게 몇 가지 조언을 했소.

아기 아버지는 내 조언대로 하겠다고 약속했소. 그리고 처제와 산후 도우미와 함께 자리를 떴소. 나는 기록부에 서명을 하기 위해 사제를 따라 제의실로 들어갔소.

내가 서명을 하자, 사제가 세례 비용으로 5프랑을 요구했소.

나는 아기 아버지에게 이미 10프랑을 주었으니 더는 지불할 수 없다고 잘라 말했소. 그러자 사제는 기록부를 찢어 버리고 세례식을 무효화하겠다고 위협했소. 나도 굴하지 않고 공화국 검사라도 되는 양 그에게 맞섰다오.

말다툼이 길어졌고, 결국 나는 5프랑을 지불했소.

집으로 돌아온 나는 황당한 일이 더 일어나지 않았는지 알아보고 싶었소. 그래서 케랑데크의 집으로 달려갔소. 하지만 아기 아버지, 아기 이모 그리고 산후 도우미는 아직 집에 돌아오지 않고 있었소.

산모 혼자 침대에 누워 추위에 벌벌 떨고 있었소. 그 여자는 전날부터 아무것도 먹지 못해 굶주림에 시달리고 있었다오.

내가 물었소. "도대체 그 사람들은 어딜 간 겁니까?" 그러자 그녀는 놀라지 않고, 화도 내지 않고 대답했소. "축하하려고 한잔하러 갔을 거예요." 그게 관례라는 이야기였소. 그 이야기를 듣자 아기 아버지에게 빌려 준 10프랑에 생각이 미쳤소. 성당에 세례 비용을 치러야 할 그 돈으로 술값을 내려는 게 틀림없었소.

나는 산모에게 고기 수프를 갖다 주고 벽난로에 따뜻하게 불을 피워 주라고 하인에게 명했소. 걱정이 되고 화가 난 나머지 그 야만인들을 해고해야겠다고 마음먹었지만, 한편으로는 아기가 어떻게 되었는지 불안했소.

저녁 6시가 되어도 그들은 돌아오지 않았소.

나는 그들이 돌아올 때까지 기다리라고 하인에게 명한 뒤 내 집으로 갔소.

그리고 이내 곯아떨어졌소. 평소 나는 누가 업어 가도 모를 만큼 깊이 잠드니까.

다음 날 날이 밝자 하인이 깨우는 바람에 잠에서 깨어났소. 하인은 면도할 때 쓸 따뜻한 물을 가지고 왔다오.

눈을 뜨자마자 나는 하인에게 물었소. "케랑데크는 어떻게 되었지?"

하인은 잠시 망설이더니 더듬더듬 대답했소. "오, 선생님! 그 사람은 자정이 지나 취해서 걷지도 못할 지경이 되어 돌아왔어요. 케르마강과 산후 도우미도 마찬가지였고요. 아마도 그 사람들은 취해서 도랑에서 잠을 잤을 테고, 아기는 죽었을 거예요. 아기 생각은 하지도 못했을걸요."

나는 침대에서 벌떡 일어나 외쳤소.

"아기가 죽었다고!"

"예, 선생님. 그들이 케랑데크 아주머니에게 아기를 데려다 주었고, 아주머니는 아기를 보자 눈물을 흘리며 울었대요. 그래서 그들은 아주머니를 달래려고 술을 마시게 했대요."

"뭐라고? 산모에게 술을 마시게 했다고?"

"예, 선생님. 저는 오늘 아침, 방금 전에야 그 사실을 알았어요. 케랑데크는 독주를 살 돈이 없어서, 정확하게는 술이 아니라 선생님이 주신 램프 휘발유를 마셨대요. 네 사람 모두 휘발유를 마셨대요. 휘발유가 몇 리터 남아 있었으니까요. 케랑데크 아주머니의 몸 상태가 나쁜데도 말이에요."

나는 그 짐승 같은 인간들을 두들겨 패주려고 서둘러 옷을 입고 지팡이를 챙겨 그들의 집으로 달려갔다오.

산모는 광물질인 휘발유에 취해 죽어 가고 있었고, 그녀 옆에는 새파랗게 된 아기 시체가 놓여 있었소.

케랑데크, 산후 도우미, 그리고 케르마강은 방바닥에서 코를 골고 있었고.

나는 정오가 가까운 시각까지 죽어 가는 산모를 간호해야 했다오.

*

늙은 의사가 입을 다물었다. 그는 술병을 들어 한 잔을 더 따랐다. 그리고 금빛이 도는 그 술을 램프 불빛에 이리저리 비추어 보았다. 램프 불빛이 그의 술잔에 담긴 진한 황옥 빛깔의 맑은 액체를 투명하게 비추었다. 그는 위험하고 뜨거운 그 술을 단숨에 들이켰다.

무분별
Imprudence

결혼 전 그들은 별에서 사는 것처럼 서로를 순결하게 사랑했다. 그들은 어느 해변에서 매혹적인 첫 만남을 가졌다. 그는 그녀가 달콤하다고 생각했다. 장미처럼 탐스러운 그녀가 엷은 양산을 쓰고 생기 있게 화장한 얼굴로 긴 수평선 위를 지나갔다. 파란 파도와 드넓은 하늘을 배경으로 그는 금발의 날씬한 그녀를 사랑하게 되었다. 싱그럽고 짭짤한 공기와 환하게 쏟아지는 햇빛, 파도가 일렁이는 드넓은 풍경 속에서 갓 피어난 듯한 그녀는 그의 마음속에, 영혼 속에, 혈관 속에 아련하면서도 강렬한 감정을 일깨웠다.

그녀도 그를 사랑했다. 그가 젊고 꽤나 부자인 데다 그녀에게 친절하게 대해 주고 세심했기 때문이다. 그녀는 그를 사랑했다. 젊은 아가씨가 자기에게 다정하게 구는 젊은 남자를 사랑하는 것은 당연한 일이었다.

그들은 손을 잡고 서로의 눈을 들여다보며 석 달 동안 함께 지냈다. 아침이면 목욕하기 전에 새로 떠오른 신선한 햇빛 속에서 아침 인사를 나누고, 저녁이면 고요하고 포근한 밤공기 속에서, 별들이 반짝이는 하늘 밑 모래 위에서 작은 소리로 소곤거리며 작별 인사를 나누었다. 그들의 입술이 아직 만나지 않았음에도, 그 작별 인사에는 키스의 맛이 깃들어 있었다.

그들은 서로의 꿈을 꾸며 잠들었고, 서로를 생각하며 잠에서 깨어났다. 그리고 그것을 서로에게 말하지 않은 채, 몸과 마음을 다해 서로를 부르고 서로를 갈망했다.

결혼한 뒤에도 그들은 지상에서 서로를 열렬히 사랑했다. 처음에는 관능적이고 지칠 줄 모르는 일종의 열정이었다. 그다음에는 현실적인 서정, 세련된 애무, 상냥하면서도 외설스러운 몸짓들로 이루어진 강렬한 애정이었다. 그들의 눈길은 부도덕한 빛을 띠었고, 그들의 몸짓은 밤의 뜨거운 밀애를 연상시켰다.

이제 그들은 말로 털어놓지 않아도 서로를 이해하게 되었지만, 싫증이 나기 시작했다. 여전히 서로를 좋아했다. 하지만 서로에게서 새롭게 발견할 것이 아무것도 없었고, 늘 했던 일 말고는 할 일이 아무것도 없었고, 상대를 통해 새롭게 깨달을 것이 아무것도 없었다. 새로운 사랑의 말, 예기치 못한 열정, 자주 되풀이해서 너무나 잘 알고 있는 말들을 더욱 뜨겁게 만들어 주는 억양도 없었다.

그들은 처음에는 뜨거웠지만 이제는 약해진 불꽃에 다시 불을 붙이려고 애썼다. 매일 애정 어린 술책들을, 순진하거나 까다로운 장난질을 생각해 냈다. 하지만 연애 초기의 진정되지 않던 열기와 신혼 초 혈관 속에 흐르던 불꽃을 다시 북돋우려는 일련의 시도들은 모두 실패로 돌아갔다.

욕망에 자꾸 채찍질을 한 나머지, 이따금씩 혐오스러운 싫증이 느껴지고 어색한 분위기가 감돌 때도 자주 있었다.

그들은 달빛 아래 산책을 하기도 하고, 감미로운 저녁나절에 나뭇잎 위를 걸어 보기도 하고, 안개에 잠긴 서정미 넘치는 둑길을 거닐어 보기도 하고, 축제의 흥분된 분위기에 젖어 보기도 했다.

그러던 어느 날 아침, 앙리에트가 폴에게 말했다.

"우리 선술집에 가서 저녁 먹을까요?"

"그래. 좋지, 여보."

"내가 유명한 선술집을 하나 알아요."

"좋아, 거기로 갑시다."

그는 아내가 입 밖에 내어 말하고 싶지 않은 어떤 것을 생각하고 있음을 알아차리고 눈짓으로 그녀에게 질문했다.

그녀가 다시 말했다.

"당신도 알겠지만…… 그걸 어떻게 설명하면 좋죠? ……분위기가 그다지 고상하지 않은 선술집…… 남녀의 만남이 이루어지는 선술집 말이에요."

그녀의 말에 그가 미소를 지었다. "그래, 무슨 말인지 알아. 큰 술집의 특별한 별실 말이지?"

"그래요. 하지만 당신이 자주 다니는 술집이나 당신이 이미 저녁을, 아니, 만찬을 든 적이 있는 큰 술집은…… 그러니까 당신도 알겠지만…… 그게…… 내가 원하는 것은…… 안 되겠어요. 난 절대 말 못 하겠어요!"

"말해 봐요, 여보. 우리 사이에 말 못 할 게 뭐가 있어. 대체 뭔데? 우리 사이에는 아무런 비밀도 없잖소."

"아니에요, 난 도저히 말 못 하겠어요."

"말해 봐요, 순진하게 굴지 말고. 어서 말해 보라니까!"

"음, 그러니까…… 그러니까…… 내가 원하는 건…… 내가 원하는 건 당신의 정부로 여겨지는 거예요…… 당신이 결혼한 걸 모르는 사람들이 나를 당신의 정부로 봐주는 거예요. 그리고 당신 역시…… 나를 정부로 생각하는 거죠. 그렇게 한 시간 동안 그곳에서 추억을 쌓는 거예요…… 바로 그거예요! ……나도 내가 당신의 정부라고 생각할게요…… 내가 큰 실수를 저지르는 건지도 몰라요…… 당신에게 실수하는 건지도 몰라요…… 당신에게…… 맞아요! ……굉장히 추잡한 짓이죠…… 하지만 그러고 싶어요…… 내가 얼굴 붉히게 만들지 마요…… 얼굴이 붉어지는 게 느껴지네요…… 당신은 그런…… 그런…… 바람직하지 않은 장소에서…… 매일 밤…… 매일 밤 사람들이 사랑을 나누는 별실에서 당신과 함께 저녁을 먹는 것이 나를 그토록 흥분시키리라고는 상상해 보지 않았겠죠…… 그래요, 매우 추잡한 짓이죠…… 내 얼굴이 모란꽃처럼 빨개졌네요. 나를 바라보지 마세요……"

그러자 그는 매우 재미있어하며 웃고는 이렇게 대답했다.

"좋아요, 오늘 저녁에 갑시다. 내가 가끔 들르는 아주 멋진 곳이 있어요."

저녁 7시경 그들은 대로에 있는 큰 술집의 계단을 올라갔다. 그는 의기양양한 표정으로 미소 지었고, 그녀는 베일을 드리운 채 수줍은 표정으로 매우 기뻐했다. 그들이 안락의자 네 개와 널찍하고 붉은 벨벳 소파가 갖춰진 별실로 들어가자, 검은 정장을 차려입은 지배인이 들어와서 메뉴를 내밀었다. 폴은 그것을 아내에게 건네며 물었다.

"당신 뭐 먹고 싶어?"

"당신이 주문해요. 사람들이 여기서 어떤 음식을 먹는지 난 잘 모르잖아요."

그래서 그가 외투를 벗어 하인에게 건네주며 요리 이름을 죽 소리 내어 읊었다.

"진한 양념 정식―걸쭉한 포타주, 되는대로 요리한 영계, 산토끼 등심, 아메리카식 바닷가재, 향신료를 넣은 채소 샐러드 그리고 디저트. 샴페인도 마십시다."

지배인이 젊은 여자를 바라보며 빙그레 미소 짓고는 메뉴를 돌려받으며 물었다.

"폴 씨, 차를 내올까요, 아니면 샴페인을 내올까요?"

"단맛이 나지 않는 샴페인으로 주시오."

앙리에트는 지배인이 남편 이름을 알고 있다는 사실에 기분이 좋았다.

그들은 소파에 나란히 앉아 음식을 먹기 시작했다.

촛불 열 개가 수많은 이름들의 흔적으로 인해 흐려진 커다란 거울에 그들의 모습을 비추었다. 거울에 이름들이 적힌 모습은 마치 맑은 크리스털 위에 거미줄을 던져 놓은 것 같았다.

샴페인 몇 잔을 마시자 벌써 머리가 띵해지는 것을 느꼈지만, 앙리에트는 쾌활해지기 위해 연거푸 술잔을 비웠다. 폴은 과거의 추억들로 흥분해서 아내의 손에 계속 입을 맞췄다. 그녀의 눈이 반짝였다.

수상쩍은 장소에 있으니 앙리에트의 감정이 이상하게 동했다. 그곳은 흥분되고, 기분이 좋고, 조금 더럽지만 전율을 일으키는 곳이었다. 진중하고 말 없는 하인 두 명은 온갖 장면들을 보고 곧 잊어버리는 것에 익숙했다. 필요할 때만 방 안에 들어왔고, 감정이 토로되는 순간에는 알아서 밖으로 나가 빠르게 혹은 천천히 왔다 갔다 했다.

한창 식사를 하다 보니 앙리에트가 완전히 술에 취했다. 폴은 기분이 좋아서 그녀의 무릎을 힘껏 눌렀다. 그녀는 뺨이 발갛게 상기된 채 생기 넘치고 탐닉하는 눈빛으로 과감하게 수다를 떨고 있었다.

"이봐요, 폴! 당신 털어놔 봐요. 짐작하겠지만 난 모든 걸 알고 싶거든 요."

"뭘 털어놓으라는 거야, 여보?"

"내 입으로는 말 못 하죠."

"그래도 말해 봐……"

"당신…… 나를 만나기 전에…… 함께 잔 여자가 많았죠?"

폴은 자신이 여복이 많았다는 것을 숨겨야 할지 자랑해야 할지 알 수 없어서 조금 주저했다.

그녀가 다시 물었다.

"오! 제발 말해 줘요. 많았어요?"

"몇 명 있긴 했지."

"몇 명이나요?"

"잘 모르겠어…… 그런 걸 정확히 기억하는 사람이 있나?"

"세어 보지 않았어요?"

"안 세어 봤어."

"오! 그럼 많았네요?"

"그렇지."

"대략 몇 명이었는데요? ……대략이라도 말해 줘요."

"나도 모르겠어, 여보. 여자가 많았든 별로 없었든 이미 과거 일이잖 아."

"그럼 1년에 몇 명이었어요?"

"어떤 해에는 스무 명에서 서른 명 정도, 어떤 해에는 네다섯 명일 때도 있었지."

"오! 그럼 전부 합쳐 백 명도 넘겠네요?"

"그래, 대략 그쯤 될 거야."

"세상에! 역겨워라!"

"뭐가 역겹다는 거지?"

"당연히 역겹죠. 벌거벗은 그 모든 여자들을 생각하면…… 그리고 항상…… 항상 그 여자들과 똑같은 짓을…… 오! 백 명이 넘는 여자라니, 역겨워요!"

폴은 앙리에트가 그것을 역겹게 생각한다는 사실에 충격을 받았다. 그래서 어리석은 말을 하고 있다고 여자를 설득할 때 남자들이 짓는 우월한 표정을 지으며 대꾸했다.

"맙소사, 별소릴 다 하는군! 백 명의 여자와 잔 것이 역겹다면, 한 여자와 자는 것도 역겹지."

"오! 아니죠. 전혀 그렇지 않아요!"

"왜 그렇지 않아?"

"여자 한 명과 자는 건 연애예요. 사랑 때문에 그 여자에게 애착을 느끼는 거라고요. 하지만 백 명의 여자와 자는 건 추잡하고 방탕한 짓이에요. 남자들은 어떻게 그 더러운 여자들과 몸을 비벼 댈 수 있는지 이해가 안 돼요……"

"그렇지 않아. 그 여자들은 깨끗해."

"그런 짓을 하면서 깨끗할 수는 없죠."

"아니, 오히려 그런 일을 하기 때문에 깨끗한 거야."

"쳇! 전날 그 여자들이 다른 남자와 그 짓을 했다고 생각해 봐요! 더 럽잖아요!"

"아니야. 그건 모르는 사람이 사용한 이 술잔으로 내가 술을 마시는 것보다 더럽지 않아. 이 술잔을 사용한 사람은 오늘 아침 몸을 제대로 씻지 않았을 수도 있어. 확실히 그랬을 거야……"

"오! 조용히 해요. 당신에게 화가 나니까……"

"그럼 도대체 왜 나에게 여자가 많았느냐고 물었어?"

"바로 그거예요. 그 여자들은 전부 매춘부였나요? ……백 명 모두?"

"아니, 아니지……"

"그럼 어떤 여자들이었어요?"

"여배우…… 노동자…… 그리고 사교계 여자도 몇 명 있었어……"

"사교계 여자는 몇 명이었는데요?"

"여섯 명."

"딱 여섯 명이에요?"

"응."

"그 여자들 예뻤어요?"

"예뻤지."

"매춘부들보다 더 예뻤어요?"

"아니."

"어떤 여자들이 더 당신 마음에 들었어요? 매춘부예요, 사교계 여자 예요?"

"매춘부."

"오! 당신 더럽네요! 이유가 뭐예요?"

"난 아마추어의 기술을 별로 좋아하지 않으니까."

"오! 끔찍해라! 당신 가증스러운 것 알아요? 세상에, 이 여자에서 저 여자에게로 흘러 다니는 게 재미있단 말이에요?"

"그럼."

"많이요?"

"많이."

"뭐가 그렇게 재미있어요? 그 여자들 결국 서로 비슷하지 않아요?"

"그렇지 않아."

"아! 그 여자들이 비슷하지 않다고요……"

"그래."

"전혀요?"

"전혀."

"그것 참 이상하네요! 뭐가 그렇게 다른데요?"

"모든 것이 다르지."

"몸이?"

"그렇지. 몸이 달라."

"몸 전체가 달라요?"

"몸 전체가 달라."

"또 뭐가 다르죠?"

"음, 그러니까…… 키스하는 방식, 이야기하는 방식, 작은 것이라도 말하는 방식이 다르지."

"아! 그래서 여자를 바꾸는 게 그렇게 재미있나요?"

"그럼."

"남자들도 그렇게 다를까요?"

"그거야 난 모르지."

"모른다고요?"

"몰라."

"남자들도 다를 거예요."

"그래…… 뭐 그렇겠지……"

그녀는 손에 샴페인 잔을 든 채 생각에 잠겨 가만히 있었다. 샴페인 잔이 가득 차 있었고, 그녀는 단숨에 잔을 비운 뒤 탁자 위에 내려놓았다. 그런 다음 남편에게 와락 달려들어 두 팔로 목을 안고 중얼거렸다.

"오, 여보! 당신을 너무나 사랑해요!"

그도 그녀를 꽉 끌어안았다. 웨이터가 들어왔다가 다시 나갔다. 이후 약 5분 동안 서비스가 중단되었다.

지배인이 진지하고 위엄 있는 표정으로 과일 디저트를 들고 나타났을 때, 그녀는 다시 채운 술잔을 손에 들고 자신이 꿈꾸던 미지의 어떤 것을 보려는 듯 노랗고 투명한 그 액체 밑바닥을 바라보고 있었다. 그녀가 생각에 잠긴 목소리로 중얼거렸다.

"오! 그래요! 그건 재미있을 거예요."

벨옴 씨의 벌레

La bête a maître Belhomme

르아브르의 승합마차가 크리크토를 떠나려는 참이었다. 말랑댕이 운영하는 코메르스 호텔 마당 안에서 여행객들이 자기 이름이 불리기를 기다렸다.

승합마차는 노란색이었다. 예전에는 바퀴도 노란색이었지만 진흙이 쌓여 이제는 거의 잿빛이 되었다. 앞바퀴들은 아주 작았고, 뒷바퀴들은 높고 홀쭉했다. 그 마차에는 짐승의 배처럼 흉하게 부풀어 오른 트렁크가 실려 있었다. 첫눈에 봐도 눈에 띄는, 머리가 커다랗고 무릎이 둥글게 튀어나온 늙은 백마 세 마리가 강철 손잡이에 매인 채 구조와 외양이 괴상한 그 마차를 끌 예정이었다. 말들은 그 괴상한 마차 앞에서 벌써 잠들어 버린 것 같았다.

마부 세제르 오를라빌이 손등으로 입을 닦으며 호텔 문 앞에 나타났다. 그는 키가 작고 배가 뚱뚱하지만 꾸준히 마차 바퀴에 기어오르고 사다리를 타고 지붕 위 좌석에 올라 다닌 덕분에 몸이 민첩했고, 바깥 공기와 비, 돌풍, 술에 노출되어 얼굴이 붉었으며, 바람과 우박 때문에 눈을 깜박거리는 습관이 있었다. 꼼짝 않고 선 농부 아낙네들 앞에 겁에 질린 가금류가 가득 든 커다랗고 둥근 바구니들이 놓여 있었다. 세제르 오를라빌은 그 바구니들을 하나씩 집어 마차 지붕 위에 올려놓았다. 달걀이 든 바구니들은 더 조심스럽게 놓았다. 그런 다음 조그만 곡식 자루와, 보자기나 천 또는 종이로 싼 조그만 꾸러미들을 밑에서 던져 올렸다. 일을 다 마치자 마차 뒷문을 열고 호주머니에서 명단을 꺼내 사람들의 이름을 하나씩 읽었다.

"고르주빌 주임신부님."

사제가 다가왔다. 키가 크고 힘이 세고 몸이 다부지며 피부에 보랏빛이 도는, 뚱뚱하면서도 사랑스러워 보이는 남자였다. 그는 여자들이 치마를 걷어 올리는 것처럼 수단 자락을 걷어 올리고 마차에 올랐다.

"롤보스크 레 그리네 선생님?"

그 남자가 서둘러 앞으로 나섰다. 몸이 길쭉하고 수줍음을 타는 남자로, 무릎까지 내려오는 프록코트를 입고 있었다. 그가 열린 마차 문 안으로 모습을 감추었다.

"푸아레 씨, 두 좌석."

푸아레가 다가왔다. 키가 크고, 쟁기질을 많이 해서 몸이 굽고, 육식을 하지 않아 몸이 야윈 남자였다. 몸 위로 뼈가 드러나 있었고, 씻는 것을 자주 잊어서인지 피부가 건조했다. 키가 작고 야윈 그의 아내가 뒤에서 따라왔다. 그 여자는 지친 암염소 같은 모습으로 커다란 초록색 우산을 두 손에 들고 있었다.

"라보 씨, 두 좌석."

라보가 서둘렀다. 그는 어쩔 줄 모르는 표정이었다. 그가 물었다. "나를 부른 것 맞소?"

별명이 '날쌘돌이'인 마부가 익살스럽게 대답하려 할 때, 라보가 아내에게 떠밀려 마차 문 앞으로 돌진했다. 그의 아내는 키가 크고 몸이 각진 여자로, 배가 나무통처럼 크고 둥글고 손은 빨랫방망이처럼 넓적했다.

라보는 쥐구멍으로 돌아가는 쥐처럼 황급히 마차 안으로 들어갔다.

"카니보 씨."

황소보다 더 무거워 보이는 뚱뚱한 농부 한 명이 차체를 휘게 하며 노란 마차 내부로 들어갔다.

"벨옴 씨."

키가 크고 야윈 벨옴이 치통이 심해 괴로운 듯 손수건을 귀에 묶은 채 목을 한쪽으로 기울이고 불편한 얼굴로 다가왔다.

모두들 검은색이나 푸르스름한 색의 오래되고 기묘한 나사 윗옷 위에 헐렁한 파란 겉옷을 걸치고 있었다. 르아브르의 길거리에서 흔히 볼 수 있는 의식용 의복이었다. 지위가 높은 사람들은 탑처럼 높은 실크 챙모자를 썼는데, 노르망디 시골에서는 최고로 멋진 차림새였다.

세제르 오를라빌이 마차 문을 다시 닫고 자기 자리에 올라타서는 채찍을 소리 나게 휘둘렀다.

그러자 말 세 마리가 잠에서 깨어난 듯 목을 움직여 희미한 방울 소리를 냈다.

마부는 가슴을 한껏 열어 "이랴!" 하고 외치고는 팔을 휘둘러 말들을 채찍으로 후려쳤다. 말들이 흥분해서 몸을 움직이더니, 절뚝거리며 천천히 출발했다. 말들 뒤에서 마차가 온 힘을 다해 유리창을 흔들자, 양철과 유리창이 요란한 소리를 냈다. 줄지어 앉은 여행객들은 마차의 움직임에 따라 요동치고 흔들렸다. 요동 때문에 차체가 물결치듯 움직였다.

처음에 여행객들은 사제를 존중하는 마음으로 입을 다물고 있었다. 사제가 일반인들과 흉금을 터놓는 것을 불편해할 것 같아서였다. 하지만 예상과 달리 사제가 제일 먼저 입을 열었다. 사실 사제는 수다스럽고 친근한 성격이었다. 그가 말했다.

"그래, 카니보 씨, 일은 잘되어 갑니까?"

사람 좋고 목덜미와 배가 두툼하며 체격이 건장한 그 시골 남자는 사제와 교분이 있었다. 그가 웃으며 대답했다.

"괜찮습니다, 신부님. 그런대로 괜찮아요. 신부님은 어떠세요?"

"오! 나야 항상 잘 지내지요."

"푸아레 씨, 당신은 어때요?" 사제가 물었다.

"아, 저요? 올해는 게으름뱅이만 아니면 수확이 좀 있을 거예요. 돌아가는 상황으로 볼 때 잃었던 것도 만회할 겁니다."

"날씨가 사나운데 뭘 기대하겠습니까?"

"맞아요, 날씨가 사나워요." 라보 씨의 키 큰 아내가 여장부 같은 목소리로 말했다.

그녀는 이웃 마을 출신이어서 사제는 그녀의 이름만 겨우 알았다.

"당신 이름은 블롱델이죠?" 사제가 그녀에게 물었다.

"네, 맞아요. 라보와 결혼했죠."

그러자 몸이 호리호리하고 수줍음을 타는 라보가 미소를 지으며 인사했다. 머리를 숙이는 품이, 마치 '제가 바로 블롱델과 결혼한 라보입니다'라고 말하려는 것 같았다.

귀에 계속 손수건을 묶은 채로 있던 뻴옴 씨가 갑자기 애처로운 목소리로 신음하기 시작했다. 지독한 고통을 표출하려는 듯 발을 구르며 "아이고…… 아이고…… 아이고……" 하는 소리를 냈다.

"이가 많이 아픕니까?" 사제가 물었다.

그러자 그 농부는 신음을 잠시 그치고 대답했다. "아닙니다, 신부님…… 이가 아픈 게 아니에요…… 귀예요, 귓속이 아프답니다."

"귓속에 뭐라도 생겼나요? 귀지가 쌓였나요?"

"귀지가 쌓였는지 어쩐지는 모르겠습니다. 하지만 벌레가 들어 있다는 건 알 수 있어요. 곡식 창고 건초 위에서 잠을 잘 때 귓속으로 들어간 것 같아요."

"벌레가? 확실해요?"

"확실하냐고요? 신부님, 그 벌레가 내 귓속을 갉아먹고 있어요. 이러다가는 머릿속까지 먹어 치울 거예요! 머릿속을 먹어 치울 거라고요. 오! 아이고…… 아이고…… 아이고……" 그는 다시 발로 바닥을 구르기 시작했다.

마차에 탄 사람들이 큰 관심을 보였다. 각자 자신의 의견을 말했다. 푸아레는 거미가 들어갔을 거라고 했고, 학교 선생은 송충이일 거라고 했다. 자신이 6년 동안 지냈던 오른의 캉프뮈레에서 그런 일을 한 번 본 적이 있다는 것이다. 심지어 그 송충이가 다시 머릿속으로 들어가 코로 나왔다고 했다. 그 결과 그 남자는 고막이 파열되어 한쪽 귀가 들리지 않게 되었다고.

"송충이보다는 애벌레겠지요." 사제가 말했다.

뻴옴 씨는 맨 마지막으로 마차에 올랐기 때문에, 한쪽으로 고개를 기울여 마차 문에 머리를 기댈 수 있었다. 그가 계속 신음했다.

"오! 아이고…… 아이고…… 아이고…… 개미라도, 커다란 개미라도, 물면 무서울 거예요…… 보세요, 신부님…… 이놈이 귓속에서 마구 뛰어다녀요…… 뛰어다닌다고요…… 오! 아이고…… 아이고…… 아이고…… 나 죽네!"

"의사에게 보인 적은 없습니까?" 카니보가 물었다.

"한 번도 없어요."

"이유가 뭐예요?"

아마도 의사에 대한 두려움 때문인 것 같았다.

벨옴 씨는 손수건을 풀지 않은 채 고개를 들면서 말했다.

"이유가 뭐냐고요! 당신들에게는 그럴 만한 돈이 있겠지요. 하지만 나 같은 사람은 의사에게 가는 게 쉬운 일이 아니에요. 한 번 의사를 찾아가면 두 번, 세 번, 네 번, 다섯 번 가게 되니까요! 그러다 보면 족히 100수는 들지요…… 그러니 어떻게 해야겠습니까? 말해 보세요, 어떻게 해야겠어요? 당신은 그걸 압니까?"

카니보가 웃으며 대답했다.

"아니요, 나도 몰라요. 그런데 지금 어딜 가는 중인데요?"

"르아브르에 가요. 샹브르랑한테요."

"그 사람이 누군데요?"

"치료사지요."

"어떤 치료사죠?"

"우리 아버지를 낫게 해줬어요."

"당신 아버지요?"

"그래요, 예전에 우리 아버지의 병을 고쳐 줬죠."

"당신 아버지는 무슨 병이었는데요?"

"등에 풍이 들어서 발도 다리도 움직이지 못했어요."

"그때 샹브르랑이 어떻게 해줬는데요?"

"빵 반죽 주무르듯 두 손으로 등을 주물렀죠! 두세 시간 동안 그렇게 했어요."

벨옴은 샹브르랑이 그때 했던 이야기도 생각했다. 하지만 감히 사제 앞에서 말하지는 못했다.

카니보가 웃으며 대화를 이었다.

"혹시 당신 귓속에 토끼가 들어간 건 아닐까요? 덤불이 있는 걸 보고 당신 귓구멍을 자기 굴로 착각해서요. 기다려 봐요, 내가 구해 줄 테니."

그러더니 두 손으로 확성기 모양을 만들고는 사냥할 때 개들이 달려가며 내는 소리를 흉내 내기 시작했다. 낑낑대고, 울부짖고, 컹컹 짖었다. 마차 안에 있는 사람들이 모두 웃었다. 한 번도 웃지 않던 선생조차도.

하지만 벨옴이 자기를 놀린다고 생각해 화가 난 것처럼 보이자, 사제는 화제를 바꾸어 라보의 키 큰 아내에게 말을 걸었다.

"그 댁엔 가족이 많습니까?"

"네, 그래요, 신부님…… 아이들 키우기가 어찌나 힘든지!"

라보가 '오! 그래요. 아이들 키우기가 정말 힘듭니다'라고 말하고 싶은 듯 고개를 주억거렸다.

"아이가 모두 몇인데요?"

그러자 그녀가 권위 있는 어조로, 단단하고 확신에 찬 목소리로 말했다.

"열여섯 명이에요, 신부님! 그중 열다섯 명이 제 남편 아이지요!"

그러자 라보가 고개를 끄덕이며 큰 소리로 웃기 시작했다. 그 혼자서 아이 열다섯 명을 만든 것이다. 그리고 그의 아내가 그 사실을 소리 내어 말했다! 그러니 의심할 여지가 전혀 없었다. 그는 그 사실이 자랑스러웠다. 아무렴!

그럼 나머지 한 아이는 누구의 아이인가? 그녀는 말하지 않았다. 만이가 그 아이인가? 아마도 사람들은 알고 있는 것 같았다. 그 말을 듣고도 전혀 웃지 않았으니 말이다. 카니보도 태연한 표정으로 앉아 있었다.

벨옴 씨가 다시 신음하기 시작했다.

"오! 아이고…… 아이고…… 아이고…… 귓속을 뒤죽박죽으로 마구 휘저어요…… 오! 나 죽네!……"

마차가 폴리트 카페 앞에 멈추었다. 사제가 말했다. "귓속에 물을 조금 흘려 넣으면 밖으로 기어 나올 겁니다. 그렇게 해보겠습니까?"

"물론이지요! 하고 싶어요."

그 시술을 구경하기 위해 모두들 마차에서 내렸다.

사제가 대야와 수건 그리고 물 한 잔을 갖다 달라고 했다. 그리고 학교 선생에게 환자의 머리를 아래로 기울여 잘 붙잡고 있다가, 물이 귓구멍 속으로 흘러 들어가면 곧바로 뒤집으라고 했다.

하지만 육안으로 뭔가 발견할 수 있을까 해서 벨옴의 귓구멍 속을 들여다보던 카니보가 이렇게 외쳤다. "세상에, 귓속이 완전히 곤죽이구먼! 이보게, 일단 이걸 뚫어야겠네. 이런 곤죽 속에서는 토끼도 빠져나오지 못하겠어. 네 발이 곤죽에 들러붙을 거야."

사제가 벨옴 씨의 귓구멍을 들여다보았고, 벌레의 추방을 시도하기에는 통로가 너무 좁고 진창인 것을 알아챘다. 학교 선생이 성냥개비와 헝겊 조각으로 귓구멍을 청소해 주었다. 그런 다음 모든 사람들이 염려하는 가운데 사제가 깨끗이 청소된 벨옴 씨의 귓구멍 속에 물 반 컵을 흘려 넣었다. 물이 벨옴 씨의 얼굴 위로, 머리카락 속으로, 목덜미로 흘렀다. 학교 선생이 벨옴 씨의 머리를 대야 위에 홱 뒤집었다. 물 몇 방울이 하얀 대야 속으로 떨어졌다. 여행객들이 모두 달려와 살펴보았다. 하지만 아무것도 나오지 않았다.

벨옴이 말했다. "아무런 느낌이 없어요." 사제가 의기양양한 목소리로 외쳤다. "물에 익사한 게 틀림없습니다." 다른 사람들도 모두 기뻐했다. 사람들은 다시 마차에 올랐다.

하지만 마차가 다시 출발하자마자 벨옴이 끔찍한 비명을 질러 댔다. 그 벌레가 다시 깨어나 미친 듯이 날뛰기 시작한 것이다. 심지어 그는 이제 그 벌레가 머릿속까지 들어갔다고, 그의 뇌를 삼키고 있다고 주장했다. 그가 몸을 비틀어 대며 마구 울부짖는 바람에 푸아레의 아내는 그가 악마에 씌었다고 생각해 성호를 그으며 울기 시작했다. 잠시 후 고통이 조금 잦아들자 벨옴 씨는 그 벌레가 귓속에서 빙글빙글 돈다고 했다. 손가락으로 벌레의 움직임을 흉내 내기까지 했다. 흡사 그 벌레가 보이는 것처럼, 눈으로 그 벌레의 움직임을 따라가는 것처럼. "이렇게요. 이렇게 위로 올라간다니까요. 아이고…… 아이고…… 아이고…… 나 죽네!"

카니보가 초조해했다. "물을 흘려 넣어서 더 난폭해졌나 봐요. 아마도 그 벌레는 술에 익숙한가 봅니다."

사람들이 키득키득 웃었다. 카니보가 이어서 말했다. "부르뵈 카페에 도착하면 여섯 명이 함께 가서 이 사람에게 술을 사주자고요. 그러면 그 벌레가 움직이지 않을 겁니다. 내가 장담해요."

하지만 벨옴은 더 이상 고통을 참지 못하고, 심장이 뽑혀 나가기라도 하듯 비명을 지르기 시작했다. 사제가 그의 머리를 받쳐 주었다. 사람들은 마부 세제르 오를라빌에게 처음 나오는 집 앞에 마차를 세워 달라고 부탁했다.

길 가장자리에 농가 한 채가 있었다. 벨옴은 그 집으로 실려 갔다. 사람들은 다시 시술을 하기 위해 부엌 탁자 위에 그를 눕혔다. 카니보는 그 벌레를 취하게 만들어 잠재우기 위해, 그런 다음 그 벌레를 죽이기 위해 물에 독주를 섞으라고 충고했다. 신부는 술보다는 식초를 쓰고 싶어 했지만.

이번에는 독주를 탄 물을 귓속 깊은 곳까지 들어가도록 방울방울 떨어뜨렸다. 그런 다음 그 물이 귓속에 머물러 있도록 몇 분 동안 그대로 두었다.

다시 대야를 날라 왔고, 몸집이 큰 두 남자 사제와 카니보가 대야 위에 대고 벨옴의 머리를 뒤집었다. 그러는 동안 학교 선생이 귓속이 잘 비워지도록 멀쩡한 쪽 귀를 손가락으로 두들겼다.

마부 세제르 오를라빌도 한 손에 채찍을 든 채 어떻게 되었는지 보려고 들어왔다.

대야 밑바닥에 양파 씨앗만 한 작은 갈색 점이 보였다. 그 점이 움직였다. 벼룩이었다! 놀라움에서 나온 비명 소리가 높아졌고, 웃음이 터져 나왔다. 벼룩이라니! 아! 거 참 재미있는 일이었다! 거 참 재미있는 일이었다! 카니보가 자기 넓적다리를 쳤고, 세제르 오를라빌이 채찍을 휘둘러 획획 소리를 냈다. 사제는 울부짖는 당나귀처럼 웃음을 터뜨렸고, 학교 선생은 재채기하듯 웃었다. 그리고 두 여자는 암탉들이 꼬꼬댁거리는 소리와 비슷한 즐거운 비명을 터뜨렸다.

벨옴은 탁자 위에 앉아 무릎 위에 대야를 올려놓고는 기분이 좋은 한편 화가 난 눈길과 진지한 표정으로 물속에서 빙글빙글 도는 그 조그만 벌레를 주의 깊게 들여다보았다.

그가 투덜거렸다. "바로 너였구나, 못된 놈." 그런 다음 그 위에 침을 뱉었다.

마부가 기쁨에 겨워 되뇌었다. "벼룩이군, 벼룩이야. 아, 너로구나! 빌어먹을 벼룩, 빌어먹을 벼룩!"

그런 다음 조금 진정이 되자 이렇게 외쳤다. "자, 이제 그만 출발합시다! 이만하면 충분히 지체했어요."

여행객들은 계속 웃으며 마차 쪽으로 갔다.

하지만 벨옴이 맨 마지막에 와서 말했다. "나는 크리크토로 돌아가겠습니다. 이젠 르아브르에 갈 필요가 없으니까요."

"그래도 당신이 예약한 좌석값은 지불하세요!" 마부가 말했다.

"절반 왔으니 절반만 지불할게요."

"끝까지 가기로 약속한 이상 전부 지불해야 돼요."

그리하여 토론이 시작되었고, 토론은 곧 격한 말다툼으로 변했다. 벨옴은 절반인 20수만 내겠다고 주장했고, 세제르 오를라빌은 40수를 다 받아야겠다고 맞섰다.

그들은 코를 맞대고 상대의 눈을 들여다보며 소리를 질러 댔다.

카니보가 마차에서 내려 그들에게 말했다.

"우선 신부님께 40수를 드려요, 알겠어요? 그런 다음 다른 사람들의 수고비로 55수를 내요. 거기서 세제르에게 좌석값 20수를 주는 거예요. 그럼 되죠, 이 약삭빠른 양반아?"

마부는 벨옴이 3프랑 75상팀을 더 낸다는 생각에 기분이 좋아서 이렇게 대답했다. "좋아요!"

"자, 그럼 돈을 내요."

"난 내지 않을 거예요. 우선 신부님은 의사가 아니잖아요."

"돈을 내지 않을 거면 세제르의 마차에 다시 타고 르아브르까지 가요."

덩치 큰 카니보는 이렇게 말하고는 어린아이에게 하듯 벨옴의 허리를 붙잡아 번쩍 들어 올렸다.

벨옴은 그쯤 되면 단념해야 한다는 것을 깨닫고, 돈지갑을 꺼내 돈을 지불했다.

잠시 후 마차는 르아브르를 향해 다시 길을 떠났고, 벨옴은 크리크토로 돌아갔다. 마차에 탄 여행객들은 긴 다리를 건들거리며 하얀 길을 걸어가는 그 농부의 파란 겉옷을 말없이 바라보았다.

마드무아젤 페를
Mademoiselle Perle

1

그날 저녁 내가 페를 양을 여왕으로 뽑을 생각을 한 것은 정말이지 희한한 일이었다.

나는 매년 오랜 친구인 샹탈 씨 집에 왕 뽑기 놀이*를 하러 간다. 샹탈 씨는 내 아버지의 가장 친한 친구이고, 나는 어릴 때부터 그 집에 드나들었다. 나는 과거에 그 집에 다닌 것처럼 내가 살아 있는 한, 그리고 이 세상에 샹탈 씨라는 사람이 존재하는 한 계속 그 집에 다닐 것이다.

샹탈 집안에는 특이한 면이 있었다. 파리에 살지만 그라스, 이브토 혹

---

* 공현절인 1월 16일에 하는 놀이. 작은 도자기 인형을 넣어 구운 커다란 '왕 과자'를 잘라 각 자에게 배분하는데, 그 인형이 들어 있는 과자 조각을 받은 사람이 왕이 된다.

은 퐁타무송에 사는 것 같았다.

그들은 천문대 옆에 작은 정원이 딸린 집 한 채를 갖고 있었다. 그리고 마치 시골에 살듯 그 집에서 살았다. 진짜 파리에 대해 그들은 아무것도 알지 못했다. 아무런 추측도 하지 않았다. 그들은 파리에서 멀리 있었다! 너무나 멀리! 때때로 그들은 파리로 여행을 다녀왔다. 샹탈 부인이 큰 규모로 장을 보러 갔다. 다른 사람들이 장을 보러 가는 것과 비슷하게.

페를 양이 부엌 찬장의 열쇠를 관리했고(옷장은 샹탈 부인이 관리했다), 설탕이 떨어지거나 저장 식품이 바닥나거나 커피 자루에 남은 커피가 별로 없거나 하면 샹탈 부인에게 알렸다.

그러면 샹탈 부인은 상황이 나빠질 때를 대비해 수첩에 기록을 해가며 남은 식료품을 조사했다. 많은 숫자들을 기록한 뒤, 우선 오랫동안 계산을 해보고 페를 양과 함께 길게 토론을 벌였다. 하지만 결국 합의를 보고 설탕, 쌀, 말린 자두, 커피, 잼, 완두콩, 강낭콩, 바닷가재, 소금에 절이거나 훈제한 생선 등 앞으로 석 달을 살기 위해 마련해야 할 물건들의 양을 정했다.

그런 다음 장 볼 날을 정하고 짐칸이 달린 삯마차를 세내어 다리 위쪽 신新구역에 있는 큰 식료품점으로 장을 보러 갔다.

샹탈 부인과 페를 양은 이 여행을 비밀리에 함께했고, 이사 마차처럼 마차 지붕에 짐 꾸러미와 자루들을 잔뜩 실은 채 저녁 식사 시간에 맞추어 돌아왔다. 아직 흥분이 남았으나 마차 안에서 시달려 피로에 지친 상태로.

샹탈 집안 사람들이 볼 때는 센 강 건너편에 위치한 파리의 모든 곳이 새로운 구역이었다. 시끄럽고 격이 낮은 이상한 사람들, 낭비로 하루

하루를 보내고 파티로 밤을 지새우는 사람들, 창밖으로 돈을 마구 뿌려 대는 사람들이 사는 구역이었다. 하지만 그들도 샹탈 씨가 읽는 신문에서 추천하는 괜찮은 연극이 있으면 가끔 오페라 코미크나 프랑세 극장에 갔다.

그 집 딸들은 현재 열아홉 살과 열일곱 살이다. 키가 크고 싱그러우며 교육을 잘 받은, 지나치게 잘 받은 예쁜 아가씨들이다. 너무나 잘 교육받아서 두 개의 예쁜 인형처럼 눈에 띄지 않고 지나다닌다. 나는 그 아가씨들에게 관심을 갖거나 그 아가씨들의 환심을 사겠다는 생각을 한 번도 한 적이 없다. 어쩌다 말을 걸 때조차 간신히 했다. 그 정도로 그녀들이 얼룩 한 점 없이 순결하게 느껴진 것이다. 그녀들에게 인사라도 할라치면 무례한 행동을 하는 것 같아서 겁이 날 정도다.

그 아버지로 말하면 매력적이고, 매우 교양 있고, 개방적이고, 다정한 사람이다. 하지만 그는 무엇보다 휴식과 고요함, 평온함을 사랑했고, 자기가 원하는 정체된 분위기에서 살기 위해 가족들을 무기력하게 만드는 데 크게 공헌했다. 그는 책을 많이 읽었고, 기꺼이 수다를 떨었으며, 쉽게 감동받았다. 다른 사람들과의 접촉이나 충돌이 결핍된 나머지 그의 정신적 외피는 매우 예민하고 까다로워졌다. 아주 작은 일에도 동요하고, 흥분하고, 괴로워했다.

샹탈 가족도 다른 사람들과 교류를 하기는 하지만 공들여 선택한 매우 제한적인 인간관계였다. 그 가족과 멀리 사는 친지들은 1년에 두세 번 서로를 방문했다.

나는 매년 8월 15일과 공현절에 그들 집을 방문해 저녁 식사를 했다. 그것은 가톨릭교도의 부활절 성체배령처럼 내가 행해야 할 임무 중 하나였다.

632

8월 15일에는 나 말고 다른 친구들을 몇 명 초대하지만, 공현절 만찬에 참석하는 손님은 나 한 사람뿐이었다.

2

그래서 올해에도 예년처럼 공현절을 기념하는 샹탈 집안 만찬에 초대를 받았다.

관습에 따라 나는 샹탈 씨, 샹탈 부인 그리고 페를 양에게 입맞춤을 했다. 루이즈 양과 폴린 양에게는 정중하게 인사했다. 그들은 나에게 여러 가지를 물었다. 밖에서 일어난 사건들, 정치에 관한 것, 통킹 사건*에 대해 사람들이 어떻게 생각하는지, 그리고 국회의원들에 대한 질문 등등. 몸집이 뚱뚱한 샹탈 부인이 하는 생각들은 돌을 자르듯 분명했다. 그녀는 정치 문제에 관한 모든 토론에서 이런 말로 결론을 내리는 습관이 있었다. "그런 일은 나중을 생각할 때 좋지 않아요." 왜 나는 항상 샹탈 부인의 사고방식이 네모반듯하다고 생각했을까? 전혀 모르겠다. 어쨌든 그녀가 한 모든 말이 내 머릿속에 그런 이미지를 만들어 놓았다. 사각형, 네 모서리가 직각인 커다란 사각형 말이다. 다른 사람들의 사고방식은 굴렁쇠처럼 둥글둥글하게 여겨지는데 말이다. 그런 사람들은 뭔가에 대해 말을 시작하기 무섭게 이야기가 저절로 굴러간다. 그렇다. 큰일이든 작은 일이든 열 개씩, 스무 개씩, 혹은 쉰 개씩 이야기가 튀어나와서 지평선 끄트머리까지 차례로 굴러가는 것이다. 물론 뾰족한 생각

---

*19세기 후반 베트남에서 일어난 프랑스군과 베트남군의 전투. 이 사건의 결과 베트남은 프랑스와 제2차 사이공 조약을 체결하여 코친차이나 동서 6성省을 식민지로 프랑스에 할양했다.

을 갖고 있는 사람들도 있긴 하지만…… 아무튼 이런 일은 별로 중요하지 않다.

우리는 언제나 그랬듯이 식탁에 앉았고, 특별히 기억나는 대화 없이 식사를 끝냈다.

디저트를 먹을 때가 되자 왕 과자가 들어왔다. 매년 샹탈 씨가 왕이었다. 그것이 연속된 우연의 결과였는지 아니면 가족의 관습이었는지 나는 알지 못한다. 하지만 매번 어김없이 샹탈 씨가 도자기 인형이 든 과자 조각을 받았고, 샹탈 부인을 여왕으로 뽑았다. 그런데 올해에는 과자를 한 입 물었을 때 매우 딱딱한 뭔가가 입안에 느껴져서 깜짝 놀랐다. 하마터면 이가 부러질 뻔했다. 그 물건을 살며시 입에서 꺼내 보니, 도자기로 구운 강낭콩만 한 조그만 인형이었다. 나는 놀라서 "아!" 하고 외쳤다. 모두들 나를 바라보았다. 샹탈 씨가 박수를 치면서 외쳤다. "가스통이 왕이다, 가스통이 왕이야. 국왕 전하 만세! 국왕 전하 만세!"

모두들 합창하듯 따라 외쳤다. "국왕 전하 만세!" 나는 귀까지 빨개졌다. 조금 난처한 상황에서 이유도 없이 얼굴이 자주 빨개지듯 말이다. 나는 그 조그만 도자기 인형을 손에 쥔 채 어떻게 하면 좋을지, 무슨 말을 해야 좋을지 알 수 없어 눈을 내리깔고 웃으려고 애썼다. 그러자 샹탈 씨가 말했다. "자, 이제 여왕을 뽑아야지."

나는 당황했다. 한순간 수없는 생각, 수없는 추측들이 내 머릿속을 가로질렀다. 이들은 내가 샹탈 씨의 딸 중 한 명을 여왕으로 지명하길 바랄까? 나로 하여금 더 좋아하는 아가씨를 말하게 하려는 걸까? 결혼을 염두에 둔 부모들이 슬그머니, 가볍게, 알아차리지 못할 정도로 나를 밀어 대는 것은 아닐까? 결혼이라는 것은 다 큰 딸을 둔 모든 가정에 끊임없이 맴돌고, 온갖 형태, 온갖 위장, 온갖 수단을 취하는 문제이니 말이다. 나는 극도로 수줍어하며 단정하고 내성적인 태도를 고집하는 루이즈 양과 폴린 양을 바라보며 덫에 걸릴지 모른다는 지독한 두려움에 사로잡혔다. 그녀들 가운데 한 사람을 버리고 다른 한 사람을 선택한다는 것은 나에게는 물방울 두 개 중 하나를 고르는 것만큼이나 어려운 일로 생각되었다. 게다가 이 무의미한 왕 자리에 오른 것만큼이나 조심스럽고 눈에 띄지 않고 조용한 방식으로, 내 의사와 상관없이 아주 은근하게, 결혼과 이어지는 모험 속에 발을 들여놓을 수도 있다는 걱정이 지독히도 내 마음을 어지럽혔다.

갑자기 영감이 떠올랐다. 그리고 나는 그 상징적인 인형을 페를 양에게 내밀었다. 처음엔 모두들 깜짝 놀랐지만, 이내 나의 마음 씀씀이와 신중함을 높이 평가해 주는 것 같았다. 그들이 열렬히 박수를 보냈으니 말이다. 그들은 이렇게 외쳤다.

"여왕 전하 만세! 여왕 전하 만세!"

가여운 그 노처녀는 당황해서 어쩔 줄 몰라 했다. 그녀는 질겁해서 떨면서 어물거렸다.

"아니…… 아니에요…… 안 돼요…… 나는 안 돼요…… 부탁이에요…… 나는 안 돼요…… 정말 부탁해요……"

그때 나는 난생처음으로 페를 양을 유심히 바라보았고, 그녀가 어떤 인간인지 궁금해졌다.

나는 그 집에서 그녀를 보는 것에 익숙해 있었다. 한 번도 특별한 주의를 기울인 적이 없는, 어릴 때부터 앉던 장식 수가 놓인 오래된 안락의자처럼. 이유는 알 수 없지만 어느 날 그 안락의자에 비치는 햇빛 한 줄기 때문에 갑자기 이런 생각을 할 때가 있지 않은가. '이런, 이 의자 굉장하네.' 그러고는 그 의자의 나무 부분이 예술가의 솜씨로 작업되어 있다거나 천이 아주 훌륭하다는 것을 깨닫게 된다. 이렇듯 나는 그때껏 한 번도 페를 양에게 주의를 기울인 적이 없었던 것이다.

그녀는 샹탈 집안의 일원이었다. 그것이 내가 그녀에 대해 아는 전부였다. 하지만 어떻게 그렇게 된 걸까? 어떤 자격으로? 그녀는 키가 크고 야위었으며, 사람들의 눈에 띄지 않으려고 애쓰는 사람이었다. 하지만 하찮아 보이는 사람은 아니었다. 한 집안 사람은 아니지만, 모두들 그녀를 집에서 부리는 사람보다는 더 친절하게 대했다. 그때 나는 갑자기 그때까지 한 번도 염두에 두지 않았던, 사람을 대하는 여러 방식들의 미묘한 차이를 깨달았다! 샹탈 부인은 그녀를 '페를'이라고 불렀고, 그 집 딸들은 '페를 양'이라고 불렀다. 그리고 샹탈 씨는 마드무아젤이라고만 불렀는데, 왠지 그 호칭에는 더 경의가 담긴 것처럼 느껴졌다.

나는 그녀를 유심히 살펴보았다. 몇 살쯤 되었을까? 마흔 살? 그렇다, 마흔 살쯤 되었을 것이다. 그녀는 아직 늙지는 않았지만, 이제 조금씩 늙어 가고 있었다. 그녀의 머리 모양, 옷 입는 스타일, 몸치장 방식은 우스꽝스러웠지만, 그녀 자체는 전혀 우스꽝스럽지 않았다. 그 정도로 그녀에게는 소박하고 자연스러운 기품, 주의 깊게 숨기고 감춰 둔 기품이 있었다. 정말이지 묘한 사람이었다! 어떻게 그때껏 그녀를 관심 있게 살펴보지 않았던 걸까? 그녀는 기묘한 방식으로 조그맣게 말아 올린, 무척이나 익살스러운 머리 모양을 하고 있었다. 그러나 그녀를 보수적인 성모 마리아처럼 보이게 하는 그 머리 모양 아래에는, 넓고 온화한 이마가 있었다. 그 이마에는 오랜 슬픔을 말해 주는 깊은 주름 두 개가 패어 있었다. 크고 유순하며 수줍어하고 겁먹은 듯한 파란 두 눈은 어린 아가씨 같은 놀라움과 젊은 감각, 그리고 그녀를 감동시켰으되 동요시키지는 않았던 슬픔으로 가득해, 아직까지도 순박한 아름다움을 간직하고 있었다.

얼굴은 섬세하고 사려 깊었다. 삶의 피로 때문에 혹은 크게 시달림을 받아서 닳거나 시든 얼굴이 아니라, 시간이 흐르면서 화려함을 조금씩 잃어버린 얼굴이었다.

입은 굉장히 예뻤다! 치아도 가지런했다! 하지만 그녀는 마음 놓고 웃지도 못하고 지내온 것 같았다!

문득 나는 그녀를 샹탈 부인과 비교해 보았다! 확실히 폐를 양 쪽이 훨씬 나았다. 더 고상하고, 더 기품 있었으며, 당당하기까지 했다.

나는 내 관찰에 깜짝 놀랐다. 샴페인이 술잔에 부어졌다. 나는 내 샴페인 잔을 여왕에게 내밀고 공들여 찬사를 하며 그녀의 건강을 축하했다. 내가 보기에 그녀는 냅킨으로 얼굴을 가리고 싶은 심정 같았다. 이윽고 그녀가 투명한 샴페인 잔에 입을 갖다 대자 모두 외쳤다. "여왕님이 마신다! 여왕님이 마신다!" 그러자 그녀는 얼굴이 빨개지고 숨 막혀 했다. 모두 웃었다. 그 집안 사람들이 그녀를 무척 좋아한다는 것을 알 수 있었다.

3

저녁 식사가 끝나자, 샹탈 씨가 내 팔을 잡았다. 이제부터 그의 거룩한 시간, 엽궐련 피우는 시간이었다. 그는 혼자 있을 때는 거리로 나가 담배를 피웠다. 하지만 저녁 식사에 손님을 초대했을 때는 당구실로 올라가 당구를 치면서 엽궐련을 피웠다. 그날 밤은 공현절이었기 때문에 당구실에 불이 피워져 있었다. 나의 오랜 친구는 큐를 잡았다. 매우 가느다란 큐였다. 그는 하얀 가루를 발라 그것을 정성스럽게 닦았다. 그런 다음 말했다.

"얘야, 너부터 해보려무나!"

내 나이 스물다섯 살이 되었는데도 그는 그런 투로 말했다. 나를 어린 아이 취급했다.

그래서 내가 먼저 게임을 시작했다. 캐넌* 몇 개에 성공했다. 몇 번 실패하기도 했다. 그러나 페를 양에 대한 생각이 머리에서 떠나지 않아서 갑자기 물었다.

"그런데 샹탈 씨, 페를 양과 친척이세요?"

그는 매우 놀라 게임을 멈추고 나를 바라보았다.

"세상에, 너 아직 모르고 있었니? 페를 양의 사연을 모르고 있었어?"

"네, 몰라요."

"네 아버지가 한 번도 이야기해 주지 않았어?"

"네, 한 번도요."

"그래, 그랬구나. 기묘한 사연이지! 아! 정말 기묘한 사연이야! 그 사연은 정말이지 파란만장하단다!"

그는 잠시 입을 다물고 있다가 다시 말했다.

"그리고 너는 모르겠지만, 하필이면 공현절에 네가 나에게 이런 질문을 하는 것도 기묘한 일이야!"

"왜요?"

*

*영국식 당구에서 다른 공을 포켓에 넣지 않은 채 큐볼로 두 개의 표적구를 맞히는 것.

638

왜냐고! 내 이야기를 잘 들어 보거라. 41년 전의 그날도 공현절이었어. 그때 우리는 루이르토르에 살고 있었지. 그곳 성벽 위에. 네가 이해하기 쉽도록 먼저 그 집에 대해 설명해 주마. 루이르토르는 언덕 위에 자리해 있었지. 아니, 차라리 넓은 들판이 내려다보이는 둥근 언덕 위에 서 있었다고 하는 게 맞을 거야. 우리 집에는 오래된 성벽으로 공중에 떠받쳐진 아름다운 정원이 있었단다. 다시 말해 집은 동네 안에, 거리에 면해 있고, 정원은 들판이 내려다보이는 자리에 있었어. 정원에는 들판으로 나갈 수 있는 문이 달려 있었어. 그리고 그 문은 소설 속에 자주 나오는, 두꺼운 성벽 안으로 이어지는 비밀 계단과 통해 있었단다. 문 앞으로 도로가 지나가고, 문에는 커다란 종이 매달려 있었지. 농부들이 멀리 돌아가는 것을 피하느라 그 문을 통해 식량을 운반했기 때문이야.

이만하면 그 집의 구조가 어땠는지 잘 알겠지? 그런데 그해에는 공현절 일주일 전부터 눈이 많이 쏟아졌단다. 마치 세상의 끝이 온 것 같았지. 들판을 바라보려고 성벽에 가보니, 마음속까지 차가워지더구나. 온통 하얗게 얼어붙은 넓은 들판이 니스를 바른 것처럼 빛나고 있었어. 하느님이 땅을 눈으로 감싸서 구세계의 다락방에 보관하시려는 것 같았어. 단언컨대 무척이나 음울한 풍경이었단다.

그때 우리 가족은 식구 수가 매우 많은 대가족이었어. 내 아버지와 어머니, 작은아버지와 작은어머니, 두 형과 네 명의 사촌 누이가 함께 살았지. 사촌 누이들은 모두 예뻤고, 나는 그들 중 막내와 결혼했어. 그 많았던 식구들 중에서 지금까지 살아남은 사람은 딱 세 사람이야. 아내와 나 그리고 마르세유에 살고 있는 처형 한 명. 가족이 이렇게 줄어 가다니 정말 언짢은 일이지. 그런 생각을 하니 몸서리가 나는구나! 어쨌든 당시 열다섯 살이던 내가 지금은 쉰여섯 살이 되었지.

그날 우리는 공현절을 축하하려는 참이라 매우 즐거운 분위기였어. 모두들 응접실에서 만찬이 나오기를 기다리고 있었지. 그런데 내 형 자크가 이렇게 말하는 거야. "10분 전부터 들판에서 개가 짖어 대고 있어. 가엾게도 길을 잃은 모양이야."

형이 그 말을 마치기도 전에 정원 쪽에서 종이 울렸어. 마치 교회의 종소리처럼 울렸기 때문에 사람이라도 죽었나 하는 느낌이 들었지. 그 생각에 모두들 몸을 떨었어. 아버지가 하인을 시켜 나가 보게 했어. 우리는 무거운 침묵 속에서 기다렸단다. 그리고 온 땅을 뒤덮은 눈을 생각했지. 하인이 돌아와서 아무것도 보지 못했다고 말했어. 하지만 개는 여전히, 끊임없이 짖어 댔지. 짖는 소리도, 장소도 아까와 똑같았어.

모두 식탁에 앉았지만 우리들, 특히 젊은 사람들은 조금 흥분해 있었지. 고기구이가 나올 때까지 아무 일이 없다가 다시 종이 울리기 시작했어. 연거푸 세 번, 크고 길게 울렸지. 그 소리가 손가락 끝까지 짜르르하게 만들었기 때문에 우리는 돌연 숨소리를 죽였어. 포크를 허공에 든 채 일종의 초자연적인 공포에 사로잡혀 얼굴을 마주 보며 한동안 귀를 기울였지.

마침내 어머니가 말씀하셨어. "오랫동안 기다리다가 또 울리다니 이상하네요, 바티스트. 혼자 가지 마요. 남자 한 명이 따라가면 좋을 것 같은데."

작은아버지 프랑수아가 자리에서 일어났어. 그분은 힘이 센 것을 자랑으로 여기는 헤라클레스 같은 남자로, 세상에 겁나는 것이 아무것도 없는 인물이었어. 내 아버지가 작은아버지에게 말씀하셨단다. "총을 가져가. 무엇이 나올지 모르니까."

그러나 작은아버지는 지팡이만 들고 하인 한 명과 함께 나갔어.

우리는 공포와 불안감에 몸을 떨면서, 아무것도 먹지 못하고 말도 하지 못하며 가만히 있었어. 아버지가 우리를 안심시키려고 이렇게 말씀하셨지. "곧 알게 될 거야. 아마 거지나 눈 속에서 길을 잃은 행인이겠지. 처음에 종을 울렸을 때 바로 문을 열어 주지 않아서 다시 길을 찾으려 했지만 찾지 못하고 우리 집으로 되돌아온 걸 거야."

작은아버지는 한 시간이 지나도록 돌아오지 않았어. 마침내 돌아오긴 했는데, 마구 화를 내면서 욕지거리를 퍼붓는 거야. "제기랄, 아무것도 없었어. 사람을 놀리다니! 빌어먹을 개 한 마리가 성벽에서 100미터쯤 떨어진 곳에서 짖고 있을 뿐이라고. 총을 가지고 갔다면 쏴 죽여 조용하게 만들었을 텐데."

우리는 다시 식사를 하기 시작했어. 그러나 모두들 걱정스러운 표정이었단다. 이것이 끝일 리는 없어, 무슨 일이 일어날 거야, 머지않아 또 종이 울릴 거야, 하는 생각을 마음속으로 하고 있었기 때문이지.

왕 과자를 자르려고 할 때 정말로 종이 또 울렸단다. 남자들이 모두 벌떡 일어섰지. 샴페인을 꽤 마신 작은아버지는 분을 터뜨리며 자신이 저 녀석을 쏴 죽이고 오겠다고 큰소리쳤어. 어머니와 작은어머니가 달려가서 붙들고 말려야 했지. 그런데 평소에 매우 조용하신 아버지가 몸이 조금 부자유스러운데도(아버지는 말에서 떨어져 다리가 부러진 이후 한쪽 다리를 질질 끌면서 다니셨거든), 대체 무슨 일인지 알아보고 싶으니 이번엔 당신도 함께 가겠다고 말씀하시는 거야. 열여덟 살과 스무 살이던 두 형이 총을 가지러 달려갔어. 마침 아무도 나에게 주의를 기울이지 않았기 때문에, 나도 공기총을 손에 들고 그 탐험에 가담하려고 준비했지.

탐험대는 즉시 출발했어. 아버지와 작은아버지가 등불을 든 바티스트와 함께 앞에서 걸었어. 형 자크와 폴이 그 뒤를 따랐고, 나는 어머니가 가지 말라고 타일렀는데도 불구하고 맨 뒤에서 따라갔지. 어머니는 작은어머니와 사촌 누이들과 함께 문간에 서 있었어.

한 시간쯤 전부터 눈이 다시 내리기 시작했고, 나무들은 눈에 덮여 있었단다. 전나무가 그 파르스름한 옷의 무게 때문에 구부러져 있었는데, 그 모습이 마치 하얀 피라미드나 커다란 빵 같았어. 속속 내리는 눈가루가 만든 잿빛 커튼 너머로, 어둠 속에 파리하게 드러난 딸기나무들이 겨우 보였지. 눈이 하도 많이 내려서 열 걸음 앞 정도만 겨우 볼 수 있었어. 하지만 등불이 우리 앞에 커다란 원 모양의 불빛을 던져 주었지. 두꺼운 성벽에 파인 구부러진 계단을 내려가기 시작할 때, 나는 정말로 무서웠어. 누가 뒤에서 따라와 당장이라도 내 어깨를 꽉 붙잡아 데려가지 않을까 하는 느낌이 들었어. 나는 돌아가고 싶었단다. 하지만 그러려면 정원을 혼자서 가로질러야 했기 때문에 감히 그러지 못했지.

들판으로 통하는 문이 열리는 소리가 들렸어. 작은아버지는 다시 욕설을 퍼붓기 시작했지. "젠장, 또 가버렸군! 그림자라도 보이면 그놈을 놓치지 않을 텐데……!"

들판이 보이자 어쩐지 불길한 느낌이 들었지. 아니, 들판 앞에서 불길함을 느꼈다고 말하는 게 옳을 거야. 들판의 모습은 아예 보이지 않았으니까. 위든 아래든, 앞이든, 오른쪽이든 왼쪽이든, 끝없이 펼쳐진 눈의 베일만 보일 뿐이었어.

작은아버지가 다시 말했지. "아니, 저놈의 개가 또 짖어 대는군. 저놈에게 내 총 솜씨를 보여 줘야겠어. 그러면 해결될 거야."

하지만 선량한 마음씨를 가진 아버지는 이렇게 말씀하셨지. "그보다는 개를 찾아보는 게 좋을 거야. 그 개는 배가 고파서 짖어 대는 거야.

가엾게도 도움을 청하고 있는 거지. 위험에 처한 사람이 소리를 지르듯이 말이야. 자, 어서 가보자고."

그래서 우리는 그 눈의 커튼을 헤치며 길을 갔어. 눈은 끊임없이 퍼붓고, 거품처럼 어둠과 대기를 가득 채웠지. 눈이 몸에 닿아 녹으면서 얼어붙으면, 피부가 불에 덴 것처럼 아팠지. 하지만 그 작고 하얀 눈송이가 가져다주는 격렬한 아픔은 빠르게 지나가 버렸어.

우리는 그 부드럽고 차가운 눈덩이 속에 무릎까지 푹푹 빠졌지. 그래서 걸으려면 발을 매우 높이 들어 올려야 했어. 앞으로 나아감에 따라 개 짖는 소리가 점점 크고 뚜렷하게 들려왔단다. 이윽고 작은아버지가 외쳤어. "여기 있다!" 우리는 개를 보기 위해 걸음을 멈추었지. 캄캄한 어둠 속에서 적과 대면할 때처럼 말이야.

나에게는 아무것도 보이지 않았어. 그래서 다른 사람들이 있는 곳으로 바싹 다가갔지. 개가 보였어. 보기에 좀 무섭고 굉장한 놈이었어. 몸집이 크고 털이 검은색인 양치기 개였는데, 털이 많고 얼굴이 늑대처럼 생겼더구나. 등불의 불빛이 길게 비치는 눈 덮인 공간 끄트머리에 네 다리로 버티고 서 있더군. 꼼짝 않고 서 있었어. 개가 입을 다물고 우리를 쳐다보았단다.

작은아버지가 말했어. "이상하군. 달려들지도 않고 도망가지도 않으니 말이야. 한 발 쏘아 주고 싶은데?"

그러자 아버지가 단호한 어조로 말씀하셨지. "안 돼. 데리고 가야 한다."

그때, 옆에 있던 형 자크가 말했어. "이놈 혼자가 아니에요. 뭐가 더 있어요."

과연 개 뒤에 뭔가가 있었어. 분간할 수 없는 회색의 뭔가가. 우리는 조심스럽게 걸어서 다가갔지.

우리가 가까이 다가가자, 개는 엉덩이를 바닥에 대고 앉았어. 심술을 부리는 것 같지는 않았지. 오히려 인간들을 끌어들인 것에 만족하는 기색이었단다.

아버지가 거침없이 다가가 개의 머리를 쓰다듬어 주셨지. 그러자 개가 아버지의 손등을 핥더구나. 개의 뒤쪽에 작은 수레가 매여 있는 것이 보였어. 장난감처럼 작은 수레로, 전체에 모직 담요가 서너 겹 감싸여 있었어. 그 담요를 조심스럽게 벗겨 봤어. 바티스트가 등불을 가까이 가져갔어. 그런데 그 수레 안에서 갓난아기가 잠을 자고 있는 거야!

우리는 너무 놀라서 한마디도 입 밖에 낼 수 없었어. 아버지가 맨 처음으로 입을 여셨지. 아버지는 마음이 매우 넓고 인정이 많은 분이어서, 수레에 손을 얹고 이렇게 말씀하셨단다. "버려진 아이구나. 불쌍해라. 우리 집 식구로 맞아들여 주마!" 그런 다음 자크 형에게 그 수레를 우리 앞에서 끌고 가라고 하셨어.

아버지는 큰 소리로 중얼거리셨지. "아마 가난한 어머니가 잘못해서 태어나게 한 아기인 모양이야. 그 여자가 우리 집 종을 울렸을 거야. 공현절 밤이니까 아기 예수를 떠올리게 하려고 그런 게지."

아버지는 걸음을 멈추고 어두운 하늘 네 구석을 향해 목청껏 모두 네 번을 외치셨어. "아기는 우리가 데려갑니다!" 그러고는 작은아버지의 어깨에 한 손을 얹고 중얼거리셨지. "네가 개를 쏘았으면 어떻게 되었겠니, 프랑수아……"

작은아버지는 잠자코 있었어. 그러나 어둠 속에서 크게 성호를 그었지. 겉보기에는 허세를 부리는 것 같아도 신앙심이 매우 깊은 분이었거든.

우리는 개를 놓아주었지만 개는 계속 우리 뒤를 따라왔단다.

아! 집에 돌아가자 보기에도 흐뭇한 장면이 펼쳐졌지. 우선 수레를 성벽 계단을 통해 끌어 올리느라 매우 애를 먹었어. 하지만 어쨌든 수레를 현관까지 굴리는 데 성공했단다.

어머니는 한편으로는 안심이 되고 한편으로는 겁이 나서 무척 묘한 표정을 하셨지! 네 명의 사촌 누이들은(가장 어린 아이가 여섯 살이었어) 둥지 주위에 모여든 네 마리 병아리 같았고, 겨우 갓난아기를 수레에서 꺼냈는데, 여전히 잠들어 있더구나. 생후 6주쯤 되어 보이는 여자아이였어. 배내옷 속에는 금화 1만 프랑이 들어 있었어. 그래, 1만 프랑이었지! 아버지는 그 돈을 그 아이의 지참금으로 예금하셨지. 그러니까 그 아이는 가난뱅이가 아니었던 거야. 어느 귀족과 동네 부르주아 아가씨 사이에 생긴 아이였는지도 모르지. 그게 아니면…… 우리는 수없이 추측을 해봤지만 아무것도 알 수가 없었어. 그래, 결코 알 수가 없었지…… 아무것도…… 개에 대해서도 아는 사람이 아무도 없었어. 그 고장의 개가 아니었던 거지. 어쨌든 우리 집에 와서 종을 세 번이나 울린 사람은 내 부모님을 알고 있었던 모양이야. 그래서 우리 집을 고른 거겠지.

페를 양은 이런 과정을 통해 생후 6주 때 상탈 집안에 들어왔어.

그런데 페를 양이라고 불리게 된 것은 나중의 일이었단다. 처음에 붙여 준 이름은 '마리 시몬 클레르'였어. 클레르를 성姓으로 치고 말이야.

우리가 그 갓난아기를 안고 식당으로 들어갔을 땐 분위기가 참 별났지. 아기는 잠에서 깨어나 어리둥절한 표정으로 파란 눈을 굴리며 주변의 사람들과 불빛을 바라보았어.

모두가 다시 식탁에 앉자, 왕 과자가 분배되었어. 내가 왕으로 뽑혔지. 그리고 나는 아까 네가 한 것처럼 페를 양을 여왕으로 골랐어. 그녀는 그날 자기에게 그런 명예가 주어지리라고는 꿈에도 생각하지 않았겠지만.

아기는 그렇게 우리 가족에게 입양되어 키워졌지. 아기는 무럭무럭 자랐어. 그렇게 수년이 흘렀지. 그녀는 친절하고 다정하고 순종적이었어. 모두들 그녀를 사랑했지. 하지만 어머니가 엄하게 키우지 않았다면 응석받이가 됐을지도 몰라.

내 어머니는 꼬마 클레르를 친자식과 똑같이 대하자는 아버지의 의견에 동의하셨어. 하지만 매사에 위계를 중요시하는 분이셨기에, 언젠가는 클레르에게 우리 집에 오게 된 사연을 공개하겠다는 주장은 양보하지 않으셨어.

그래서 아이가 분별력이 생기는 나이가 되자, 어머니는 그 아이에게 사연을 이야기해 주셨어. 천천히 그리고 상냥하게, 그녀가 샹탈 집안의 딸이긴 하지만 같은 핏줄이 아닌 남임을 그 어린애의 머릿속에 심어 주셨던 거야.

클레르는 뛰어난 영리함과 놀라운 본능으로 그 상황을 받아들였어. 대단한 유연함과 감사, 상냥한 마음으로 자기에게 주어진 상황을 받아들이고 소중히 여겼지. 그런 그녀의 태도에 아버지는 눈물이 나도록 감동하셨어.

어머니도 그 귀엽고 상냥한 아이가 보여 주는 무한한 감사와 조심스러운 헌신에 감동해서 '내 딸'이라고 부르게 되었지. 때때로 그 아이가 친절하고 흐뭇한 일을 해주면, 어머니는 감동했을 때 하던 버릇대로 안경을 이마 위로 밀어 올리고는 이렇게 되뇌셨어. "이 아이는 진주(페를)야! 이 아이는 정말 진주 같은 아이야!" 그래서 그 이름이 꼬마 클레르에게 붙어 다녔고, 그녀는 그 이름으로, 페를 양이라는 이름으로 우리에게 남게 된 거야!

4

상탈 씨가 입을 다물었다. 그는 당구대에 앉아 다리를 흔들고 있었다. 왼손으로는 당구공을 굴리고, 오른손으로는 우리들이 '분필 지우개'라고 부르는, 슬레이트 판에 적은 점수를 지우는 헝겊 조각을 만지작거리고 있었다. 잠시 후 그는 얼굴을 조금 붉히더니, 자신이 겪은 옛날 일들을, 머릿속에 떠오른 오래된 사건들을 희미한 목소리로 이야기하기 시작했다. 사람들이 자기가 자란 집의 오래된 정원 안을 거닐 때 나무들, 길들, 화초들, 잎이 날카로운 호랑가시나무, 좋은 향기가 나는 월계수, 손가락으로 누르면 빨갛고 윤기 나는 열매가 튀어나오는 주목朱木을 보고 과거에 일어났던 사소한 일들을 되살리는 것처럼. 그런 무의미하지만 감미로운 것들이 인생의 골조를, 그 기반을 만들어 내는 것이다.

나는 벽에 등을 기댄 채, 쓸모없이 놓여 있는 큐 위에 두 손을 얹고 그와 마주 서 있었다.

잠시 후 그가 다시 입을 열어 말했다. "열여덟 살 때 그녀는 정말 예뻤지. 기품 있고…… 완벽했어. 아! 예뻤어…… 정말 예뻤단다. 착하고…… 선량하기까지 했다. 정말이지 매혹적인 아가씨였어! 눈이 파랗고…… 투명하고…… 맑았단다. 그런 눈은 지금껏 한 번도 본 적이 없어."

그는 이 말을 하고 다시 입을 다물었다. 내가 물었다. "그런데 페를 양은 결혼하지 않았어요?"

그러자 그가 대답했다. 나에게 대답한 것이 아니고, '결혼'이라는 말자체에 대한 대답이었다.

"왜? 왜냐고? 그녀가 원하지 않았거든…… 원하지 않았어. 그녀에게는 3만 프랑의 지참금이 있었고, 몇 번 구혼을 받기도 했지. 하지만 그

4

녀는 원하지 않았어! 그 무렵 그녀는 슬퍼 보였단다. 내가 지금의 아내인 사촌 누이 샤를로트와 결혼한 무렵이었지. 우리는 6년 동안 약혼한 사이였어."

나는 샹탈 씨를 바라보았다. 그러자 그의 마음을 알 것 같은 느낌이 들었다. 정직하고 바르고 흠 잡을 데 없는 사람의 마음속에 감추어진, 별것 아닌 듯하지만 잔인한 비극 속으로 갑자기 들어가 버린 느낌이었다. 스스로 고백한 적 없고 남들이 알아차리지도 못했기에, 누구에게도 말하지 않은 채 단념하고 희생자가 되어 버린 그런 비극 말이다.

갑자기 나는 대담한 호기심에 사로잡혀서 이렇게 말했다.

"샹탈 씨, 당신은 그분과 결혼해야 했던 게 아닐까요?"

그러자 그는 소스라치며 나를 바라보았다. 그러고는 말했다.

"내가? 누구와?"

"페를 양과요."

"왜?"

"당신은 사촌 누이보다 그분을 더 사랑했으니까요."

샹탈 씨는 이상한 표정으로 겁먹은 듯 눈을 휘둥그레 뜨고 나를 바라보았다. 그러고는 중얼거렸다.

"내가 그녀를 사랑했다고…… 내가? 어째서? 누가 너에게 그런 말을 해주던?"

"아니에요. 그냥 그게 느껴져서요…… 그분 때문에 사촌 누이를 6년 동안이나 기다리게 하면서 결혼을 미룬 것 아닌가요?"

그는 왼손에 쥐고 있던 당구공을 놓았다. 그리고 분필 지우개를 양손으로 잡더니 그것으로 얼굴을 덮고 흐느끼기 시작했다. 가슴 아프긴 했지만 스펀지에서 짜내듯 눈과 코와 입에서 동시에 눈물이 흘러나와 어쩐지 우스꽝스러운 울음이었다. 그는 기침을 하고, 침을 뱉고, 분필 지우개에 코를 풀고, 눈을 닦고, 재채기를 했다. 그런 다음 물로 목 안을 가시는 것처럼 소리를 내면서 얼굴의 모든 구멍에서 다시 눈물을 흘리는 것이었다.

나는 겁도 나고 부끄럽기도 했다. 그 자리에서 도망치고 싶었지만, 뭐라고 말을 해야 할지, 어떻게 처신해야 할지, 어떤 시도를 해야 할지 알 수가 없었다.

갑자기 계단에서 샹탈 부인의 목소리가 울려 퍼졌다. "담배 다 피웠어요?"

나는 문을 열고 외쳤다. "네, 부인. 곧 내려갈게요."

그런 다음 서둘러 샹탈 씨에게 다가가 팔꿈치를 붙잡고 말했다. "샹탈 씨, 이봐요, 샹탈 씨. 내 말 좀 들어 보세요. 부인께서 부르십니다. 마음을 가라앉히세요. 빨리요. 아래층으로 내려가야 해요. 자, 그만 마음을 가라앉히세요."

그가 어물거렸다. "그래…… 그래…… 가야지. 가여운 여자! 간다…… 곧 간다고 전해 다오."

그러더니 분필 지우개로 열심히 얼굴을 닦기 시작했다. 2, 3년 전부터 당구 점수를 지워 온 그 지우개로 인해 곧 그의 얼굴은 반은 하얗게, 반은 빨갛게 되어 버렸다. 이마, 코, 두 뺨과 턱이 분필 가루투성이였고, 눈은 퉁퉁 부은 채 아직도 눈물이 고여 있었다.

나는 그의 손을 붙잡고 그의 방으로 내려가면서 중얼거렸다. "죄송해요, 샹탈 씨. 이렇게 괴롭게 해드려서 정말 죄송합니다…… 하지만…… 정말 몰랐어요…… 이것만은 이해해 주세요……"

그는 내 손을 꽉 쥐었다. "그래…… 알았다…… 살다 보면 힘들 때가 있는 법이야……"

이윽고 그는 세면대에 얼굴을 담갔다. 그가 얼굴을 들었지만, 내가 보기에는 아직 사람들 앞에 나설 수 있는 얼굴이 아니었다. 나는 작은 속임수를 생각해 냈다. 그도 거울을 보면서 걱정스러워하고 있었다. 내가 그에게 말했다. "눈 속에 티가 들어갔다고 말하면 될 거예요. 그렇게 말하면 사람들 앞에서 실컷 눈물을 흘려도 되잖아요."

그는 손수건으로 눈을 비비며 아래층으로 내려갔다. 가족들이 걱정했다. 모두 샹탈 씨의 눈에서 티를 찾으려 했지만 찾지 못했다. 가족들은 비슷한 경우들에 대해 이야기하면서 의사를 부르러 가야 하지 않을지 염려했다.

나는 페를 양에게 가서 격렬한 호기심에 이끌려 그녀를 바라보았다. 가히 괴로움이라 할 정도의 호기심이었다. 사실 그녀는 대단한 미인이었을 것 같았다. 눈이 매우 크고 고요해서 다른 사람들처럼 감긴 일이 한 번도 없었을 것만 같았다. 그녀가 화장하는 방법은 조금 우스꽝스러웠다. 매우 노처녀다운 화장법으로, 어색하다고까지 말할 수는 없지만 그녀의 미모를 묻히게 했다.

아까 샹탈 씨의 마음을 알 것 같았던 것처럼 그녀의 마음도 알 것 같았다. 그녀의 겸허하고 소박하고 헌신적인 생애가 처음부터 끝까지 보이는 듯했다. 어떤 욕구가 입안에 맴돌았다. 그녀도 샹탈 씨를 사랑했는지 묻고 싶고 알고 싶은 견딜 수 없는 욕구였다. 그녀도 샹탈 씨와 똑같이 사람들에게 보이지 않고, 알리지 않고, 들키지 않은 채 비밀스럽고 가슴을 에는 고통에 오랫동안 괴로워했을까? 밤에 어두운 방 안에서 혼자 외로워하며 그 고통을 견뎌 냈을까? 그녀의 심장이 가슴받이가 달린 블라우스 밑에서 고동치는 것이 보였다. 저 온화하고 순진한 얼굴로 밤마다 두터운 베개를 눈물로 적시며 신음했을지, 침대 속에서 열에 들떠 몸부림치며 흐느껴 울었을지 궁금해졌다.

나는 안에 무엇이 들어 있는지 알고 싶어서 보물을 깨뜨리는 아이처럼 아주 작은 소리로 그녀에게 말했다. "아까 샹탈 씨가 우시는 걸 봤으면 동정하셨을 거예요."

내 말에 그녀는 흠칫 몸을 떨었다. "뭐라고요? 샹탈 씨가 우셨다고요?"

"오, 그래요! 우셨지요!"

"왜요?"

그녀는 무척 동요한 것 같았다. 내가 대답했다.

"당신 때문에요."

"나 때문이라고요?"

"그래요. 그분은 자신이 옛날에 당신을 얼마나 사랑하셨는지, 당신 대신 지금의 부인과 결혼하는 것이 얼마나 괴로웠는지를 저에게 말해 주셨어요……"

그녀의 창백한 얼굴이 조금 길게 보였다. 다음 순간 언제나 크게 열려 있던 그녀의 눈이, 그녀의 온화한 눈이 갑자기 감겼다. 너무나 순식간에 일어난 일이라서 영원히 감겨 버린 것처럼 느껴졌다. 이윽고 그녀는 의자에서 바닥으로 미끄러지더니, 숄 같은 것이 떨어지듯 천천히, 조용히 쓰러졌다.

나는 외쳤다. "도와줘요! 도와줘요! 페를 양이 아픈 것 같아요."

샹탈 부인과 딸들이 급히 달려왔다. 그들이 물을 가져온다, 수건을 가져온다, 식초를 가져온다 하며 소동을 벌이는 동안, 나는 모자를 들고 그 집을 조용히 빠져나왔다.

나는 성큼성큼 걸었다. 심장이 고동치고, 머릿속이 후회와 미련으로 가득 찼다. 때로는 만족스럽기도 했는데, 내가 칭찬받을 만한 일, 필요한 일을 한 것처럼 여겨졌기 때문이다.

나는 자문해 보았다. '내가 잘못한 걸까, 잘한 걸까?' 그들은 아문 상처 속에 탄알이 남아 있는 것처럼 마음속에 고통을 감추고 살았었다. 그러니 이제 두 사람은 더 행복해진 게 아닐까? 사랑의 고통을 다시 경험하기에는 너무 늦었지만, 감동 어린 마음으로 기억해 낼 시간은 아직 있는 것이 아닐까?

어느 봄날 저녁 무렵 두 사람이 함께 나무 밑을 지나다가, 그들 발밑에 쏟아지는 달빛에 동요되어 서로 껴안고 손을 맞잡으며 그동안 억눌러 온 잔인한 고통을 생각해 낼지도 모른다. 그 짧은 포옹은 그들이 그때까지 경험하지 못했을 약간의 전율을 그들의 혈관 속에 전하고, 순식간에 되살아난 민첩하고 숭고한 황홀감을 그들에게 던져 줄 것이다. 그 황홀감은 다른 사람들이 평생을 살아도 맛보지 못할 행복감을 그 연인들에게 안겨 줄 것이다.

산장
L'auberge

슈바렌바흐 산장은 하얀 산봉우리들을 이어 주는 바위투성이의 헐벗은 협곡과 빙하들 밑에 자리 잡고 있었다. 그곳은 오트잘프 지방의 모든 목조 숙박시설들과 마찬가지로 젬미 통행로를 따라 여행하는 여행자들의 안식처로 사용되고 있었다.

그 산장은 장 오제 가족이 사는 여섯 달 동안은 문을 열었다. 하지만 작은 골짜기가 눈으로 메워져 로에슈로 가는 내리막길을 이용할 수 없는 시기에는 문을 닫았다. 올해도 그 시기가 오면, 오제 가족은 떠나고 늙은 안내인 가스파르 아리와 젊은 안내인 울리히 쿤지, 그리고 덩치 큰 산악견 샘만 남기로 했다.

즉 두 남자와 개는 창백하게 반짝이는 산봉우리들에 둘러싸인 채, 눈 속에 고립되고 매몰된 하얗고 거대한 밤호른 언덕만을 바라보며 봄까지 그 눈의 감옥에 머물러야 했다. 눈은 그 작은 산장을 에워싸고, 지붕 위에 쌓여 산장을 짓누르고, 창턱까지 차올라 문을 막아 버릴 터였다.

겨울이 다가오면서 내리막길이 점점 위험해지자, 오제 가족은 로에슈로 떠날 채비를 했다.

세 아들이 끄는 노새 세 마리가 옷가지와 다른 짐을 싣고 맨 앞에서 출발했고, 어머니 잔 오제와 딸 루이즈는 네 번째 노새를 타고 뒤따랐다. 그들은 그렇게 길을 떠났다.

아버지는 두 안내인과 함께 맨 뒤에서 갔다. 두 안내인은 내리막길이 시작되는 지점까지 오제 가족을 호위해야 했다.

그들은 먼저 산장 앞까지 뻗어 있는 바위산에 파인 깊고 커다란 구멍, 지금은 얼어붙은 작은 호수 근처를 우회했다. 그다음에는 홑이불처럼 깨끗하며 눈 쌓인 봉우리들이 사방에 둘린 작은 골짜기를 따라갔다.

얼어붙어 빛을 내는 하얀 사막 위에 눈부시고 차가운 태양의 불꽃이 불을 붙였다. 바다처럼 펼쳐진 산에는 어떠한 생명체도 보이지 않았다. 그 엄청난 고독 속에는 어떠한 움직임도 없었고, 어떤 소음도 그 깊은 침묵을 깨우지 못했다.

스위스 출신의 다리가 길고 키가 큰 젊은 안내인 울리히 쿤지가 어머니와 딸을 태운 노새를 따라잡기 위해, 오제 씨와 가스파르 아리 영감을 조금씩 앞질렀다.

딸은 울리히 쿤지가 다가오는 모습을 바라보았다. 그녀는 슬픈 눈으로 그를 부르는 듯했다. 금발을 늘어뜨린 그 자그마한 시골 아가씨의 우윳빛 뺨과 창백한 머리카락은, 얼음 한가운데에 너무 오래 머무른 탓에 빛이 바래 보였다.

울리히 쿤지는 그녀가 탄 노새를 따라잡고는, 노새의 엉덩이에 손을 올려 걸음을 늦추었다. 오제 부인이 그에게 이야기를 하기 시작했다. 산장에서 겨울을 나려면 이러저러해야 한다는 온갖 잔소리였다. 울리히 쿤지는 이번 겨울에 그 산장에 처음 머무르게 될 것이었다. 반면 아리 영감은 이미 열네 번의 겨울을 눈에 파묻힌 슈바렌바흐 산장에서 보냈다.

울리히 쿤지는 별로 귀 기울이는 기색 없이 오제 부인의 말을 들으며 눈으로는 끊임없이 루이즈를 바라보았다. 때때로 그는 이렇게 대답했다. "네, 오제 부인." 하지만 그의 생각은 먼 곳에 가 있는 듯했고, 표정은 침착하고 무표정했다.

그들은 도브 호수에 다다랐다. 골짜기 깊은 곳에 호수의 얼어붙은 수면이 평평하게 뻗어 있었다. 오른쪽에는 도벤호른 봉우리의 검은 바위산이 보였다. 그 바위산은 빌트슈트루벨 봉우리가 굽어보고 있는 뢰머른 빙하의 거대한 퇴석堆石 옆에 깎아지른 듯이 서 있었다.

로에슈로 통하는 내리막길이 시작되는 젬미 고개가 가까워졌을 때, 깊고 넓은 론 계곡이 양쪽으로 나누고 있는 발레 지방 알프스 산맥의 광대한 윤곽이 그들의 눈앞에 불쑥 나타났다.

멀리 햇빛 아래에서 반짝이는 그 산봉우리들은 울퉁불퉁한 것도 있고, 짓눌리거나 뾰족한 것도 있었다. 하얀 뿔 두 개가 달린 미샤벨, 당당한 바이스호른, 육중한 브뤼네그호른, 많은 사람들을 죽음으로 몰고 간 높고 무시무시한 피라미드 모양의 세르뱅, 잔인한 멋쟁이 여자 같은 당블랑슈.

그 산봉우리들 아래에 있는 엄청나게 큰 구멍 속에, 어마어마한 낭떠러지 바닥에 로에슈가 보였다. 그곳에 있는 집들은 젬미 고개에 갇혀 있었는데, 한쪽이 론 강쪽으로 열린 거대한 크레바스에 뿌려진 모래 알갱이들 같았다.

노새가 오솔길 가장자리에서 걸음을 멈추었다. 환상적이고 멋진 오솔길은 구불거리며 끊임없이 우회했다가 다시 돌아와서는 오른쪽 산을 따라 거의 눈에 띄지 않는 그 조그만 마을까지, 마을 발치까지 이어지고 있었다. 여자들이 눈밭으로 뛰어내렸다.

두 노인이 다가와 그녀들과 합류했다.

오제 씨가 말했다. "자, 그럼 잘 가고 힘내게, 친구들. 내년에 보세나."

아리 영감이 그의 말을 받아 되풀이했다. "내년에 보십시다."

그들은 포옹을 했다. 오제 부인은 두 뺨을 차례로 내밀며 아리 영감과 인사를 나누었고, 오제 부부의 딸 루이즈도 그렇게 했다.

자기 차례가 되자, 울리히 쿤지는 루이즈의 귀에 대고 속삭였다. "저 위에 있는 사람들을 잊지 마세요." 루이즈가 "그럴게요"라고 대답했다. 하지만 목소리가 너무나 작아 잘 들리지 않았다. 그런 뜻으로 짐작될 뿐이었다.

"자, 그럼 이만 헤어집시다. 건강하게 지내요." 장 오제가 한 번 더 인사를 했다.

그리고 여자들 앞을 지나 산을 내려가기 시작했다.

그들 세 사람은 곧 첫 번째 길모퉁이로 모습을 감추었다.

남겨진 두 남자는 슈바렌바흐 산장을 향해 몸을 돌렸다.

그들은 나란히 서서 천천히, 말없이 걸었다. 이젠 끝이었다. 그들 두 사람은 앞으로 네댓 달 동안 단둘이 얼굴을 마주하고 지내야 했다.

이윽고 가스파르 아리가 지난겨울의 생활에 대해 이야기하기 시작했다. 그때 그는 미셸 카놀과 함께 지냈다. 미셸 카놀은 한 번 더 산장에서 겨울을 나기에는 너무 늙고 쇠약했다. 길고 고독한 겨울 동안 사고가 날 수도 있었다. 어쨌거나 그들 두 사람은 지루하지 않았다고 했다. 첫날이 밝아 오자마자 모든 것을 피할 수 없는 것으로 받아들였기 때문이다. 그들은 기분 전환 거리를, 놀이와 많은 심심풀이들을 찾아냈다.

울리히 쿤지는 두 눈을 내리깐 채, 젬미 고개의 구불구불한 길을 따라 마을로 내려가는 사람들의 모습을 머릿속으로 좇으며 아리 영감의 말을 듣고 있었다.

얼마 지나지 않아 산장이 그들의 눈에 들어왔다. 산장의 모습을 가까스로 알아볼 수 있었다. 산장은 너무나 작았고, 엄청난 눈 더미 밑에 있는 검은 점 같았다.

산장 문을 열자, 털이 곱슬거리는 덩치 큰 개 샘이 그들 옆으로 와서 껑충대기 시작했다.

아리 영감이 말했다. "자, 울리히. 이제는 여자가 없으니 우리가 저녁 식사를 준비해야 해. 자네는 감자 껍질을 벗기게나."

두 사람은 나무 걸상에 앉아 빵을 수프에 적시기 시작했다.

다음 날 아침나절은 울리히 쿤지에게는 길게 느껴졌다. 아리 영감은 담배를 피우며 아궁이 속에 침을 뱉었고, 젊은 울리히는 창문 너머로 산장 맞은편의 반짝이는 산봉우리를 바라보았다.

오후에 울리히 쿤지는 밖으로 나갔다. 땅바닥에서 두 여자가 탔던 노새의 발자국을 찾으며 전날의 여정을 되풀이했다. 그리고 젬미 고개에 올라가 낭떠러지 가장자리에 배를 깔고 누워 로에슈를 바라보았다.

바위로 된 우물 속에 있는 것 같은 그 마을은 아직 눈에 파묻히지 않은 상태였다. 눈이 아주 가까이 다가와 있기는 했지만, 마을 주변을 보호하는 전나무 숲이 눈을 막아 주었다. 마을에 있는 나지막한 집들은 높은 데서 내려다보니 들판에 놓인 포석들처럼 보였다.

오제 아가씨가 지금 저기에, 저 회색 집들 중 한 곳에 있다. 어느 집일까? 하지만 울리히는 너무 먼 곳에 있어서 그 집들을 한 채 한 채 구별하기 힘들었다. 아직 내려갈 수 있을 때 거기로 내려가고 싶은 마음이 얼마나 간절한지!

하지만 해가 커다란 빌트슈트루벨 봉우리 뒤로 넘어갔고, 울리히는 산장으로 돌아갔다. 아리 영감은 담배를 피우고 있었다. 울리히가 돌아오는 것을 보자, 그는 카드놀이나 한번 하자고 했다. 그들은 탁자를 앞에 두고 마주 앉았다.

그들은 오랫동안 카드놀이를 했다. 브리스크라는 간단한 놀이였다. 그런 다음 간단히 저녁을 먹고 잠자리에 들었다.

이어진 며칠은 첫날과 비슷했다. 날씨가 맑고 추웠으며, 눈은 더 이상 오지 않았다. 아리 영감은 얼어붙은 산봉우리들 위로 위험을 무릅쓰고 날아드는 독수리와 희귀한 새들을 노리며 오후 시간을 보냈고, 울리히는 정기적으로 젬미 고개에 가서 마을을 내려다보았다. 그런 다음에는 아리 영감과 함께 카드놀이, 주사위 놀이, 도미노 놀이를 했다. 흥미를 돋우기 위해 작은 물건들을 걸어 따기도 하고 잃기도 했다.

어느 날 아침, 먼저 일어난 아리 영감이 울리히를 깨웠다. 굵지만 가볍게 흩날리는 눈송이들이 하얀 거품을 일으키며 그들 위로, 그들 곁으로 소리 없이 몰려들어 두텁고 은은한 거품 층으로 그들을 조금씩 파묻고 있었다. 그런 날씨가 나흘 낮 나흘 밤 동안 계속되었다. 그들은 산장 앞에 쌓인 눈을 치워 문과 창문들을 눈 속에서 빼내고 길을 내야 했으며, 열두 시간의 결빙으로 화강암 퇴석보다 더 단단해진 얼음 가루 위로 올라가기 위해 계단도 만들어야 했다.

그 위험 속에서 그들은 더 이상 산장 밖으로 나가지 못하고 죄수처럼 지냈다. 두 사람은 정기적으로 하는 일상적인 가사를 분담했다. 울리히 쿤지는 청소, 빨래 등 청결과 관련된 것들을 맡았다. 장작을 패는 것도 그의 일이었다. 아리 영감은 요리를 하고 불을 관리했다. 규칙적이고 단조로운 그 일들은 두 사람이 카드놀이나 주사위 놀이를 하는 동안 오래도록 중단되곤 했다. 다투는 법은 절대 없었다. 두 사람 다 조용하고 온화한 성격이었기 때문이다. 산 위에서 겨울을 나기 위해 매사를 충분히 체념한 그들은 초조해하지도, 언짢아하지도 않았다. 가시 돋친 말을 하는 일도 없었다.

때때로 아리 영감은 총을 들고 샤무아*를 찾아 나섰고, 가끔 정말로 녀석들을 잡아 오기도 했다. 그런 날은 슈바렌바흐 산장의 축제날이었고, 아리 영감과 울리히는 신선한 살코기로 잔치를 벌일 수 있었다.

어느 날 아침, 아리 영감은 또 사냥에 나섰다. 바깥의 온도계가 영하 18도를 가리키고 있었다. 해는 아직 뜨지 않았고, 아리 영감은 빌트슈트루벨 근처에서 짐승을 잡을 수 있기를 바랐다.

혼자 남겨진 울리히는 10시까지 누워 있었다. 그는 잠이 많았다. 하지만 늘 열정적이고 아침 일찍 일어나는 늙은 안내인 앞에서 자신의 습관대로 자연스럽게 지내지는 못했다.

그는 샘과 함께 천천히 점심을 먹었다. 샘 역시 밤낮으로 불 앞에서 졸면서 시간을 보냈다. 잠시 후, 그는 슬픔을 느꼈다. 고독이 두렵기까지 했다. 그는 사람들이 버릴 수 없는 습관에 사로잡히듯 늘 하던 카드놀이를 해야겠다고 생각했다. 그래서 4시에 돌아오기로 한 아리 영감을 마중 나갔다.

눈이 크레바스들을 메우고, 호수 두 개를 덮어 버리고, 바위산들 사이

---

*알프스 산양.

의 틈을 채우며 쌓인 바람에 골짜기 전체가 평평해져 있었다. 이제는 그친 눈이 거대한 산봉우리들 사이에 고르고 하얗게, 눈부신 거대한 통처럼 얼어붙어 있었다.

지난 3주 동안 울리히는 로에슈가 내려다보이는 낭떠러지 가장자리에 가지 않았다. 빌트슈트루벨로 통하는 언덕을 기어오르기 전에 그곳에 다시 가보고 싶었다. 이제는 로에슈도 눈 속에 묻혀 있었다. 창백한 눈의 외투 속에 묻혀 버린 탓에 이제는 집들도 보이지 않았다.

잠시 후, 그는 오른쪽으로 방향을 틀어 뢰머른 빙하에 다다랐다. 돌처럼 딱딱한 눈을 쇠붙이가 박힌 지팡이로 두드리면서 산악 지방 사람답게 성큼성큼 걸었다. 저 먼 곳에 펼쳐진 거대한 눈밭 위에 작고 검은 점 하나가 움직이고 있지는 않은지 날카로운 눈으로 살펴보았다.

빙하 가장자리에 다다르자, 그는 아리 노인이 이 길로 갔을지 궁금해하면서 걸음을 멈추었다. 잠시 후, 그는 좀 더 빠르고 걱정스러운 발걸음으로 퇴석을 따라 걷기 시작했다.

해가 저물어 갔고, 눈이 장밋빛으로 물들기 시작했다. 크리스털처럼 맑은 눈의 표면에 갑자기 미풍이 일면서 건조하고 차가운 바람이 불어왔다. 울리히는 목소리를 울리게 하여 길고 날카롭게 아리 영감의 이름을 불렀다. 그의 목소리가 산들이 잠들어 있는 죽음과도 같은 침묵 속으로 날아올랐다. 새 우는 소리가 파도치는 바다 위로 퍼져 나가듯, 그의 목소리는 꽁꽁 언 거품 같고 끄떡도 하지 않는 두터운 눈밭 위로 멀리 퍼져 나갔다. 이윽고 그의 목소리가 잦아들었지만 화답하는 소리는 전혀 없었다.

그는 다시 걷기 시작했다. 해가 저쪽 산봉우리 뒤로 넘어갔다. 산봉우리들은 하늘이 반사하는 빛에 아직 붉게 물들어 있었지만, 깊은 골짜기들은 이미 잿빛을 띠어 갔다. 울리히 쿤지는 갑자기 겁이 났다. 산들의 침묵이, 추위가, 고독이, 겨울의 죽음이 그에게 들어와 피를 멈추게 하고, 얼어붙게 하고, 팔다리를 뻣뻣하게 해 옴짝달싹 못하게 만들 것만 같았다. 그는 산장을 향해 도망치듯 달리기 시작했다. 자신이 산장을 비운 동안 아리 영감이 돌아와 있을 거라고 생각했다. 아마도 아리 영감은 다른 길을 택했을 것이고, 지금쯤 잡아 온 샤무아 한 마리를 발치에 내려놓고 불 앞에 앉아 있을 것이다.

얼마 지나지 않아 산장이 보였다. 굴뚝에서 연기가 피어오르지 않았다. 울리히는 재빨리 달려가 산장의 문을 열어젖혔다. 샘이 달려 나와 그를 반겼다. 하지만 가스파르 아리는 돌아와 있지 않았다.

겁을 집어먹은 쿤지는 구석에 숨어 있는 아리 영감을 찾아내려는 듯 산장 안을 한 바퀴 돌아보았다. 잠시 후, 그는 아리 영감이 돌아오기를 기다리며 불을 피우고 수프를 만들었다.

때때로 밖으로 나가 아리 영감이 오는지 살펴보았다. 밤이 되었다. 산들이 희끄무레하게 보이는 밤, 창백한 밤, 산봉우리들 뒤로 기울어 가는 노랗고 섬세한 초승달이 산들의 윤곽을 파리하게 비추는 밤이었다.

울리히는 다시 안으로 들어와 앉았고, 아리 영감이 당했을지 모를 사고들을 떠올리며 손발에 불을 쪼였다.

아리 영감은 다리가 부러져 구덩이에 빠졌을 수도 있고, 발을 헛디뎌 발목을 삐었을 수도 있다. 아마도 지금쯤 추위에 발이 묶여 몸이 뻣뻣해진 채, 낙담한 나머지 어쩔 줄 몰라 하며 소리 질러 구조를 요청하고 있으리라. 밤의 침묵 속에서 눈 위에 누운 채 젖 먹던 힘까지 그러모아 큰 소리로 외치고 있으리라.

하지만 대체 어디에? 산은 너무 넓고, 너무 거칠고, 너무 위험했다. 이런 계절에는 특히 그랬다. 그 무한한 공간에서 조난당한 남자를 찾아내려면, 열 명에서 스무 명가량의 안내인들이 일주일 동안 사방을 돌아다녀야 할 것이다.

그럼에도 불구하고 울리히 쿤지는 가스파르 아리가 자정에서 새벽 1시 사이에 돌아오지 않으면 샘과 함께 그를 찾아 나서기로 마음먹었다.

그는 채비를 했다.

배낭에 이틀 치의 식량을 넣고, 강철 아이젠을 챙기고, 허리에는 가늘지만 질기고 긴 로프를 둘렀다. 쇠붙이가 박힌 지팡이와 얼음을 깎아낼 때 쓰는 손도끼의 상태도 확인했다. 그런 다음 기다렸다. 벽난로에서 불이 타올랐다. 덩치 큰 개 샘은 벽난로 불길이 비추는 환한 빛을 받으며 코를 골고 있었다. 소리가 잘 울리는 나무 상자 속에서 괘종시계가 사람의 심장박동처럼 규칙적으로 째깍거렸다.

가벼운 바람이 불어와 산장의 지붕과 벽들을 훑었다. 울리히는 귀를 쫑긋 세운 채 멀리서 들려오는 그 소리에 몸서리를 치면서 기다렸다.

자정이 되었다. 그는 소스라쳤다. 전율을 느끼고 겁에 질린 그는 길을 나서기 전에 뜨거운 커피를 마시려고 불 위에 물을 올렸다.

괘종시계가 새벽 1시를 치자, 그는 벌떡 일어나 샘을 깨운 뒤 문을 열고 빌트슈트루벨 방향으로 걸었다. 아이젠을 사용해 바위산을 기어올랐고, 얼음을 깎으면서 계속 앞으로 나아갔다. 이따금 매우 가파른 경사면 아래에 가만히 머물러 있는 개를 로프로 끌어당기면서 다섯 시간 동안 산을 탔다. 아침 6시가 되어 갈 즈음, 그는 산봉우리 하나에 도착했다. 아리 영감이 샤무아를 잡으러 자주 가던 곳이었다.

그는 해가 뜨기를 기다렸다.

하늘이 머리 위에서 부옇게 밝아 오는가 싶더니, 갑자기 어디서 생겨났는지 모를 기묘한 미광이 그의 주변 100리외까지 펼쳐진 창백한 산봉우리들의 바다를 비추었다. 그 흐릿한 빛은 눈에서 나와 우주로 퍼져 가는 것 같았다. 멀리 보이는 높은 산봉우리들이 차츰 살빛처럼 부드러운 장밋빛을 띠어 갔고, 붉은 해가 육중하고 거대한 베른 지방 알프스 산맥 뒤에서 떠올랐다.

울리히 쿤지는 다시 길을 갔다. 사냥꾼처럼 몸을 굽히고 아리 영감의 흔적을 살피면서, 개에게 "찾아봐, 샘. 어서 찾아보라고"라고 말하면서 계속 길을 갔다.

이제 그는 산을 다시 내려가고 있었다. 깊은 구렁들을 눈으로 살피면서, 때때로 아리 영감의 이름을 길게 소리쳐 부르면서. 그의 외침은 적막하면서도 무한한 공간 속으로 무척이나 빠르게 사라져 갔다. 그는 눈밭에 귀를 대고 잘 들어 보았다. 어떤 목소리가 들린 것 같기도 했다. 그는 달리기 시작했고, 다시 한 번 아리 영감의 이름을 외쳐 불렀다. 그러나 아무 소리도 들려오지 않았고, 그는 기진맥진하고 절망해서 눈밭에 주저앉았다. 정오쯤 그는 점심을 먹었고, 자기만큼이나 지친 샘에게도 먹이를 주었다. 그런 다음 다시 수색을 시작했다.

저녁이 되었다. 하지만 그는 여전히 걷고 있었다. 산속을 50킬로미터나 걸었다. 산장으로 다시 돌아가기에는 너무 멀리 와 있었고, 더 돌아다니기에는 너무 지쳤으므로, 그는 눈밭에 구덩이를 하나 파고 그 안에 들어가, 산장에서 가져온 담요를 덮고 개와 함께 웅크려 누웠다. 그들은, 한 인간과 한 짐승은 그렇게 서로 몸을 붙여 체온을 유지하면서 잠을 청했다. 하지만 몸이 뼛속까지 얼어붙는 것 같았다.

울리히는 거의 잠을 자지 못했다. 머릿속에 무서운 장면들이 자꾸만 떠올랐고, 오한이 나서 팔다리가 마구 떨렸다.

해가 막 뜨려고 할 때, 그는 다시 일어났다. 다리가 쇠막대처럼 뻣뻣했고, 마음은 너무나 약해져 불안에 찬 외침조차 뱉기 힘들었으며, 심장은 무슨 소리라도 들릴라치면 흥분을 이기지 못하고 마구 팔딱거렸다.

갑자기 자기 역시 이 고독 속에서 얼어 죽을지 모른다는 생각이 들었다. 하지만 죽음에 대한 극심한 공포가 이내 그의 활력을 자극하고 원기를 일깨웠다.

그는 넘어졌다가 다시 일어나면서 산장을 향해 내려갔다. 멀리서 샘이 다리 세 개로 절뚝거리며 그를 따라왔다.

그들은 오후 4시쯤에야 슈바렌바흐 산장에 도착했다. 산장은 비어 있었다. 울리히는 불을 피우고 식사를 한 다음 잠이 들었다. 너무 얼이 빠져서 아무것도 생각할 수 없었다.

그는 오랫동안, 아주 오랫동안 잠을 잤다. 도저히 저항할 수 없는 잠이었다. 하지만 갑자기 어떤 목소리가, "울리히" 하고 부르는 외침이 깊은 마비 상태에 빠진 그를 뒤흔들었고, 그는 벌떡 일어났다. 그가 꿈을 꾼 걸까? 그 소리는 불안한 영혼들의 꿈속을 가로지르는 기묘한 외침이었나? 아니었다. 산장 안을 울리는 그 외침 소리는 여전히 그의 귀에 들려오고 있었다. 그의 귓속에 들어오고 살 속으로 퍼져 신경이 곤두선 손가락 끝까지 와 닿았다. 틀림없이 누군가가 외쳤다. 누군가가 불렀다. "울리히!" 하고. 누군가 저기에, 산장 가까운 곳에 있었다. 의심의 여지가 없었다. 그는 문을 열고 목청껏 외쳐 보았다. "당신이에요, 가스파르?"

하지만 아무런 대답도 없었다. 그 어떤 소리도, 그 어떤 중얼거림도, 그 어떤 신음 소리도 들려오지 않았다. 아무것도 없었다. 어둠이 내렸고, 눈이 창백한 빛을 띠어 갔다.

바람이 크게 일었다. 돌을 쪼개고, 이 버려진 고지대에 어떤 생명도 남겨 두지 않을 차디찬 바람이었다. 사막의 뜨거운 바람보다 더 건조하고 치명적인, 급작스러운 돌풍이었다. 울리히는 다시 한 번 외쳐 보았다.

"가스파르! 가스파르! 가스파르!"

그리고 기다렸다. 산속은 온통 잠잠했다! 극심한 공포가 그를 뱃속까지 뒤흔들었다. 그는 한걸음에 산장으로 돌아가 문을 닫고 빗장을 질렀다. 그런 다음 벌벌 떨면서 의자에 주저앉았다. 가스파르 아리 영감이 숨이 끊어지는 순간 그를 부른 것이 틀림없었다.

그것은 확실한 사실이었다. 살아 있는 것이 확실하고 빵을 먹는 것이 확실하듯이. 가스파르 아리 영감은 이틀 낮 사흘 밤 동안 어딘가에서, 어느 구덩이에서, 지하의 암흑보다 더 음산하고 새하얀 깊은 협곡에서 빈사 상태로 신음했을 것이다. 그리고 방금 자신의 동료 울리히를 생각하며 숨이 끊어진 것이다. 그의 영혼은 자유로워지자마자 울리히가 잠을 자고 있는 산장으로 날아왔고, 죽은 자들의 영혼이 지닌, 산 자들을 따라다니는 불가사의하고 무시무시한 힘으로 울리히의 이름을 외친 것이다. 그 외침은, 목소리 없는 그 영혼의 외침은 잠든 울리히의 쇠약해진 영혼에도 울려 퍼졌다. 그것은 마지막 작별 인사일 수도 있었고, 비난일 수도 있었다. 혹은 자신을 충분히 찾지 않은 울리히에 대한 저주일 수도 있었다.

울리히는 아주 가까운 곳에서, 벽 뒤에서, 그가 방금 닫은 문 뒤에서 가스파르 아리의 영혼을 느꼈다. 그의 영혼은 불 켜진 창가에 날아와 깃털을 스치는 밤새처럼 그곳에서 어슬렁거리고 있었다. 넋이 빠진 울리히는 공포에 질려 비명을 지르기 일보 직전이었다. 도망가고 싶었다. 하지만 감히 밖으로 나갈 엄두를 내지 못했다. 그는 결코 그러지 못했다. 앞으로도 그러지 못할 터였다. 그 늙은 안내인의 시신을 찾아내 축복받은 땅속에 묻어 주지 않는 한, 유령은 거기에, 산장 주변에 밤낮으로 머물 테니까.

날이 밝았다. 해가 다시 떠서 반짝이자, 울리히 쿤지는 안정을 조금 되찾았다. 그는 식사를 준비했고, 개가 먹을 먹이도 만들었다. 그런 다음 눈 속에 누워 있는 그 노인을 괴로운 마음으로 떠올리면서 꼼짝 않고 의자에 앉아 있었다.

시간이 흐르고 어둠이 다시 산을 뒤덮자, 새로운 공포가 그를 덮쳤다. 그는 촛불이 어슴푸레하게 밝히고 있는 어두운 부엌 안을 걸어 다녔다. 지난밤의 그 무시무시한 외침이 바깥의 음울한 침묵을 가로지르지 않는지 귀를 기울이고 또 기울이면서 부엌 이쪽 끝에서 저쪽 끝까지 성큼 성큼 걸어 다녔다. 가여운 그 청년은 마침내 자신이 혼자라고 느꼈다. 그 누구도 결코 이렇게 외롭지는 않았으리라! 이 광대한 눈의 사막에서 그 는 혼자였다. 사람들이 사는 땅 위, 사람들이 사는 집 위, 소란스럽게 움 직이며 시끄러운 소리를 내고 팔딱이는 생명들 위 해발 2천 미터의 이 곳에서 혼자였다. 얼어붙은 하늘 아래에 그 혼자 존재했다! 미친 듯한 욕망이 어디로든 어떻게든 도망치라고, 낭떠러지에서 몸을 던져서라도 로에슈로 내려가라고 그를 고문했다. 하지만 죽은 아리 영감이 저 위에 서 혼자 있기 싫어서 그의 길을 막아설 거라는 생각 때문에, 감히 문도 열 수 없었다.

자정쯤, 걷기도 지치고 불안과 공포에 짓눌린 그는 마침내 의자에 앉 아 졸기 시작했다. 유령이 머물던 곳을 무서워하듯 침대가 무서웠기 때 문이다.

갑자기 전날 밤의 날카로운 외침이 또다시 그의 귀청을 찢었다. 그 소 리가 너무나 날카로워서, 울리히는 그 유령을 쫓아내기 위해 두 팔을 뻗었고, 앉아 있던 의자와 함께 벌렁 나자빠졌다.

그 소리에 샘이 잠에서 깨어나서는 겁에 질려 짖어 대기 시작했다. 샘은 어디서 위험이 오는지 찾으면서 산장 안을 맴돌았다. 문 가까이에 다다르자 샘은 털을 곤두세우고 꼬리를 똑바로 펴더니 으르렁댔다. 한껏 헐떡거리고 쿵쿵대면서 문 아래쪽에 코를 대고 냄새를 맡았다.

이성을 잃은 울리히는 의자 다리에 의지해 몸을 일으켰다. 그리고 외쳤다. "들어오지 마요. 들어오지 마. 들어오면 죽여 버릴 거예요." 이 위협에 흥분한 샘이 주인이 대항하고 있는 보이지 않는 적을 향해 맹렬하게 짖어 댔다.

이윽고 샘이 차츰 진정을 되찾고 다시 불 옆에 가서 길게 엎드렸다. 하지만 여전히 걱정스러운 표정으로 고개를 든 채 눈을 반짝이며 잇새로 으르렁거렸다.

울리히도 정신을 차렸다. 그는 자신이 공포로 인해 잠시 정신을 잃었다는 것을 깨닫고 찬장에서 독주 한 병을 가져왔다. 그것을 연거푸 몇 잔 마셨다. 생각들이 흐릿해지고, 용기가 꿈틀댔다. 뜨거운 열기가 혈관 속에 퍼져 나갔다.

다음 날, 울리히 쿤지는 음식은 거의 먹지 않고 술만 마셨다. 뒤이은 며칠 동안 난폭한 사람처럼 술에 취해 지냈다. 가스파르 아리의 생각이 다시 떠오를라치면, 취해서 바닥에 쓰러질 때까지 술을 퍼마셨다. 그는 죽을 만큼 취하여 팔다리가 꺾인 채 바닥에 이마를 대고 코를 골았다. 하지만 그를 미치게 하고 배 속을 활활 태우는 그 액체가 다 흡수되고 나면, 매번 "울리히!" 하는 외침이 두개골 속에 박힌 총알처럼 들려와 그를 깨우는 것이었다. 그는 넘어지지 않기 위해 비틀거리며 일어나 두 손을 뻗어 샘에게 도움을 요청했다. 한편, 주인과 똑같이 미쳐 가고 있던 샘은 달려가서 문을 발톱으로 긁고 길고 하얀 이빨로 갉아 댔다. 그러는 동안 올리히는 옷깃을 젖히고 고개를 길게 뺀 채, 달리기를 한 뒤 시원한 물을 들이켜듯 독주를 벌컥벌컥 들이켰다. 얼마 지나지 않아 독주가 그의 생각을, 기억을, 미친 듯한 공포를 잠재워 줄 터였다.

그는 비축해 둔 술을 3주 동안 모두 마셔 버렸다. 하지만 계속되는 취기는 공포를 간신히 가라앉힐 뿐이었기에, 취기가 가시면 그것은 더욱 강렬하게 되살아나 기승을 부렸다. 절대적인 고독 속에서 끊임없이 커지고 한 달 동안의 취기로 인해 악화된 강박관념은 쿤지의 정신 속에 나사못처럼 깊이 박혀 버렸다. 이제 그는 누군가 밖에 있는지 들어 보려고 한쪽 귀를 문에 대보기도 했고, 벽을 사이에 두고 그 누군가에게 도전하기도 했다. 그러는 틈틈이 우리 속에 갇힌 짐승처럼 산장 안을 이리저리 걸었다.

그러다가 피로에 지쳐 선잠이 들면 어김없이 그 외침 소리를 듣고는 펄쩍 솟구쳐 오르는 것이었다.

마침내 어느 날 밤, 그는 궁지에 몰린 겁쟁이처럼 문으로 달려갔고, 자신을 부르는 그를 보기 위해, 그를 침묵시키기 위해 문을 열어젖혔다.

세찬 바람이 얼굴 가득 불어닥쳤다. 바람은 그를 뼛속까지 얼어붙게 했고, 그는 샘이 바깥으로 뛰어나간 것도 알아차리지 못한 채 다시 문을 닫고 빗장을 질렀다. 그러고는 벌벌 떨면서 벽난로에 장작을 던져 넣고 그 앞에 앉아 불을 쬐였다. 다음 순간, 그는 떨 듯이 소스라쳤다. 누군가가 울면서 벽을 긁어 댔기 때문이다.

겁에 질린 그는 "가버려!" 하고 외쳤다. 그러자 신음 소리가 그에게 화답했다. 길고 고통스럽게.

극심한 공포 때문에 그에게 남아 있던 이성이 모두 사라져 버렸다. 그는 몸을 숨길 구석을 찾기 위해 제자리에서 맴돌면서 "가버려!" 하고 몇 번이고 외쳤다. 밖에 있는 존재도 계속 울면서, 벽에 몸을 문지르면서 산장 주위를 맴돌았다. 울리히는 식기와 식량이 들어 있는 떡갈나무 찬장으로 달려갔다. 그리고 초인적인 힘으로 그 찬장을 들어 올려 문까지 끌고 가 바리케이드를 쳤다. 그 외에도 매트리스, 짚을 넣은 쿠션, 의자 등 옮길 수 있는 모든 것을 닥치는 대로 쌓아 놓았다. 적에게 포위당한 사람처럼 창문도 막아 버렸다.

하지만 밖에 있는 그는 여전히 크고 음울한 신음 소리를 냈고, 울리히는 그것과 비슷한 신음 소리로 화답하기 시작했다.

그렇게 둘 다 멈추지 않고 울부짖는 가운데 여러 낮과 여러 밤이 흘렀다. 한쪽은 끊임없이 산장 주변을 맴돌며 부숴 버리고 싶은 듯 온 힘을 다해 발톱으로 벽을 파헤쳤고, 다른 한쪽은 산장 안에서 몸을 굽혀 돌로 된 벽에 귀를 찰싹 붙인 채 상대방의 움직임을 유심히 살폈다. 그는 상대방의 모든 호소에 무시무시한 외침으로 화답했다.

어느 날 저녁, 울리히의 귀에 더 이상 아무 소리도 들리지 않았다. 그는 주저앉았고, 피로 때문에 기진맥진한 나머지 즉시 잠들어 버렸다.

그리고 기억도 없이, 생각도 없이 깨어났다. 그 짓누르는 듯한 잠을 자는 동안 그의 머릿속은 완전히 비어 버린 것 같았다. 그는 허기를 느꼈고, 음식을 먹었다.

겨울이 끝났다. 젬미 고개의 통행이 다시 가능해졌다. 오제 가족은 산장으로 돌아가기 위해 길을 나섰다.

언덕길 꼭대기에 다다르자, 여자들이 노새에 올라탔다. 그들은 다시 만나게 될 두 남자에 대해 이야기를 나누었다.

그들은 고개의 통행이 가능해지자마자 울리히와 가스파르 영감 중 한 사람이 길었던 겨울나기의 소식을 전하기 위해 며칠 일찍 마을로 내려오지 않은 것에 대해 놀라고 있었다.

마침내 산장이 보였다. 산장은 아직 눈에 파묻혀 있었다. 문과 창문은 닫혀 있었다. 지붕에서 연기가 조금씩 피어오르고 있었고, 그것을 본 오제 씨는 안심했다. 하지만 산장 가까이 다가가자, 독수리의 공격을 받은 듯한 동물 해골이 문 앞에 있는 것이 눈에 띄었다. 옆으로 비스듬히 누운 커다란 짐승의 해골이었다.

다들 그것을 살펴보았다. "샘 같아요." 오제 부인이 말했다. 그녀는 "이봐요, 가스파르" 하고 불렀다. 안에서 외침 소리가 들려왔다. 무서운 짐승에게 쫓기는 자의 외침처럼 날카로웠다. 오제 씨가 다시 한 번 되풀이해 불렀다. "이봐요, 가스파르." 처음에 들린 외침과 비슷한 외침 소리가 또 들려왔다.

아버지와 아들 둘, 세 남자가 산장의 문을 열려고 했다. 하지만 문은 열리지 않았다. 그들은 빈 외양간에 들어가 긴 들보 하나를 가지고 나와 그것을 파성추破城槌*처럼 문에 힘껏 내리쳤다. 문이 요란한 소리를 내며 열렸고, 널판이 산산조각 나면서 나뭇조각들이 사방으로 튀어 올랐다. 엄청난 굉음이 산장을 뒤흔들었다. 그 안에, 쓰러진 찬장 뒤에 한 남자가 서 있었다. 어깨까지 내려오는 긴 머리카락에 수염이 가슴까지 자라 있고, 누더기 옷을 걸친 채 두 눈을 번득이고 있었다.

처음에 오제 가족은 그를 전혀 알아보지 못했다. 하지만 루이즈 오제가 이렇게 외쳤다. "울리히예요, 엄마." 오제 부인이 그를 찬찬히 살펴보

*중세 시대 전쟁 시 성벽을 부수던 통나무로 된 무기.

고는 머리카락이 하얗게 세긴 했지만 울리히가 틀림없다고 확인했다.

울리히는 오제 가족이 다가오도록, 그들이 자기를 만지도록 가만히 있었다. 하지만 그들의 질문에 전혀 대답하지 않았다. 그를 로에슈로 데려가야 했다. 그곳의 의사들은 그가 미쳤다는 진단을 내렸다.

그와 함께 있던 아리 영감이 어떻게 되었는지는 아무도 알지 못했다.

그해 여름, 루이즈 오제는 우울증으로 죽을 뻔했다. 사람들은 산의 추위가 병의 원인이라고 말했다.

오를라
Le Horla

1판*

    저명하고 탁월한 정신과 의사인 마랑드 박사가 자연과학을 연구하는 동료 셋과 학자 넷에게 자신이 운영하는 정신병원에 와서 환자 하나를 한 시간 정도 봐달라고 부탁했다.

    친구들이 모두 모이자 박사는 말했다. "내가 지금껏 한 번도 만나 본 적 없는, 가장 기묘하고 염려스러운 환자를 여러분에게 보여 드리겠습니다. 나는 그 환자에 대해 아무 말도 하지 않겠습니다. 환자가 직접 이야기를 할 것입니다." 박사가 초인종을 누르자 하인이 남자 한 명을 들여보

---

*여기 실린 작품은 1886년에 발표된 1판이다. 1887년에 2판이 나왔다.

냈다. 환자는 무척 야위어 시체처럼 보일 정도였다. 온갖 공상에 시달리는 몇몇 광인들이 바싹 야위었듯이, 병적인 생각은 열병이나 폐병보다 인간의 살을 더 많이 먹어 치우는 법이다.

그가 인사를 하고 자리에 앉더니 입을 열었다.

*

"여러분, 나는 여러분이 왜 이곳에 모였는지 잘 알고 있습니다. 그리고 내 친구인 마랑드 박사님이 부탁한 대로 여러분에게 내 이야기를 들려드릴 준비가 되어 있습니다. 마랑드 박사님은 오랫동안 내가 미쳤다고 생각했습니다. 하지만 지금은 그것을 의심하고 있습니다. 나에게, 여러분에게, 그리고 인류 전체에 불행한 일이지만, 잠시 후 여러분은 내 정신이 여러분만큼이나 건강하고, 또렷하고, 명민하다는 것을 알게 될 겁니다.

나는 사실 자체에서, 아주 단순한 사실에서 시작하고 싶습니다. 그것은 다음과 같습니다.

나는 마흔두 살입니다. 미혼이고, 웬만큼 사치를 할 수 있을 정도로 재산이 있습니다. 그래서 루앙 근처 비에사르라는 지역의 센 강 기슭에 있는 대저택에서 살았습니다. 나는 사냥과 낚시를 좋아합니다. 내 집 뒤쪽에 서 있는 커다란 바위들 위에는 프랑스에서 가장 아름다운 숲 중 하나인 루마르 숲이 있고, 집 앞에는 세상에서 가장 아름다운 강이 흐릅니다.

내가 사는 집은 매우 넓습니다. 아름다운 외벽을 흰색으로 칠했고, 멋진 나무들이 있는 널찍한 정원이 그 오래된 집을 둘러싸고 있습니다. 정원은 내가 방금 여러분에게 말한 커다란 바위들을 지나 숲까지 이어지지요.

저택에는 마부, 정원사, 하인, 요리사, 그리고 가정부 역할도 하는 세탁부, 이렇게 네 사람이 함께 살고 있습니다. 아니, 살고 있었습니다. 그 사람들은 모두 10년에서 16년에 이르는 세월 동안 그 집에 살았고, 모두들 나에 대해 잘 알고 있지요. 그 집, 그 고장, 내 삶을 둘러싼 모든 것에 대해서요. 그들은 선량하고 조용한 하인들이었습니다. 이 사실은 이제부터 내가 하려는 이야기와 중요한 관련이 있습니다.

여러분도 잘 알겠지만, 내 집 정원 옆의 센 강이 루앙까지 흘러간다는 사실을 덧붙이고 싶습니다. 내가 그 강을 지나가는 커다란 배들을 매일 바라보았다는 사실도 덧붙이렵니다. 세계 곳곳에서 온 범선들과 증기선들이었지요.

그런데 1년 전인 지난가을, 나는 갑자기 설명할 수 없는 이상한 불안감에 사로잡히기 시작했습니다. 일종의 신경질적인 근심이었어요. 나는 잠을 자지 못하고 며칠 밤을 꼬박 새웠습니다. 극도로 흥분한 나머지 아주 작은 소리에도 소스라쳐 몸을 떨었으며, 감정이 격해졌지요. 설명할 수 없는 갑작스러운 분노가 몇 번씩 치밀어 오르기도 했습니다. 나는 의사 선생을 불렀습니다. 의사 선생은 취화칼륨과 샤워를 처방해 주더군요.

그래서 나는 아침저녁으로 샤워를 하고 취화칼륨을 복용하기 시작했습니다. 그러자 다시 잠을 잘 수 있었지요. 하지만 수면은 불면보다 더 끔찍했습니다. 나는 잠자리에 눕자마자 눈을 감고 사라져 갔습니다. 그렇습니다. 무 속으로, 절대적인 무 속으로, 존재 전체의 죽음 속으로 빠져들었고, 가슴을 짓누르는 무시무시한 중압감을 느끼며 급작스럽고 끔찍하게 그 상태에서 빠져나왔습니다. 어떤 입 하나가 내 위에서 내 생명을 먹어 치우고 있었어요. 오! 그 충격이라니! 한평생 그보다 더 무시무시한 장면은 본 적이 없습니다.

잠자고 있는 한 남자를 상상해 보십시오. 누군가 그를 살해하고 있고, 그는 목에 칼이 꽂힌 채로 잠에서 깨어납니다. 그는 피범벅이 되어 헐떡거립니다. 더 이상 숨도 쉴 수 없습니다. 죽을 것만 같습니다. 하지만 그는 무슨 일이 일어나고 있는지 전혀 이해하지 못합니다. 바로 그런 기분이었어요!

나는 걱정스러울 정도로 야위어 갔습니다. 그리고 어느 날 문득, 무척이나 뚱뚱했던 내 마부 역시 나처럼 야위어 가고 있는 것을 깨달았습니다.

나는 그에게 물었지요.

'무슨 일인가, 장? 어디 아파 보이는데.'

그가 대답했습니다.

'아무래도 제가 나리와 똑같은 병에 걸린 것 같습니다. 밤에 잠을 통 못 자 건강이 말이 아니에요.'

그래서 나는 강 근처에서 돌기 시작한 열병의 기운이 집 안에 침입했다고 생각하고, 한창 사냥철이지만 두세 달 동안 집을 떠나 있기로 마음먹었습니다. 그러다가 우연히 매우 기이한 장면을 목격했고, 있을 법하지 않은 기괴하고도 소름 끼치는 일련의 경험을 하게 되었습니다. 그 사건 탓에 결국 그냥 집에 머물러 있게 되었지요.

어느 날 저녁이었습니다. 나는 목이 말라 물 반 컵을 마셨지요. 그리고 침대 맞은편 서랍장에 놓인 크리스털 물병에 물이 마개 바로 아래까지 가득 차 있는 것을 보았습니다.

그날 밤 나는 방금 여러분에게 말한 끔찍한 각성 상태를 경험했으니다. 극심한 불안감에 사로잡혀 초에 불을 붙였습니다. 그리고 한 번 더 물을 마시려고 했을 때 물병이 비어 있는 것을 알아차리고 깜짝 놀랐습니다. 내 눈을 믿을 수가 없었습니다. 누군가 방에 들어왔던 걸까요? 아니면 내가 몽유병 환자일까요?

다음 날 밤, 나는 똑같은 일이 일어나는지 시험해 보고 싶었습니다. 아무도 방에 들어올 수 없도록 방문을 잠갔습니다. 그리고 잠이 들었고, 매일 밤 그랬듯이 잠에서 깨어났습니다. 두 시간 전 내가 분명히 보았던 물은 누군가가 전부 마셔 버리고 없었습니다.

누가 그 물을 마셨을까요? 틀림없이 나였겠지요. 하지만 나는 미동도 하지 않은 채 깊고 고통스러운 잠에 빠져 있었습니다. 그것을 확신할 수 있었습니다. 절대적으로 확신할 수 있었어요.

혹시 내가 무의식중에 몸을 움직인 것은 아닌지 확인하기 위해 교묘한 꾀를 생각해 냈습니다. 물병 옆에 오래된 보르도산 포도주 한 병과 내가 싫어하는 우유 한 잔, 그리고 좋아하는 초콜릿 케이크 한 조각을 놓아두었지요.

포도주와 케이크는 손대지 않은 채 그대로 있었고 우유와 물은 사라지고 없었습니다. 나는 매일 음료와 음식을 바꿔 보았습니다. 그는 밀도가 높고 고체인 음식에는 손을 대지 않았고 액체 상태의 음료만, 그것도 신선한 유제품과 물만 마셨습니다.

하지만 폐부를 찌르는 의심이 내 마음속에 여전히 남아 있었습니다. 내가 의식하지 못한 채 잠자리에서 일어나 싫어하는 음료마저 마셔 버린 것은 아닐까? 그간의 내 감각들이 몽유병적 수면으로 인해 마비되어, 평소의 입맛과 전혀 다르게 변할 수도 있으니 말입니다.

그리하여 나는 나 자신에게 새로운 술책을 써보기로 했습니다. 반드시 만질 수밖에 없는 물건들을 모두 하얀 모슬린 천으로 감싸고 흰 삼베 수건으로 한 번 더 덮었습니다.

그런 다음, 잠자리에 들기 직전 두 손과 입술, 콧수염에 흑연을 묻혀 두었지요.

잠에서 깨어나 보니, 누군가 물건들에 손을 댄 흔적은 있었지만 흑연으로 더러워지지는 않고 깨끗하더군요. 하지만 삼베 수건은 내가 덮어 두었던 방식과 전혀 다르게 덮여 있었습니다. 이번에도 그가 물과 우유를 마셨더군요. 하지만 방문을 단단히 잠가 두었고 겉창도 자물쇠로 신중히 잠가 두었으므로 아무도 방 안에 들어올 수 없었습니다.

그리하여 나는 다음과 같은 무서운 의문을 품게 되었습니다. 그렇다면 대체 누가 거기에, 내 옆에 밤새도록 있었던 걸까?

여러분, 아무래도 내가 여러분에게 이야기를 너무 빨리 들려준 것 같습니다. 몇몇 분은 웃으시네요. 여러분은 벌써 이렇게 생각하겠지요. '이 사람 미쳤군.' 차라리 정신이 멀쩡한 한 남자가 자기 집에 틀어박혀, 자기가 잠든 동안 물병 안의 물이 줄어든 것을 알아차리고 느낀 감정을 길게 묘사할 걸 그랬네요. 매일 밤, 매일 아침 되풀이되는 그 고통과 물리칠 수 없는 잠, 그리고 잠에서 깨어날 때마다 느끼는 소름 끼치는 기분을 여러분에게 이해시켰어야 하는 건데요.

하지만 그냥 계속 이야기하겠습니다.

갑자기 그 기적이 멈췄습니다. 그는 더 이상 내 방 안의 물건들에 손을 대지 않았어요. 그 일은 끝났습니다. 내 상태도 한결 좋아졌지요. 기분이 다시 좋아졌을 때, 나는 이웃에 사는 르지트 씨가 예전의 나와 완전히 똑같은 상태라는 것을 알게 되었습니다. 그래서 그 고장에 열병의 기운이 돈다고 다시 한 번 믿게 되었어요. 내 마부는 병세가 심해져 한 달 전부터 집을 떠나고 없었습니다.

겨울이 지나고 봄이 오고 있었어요. 그러던 어느 날 아침, 장미나무 화단 근처를 산책하다가 나는 보았습니다. 확실히 보았습니다. 나와 아주 가까운 곳에 있는 아름다운 장미나무 줄기 하나가 꺾이는 것을 말입니다. 마치 보이지 않는 손이 그것을 꺾는 것 같았습니다. 다음 순간, 그 줄기에 매달려 있는 장미꽃이 누군가의 손이 그것을 입으로 가져가면서 그린 듯한 곡선을 따라 움직이더니, 투명한 공중에 매달린 채 가만히 있었습니다. 그 꽃은 내 눈에서 세 걸음 떨어진 공중에 혼자서, 소름 끼치는 모습으로 꼼짝 않고 떠 있었어요.

나는 미칠 듯한 공포에 사로잡혀 그 꽃을 잡기 위해 몸을 던졌습니다. 하지만 아무것도 잡지 못했습니다. 그 꽃이 사라져 버린 겁니다. 나는 자신에 대한 격렬한 분노에 사로잡혔습니다. 그런 환각을 본다는 것은 이성적이고 신중한 사람에게는 있을 수 없는 일이니까요!

하지만 그건 정말로 환각이었을까요? 나는 그 장미나무 줄기를 찾아보았습니다. 그리고 작은 떨기나무 위에서 갓 꺾인 그 가지를 찾아냈습니다. 그 가지 위에는 다른 장미꽃 두 송이가 붙어 있었습니다. 내가 본 장미꽃은 모두 세 송이였어요.

나는 혼란스러운 마음으로 집으로 돌아갔습니다. 여러분, 내 말을 잘 들으십시오. 나는 침착한 사람입니다. 초자연적인 현상을 믿지 않았으며, 그것은 지금도 마찬가지입니다. 하지만 그때부터 나는 확신하게 되었습니다. 눈에 보이지 않는 어떤 존재가 내 주변을 따라다니고 있으며, 나를 떠났다가 다시 돌아오곤 한다는 것을 말입니다. 마치 밤이 오고 낮이 오는 것을 확신하듯, 나는 그것을 확신하게 되었습니다.

시간이 흐른 뒤, 나는 그 증거를 포착했습니다.

우선 내 하인들 사이에서 매일 격렬한 다툼이 벌어졌습니다. 겉보기에는 하찮기 짝이 없는 갖가지 이유들 때문이었지만 나에게는 뭔가 의미 있는 일로 다가왔지요.

부엌 식기장에 놓여 있던 아름다운 베네치아산 유리잔 하나가 대낮에 저절로 깨졌습니다.

하인은 요리사를 추궁했고, 요리사는 세탁부를 추궁했으며, 세탁부는 알지 못하는 누군가를 추궁했습니다.

밤에 닫아 놓은 문들이 아침이 되면 열려 있기도 했습니다. 누가 밤마다 식품 저장실에서 우유를 훔쳐 마셨습니다. 아!

그는 어떤 존재일까? 성격은 어떨까? 분노와 심한 공포감이 뒤섞인 신경질적인 호기심이 극에 다다랐고, 밤낮으로 나를 괴롭혔습니다.

이윽고 집안은 평온을 되찾았습니다. 하지만 다음과 같은 일이 일어났을 때 나는 다시 한 번 그 가정을 믿게 되었어요.

그 일은 7월 20일 밤 9시에 일어났습니다. 무척 더운 날이었지요. 나는 방 창문을 활짝 열어 두었고, 탁자 위에서는 램프가 「5월의 밤」 부분이 펼쳐진 뮈세의 책을 비추고 있었습니다. 나는 커다란 안락의자에 몸을 뉘었고, 거기서 잠이 들었지요.

40분쯤 잤을까요? 나는 알 수 없는 혼란스럽고 기이한 느낌이 들어 잠에서 깨어났습니다. 그러고는 다시 눈을 뜬 채 꼼짝 않고 가만히 있었지요. 처음에는 아무것도 보이지 않았습니다. 그런데 잠시 후, 탁자에 놓인 책의 페이지가 저절로 넘어간 것 같았습니다. 창문으로 바람이 전혀 들어오지 않았는데도요! 나는 놀랐고 가만히 기다렸습니다. 약 4분 뒤, 나는 보았습니다. 그렇습니다, 여러분. 나는 내 눈으로 직접 보았습니다. 책의 또 다른 페이지가 마치 누군가가 손가락으로 넘기듯 저절로 들어 올려져 앞 페이지로 넘어가는 모습을요. 탁자 앞의 의자는 비어 있는 것 같았습니다. 하지만 나는 그가 거기에 있다는 것을 알 수 있었습니다! 나는 그를 붙잡기 위해, 그를 만지기 위해, 그를 파악하기 위해 벌떡 일어나 방을 가로질렀습니다. 그것이 가능하다면 말입니다…… 하지만 내가 도착하기도 전에 의자가 넘어졌습니다. 누군가가 내 앞을 먼저 지나간 것처럼 말입니다. 램프 역시 쓰러져서 불이 꺼지고, 유리가 깨졌습니다. 그리고 악당이 급히 도망가다가 그런 것처럼 창문이 홱 떠밀렸습니다…… 아!

나는 달려가서 초인종을 눌렀습니다. 곧 하인이 들어왔고, 나는 하인에게 이렇게 말했습니다.

'내가 모든 것을 뒤엎고 깨뜨려 버렸네. 불 좀 새로 켜주게나.'

그날 밤, 나는 잠을 이룰 수 없었습니다. 나는 여전히 환각의 노리개였던 겁니다! 잠에서 깨어날 때는 감각이 흐릿하니까요. 혹시 내가 미친 광이처럼 돌진하여 의자와 램프를 쓰러뜨린 건 아닐까요?

아니오, 그건 내가 한 일이 아니었습니다! 나는 일말의 의심도 없이 그것을 알고 있었습니다. 하지만 동시에 내가 그랬다고 믿고 싶었습니다.

잠깐만 기다리십시오. 그 존재! 그 존재를 대체 뭐라고 불러야 할까요? 보이지 않는 존재. 아니, 이것만으로는 충분하지 않습니다. 나는 그 존재에 오를라라는 이름을 붙여 주었습니다. 이유가 뭐냐고요? 모르겠습니다. 어쨌든 오를라는 이후 결코 나를 떠나지 않았습니다. 나는 밤낮으로 그의 존재를 느끼고, 잡히지 않는 그 이웃의 존재를 확신하게 되었습니다. 그가 시시각각 제 생명을 앗아 가고 있다는 것도요.

그를 볼 수 없다는 사실에 화가 났습니다. 그래서 집 안의 불을 전부 켜두었습니다. 그렇게 밝게 해두면 그를 찾아낼 수 있을 것처럼 말입니다.

그리고 마침내 그를 보았습니다.

여러분은 내 말을 믿지 않겠지요. 하지만 나는 정말로 그를 보았습니다.

나는 책 한 권을 앞에 놓고 앉아 있었습니다. 책을 읽지는 않았고, 모든 기관을 극도로 흥분시킨 채 가까이 느껴지는 그를 살피고 있었지요. 확실히 그는 거기에 있었습니다. 하지만 어디에 있었을까요? 무엇을 하고 있었을까요? 어떻게 해야 그를 붙잡을 수 있을까요?

내 앞에는 침대가 놓여 있었습니다. 기둥이 있는 오래된 떡갈나무 침대였지요. 오른쪽에는 벽난로가 있고, 왼쪽에는 단단히 닫아 둔 문이 있었습니다. 뒤에는 거울이 달린 커다란 옷장이 있었고요. 나는 매일 면도하고 옷을 입을 때 그 거울을 사용했고, 그 거울 앞을 지날 때마다 머리 끝부터 발끝까지 내 모습을 훑어보는 습관이 있었습니다.

나는 책을 읽는 척했습니다. 그를 속이기 위해서였지요. 왜냐하면 그 역시 나를 살피고 있었기 때문입니다. 그때 갑자기 나는 느꼈습니다. 그가 거기에 있다는 것을, 그가 내 귀를 가볍게 스치며 내 어깨 너머로 책을 들여다보고 있다는 것을요.

나는 벌떡 일어났습니다. 그리고 급하게 뒤를 돌아보느라 하마터면 넘어질 뻔했지요. 그리고! ……대낮처럼 그것을 보았습니다…… 거울 속에 내 모습은 보이지 않았습니다. 거울 속은 비어 있었습니다. 거울은 맑았고, 빛으로만 가득했습니다. 그 안에 내 모습은 없었습니다…… 하지만 나는 분명히 거울 앞에 서 있었어요…… 나는 커다랗고 투명한 그 거울을 위에서 아래까지 훑어보았습니다! 그리고 겁에 질린 눈으로 그 모습을 보았습니다. 감히 앞으로 나아갈 수가 없었습니다. 그가 거울과 나 사이에 존재한다는 것을, 그가 내게서 또 도망가리라는 것을, 감지되지 않는 그의 육신이 거울 속에 비친 내 모습을 흡수하고 있다는 것을 느끼면서도 말입니다.

내가 얼마나 무서웠겠습니까! 다음 순간, 거울 깊숙한 곳의 안개 속에서, 물웅덩이에서처럼 갑자기 내 모습이 보이기 시작했습니다. 그 물은 내 모습을 시시각각 또렷하게 만들면서 왼쪽에서 오른쪽으로 천천히 미끄러지는 것 같았지요. 마치 일식이 끝나는 모습과 비슷했어요. 내 모습을 가리고 있던 그것은 선명한 윤곽은 전혀 없는 듯했고, 조금씩 맑아지는 일종의 불투명한 투명함을 지니고 있었습니다.

마침내 나는 매일 보던 것처럼 내 모습을 완전히 식별할 수 있었습니다.

나는 그를 보았습니다. 그 극심한 공포감은 아직도 내 마음속에 남아 있고, 아직도 나를 몸서리치게 합니다.

그다음 날 나는 이곳으로 왔고, 이곳 사람들에게 나를 지켜 달라고 부탁했습니다.

여러분, 이제 결론을 내리겠습니다.

마랑드 박사님은 오랫동안 숙고한 뒤 내가 살던 고장에 혼자 가보시기로 결심했습니다. 박사님 말씀으로는 지금 내 이웃 세 사람도 나와 똑같은 상태라고 합니다. 박사님, 그것이 사실입니까?"

박사가 대답했다. "사실입니다!"

"박사님은 정말 음료가 사라지는지 확인하기 위해 매일 밤 방 안에 물과 우유를 놓아두라고 권했고, 그들은 그렇게 했습니다. 내 경우처럼 그 음료들이 사라졌습니까?"

박사가 엄숙하고 심각한 어조로 대답했다. "네, 사라졌습니다."

"그렇다면 여러분, 그 존재는, 이 지구상에 방금 나타난 그 새로운 존

682

재는 우리들이 번식했듯이 틀림없이 번식할 겁니다!

아! 여러분은 웃는군요. 왜 웃습니까? 그 존재가 눈에 보이지 않기 때문이겠지요. 하지만 여러분, 우리의 눈은 너무나 단순한 기관이라서, 우리의 생존에 필수불가결한 것만 간신히 식별할 뿐입니다. 너무 작거나 너무 큰 것, 너무 멀리 있는 것은 우리의 시각 능력을 벗어납니다. 우리의 눈은 물 한 방울 속에 살고 있는 수십억 마리의 미세한 생명체를 보지 못합니다. 우리의 눈은 이웃 별들의 주민들을, 그 식물과 토양을 알지 못합니다. 우리의 눈은 심지어 투명한 것조차 보지 못합니다.

여러분의 눈앞에 완벽하게 투명한 유리 한 장을 놓아 보십시오. 여러분의 눈은 그것을 식별하지 못할 것이고, 집 안에 갇혀 있던 새가 그러듯 그 유리에 부딪혀 머리가 깨질 겁니다. 다시 말해 우리의 눈은 분명히 존재하는 단단하고 투명한 물체들을 보지 못합니다. 우리의 눈은 우리가 숨 쉬고 사는 공기를 보지 못합니다. 자연의 가장 큰 힘인 바람도 보지 못합니다. 하지만 바람은 사람을 쓰러뜨리고, 건물을 무너뜨리고, 나무들을 뿌리 뽑고, 바닷물을 들어 올려 산처럼 높은 파도를 만들어 화강암 절벽을 붕괴시킵니다.

이러한 우리의 눈이 빛을 잘 차단하지 못하는 그 새로운 존재를 보지 못한다는 사실에 놀라울 것이 무엇입니까?

여러분은 전기를 볼 수 있습니까? 하지만 전기는 존재합니다!

내가 오를라라고 이름 붙인 그 역시 존재합니다.

그는 누구일까요? 여러분, 그는 이 지구가 인간 다음으로 기다리고 있는 존재입니다! 우리의 지위를 빼앗기 위해, 우리를 굴복시키기 위해, 우리를 삼키기 위해 온 존재입니다. 그는 우리가 쇠고기와 멧돼지 고기를 먹듯이 우리를 삼켜 버릴지도 모릅니다.

수세기 전부터 인간들은 그 존재를 예감했고, 두려워했고, 그 존재를 예고했습니다! 보이지 않는 그 존재에 대한 두려움은 우리 조상들의 머릿속을 끈질기게 따라다녔습니다.

마침내 그가 왔습니다.

요정, 땅 귀신, 악의에 차 공중을 배회하는 정체를 알 수 없는 정령들에 관한 모든 전설이 그에 대해 이야기하고 있습니다. 인간들은 걱정하고 떨면서 그의 존재를 이미 예감했지요.

여러분, 여러분은 몇 년 전부터 여러분이 행하는 일을 최면술, 암시 작용, 자기학磁氣學이라고 부릅니다. 여러분이 예고하는 것, 여러분이 예언하는 것은 바로 그입니다!

나는 그가 왔다고 여러분에게 힘주어 말하는 바입니다. 그는 최초의 인간들처럼 걱정스러워하며 배회하고 있습니다. 그는 자신의 힘과 능력을 아직 모르지만 곧, 지나치게 빨리 그것을 알게 될 것입니다.

마지막으로, 우연히 입수한 잡지의 기사 한 단락이 여기 있습니다. 리우데자네이루에서 온 기사입니다. 내가 읽어 보겠습니다. '일종의 광기 어린 전염병이 얼마 전부터 상파울루 지방에 만연한 듯 보인다. 여러 마을의 주민들이 땅과 집을 버려둔 채 피난을 떠났는데, 그들은 잠자는 동안 그들의 숨결을 먹고 사는, 눈에 보이지 않는 흡혈귀들에게 쫓기고 먹혔다고 주장하고 있다. 게다가 그 흡혈귀들은 물을, 때로는 우유를 마신다고 한다!'

나는 여기에 다음과 같은 말을 덧붙이고 싶습니다. '목숨을 잃을 뻔한 병에 걸리기 며칠 전, 나는 커다란 브라질의 돛대 범선 세 대가 깃발을 펄럭이며 지나가는 것을 보았습니다. 확실히 기억합니다…… 아까도 말씀드렸듯이 내 집은 물가에 있습니다…… 아주 하얀 집이지요…… 그는

틀림없이 그 배에 숨어 있었습니다……'

이제는 덧붙일 말이 없습니다, 여러분."

*

마랑드 박사가 일어나서 중얼거렸다.

"나 역시 마찬가지입니다. 나는 이 사람이 미친 건지 아니면 우리 두 사람 다 미친 건지 잘 모르겠습니다…… 아니면…… 우리의 뒤를 이을 자들이 지구상에 정말로 도착했는지도 모르지요……"

구멍
Le Trou

폭행 및 과실치사. 실내장식업자 레오폴드 르나르 씨를 중죄재판소에 출두시킨 기소 내용은 이러했다.

그의 주변에는 사건의 주요 증인들, 즉 희생자의 미망인인 플라메슈 부인과 가구점 직공 루이 라뒤로, 그리고 배관공 장 뒤르당이 배석해 있었다.

피고 옆에는 검은 옷을 입은 그의 아내가 있었다. 키가 작고 못생겼으며, 부인복을 입은 긴꼬리원숭이처럼 보이는 여자였다.

르나르(레오폴드)는 그 비극이 일어난 정황을 다음과 같이 밝혔다.

*

맙소사, 사실 그 불행한 사건에서 저는 처음부터 줄곧 피해자였습니다. 제 의지는 별로 개입되지도 않았어요. 사실들을 알고 나면 이해가 되실 겁니다, 판사님. 저는 정직한 사람이자 직업인입니다. 같은 거리에서 16년 동안 실내장식업자로 일했어요. 이름을 꽤 알렸고 이웃들, 심지어 늘 쾌활하지는 않은 건물 관리인 아주머니조차 증언해 준 대로 모든 사람들에게 사랑받고, 존경받고, 인정받았습니다. 저는 일을 사랑하고, 검약을 사랑하고, 정직한 사람들과 정직한 취미를 사랑합니다. 그런데 이런 황당한 일이 일어났으니 어찌해야 할지 모르겠습니다. 다시 말씀드리지만 이 일에는 제 의지가 개입되지 않았고, 저는 양심에 어긋나는 일을 하지 않았습니다.

여기 있는 제 집사람과 저는 5년 전부터 매주 일요일이면 푸아시에 가서 하루를 보낸답니다. 바깥공기도 마시고, 낚시도 해요. 오! 그래요. 저희는 낚시를 매우 좋아한답니다. 집사람 멜리가 그 취미를 알게 해줬지요. 이 여자는 입이 험하고 저보다 더 성을 잘 낸답니다. 모든 말썽이 이 고약한 여자 때문에 생겨요. 이번 사건도 마찬가지입니다. 제 이야기를 들어 보면 알게 되실 거예요.

저는 겉으로는 강해 보이지만 실은 부드러운 사람이며, 심술궂은 부분은 털끝만큼도 없답니다. 하지만 저희 집사람은! 맙소사! 겉으로는 별 것 아닌 것처럼 보이죠. 키가 작고 야위었으니까요. 하지만 알고 보면 담비보다 더 사나워요! 이 여자에게 좋은 점이 있다는 건 부인하지 않습니다. 상인으로서 훌륭한 장점들을 갖고 있어요. 하지만 성미가 정말 고약하지요! 주변 사람들에게 물어보세요. 방금 전에 저에게 유리한 증언을 해준 관리인 아주머니한테도요. 그 아주머니가 판사님께 이야기해 줄 겁니다.

집사람은 물러 터졌다고 저를 늘 꾸짖어요. "나라면 이렇게 하지 않을 거예요! 나라면 저렇게 하지 않을 거예요!" 판사님, 이런 말을 계속 듣다 보면 적어도 한 달에 세 번씩은 주먹다짐을 할 수밖에 없다니까요……

르나르 부인이 그의 말을 자르고 끼어들었다. "계속 말해요. 마지막에 웃는 자가 진짜 웃는 자라잖아요."

그러자 그가 그녀 쪽으로 몸을 돌리고 순박하게 말했다.

"그래, 알았어. 당신은 피고가 아니니까 내가 당신에게 책임을 돌릴 수 있겠지……"

그런 다음 얼굴 표정을 바꾸고 판사에게 다시 이야기하기 시작했다.

계속 이야기하겠습니다. 저희는 토요일 저녁마다 푸아시에 가서 다음 날 날이 밝자마자 낚시를 합니다. 그것이 저희의 습관이고 이제는 사람들이 흔히 말하듯이 제2의 천성이 되다시피 했어요. 3년 전 여름, 저희는 거기서 자리 하나를 발견했답니다! 세상에! 어느 그늘에 물속 8피트, 아니, 적어도 10피트는 되는 구멍이 있는 거예요. 도랑 경사면 밑에 자리한, 정말이지 물고기 천지인 곳이었어요. 낚시꾼에게는 천국 같은 장소였죠. 판사님, 그 구멍을 발견하자 저 자신이 콜럼버스라도 된 것 같았고, 저는 그 구멍을 제 것으로 간주했답니다. 그 고장 사람들은 모두 그것을 알고 있었고 그것에 아무런 반대도 하지 않았어요. 사람들은 이렇게 말했죠. "거기는 르나르 씨 자리야." 그래서 아무도 그 자리에 오지 않았어요. 심지어, 이런 말을 해서 그 사람을 화나게 하고 싶진 않지만, 다른 사람들의 자리를 가로채기로 이름난 플뤼모 씨조차 오지 않았죠.

그래서 저는 그곳이 제 자리라고 확신하고 그 자리의 주인으로서 매번 그 자리에 가서 낚시를 했답니다. 토요일에 푸아시에 도착하면, 저는 집사람과 함께 달릴라 호에 올라타요. 달릴라 호는 노르웨이식의 제 작은 배랍니다. 푸르네즈에게 그 배를 만들게 했어요. 가볍고도 단단한 배지요. 그런 다음 낚싯바늘에 미끼를 달지요. 미끼를 다는 일에는 저를 따라올 사람이 없답니다. 친구들도 그걸 잘 알아요. 제가 무엇을 미끼로 쓰는지 궁금하십니까? 대답할 수 없답니다. 그건 이 사고와 아무 관계가 없는 문제니까요. 대답할 수 없어요. 그건 저만의 비밀이에요. 사실 저에게 그걸 물은 사람이 2백 명도 더 돼요. 내 입을 열게 하려고 술 몇 잔, 감자튀김, 생선 요리를 사주기도 했지요! 하지만 그놈들이, 잉어들이 오는지 보는 게 중요합니다. 아! 그래요. 사람들은 그것을, 제 비결을 알아내려고 저를 허물없이 대해 줬어요…… 하지만 그 비결을 아는 사람은 저희 집사람뿐이랍니다…… 집사람 역시 저처럼 그 비결을 발설하지 않을 거예요! ……안 그래, 멜리?

판사가 그의 말을 자르고 말했다.

"최대한 빨리 본론으로 들어가시오."

피고가 계속 이야기를 이어 갔다. 본론으로 들어갈게요. 본론으로 들어가겠습니다. 그러니까 우리는 7월 8일 토요일 5시 25분 기차를 탔고, 토요일마다 그랬듯이 저녁 식사 직전에 미끼를 매달러 갔습니다. 조짐이 좋았어요. 저는 멜리에게 말했답니다. "느낌이 좋아. 내일 운이 아주 좋을 거야!" 그러자 집사람이 대답했어요. "그래요, 느낌이 좋아요." 저희는 그 말 말고는 한 이야기가 없었답니다.

이윽고 저희는 저녁을 먹으러 갔어요. 기분이 좋고 목이 말랐어요. 바로 그것이 사달의 원인이 되었답니다, 판사님. 저는 멜리에게 말했어요.

"이봐, 멜리. 날씨가 참 좋군. '취침용 모자' 한 병 마시면 어떨까." 취침용 모자는 백포도주랍니다. 많이 마시면 잠이 잘 오지 않아서 저희가 그렇게 이름을 붙였어요. 그것이 취침용 모자를 대신한다는 의미에서요. 무슨 뜻인지 아시겠죠.

집사람이 저에게 대답했지요. "당신 마음대로 해요. 하지만 많이 마시면 좋지 않을 거예요. 내일 아침에 일찍 일어나지 못할 거라고요." 그건 사실이었습니다. 마시지 않는 게 현명하고 신중한 처신이었어요. 통찰력 있는 처신이었어요. 저도 인정합니다. 하지만 저는 자제하지 못했답니다. 그 술 한 병을 다 마셨어요. 모든 사달이 거기서 비롯되었지요.

맙소사, 아니나 다를까 저는 잠을 이루지 못했답니다! 그 백포도주 때문에 새벽 2시까지 잠을 못 잤어요. 그리고 쿵, 뒤늦게 잠이 들었습니다. 잠을 자느라 천사가 최후의 심판을 알리는 소리를 듣지 못했지요.

아침 6시에 집사람이 저를 깨웠습니다. 저는 소스라치듯 침대에서 일어나 반바지와 작업복 상의를 서둘러 꿰어 입었습니다. 얼굴을 대충 씻고, 달릴라 호에 뛰어올랐어요. 하지만 너무 늦었습니다. 제 구멍에 도착해 보니, 이미 다른 사람이 빼앗았더군요! 판사님, 그런 일은 한 번도 일어난 적이 없었답니다. 지난 3년 동안 한 번도 그런 일이 없었어요! 처음 그런 일을 당하고 보니 눈앞에서 강도를 당한 기분이 들더군요. 저는 중얼거렸습니다. "빌어먹을, 빌어먹을!" 그러자 집사람이 저를 비난하기 시작했어요. "흥, 취침용 모자를 퍼마시더니 꼴좋게 됐네, 이 술주정뱅이! 이렇게 되니 기분 좋아요, 이 멍청한 양반아?"

저는 아무 대꾸도 하지 않았습니다. 전부 사실이었으니까요.

저는 배에서 내려 나머지 장소 중에서 좋은 곳을 찾아보려고 그곳 가까이 다가갔습니다. 혹시 그 남자가 고기를 못 잡으면 그냥 가버릴 수도 있을 테고요.

그는 하얀 아마포 옷을 입은 키 작고 야윈 남자였습니다. 머리에 커다란 밀짚모자를 썼더군요. 그 남자도 아내와 함께 와 있었어요. 뚱뚱한 여자로, 그의 뒤에 가만히 서 있었지요.

우리가 그 구멍 근처에 자리 잡는 것을 보고 그 여자가 중얼거리더군요.

"강에 다른 자리가 하나도 없나?"

그러자 제 집사람이 화가 나서 대꾸했답니다.

"예의를 아는 사람이라면 예약된 자리를 차지하기 전에 그 고장의 관습이 어떤지 알아봐야지."

저는 말썽이 생기는 걸 원치 않았기 때문에 집사람에게 이렇게 말했습니다.

"조용히 해, 멜리. 내버려 둬, 내버려 두라고. 좀 있으면 알게 될 거야."

멜리와 저는 버드나무 밑에 달릴라 호를 세우고 배에서 내려 그 부부 바로 옆에 나란히 앉아 낚시를 했습니다.

판사님, 바로 이 대목을 자세히 이야기해야 합니다.

우리가 그곳에 자리를 잡고 5분도 안 돼서 그 남자의 낚싯줄이 두 번, 세 번 물속에 잠겼어요. 잠시 후 그 남자가 잉어 한 마리를 낚아 올렸습니다. 제 한쪽 넓적다리만큼이나 큼직한 놈이었어요. 넓적다리보다는 좀 작을지도 모르지만 거의 그 정도 크기였답니다! 그 광경을 보자 심장이 두근거렸어요. 관자놀이에는 땀이 흘렀고요. 멜리가 저에게 말했습니다. "어때, 이 술주정뱅이야. 저게 보여?"

그러는 동안 모래무지 애호가인 푸아시의 식료품상 브뤼 씨가 배를 타고 그 남자 앞을 지나가다가 저에게 외쳤습니다. "다른 사람이 당신

자리를 채어 갔네요, 르나르 씨?" 그래서 저도 그 사람에게 대답했지요.
"그래요, 브뤼 씨. 이 세상에는 관례를 모르는 양심적이지 못한 사람들
이 있어요."

옆에 있던 키 작은 아마포는 못 들은 척했고, 그치의 뚱뚱하고 멍청한
아내도 못 들은 척하더군요, 세상에!

판사가 두 번째로 그의 말을 끊었다. "주의하시오! 당신은 여기 계신
미망인 플라메슈 부인을 모욕하고 있어요."

르나르가 사과했다. "죄송합니다, 죄송해요. 제가 너무 흥분했나 봐요."

15분도 지나지 않아서 키 작은 아마포가 잉어 한 마리를, 곧바로 또
한 마리를, 그리고 5분이 지난 뒤 또 한 마리를 낚아 올렸어요.

그 모습을 보니 눈에 눈물이 고이더군요. 르나르 부인의 속도 부글부
글 끓었답니다. 그녀는 끊임없이 저를 도발했어요. "아! 이럴 수가! 저 사
람이 당신에게서 저 물고기를 훔쳐 간다는 생각이 들지 않아요? 안 그
래요? 당신은 이게 아무 일도 아니라고 생각하는 거예요? 개구리 한 마
리만도 못한 일이라고 생각하느냐고요. 세상에! 생각만 해도 속에 불이
나는 것 같구면."

저는 속으로 생각했답니다. '정오까지만 기다려 보자. 그때쯤이면 저
치도 점심을 먹으러 가겠지. 그러면 내가 저 자리를 되찾으면 돼.' 아, 판
사님, 저는 매주 일요일 낚시터에서 점심을 먹는답니다. 달릴라 호에 음
식을 싣고 오거든요.

드디어 정오가 되었습니다! 그런데 그 악당은 닭요리를 신문지에 싸
왔더군요. 그것을 먹는 동안 그치는 잉어 한 마리를 또 낚아 올렸습니다!

멜리와 저는 가볍게 빵을 씹고 있었어요. 하지만 입맛이 없었고, 의욕

도 없었지요.

식사를 마친 뒤, 저는 소화를 시키려고 신문을 집어 들었답니다. 일요일마다 늘 하는 것처럼 물가의 그늘에서 〈질 블라스〉를 읽었어요. 그날은 콜롱빈의 날이었어요. 여러분도 아시다시피, 〈질 블라스〉에 기사를 쓰는 콜롱빈 말입니다. 아, 저는 콜롱빈이라는 여자를 안다고 말해서 르노 부인을 화나게 한 적이 있답니다. 하지만 그건 사실이 아니었어요. 저는 그 여자를 알지 못해요. 한 번 만난 적도 없어요. 아무튼 그 여자는 글을 잘 쓴답니다. 게다가 여자치고는 대단히 상식 있고 균형 잡힌 말을 하지요. 저는 그 여자가 마음에 듭니다. 그런 여자도 흔치 않아요.

저는 집사람에게 콜롱빈 이야기를 했습니다. 하지만 집사람은 버럭 화를 냈고, 더 뻣뻣하게 고집을 부렸어요. 그래서 저는 입을 다물었지요.

바로 그때, 강 건너편에서 증인 두 명이 도착했습니다. 여기 있는 라뒤로 씨와 뒤르당 씨 말입니다. 우리는 서로 안면이 있는 사이였어요.

키 작은 그 남자가 다시 낚시를 시작하더군요. 정말이지 그치는 제가 몸을 떨 만큼 물고기를 많이 낚았어요. 그 사람 부인이 이렇게 말했습니다. "자리가 정말 좋네요. 우리 앞으로도 계속 이 자리로 와요, 데지레!"

그 말을 듣는 순간 등에 냉기가 흐르더군요. 르나르 부인이 이렇게 말했습니다. "이쯤 되면 당신은 남자도 아니야. 남자도 아니라고. 당신 혈관에는 병아리 피가 흐르는 게 틀림없어."

저는 집사람에게 말했지요. "제기랄, 오늘은 그냥 가는 게 낫겠어. 이러다가 바보 같은 짓을 저지를지도 모르니까."

그러자 집사람이 벌겋게 달군 쇠를 제 코밑에 갖다 댈 기세로 저에게 속삭였습니다. "당신은 남자도 아니야. 어디 도망쳐 보시지. 당신 자리도 고스란히 내주고 말이야! 어서 가, 이 바젠 장군* 같은 양반아!"

그 말을 듣고 저는 울컥했습니다. 하지만 잠자코 있었어요.

하지만 그치가 잉어를 또 잡아 올렸습니다. 오! 그렇게 큰 놈은 한 번도 본 적이 없어요. 한 번도요!

집사람이 자신이 생각하는 것을 큰 소리로 이야기하기 시작했습니다. 그 빈정거리는 어조를 판사님도 짐작하시겠지요. 집사람은 이렇게 말했습니다. "저 물고기는 우리가 도둑맞은 거라고 할 수 있어요. 어제 우리가 저 자리에 미끼를 꿰어 놓았으니까 미끼에 쓴 돈이라도 돌려줘야지."

그러자 키 작은 아마포의 뚱뚱한 부인이 응수하더군요. "부인, 지금 우리 들으라고 하는 말인가요?"

"내가 다른 사람들이 꿰어 놓은 미끼로 물고기를 잡는 도둑들에게 물고기를 빼앗겼거든요."

"당신이 말하는 도둑들이 우리예요?"

마침내 두 여자가 서로 해명을 하기 시작했습니다. 이윽고 두 여자는 언쟁을 벌였어요. 제기랄, 금세 상황이 설명되었어요. 그런데도 미친 듯이 싸우더군요. 하도 크게 소리를 질러 대서 다른 쪽 기슭에 있던 우리의 두 증인이 장난을 치며 외쳤어요. "어이! 거기 좀 조용히 해요. 바깥양반들 낚시하는 데 방해되겠어요."

사실인즉 키 작은 아마포와 저는 꼼짝도 못하고 있었지요. 저희는 아무 소리도 듣지 못한 것처럼 물 위를 내려다보며 그 자리에 가만히 있었답니다.

---

*François Achille Bazaine(1811~1888). 프랑스의 육군 원수. 배신자의 전형으로 여겨지는 인물이다. 보불전쟁 당시 세당 전투에서 항복한 뒤 비스마르크와 협상한 죄로 1873년 사형을 선고받았으나 1874년에 이탈리아로 도망쳐 죽을 때까지 그곳에서 살았다.

하지만 곧 저희의 귀에 이런 소리가 들려오더군요. "당신은 거짓말쟁이야."—"당신은 사기꾼이지."—"당신은 걸레 같은 창녀야."—"당신은 아무 데나 엉덩이를 들이미는 화냥년이야." 세상에, 거칠기로 유명한 뱃사람들도 그보다 더 심한 욕은 알지 못할 겁니다.

갑자기 제 뒤쪽에서 시끄러운 소리가 났습니다. 저는 뒤를 돌아보았지요. 그 뚱뚱한 부인이 제 집사람을 향해 양산을 휘두르는 것이었어요. 퍽! 퍽! 집사람 멜리가 두 대를 맞았습니다. 그 부인이 멜리를 도발한 거예요. 그 부인에게 맞자 멜리는 머리끝까지 화가 났습니다. 멜리는 그 뚱뚱한 부인의 머리채를 휘어잡고 얼굴이 빨개질 정도로 철썩 철썩 철썩 따귀를 갈겼어요.

저는 여자들을 내버려 두려고 했습니다. 여자들 문제는 여자들끼리 해결하고, 남자들 문제는 남자들끼리 해결해야 하는 법이니까요. 끼어들어서는 안 되니까요. 하지만 키 작은 아마포가 자리에서 벌떡 일어나더니, 제 집사람에게 덤벼들려고 하는 것이었습니다. 아! 그래서는 안 되는 일이지요! 그래서는 안 되는 일이었어요! 그래서는 안 되는 겁니다, 친구들. 저는 그 녀석을 주먹으로 막아 냈답니다. 퍽, 퍽. 한 방은 코에, 또 한 방은 배에 맞았어요. 녀석이 두 팔을 올리고 한쪽 다리를 올리더군요. 그러더니 강 한가운데에, 그 구멍 속에 벌렁 나자빠졌어요.

그럴 시간이 있었다면 저는 틀림없이 그 사람을 건져 올렸을 겁니다, 판사님. 하지만 설상가상으로 그의 뚱뚱한 부인이 우세해졌어요. 그 여자가 제 집사람 멜리를 흠씬 두들겨 패고 있었어요. 사람 목숨이 위험해졌는데 제 집사람을 먼저 구하려 하는 건 안 될 일이라는 걸 저도 잘 압니다. 하지만 그치가 익사할 거라고는 생각하지 못했어요. 저는 이렇게 생각했답니다. '아! 물에 빠졌으니 저 사람도 정신이 나겠지!'

그래서 여자들에게 달려가 서로에게서 떼어 놓으려고 했습니다. 여자들의 주먹질을, 할퀴는 손톱을, 깨무는 이빨을 고스란히 받아 냈어요. 제기랄, 두 여자 다 어찌나 고약하던지요!

골치 아픈 두 여자를 떼어 놓는 데 5분, 혹은 10분은 걸렸을 겁니다.

이윽고 저는 뒤를 돌아보았습니다. 하지만 아무것도 보이지 않더군요. 구멍 속의 물이 호수처럼 잔잔했어요. 저쪽에서 사람들이 외쳤습니다. "그 사람을 건져 올려요. 그 사람을 건져 올리라고요."

이 말은 꼭 해야 할 것 같은데, 사실 저는 헤엄을 칠 줄 모릅니다. 하물며 잠수는 더더욱 못하고요!

결국 둑 관리인이 오고 갈고리를 가진 두 남자가 와야 했습니다. 그러기까지 족히 15분은 걸렸죠. 그들이 구멍 밑바닥에서 그 사람을 발견했습니다. 아까 제가 말씀드렸듯이 8피트 깊이였어요. 거기에 키 작은 아마포가 있었답니다!

이것이 제가 맹세하는 사건의 정황입니다. 명예를 걸고 말씀드리지만 저는 죄가 없습니다.

*

증인들이 같은 취지의 증언을 했고, 피고는 무죄판결을 받았다.

클로셰트

Clochette

오래된 이상한 기억들이 사라지지 않고 머릿속을 맴도는 경우가 있다! 너무나 오래된 기억이라서 어떻게 그리도 생생하고 끈질기게 내 머릿속에 남아 있는지 이해가 되지 않는다. 슬프거나 감동적이거나 끔찍한 일들을 이후로도 수없이 목격했지만, 옛날에, 너무나 오래전에, 내가 열 살에서 열두 살이었을 때 보았던 클로셰트 아주머니의 얼굴을 눈앞에 떠올리지 않고는 단 하루도 보낼 수 없다는 사실에 종종 놀라곤 한다.

클로셰트 아주머니는 옷가지를 수선하러 일주일에 한 번 화요일마다 우리 집에 오던 나이 든 수선사다. 당시 내 부모님은 성城이라고 불리는 시골 별장에 살고 계셨는데, 사실 그 별장은 지붕이 뾰족한 오래된 집이었고, 주위의 농장 네다섯 곳이 그 별장에 속해 있었다.

읍이었던 그 큰 마을은 수백 미터 떨어진 곳에서도 보였다. 마을은 붉은 벽돌로 지었지만 시간이 흐르면서 벽돌 색이 거무스름해진 교회를 중심으로 형성되어 있었다.

클로셰트 아주머니는 화요일 아침 6시 반에서 7시 사이에 도착해 즉시 옷방으로 올라가서 일을 시작했다.

그녀는 키가 크고 야위고 수염이 난 여자였다. 털이 많았다고 말하는 것이 옳을지도 모른다. 얼굴 전체에 수염이, 예상할 수 없고 깜짝 놀라게 하는 수염이 무성하게 나 있었으니까. 치마를 입은 여장부 같은 그녀의 큰 얼굴을 가로질러 곱슬곱슬한 털들이 뿌려진 것 같았다. 코 위에, 코 밑에, 코 주위에, 턱 위에, 뺨에 털이 있었다. 눈썹도 두껍고 엄청나게 길고 빽빽하게 곤두서 있어서 마치 콧수염이 실수로 거기에 자리를 잡은 것처럼 보였다.

그녀는 다리를 절었다. 불구자처럼 저는 것이 아니라, 닻을 내린 배처럼 절었다. 뼈가 드러나고 휜 커다란 몸을 튼튼한 다리로 지탱할 때면, 그녀는 기승을 부리는 파도 위로 올라가기 위해 도약하는 것처럼 보였다. 그런 다음 갑자기 심연 속으로 사라지려는 듯이 밑으로 잠겨 바닥에 처박혔다. 그녀의 걸음걸이는 폭풍우를 연상시켰다. 걸을 때 몸이 좌우로 몹시 흔들렸기 때문이다. 머리에는 늘 챙 없는 커다랗고 하얀 헝겊 모자가 얹혀 있었고, 모자에 달린 리본이 등 뒤에서 나풀거렸다. 그 머리는 그녀의 움직임에 따라 북쪽에서 남쪽으로, 남쪽에서 북쪽으로 지평선을 가로지르는 것 같았다.

나는 클로셰트 아주머니를 참 좋아했다. 잠자리에서 일어나자마자, 발밑에 발 보온기를 놓고 바느질하는 그녀를 만나러 옷방으로 갔다. 내가 옷방에 들어가면, 그녀는 지붕 밑에 있는 그 횅하고 썰렁한 방에서 내가 감기에 걸리지 않도록 발 보온기를 억지로 건네주고 그 위에 앉게 했다.

"이렇게 하면 목구멍에 고인 피가 빠져나올 거야." 그녀가 말했다.

그녀는 갈고리처럼 굽은 손으로 옷가지를 수선하면서 나에게 이야기를 들려주었다. 손가락 놀림이 민첩했다. 나이 탓에 시력이 약해서 돋보기안경을 꼈는데, 그 렌즈 뒤로 보이는 눈이 묘하게 깊고 이중으로 보였다.

그녀가 나에게 해준 이야기들을 떠올려 보면, 그 이야기들에 어린아이였던 내 마음이 움직인 것을 보면, 그녀는 가여운 여자지만 도량이 큰 마음씨를 갖고 있었던 것 같다. 그녀는 매사를 크고 단순하게 보았다. 그녀는 마을에서 일어난 사건들을 나에게 들려주었다. 외양간에서 도망쳤다가 어느 날 아침 프로스페 말레의 풍차 방앗간 앞에서 나무로 된 풍차 날개가 돌아가는 것을 멀거니 바라보고 있던 암소 이야기, 어떤 암탉이 와서 낳았는지 알 수 없지만 교회 종탑 안에서 발견된 달걀 이야기, 비를 맞아서 말리려고 문 앞에 널어놓았다가 행인에게 도둑맞은 장장 필라의 반바지를 그의 개가 마을에서 10리외 떨어진 곳에서 찾아온 이야기 등이었다. 그녀는 그런 순박한 일화들을 잊히지 않는 드라마처럼, 웅장하고 신비로운 시처럼 내 머릿속에 남게 해주었다. 시인들이 만들어 낸 기발한 이야기나 심지어 어머니가 해주신 이야기들도 절대 클로셰트 아주머니가 해준 이야기 같은 풍미를, 풍부함을, 강렬함을 뿜어내지 못했다.

어느 화요일, 나는 아침나절을 클로셰트 아주머니의 이야기를 들으며 보냈는데도 불구하고, 낮에 하인과 함께 누아르프레 농장 뒤의 알레 숲에서 개암 열매를 따고 돌아온 뒤 다시 그녀에게 올라가고 싶었다. 그 모든 것이 어제의 일처럼 또렷하게 기억난다.

옷방의 문을 연 순간, 그 늙은 수선사가 자신이 앉는 의자 옆 바닥에 쓰러져 있는 것이 보였다. 얼굴을 바닥에 댄 채 두 팔을 쭉 뻗고 있었다. 한 손에는 바늘을 쥐고 있었고, 다른 손에는 내 셔츠를 들고 있었다. 파란 스타킹에 감싸인 한쪽 다리가 의자 밑에 뻗어 있었고, 돋보기안경은 그녀에게서 멀리 날아가 벽 아래에서 반짝이고 있었다.

나는 날카로운 외마디 소리를 지르며 달아났다. 사람들이 달려왔고, 몇 분이 지난 뒤 나는 클로셰트 아주머니가 죽었다는 것을 알았다.

어린아이였던 내 마음을 오그라들게 했던 그 깊고 비통하고 끔찍했던 감정을 말로 표현할 수가 없다. 나는 종종걸음으로 응접실에 내려가 어두운 구석에, 커다랗고 오래된 안락의자에 무릎을 꿇고 앉아 울었다. 밤이 올 때까지 오랫동안 그러고 있었다.

누가 램프를 들고 응접실 안으로 들어왔지만 그 사람은 나를 보지 못했고, 아버지와 어머니가 의사 선생님과 이야기하는 소리가 들렸다. 목소리로 의사 선생님이라는 것을 알 수 있었다.

사람들이 즉시 의사 선생님을 불러온 것이다. 의사 선생님이 그 사고의 원인을 설명해 주었다. 그런데 그 설명이 나에게는 전혀 이해되지 않았다. 잠시 후 의사 선생님이 의자에 앉았고, 비스킷과 술 한 잔을 받아 들었다.

그가 계속 이야기했다. 그때 그가 한 이야기는 내 마음속에 새겨진 채 남아 있고, 내가 죽을 때까지 계속 남아 있을 것이다! 심지어 나는 그가 한 이야기를 당시 사용한 표현들까지 그대로, 거의 완벽하게 옮길 수 있다고 생각한다.

아! 가여운 여자 같으니! 그가 말했다. 그 여자는 이 마을에서 내 첫 환자였답니다. 내가 이 마을에 도착한 날 그녀의 다리가 부러졌고, 사람들이 헐레벌떡 부르러 와서 나는 손을 씻을 새도 없이 부지런히 뛰어갔어요. 환자의 상태가 그만큼 심각했어요. 무척 심각했답니다.

당시 그녀는 열일곱 살이었어요. 아주 예쁜 아가씨였죠. 정말, 정말 예뻤어요! 내 말이 믿어집니까? 나는 한 번도 이 이야기를 한 적이 없어요. 나 그리고 지금은 이 마을에 살지 않는 또 한 남자 말고는 이 이야기를 아는 사람이 아무도 없답니다. 하지만 이제 그녀가 세상을 떠났으니, 신중했던 태도에서 벗어나 이야기를 해도 되겠지요.

그 무렵 이 마을에 갓 정착한 젊은 남자 보조교사 한 명이 있었습니다. 그 남자는 잘생긴 얼굴과 하사관 같은 멋진 몸매를 갖고 있었어요. 아가씨들이 전부 그 남자를 따라다녔고, 그 남자는 거드름을 피웠지요. 그러면서도 학교 선생님인 자기 상관 그라뷔 영감을 무척 무서워했답니다.

그라뷔 영감은 예쁜 오르탕스를 수선사로 고용해 일을 시키고 있었고, 그 오르탕스가 바로 이 집에서 방금 숨을 거둔 그 여자랍니다. 클로셰트라는 이름은 그 사고가 일어난 후에 붙여진 이름이지요. 보조교사는 그 예쁜 아가씨를 단박에 알아보았어요. 희대의 정복자였으니 그 아가씨를 점찍어 수작을 걸었겠지요. 그녀 역시 그를 마음에 들어 했어요. 그는 그녀가 수선 일을 하러 그라뷔 씨 집에 온 어느 날, 일과가 끝난 뒤 그 집 다락방에서 첫 만남을 가지자는 약속을 받아 냈지요. 그리고 날이 어두워졌답니다.

그녀는 집으로 돌아가는 척했지만 그라뷔 씨 집에서 나가는 대신 계단을 다시 올라가 다락방의 건초 속에 숨어서 연인을 기다렸답니다. 곧 그 보조교사가 다락방에 와서 달콤한 말을 늘어놓기 시작했어요. 갑자기 다락방 문이 열리더니 그라뷔 씨가 나타나 이렇게 물었답니다.

"그 위에서 뭘 하나, 시지스베르?"

발각될까 봐 걱정이 된 젊은 보조교사는 겁에 질려 이렇게 대답했지요.

"건초 위에서 좀 쉬려고 올라왔어요, 그라뷔 선생님."

그 다락방은 매우 크고, 넓고, 완전히 깜깜했습니다. 이윽고 시지스베르는 겁에 질린 그 아가씨를 깊숙한 곳으로 밀어붙이며 말했어요. "자, 저리 가서 숨어요. 이러다가 내 목이 달아나겠어. 도망가요. 숨으라고!"

학교 선생 그라뷔 영감이 그의 말소리를 듣고 다시 물었습니다. "자네 여기 혼자 있는 게 아닌가?"

"아니에요, 혼자 있습니다, 그라뷔 선생님!"

"아닌 것 같은데. 방금 누군가와 이야기를 했잖아."

"맹세코 혼자 있어요, 그라뷔 선생님."

"그거야 곧 알게 되겠지." 그라뷔 영감은 이렇게 말하고는 문을 단단히 잠그고 초를 가지러 내려갔습니다.

그러자 그 젊은 남자는 비겁한 사람들이 흔히 그러듯 넋이 나가서 아마도 분을 터뜨리며 되뇌었습니다. "숨으라니까. 저분이 당신을 보면 안 되잖아. 당신 때문에 내가 평생 빈털터리로 살지도 몰라. 당신이 내 경력을 망칠지도 모른다고…… 그러니까 빨리 숨어!"

자물쇠 속에서 열쇠 돌아가는 소리가 났습니다.

오르탕스는 길을 향해 난 창문으로 달려가 창을 벌컥 열었어요. 그리고 작지만 단호한 목소리로 말했지요.

"저분이 가면 내려와서 나를 수습해 줘요."

그러고는 창밖으로 뛰어내렸습니다.

그라뷔 영감은 아무도 찾아내지 못해 무척 당황해하며 다시 내려갔습니다.

15분 뒤, 시지스베르 씨가 나를 찾아와 사정을 이야기했어요. 그 아가씨는 3층 높이에서 떨어져 일어나지 못하고 그 집 담벼락 밑에 머물러 있다고 했습니다. 나는 시지스베르 씨와 함께 그녀를 데리러 갔어요. 비가 억수같이 쏟아지고 있었습니다. 나는 오른쪽 다리가 세 군데나 골절된 그 아가씨를 데리고 집으로 돌아왔지요. 다리뼈가 살을 뚫고 나와 있었어요. 하지만 그녀는 불평하지 않았고, 감탄할 만한 체념의 태도로 이렇게만 말했습니다. "난 벌을 받은 거예요. 벌을 받은 거라고요!"

나는 구조대와 그녀의 부모님을 불렀습니다. 그들에게는 그녀가 우리 집 문 앞을 지나가다가 급히 달려가던 마차에 치여 다리가 부러졌다고 둘러댔지요.

그들은 내 말을 믿었습니다. 헌병대가 사고를 낸 마차를 한 달 동안 수소문했지만 헛일이었지요.

아! 나는 그녀가 영웅이었다고 말하고 싶습니다. 역사상 매우 아름다운 행위를 한 여자들에 속한다고 말입니다.

그것이 그녀의 유일한 사랑이었습니다. 그녀는 처녀인 채로 죽었어요. 그녀는 순교자, 위대한 영혼, 숭고하고 헌신적인 여자였어요! 내가 그녀에게 이렇게 감탄하지 않는다면 여러분에게 이 이야기를 들려 드리지 않았을 겁니다. 하지만 그녀의 살아생전에는 이 이야기를 아무에게도 하고 싶지 않았어요. 그 이유를 여러분도 이해하시겠지요.

의사가 입을 다물었다. 엄마가 우셨다. 아빠는 몇 마디를 내뱉으셨지만 뭐라고 하는지 잘 알아들을 수가 없었다. 잠시 후 그들은 응접실에서 나갔다.

그리고 나는 안락의자에 계속 무릎을 꿇고 앉아 흐느껴 울었다. 그러

는 동안 무거운 발소리와 계단에 뭔가가 부딪히는 소리 등 이상한 소음
이 들려왔다.

사람들이 클로셰트의 시신을 옮기는 소리였다.

당번병
L'Ordonnance

장교들이 가득한 묘지는 마치 꽃이 핀 들판 같았다. 하얗고 검은 십자가들이 죽은 사람들 위에 쇠, 대리석 혹은 나무로 된 팔을 비통하게 벌리고 있었고, 그 무덤들 사이로 군모와 빨간 반바지, 계급장과 금단추, 검, 참모부의 견장, 병사와 경기병의 단춧구멍 장식 끈들이 지나갔다.

방금 리무쟁 대령의 아내를 매장한 참이었다. 그녀는 이틀 전 미역을 감다가 익사했다.

다 끝났다. 사제도 떠났다. 하지만 대령은 장교 두 명에게 부축을 받으며, 이미 부패가 시작된 젊은 아내의 시체가 담긴 나무관이 보이는 구멍 앞에 가만히 서 있었다.

그는 나이가 거의 노인에 가까웠고, 큰 키에 야위었으며, 하얀 콧수염을 기르고 있었다. 그는 3년 전 친구인 소르티 대령의 딸과 결혼했다. 그녀는 아버지가 세상을 떠나 고아 신세였다.

상관을 부축하던 대위와 중위가 그를 그만 데려가려 했다. 하지만 그는 눈물이 그렁그렁한 눈으로 저항했다. 그러면서도 영웅심 때문에 절대 울지 않으며 낮은 소리로 중얼거렸다. "아니, 아니네. 좀 더 있다가." 그는 구멍 가장자리에 다리를 굽힌 채 그곳에 머물러 있겠다고 고집을 부렸다. 그 구멍은 바닥이 없는 것처럼, 그의 심장과 생명, 지상에서 그에게 남은 모든 것이 떨어져 내린 심연처럼 보였다.

오르몽 장군이 다가와 대령의 팔을 붙잡고 억지로 끌다시피 하며 데려갔다. "자, 자, 친구. 이제 여기 있으면 안 되네." 그러자 대령도 그의 말을 듣고 집으로 돌아갔다.

서재의 문을 열자 작업용 책상 위에 편지 한 통이 놓여 있었다. 편지를 집어 든 그는 놀라움과 감동으로 쓰러질 뻔했다. 편지 겉봉에 쓰인 글씨가 아내의 글씨였던 것이다. 편지에는 우표가 붙어 있었고, 발신 날짜까지 찍혀 있었다. 그는 봉투를 열고 편지를 읽었다.

아버지,

예전처럼 아버지라고 부르는 걸 허락해 주세요. 당신이 이 편지를 받을 때쯤 나는 죽어서 땅속에 묻혔을 거예요. 그러니 아마도 당신은 나를 용서할 수 있겠지요.

당신의 마음을 감동시키거나 내 잘못을 축소하려고 애쓰고 싶진 않아요. 단지 한 시간 뒤에 자살할 여자의 성실함을 다해 온전하고 총체적인 진실을 말하고 싶어요.

당신이 아량을 베풀어 나와 결혼했을 때, 나는 감사하는 마음으로 당신에게 몸을 맡기고 젊은 여자의 마음을 다해 당신을 사랑했어요. 내 아빠를 사랑했던 것만큼이나 당신을 사랑했어요. 언젠가 내가 당신 무릎에 앉아 있고 당신이 나에게 입맞춤을 해줬을 때, 나는 본의 아니게 당신을 '아버지'라고 불렀지요. 그것은 본능적이고 자발적인 마음의 외침이었어요. 사실 당신은 나에게 더도 덜도 아닌 아버지였으니까요. 그때 당신은 허허 웃고는 이렇게 말했죠. "애야, 나를 계속 그렇게 부르려무나. 그렇게 부르니까 기분이 좋구나."

그리고 우리는 이 도시로 왔어요. 나를 용서하세요, 아버지. 나는 사랑에 빠졌어요. 오! 오랫동안, 거의 2년 동안 저항했어요. 잘 들으세요. 거의 2년 동안이었어요. 그러다가 결국 굴복했죠. 나는 그렇게 죄인이 되었어요. 빗나간 여자가 되었어요.

그 사람이 누구냐고요? 당신은 그 사람이 누구인지 짐작하지 못할 테고, 나는 그 문제에 관해 침묵할 거예요. 항상 내 주변에 나와 함께 있던 열두 명의 장교 중 한 사람이라는 것만 밝혀 둘게요. 당신은 그들을 내 열두 개의 성좌라고 불렀죠.

아버지, 그 사람을 찾아내려고 애쓰지 말고, 그 사람을 미워하지 마세요. 그 사람은 자기 입장에서 해야 했던 일을 했을 뿐이니까요. 나는 그 사람 역시 온 마음을 다해 나를 사랑했다고 확신해요.

잘 들어 보세요. 어느 날 우리는 당신도 알고 계신, 풍차를 지나서 있는 조그만 섬 베카스에서 만나기로 약속했어요. 나는 수영을 해서 거기에 가야 했고, 그 사람은 덤불 속에서 나를 기다려야 했지요. 그리고 그 사람이 떠나는 모습을 사람들이 보지 못하도록 저녁까지 거기에 머물러 있어야 했어요. 그 사람과 막 만났는데, 나뭇가지들이 열리더니 당신의 당번병 필리프가 보였어요. 우리를 불시에 덮친 거죠. 나는 이제 끝장이라고 느꼈고, 큰 소리로 비명을 질렀어요. 그러자 그 사람이 나에게 말했어요. 내가 사랑하는 그 남자가요! "이봐요, 천천히 헤엄쳐서 여길 떠나요. 나는 이 사람과 함께 남을 테니."

나는 너무나 놀란 마음으로 헤엄을 치느라 하마터면 물에 빠져 죽을 뻔했어요. 그리고 뭔가 엄청난 일이 일어날 거라 짐작하며 집으로 돌아왔죠.

한 시간 뒤 필리프가 왔고 거실 앞에서 저와 마주쳤어요. 그가 낮은 목소리로 나에게 말했어요. "편지 보내실 것이 있으면 제가 분부를 따르겠습니다." 나는 필리프가 지조를 팔았다는 것을, 내 애인이 그를 매수했다는 것을 깨달았어요.

나는 그에게 편지 몇 통을 건넸지요. 내가 쓴 편지들 모두를요. 그는 그 편지들을 가져갔고 답장을 가져다주었어요.

그렇게 두 달가량이 지났어요. 우리는 당신이 그를 믿듯 그를 믿었답니다.

그런데 아버지, 그 일이 일어나고야 말았어요. 어느 날 혼자 그 섬으로 수영을 하러 갔다가 필리프를 만났어요. 필리프는 나를 기다리고 있다가, 아버지에게 우리 사이를 폭로하겠다고, 내가 자기의 욕망에 굴복하지 않으면 자기가 훔쳐서 갖고 있는 내 편지들을 아버지에게 넘기겠다고 협박했어요.

오! 아버지, 아버지, 나는 두려웠어요. 비겁하고 자격 없는 두려움이었지요. 특히 아버지가 무서웠어요. 아버지는 너무나도 선하시지만 나에게 배반당한 것을 알면 어떻게 행동할지 무서웠어요. 내 애인을 생각해도 무서웠고요. 아버지가 그 사람을 죽일 것 같았거든요. 아마 나 자신 때문에도 무서웠을 거예요. 나는 얼이 빠지고 제정신이 아니었어요. 그래서 나를 연모하고 있는 그 가련한 남자를 한 번 더 매수해야겠다고 생각했죠. 참으로 부끄러운 일이지만요!

너무 나약한 존재라서 정신이 나갔던 거예요. 우리는 점점 더 낮은 곳으로, 나락으로 추락했어요. 내가 무슨 짓을 하는지 당시 내가 알기나 했을까요? 그 두 남자 중 하나와 내가 죽을 거라는 것만 알았을 뿐이에요. 그렇게 나는 그 야만인에게 몸을 주었어요.

내가 애써 변명하지 않는다는 걸 아버지도 아시겠지요.

아, 그래요. 나는 무슨 일이 벌어질 것인지 예상해야 했어요. 필리프는 자기가 원할 때마다 위협하면서 나를 취하고 또 취했어요. 기존의 애인과 마찬가지로 그 사람 역시 줄곧 제 애인이었답니다. 가증스럽지 않나요? 얼마나 큰 벌을 받을 일인가요, 아버지?

그래서 나는 생각했어요. 죽어야겠다고요. 목숨이 붙어 있는 채로는 그런 큰 죄를 도저히 아버지에게 고백할 수 없으니까요. 죽으면 모든 것을 할 수 있죠. 죽는 것 말고 다른 방법을 찾아낼 수 없었어요. 내가 너무나 더러워서 그 무엇도 내 죄를 씻어 주지 못할 테니까요. 더 이상 사랑할 수도, 사랑받을 수도 없었어요. 사람들과 악수만 해도 내가 온 세상을 더럽히는 느낌이 들었어요.

나는 곧 미역 감으러 갈 거고, 다시 돌아오지 않을 거예요.

아버지에게 보내는 이 편지는 필리프의 집으로 갈 거예요. 내가 죽은 뒤 그 사람이 이 편지를 받아 아무것도 모른 채 당신 손에 전달하겠지요. 그리고 당신은 묘지에서 돌아와 이 편지를 읽을 거예요.

안녕히 계세요, 아버지. 더 이상 드릴 말씀이 없네요. 원하는 대로 하세요. 그리고 나를 용서하세요.

대령은 땀으로 범벅이 된 이마를 닦았다. 전투를 치르던 시절의 냉정함이 불현듯 그를 다시 찾아왔다.

그가 벨을 눌렀다.

하인 한 명이 나타났다.

"필리프를 불러오게나." 그가 말했다.

그런 다음 책상 서랍을 반쯤 열었다.

곧바로 필리프가, 적갈색 콧수염을 기르고 교활한 표정과 음험한 눈을 한 키 큰 병사가 들어왔다.

대령은 그를 똑바로 바라보았다.

"내 아내의 애인 이름을 나에게 말하게."

"저, 그게 말입니다, 대령님……"

대령은 반쯤 열린 서랍 안에서 권총을 꺼냈다.

"자, 어서 말하게. 내가 농담하는 게 아니라는 걸 자네도 알겠지."

"아! ……대령님…… 그 사람은 생탈베르 대위입니다."

그가 그 이름을 말하자마자 불꽃이 그의 눈을 태웠고, 그는 이마 한가운데에 총을 맞고 얼굴을 아래로 한 채 바닥에 쓰러졌다.

초상화

Un portrait

"야, 밀리알이네!" 내 옆에서 누군가가 말했다.

나는 사람들이 가리키는 그 남자를 바라보았다. 그 돈 후안 같은 사나이를 알고 싶은 마음이 오래전부터 있었기 때문이다.

그는 이제 젊지 않다. 머리카락이 흐린 잿빛이어서, 북쪽 지방 사람들이 쓰는 털모자와 조금 비슷했다. 가늘고 긴 턱수염은 가슴까지 내려와 있어서 짐승의 모피처럼 보였다. 그는 웬 여자에게 몸을 기울인 채 경의와 호의가 가득한 온화한 눈길로 그 여자를 바라보며 낮은 소리로 이야기를 나누고 있었다.

나는 그가 어떤 인생을 살아왔는지를, 적어도 사람들이 그의 인생에 대해 아는 것만큼은 알고 있었다. 그는 여자들에게 여러 번 열렬한 사랑을 받았고, 그가 연루된 비극이 여러 번 일어났다. 사람들은 매우 유혹적이고 저항할 수 없는 남자에 대해 이야기하는 어투로 그에 대해 이야기했다. 그런 능력이 대체 어디서 오는지 알고 싶어서 그를 무척이나 찬미하는 여자들에게 질문을 하면, 그 여자들은 대답할 말을 한동안 찾은 뒤 이렇게 말했다.

"잘 모르겠어요······ 아무래도 그의 매력에서 오는 게 아닐까요."

확실히 그는 잘생기진 않았다. 여자들의 마음을 쉽게 정복하는 사람들이 타고난다고 여겨지는 우아함 같은 것도 전혀 없었다. 나는 대체 그의 매력이 어디에 숨어 있는지 궁금했다. 정신 속에? ······하지만 사람들은 그가 했던 말을 인용하거나 그의 지성을 칭찬한 적이 한 번도 없었다. 눈길 속에? ······아마도······ 아니면 목소리에? ······어떤 사람들의 목소리는 관능적이고 저항할 수 없는 매력을, 진미의 음식과도 같은 풍미를 갖고 있다. 그래서 사람들은 그 목소리를 듣기를 갈망한다. 그들의 목소리는 달콤한 사탕과자처럼 우리 안에 침투한다.

친구 하나가 지나갔다. 나는 그 친구에게 물었다.

"자네 밀리알 씨와 알고 지내나?"

"그렇지."

"그럼 나를 그 사람에게 좀 소개해 주게."

1분 뒤, 우리는 악수를 나누었고 대화를 했다. 그가 하는 말은 적절하고 듣기 좋았지만, 특별히 훌륭한 내용은 없었다. 목소리도 좋고, 온화하고, 상냥하고, 음악적이었다. 하지만 솔직히 그보다 더 마음을 사로잡고 더 매혹적인 목소리도 들어 보았다. 사람들은 아름다운 샘물이 흐르는 모습을 바라보듯 즐겁게 그의 목소리를 들었다. 그의 목소리를 따라가는 데는 긴장이 필요하지 않았다. 그는 어떤 암시로 호기심을 강하게 자극하지 않았고, 어떤 기대로 흥미를 일깨우지도 않았다. 그가 하는 대화는 오히려 휴식을 주었다. 대답하고자 하는 혹은 반박하고자 하는 강렬한 욕구나 매혹되어 칭찬하고 싶은 욕구를 사람들의 마음속에 불러일으키지 않았다.

게다가 그의 말을 듣는 것만큼이나 그에게 대꾸하는 것 역시 수월했다. 그가 이야기를 마치면 대답이 입술에서 저절로 흘러나왔다. 마치 그가 한 말이 그 말에 대한 대답을 자연스럽게 끌어내는 것 같았다.

얼마 지나지 않아 통찰 하나가 내 머리를 스쳤다. 불과 15분 전에 그를 알았는데, 그가 오랜 친구처럼 느껴진다는 사실이었다. 그의 얼굴, 몸짓, 목소리, 그가 하는 생각 등 모든 것이 오래전부터 알아 온 것처럼 친숙하게 느껴졌다.

얼마간 이야기를 나눈 것뿐인데, 그가 내 마음 깊숙이 자리를 잡은 것처럼 여겨졌다. 우리 사이에 문들이 모두 열렸다. 만약 그가 속내 이야기를 털어놓으라고 꾀었다면 아마도 나는 아주 오래된 친구들에게나 털어놓을 만한 이야기들을 자청해서 술술 털어놓았을 것이다.

확실히 그에게는 신기한 면이 있었다. 모든 존재들 사이에는 장벽이 있고, 시간이 흐르면서 공감, 비슷한 취미, 지적 취향이나 지속적인 관계를 통해 자물쇠가 열리는 것처럼 그 장벽들이 하나하나 허물어지지만, 그와 나 사이에는 그런 장벽이 존재하지 않는 것 같았다. 그가 운명의 여정에서 만난 모든 여자들 혹은 남자들과의 사이에서도 틀림없이 그랬을 것이다.

반 시간 뒤, 우리는 앞으로 자주 만나기로 약속하며 헤어졌다. 그가 모레 점심을 먹으러 오라고 초대하면서 나에게 자기 집 주소를 알려 주었다.

나는 약속 시간을 기억하지 못해 너무 일찍 그의 집에 도착했다. 그는 외출에서 아직 돌아오지 않았다고 했다. 단정하고 말 없는 하인이 아름다운 응접실의 문을 열어 주었다. 조금 어둡고, 사적이고, 명상적인 분위기가 감도는 응접실이었다. 내 집에 있는 것처럼 편안한 느낌이 들었다. 집의 분위기가 성격과 정신에 큰 영향을 미치는 경험을 내가 얼마나 여러 번 했던가! 유감스러운 느낌이 드는 방들이 있다. 반대로 어떤 방들은 언제나 친근하게 느껴진다. 어떤 방들은 밝고, 하얗고, 금박 장식을 했는데도 음울한 분위기를 풍긴다. 또 어떤 방들은 칙칙한 느낌의 벽지를 발랐는데도 분위기가 즐겁다. 우리의 눈은 마음처럼 좋아하는 것과 싫어하는 것의 기준을 갖고 있다. 그런데 그 기준은 우리가 처한 상황을 고려하지 않을 때가 많고 우리의 기분을 은밀하게 좌우한다. 가구와 벽의 조화, 실내의 전체적인 스타일이 숲, 바다 혹은 산의 공기가 사람의 몸 상태를 달라지게 하는 것처럼 우리의 정신을 달라지게 한다.

나는 쿠션이 놓인 소파에 앉았다. 그러자 내 몸의 형태가 그 소파에 미리 표시되기라도 한 것처럼 실크로 싸인 그 깃털 주머니들에 의해 북돋워지고, 지지되고, 든든히 채워지는 기분이 들었다.

이윽고 나는 주위를 바라보았다. 특별히 눈에 들어오는 물건은 없었다. 수수하면서도 예쁜 물건들이 곳곳에 있었다. 몇 점 되지 않는 가구들은 소박했다. 오리엔트 스타일의 커튼은 루브르 박물관에 있는 물건처럼 보이지 않고, 하렘 깊숙한 곳에서 온 것처럼 보였다. 내 맞은편에 여자의 초상화 한 점이 걸려 있었다. 얼굴과 상반신을 그린 보통 크기의 초상화였다. 초상화 속의 여자는 두 손으로 책을 들고 있었다. 여자는 젊었고, 모자를 쓰지 않은 생머리는 앞가르마를 타서 늘어뜨렸으며, 조금 슬프게 미소 짓고 있었다. 그녀가 모자를 쓰지 않았기 때문인지, 아니면 그녀의 태도가 너무나 자연스러웠기 때문인지, 그 초상화는 그 남자의 집에 있을 만한 초상화로 여겨지지 않았다. 내가 보아 온 초상화들은 대개 보기 좋게 연출된 것들이었다. 초상화 속 여인들은 화려한 성장에 공들인 머리 모양을 한 경우가 많다. 처음에는 자신이 화가 앞에서 포즈를 취하고 있음을 의식하고, 나중에는 그 그림을 바라볼 모든 사람들을 의식한다. 잘 고른 옷차림으로 포즈를 취하면서.

어떤 여자들은 한껏 아름답게 치장한 모습으로 평소에는 오래 유지하지 못할 오만한 표정을 하고 위풍당당하게 서 있다. 또 다른 여자들은 캔버스 속에서 꼼짝 않고 아양을 떨고 있다. 초상화 속 여인들에게는 모두 눈에 띄는 점이 있다. 화가가 그림의 효과를 위해 연출한 듯한 꽃 또는 보석을 달았거나 특이한 드레스를 입고 있다. 입술을 오므려 주름이 생기게 한 경우도 있다. 모자를 쓰거나 레이스를 달기도 한다. 때로는 모자를 쓰지 않고 머리카락을 드러내기도 한다. 어쨌든 우리는 그녀들에게서 자연스럽지 못한 어떤 것을 발견한다. 그게 뭐냐고? 모르겠다. 모르지만 느낄 수는 있다. 이렇게 말해도 될지 모르지만 그 여인들은 자기를 좋아해 줬으면 하는 사람들, 자신의 장점들을 모두 보여 주고 싶은 사람들의 집을 방문한 것처럼 보인다. 수수한 혹은 오만한 포즈를 미리 연구해서 연출하고 있는 것이다.

하지만 그 초상화 속 여인에 대해서는 뭐라고 말해야 할까? 그녀는 그냥 자기 집에 혼자 있는 것 같았다. 그렇다. 그 여자는 혼자 있는 것 같았다. 누가 자신을 보고 있을 때 짓는 미소가 아닌, 슬프면서도 감미로운 어떤 것을 혼자 생각할 때 짓는 미소를 짓고 있었다. 그녀는 너무나 외로운 상태로 자기 집에 혼자 있었고, 그 넓은 아파트에서 아무 생각도 하지 않고 있었다. 머릿속이 완전히 공백 상태 같았다. 그녀는 그곳에 살고 있었고, 그곳을 가득 채우고 있었고, 혼자 그곳에 생명력을 불어넣고 있었다. 아마도 그곳에 많은 사람들이 들어왔을 것이고, 모두들 이야기하고, 웃고, 심지어 노래도 불렀을 것이다. 하지만 그녀는 외로운 미소를 띤 채 늘 혼자였을 것이다. 초상화 속 그녀의 눈길이 그 미소를 생기 있게 만들었을 것이다.

눈길 또한 독특했다. 그 눈길은 나를 보지 않았지만, 상냥하게 고정된 채 똑바로 내게 쏟아져 내렸다. 모든 초상화 속 인물들은 그들이 사는 곳에 우리가 들어갈 때부터 나갈 때까지 자신이 주시된다는 것을 알고 있다. 우리를 바라보고, 생각하고, 눈길을 고정하며 우리에게 응답한다.

하지만 그 여인은 나를 보고 있지 않았다. 눈길이 똑바로 나에게 고정되어 있긴 했지만 아무것도 보고 있지 않았다. 나는 보들레르가 쓴 놀라운 시구를 떠올렸다.

초상화의 눈처럼 매혹적인 너의 눈.*

그 눈은 저항할 수 없는 방식으로 나를 끌어당겼다. 기묘하고, 강렬하고, 신선한 동요를 내 내면에 던졌다. 초상화 속의 그 눈은 과거에 살았고 아마도 여전히 살아 있는 것 같았다. 오! 산들바람처럼 부드럽고 자홍색, 분홍색, 파란색 황혼으로 이울어 가는 하늘처럼 매혹적인 그 모습! 깊이를 헤아릴 수 없는 눈길에서 나오는, 어두운 밤처럼 우울한 그 매력! 화가의 붓 터치 몇 번으로 탄생한 그 여인의 눈길은 존재하는 동시에 존재하지 않는, 상대의 내면에 사랑을 싹 틔우는 신비로운 능력을 감추고 있었다.

*보들레르의 시집 『악의 꽃』에 수록된 시 「거짓에의 사랑 Amour du mensonge」의 한 구절.

문이 열리고 밀리알 씨가 들어왔다. 그는 늦게 온 것을 사과했고, 나는 일찍 온 것을 사과했다. 잠시 후 나는 그에게 물었다.

"이런 질문을 해도 괜찮은지 모르겠습니다만, 저 여자분은 누구십니까?"

그가 대답했다.

"제 어머니입니다. 무척 젊을 때 돌아가셨죠."

그제야 나는 그 남자의 설명할 수 없는 매력이 어디서 오는지를 깨달았다.

파리

Mouche

어느 뱃놀이꾼의 추억

그가 우리에게 말했다.

뱃놀이하면서 지내던 시절에 나는 별난 일과 별난 여자들을 많이 보았어요. 내 나이 스무 살에서 서른 살 사이의 일이지요. 그때 경험한 억지스럽고 태평한 삶, 즐겁지만 가련한 삶, 활기차고 떠들썩한 삶을 '센 강에서'라는 제목의 책으로 쓰고 싶은 욕구를 얼마나 여러 번 느꼈는지 모릅니다.

그때 나는 가난뱅이 사무원이었어요. 지금은 순간의 변덕을 위해 엄청난 돈을 써버릴 수 있는 성공한 남자지만 말입니다. 당시 내 마음속에는 상상에서 튀어나와 온갖 기대를 하게 만들고 내 존재를 금빛으로 물들이는, 대수롭지 않지만 실현될 수 없는 수많은 욕망들이 들끓었어요. 하지만 지금은 어떤 욕망이 찾아와도 내가 졸고 있는 안락의자에서 나를 일으켜 세우기 힘들 겁니다. 아무튼 파리의 사무실과 아르장퇴유의 강 사이를 오가며 그런 삶을 산다는 것은 참으로 단순하면서도 어려운 일이죠. 그 10년 동안 나는 오로지 센 강에 내 열정을 온통 쏟아부었답니다. 아! 멋진 꿈과 더러운 쓰레기가 가득한 그 아름답고 고요하고 변화무쌍하고 악취 나는 강. 나는 그 강을 너무나 사랑했어요. 지금 생각해 보면 그 강이 나에게 삶의 의미를 준다고 여겼기 때문인 것 같아요. 아! 나는 꽃이 가득 핀 강둑을 따라 산책했지요. 서늘한 구석에 자라난 수련 잎사귀 위에서 배를 드러낸 채 꿈을 꾸던 개구리들, 길고 가느다란 풀들 한가운데에 피어난 예쁘장하고 가냘픈 자태의 수련. 그것들은 마치 버드나무가 그려진 일본 화집 속에서 내 눈앞으로 튀어나온 것 같았답니다. 물총새가 파란 불꽃처럼 내 앞에서 달아나기도 했어요! 나는 내 몸 전체에 자연스럽고도 깊은 기쁨을 퍼뜨리는 본능적인 사랑으로 그 모든 것을 사랑했습니다.

사람들이 온화한 밤들에 대한 추억을 가지고 있듯이, 나는 아스라하게 떠다니는 아침 안개, 오로라처럼 하얗게 나부끼는 수증기 속에 떠올라 들판 위에 미끄러지는, 마음을 황홀하게 하는 장밋빛 해에 대한 추억을 가지고 있어요. 가볍게 출렁이며 흘러가는 강물을 은빛으로 반짝이게 하는 달에 대한 추억, 마음속에 온갖 꿈들이 피어나게 하는 그 어슴푸레한 빛에 대한 추억도 갖고 있지요.

이 모든 추억은, 결코 끝나지 않을 환상은 파리의 모든 오물을 바다로 떠내려가게 하는 썩은 물 위에서 나를 위해 태어났지요.

친구들과 함께했던 멋지고 즐거운 삶이었습니다. 우리는 모두 다섯 명이었어요. 지금은 모두 근엄한 남자들이죠. 그때 우리는 모두 가난했고, 아르장퇴유의 싸구려 식당을 아지트로 삼고 있었습니다. 그 식당은 공동 침실이 하나 있는, 말로 표현하기 힘들 정도로 보잘것없는 곳이었답니다. 거기서 나는 내 평생 가장 광적인 저녁 시간들을 보냈어요. 우리는 재미있게 놀고 노 젓는 일 말고는 관심거리가 없었답니다. 노 젓기는 우리들 중 한 사람을 빼고는 모두에게 숭배의 대상이었거든요. 그 다섯 녀석과 함께 경험한, 신기하고 어이없고 익살스럽기 짝이 없는 모험들이 생각나는군요. 요즘 사람들에게 그 이야기를 들려주면 믿는 사람이 아무도 없을 거예요. 센 강에서도 이제는 그런 일을 볼 수 없지요. 그때 우리를 숨 돌릴 새 없게 만들었던 과격한 욕망이 요즘 사람들에게서는 사라져 버렸으니까요.

우리 다섯 친구에게는 아주 어렵사리 구입한 배 한 척이 있었답니다. 우리는 그 배에서 엄청나게 웃어 댔지요. 그보다 더 많이 웃을 수는 없을 정도로 말입니다. 그 배는 조금 육중하지만 튼튼하고 널찍하고 안락한 경주용 보트였어요. 친구들의 생김새는 간단히 묘사하렵니다. 키가 작고 매우 영리해 별명이 '전보電報'인 친구가 하나 있었고, 키가 크고 외모가 거칠고 회색 눈에 검은 머리를 가진, 별명이 '토마호크'*인 친구가 하나 있었습니다. 또 다른 한 친구는 재기 발랄하고 게으르며 별명이 '요리사 모자'였어요. 배가 뒤집힐지 모른다는 이유로 노에 절대 손대지 않는 유일한 친구였지요. 또 한 친구는 호리호리하고 우아한 몸매에 외모를 공들여 가꾸는 친구로, 클라렐의 소설에서 따온 '외눈박이'라는 별명을 갖고 있었어요. 그 친구가 외알안경을 끼고 다니기 때문이었지

* 인디언의 도끼.

요. 마지막으로 나는 조제프 프뤼니에라고 불렸어요. 여자 키잡이가 없다는 유일한 아쉬움을 빼면 우리는 완벽하게 즐거운 나날을 보내고 있었어요. 사실 여자는 뱃놀이에 없어서는 안 될 존재랍니다. 그 존재가 남자들의 정신과 마음을 일깨워 주기 때문에, 그 존재가 활기를 불어넣어 주고, 재미있게 해주고, 기분 전환을 시켜 주고, 흥취를 돋워 주고, 푸른 둑길 위로 미끄러지는 빨간 양산으로 장식 효과를 주기 때문에 필수적이지요. 하지만 우리는 평범한 여자 키잡이는 필요 없었어요. 우리 다섯 명은 다른 남자들과 많이 달랐거든요. 우리에게는 엉뚱한 매력을 지닌 여자, 익살스러운 여자, 모든 일에 준비가 된 여자, 쉽게 만나기 힘든 여자가 필요했답니다. 그런 여자를 찾아봤지만 실패했어요. 대부분 멍청한 여자들이었지요. 그녀들은 강에서 배를 타는 일보다는 싸구려 포도주를 마시고 취하는 것을 좋아했지요. 어느 일요일엔가 그런 여자들과 함께 뱃놀이를 했지만, 얼마 지나지 않아 짜증이 나서 돌려보냈어요.

그런데 어느 토요일 저녁 '외눈박이'가 몸매가 호리호리하고, 자그마하고, 발랄하고, 변덕스러운 여자 하나를 데려왔어요. 짓궂은 장난을 좋아하고 익살이 넘치는 여자였지요. 파리의 보도 위를 활보하는 건방진 남녀 젊은이들에게 재기 발랄한 에너지를 부여하는 익살이었습니다. 예쁘지는 않지만 사랑스러웠어요. 모든 것이 가능한 밑그림 같은 여자, 소묘화가가 저녁 식사를 한 뒤 술을 마시고 담배를 피우다가 카페 냅킨 위에 선 몇 개로 간략하게 그린 캐리커처 같은 여자였어요. 자연은 이따금 그런 존재를 만들어 내지요.

그녀는 첫날부터 우리를 놀라게 하고, 즐겁게 하고, 무장해제시켰답니다. 그 정도로 뜻밖의 매력을 지닌 여자였어요. 그녀는 온갖 미친 짓을 할 채비가 된 채 남자들의 소굴에 떨어졌고, 순식간에 분위기를 장악했고, 다음 날이 되자 우리를 정복해 버렸지요.

그녀는 무척이나 광적인 여자였어요. 술도 잘 마셨지요. 어머니가 자신을 해산할 때 마신 압생트 잔을 배 속에 가지고 태어난 것 같았죠. 이후 그녀는 결코 술에서 깨어난 적이 없었답니다. 그녀 자신의 설명에 따르면 그녀의 유모가 타피아* 몇 잔으로 원기를 회복했기 때문이라고 하더군요. 그녀는 술집 카운터 뒤에 줄지어 놓여 있는 술병들을 '내 소중한 가족'이라고 불렀어요.

우리들 중 누가 그녀에게 '파리'라는 별명을 붙였는지, 왜 그런 별명을 붙였는지는 잘 모르겠습니다. 하지만 그 별명은 그녀에게 잘 어울렸고 우리는 그녀를 줄곧 그 별명으로 불렀어요. 우리의 배 이름은 '뒤집힌 나뭇잎'이었어요. 우리는, 매우 유쾌하고 건장한 다섯 남자들은 색종이 파라솔 밑에 자리 잡고 앉아 우리를 노예 취급하며 물 위로 나아가도록 지시하는, 우리를 많이 좋아하는 발랄하고 정신 나간 그녀의 감독을 받으며 배를 타고 아스니에르와 메종라피트 사이를 떠다녔답니다.

모두들 그녀를 많이 좋아했어요. 처음에는 수많은 이유들이, 나중에는 단 하나의 이유가 있었지요. 그녀는 배 뒤쪽에 자리 잡고 앉아 물 위를 지나가는 가벼운 바람에도 쉴 새 없이 재잘거렸답니다. 굉장한 수다쟁이었어요. 바람을 맞으며 돌아가는 엔진의 가벼운 소음 속에서 그녀는 끝도 없이 수다를 떨었지요. 매우 엉뚱하고 별나고 놀라운 것들을 경박하게 이야기했답니다. 긴밀하게 이어지지 않고 슬쩍 시침질된 이야기였죠. 인간의 온갖 본성과 색깔이 등장하는 그 잡다한 이야기들 속에는 요정 이야기에 나오는 충동적 욕망이, 골족의 기질이, 추잡함이, 뻔뻔스

---

*당밀이나 설탕으로 만든 럼주.

러움이, 뜻밖의 것들이, 우스운 것들이, 기구 여행을 할 때 불어오는 바람과 멀리서 내려다보는 경치가 공존했어요.

우리는 그녀를 성가시게 하고 난처한 대답을 유발하기 위해 그녀에게 여러 가지 질문을 했습니다. 그녀를 가장 자주 괴롭힌 질문은 이것이었지요.

"우리가 왜 당신을 파리라고 부를까?"

그러면 그녀는 황당무계한 이유들을 댔지요. 우리는 헤엄을 치다가 말고 깔깔 웃었답니다.

우리는 여자로서도 그녀가 마음에 들었어요. 배 위에서 절대 노를 젓지 않고 하루 종일 그녀 곁에만 앉아 있는 '요리사 모자'가 한번은 '우리가 왜 당신을 파리라고 부를까?'라는 그 일상적인 질문에 그녀 대신 이렇게 대답했어요.

"조그만 가뢰*니까."

그래요, 윙윙거리고 잘 흥분하는 조그만 가뢰. 해독을 끼치고 검게 반짝이는 일반적인 가뢰가 아니라, '뒤집힌 나뭇잎'의 승객 전체를 묘하게 동요시키는, 날개가 적갈색인 조그만 가뢰.

'나뭇잎'에 내려앉은 파리에 대한 어리석은 농담들도 아주 많았습니다.

'외눈박이'는 '파리'가 배에 온 이래 우리들 중 가장 지배적이고 우월한 역할을, 여자가 없는 네 남자들 속에서 여자를 가진 남자 역할을 맡았어요. 그는 가끔 우리가 화를 낼 정도로 거리낌 없이 파리에게 키스하고, 식사가 끝나면 그녀를 무릎 위에 앉혔습니다. 그 외에도 자극적이고 모욕적인 많은 행동으로 그 특권을 남용했지요.

---

*몸길이 1~3센티미터의 길쭉하고 광택이 있는 검은 곤충. 날개가 퇴화해서 날지 못하고 농작물에 해를 준다.

우리는 공동 침실에 커튼을 쳐 그들을 격리해 놓았어요.

하지만 얼마 지나지 않아 친구들과 내가 뇌 깊숙한 곳에서 똑같은 성찰을 하고 있음을 알게 되었습니다. '어떤 고정관념에도 구속되지 않는 것처럼 보이는 파리가 그녀로서는 받아들이기 힘든 원칙에 예외적으로 굴복할까? 다시 말해 그녀가 과연 한 명의 애인에게만 충실할까? 상류 사회 여자들도 남편에게만 충실하지 않는데 말이야.'

이 성찰은 적절했고, 우리는 곧 그것에 설득되었습니다. 허비한 시간이 아쉽지 않도록 서둘러 행동에 돌입해야 했지요. '뒤집힌 나뭇잎'에 탄 모든 뱃놀이꾼이 '외눈박이'를 속이고 그녀와 즐겼어요.

그녀는 별다른 어려움 없이 순조롭게 '외눈박이'를 속였어요. 우리가 부탁하기만 하면 선선히 들어주었지요.

정숙한 사람들은 분개하겠지요! 어떻게 그럴 수가 있느냐고요? 인기를 누리는 화류계 여자들 중 애인 열두어 명 없는 여자가 어디 있겠습니까? 그리고 그 애인들 중 그 사실을 모를 만큼 어리석은 남자가 어디 있겠어요? 우리의 삶이 전통에서 벗어나기 시작한 이래, 유명하고 인기 있는 여자 집에서 하룻밤을 보내는 것이 오페라 극장이나 프랑세 극장 혹은 오데옹에서 하룻밤을 보내는 일만큼이나 유행하지 않습니까? 남자들은 기수만 탈 수 있는 경주마 한 마리를 소유하기 위해 온갖 노력을 하듯 고급 창녀와 사귀기 위해 노력을 마다하지 않습니다. 이것이 마음씨 고운 애인의 진정한 이미지예요.

우리는 토요일 저녁부터 월요일 아침까지는 '파리'를 '외눈박이'에게 맡겼어요. 뱃놀이를 하는 동안 그녀는 그의 것이었지요. 센 강에서 멀리 떨어져 있을 때, 즉 주중에만 '외눈박이'를 속이고 그녀를 만났어요. 우리처럼 뱃놀이하는 사람들에게 그것은 속이는 거라고 할 수도 없었죠.

그 상황에는 특별한 데가 있었어요. '파리'를 좋아하는 네 명의 서리꾼이 다 함께 그녀를 공유한다는 것을 모르지 않으면서도 자기들끼리 그리고 그녀와 함께 있을 때조차 그 사실을 드러내지 않고 은밀한 암시로만 이야기했다는 점에서 말입니다. '외눈박이'만이 아무것도 모르는 것 같았지요. 그런 특별한 상황이 그와 우리 사이를 불편하게 만들고, 거리를 만들고, 격리하고, 오랫동안 쌓아 온 신뢰와 친밀함 사이에 장벽을 세웠습니다. 우리가 볼 때 그는 힘들고 조금 우스꽝스러운 역할을, 배신당한 애인이나 남편 역할을 하고 있었어요.

하지만 그는 굉장히 영리했고 자기는 전혀 웃지 않고 우스운 이야기를 하는 사람다운 특별한 재기를 갖고 있었기 때문에, 이따금 우리는 꽤나 걱정스러워하면서 그가 정말로 의심하지 않는 것인지 궁금했어요.

마침내 그는 조심스럽게, 우리에게는 고약하게 느껴지는 방식으로 자신의 의중을 알렸습니다. 그때 우리는 부지발에 점심을 먹으러 가려는 참이었고, 힘차게 노를 젓고 있었어요. '요리사 모자'가 만족한 남자의 의기양양한 표정을 하고 그녀와 나란히 앉아 있었는데, 우리가 보기에는 지나치게 거리낌 없이 그녀에게 달라붙어 있어서 우리는 노 젓던 동작을 멈추고 "스톱!" 하고 외쳤지요.

여덟 개의 노가 물에서 나왔습니다.

그러자 '외눈박이'가 몸을 돌려 그녀를 바라보며 물었어요.

"우리가 왜 당신을 파리라고 부를까?"

그녀가 그 질문에 대답하기도 전에, 앞쪽에 앉아 있던 '외눈박이'가 무뚝뚝한 어조로 다시 말했어요.

"온갖 썩은 시체 위에 가리지 않고 올라앉으니까."

순간 무거운 침묵이, 불편한 감정이 흘렀고, 이내 웃음이 뒤따랐어요.

'파리' 자신은 당황해서 가만히 있었고요.

이윽고 '요리사 모자'가 말했답니다.

"전진!"

우리는 다시 노를 저어 앞으로 나아갔어요.

사건은 그렇게 일단락되고 규명이 되었답니다.

그 사건으로 인해 우리의 상황이 바뀌지는 않았어요. 하지만 '파리'는 '외눈박이'와 우리 사이에 다시 신뢰를 수립해 주었습니다. 그는 토요일 저녁부터 월요일 아침까지 '파리'의 영광스러운 주인이 되었고, 그 규칙을 통해 그가 우리보다 우위에 있다는 무언의 합의가 이루어졌어요. 한편으로는 그 사건으로 인해 '파리'라는 별명에 대한 의문이 종결되었지요. 우리 네 사람은 아무런 이의도 제기하지 않았습니다. 주중의 시간을 신중하게 활용하는 분수를 알고 주의 깊은 친구로서 2차적 역할에 만족했어요.

약 석 달 동안 그렇게 잘 지냈어요. 그런데 갑자기 '파리'의 태도가 이상해졌습니다. 예전처럼 유쾌하지 않았고, 신경질적인 모습을 보였고, 뭔가 걱정거리가 있는 듯했어요. 거의 성마르다고 할 수 있는 모습이었지요. 우리는 그녀에게 여러 번 물었습니다.

"당신 무슨 일이 있어요?"

하지만 그녀는 이렇게 대답했어요.

"아무것도 아니에요. 나 좀 내버려 둬요."

어느 토요일 저녁 '외눈박이'가 그녀의 사정을 밝혔어요. 우리는 싸구려 식당 주인 바르비숑이 우리를 위해 예약해 준 탁자 앞에 막 앉은 참이었지요. 포타주를 먹었고, 감자튀김이 나오기를 기다리고 있었어요. 바로 그때 걱정스러운 표정을 하고 있던 '외눈박이'가 그녀의 손을 잡고 이렇게 말했습니다.

"이봐, 친구들. 실은 자네들과 긴히 의논할 일이 있어. 아마 오랫동안 토론을 해야 할 거야. 요리가 나오는 사이사이에 이야기를 해보자고.

가여운 파리가 나에게 불행한 소식을 알려 줬어. 나와 너희들 모두가 관련된 소식이야.

파리가 임신을 했어.

딱 두 가지만 이야기할게.

우리는 파리를 버리면 안 돼. 그리고 아이 아버지가 누구인지 찾지 말자고."

그 말을 들은 우리는 모두 깜짝 놀라고 참담해했답니다. 그런 다음에는 누군가를 탓하고 싶은 마음에 서로를 바라보았지요. 하지만 대체 누구를 탓해야 할지 알 수 없었습니다. 그 일을 경험하고 나서야 나는 남자가 자신의 아이를 확실하게 아는 것을 허락하지 않는 자연의 잔인한 섭리를 비로소 실감했답니다.

시간이 흐르자 막연한 연대감에서 생겨난 일종의 위안이 찾아와 우리를 격려해 주었답니다.

거의 말이 없던 '토마호크'가 가장 먼저 입을 열어 안심되는 말을 내뱉었어요.

"세상에, 참 안된 일이네. 우리가 다 함께 힘을 모아야겠어."

요리사 보조가 모래무지 요리를 날라 왔습니다. 하지만 우리는 평소처럼 요리에 덤벼들지 않았어요. 마음이 산란했으니까요.

'외눈박이'가 다시 말했습니다.

"파리는 이런 불행 속에서도 신중함을 발휘해 나에게 전부 털어놓았어. 친구들, 우리는 똑같이 이 일에 책임이 있어. 그러니 다 같이 힘을 모아 아기를 입양하자고."

그 제안은 만장일치로 통과되었습니다. 우리는 모래무지 요리를 향해 팔을 들어 올리고 맹세했어요.

"다 함께 아기를 입양하자."

그러자 한 달 동안 겪은 끔찍한 염려에서 해방되어 단번에 구원받은 '파리'가, 다정하면서도 사랑에 터무니없는 여자 '파리'가 외쳤습니다.

"오! 친구들! 친구들! 당신들은 정말 착한 마음씨를 가졌어요…… 착한 마음씨…… 착한 마음씨를…… 모두 고마워요!" 그리고 처음으로 우리 앞에서 눈물을 보였지요.

이후 우리는 아이가 벌써 태어나기라도 한 것처럼 배에서 아이에 대해 이야기했습니다. 그리고 그녀의 배가 천천히 불러 옴에 따라, 각자 지극한 관심과 배려를 보여 주었어요.

우리는 노 젓기를 멈추고 이렇게 묻곤 했습니다.

"파리?"

그녀가 대답했어요.

"왜요."

"남자아이일까, 여자아이일까?"

"남자아이일 거예요."

"그 아이는 커서 뭐가 될까?"

그러면 그녀는 무척이나 환상적인 방식으로 자기의 상상력을 마음껏 발휘했어요. 이야기가 끝도 없이 길었지요. 아이의 탄생일로부터 그 아이가 자라 결정적인 성공을 거두기까지의 구상이 몹시 놀라웠습니다. 그 비범하고 조그만 아이에 대해 순박한 꿈을 꾸는 그녀의 모습이 열정적이면서도 애처로웠습니다. 그녀의 배 속에 든 아이는 그녀가 '다섯 아빠'라고 부르는 우리 다섯 친구들 사이에서 무럭무럭 자라났어요. 그녀는 그 아이가 장차 선원이 되어 미국보다 더 큰 신세계를 발견할 거라고, 장군이 되어 알자스와 로렌 지방을 프랑스에 돌려줄 거라고, 새로운 왕조를 세워 인자하고 지혜로운 왕으로서 우리의 조국에 큰 행복을 가져다줄 거라고, 학자가 되어 금 제조법과 영생의 비밀을 밝혀낼 거라고, 우주 비행사가 되어 다른 별에 가는 방법을 알아내고 인간들이 무한한 우주 공간을 두루 돌아다니는 매우 놀랍고 멋진 꿈을 실현할 거라고 말했지요.

그녀는, 그 가엾고 자그마한 여자는 여름이 끝나 갈 때까지 그렇게 재미있고 다정한 모습을 보여 주었답니다!

그런데 9월 20일에 그녀의 꿈이 끝장났어요. 그날 우리는 메종라피트에서 점심을 먹고 생제르맹 앞을 지나갔어요. 그녀가 갈증을 느꼈고, 우리는 페크에서 배를 세우기로 했답니다.

그녀는 얼마 전부터 몸이 무거워서 불편해했어요. 더 이상 예전처럼 깡충깡충 뛸 수 없었고, 배에서 둑으로 뛰어내릴 수도 없었지요. 예전에는 아무렇지도 않게 하던 일인데 말입니다. 그런데도 그녀는 배가 멈추면 둑으로 뛰어내리려고 했어요. 그때마다 우리가 소리를 지르며 말렸지만 계속 시도했지요. 우리가 팔을 내밀어 붙잡지 않았다면 넘어졌을 겁니다.

그날 그녀는 경솔하게도 배가 완전히 멈추기도 전에 내리려고 했어요. 부상을 당했거나 피로에 지친 운동선수들이 이따금 허세를 부리듯이요.

그녀가 움직일 것을 전혀 예상하지 못하고 우리가 그녀에게 다가간 순간, 그녀가 몸을 도약해 둑 위로 뛰어내렸습니다.

하지만 힘이 모자랐어요. 돌로 된 강둑 가장자리에 발끝만 겨우 닿았지요. 그런 다음 미끄러져서 날카로운 돌 모서리에 배를 세게 부딪힌 뒤 커다란 외마디 소리를 지르며 물속으로 모습을 감추었습니다.

우리 다섯 남자는 동시에 물속에 뛰어들어 그 가여운 여자를 물 밖으로 끌어냈어요. 그녀는 시체처럼 창백한 얼굴로 극심한 고통에 신음하고 있었습니다.

우리는 그녀를 가장 가까운 여인숙으로 옮기고 의사를 불러왔어요.

사산이 진행된 열 시간 동안 그녀는 영웅적인 여주인공 같은 용기를 가지고 그 끔찍한 고통을 견뎌 냈습니다. 우리는 그녀 주위에서 불안과 두려움에 떨면서 가슴 아파했죠.

마침내 죽은 아기가 그녀의 몸에서 빠져나왔습니다. 그리고 이어진 며칠 동안 그녀가 생사의 기로에서 오락가락하는 바람에 우리는 무척이나 걱정했어요.

어느 날 아침 의사가 우리에게 말했어요. "산모가 이제 고비를 넘긴 것 같습니다. 강철로 만들어진 것처럼 튼튼한 분이에요." 우리는 기쁜 마음으로 그녀가 누워 있는 방에 들어갔지요.

'외눈박이'가 우리 모두를 대표해 그녀에게 말했어요.

"이제 더 이상 위험은 없어, 파리. 우리도 무척 안심이야."

그녀의 눈에 맑은 눈물이 가득 고이더니, 그녀가 우리 앞에서 두 번째로 눈물을 보이며 더듬더듬 말했어요.

"오! 당신들이 알까요…… 당신들이 알까요…… 내가 얼마나 슬픈지…… 난 절대 용서받지 못할 거예요."

"그렇게 생각하는 이유가 뭐야, 파리?"

"아기를 죽인 거요. 내가 아기를 죽였잖아요! 오! 그럴 생각은 없었는데! 내 마음이 얼마나 슬픈지!"

그녀는 눈물을 줄줄 흘리며 울었습니다. 우리도 안타까운 감정이 복받쳐 뭐라 말해야 할지 모른 채 그녀를 둘러싸고 있었지요.

그녀가 물었습니다.

"당신들 아기를 봤어요?"

우리는 한목소리로 대답했지요.

"봤어."

"남자아이였죠, 그렇죠?"

"그래."

"잘생겼죠?"

우리는 뭐라고 대답해야 할지 망설였습니다. 가장 융통성이 있는 '전보'가 마음을 다잡고 대답했지요.

"아주 잘생겼어."

하지만 그의 짐작과 달리, 그 말을 듣자 그녀는 통곡하기 시작했어요. 그녀는 절망에 빠져 거의 울부짖다시피 했습니다.

아마도 그녀를 가장 사랑했을 '외눈박이'가 그녀를 진정시키기 위해 기발한 생각을 해냈어요. 그는 눈물에 흐려진 그녀의 눈에 입을 맞춘 뒤 말했습니다.

"진정해, 파리. 그만 진정해. 우리가 당신에게 아기를 또 하나 만들어줄 테니까."

그 말에 골수 깊이 박혀 있던 그녀의 유머 감각이 갑자기 되살아났고, 그녀는 여전히 몹시 울먹거리고 괴로움에 마음이 찢어지면서도 반쯤 설득되어, 조금 빈정거리는 표정으로 우리들을 바라보며 물었습니다.

"그거 정말이에요?"

우리는 한목소리로 대답했지요.

"정말이고말고."

쓸모없는 아름다움

L'Inutile Beauté

1

훌륭한 검은 말 두 마리가 끄는 우아한 사륜마차가 저택 계단 앞에 서 있었다. 6월 말 오후 5시 30분경이었다. 앞뜰을 빙 두른 지붕 사이로 하늘이 보였다. 하늘은 햇빛과 온기가 가득하고 마음을 들뜨게 했다.

마스카레 백작 부인이 외출을 하려고 계단에 모습을 드러냈다. 바로 그때, 그녀의 남편이 외출에서 돌아와 저택 대문에 도착했다. 그는 잠시 걸음을 멈추고 아내를 바라보았고, 얼굴이 조금 창백해졌다. 그녀는 무척 아름다운 여자였다. 늘씬하고, 갸름한 타원형 얼굴에 기품이 넘쳐흐르고, 상앗빛 피부는 금빛으로 반짝이고, 커다란 잿빛 눈과 검은 머리카락을 갖고 있었다. 그녀는 남편에게 눈길을 주지 않고 마차에 올라탔다. 심지어 그를 보지도 못한 것 같았다. 그 태도가 너무나 우아해서 백작은 오래전부터 그를 사로잡고 있는 치사한 질투심을 새삼 느꼈다. 심장이 또다시 조여들었다. 그는 아내에게 다가가 말을 걸었다.

"산책 나가는 길이오?"

그러자 그녀는 입가에 경멸의 빛을 띠며 짧게 대꾸했다.

"보시는 대로요!"

"불로뉴 숲에 가오?"

"아마도요."

"내가 함께 가도 되겠소?"

"마음대로 하세요. 이 마차는 당신 거니까요."

그는 아내의 쌀쌀맞은 어조에 별로 놀라지 않고 마차에 올라 아내 옆에 앉았다. 그리고 마부에게 명했다.

"불로뉴 숲으로!"

하인이 재빨리 마부 옆자리로 뛰어올랐고, 말들이 평소처럼 앞발로 땅을 찬 뒤 머리를 위아래로 끄덕이면서 거리로 나섰다.

백작 부부는 이야기를 나누지 않고 나란히 앉아 있었다. 백작이 어떤 말로 대화를 시작할지 궁리했지만, 백작 부인이 시종일관 굳은 표정을 하고 있어서 차마 말을 건네지 못했다.

결국 그는 장갑을 낀 백작 부인의 손 위로 자신의 손을 슬그머니 미끄러뜨리고 우연인 것처럼 그 손을 만졌다. 하지만 백작 부인은 단호한 몸짓으로 그의 손을 뿌리쳤다. 그 몸짓이 너무나 날쌔고 혐오감이 가득해서 평소 권위를 내세우고 독재적으로 행동하던 백작도 불안감을 느꼈다.

그가 아내의 이름을 불렀다.

"가브리엘!"

그녀는 고개도 돌리지 않고 대답했다.

"왜 그러세요?"

"당신은 참 근사한 여자요."

그녀는 아무 대답도 하지 않고, 화가 난 여왕처럼 오만한 태도로 마차 안에 몸을 기대고 있었다.

그들은 에투알 광장의 개선문 방향으로 샹젤리제 거리를 올라가고 있었다. 그 거대한 기념물이 대로 끄트머리에서 붉게 물든 하늘을 배경으로 커다란 아치를 그리고 있었고, 해는 지평선 주위에 금빛 가루를 뿌리면서 그 기념물을 비추는 듯했다.

마차들의 행렬이 불로뉴 숲과 도심 방향을 향해 이중의 흐름으로 이어졌고, 그 모습이 마구의 동판, 은도금, 크리스털에, 그리고 전조등에 비쳐 보였다.

마스카레 백작이 다시 입을 열었다.

"여보, 가브리엘!"

그러자 그녀는 더 이상 참을 수가 없어서 성난 목소리로 대꾸했다.

"오! 저 좀 가만히 내버려 두세요, 제발요. 이제는 마차 안에서 혼자 있을 자유도 없단 말인가요?"

백작은 아무 소리도 듣지 못한 척 시치미를 떼고는 계속 말했다.

"오늘처럼 당신이 아름답게 보인 적이 없었던 것 같소!"

이제 그녀는 그야말로 인내심의 한계에 다다랐고, 분노가 자제되지 않는 목소리로 대꾸했다.

"그렇게 생각한다면 당신이 잘못 짚은 거예요. 맹세컨대 나는 두 번 다시 당신 것이 되지 않을 테니까요."

그러자 백작은 깜짝 놀라고 당황해서 평소의 난폭한 성미로 돌아가 큰 소리로 내뱉었다. "그게 무슨 말이오?" 사랑하는 남자라기보다는 난폭한 주인의 일면을 드러내는 어조였다.

백작 부인은 낮은 목소리로 되뇌었다. 마차 바퀴 소리가 귀청을 울릴 듯 요란했기 때문에 하인들은 그들이 나누는 대화를 전혀 듣지 못했다.

"아! 무슨 말이냐고요? 무슨 말이냐고요? 당신 참 이상하네요! 무슨 뜻인지 내가 말하길 바라세요?"

"그렇소."

"전부 말해 드려요?"

"그렇소."

"내가 당신의 그 가혹한 이기주의의 희생양이 된 이래 오늘까지 가슴에 담아 둔 모든 것을 말해 드려요?"

백작은 놀라움과 노여움으로 얼굴이 붉어졌다. 그는 이를 악물고 으르렁거렸다.

"그래요, 말해 보시오!"

그는 키가 훤칠하고 어깨가 넓으며 적갈색 턱수염을 기른 잘생긴 남자였다. 완벽한 남편이자 훌륭한 아버지로 통했으며, 사교계에서도 제법 인정받는 인물이었다.

백작 부인은 저택에서 나온 이후 처음으로 남편에게로 몸을 돌리더니, 그의 얼굴을 똑바로 바라보며 말했다.

"아! 당신은 달갑지 않은 이야기를 듣게 될 거예요. 하지만 나는 무슨 일이 생기든 각오가 되어 있다는 걸, 무슨 일이든 감수하리라는 걸 알아 두세요. 나는 아무것도 두렵지 않아요. 오늘 이 순간 그 누구보다 당신이 두렵지 않다고요."

백작도 아내의 눈을 들여다보았다. 거친 분노가 이미 그를 흔들어 대고 있었다. 그가 중얼거렸다.

"당신 미쳤군!"

"천만에요. 나는 지난 11년 동안 당신이 내게 부과한 모성이라는 가증스러운 형벌의 희생양으로 더 이상 살고 싶지 않을 뿐이에요! 이제 나는 사교계 여자로 살고 싶어요. 다른 여자들처럼 나에게도 그렇게 살 권리가 있으니까요."

백작이 다시 얼굴이 창백해지면서 어물거렸다.

"무슨 뜻인지 이해가 안 되는군."

"아니요, 당신은 무슨 뜻인지 알아요. 조금 전 집을 나서려고 현관에 있던 내 모습을 보고 당신은 생각했겠죠. 막내 아이를 낳고 석 달밖에 안 됐는데 내가 여전히 아름답다고, 미모가 망가지지 않았다고. 그러니까 또 임신을 할 때가 되었다고 생각한 거죠."

"터무니없는 말을 하는군!"

"아니요. 나는 겨우 서른 살인데 자식을 일곱이나 낳았어요. 우리가 결혼한 지는 11년 되었고요. 그런데도 당신은 앞으로 10년은 더 내가 아이를 낳길 바라죠. 그런 다음에야 당신의 마음속에서 질투심이 사라질 테니까요."

백작이 아내의 팔을 붙잡고 힘을 주며 말했다.

"계속 그런 식으로 말하는 건 내가 허락하지 않겠소."

"아니요, 나는 끝까지 이야기할 거예요. 그동안 당신에게 해야 했던 말들을 다 할 때까지 멈추지 않을 거라고요. 만약 당신이 내 이야기를 막으면 목소리를 높여 앞쪽에 앉아 있는 두 하인이 듣게 할 거예요. 그러려고 당신을 마차에 타게 한 거예요. 저 증인들이 있는 한 당신은 내 이야기에 귀 기울일 수밖에 없고, 자제할 수밖에 없으니까요. 이제부터 내가 하는 이야기를 잘 들으세요. 나는 지금껏 줄곧 당신을 싫어했고, 그런 속내를 당신에게 계속 보여 주었죠. 나는 절대 거짓말을 하지 않으니까요. 당신은 내 의사와 상관없이 억지로 나와 결혼했어요. 궁색한 처지였던 내 부모님에게 힘을 행사해 나를 당신에게 주게 했죠. 당신은 부자니까요. 내 부모님은 어쩔 수 없이 눈물을 흘리며 싫다고 거부하는 나를 억지로 당신에게 보냈어요.

그러니까 당신은 돈으로 나를 산 셈이에요. 그런데 내가 당신의 손아귀에 들어간 뒤 협박에 의해 강제로 당신과 결혼했다는 사실을 잊고 헌신적인 아내가 되기로, 능력이 허락하는 한 당신을 사랑하기로, 당신의 다정하고 충실한 동반자가 되기로 마음먹자마자, 당신은 그 어떤 남자도 그럴 수 없을 만큼 질투심을 불태우기 시작했어요. 스파이 같은 질투심이었지요. 당신에게는 야비하고, 상스럽고, 품위가 떨어지는 일이었고, 나에게는 모욕적인 일이었답니다. 결혼하고 여덟 달밖에 안 되었을 때, 당신은 온갖 부정한 상상을 하면서 나를 의심했어요. 그런 상상을 내 앞에서 천연덕스럽게 말하기까지 했죠. 얼마나 부끄러운 일인지! 그리고 사람들이 나에게 호감을 갖고 나를 파리의 살롱들로 부르고, 신문들이 내가 파리에서 가장 아름다운 여자 중 하나라고 앞다투어 찬사를 보내자, 당신은 나를 그 찬사로부터 떼어 놓기 위해 상상할 수 있는 온갖 수단을 궁리했죠. 결국 당신은 이 세상 모든 남자들이 나를 혐오스러운 눈길로 바라볼 때까지 나를 끊임없이 임신시키겠다는 가증스러운 생각을 해냈어요. 오! 부인하지 마세요! 처음엔 나도 깨닫지 못했지만 결국엔 알게 됐죠. 당신이 당신 누이동생에게 그 얘길 자랑 삼아 했다면서요. 그분이 나에게 말해 줬어요. 그분은 나를 좋아하고, 당신이 한 그 야비하고 상스러운 짓에 적잖이 분개했어요.

아! 우리가 심하게 싸웠던 거 기억하죠? 문짝들이 부서지고 자물쇠들이 망가졌죠! 지난 11년 동안 당신이 나에게 강요한 삶을 생각해 보세요. 내 삶은 종마 사육장에 갇힌 씨암말의 삶과 다름없었다고요. 게다가 당신은 내가 임신만 했다 하면 나를 거들떠보지도 않으셨죠. 임신한 몇 달 동안은 당신을 볼 수 없었어요. 나를 시골로, 시골 별장으로 보내 버렸으니까요. 푸른 초원에서 배 속의 새끼나 잘 크게 하라는 거였죠. 출산을 한 뒤 몸매가 망가지지 않은 채 신선하고 아름다운 모습으로, 여전히 매력적인 모습으로 사람들의 칭찬에 둘러싸여 젊고 부유한 사교계 여자답게 살아 보려고 하면, 당신은 또다시 질투에 사로잡혔어요. 당신을 괴롭히는 그 야비하고 증오에 찬 욕망으로 다시 나를 쫓아다니기 시작하고 내 옆자리를 지켰어요. 하지만 그것은 나를 가지고자 하는 욕망이 아니었어요. 그런 욕망이었다면 나도 결코 거절하지 않았을 거예요. 그것은 나를 망가뜨리려는 욕망일 뿐이었어요.

그런 가증스러운 일이 계속 이어졌어요. 너무나 이해하기 힘든 일이라서 그것을 파악하는 데 오랜 세월이 걸렸죠(하지만 나는 당신이 생각하고 행동하는 방식을 꿰뚫어 볼 수 있을 만큼 영리해졌답니다). 당신이 아이들을 귀여워하는 이유가 그 아이들이 내 배 속에 있는 동안 당신이 마음을 놓을 수 있었기 때문이라는 사실도 알아차렸어요. 당신은 나에게 가졌던 반감만큼 그 아이들에게 애정을 쏟은 거예요. 내가 임신한 것을 보고 기쁨을 느꼈고, 비열한 두려움도 즉각 진정되었던 거죠.

아! 내가 그 기쁨의 기색을 당신에게서 얼마나 여러 번 느꼈는지 몰라요. 당신의 눈 속에서 그것을 보았고 그것을 간파할 수 있었답니다. 당신은 혈육으로서가 아니라 승리의 결과물로서 아이들을 사랑했어요. 그것은 나에 대한, 내 젊음에 대한, 내 아름다움에 대한, 내 매력에 대한, 사람들이 나에게 보내는 찬사에 대한 승리였지요. 나에게 말은 하지 못하고 주위에서 수군거리는 사람들에 대한 승리이기도 했어요. 당신은 그것을 매우 자랑스러워하죠. 하지만 그건 결국 자식들을 내세워 으스대는 것에 지나지 않아요. 아이들을 사륜마차에 태워 불로뉴 숲을 산책시키고, 노새에 태워 몽모랑시에 데려가죠. 극장의 오전 음악회에 데려가기도 해요. 하지만 그건 모두 세상 사람들에게 보이기 위한 것, 그들에게서 '참 좋은 아버지야!'라는 말을 듣기 위한 것, 그 말을 세상에 퍼뜨리기 위한 것이에요."

이 말을 듣자, 그는 쥐고 있던 아내의 손목에 야만적이고 난폭한 힘을 가했다. 그 힘이 너무나 세서 그녀는 날카로운 신음을 내뱉으며 입을 다물었다.

그가 매우 낮은 목소리로 그녀에게 말했다.

"나는 내 아이들을 사랑하오, 알겠소? 그리고 당신이 방금 나에게 한 말은 어머니로서 부끄러운 말이오. 당신은 나에게 속한 사람이오. 내가 당신의…… 당신의 주인이란 말이오. 그러니 내가 원할 때 내가 원하는 일을 하라고 당신에게 요구할 수 있소. 나는 법적으로 권리가 있소!"

그는 근육이 발달한 두툼한 팔뚝과 손가락에 한 번 더 힘을 주어 으스러뜨릴 듯이 아내의 손목을 잡았다. 그녀는 아픔 때문에 하얗게 질려서 남편의 억센 손아귀에서 손을 빼내려고 했지만 소용없었다. 어찌나 아픈지 숨소리가 거칠어지고 두 눈에 눈물이 고였다.

그가 말했다. "이제는 내가 주인이라는 걸 잘 알았겠지. 그것도 가장 힘센 주인이란 말이야!"

백작이 손아귀의 힘을 조금 늦추자 백작 부인이 다시 말했다.

"당신은 내가 신앙심 깊은 여자라고 생각해요?"

아내의 질문에 그는 조금 놀라서 불분명하게 대답했다.

"그렇게 생각하지."

"내가 신을 믿는다고 생각하시나요?"

"물론이지."

"그리스도의 성체를 모신 제단 앞에서 맹세할 때 내가 거짓말을 할 수 있다고 생각하나요?"

"천만에!"

"그럼 나와 함께 교회에 가시겠어요?"

"교회에 가서 뭘 하려고?"

"가보면 알게 될 거예요. 가시겠어요?"

"당신이 정 원한다면 가지."

백작 부인은 목소리를 높여 마부를 불렀다.

"필리프!"

마부는 말에서 눈을 떼지 않은 채 목을 조금 기울이며 부인이 있는 방향으로 고개를 돌렸다. 그녀가 말했다.

"생필리프뒤룰 교회로 가요."

불로뉴 숲 입구까지 와 있던 사륜마차는 방향을 돌려 파리 시내로 향했다.

아내와 남편은 그 새로운 여정 동안 한마디도 주고받지 않았다. 이윽고 마차가 교회 입구에 멈추자, 마스카레 백작 부인이 바닥으로 뛰어내려 교회 안으로 들어갔고, 백작은 몇 걸음 뒤에서 따라갔다.

부인은 한 번도 걸음을 멈추지 않고 곧장 제단 앞까지 걸어가더니, 의자에 몸을 기대어 무릎을 꿇고 두 손으로 얼굴을 가린 채 기도하기 시작했다. 그녀는 오랫동안 기도했다. 그녀 뒤에 서 있던 백작은 그녀가 눈물을 흘리는 것을 알아차렸다. 그녀는 가슴을 에는 큰 슬픔에 사로잡힌 여자처럼 소리 없이 울고 있었다. 그녀의 몸 전체에 파도 같은 요동이 일어, 그녀의 손가락 밑에서 비밀스럽고 숨죽인 작은 흐느낌을 만들어 내는 것 같았다.

마스카레 백작은 시간이 너무 지체된다고 생각해 아내의 어깨에 손을 올렸다.

그 손길에 그녀는 마치 불에 데기라도 한 듯 깨어났다. 벌떡 일어나서 남편의 눈을 한동안 들여다보더니 이렇게 말했다.

"내가 당신에게 말하려고 하는 것은 바로 이거예요. 이제 나는 아무것도 무섭지 않아요. 그러니 당신 하고 싶은 대로 하세요. 원한다면 나를 죽여도 좋아요. 당신 아이들 중 하나는 당신 아이가 아니에요. 여기서 내 말을 듣고 계신 하느님 앞에서 맹세할 수 있어요. 그건 내가 당신에게, 당신이라는 남자의 가증스러운 독재에, 당신이 나에게 억지로 강요한 출산에 할 수 있는 유일한 복수였어요. 아이 아버지가 누구냐고요? 당신은 절대 그걸 알 수 없을 거예요! 아마도 당신은 온 세상 남자들을 다 의심하겠죠. 하지만 절대로 찾아내지 못할 거예요. 나는 사랑도 쾌락도 없이, 오로지 당신을 배신하려는 목적에서 그 남자에게 몸을 맡겼어요. 그랬더니 그 남자도 저를 어머니로 만들더군요. 그 아이가 누구냐고요? 당신은 그것도 결코 알아내지 못할 거예요. 내가 아이를 일곱 명 낳았으니 그중에서 한번 찾아보세요! 나는 나중에, 시간이 많이 흐른 뒤에 당신에게 털어놓을 생각이었어요. 배신을 했더라도 그걸 남자가 알아야 배신이 되는 거니까요. 하지만 오늘 당신은 내가 그걸 털어놓을 수밖에 없게 만들었어요. 내 이야기는 끝났어요."

그녀는 뒤에서 남편의 빠른 발소리가 들리기를 기대하며, 자신이 도

살용 망치 같은 남편의 주먹에 맞아 보도 위에 쓰러지는 광경을 상상하며 교회 안을 가로질러 열린 문을 향해 도망치듯 달려갔다.

그러나 아무 소리도 들리지 않았고, 그녀는 마차가 서 있는 곳에 무사히 도착했다. 그녀는 불안감에 경련을 일으키며 단번에 마차에 올라탔고, 두려움에 헐떡거리며 마부에게 외쳤다. "집으로 가!"

말들이 쏜살같이 달려갔다.

2

마스카레 백작 부인은 자기 방에 틀어박힌 채 사형수가 형벌의 시간을 기다리는 심정으로 저녁 식사 시간이 되기를 기다렸다. 남편은 어떻게 나올까? 그는 집에 돌아왔을까? 성 잘 내는 독재자이고 온갖 난폭한 짓을 할 수 있는 그 남자가 무슨 생각을 했을까? 무엇을 준비하고 어떤 결정을 내렸을까? 저택 안에서는 아무 소리도 나지 않았다. 그녀는 벽에 걸린 시계의 바늘에서 한순간도 눈을 떼지 않았다. 하녀가 들어와서 저녁 몸치장 시중을 들어 주고 밖으로 나갔다.

시계가 8시를 알렸고, 그와 거의 동시에 누군가가 그녀의 방문을 두 번 두드렸다.

"들어오세요."

그러자 집사가 나타나서 말했다.

"마님, 저녁 식사 준비가 되었습니다."

"백작께서는 돌아오셨나요?"

"예, 마님. 지금 식당에 계십니다."

잠깐 동안 그녀는 지금 자신에게 닥친 이 비극적인 상황을 고려해 얼마 전에 사둔 조그만 권총을 가지고 갈까 하고 생각했다. 그러나 그 자리에 아이들도 모두 있을 거라는 데 생각이 미쳤고, 소금병 하나만 가지고 갔다.

그녀가 식당 안으로 들어가자, 백작이 자기 자리 옆에 서서 기다리고 있었다. 그들은 가벼운 인사를 나누고 자리에 앉았다. 뒤이어 아이들이 각자 자기 자리에 앉았다. 사내아이 셋은 가정교사인 마랭 신부와 함께 어머니의 오른쪽에 앉았고, 여자아이 셋은 영국인 가정교사 스미스 양과 함께 왼쪽에 앉았다. 생후 석 달인 막내는 유모와 함께 방에 있었다.

세 여자아이는 모두 금발이었다. 특히 하얗고 자그마한 레이스 장식이 달린 파란색 옷을 입은 열 살배기 맏딸은 예쁜 인형 같았다. 가장 어린 딸은 아직 세 살도 안 되었다. 세 딸 모두 예뻤고, 장차 어머니처럼 미인이 될 것이 틀림없었다.

사내아이 셋 중 둘은 머리카락이 밤색이었고, 맨 위의 아이는 갈색이었다. 이제 겨우 아홉 살인데도, 키가 크고 넓은 어깨를 가진 씩씩한 남자가 될 싹이 엿보였다. 가족 모두가 굳세고 활기찬 같은 피를 이어받은 것처럼 보였다.

외부의 손님을 초대하지 않았을 때의 관습에 따라 신부가 축복 기도를 올렸다. 손님들이 왔을 때 아이들은 식탁에 함께 앉지 않았다. 이윽고 그들은 식사를 시작했다.

백작 부인은 전혀 예상하지 못했던 감정에 사로잡혀 눈을 내리깔고 가만히 있었다. 한편 백작은 불안한 눈길로 세 남자아이를 유심히 살펴보다가, 세 여자아이를 살펴보다가 했다. 불안에 사로잡혀 한 아이에서 다른 아이로 자꾸만 눈길이 옮겨 다녔다. 갑자기 백작이 굽 달린 유리

잔을 앞에 내려놓다가 깨뜨렸고, 식탁보에 붉은 물이 번졌다. 그 가벼운 사고가 낸 조그만 소리에 백작 부인은 소스라치게 놀라 의자에서 몸을 일으켰다. 처음으로 부부는 서로를 바라보았다. 이후 두 사람은 피부와 심장에 경련이 일어남에도 불구하고 이따금씩 자신도 모르게 당황스러운 마음으로 눈빛을 주고받았다. 더는 피하지 않고 총알처럼 빠르고 강렬하게 눈을 마주쳤다.

신부가 이유는 모르지만 불편한 분위기가 떠도는 것을 느끼고 말을 건넸다. 이런저런 화제를 던져 보았지만 그의 시도는 별 소득이 없었다. 어떤 이야기를 해도 분위기가 누그러질 것 같지 않았다.

백작 부인이 여성다운 재치를 발휘해, 사교계 여자의 본능에 따라 신부에게 두세 번 대답하려고 했다. 하지만 속수무책이었다. 머릿속이 뒤죽박죽이어서 적당한 대답을 찾을 수 없었다. 그뿐이 아니었다. 은제 식사 도구와 접시들이 달그락거리는 소리만 작게 울려 퍼지는 넓은 식당 안에서 자신의 목소리가 두려움마저 불러일으켰다.

갑자기 백작이 몸을 앞으로 숙이면서 아내에게 말했다.

"이 자리에서, 아이들이 있는 자리에서 아까 당신이 나에게 한 이야기가 진실임을 맹세할 수 있겠소?"

그러자 혈관 속에서 들끓던 증오심이 돌연 그녀를 자극했고, 그녀는 그의 눈길에 맞서던 때와 똑같은 기세로 이 질문에 대답했다. 그녀는 두 손을 들어 올렸다. 오른손은 남자아이들의 이마를 향하고, 왼손은 여자아이들의 이마를 향하고 있었다. 그녀는 단호하고 확고한 억양으로 힘주어 말했다.

"내 아이들의 이름을 걸고 맹세할게요. 아까 내가 한 말은 사실이에요."

그러자 백작은 자리에서 일어나 화난 몸짓으로 냅킨을 식탁 위에 던지더니, 의자를 벽 쪽으로 홱 밀어붙이고 돌아서서 한마디 말도 없이 밖으로 나가 버렸다.

백작 부인은 크게 한숨을 내쉬고는 최초의 승리를 맛본 사람처럼 차분하게 말했다.

"얘들아, 신경 쓰지 마라. 아빠는 오늘 오후에 슬픈 일을 겪어서 마음이 몹시 아프신 거야. 며칠 지나면 괜찮아지실 거다."

그런 다음 신부와 이야기를 나누고, 스미스 양과 이야기를 나누었다. 아이들 모두에게도 다정하고 친절하게 말을 건네 자애로운 마음을 가진 어머니의 애지중지하는 사랑을 보여 주었다.

식사가 끝나자 그녀는 아이들을 모두 데리고 응접실로 건너갔다. 큰 아이들과 수다를 떨고, 어린 아이들에게는 옛날이야기를 들려주었다. 그리고 잠자리에 들 시간이 되자 아이들 모두에게 아주 오랫동안 입맞춤을 해준 뒤 방으로 돌려보낸 다음 홀로 침실로 갔다.

그녀는 기다렸다. 오늘 밤 남편이 침실에 들어올 것을 의심하지 않았기 때문이다. 아이들은 그녀에게서 멀리 있었고, 그녀는 사교계 여자로서 자신의 생활을 지켰던 것처럼 인간으로서 자신을 생명을 지키기로 결심했다. 그리고 며칠 전에 사둔 작은 권총을 장전해 옷 호주머니 속에 숨겼다.

몇 시간이 흘러갔고, 시계 소리가 여러 번 울렸다. 저택 안의 모든 소리가 꺼져 들었다. 멀리 거리를 지나가는 삯마차의 희미한 바퀴 소리만 벽을 넘어 조그맣게 들려올 뿐이었다.

그녀는 초조한 가운데 힘을 내서 기다렸다. 이제는 거의 승리감에 취해 무슨 일이든 할 준비가 되어 있었고 남편이 조금도 무섭지 않았다.

그녀는 평생, 매 순간 겪게 될 고통을 남편에게 안겨 준 것이다.

새벽의 첫 여명이 커튼 밑 술 장식 사이로 새어 들어왔다. 그때까지 백작은 그녀의 방에 들어오지 않았다. 그제야 그녀도 남편이 오지 않을 것임을 알아차리고 깜짝 놀랐다. 그녀는 문을 잠그고 얼마 전에 새로 달아 놓은 빗장을 단단히 지르고는 침대에 누워 눈을 뜬 채로 생각에 잠겼다. 도무지 이해가 되지 않았고, 남편이 무슨 짓을 하려는 것인지도 전혀 짐작되지 않았다.

하녀가 차를 가지고 들어와 남편의 편지 한 장을 그녀에게 전했다. 긴 여행을 떠난다는 내용이었다. 지출할 곳이 생길 경우 필요한 돈을 공증인이 건네줄 거라는 말이 추신으로 붙어 있었다.

3

오페라 극장, 〈말썽쟁이 로베르〉의 막간이었다. 아래층 앞쪽 관람석의 남자들이 머리에 모자를 쓰고 하얀 셔츠 위에 입은 금과 보석 단추가 반짝이는 조끼 자락을 활짝 열어젖힌 채 여자들이 꽉 들어찬 특석을 바라보았다. 여자들은 가슴이 깊게 파인 드레스를 입고 다이아몬드와 진주 등 온갖 아름다운 보석들로 치장한 채, 불빛이 휘황찬란한 이 온실 안에서 눈부심을 과시하고 있었다. 아름다운 얼굴과 빛나는 어깨는 음악과 사람들의 목소리 한가운데에서 남자들의 시선을 위해 꽃처럼 피어나는 듯했다.

친구인 두 남자가 무대를 등진 채, 커다란 극장을 둥글게 둘러싸고 펼쳐진 우아한 미인들 그리고 진짜와 가짜를 막론한 보석과 사치와 허영의 멋진 전람회를 바라보며 이야기를 나누고 있었다.

그들 중 하나인 로제 드 살랭이 친구 베르나르 그랑댕에게 말했다.

"마스카레 백작 부인 좀 보게. 언제 봐도 참 아름다워."

그러자 그랑댕이 정면에 위치한 특석에 앉아 있는 한 부인에게로 시선을 돌렸다. 그녀는 아직도 매우 젊어 보였고, 눈부신 아름다움으로 극장 곳곳에서 모두의 눈길을 끌어당기는 것 같았다. 창백한 안색과 상앗빛 살결이 마치 조각상을 보는 느낌을 주었으며, 어두운 밤처럼 검은 머리에는 다이아몬드가 박힌 무지개 모양의 가느다란 머리 장식이 은하수처럼 반짝였다.

베르나르 그랑댕은 잠시 백작 부인을 바라보았고, 확신하듯 경쾌한 어조로 대답했다.

"자네 말대로 대단한 미인이지!"

"지금 저 여자 나이가 몇 살이지?"

"잠깐 기다려 보게나. 내가 정확하게 알려 줄 테니까. 나는 어릴 때부터 저 여자를 알았거든. 그녀가 소녀 시절 사교계에 처음 나왔을 때 보았지. 그러니까 지금…… 서른…… 서른여섯 살일 걸세."

"설마 그럴 리가 있나?"

"맞아, 확실해."

"기껏해야 스물다섯 살 같은데?"

"그녀에겐 아이가 일곱 있다네."

"믿을 수 없는 얘기로군."

"일곱 아이 모두 잘 자라고 있지. 그녀는 아주 훌륭한 어머니라네. 저 집을 가끔 방문하는데, 매우 쾌적하고 편안하고 건전하지. 그야말로 이상적인 가정을 이 세상에 구현하고 있어."

"그런데 이상하지 않나? 사교계에서는 저 부인에 대한 이야기를 전혀 하지 않으니 말이야."

"하지 않지."

"남편에 대해서는 많은 소문이 떠돌던데. 이상한 일이야, 안 그런가?"

"그렇다고 할 수도 있고 아니라고 할 수도 있지. 아마도 부부 사이에 작은 갈등이 있었나 봐. 부부간에 흔히 생겨나는 갈등 말이야. 사람들이 한동안 의심스러워서 캐보기도 했는데 확실하게 알아내진 못했다네. 대충 짐작만 할 뿐이지."

"무슨 일인데?"

"나도 몰라. 마스카레는 지금은 대단한 방탕아지만, 전에는 완벽한 남편이었어. 좋은 남편이었을 땐 짜증을 잘 내고 의심 많고 까다로운 성격이었다네. 그런데 방탕한 생활을 하면서부터 매우 무심해졌지. 하지만 어딘지 모르게 가슴을 갉아먹는 아픔이라도 간직한 사람처럼 보여. 마스카레 백작도 많이 늙었군."

그리하여 두 친구는 성격 차이, 처음에는 감지하기 힘든 육체적 불만 등 부부간에 생겨날 수 있지만 다른 사람들은 알 수 없는 비밀스러운 아픔에 대해 몇 분 동안 이야기를 나누었다.

마스카레 백작 부인을 계속 곁눈질하던 로제 드 살랭이 다시 말했다.

"저렇게 아름다운 여자가 아이를 일곱이나 낳았다니, 정말 믿기 어려운 일 아닌가?"

"사실이라니까. 11년 동안 아이만 낳았어. 그런 다음 서른이 훌쩍 넘은 나이에 아이 낳는 일을 마감하고 사교계에 나와 다시 빛을 내기 시작한 거야. 늦게 시작했으니 그 생활을 쉽게 끝내지는 않을 거야."

"가여운 여자로군!"

"왜 그런 한탄을 하지?"

"왜냐고? 아! 이 친구야, 생각 좀 해봐! 저렇게 아름다운 여자가 11년 동안 임신만 하고 있었다니 얼마나 지옥 같았겠나! 그 젊음, 아름다움, 성공에 대한 희망, 빛나는 삶에 대한 시적 이상을 모두 생식의 법칙을 위해 희생한 게 아닌가! 멀쩡한 여자를 아기 낳는 기계로 만들어 버리는 고약한 생식의 법칙 말이야!"

"그럼 대체 어쩌자는 겐가? 그게 바로 자연의 섭리잖아!"

"그렇지. 하지만 나는 자연이야말로 우리 인간의 적이라는 생각이 드네. 우리는 항상 자연에 맞서 싸워야 하네. 우리를 끊임없이 동물의 상태로 끌어내리려고 하는 자연에 말이야. 지상에 존재하는 깨끗한 것, 예쁜 것, 우아한 것, 이상적인 것은 신이 내려 주신 것이 아니라네. 그것들은 모두 우리 인간, 인간의 두뇌에서 나온 것들이야. 인간들은 생식 행위를 다양하게 해석하고, 아름답게 노래하고, 시로 찬미하고, 예술적으로 형상화하고, 학문적으로 설명하면서(학자들은 가끔 실수를 범하긴 하지만 기발한 학설들을 만들어 내지), 약간의 정취와 아름다움과 미지의 매력과 신비를 불어넣지 않나. 신은 병균이 우글거리는 야만스러운 존재들만 만들어 냈을 뿐이네. 젊은 동안에는 짐승처럼 자손을 번식시키는 일에 몰두하다가, 결국엔 노쇠해서 거동이 불편해지고 추하기 짝이 없는 모습으로 늙어 가다니, 인간의 삶이란 얼마나 무력한가. 신은 오로지 더러운 생식을 위해, 그런 다음에는 죽어 없어지게 하기 위해 인간을 만드신 것 같네. 그렇다면 우리 인간의 삶은 여름날 저녁 하늘에 떠도는 하루살이의 삶과 다를 게 없겠지. 방금 나는 '더러운 생식'이라고 했네. 그 말을 고집할 수밖에 없어. 사실 생식이라는 행위보다 더 천하고 역겨운 일이 또 어디 있겠나? 더럽고 우스꽝스럽지. 그래서 섬세한 영혼을 가진 사람들은 그 행위에 저항하고 있으며, 앞으로도 영원히 그럴 걸세. 검소하고 심술궂은 창조주께서 발명하신 신체 기관들이 모두 생식과 죽음이라는 두 가지 목적과 관련되어 있다면, 창조주께서는 왜 그 신성한 사명에, 인간의 기능들 중 가장 고귀하고 흥분되는 기능을 완수하는 데 그런 불결하고 더러운 기관 말고 다른 기관을 선택하지 않았을까? 입은 영양가 있는 물질들을 받아들여 육체를 먹여 살리고, 말과 생각을 전달하네. 육체는 입을 통해 기력을 회복하고 생각을 소통해. 코는 신선한 공기를 폐로 보내 주고 꽃향기, 숲 냄새, 나무 냄새, 바다 냄새 등 이 세상의 모든 냄새를 뇌로 전하지. 귀는 동료들과 의사소통을 하게 해주기도 하지만, 우리 인간이 음악이라는 것을 발명하게 해주었네. 꿈을, 행복을, 무한을 심지어 육체적 쾌락마저 소리를 통해 재창조하도록 허락해 주었어! 하지만 엉큼하고 냉소적인 창조주께서는 남녀 간의 결합만큼은 고상하고 아름답게 이상화하기를 금하셨어. 그래서 사람들은 연애라는 것을 발견했지. 교활한 신에 대한 일종의 항의로서 말이야. 나는 그것이 그리 나쁘다고 생각하지는 않네. 인간은 연애를 문학성 넘치는 서정으로 훌륭하게 장식했어. 그래서 여자들은 남자가 접촉을 강요해도 그것이 강요라는 사실을 깨닫지 못하고 끌려가는 거야. 우리 남자들 중 연애에 도취해 자신을 잊을 수 없는 사람들은 방탕이라는 것을 발명해 여자와의 접촉을 한결 세련된 형태로 바꾸기도 했지. 그것 또한 신을 우롱하고 아름다움에 대해 경의를 표하는 방법이야. 순수하지 못한 경의이긴 하지만 말이야.

그러나 평범한 사람들은 자연의 법칙에 따라 교미하는 짐승처럼 이세상에 자손을 퍼뜨릴 뿐이라네.

저 부인을 보게! 오직 아름다움을 위해 태어난, 찬미받고 칭찬받고 사랑받기 위해 태어난 저 보석 같고 진주 같은 부인이 마스카레 백작에게 후손을 만들어 주기 위해 11년이라는 세월을 흘려보낸 것을 생각하면 고약하다는 느낌을 떨쳐 낼 수가 없네."

베르나르 그랑댕이 웃으면서 말했다.

"자네가 하는 말 속에는 많은 진리가 있는 것 같군. 하지만 그런 자네의 생각을 제대로 이해할 사람은 많지 않을 거야."

살랭이 친구의 맞장구에 신이 나서 계속 말했다.

"자네는 내가 신이라는 존재에 대해 어떤 생각을 갖고 있는지 아나? 나는 신이 우리 인간의 지혜로는 도저히 파악할 수 없는 엄청난 기관을 창조한 존재이자, 물고기가 바닷속에 무수한 알을 뿌리듯 수십억 개의 세계를 우주에 뿌려 놓은 존재라고 생각하네. 하지만 그런 창조는 단지 신으로서의 직무 이행에 따른 결과물일 뿐이야. 신은 자신이 무엇을 만드는지도 모른 채 무조건 만들기만 했지. 어리석게 보일 정도로 많은 것을 창조했지만, 자신이 뿌려 놓은 씨에서 생산되는 종족들의 결합까지는 의식하지 못했단 말일세. 인간의 사고 능력은 번식을 거듭하는 과정 중에 운 좋게도 일어난 작은 사고事故라네. 국지적이고, 일시적이고, 예상치 못했던 사고지. 그런데 그것은 이 땅덩어리와 함께 사라져야 할 어떤 것이라네. 지금 우리가 살고 있는 이 세상과 비슷한 혹은 다른 어딘가에서 새로운 조합들로 영원히 다시 시작되어야 할 어떤 것이지. 우리는 지성이라고 부를 수도 있는 그 작은 사고에 빚을 지고 있어. 우리를 위해 만들어지지 않은 이 세상에서, 생각하는 존재인 우리를 맞아들이고 먹여 살리고 만족시켜 줄 준비가 되어 있지 않은 이 세상에서 매우 많은 악덕을 행했으니 말이야. 우리가 이 지성 덕분에 매우 세련되고 문명화된 사람이 된다 해도, 우리는 그 순간부터 이른바 신의 섭리라고 불리는 것에 맞서 끊임없이 투쟁해야만 한다네."

그랑댕은 친구가 무척 놀랍고 엉뚱한 공상을 즐긴다는 것을 오래전부터 익히 알고 있었으므로, 친구의 이야기를 주의 깊게 들은 뒤 이렇게 물었다.

"그러니까 자네는 인간의 사고 능력이 신의 맹목적인 창조 과정에서 자연 발생적으로 생겨난 우연의 산물이라고 생각한단 말인가?"

"물론이지! 우리 뇌의 신경중추에서 우연히 생겨난 기능이라네. 새로운 물질들이 혼합되는 과정에서 생각지도 않은 화학작용이 일어나는 이치나 물체들끼리의 우연한 마찰로 인해 전기가 발생하는 이치와 비슷하지. 요컨대 살아 있는 생명체들의 다채로운 생리작용에서 일어나는 모든 현상들과 다를 바 없다는 얘기네.

이보게, 우리 주위를 둘러보면 그 뚜렷한 증거가 얼마든지 있어. 인간이 지닌 사고 능력이 창조주께서 처음부터 의식하고 원해서 창조해 낸 것이고 처음부터 이런 모양을 갖추고 있었다면, 체념하고 굴복하는 동물의 사고 능력과 달랐다면, 다시 말해 인간이 뭔가를 요구하고, 추구하고, 선동하고, 고민했다면, 우리를 받아들이기 위해 만들어진 세상이 짐승의 우리처럼, 채소밭처럼, 바위투성이의 숲처럼 좁고 골치 아픈 곳이 되었겠나? 아니, 예기치 않은 신의 섭리는 동굴이나 나무 밑에서 벌거벗고 살면서 우리의 형제인 짐승을 사냥해 그 고기를 먹도록, 혹은 햇빛과 비를 맞으며 자라난 식물들을 날것으로 먹도록 우리의 운명을 정해 주었다네.

이 세상이 우리 같은 피조물을 위해 만들어지지 않았다는 것을 이해하기 위해서는 잠깐 생각에 잠기는 것으로 충분하다네. 우리의 머릿속 신경세포들의 기적에 의해 생겨나고 발전한 사고 능력은 사실 너무나 무력하고 무지하고 불분명해서, 우리 모두를 지성을 갖추었지만 영원히 이 땅에 유배된 비참한 존재로 남아 있게 할 거야.

여기를, 이 땅을 잘 보게나. 신께서 이곳에 사는 우리들에게 주신 모습 그대로 말이야. 한눈에 보기에도 이 세상은 동물들을 위해 조성되고 심어지고 가꾸어지지 않았나? 우리를 위한 것이 뭐가 있나? 아무것도 없어. 하지만 동물들을 위해서는 모든 것이 마련되어 있다네. 동굴, 나무, 나뭇잎, 샘물, 둥지, 먹을 것, 마실 것 등등. 그러니 나처럼 까다로운 인간들은 결코 이 세상에서 편안함을 느끼지 못한다네. 야수에 가까운 인간들만 기분 좋아하고 만족을 느끼지. 하물며 다른 사람들, 시인들, 예민한 사람들, 몽상가들, 탐구자들, 불안을 느끼는 사람들은 어떻겠나? 아! 불쌍한 사람들!

제기랄, 나는 양배추와 당근, 양파, 무와 순무를 먹네. 그건 그렇게 하도록, 그것들에서 맛을 느끼도록 길들여졌고, 그것들이 땅에서 재배되기 때문이네. 하지만 이런 채소들은 솔직히 말하면 토끼나 염소가 먹는 음식이 아닌가. 풀과 토끼풀이 말과 소의 음식인 것처럼 말이야. 누렇게 익은 밀밭의 이삭을 바라보고 있으면, 나는 그것들이 참새나 종달새의 입으로 들어가기 위해 자라난 것이지, 결코 내 입에 들어가기 위해 자라난 것은 아니라는 생각이 든다네. 그러니 내가 빵을 먹는 것은 새들의 먹이를 훔치는 일이 아닌가. 마찬가지로 닭고기를 먹는 것도 족제비와 여우의 양식을 훔치는 행위라네. 메추라기, 비둘기 그리고 자고새는 원래 매의 먹이이고, 양, 사슴, 소는 덩치 큰 맹수들의 양식일 뿐 우리가 먹으려고 특별히 채집한 송로버섯과 함께 구워져 우리의 식탁에 오르도록 비육된 것은 아니라네.

이보게, 동물들은 아무 일을 하지 않고도 이 땅에서 살아갈 수가 있네. 그들에게는 몸을 누일 곳이 있고 먹이가 있어. 그저 본능에 따라 풀을 뜯어 먹거나 사냥을 하고, 서로 잡아먹으면 그만이거든. 신께서는 동물을 만드실 때 온순한 마음과 평화로운 습성이 아니라, 오직 서로 죽이고 잡아먹는 악착같은 생존경쟁만 염두에 두셨다는 생각이 드네.

우리들은 어떤가! 아! 아! 나무뿌리와 돌멩이뿐이었던 이 땅을 살 만한 곳으로 만들기 위해 우리에게는 노동, 노력, 인내, 발명, 상상력, 산업, 재능, 천재성 등이 필요했네. 하지만 자연의 본성을 거슬러, 자연의 본성에 맞서 우리가 해온 일들을 생각해 보게. 그런 일들을 함으로써 우리는 보잘것없는 방법으로, 우리에게 어울리지 않는 정직하고 안락하고 기품 있는 방법으로 겨우 이곳에 자리를 잡지 않았나.

문명화되고, 영리해지고, 세련되어질수록 우리는 동물적 본능을 억제하고 신의 의지를 우리 안에 나타내야 했다네.

우리가 문명을, 온갖 문명의 이기를 만들어 내야 했다는 것을 생각해 보게나. 거기에는 아주 많은 것들이, 양말에서부터 전화에 이르기까지 모든 것들이 포함되지. 자네가 매일 보는 것들을, 온갖 방식으로 우리에게 소용되는 것들을 생각해 보게나.

인간들은 야수와 같은 운명을 누그러뜨리기 위해 모든 것을 발견하고 만들었다네. 우선 주택에서 시작해서 맛 좋은 음식과 부차적인 것들을, 사탕과자, 케이크, 음료, 술, 직물, 의복, 장식품, 침대, 침대 밑판, 마차, 철도, 그 외에 셀 수 없이 많은 기계들을 만들었어. 이것들뿐인가. 인간은 과학과 예술, 문자와 시법을 발견했다네. 그래, 우리 인간들은 특히 예술을, 시, 음악, 그림을 만들어 냈지. 이 모든 이상적인 것들이 우리 인간에게서 나왔다네. 또한 생활의 모든 멋, 여인들의 화장이나 남자들의 재능이 우리의 눈을 좀 더 풍요롭게 꾸며 준다네. 거룩한 신께서는 오직 번식이라는 목적만으로 우리 인간에게 생명을 주셨지만, 그런 것들 덕분에 우리는 벌거벗은 상태에서 조금 벗어날 수 있었고 단순한 삶을 덜 지루하고 덜 혹독하게 만들 수 있었다네.

이 극장 안을 보게. 이 안에는 우리 인간이 창조한 인간들의 세계가 있네. 우리에게 주어진 가혹한 운명이 예상하지 못한 것이고, 알지도 못한 것이지. 이 세계는 오직 우리 인간의 정신만 이해할 수 있는, 마음을 즐겁게 하는 육감적이고 지성적인 오락거리라네. 불만스러워하고 잘 흔들리는 조그만 짐승, 즉 우리 인간들에 의해, 인간들을 위해 만들어진 세계란 말일세.

저 여자를, 마스카레 백작 부인을 보게. 신께서는 동굴 속에서 벌거벗고 살거나 짐승의 가죽을 걸치고 살도록 저 여인을 만드셨다네. 사실 그 편이 저 여자에게는 훨씬 나았을지도 모르지. 그런데 자네는 저 여자의 야수 같은 남편이 저토록 아름다운 아내를 옆에 두고도, 더욱이 과거에 일곱 번이나 그녀를 임신시켰을 정도로 그녀에게 열정을 쏟아부었음에도 불구하고, 왜 지금에 와서 아내 대신 타락한 여자들의 뒤꽁무니를 쫓아다니는지 알겠나?"

그랑댕이 대답했다.

"이보게! 아마도 그 이유는 뻔하지 않을까! 그 남자는 자기 집에서만 자면 나중에 매우 큰 대가를 치르게 된다는 사실을 마침내 깨달은 거겠지. 다시 말해 자네는 철학적 견지에서 아까 이야기한 결론에 도달했지만, 그 남자는 가정 경제라는 관점에서 똑같은 결론에 도달한 거지."

마지막 막의 시작을 알리는 종소리가 세 번 울렸다. 두 친구는 돌아서서 모자를 벗고 자리에 앉았다.

마스카레 백작 부부는 오페라 공연이 끝난 뒤 집으로 돌아가는 마차 안에 나란히 앉아 침묵을 지키고 있었다. 갑자기 백작이 아내에게 말했다.

"가브리엘!"

"왜 그러세요?"

"이만하면 충분하다고 생각하지 않소?"

"뭐가요?"

"당신이 6년 전부터 나에게 안겨 주고 있는 지독한 고통 말이오."

"그래서 대체 어쩌란 말씀이에요? 나도 어쩔 도리가 없어요."

"이제 말해 보시오. 그게 누구인지."

"절대 안 돼요!"

"아이들을 볼 때마다, 아이들이 옆에 있을 때마다 그 의혹 때문에 내 가슴이 부서질 듯 아프다는 것을 생각해 보구려. 어느 아이인지 말해 줘요. 그래도 당신을 용서하고 그 아이도 다른 아이들과 똑같이 대하겠다고 맹세하리다."

"나한테는 그럴 권리가 없어요."

"내가 이런 삶을 더는 견디지 못한다는 걸 당신은 모르겠소? 그 생각이 나를 갉아먹고, 의문이 끊임없이 고개를 쳐든단 말이오. 아이들을 볼 때마다 그 의문 때문에 괴로워 죽을 지경이오. 정말 미칠 것 같소!"

그녀가 물었다.

"많이 고통스러웠나요?"

"지독히도 고통스러웠소. 그 고통은 제쳐 두더라도, 나는 당신 옆에서 사는 끔찍한 형벌을 받아들여야 했소. 그것보다 더 큰 형벌도 있소. 아이들 중 누군지 모를 한 아이로 인해 다른 아이들까지 사랑할 수 없게 되어 버렸다는 사실이오."

그녀는 아까 했던 질문을 되풀이했다.

"정말로 많이 고통스러웠단 말이죠?"

그가 억눌리고 괴로워하는 목소리로 대답했다.

"이것은 나에게 견딜 수 없는 형벌이라고 매일 당신에게 되풀이해 말하지 않았소. 이 문제만 아니면 내가 돌아왔겠소? 내가 아이들을 사랑하지 않는다면, 이 집 안에, 당신 곁에, 아이들 곁에 머물렀겠소? 아! 당신은 지독한 방법으로 나를 벌주었소. 나는 마음속 깊은 곳에서 우러나오는 애정으로 아이들을 사랑하오. 당신도 그것을 잘 알겠지. 나는 당신에게는 가부장적인 남편이었을 테고, 아이들에게는 구시대적인 아버지일 거요. 나는 본능에 따라, 본성에 따라 움직이는 구시대의 남자이니 말이오. 그렇소, 고백하는데 당신은 그런 내 가슴속에 혹독한 질투를 불러일으켰다오. 당신이 다른 종족에 속하는 여자, 다른 영혼과 다른 필요를 가진 여자이기 때문이었지. 아! 당신이 한 그 이야기를 나는 영원히 잊지 못할 거요. 한편으로는 그날 이후 당신에게 더 이상 신경을 쓰지 않게 되었소. 당신을 죽이고 싶었지만 그러지 못했지. 당신이 죽으면 우리…… 아니, 당신의 아이들 중 누가 내 아이가 아닌지 알아낼 방법이 없어지기 때문이었소. 나는 기다렸소. 하지만 당신이 생각하는 것보다 더 큰 고통을 받았지. 첫째와 둘째 아이를 제외하고는 더 이상 아이들을 사랑할 수 없었기 때문이오. 더 이상 아이들을 바라볼 수 없었고, 아이들의 이름을 부를 수 없었고, 아이들을 끌어안을 수 없었소. 아이들 중 하나를 무릎에 앉히기만 해도 '혹시 이 아이가 아닐까?' 하는 의문이 생겨났다오. 나는 지난 6년 동안 당신을 점잖고 친절하게, 그리고 호의적으로 대해 왔다고 자부하오. 앞으로도 계속 그렇게 행동하겠다고 맹세할 테니, 이제 그만 나에게 진실을 말해 주시오."

어두운 마차 안이었지만 그는 아내의 마음이 움직였다고 생각했고 아내가 이야기를 할 거라는 느낌을 받았다.

"제발 부탁이오! 이렇게 간청하오……"

그러자 그녀가 나직하게 중얼거렸다.

"아마도 내가 당신이 생각하는 것 이상으로 큰 죄를 지었는지도 모르겠네요. 하지만 나도 어쩔 수 없었어요. 늘 임신한 상태로 지내야 하는 지긋지긋한 삶을 더는 견딜 수 없었거든요. 당신을 내 침대에서 몰아내는 길은 오직 하나밖에 없었어요. 그래서 하느님 앞에서 거짓을 말했고, 아이들 머리에 손을 얹어 맹세까지 하면서 거짓말을 했어요. 사실 나는 한 번도 당신을 배신하지 않았답니다."

그는 어둠 속에서 그녀의 팔을 붙잡았다. 불로뉴 숲에 산책하러 간 그 끔찍한 날 그랬던 것처럼 그녀를 붙잡은 손아귀에 힘을 주었다.

"그게 정말이오?"

"정말이에요."

하지만 이내 불안감이 그의 마음속을 휘저어 놓았고, 그는 신음했다.

"아! 영원히 끝나지 않을 새로운 의혹 속으로 빠져드는군! 도대체 무엇이 거짓이오? 그날 했던 말이오, 아니면 방금 한 말이오? 그날 한 말이 거짓이라면, 지금 한 말이 진실이라는 걸 어떻게 믿을 수 있겠소? 그런 일을 당했는데 어떻게 아내를 믿을 수 있겠소? 이 상황을 어떻게 받아들여야 할지 도무지 모르겠소. 차라리 당신이 '자크예요' 혹은 '잔이에요'라고 말했다면 이토록 혼란스럽지는 않을 거요."

마차가 저택 안뜰로 들어서고 있었다. 마차가 계단 앞에 멈추어 서자, 백작이 먼저 마차에서 내린 다음 아내에게 팔을 내밀어 팔짱을 끼고 함께 계단을 올라갔다.

2층에 다다르자 백작이 말했다.

"나와 조금 더 이야기를 나눌 수 있겠소?"

그녀가 대답했다.

"그러죠."

두 사람은 작은 응접실로 들어갔다. 응접실 안에 있던 하인이 조금 놀라면서 초에 불을 붙였다.

잠시 후 그곳에 두 사람만 남게 되자 백작이 먼저 입을 열었다.

"어떻게 하면 진실을 알 수 있겠소? 그동안 진실을 말해 달라고 수천 번 애원했지만 당신은 입을 꼭 다물고 꿈쩍도 하지 않았소. 고집스럽고, 단호하고, 무정했지. 그런데 오늘 별안간 입을 열어 그것이 거짓말이었다고 말하다니. 지난 6년 동안 나로 하여금 그 엄청난 이야기를 믿게 해놓고 말이오! 당신이 오늘 한 말이 거짓 아니오? 도무지 이유를 모르겠소. 당신 눈에 내가 그렇게 가여워 보였소?"

그러자 그녀는 진실하고도 확고한 표정으로 대답했다.

"그러지 않았다면, 지난 6년 동안 아이 넷은 더 낳아야 했을 테니까요."

그가 외쳤다.

"어머니가 그런 말을 해도 되는 거요?"

그녀가 말했다. "아! 나는 태어나지도 않은 아이의 어머니 노릇까지 할 생각은 조금도 없어요. 내가 낳고 기른 아이들의 어머니 노릇을 하는 것만으로, 그 아이들을 마음을 다해 사랑하는 것만으로 충분하다고 생각해요. 나는, 아니, 우리는 문명화된 세상에 살고 있어요. 그리고 우리 여자들은 이 땅 위에 사람 수를 늘려 놓는 일만 하는 단순한 암컷은 아니랍니다. 그런 일이라면 거절하겠어요."

그녀가 자리에서 일어섰다. 그러자 그가 그녀의 손을 잡았다.

"가브리엘, 한마디만, 딱 한마디만 해줘요. 나에게 진실을 말해 줘요."

"방금 말했잖아요. 나는 한 번도 당신을 배신한 적이 없어요."

그는 그녀의 얼굴을 유심히 들여다보았다. 너무나 아름다웠다. 눈동자가 추운 겨울 하늘처럼 엷은 잿빛을 띠고 있었다. 불투명한 밤처럼 검고 진한 머리카락 속에서는 다이아몬드가 무수히 박힌 머리 장식이 은하수처럼 빛을 발했다. 불현듯 그는 느꼈다. 일종의 직관 같은 것을 느꼈다. 자신과 마주하고 있는 이 여자는 종족을 이어 주는 운명만 부여받은 것이 아니라, 여러 세기에 걸쳐 인간의 마음속에 쌓여 왔고 하늘이 부여한 최초의 목적에서 벗어난 복잡한 욕망이 낳은 야릇하고 불가해한 존재인 동시에, 희미하게 보일 뿐 붙잡을 수 없는 아름다움이라는 이름의 신비를 향해 방랑하는 거룩한 존재라는 직관이었다. 이런 여인들은 우리의 꿈속에서만 피어나는 꽃이었다. 문명이 낳은 모든 시와 이상적인 화려함, 여자에게 존재하는 온갖 요염하고 심미적인 매력으로 장식된 꽃이었다. 육체로 이루어진 그 조각상은 뜨거운 육욕과 마찬가지로 비물질적인 욕망으로 활활 타오르는 존재였다.

백작은 때늦고 희미한 이 발견에 아연실색해서 그녀 앞에 가만히 서 있었다. 혼란스러운 와중에도 지난날 자신이 느낀 질투의 원인이 무엇인지 어렴풋하게 깨달았다. 하지만 모든 것이 잘 이해되는 것은 아니었다.

마침내 그가 말했다.

"당신을 믿겠소. 지금 이 순간 당신이 거짓말하는 게 아니라는 것이 느껴지오. 사실 전에 당신이 한 말은 줄곧 거짓말처럼 여겨졌다오."

그녀가 그에게 손을 내밀었다.

"그럼 이제 화해한 거죠?"

그는 그 손을 잡고 입을 맞춘 뒤 대답했다.

"화해한 거요. 고맙소, 가브리엘."

그는 그녀가 여전히 아름답다는 사실에 감탄하며 한참 동안 그녀를 바라보다가 응접실에서 나갔다. 마음속에 기묘한 감동이, 옛날의 단순했던 사랑보다 훨씬 더 큰 감동이 솟아나는 것을 느낄 수 있었다.

누가 알까?

Qui sait?

1

맙소사! 맙소사! 나에게 일어난 일을 글로 써야 할 것이다! 하지만 내가 쓸 수 있을까? 감히 그것을 쓸 수 있을까? 그 일은 너무나 기묘하고, 너무나 애매하고, 너무나 불가사의하고, 상궤를 벗어난 일이니 말이다!

내 눈으로 직접 본 것을 내가 믿지 못한다면, 내 추론에 아무 결점이 없고 내 검증에 아무 실수도 없다는 것을 믿지 못한다면, 내가 관찰한 것들 속에 누락이 없다는 것을 믿지 못한다면, 나는 나 자신을 환각에 사로잡힌 사람으로, 기묘한 허깨비의 노리개로 여겨야 할 것이다. 결국 누가 알겠는가?

지금 나는 요양소에 있다. 나 자신의 뜻에 따라 자발적으로, 신중하게, 그리고 두려움 때문에 여기에 들어왔다! 내 사연을 아는 사람은 딱 한 명이다. 이곳의 의사 말이다. 나는 그 이야기를 글로 쓸 것이다. 이유는 나 자신이 아주 잘 알고 있다. 그 이야기에서 벗어나기 위해서이다. 그 이야기가 견딜 수 없는 악몽처럼 생생히 느껴지기 때문이다.

그 이야기는 다음과 같다.

나는 은둔자, 몽상가, 일종의 고독한 철학자였다. 너그럽고, 작은 것에 만족하고, 다른 사람들에 대한 앙심이나 하늘에 대한 원망이 없었다. 하지만 타인이라는 존재를 내 안에 끌어들이는 것을 불편해서 줄곧 혼자 살았다. 그것을 어떻게 설명할 수 있을까? 설명할 수 없을 것이다. 나는 사람들을 만나고, 이야기를 나누고, 친구들과 함께 저녁 식사를 하는 것은 거부하지 않는다. 하지만 매우 친숙한 사람이라도 그 존재감이 옆에서 느껴지면 싫증나고, 피곤하고, 짜증이 난다. 그들이 그만 떠났으면 하는 욕구가, 혼자 있고 싶은 욕구가 괴로울 정도로 커진다.

그 욕구는 어떤 필요 이상이다. 억제할 수 없는 절박한 필요이다. 만약 내가 타인들과 정도 이상으로 오래 함께 있게 되면, 내가 그들의 말을 기꺼이 듣는 것이 아니라 들을 수밖에 없게 되면, 나에게는 틀림없이 사고가 일어날 것이다. 어떤 사고냐고? 아! 누가 알겠는가? 실신을 할까? 그렇다! 아마도!

어쨌든 나는 혼자 있는 것을 너무 좋아해서 내 집에서 다른 사람들이 자는 것도 견디지 못한다. 파리에서 지내면 사람들로 인해 숨이 막히기 때문에 거기서 살지 못한다. 주위에 있는 붐비고 들끓는 엄청난 군중 때문에 정신적으로 죽어 가고 몸과 신경이 고통받는다. 심지어 그들이 잠들어 있을 때조차. 아! 타인들의 잠은 그들의 말보다 훨씬 더 참기 힘들다. 벽 건너편에 정신 활동이 중단된 존재가 자고 있다는 것을 알

때, 그것을 느낄 때, 나는 결코 휴식을 취하지 못한다.

왜 그럴까? 누가 알겠는가? 그 원인은 아마도 매우 간단할 것이다. 나는 내 안에서 일어나지 않는 모든 일에 쉽게 피로를 느낀다. 그래서 다른 사람들의 존재를 견디지 못하는 것이다.

지구상에는 두 종류의 사람이 있다. 한쪽은 타인을 필요로 하고, 타인으로 인해 즐거워하고, 타인에게 관심받는 것을 좋아하고, 타인으로 인해 휴식을 얻는 사람들이다. 이들은 고독을 빙하 등반이나 사막 횡단처럼 힘들어한다. 고독 때문에 녹초가 되고 무화되는 사람들이다. 다른 한쪽은 타인 때문에 싫증을 내고, 지루해하고, 불편해하고, 기진맥진해한다. 반면 고독을 통해 진정되고, 휴식을 얻고, 사색에 잠기고, 상상에 젖어 든다.

요컨대 둘 다 정상적인 심리 현상이다. 한쪽 사람들은 밖에서 사는 재능을 타고났고, 다른 쪽 사람들은 안에서 사는 재능을 타고 났다. 내 경우 밖에 주의를 기울이면 금세 지쳐 버린다. 금방 한계에 다다라 온몸과 정신이 견디기 힘든 시련과 불편함을 겪는다.

그 결과 나는 생명이 없는 물건들에 많은 애착과 중요성을 느끼게 되었다. 여러 가지 물건, 가구, 익숙하고 정겹고 자질구레한 장식품들을 집 안에 갖춰 놓은 채, 그 안에서 외로우면서도 활기찬 삶을 살게 되었다. 나는 그렇게 집을 조금씩 채워 가고 치장했다. 그 안에 있으면 그 물건들의 애무가 익숙하게 느껴져서, 잔잔하면서도 감미로운 대상인 사랑스러운 여인의 품 안에 있는 것처럼 기분 좋고 매우 행복했다.

나는 도로에서 조금 떨어진 아름다운 정원 속에, 내가 이따금씩 필요로 하는 사회적 수단들을 접할 수 있는 도시 가까이에 그 집을 지었다. 하인들은 높은 울타리로 둘러싸인 채소밭 깊숙한 곳 외따로 떨어진 건물에서 잠을 잤다. 잎이 우거진 키 큰 나무들 아래 파묻힌 고요한 집 안에서 혼자 밤을 보낼 때면 너무나 편안하고 기분이 좋아서 더 오랫동안 그 느낌을 음미하기 위해 몇 시간이고 잠자리에 들기를 주저할 정도였다.

그날은 시의 극장에서 〈지그프리트〉를 상연했다. 그 환상적이고 아름다운 악극을 그날 처음 관람하고 나는 생생한 기쁨을 느꼈다.

노래 가사들이 머릿속에 맴돌고, 아름다운 장면들이 눈앞에 떠올랐다. 나는 그 흥분에 싸여 경쾌한 기분으로 걸어서 돌아왔다. 주변이 무척 어두웠지만, 큰길을 분간할 수는 있었다. 나는 여러 번 도랑 속에 곤두박질칠 뻔했다. 집까지는 약 1킬로미터, 혹은 그보다 좀 더 멀었다. 천천히 걸어서 20분 정도 걸리는 거리였다. 새벽 1시에서 1시 반 사이였다. 앞에 보이는 하늘이 조금 부옜다. 그 하늘에 눈썹 같은 달이 모습을 드러냈다. 서글픈 하현달이었다. 오후 4~5시에 뜨는 상현달은 환하고, 즐겁고, 은빛으로 반짝인다. 하지만 자정이 지나서 뜨는 하현달은 불그스름하고, 서글프고, 음산하다. 마녀 집회 때 뜬다는 눈썹달이다. 밤에 잘 나다니는 사람들은 틀림없이 이것을 자각할 것이다. 전자는 실처럼 가느다랗지만 사람의 마음을 기쁘게 하는 즐거운 빛을 던지고, 뚜렷한 그림자를 땅에 그린다. 그러나 후자는 죽어 가는 어렴풋한 빛을 겨우 흩뿌린다. 그 빛이라는 것이 너무 보잘것없어서 거의 그림자조차 만들지 못한다.

내 집 정원의 어두컴컴한 윤곽이 멀리서 보였다. 그 안으로 들어간다고 생각하자 어디서 왔는지 모를 불편함이 느껴졌다. 나는 걸음을 늦추었다. 날씨가 무척 온화했다.

커다란 나무들의 모습이 마치 내 집이 파묻힌 무덤 같았다.

나는 울타리를 열고 무화과나무 산책로로 들어갔다. 내 거처를 향해 뻗어 있는 산책로였다. 창백한 어둠 아래, 어렴풋한 색조의 타원형 얼룩들 아래, 잔디밭을 에두른 화단이 불투명하게 보였다. 산책로 위쪽은 터널처럼 아치 모양으로 휘어 있었다.

집 가까이 다가가는 동안 나는 기묘한 불안감에 사로잡혔다. 걸음을 멈추어 보았다. 아무 소리도 들리지 않았다. 나뭇잎들 속에 바람 한 점 불지 않았다. 나는 생각했다. '대체 무슨 일이 일어난 거지?' 지난 10년 동안 나는 집에 돌아올 때 아무런 불안감도 느끼지 않았다. 무섭지 않았다. 밤을 무서워한 적은 한 번도 없었다. 사람, 그러니까 농작물 서리꾼이나 도둑이 보였다면 주저 없이 맹렬한 기세로 달려들었을 것이다. 게다가 나는 무장했다. 나에게는 권총이 있었다. 하지만 나는 권총에 손을 대지 않았다. 내 안에 움트는 두려움에 저항하고 싶었던 것이다.

그것은 무엇이었을까? 어떤 전조? 설명할 수 없는 것을 보게 될 때 인간의 감각을 지배하는 신기한 전조? 아마도. 누가 알겠는가?

앞으로 나아감에 따라 몸에 소름이 돋았다. 내 집의 닫힌 덧창 앞에 서자 문을 열고 안으로 들어가기 전에 몇 분 기다려야 할 것 같았다. 그래서 응접실 창문 밑 벤치에 앉았다. 몸을 조금 떨면서, 벽에 머리를 기대고 잎이 우거진 나무 그늘을 응시하며 거기에 앉아 있었다. 그 최초의 순간 동안 나는 주변에서 특별한 것을 감지하지 못했다. 귓속에서 윙윙거리는 소리가 났다. 하지만 평소에 자주 일어나는 일이었다. 기차 지나가는 소리도 들리고, 종 치는 소리도 들리고, 사람들이 걸어가는 소리도 들렸다.

잠시 후 윙윙거리는 소리가 더 또렷해지고, 정확해지고, 쉽게 알아들을 수 있게 되었다. 내 생각이 틀렸다. 나는 그 소리가 귓속에서 윙윙거린다고 생각했지만 그것은 거기서 나는 평범한 소리가 아니라, 무척 이상한 일이지만 의심의 여지 없이 내 집 안에서 흘러나오는 소리였다.

나는 벽을 통해 그 소리를, 지속적인 소음을, 소음이라기보다는 술렁거림을, 물건들의 희미한 움직임을 분간했다. 누가 내 가구들을 흔들고, 움직이고, 천천히 끄는 것 같았다.

아! 나는 상당히 오랫동안 귀를 의심했다. 하지만 내 집에서 일어나고 있는 그 이상한 동요를 잘 감지하기 위해 덧창에 귀를 바짝 대본 뒤, 집 안에서 비정상적이고 불가사의한 일이 일어나고 있다는 것을 확신했다. 무섭지는 않았다. 하지만…… 그 느낌을 어떻게 설명해야 할까…… 놀랐다. 나는 권총을 장전하지 않았다. 그럴 필요가 없다는 것을 알 수 있었기 때문이다. 그냥 기다렸다.

아무런 결정도 하지 못한 채 맑은 정신으로, 하지만 무척 불안해하며 오랫동안 기다렸다. 더욱 커져 가고 이따금 극심한 강도를 띠는 소음에, 초조함과 분노를 불러일으키는 불가사의한 술렁거림에 계속 귀 기울이며 선 채로 기다렸다.

그러다 불현듯 내 비겁함이 부끄러워져서 열쇠 꾸러미를 움켜쥐고 그중 필요한 것을 골라내 자물쇠 안에 꽂고 두 번 돌렸다. 그런 다음 젖먹던 힘을 다해 문을 열었고, 그 바람에 문짝이 벽에 부딪히고 말았다.

총성처럼 요란한 충격음이 났다. 그리고 내 집 꼭대기에서 아래층까지 엄청난 소란이 그 충격음에 응답했다. 너무나 급작스럽고, 끔찍하고, 귀가 멍해서, 나는 몇 걸음 뒤로 물러섰다. 그리고 여전히 불필요하다고 느끼긴 했지만 권총 케이스에서 권총을 뽑아 들었다.

그리고 기다렸다. 아! 얼마 지나지 않아 이제는 계단 위에서, 마루판 위에서, 양탄자 위에서 발 구르는 소리가 들렸다. 그렇지만 구두 같은 신발 소리가 아니라 목발 소리, 나무로 된 목발과 마치 심벌즈처럼 울리는 쇠로 된 목발 소리였다. 내 방 문지방에서 갑자기 나는 깨달았다. 내 안락의자, 독서할 때 사용하는 커다란 안락의자가 좌우로 흔들리며 나오고 있는 것을. 그것은 정원 쪽으로 나갔다. 응접실의 다른 가구들도 그 뒤를 따라갔다. 나지막한 소파가 짧은 다리로 악어처럼 기어갔고, 의자들은 염소처럼 뛰어오르며 나갔다. 조그만 걸상들은 토끼처럼 깡충깡충 뛰어나갔다.

오! 그 광경을 보는 내 심정이 어땠겠는가! 나는 버팀벽에 기대어 몸을 웅크린 채 내 가구들의 행렬을 멀거니 지켜보았다. 그것들은 차례로, 크기와 무게에 따라 빠르게 혹은 천천히 밖으로 나갔다. 내 그랜드피아노가 성난 말이 구보하듯, 옆구리로 음악을 흥얼거리며 지나갔다. 조그만 물건들은 개미처럼 모래 위로 미끄러졌다. 브러시, 크리스털 제품, 컵들이 달빛에 반짝이는 애벌레들의 인광을 받아 더욱 빛을 냈다. 직물들이 기어가더니 문어처럼 웅덩이에 펼쳐졌다. 前 세기에 만든 귀한 물건인 내 책상이 모습을 드러냈다. 그 안에는 내가 받은 모든 편지들이, 내 마음의 모든 역사가, 내가 너무나 고통받았던 오래된 역사가 오롯이 담겨 있었다! 사진들도 들어 있었다.

갑자기 두려움이 모두 사라져 버렸다. 나는 책상으로 돌진해 도둑을 붙잡듯, 도망가는 여자를 붙잡듯 책상을 붙잡았다. 하지만 책상은 손쓸 틈도 없이 달아나 버렸다. 분노에 가득 차 무진 애를 썼건만 나는 책상이 달아나는 속도를 지연시키지 못하고 그 엄청난 위력에 속수무책으로 저항만 하다가 바닥에 쓰러졌다. 책상이 내 몸 위에 무너지더니, 모래 위로 나를 질질 끌고 갔다. 책상을 뒤따르던 가구들이 내 다리를 쿵쿵 밟아 멍들게 하면서 지나갔다. 내가 책상을 놓자, 말에서 떨어진 병사 위로 말이 운반하는 짐이 떨어져 내리듯 다른 가구들이 내 몸 위로 지나갔다.

공포로 정신이 나가버린 나는 넓은 산책로 밖으로 기어나가 나무들 속에 몸을 숨기고, 내가 그다지 소중히 여기지 않던 사소하고 조그만 물건들이 사라지는 것을 지켜보았다.

잠시 후, 이제는 빈집처럼 소리가 울리는 내 집 안에서 문들이 요란한 소리를 내며 다시 닫혔다. 위층에서 아래층까지, 내가 열어 놓은 현관문에 이르기까지 문들이 부딪히는 소리가 났다. 첫 번째 문부터 마지막 문까지 모두 닫혔다.

나는 도시 방향으로 마구 뛰어갔다. 큰길에 다다라 늦게 귀가하는 사람들을 만나고야 냉정을 되찾을 수 있었다. 나는 몇 번 간 적이 있는 어느 호텔에 가서 문을 두드렸다. 그러고는 옷의 먼지를 털어 낸 뒤, 열쇠 꾸러미를 잃어버렸다고 말했다. 그 속에는 채소밭 열쇠도 들어 있었다. 농작물 서리꾼들로부터 내 채소와 과일을 지켜 주는 그곳 울타리 뒤 외딴집에서 하인들이 자고 있었다.

나는 호텔에서 내준 방의 침대 속에 들어가 이불을 눈까지 뒤집어썼다. 하지만 잠을 이룰 수가 없어서 심장이 쿵쾅거리는 소리를 들으며 날이 밝기를 기다렸다. 날이 밝자마자 내 집 하인들에게 기별을 해달라고 부탁했고, 아침 7시에 내 하인이 호텔 방의 문을 두드렸다.

하인은 당황한 표정이었다.

그가 말했다. "주인님, 어젯밤에 몹시 불행한 일이 일어났습니다."

"무슨 일인데?"

"주인님의 가재도구들을 몽땅 도둑맞았어요. 아주 작은 물건들까지 전부 다요."

그 소식을 듣고 나는 기뻤다. 왜냐고? 누가 알겠는가? 나는 자신을 잘 통제했다. 전날 밤 내가 본 것을 아무에게도 말하지 않고, 끔찍한 비밀처럼 내 의식 깊은 곳에 묻어 버렸다. 나는 하인에게 대꾸했다.

"내 열쇠 꾸러미를 훔쳐 간 사람들이 그런 게로군. 즉시 경찰에 알려야겠네. 먼저 경찰서로 가게. 나는 나갈 채비를 하고 잠시 후에 거기로 합류하겠네."

경찰 수사는 다섯 달 동안 계속되었다. 하지만 아무것도 밝혀내지 못했다. 내 물건들 중 아주 작은 것 하나도, 도둑들의 사소한 흔적도 발견하지 못했다. 그럴 수밖에! 만약 내가 본 것을 말했다면…… 그날 밤 본 것을 말했다면…… 사람들은 도둑이 아니라 나를 잡아 가뒀을 것이다. 그런 말도 안 되는 광경을 봤다고 주장하는 사람을.

아! 나는 침묵했다. 집에 가구를 새로 들여놓지도 않았다. 그건 그야말로 쓸데없는 짓이었다. 그 일은 끊임없이 되풀이될 테니까. 집에 돌아가고 싶지도 않았다. 나는 집으로 돌아가지 않았다. 그 집을 다시 보지 않았다.

나는 파리의 호텔로 갔다. 그리고 그 유감스러운 밤 이후 건강 상태가 매우 심각해져 나는 의사들의 진찰을 받았다.

의사들은 여행을 권했고, 나는 그 조언을 따랐다.

2

우선 이탈리아 여행부터 시작했다. 밝은 햇빛이 나에게 도움이 되었다. 여섯 달 동안 나는 제노바에서 베네치아로, 베네치아에서 피렌체로,

피렌체에서 로마로, 로마에서 나폴리로 방랑했다. 그런 다음에는 그리스인과 노르망디인이 남긴 기념물이 있는 경탄스러운 땅 시칠리아를, 그 자연과 유적들을 편력했다. 그리고 아프리카로 건너가 노랗고 고요한 사막을 평화롭게 가로질렀다. 낙타, 가젤, 그리고 아랍 사람들이 그곳을 방랑했고, 가볍고 투명한 공기 속에는 밤이든 낮이든 아무런 강박관념도 떠다니지 않았다.

나는 마르세유를 통해 프랑스로 돌아왔다. 프로방스 지방의 유쾌한 분위기에도 불구하고, 약해진 햇빛에 마음이 서글퍼졌다. 몸이 다 나았다고 믿었지만, 프랑스로 돌아오면서 희미한 통증을, 병의 근원이 완전히 사라지지 않았음을 알려 주는 묘한 전조를 느꼈다.

나는 파리로 갔다. 하지만 한 달이 지나자 싫증이 났다. 때는 가을이었고, 나는 겨울이 오기 전에 내가 잘 모르는 노르망디 지방을 여행하고 싶었다.

물론 루앙에서부터 시작했다. 그 중세도시에, 고딕 시대의 특별한 기념물들이 있는 그 놀라운 박물관에 완전히 매료되고 열광해서 일주일 동안 그곳을 방랑했다.

그러던 어느 날 오후 4시경, 나는 '오 드 로베크'라는 이름의 잉크처럼 검은 강이 흐르는 야릇한 거리로 들어가던 중 낡고 기묘한 집들의 외관에 주의를 빼앗겼다. 자세히 살펴보니 골동품 상점들이었다. 나는 문에서 문으로 이어지는 그 상점들을 돌아보았다.

아! 골동품 상인들이 가게 자리를 잘도 골라 놓았다. 오래된 풍향계가 아직도 삐걱거리며 돌아가는 기와와 청석돌로 된 뾰족한 지붕들 아래, 을씨년스러운 검은 물이 흐르는 괴기스러운 골목에 말이다!

어두운 상점들 깊숙한 곳에는 무늬가 조각된 궤, 루앙·느베르·무스티에 도자기, 색을 칠한 조각상, 떡갈나무 조각상, 그리스도와 성모 마리아와 성인들의 조각상, 교회 장식품, 상제의,* 예식 때 입는 소매 없는 긴 제의, 성기聖器들과 나무에 금도금을 한 오래된 감실龕室이 쌓여 있었다. 오! 그 높고 넓은 상점들은 말 그대로 신기한 소굴이었다. 지하실에서 다락방까지 수명이 유한한 온갖 종류의 물건들이 본래의 소유자로부터, 그들이 사용되던 세기로부터, 그들의 시대로부터, 그들의 유행으로부터 살아남아 호기심 어린 새로운 세대에게 팔려 갈 준비를 하고 있었다.

그 골동품상들을 살펴보는 가운데, 자질구레한 물건들에 대한 내 애정이 되살아났다. 나는 악취 풍기는 '오 드 로베크'의 물 위에 가로놓인 썩은 마루판 네 개로 된 다리를 지나 이 가게 저 가게로 성큼성큼 돌아다녔다.

그런데 맙소사! 나는 거기서 다시는 하지 못할 충격적인 경험을 하게 되었다! 내 아름다운 옷장 하나가 물건들로 꽉 찬, 고가구들의 지하묘지 입구처럼 보이는 둥근 천장 가장자리에서 내 눈앞에 모습을 드러낸 것이다. 나는 팔다리를 부들부들 떨면서 옷장을 향해 다가갔다. 너무 놀랍고 떨리는 나머지 감히 만지지도 못했다. 손을 뻗기는 했지만 망설였다. 내 옷장이 틀림없었다. 루이 13세 양식의 독특한 옷장이었다. 그 옷장을 한 번이라도 본 사람이라면 첫눈에 알아볼 수 있을 것이다. 좀 더 멀리, 어둡고 깊숙한 곳에 눈길을 던져 보니, 작은 물방울무늬의 장식 융단이 덮인 내 안락의자 세 개가 보였다. 더 먼 곳에는 앙리 2세 양식의 탁자 두 개가 있었다. 너무나 진귀한 물건이라서 전에 파리 사람들이 그 탁자들을 구경하러 오곤 했다.

---

* 上祭依. 미사 때 사제가 입는 제의.

그러니 생각해 보라! 생각해 보라! 그때 내 심정이 어땠을지!

나는 감정이 격해지고 몸이 거의 마비된 채 그것들을 향해 다가갔다. 용기를 내서 나아갔다. 암흑시대의 기사가 마법의 성 안으로 들어가듯이 앞으로 나아갔다. 한 걸음 한 걸음 앞으로 나아가는 동안 내 소유였던 모든 물건들이, 다시 말해 상들리에, 책, 그림, 직물, 무기가 눈에 들어왔다. 편지들이 가득 든 책상을 제외하고 모두 다. 그 책상은 보이지 않았다.

나는 어두운 아래층의 진열실로 내려갔다가 다시 위층으로 올라왔다. 상점 안에는 나 혼자였다. 나는 입을 열어 사람을 불렀다. 하지만 아무런 대답이 없었다. 나 혼자였다. 내부가 넓고 구조가 미로처럼 구불구불한 그 상점에 나 말고는 아무도 없었다.

밤이 되었다. 어둠 속에서 나는 내 의자 하나에 주저앉았다. 그곳을 떠나고 싶은 마음이 전혀 없었기 때문이다. 이따금씩 나는 이렇게 외쳤다. "이봐요! 이봐요! 누구 없어요!"

나는 그렇게 거기에 있었다. 모르긴 해도 한 시간 넘게 있었을 것이다. 마침내 발소리가 들렸다. 느리지만 경쾌한, 어디서 들려오는지 모를 발소리였다. 나는 달아나려 했다. 하지만 몸이 뻣뻣했다. 나는 다시 사람을 불렀다. 그리고 옆방에 어렴풋한 빛이 비치는 것을 깨달았다.

누군가가 물었다. "거기 누구요?"

나는 대답했다.

"물건을 사러 온 사람입니다."

그러자 그 사람이 대꾸했다.

"상점 안에 들어오기에는 너무 늦은 시간인데요."

내가 다시 말했다.

"한 시간도 넘게 당신을 기다렸어요."

"내일 다시 오시오."

"내일이면 나는 루앙을 떠납니다."

나는 감히 그에게 가지 못했고, 그 사람도 내 쪽으로 오지 않았다. 어렴풋한 빛이 전쟁터에서 죽은 병사들 위로 천사 둘이 날아다니는 모습이 묘사된 장식 융단을 비추었다. 그 장식 융단 역시 내 것이었다. 내가 말했다.

"이봐요! 이쪽으로 좀 오시지요?"

그가 대답했다.

"기다리고 있으니 이리 오시오."

나는 의자에서 일어나 그 사람 쪽으로 갔다.

넓은 방 한가운데에 키 작은 남자 한 명이 있었다. 키가 매우 작고 매우 뚱뚱했다. 놀라울 정도로, 보기 흉할 정도로 뚱뚱했다.

노르스름한 턱수염은 숱이 적어 듬성듬성했다. 머리에는 머리카락이 한 올도 없었다! 한 올도 없다니? 그가 나를 보기 위해 손에 든 초를 높이 쳐들고 있었으므로, 오래된 가구들이 빽빽이 들어찬 널찍한 방 안에 있는 나에게는 그의 머리통이 마치 조그만 달처럼 보였다. 주름진 얼굴이 부풀어 올라 있었으며, 눈은 아주 작아서 거의 보이지도 않았다.

나는 예전에 내 것이었던 의자 세 개를 흥정했다. 그리고 그 자리에서 거액을 지불하며 내 호텔 방 호수를 알려 주었다. 다음 날 9시 전에 그 의자들을 배달해 주기로 했다.

이야기를 마친 나는 밖으로 나갔다. 그가 매우 예의 바르게 나를 문까지 배웅해 주었다.

나는 경찰서장을 찾아가 내가 가구들을 도둑맞은 것과 방금 그것들을 다시 발견한 것을 이야기했다.

그는 검찰에 진행 중인 수사 목록에서 그 도난 사건 신고 자료를 전신으로 보내 달라고 요청하고는 나에게 기다리라고 했다. 한 시간 뒤, 나로서는 매우 만족스러운 답신이 도착했다.

"그 남자를 즉시 체포해 신문하겠습니다." 그가 말했다. "그 사람이 낌새를 채고 당신 물건들을 감출 수도 있으니까요. 저녁 식사 하시고 두 시간 뒤에 다시 오시겠습니까? 내가 그 사람을 여기로 데려오겠습니다. 그리고 당신이 있는 자리에서 그 사람을 신문할게요."

내가 대답했다.

"기꺼이 그렇게 하겠습니다, 서장님. 진심으로 감사드립니다."

나는 묵고 있던 호텔로 저녁 식사를 하러 갔고, 예상했던 것 이상으로 잘 먹었다. 어쨌든 기분이 꽤나 좋았다. 곧 그 사람을 붙잡아 문제를 해결할 테니까.

두 시간 뒤, 나는 나를 기다리고 있는 경찰서장에게 돌아갔다.

나를 보더니 그가 말했다. "아! 선생이시군요. 그런데 선생께서 말씀하신 그 사람을 찾지 못했습니다. 내 밑에서 일하는 경찰들이 그 사람을 찾아내지 못했어요."

아! 그 말을 듣자 실신할 것만 같았다.

"하지만…… 그 사람 가게는 찾으셨겠지요?" 내가 물었다.

"물론이지요. 그 사람이 돌아올 때까지 그 가게를 감시하고 지킬 겁니다. 아무래도 그 사람은 사라진 것 같아요."

"사라져요?"

"사라졌어요. 그 사람은 평소에 이웃 여자 집에서 저녁 시간을 보내요. 그 여자도 골동품상이죠. 비두앵이라고 불리는 별난 과부예요. 그 여자 말이 오늘 저녁에는 그 사람을 보지 못했고 그의 행방에 관해서도 전혀 아는 것이 없대요. 일단 내일까지 기다려 봐야죠."

나는 경찰서를 떠났다. 아! 루앙의 길거리들이 어찌나 음산하고, 불안하고, 유령에 씐 것 같던지.

그날 밤엔 잠에 들라치면 어김없이 악몽에 시달려 도통 잠을 이루지 못했다.

하지만 지나치게 염려하거나 불안감에 쫓기는 것처럼 보이기는 싫었기 때문에 다음 날 아침 10시까지 기다렸다가 경찰서로 갔다.

그 상인은 다시 모습을 드러내지 않았고, 그의 상점도 굳게 닫혀 있다고 했다.

경찰서장이 나에게 말했다.

"필요한 조치는 모두 취했습니다. 검찰에서도 상황을 알고 있고요. 그 상점에 같이 가서 문을 열어 봅시다. 그리고 당신 물건들을 나에게 직접 알려 주세요."

우리는 승합마차를 타고 갔다. 경찰들이 열쇠업자와 함께 상점 문 앞에 서 있었고, 문이 열려 있었다.

상점 안으로 들어갔지만 내 옷장도, 안락의자들도, 탁자들도 보이지 않았다. 내 집에 놓여 있던 가구들이 아무것도 보이지 않았다. 전날 저녁에는 걸음을 내디딜 때마다 내 물건들뿐이었는데 말이다.

처음에 경찰서장은 꽤나 놀라서 불신하는 기색으로 나를 바라보았다.

내가 그에게 말했다. "맙소사 서장님, 그 가구들이 상인이 사라진 것만큼이나 신기하게도 사라져 버렸네요."

그가 빙그레 웃으며 대꾸했다.

"그러게 말입니다. 어제 선생이 물건을 구입하고 돈을 치른 것이 실수인 것 같습니다. 그러는 바람에 그 사람이 위기감을 느꼈을 거예요."

내가 덧붙여 말했다.

"이해할 수 없는 것은 내 가구들이 온통 차지하고 있던 자리에 지금은 다른 가구들이 가득 들어차 있다는 겁니다."

경찰서장이 대답했다. "아! 틀림없이 밤새 그렇게 해놓았을 거예요. 이 상점은 이웃 상점들과 내통하고 있을 겁니다. 하지만 겁내실 건 전혀 없습니다, 선생. 내가 이 사건을 적극적으로 해결할 테니까요. 우리가 이 상점을 지키는 이상 그 절도범은 오래 도망 다니지 못할 겁니다."

아! 심장이, 내 심장이, 내 가련한 심장이 얼마나 두근대던지!

나는 보름 동안 더 루앙에 머물렀다. 하지만 그 남자는 돌아오지 않았다. 아무렴! 그 남자를 불시에 덮치거나 현장에서 붙잡을 수 있는 사람이 대체 누구란 말인가?

열엿새째 되던 날 아침에 나는 정원사, 즉 도둑을 맞은 뒤 줄곧 비워둔 내 집 관리인으로부터 다음과 같은 이상한 편지를 받았다.

주인님,

지난밤 일어난 일을 알려 드립니다. 저희도 경찰도 도무지 이해하지 못한 일입니다. 도난당한 가구들이 모두 돌아왔습니다. 아주 작은 물건들까지, 단 하나도 빠짐없이 모두 돌아왔어요. 집은 지금 도난 사건 전날과 똑같은 상태입니다. 귀신이 곡할 노릇이지요. 이 모든 일은 금요일에서 토요일로 넘어가는 밤 시간에 일어났어요. 그 가구들을 끌어오느라 그랬는지 울타리에서 현관문까지 길이 파헤쳐졌어요. 가구들이 사라진 날도 그랬지요.

주인님을 기다리고 있습니다. 저는 보잘것없는 하인이니까요.

필리프 로댕

아, 안 된다! 안 돼! 나는 집으로 돌아가지 않을 것이다!

나는 편지를 루앙 경찰서장에게 가져갔다.

"매우 꾀바른 반환이군요." 그가 말했다. "꼼짝 말고 가만히 있읍시다. 조만간 그 남자를 체포할 수 있을 겁니다."

하지만 우리는 그 남자를 체포하지 못했다. 그러지 못했다. 경찰은 그 남자를 체포하지 못했고, 나는 그 남자가 무서워졌다. 그 남자가 내 뒤에 풀어 놓은 사나운 짐승이라도 되는 것처럼.

찾아낼 수 없었다! 그 남자를, 머리가 돈 그 괴물을 찾아낼 수 없었다! 우리는 결코 그를 붙잡지 못할 것이고, 그는 자기 상점으로 절대 돌아오지 않을 것이다. 그에게 그것은 무척이나 중요한 일이니까. 그를 만날 수 있는 사람은 나뿐이지만 나는 그러고 싶지 않았다.

그러고 싶지 않았다! 그러고 싶지 않았다! 그러고 싶지 않았다!

그가 돌아온다 해도, 자기 상점으로 돌아온다 해도, 내 가구들이 그의 상점에 있었다는 것을 누가 증명할 수 있겠는가? 그에게 불리하게 작용할 수 있는 것은 내 증언, 그가 수상쩍다는 것을 잘 알고 있는 내 증언뿐이었다.

아! 하지만 안 되었다! 더 이상 그 존재를 숨길 수가 없었다. 내가 본 것을 계속 비밀로 간직할 수가 없었다. 비슷한 상황이 되풀이될 거라는 두려움을 안은 채로, 다른 사람들과 다를 바 없이 계속 살아갈 수는 없었다.

그래서 이 요양소를 운영하는 의사를 찾아가 모든 것을 털어놓았다.

의사는 오랫동안 나에게 질문을 한 뒤 이렇게 말했다.

"한동안 여기 계시는 데 동의하십니까, 선생?"

"기꺼이 그렇게 하겠습니다, 의사 선생님."

"선생은 재산이 좀 있으십니까?"

"예, 의사 선생님."

"격리된 병동을 원하십니까?"

"예, 의사 선생님."

"친구들의 방문을 원하십니까?"

"아니요, 선생님. 아닙니다, 아무도 원치 않아요. 루앙의 그 남자가 복수하려고 여기로 나를 쫓아올지도 몰라요."

그리고 나는 혼자 있다. 석 달 전부터 완전히 혼자 있다. 내 마음은 거의 평온하다. 딱 하나의 두려움만 있을 뿐이다. 만약 그 골동품상이 미치광이가 된다면…… 그리고 사람들이 그를 이 요양소로 데려온다면…… 그러면 이 감옥도 더 이상 안전하지 않을 것이다.

무덤의 여인들
Les Tombales

다섯 명의 친구들이 저녁 식사를 마치는 중이었다. 사려 깊고 재력 있는 계층에 속하는 다섯 남자였다. 그중 세 사람은 결혼했고 두 사람은 미혼이었다. 그들은 청춘을 기념하여 매달 그렇게 모임을 가졌다. 저녁 식사를 한 뒤 새벽 2시까지 이야기를 나누었다. 절친하게 지내며 함께 인생을 즐겼으며, 그 모임을 통해 인생에서 가장 기분 좋은 밤 시간을 보내는 듯했다. 그들은 모든 화제에 대해, 파리 사람들의 관심을 끌고 그들을 즐겁게 해주는 모든 것에 대해 수다를 떨었다. 대부분의 다른 살롱들과 마찬가지로 그들에게도 조간신문에 난 기사들에 대한 이야기가 주로 되풀이되는 화젯거리였다.

그중 조제프 드 바르동은 무척 쾌활한 사람이었다. 독신이었으며 가장 완벽하고 자유분방하게 파리 생활을 즐겼다. 그렇다고 해서 방탕한 인물은 아니었으며 부도덕하지도 않았다. 아직 젊기 때문에 호기심이 많고 쾌활할 뿐이었다. 그는 이제 겨우 마흔 살이었고, 말 그대로 가장 폭넓고 호의적인 의미에서 사교계 인사였다. 그리 깊이는 없지만 넘치는 기지를 타고났고, 진정한 학식은 없지만 잡다하게 아는 것이 많았으며, 진지한 통찰력은 없지만 사물에 대한 이해가 빨랐다. 그는 자신이 관찰한 것과 직접 경험한 것, 자신이 보고 만나고 발견한 모든 것, 재미있으면서도 철학적인 소설에 나오는 일화들, 시내에서 주워들은 익살스러운 이야기들을 전하면서 대단히 지적인 사람이라는 평판을 끌어냈다.

그야말로 그는 저녁 식사 시간의 주 발언자였다. 매번 할 이야기가 있었고, 친구들은 그의 이야기에 기대감을 가졌다. 그 역시 친구들이 부탁하지 않아도 알아서 이야기를 시작했다.

핀상파뉴*가 반쯤 담긴 잔을 앞에 놓은 채 탁자 위에 팔꿈치를 괴고 담배를 피우면서 따뜻한 커피 향이 감도는 담배 냄새 가득한 공기 속에 정신이 몽롱해진 그는, 마치 자기 집에 있는 것처럼 편안해 보였다. 사람들이 자기 집에서, 혹은 특별한 장소나 특별한 순간에 매우 편안해하는 것처럼. 그는 예배당 안에 있는 독실한 신자 같았고, 어항 속의 금붕어 같았다.

그가 담배 연기를 내뿜다가 입을 열었다.

"얼마 전 나에게 이상한 일이 일어났다네."

그러자 거의 모든 친구들이 이구동성으로 대꾸했다.

"어서 이야기해 보게나."

그가 다시 입을 열었다.

*프랑스 코냐크 지방의 고급 코냑.

기꺼이 이야기하지. 내가 상점 진열창을 샅샅이 훑는 골동품 수집가처럼 파리 시내를 두루 돌아다닌다는 건 자네들도 잘 알겠지. 나는 그렇게 돌아다니면서 주변에서 일어나는 모든 일과 옆을 지나가는 모든 사람을 예의 주시한다네.

날씨가 참 좋았던 9월 중순의 어느 오후였네. 나는 어디로 갈지 방향을 정하지 않고 집에서 나왔다네. 우리에겐 언제나 예쁜 여인네를 방문하고 싶은 막연한 갈망이 있지 않은가. 우리는 많은 여인들 중에서 선택을 하지. 머릿속에서 그녀들을 서로 비교하고, 그녀들이 불러일으키는 흥미를, 그녀들의 매력을 일일이 측정하면서 말이야. 그리고 그날그날 나를 끌어당기는 힘에 따라 마음을 정하지. 하지만 햇빛이 무척 찬란하고 공기가 포근한 날엔 누군가를 방문하고 싶은 욕구가 사그라지기도 해.

바로 그날이 그런 날이었다네. 나는 담배에 불을 붙인 뒤 평소와 다름없이 바깥의 대로로 나섰지. 그러고는 한가로이 거니는데 불현듯 어떤 생각이 나를 몽마르트르 묘지로 이끌어 그 안으로 들어갔어.

나는 묘지를 무척 좋아한다네. 묘지는 사람에게 안식을 주고 마음을 차분하게 만들거든. 나에게는 그런 느낌이 필요해. 게다가 그 안에는 좋은 친구들도 있지. 우리가 더 이상 보지 못할 사람들 말이야. 아무튼 나는 그런 이유로 이따금 묘지를 방문한다네.

또한 몽마르트르 묘지는 내가 사랑했던 여자 하나와 관련이 있어. 그 여자는 나를 많이 아프게 하고 내 마음을 온통 흔들었지. 매력적이고 귀여운 여자였어. 그녀에 대한 기억은 나를 굉장히 가슴 아프게 하고 말 그대로 회한을 안겨 준다네…… 그래서 가끔 그녀의 무덤에 가서 몽상에 잠기지…… 그녀는 이제 이 세상 사람이 아니니까.

내가 묘지를 좋아하는 또 다른 이유는 놀랄 만큼 많은 사람들이 살고 있는 거대한 도시와 비슷하기 때문이기도 해. 수많은 망자들이 그 작은 공간 안에 있다는 것을, 파리의 모든 세대들이 작은 지하 묘소에 혹은 돌이 덮이거나 십자가 표시가 있는 작은 구멍 안에 갇혀 영원히 거주하고 있다는 것을 생각해 보게나. 산 사람들은 그토록 많은 자리를 차지하고 그토록 많은 소리를 내며 온갖 어리석은 짓들을 하고 있는데 말이야.

또한 묘지에는 박물관만큼이나 흥미로운 기념물들이 있다네. 이를테면 카베냐크의 무덤은 나를 깊은 생각에 잠기게 하지. 힘주어 말하네만, 그것은 장 구종*의 걸작과도 비교할 수 없다네. 루앙 성당 지하 예배당에 안치되어 있는 루이 드 브레제**의 시신도 나를 생각에 잠기게 하지. 근대적이고 사실적이라고 평가받는 모든 예술이 바로 거기서 왔다네, 친구들. 루이 드 브레제의 시신은 생명이 없지만 매우 사실적이고, 매우 끔찍하고, 오늘날 우리가 목격하는 고통받는 시체들보다 훨씬 더 큰 단말마의 고통과 경련을 불러일으킨다네.

또 우리는 몽마르트르 묘지에서 위대한 보댕***의 기념물을 보고 찬탄하게 되지. 고티에****의 기념물, 뮈르제*****의 기념물도 있어. 요전

*Jean Goujon(1510∼1566). 프랑스의 조각가이자 건축가. 루브르 궁전 개축과 장식에 참여했다.
**Louis de Brézé(1463∼1531). 프랑스 왕 샤를 7세의 손자.
***Jean-Baptiste Baudin(1811∼1851). 프랑스의 의사이자 국회의원.
****Théophile Gautier(1811∼1872). 19세기 프랑스의 시인·소설가. 형식을 존중하는 유미적 작풍을 수립. 고답파 시인들에게 영향을 주었다.
*****Louis Henri Murger(1822∼1861). 프랑스의 시인·소설가. 오페라 〈라 보엠〉의 원작소설 『보헤미안 삶의 정경』을 썼다.

날 나는 거기서 누가 갖다 놓았는지 알 수 없는 가련한 에델바이스 화관을 보았다네. 나이가 아주 많고 보잘것없는 여공이 가져다 놓은 걸까, 아니면 근처의 관리인이 가져다 놓은 걸까? 밀레의 예쁜 소형 입상立像도 있었다네. 하지만 방치와 비겁한 언동은 얼마나 많은 것을 파괴하는지. 오, 뮈르제여, 젊음을 노래하라!

그리하여 나는 몽마르트르 묘지 안에 들어갔고, 불현듯 슬픔에 젖어들었다네. 그리 큰 해를 끼치지는 않지만 건강이 좋을 경우 이런 생각을 하게 만드는 슬픔이었지. '이곳은 놀랍지 않아. 하지만 나를 위한 때는 아직 오지 않았어.'

포근한 습기를 머금은 가을 공기에서 낙엽 냄새가 나고, 지치고 약해지고 창백한 햇빛은 인간들의 죽음 냄새를 풍기는 그곳에 고독과 종말의 느낌을 시화詩化하고 있었다네.

나는 무덤들 사이에 난 길을 종종걸음으로 걸어갔네. 그곳의 이웃들은 더 이상 이웃해서 살지 않고, 함께 자지 않고, 신문을 읽지도 않는다네. 이윽고 나는 묘비명들을 읽기 시작했어. 묘비명은 세상에서 가장 재미있는 것이지. 라비슈*도, 메이약**도 우스운 묘비명만큼 나를 웃게 하지는 못해. 아! 폴 드 코크***의 책도 유족들의 회한과 망자가 저세상에서 안식을 누리길 바라는 서원 그리고 언젠가 망자를 다시 만나길 바라는 희망을 토로한 그 대리석 판과 십자가보다 우월하지는 않을 걸

---

*Eugène-Marin Labiche(1815~1888). 19세기 프랑스의 대표적 희극 작가. 『이탈리아의 맥고모자』, 『페리숑 씨의 여행』, 『눈속임』 등의 작품을 남겼다.
**Henri Meilhac(1831~1897). 프랑스의 극작가. 19세기 후반에 활동했으며 보드빌로 이름을 날렸다. 대표작으로 『아름다운 엘렌』, 『파리의 생활』 등이 있다.
***Paul de Kock(1794~1871). 프랑스의 작가. 놀라울 정도로 다작을 했으며, 파리의 대학생과 부르주아 계층의 삶을 능변과 재치로 묘사했다.

세! 짓궂은 사람들!

그런데 나는 묘지 안에서도 특히 인적이 드물고 키 큰 주목과 사이프러스들이 빽빽하게 서 있는 쓸쓸한 곳을, 시신들을 양분 삼아 자라난 초록색 나무들 아래 오래전에 죽은 사람들이 묻혀 있는 낡은 곳을 가장 좋아한다네. 곧 그 나무들은 베어지고, 그 자리에 최근에 세상을 떠난 사람들이 안치된 작고 둥근 대리석 판들이 설치되겠지.

머리를 식히기 위해 그곳을 이리저리 떠돌던 나는 슬슬 권태로워졌고, 이제 내 마음속에 고귀한 추억으로 남아 있는 여자 친구의 마지막 안식처로 가야 함을 깨달았다네. 그녀의 무덤이 가까워지자 마음이 조금 조여들더군. 가여운 그녀는 너무나 상냥하고, 너무나 사랑스럽고, 너무나 하얗고, 너무나 싱그러웠다네…… 아…… 그녀의 무덤을 열어 볼 수만 있다면……

나는 철책에 몸을 숙인 채 매우 나지막한 소리로 그녀가 듣지 못할 내 고통에 대한 이야기를 그녀에게 늘어놓았다네. 그런 다음 자리를 뜨려고 하는데, 검은색의 정식 상복을 입은 한 여자가 눈에 들어오더군. 그 여자가 내 옆의 묘석 앞에 무릎을 꿇었어. 살짝 올라간 검은 베일 밑으로 그녀의 예쁜 금빛 머리카락이 엿보였다네. 어두운 색의 머리 장식 밑에 드리운, 앞가르마를 탄 머리카락이 마치 오로라에 환히 빛나는 것 같았어. 나는 가만히 서 있었지.

그녀는 깊은 고통으로 괴로워하는 듯했어. 두 손에 얼굴을 파묻은 채 회한에서 시작해 명상으로 옮겨 가 조각상처럼 경직된 모습을 하고 있더니, 이내 그늘진 눈을 감고 추억에 괴로워하며 묵주 알들을 하나하나 헤아렸다네. 마치 이미 죽은 여인이 망자를 생각하는 것처럼 보였어. 잠시 후, 나는 그녀가 울 거라는 것을 눈치챘다네. 그녀의 등에 버드나무

속에 바람이 산들거리는 듯한 작은 움직임이 일었거든. 처음에 그녀는 조용히 울었고, 나중에는 목과 어깨를 빠르게 들먹이며 격하게 울었다네. 그러더니 멍해 있던 눈빛을 갑자기 수습했어. 눈물이 가득 고인 그녀의 눈은 매혹적이었다네. 그녀는 악몽에서 깨어난 듯 미친 여자 같은 눈빛으로 주변을 맴돌다가 자기를 바라보는 나를 보았다네. 아직 두 손으로 얼굴을 감싸고 있었지만 부끄러워하는 듯했어. 이윽고 그녀의 흐느낌이 경련으로 변했고, 머리가 천천히 대리석 판 쪽으로 숙여졌다네. 그녀가 대리석 판 위에 이마를 얹자, 베일이 그녀 주위에 펼쳐지면서 갓 세상을 떠난 사랑하는 사람의 흰 묘석 모서리들을 뒤덮었어. 이윽고 그녀의 신음 소리가 들렸다네. 시간이 흐르자 신음 소리가 잦아들었고, 그녀는 뺨을 포석에 댄 채 의식을 잃은 듯 꼼짝 않고 있었지.

나는 서둘러 그녀에게 달려갔다네. 두 손으로 그녀의 몸을 붙잡아 흔들고, 입으로 그녀의 눈꺼풀에 바람을 불면서 묘석에 새겨진 간단한 묘비명을 읽었지. '통킹*에서 적의 손에 죽은 해병대 대위 루이 테오도르 카렐 여기에 잠들다. 그를 위해 기도해 주길.'

무덤의 주인은 몇 달 전에 죽은 사람이었네. 나는 눈물이 나올 정도로 측은한 심정이었고, 그녀가 정신을 차리도록 더욱 주의를 기울였다네. 다행스럽게도 그녀는 이내 정신을 차렸지. 아마 그때 내 표정이 무척 감동한 것으로 보였을 거야. 하지만 몸이 힘들지는 않았다네. 아직 마흔 살도 되지 않았으니까. 나는 첫눈에 그녀가 예의 바른 여자이고 나에게 고마워하리라는 것을 눈치챘다네. 아니나 다를까, 그녀는 나에게 고마움을 표했어. 그러더니 또다시 눈물을 흘리고 가슴을 들먹이며 자기의

---

*베트남 북부 홍하의 삼각주를 중심으로 하는 지역. 프랑스 식민지 시대에 분리 정책에 의해 명명된 이름이다.

사연을, 사랑에 빠져 그 장교와 결혼하고 1년 뒤 그 장교가 통킹에서 전사한 일을 띄엄띄엄 이야기했지. 그녀는 아버지도 어머니도 없는 고아이고, 규정에 따른 지참금을 그대로 갖고 있다고 하더군.

나는 위로하고 기운을 북돋워 준 뒤 그녀를 일으켜 세웠다네. 그리고 이렇게 말했지.

"여기에 계속 계시지 마십시오. 그만 가세요."

그러자 그녀가 중얼거렸네.

"걸을 수가 없어요."

"제가 붙잡아 드리겠습니다."

"고마워요, 선생님. 정말 친절하시네요. 선생님도 망자를 애도하려고 여기에 오셨나요?"

"그렇습니다, 부인."

"그 망자가 여자분인가요?"

"예, 부인."

"아내요?"

"아니요, 여자 친구입니다."

"여자 친구도 아내만큼이나 절절히 사랑할 수 있죠. 열정에는 정해진 법칙이 없으니까요."

"예, 부인."

나는 그녀를 거의 안다시피 해 부축하면서 묘지에 난 길들을 통해 그곳을 떠났다네. 밖으로 나가자 그녀가 쇠약한 모습으로 중얼거렸지.

"정신을 잃을 것만 같아요."

"어디에 들어가서 뭐라도 좀 먹을까요?"

"네, 선생님."

내가 식당 하나를 발견했다네. 망자의 친구들이 와서 장례가 끝난 것을 기념하는 식당들 중 한 곳이었지. 우리는 거기로 들어갔고, 나는 기운을 차리게 해줄 따뜻한 차 한 잔을 그녀에게 마시게 했다네. 잠시 후 그녀의 입술에 희미한 미소가 떠올랐네. 그녀는 나에게 자기 이야기를 했지. 그녀는 그야말로 세상에 혼자뿐인 너무나 슬픈 여자였어. 밤에도 낮에도 집에서 혼자 지냈고, 애정과 신뢰, 친밀한 감정을 나눌 사람이 아무도 없었지.

그녀의 이야기는 진실하게 들렸고, 그녀의 입에서 나오는 말들은 사랑스러웠다네. 나는 측은한 마음이 들었네. 그녀가 무척 젊었거든. 스무 살쯤 되었을까. 나는 그녀를 칭찬했고, 그녀는 그 칭찬을 기꺼이 받아들였지. 잠시 후, 시간이 많이 흘렀기 때문에 나는 마차로 집에 데려다 주겠다고 그녀에게 제안했다네. 그녀는 수락했지. 삯마차 안에서 우리는 어깨를 바싹 대고 있었고, 몸의 열기가 옷을 통해 서로 섞였다네. 그건 세상에서 가장 흥분되는 일이었지.

마차가 집 앞에 멈추자 그녀가 중얼거렸네. "저 혼자서는 계단을 올라가지 못할 것 같아요. 제 집은 5층이거든요. 선생님은 너무나 친절하신 분이니 집까지 제 팔을 좀 부축해 주시겠어요?"

나는 서둘러 그러마고 대답했네. 그녀는 거칠게 숨을 몰아쉬며 천천히 계단을 올랐지. 집 현관 앞에 다다르자 그녀는 이렇게 말했다네.

"제가 감사를 표할 수 있도록 잠깐 들어오세요."

그리고 제기랄, 나는 들어갔다네.

그녀의 집은 수수한 정도가 아니라 보잘것없었네. 하지만 소박하고 잘 정돈되어 있었지.

우리는 작은 소파에 나란히 앉았다네. 그녀는 자신의 외로움을 다시 이야기했지.

그녀가 나에게 마실 것을 대접하려고 벨을 눌러 하녀를 불렀다네. 하지만 하녀는 오지 않았어. 나는 하녀가, 우리가 흔히 가정부라고 부르는 여자가 아침에나 올 거라고 생각하며 황홀한 기분에 젖어 들었네.

그녀가 모자를 벗었다네. 그녀는 정말로 상냥했고, 맑은 두 눈으로 나를 응시하고 있었지. 뚫어지게 쳐다보는 그 눈빛이 너무나 맑아서 나는 지독한 유혹을 느꼈고, 그 유혹에 굴복했다네. 그녀를 두 팔로 끌어안고 별안간 감긴 그녀의 눈꺼풀에 입맞춤을 하고, 또 하고, 수없이 했어.

그녀는 나를 밀어내고 몸부림을 치며 이렇게 되뇌었다네.

"그만하세요…… 그만해요…… 제발."

그녀가 그렇게 말한 건 무슨 의미였을까? 그런 경우 '그만하다'라는 말에는 두 가지 의미가 있지. 나는 그녀를 침묵시키기 위해 눈에서 입까지 더듬어 내려갔고, '그만하다'라는 말에 내가 바라는 의미를 부여했다네. 그녀는 지나치게 저항하지는 않았어. 그 위반 행위 뒤 우리가 통킹에서 죽은 대위를 떠올리며 다시 서로를 바라보았을 때, 그녀는 연약하고 감동하고 체념한 표정이었네. 그 표정이 내 염려를 흩어 버렸어.

나는 조급하고 고마운 마음에 그녀의 환심을 사려고 상냥하게 굴었다네. 그렇게 한 시간쯤 잡담을 나눈 뒤 그녀에게 물었지.

"저녁 식사는 어디서 하십니까?"

"근처의 작은 식당에서 해요."

"혼자서요?"

"그럼요."

"저와 함께 저녁 식사를 하시겠습니까?"

"어디서요?"

"대로에 있는 훌륭한 식당에서요."

그녀는 조금 주저했다네. 나는 거듭 권했지. 결국 그녀는 이렇게 중얼거리며 승낙했어. "난 너무나 권태로워요…… 너무나." 그런 다음 덧붙였지. "좀 덜 침울한 옷으로 갈아입어야겠어요."

그리고 그녀는 방 안으로 들어갔다네.

방에서 나온 그녀는 반¼ 상복 차림에 회색으로 간단한 화장을 한 모습이었어. 매혹적이고, 우아하고, 날씬했지. 묘지의 옷차림, 도시의 옷차림이었다네.

저녁 식사 분위기는 매우 다정했어. 그녀는 샴페인을 마셨고, 환하게 빛났고, 활기가 있었다네. 저녁 식사 후 나는 그녀와 함께 그녀의 집으로 돌아갔지.

무덤에서 맺어진 이 관계는 약 3주 동안 지속되었다네. 하지만 사람이란 모든 것에 싫증을 내기 마련이지. 특히 여자에 대해서는 말이야. 나는 꼭 가야 할 여행이 있다는 핑계를 대고 그녀와 헤어졌다네. 분위기는 매우 우호적이었고, 그녀는 내게 많이 고마워했어. 그녀는 나에게 약속하게 했다네. 여행에서 돌아온 뒤 자기를 찾아오라고 말이야. 그녀는 정말로 나에게 애착을 느끼는 것 같았어.

나는 곧장 다른 여자들에게 열중했다네. 그리고 그 침울하고 귀여운 여인을 다시 만나러 가고 싶은 마음이 그다지 강렬하지 않은 채로 한 달가량 시간이 흘러갔어. 하지만 나는 그녀를 조금도 잊지 않고 있었다네…… 그녀에 대한 기억이 수수께끼처럼, 정신적인 문제처럼, 해답을 알지 못해 괴로운 설명하기 힘든 의문처럼 나를 따라다녔어.

그러던 어느 날, 이유는 알 수 없지만 몽마르트르 묘지에 가면 그녀를 다시 만날 수 있으리라는 생각이 들었고, 나는 거기로 갔다네.

하지만 평범한 방문객들 말고는 아무도 만나지 못한 채 오랫동안 그곳을 서성였네. 그 방문객들은 아직 망자와의 관계를 끊지 못한 사람들이었네. 통킹에서 죽은 대위의 무덤에 가보았지만 대리석 판 앞에는 곡하는 여자도 없고, 꽃도 없고, 화관도 없었다네.

망자들이 잠들어 있는 다른 구역을 배회하는데, 좁은 십자로 끄트머리에서 정식 상복을 입은 한 쌍의 남녀가 내 쪽으로 다가오는 모습이 갑자기 보였네. 그들이 가까이 다가왔을 때 나는 그 한 쌍 중 여자가 바로 그녀라는 것을 알아차렸다네. 오, 세상에! 틀림없는 그녀였어!

그녀는 나를 보더니 얼굴을 붉혔고, 나와 스쳐 지나갈 때 아주 작은 신호를, 미세한 눈길을 보냈다네. 그 눈길은 이렇게 말하고 있었어. '나를 아는 척하지 마세요.' 하지만 그 눈길은 이런 말도 하는 듯했네. '사랑하는 사람, 나중에 나를 보러 오세요.'

그녀와 함께 있는 남자는 원기 왕성하고 기품 있고 멋진, 레지옹 도뇌르 훈장을 단 쉰 살가량의 장교였다네.

그 장교는 일전에 내가 그녀를 부축해 그 묘지를 떠난 것처럼 그녀를 부축하고 있었어.

나는 내가 본 광경이 무엇인지, 그 우울한 여자 사냥꾼은 대체 어떤 족속인지 궁금해하며 아연실색한 채 그곳을 떠났다네. 그 여자는 순진한 여자일까, 아니면 세상을 떠난 아내나 애인을 잊지 못하고 사라진 사랑에 번민하는 슬픈 남자들을 낚으러 묘지에 오는 수완 좋은 창녀일까? 그런 여자가 그녀 한 명일까, 더 많을까? 그것도 일종의 직업일까? 무덤의 여인들은 거리에서 손님을 끌듯 묘지에서 손님을 끄는 걸까? 아니면 오직 그녀 한 사람만 죽음의 공간에서 사랑의 회한을 되살려 활용하겠다는, 심오한 철학에서 나온 놀라운 생각을 해낸 걸까?

그러니 그녀가 도대체 누구의 미망인인지 그날 내가 얼마나 알고 싶었겠나?

삶의 다채로운 스펙트럼을 보여 주는
근대 단편소설의 거장

기 드 모파상은 러시아의 소설가 안톤 체호프와 함께 서구 근대 단편소설을 꽃피운 작가로 꼽힌다. 빼어난 문학성과 탁월한 기법으로 영미권의 소설가 서머싯 몸, 오 헨리 등에게 영향을 미치기도 했다. 모파상은 10년 남짓한 기간 동안 작품 활동을 하면서 장편소설 6편을 발표했고 시와 희곡, 기행문도 간간이 집필했다. 하지만 그의 진면목을 보여 주는 장르는 단연 단편소설이라 할 수 있을 것이다.

모파상은 작가 생활을 통틀어 300여 편에 이르는 단편소설을 발표했다. 그중 많은 독자들이 먼저 머릿속에 떠올리는 작품이 「비곗덩어리」일 것이다. 모파상은 셰익스피어를 좋아하고 영어와 이탈리아어를 구사할 줄 알았던 어머니의 영향으로 청소년기부터 문학에 재능을 보였고, 어머니와 친분이 있던 프랑스 사실주의 소설의 거장 플로베르에게 문학

수업을 받기도 했다. 고향을 떠나 파리로 상경한 뒤에는 플로베르의 소개로 에밀 졸라를 중심으로 한 자연주의 소설가들을 만나 교류했는데, 「비곗덩어리」는 1880년 에밀 졸라의 주도로 자연주의 소설가들이 함께 발표한 『메당의 야화夜話』에 실린 작품이다. 『메당의 야화』는 1870년 프랑스와 프로이센 사이에 일어난 보불전쟁을 소재로 한 단편들을 묶은 공동 단편소설집으로, 모파상은 이 책에 실은 「비곗덩어리」를 통해 자신의 재능을 본격적으로 알리고 인정받았다.

「비곗덩어리」에는 전쟁이라는 특수한 상황 속에서 순수한 애국심을 지닌 한 매춘부를 둘러싸고 전개되는 인간들의 편견과 위선, 이기심이 통찰력 넘치는 문체와 냉정한 시선으로 서술되어 있다. 모파상의 스승이었던 플로베르도 이 작품을 두고 '문체가 탁월한 걸작'이라며 칭찬을 아끼지 않았다. 사실 '전쟁'은 모파상 작품 세계의 한 축을 이루는 사건이다. 그 자신이 보불전쟁에 참전한 경험이 있고, 이때의 경험을 토대로 「비곗덩어리」 외에 「미친 여자」, 「두 친구」, 「밀롱 영감」, 「발터 슈나프스의 모험」, 「포로」 등 여러 편의 단편을 발표했다.

이 책에 실린 63편의 단편소설을 유심히 살펴보면 알 수 있겠지만, 모파상의 단편소설들은 주제에 따라 몇 가지로 분류된다. 우선 앞에서 언급한 '전쟁의 참상'을 주제로 한 작품들이 있고, 또 다른 대표작으로 꼽히는 「목걸이」처럼 '파리에 사는 평범한 사람들의 삶의 단면'을 보여 주는 작품들이 있다. 「보석」, 「승마」, 「들놀이」, 「크리스마스 만찬」, 「훈장!」 등이 이 주제에 속하는 작품이라 할 수 있다. 「어느 농장 아가씨 이야기」, 「나막신」, 「오르탕스 여왕」, 「노끈」, 「술통」, 「투안 영감」 등 '시골 사람들의 삶의 단면'을 보여 주는 작품들도 있다. 시골을 배경으로 하는 작품들 속에는 특히 모파상 자신이 어린 시절을 보낸 프랑스 북부 노르망디 지방의 자연과 그곳 사람들의 성정이 아름답게 묘사되어 있다. '남녀간의 사랑'을 주제로 한 작품들도 있다. 「미망인」, 「의자 고치는 여자」, 「달빛」, 「여행」, 「행복」, 「마드무아젤 페를」 등이 이 범주에 속한다. 「들놀이」, 「폴의 연인」, 「늑대」, 「파리」 등 '사냥과 뱃놀이'를 주제로 한 작품들도 빼놓을 수 없다. 이 작품들에는 젊은 시절 센 강에서 친구들과 뱃놀이를 하며 방탕한 생활을 즐겼던 모파상 자신의 경험이 녹아들어 있다. 마지막으로 '환상적인 세계'를 주제로 한 작품들이 있다. 「공포」, 「산장」, 「오를라」, 「누가 알까?」 등의 작품이 여기에 속한다.

주제를 막론하고, 모파상의 단편소설들은 인생과 인간성에 대한 날카로운 관찰과 깊은 성찰을 보여 준다는 공통점이 있다. 상류계급과 부르주아 계급의 속물근성과 위선을 놀라울 만큼 예리하게 파헤치고, 시골 사람들의 순박한 정서나 본능에서 우러나오는 충동, 쾌활함, 인색함을 살아 숨 쉬는 듯한 유쾌한 필치로 이야기한다. 사랑에 모든 것을 바치는 순정한 남녀를 보여 주고, 인간의 정신 속에서 일어나지만 이성과 논리로 설명할 수 없는 현상들을 섬뜩하도록 생생하게 묘사하기도 한다. 심장병과 눈병, 불안증, 신경장애에 시달리며 살았고 43세라는 비교적 젊은 나이에 세상을 떠났는데도 우열을 가릴 수 없는 이런 걸작들을 300여 편이나 써낸 것은 실로 놀라운 일이다.

혹자는 모파상을 자연주의 소설가로 보기도 하고, 플로베르의 영향을 많이 받았다는 점에서 사실주의 소설가로 보기도 한다. 많은 작품들 중 상대적으로 많이 알려져 있는 「비곗덩어리」나 「목가」 등의 작품에 그런 면모가 많이 드러나 있는 것도 사실이다. 그러나 모파상의 작품 세계는 특정한 유파로 한정하기 힘들 정도로 매우 다채로운 스펙트럼을 보여 준다.

그는 섬세하고 예리한 관찰력으로 평범한 삶의 단면을 포착하여 간결하고 냉정한 문체를 통해 인생의 비정함을 냉소적으로 이야기하고, 인간성의 어두운 부분을 과감하게 보여 준다. 그런가 하면 생명을 지닌 존재들에게서 우러나오는 자연스러운 충동을 건강하고 유머러스하게 묘사하기도 하고, 평범한 사람들이 미처 생각하지 못하는 인간사의 아이러니와 불합리함을 강력하게 고발하기도 한다. 한 사람의 평생을 지배하는 '사랑'이라는 숭고하지만 모순적인 감정을 슬프고 아름답게 묘사하기도 한다.

이 단편집에 실린 이야기들은 백수십 년 전의 프랑스 사회를 배경으로 하고 있다. 그러나 그 이야기들을 읽다 보면 21세기를 살아가는 우리의 삶도 그것과 놀랄 만큼 많이 닮아 있음을 깨닫게 된다. 탁월한 예술 작품에는 감상의 차원을 넘어 그동안 무심히 보고 지나쳤던 나와 내 주변의 삶을 돌아보고 다시 생각하게 하는 힘이 있다. 이 단편집을 통해 독자들이 모파상의 다채로운 작품 세계를 감상하고 인간과 인생에 대해 곱씹어 보는 기회를 가진다면, 역자로서 더할 나위 없는 보람을 느낄 것이다.

1850   8월 5일 프랑스 노르망디 지방 디에프 근처 소도시 투르빌쉬르아르크의 미로메닐 성관에서 앙리 르네 알베르 기 드 모파상 출생. 할아버지는 루앙에서 담배 사업을 하고 농원을 경영했으며, 아버지 귀스타브 드 모파상은 바람기 있는 평범한 시골 신사였다. 어머니 로르르 푸아트뱅은 유복한 부르주아 가정의 딸로 영어와 이탈리아어를 할 줄 알고 문학을 사랑하는 교양 있는 여성이었다.

1854   가족이 르아브르에서 가까운 블랑 드 그랭빌이모빌 성관에 정착함.

1856   남동생 에르베 출생.

1859   아버지가 파리의 스톨츠 은행에 취직. 나폴레옹 황제 중고등학교(지금의 앙리 4세 중고등학교)에 입학함.

1860   아버지의 바람기 탓으로 부모가 헤어지고 어머니, 남동생 에르베와 함께 에트르타에서 살게 됨. 그 고장의 오부르 신부에게 수학, 그리스어, 라틴어를 배움. 바다와 자연을 접하면서 자유로운 소년 시절을 보냄. 이때의 기억으로 노르망디 지방에 애착을 갖게 되며, 훗날 이곳이 그의 작품 배경으로 자주 등장하게 됨.

1863   이브토의 신학교에 기숙생으로 입학. 성적은 좋았으나 일과표에 따른 엄격한 생활에 적응하지 못하고 종교 교육에도 반감을 느껴 2년 뒤 학교에서 쫓겨남.

1867   루앙의 국립중고등학교에 기숙생으로 입학. 시에 재능을 보이고 연극부 활동에도 참여함. 이 시기에 시인 루이 부이예에게 시작詩作을 지도받고, 요절한 외삼촌 알프레드 르 푸아트뱅의 친구이자 어머니와도 친했던 플로베르를 만나 그를 정신적 스승으로 삼게 됨.

1868   여름방학에 에트르타 해안에서 물에 빠진 영국 시인 찰스 앨저넌 스윈번을 구해 준 뒤 그의 집에 식사 초대를 받음. 여기서 사람의 잘린 손을 보고, 이때의 기억으로 이후 단편 「박제된 손La Main écorché」을 씀.

1869   루이 부이예 사망. 대학 입학 자격시험에 합격.

1870	어머니와 플로베르의 조언에 따라 파리에서 법학을 공부하려 했으나 보불전쟁 발발로 계획이 좌절됨. 군에 입대하여 참전하나 패전하여 퇴각함. 전쟁의 경험은 이후 「비곗덩어리」, 「마드무아젤 피피 Mademoiselle Fifi」, 「미친 여자」, 「두 친구」, 「발터 슈나프스의 모험」 등 많은 작품의 모티브가 됨.
1871	11월에 제대. 노르망디를 떠나 파리에 정착함.
1872	법학 공부를 다시 시작하고 싶었지만 형편상 여의치 않아 파리 해군성에 말단 직원으로 취직함.
1872~1874	파리에서 직장 생활을 하면서 밤에는 글을 쓰고 일요일마다 플로베르를 찾아가 문학 수업을 받음.
1875	첫 단편 「박제된 손」을 《알마나크 로랭 드 퐁타무송》에 조제프 프뤼니에라는 필명으로 발표함. 이 시기에 센 강에서 보트 놀이를 하고 여자들을 사귀는 데 열중함. 이때의 경험이 이후 단편 「들놀이」, 「폴의 연인」 등에 묘사됨.
1876	불안증이 시작되고 심장 이상으로 진찰을 받음. 3월 《르 뷜르탱 프랑세》에 게재된 단편 「물 위」로 재능을 인정받음. 10월에 「귀스타브 플로베르 연구」를 기 드 발몽이라는 필명으로 발표함. 졸라를 중심으로 한 자연주의 그룹에 참여함.

1877	1월에 러시아 소설가 투르게네프와 만남. 8월에 스위스의 로에슈로 온천 요양을 떠남. 장편소설 『여자의 일생 *Une vie*』을 구상함.
1878	플로베르의 집에서 투르게네프, 에밀 졸라 등 소설가들을 만나 교류함. 짧은 희곡들을 집필하고 〈르 피가로〉, 〈질 블라스〉, 〈르 골루아〉, 〈레코 드 파리〉 등의 신문에 기사를 기고함. 남는 시간은 소설 집필에 전념함. 플로베르에게 보낸 편지에서 눈병의 괴로움을 호소함. 12월 플로베르의 추천으로 해군성에서 문부성으로 직장을 옮김.
1879	첫 책인 희곡 『옛 시절의 역사 *Histoire du vieux temps*』 출간. 11월 《근대 자연주의 평론》에 시 「어느 창녀」가 게재됨. 에탕프 검찰청이 미풍양속을 어지럽힌다는 명목으로 기소했으나 이듬해 2월 공소 기각 결정됨. 「비곗덩어리」 집필.
1880	1월 「비곗덩어리」를 읽은 플로베르로부터 걸작이며 문체가 탁월하다고 칭찬받음. 3월 보불전쟁을 주제로 한 여러 작가들의 공동 단편집 『메당의 야화 *Les Soirées de Médan*』가 에밀 졸라의 주도하에 간행됨. 여기에 실린 「비곗덩어리」가 인정받음으로써 문단에 확고한 위치를 확립함. 이때부터 1890년까지 10년 동안 장편소설 6편, 단편소설 300편 이상을 정력적으로 발표함. 5월 플로베르 사망. 9월에서 10월까지 코르시카 여행. 수필, 기행문 등 열두 편의 작품 발표.
1881	7월 아프리카 여행을 떠남. 첫 단편집 『메종 텔리에 *La Maison Tellier*』 출간. 2년 동안 12쇄를 찍을 정도로 성공을 거둠. 문부성을 사직함.

중단편 10여 편 발표.

1882 신문에 약 60여 편의 단편 발표. 6월 벨기에에서 두 번째 단편집 『마드무아젤 피피』 출간. 7월에서 8월까지 브르타뉴 지방 여행. 비평가 사세 볼프의 비판에 답하는 자연주의 옹호 반론을 〈르 골루아〉에 발표.

1883 1877년부터 6년간 집필한 최초의 장편소설 『여자의 일생』을 〈질 블라스〉에 연재해 호평받음. 완결 후 간행된 단행본이 1년이 되지 않는 기간 동안 2만 5천 부 판매됨. 이 작품으로 톨스토이에게 인정받고 국제적으로 명성을 떨침과 동시에 큰돈을 벌게 됨. 에트르타에 별장을 지음. 재단사 조제핀 리첼만이 낳은 첫 아들이 태어나지만 자식으로 인정하지 않음. 1884년에 딸이, 1887년에 아들이 태어나지만 역시 자식으로 인정하지 않음. 병세가 악화되고 눈병, 신경장애, 두통에 시달리는 등 고통을 겪음. 「누가 알까?」에 묘사된 것 같은 환각과 불안증을 경험함. 여름에 오베르뉴로 어머니와 함께 온천 요양을 떠남. 단편집 『오디새 이야기*Les Contes de la bécasse*』, 『달빛*Clair de lune*』 출간.

1884 1월 프랑스 남부 칸에 체류. 러시아 태생 여성 화가 마리 바슈키르체프와 편지를 주고받음. 6월부터 에트르타에 체류. 두 번째 장편소설 『벨아미*Bel-Ami*』 집필. 단편집 『미스 해리엇』, 『롱돌리 자매*Les Sœurs Rondoli*』, 『이베트*Yvette*』, 기행문 『양지에서*Au soleil*』 출간.

1885　눈병이 더욱 악화됨. 4월부터 이탈리아 각지와 시칠리아 섬을 여행함. 4~5월 『벨아미』를 〈질 블라스〉에 연재함. 10월 장편소설 『오리올 산Mont Oriol』의 취재와 온천 요양을 겸해 오베르뉴에 체류. 단편집 『낮과 밤의 이야기Contes du jour et de la nuit』, 『투안 영감』 출간. 장편소설 『벨아미』를 출간하여 넉 달 동안 37쇄를 찍음. 11미터 길이의 배를 사 '벨아미'라고 이름 붙임. 30편에 가까운 단편 발표.

1886　여름에 오베르뉴, 런던, 옥스퍼드 등지를 여행함. 10월부터 앙티브에 체류. 시력이 매우 약해짐. 단편집 『파랑 씨Monsieur Parent』, 『로크의 딸La Petite Roque』 출간.

1887　명성을 떨치게 되자 신문사들과 출판사들이 서로 그의 작품을 얻으려고 다툼을 벌임. 『춘희』의 작가 뒤마 피스가 그를 아카데미 회원으로 추천하려고 운동을 벌임. 공쿠르와 불화가 시작됨. 연말에 두 번째로 아프리카를 여행함. 1887~1888년 장편소설 『피에르와 장 Pierre et Jean』을 집필하고 《르뷔 블랑슈》에 연재함. 네 번째 장편소설 『오리올 산』, 단편집 『오를라Le Horla』 출간. 정신적 불안이 한층 더해짐. 글을 쓰면서 요양차 북아프리카 여행.

1888　1월 북아프리카 여행에서 돌아옴. 〈르 피가로〉에 그의 「소설론」(『피에르와 장』 서문) 일부가 양해 없이 무단 삭제된 채 게재되어 소송을 제기함. 4월에 칸, 6~7월에 스위스 온천지를 여행함. 장편소설 『죽음처럼 강한Fort comme la mort』을 집필. 장편소설 『피에르와 장』, 단편집 『위송 부인의 장미나무Le Rosier de Mme Husson』, 기행문 『물 위Sur l'Eau』 출간.

1889   2~3월 다섯 번째 장편소설 『죽음처럼 강한』을 《르뷔 일뤼스트레》
에 연재. 이후 단행본으로 출간, 여섯 달 만에 3만 5천 부가 판매됨.
리옹 교외의 브롱 정신병원에 입원 중이던 동생 에르베 사망. 7월에
에트르타에 갔다가 9~10월 세 번째로 이탈리아를 여행함. 여행 중
고열과 위통이 일어나 일정을 변경하여 집으로 돌아옴. 마지막 장편
소설 『우리의 마음Notre Cœur』 집필. 단편집 『왼손La Main gauche』 출간.
이 시기의 모파상은 늙고 병들고 죽는 것에 대한 두려움에 잠식되
어 점점 황폐해지고 있었음.

1890   1~3월 칸에 체류. 4월 환각에 관한 이야기 「누가 알까?」 발표. 두
통, 안질, 불면증 등이 더욱 심해짐. 마지막 장편소설 『우리의 마음』
을 《두 세계 평론》에 연재. 6월에 단행본으로 출간되어 대중에게 사
랑받고 평론가들에게 호평을 받음. 7월 스위스로 온천 요양을 떠남.
극작에도 관심을 보여 희곡 「뮈조트」를 탈고함. 11월 플로베르 기념
상 제막식에 참석하기 위해 루앙에 감. 단편집 『쓸모없는 아름다움』,
기행문 『방랑 생활La Vie errante』 출간. 육체와 정신의 병이 심해짐. 12
월 31일 카잘리스 박사에게 편지로 작별을 고함.

1891   절망적인 건강에도 불구하고 『삼종기도L'Agélus』의 집필에 전력을 기
울이지만 글을 읽지도 쓰지도 못하는 상황이 되어 50장가량 쓴 상
태에서 미완성 소설로 남음. 자신의 건강 상태를 '머리에 총 맞은 것
같다'고 표현함. 「뮈조트」가 파리에서 상연되어 호평을 받음. 5월부

터 니스에 체류하며 온천 요양을 함. 모르핀으로 고통을 가라앉히며 근근이 버텼지만 연말부터 과대망상 등 정신착란 증세가 눈에 띄게 나타나고 자살 충동에 시달림.

1892 1월 1일에서 1월 2일로 넘어가는 밤 니스에서 권총으로 자살을 기도함. 1월 8일 파리 교외에 있는 에밀 블랑슈 박사가 운영하는 정신병원에 수용됨.

1893 가끔씩 맑은 정신을 되찾기도 했지만 전반적으로 의식이 없거나 섬망 상태로 지냄. 마흔세 번째 생일을 한 달가량 앞둔 7월 6일 오후 3시경 두 간호사가 지켜보는 가운데 병원에서 숨을 거둠. 유해는 몽파르나스 묘지에 안장됨.

세계문학 단편선을 펴내며

　세상의 모든 이야기는 단편으로 시작되었다. 성경과 그리스 신화를 비롯해 인류의 많은 신화와 설화는 단편의 형식으로 사물의 기원, 제도와 금기의 탄생, 운명이라는 이름의 삶의 보편적 형식을 설명했다.

　〈세계문학 단편선〉은 모든 산문의 형식 중 가장 응축적이고 예술성이 높은 단편소설에 포커스를 맞추어 세계문학을 바라보는 새로운 관점을 제시하고자 한다. 단편소설을 언급할 때 빼놓을 수 없는 작가들의 작품들은 물론이고, 한두 편의 장편소설로만 우리에게 알려진 세계적 작가들이 남긴 주옥같은 단편들을 통해 대가의 진면모를 총체적으로 바라볼 수 있게 할 것이다. 또한 우리에게 문학의 변방으로 여겨져 왔던 나라들의 대표적 단편 작가들도 활발히 소개할 것이며 이미 순문학과의 경계가 불분명해진 장르문학의 형성과 발전에 크게 기여한 작가들의 작품 역시 새롭게 조명해 나갈 것이다.

　에드거 앨런 포는 문학작품은 독자가 앉은자리에서 다 읽을 수 있을 정도로 짧아야 한다고 했다. 바쁜 일상의 삶을 사는 현대인들에게 〈세계문학 단편선〉은 삶과 사회, 나아가 세계를 바라볼 수 있게 하는 더할 나위 없이 좋은 친구가 될 것이라 확신한다.

　21세기인 현재에 이르기까지 단편소설은 그리스 신화가 그러했듯이 삶의 불변하는 조건들을 응축된 예술적 형식으로 꾸준히 생산해 왔다. 그리고 새로운 문학적 기법과 실험적 시도를 통해 단편소설은 현재도 계속 진화, 확장되고 있다. 작가의 치열한 예술적 열정이 가장 뜨겁게 반영된 다양한 개성으로 빛나는 정교한 단편들을 통해 문학의 진정한 존재 이유를 독자들이 느낄 수 있기를 소망하며 이번 〈세계문학 단편선〉을 펴낸다.

현대문학 편집부

H 세계문학 단편선

01
단편소설이라는 장르에 새로운 바람을 불어넣은
20세기 문학계 최고의 스타
어니스트 헤밍웨이
킬리만자로의 눈 외 31편
하창수 옮김 | 548면 | 값 15,000원

02
문학의 존재 이유, 그리고 문학의 숭고함을 역설하는
20세기 세계문학의 거인
윌리엄 포크너
에밀리에게 바치는 한 송이 장미 외 11편
하창수 옮김 | 460면 | 값 14,000원

03
독일 문화가 제시할 수 있는 최고의 경지를 보여 준
세계문학의 대표자
토마스 만
베네치아에서의 죽음 외 11편
박종대 옮김 | 432면 | 값 14,000원

04
탐정소설을 문학으로 승화시킨
하드보일드 학파의 창시자
대실 해밋
중국 여인들의 죽음 외 8편
변용란 옮김 | 620면 | 값 16,000원

05
'광란의 20년대'를 배경으로 한
포복절도할 브로드웨이 단편들
데이먼 러니언
세라 브라운 양 이야기 외 24편
권영주 옮김 | 440면 | 값 14,000원

06
SF의 창시자이자 SF 최고의 작가로 첫손에 꼽히는
낙관적 과학 정신의 대변자
허버트 조지 웰스
눈먼 자들의 나라 외 32편
최용준 옮김 | 656면 | 값 16,000원

07
에드거 앨런 포를 계승한
20세기 공포문학의 제왕
하워드 필립스 러브크래프트
크툴루의 부름 외 12편
김지현 옮김 | 380면 | 값 12,000원

08
현대 단편소설의 문법을 완성시킨
단편소설의 대명사
오 헨리
휘멘의 지침서 외 55편
고정아 옮김 | 652면 | 값 16,000원

09
근대 단편소설의 창시자이자
세계 단편소설 역사에 우뚝 솟은 거대한 봉우리
기 드 모파상
비곗덩어리 외 62편
최정수 옮김 | 808면 | 값 17,000원

10
앨프리드 히치콕의 영원한 뮤즈,
20세기 서스펜스의 여제
대프니 듀 모리에
지금 쳐다보지 마 외 8편
이상원 옮김 | 380면 | 값 12,000원

11
터키 현대 단편소설사에 전환점을 찍은
스스로가 새로운 문학의 뿌리가 된 선구자
사이트 파이크 아바스야느크
세상을 사고 싶은 남자 외 38편
이난아 옮김 | 424면 | 값 13,000원

12
영원불멸의 역설가, 그로테스크의 천재
20세기 문학사의 가장 독창적이고 예언적인 목소리
플래너리 오코너
오르는 것은 모두 한데 모인다 외 30편
고정아 옮김 | 756면 | 값 17,000원

37

끝나지 않은 불안의 꿈을 극도의 예민함으로 현실에 투영한,
시대를 앞선 실존주의 문학의 선구자

프란츠 카프카

변신 외 77편

박병덕 옮김 | 840면 | 값 19,000원

38

광활한 우주의 끝, 고독과 슬픔의 별에서도
인류의 잠재력과 선한 의지를 믿었던 위대한 낙관주의자

시어도어 스터전

황금 나선 외 12편

박중서 옮김 | 792면 | 값 19,000원

39

독보적인 스토리텔링으로 빅토리아 시대를
사로잡은 영국적 미스터리의 시초

윌키 콜린스

꿈속의 여인 외 9편

박산호 옮김 | 564면 | 값 16,000원

40

현존하는 거의 모든 SF 장르의 도서관
우주의 불가해 속 인간 존재를 탐험했던 미래의 철학자

스타니스와프 렘

미래학 학회 외 14편

이지원·정보라 옮김 | 660면 | 값 17,000원

※ 〈세계문학 단편선〉은 계속 출간됩니다.

기 드 모파상

초판 1쇄 펴낸날 2014년 6월 15일
초판 10쇄 펴낸날 2024년 2월 28일

지은이 기 드 모파상
옮긴이 최정수
펴낸이 김영정

펴낸곳 (주)현대문학
등록번호 제1-452호
주소 06532 서울시 서초구 신반포로 321 (잠원동, 미래엔)
전화 02-2017-0280
팩스 02-516-5433
홈페이지 www.hdmh.co.kr

ⓒ 2014, 현대문학

ISBN 978-89-7275-670-5 04860
세트 978-89-7275-672-9